KB220436

맹자

맹자

맹자 지음 강동석 옮김

머리말

로마의 시인 루크레티우스(Titus Lucretius Carus, BC94?~BC55?)는 저서 『자연계(De rerum natura)』에서 "의사가 어린이에게 쑥탕을 먹이려 할 때 그릇의 거죽에 달콤한 꿀물을 칠해서 먹이는 것처럼, 문학도 꿀물과 같은 역할을 해서 시인이 말하려는 철학의 쓴 약을 달콤한 운문으로 독자 앞에 내놓아야 한다."라고 말한 바 있다.

필자가 동양의 고전 가운데에서도 저명한 『맹자』의 번역서를 세상에 내놓으려 하니 달콤한 꿀물 같은 운문이나 어휘도 떠오르지 않음은 물론이고 오히려 오역이나 잘못 해석된 곳은 없는지 걱정부터 앞선다. 또 대학원 재학시절 "오늘날 『논어』나 『맹자』 같은 번역서가 얼마나 많은가. 매년 수십, 수백 권의 책들이 나오고 있으니 문제다."라며 소모적인 일에 대해 비판을 가했던 한 선생님의 말씀이 떠오르는 건, 본서가 기존 서적보다 어느 정도 진척이 되었는지에 대한 염려 때문이다.

하지만 한편으로 "번역서는 남들이 번역하지 않은 책을 번역하여 알리는 데 목적이 있지만, 때로는 자신이 직접 번역에 참여함으로써 정독할 기회를 갖는 것도 의미가 있는 일이다"라고 말씀하셨던 한 선생님의 말씀도 떠오른다. 이 말씀을 위안 삼고, 또 사서(四書)만을 평생 연구했던 중국의 저명한 학자 또한 초년설과 만년설이 달랐다는 사실을 위안 삼아, 부족하지만 『맹자』 번역과 해설을 적어 세상에 내놓고자 한다.

이러한 마음을 갖게 된 계기는 어느 날 대학에서 학생들과 『맹자』를 강독하던 중 생겼다. "임 땅 사람이 옥려자(맹자 제자)에게 '예와 먹는 것 가운데 어느 것이 더 중요합니까?'라고 묻자, 옥려자가 '예가 더 중요합니다.' '그렇다면 예와 색 중에 어느 것이 더 중요합니까?', '예가 더 중요합니다.'[任人이 有問屋廬子曰 '禮與食이 孰重고?' 曰 '禮重이니라.', '色與禮 孰重고?' 曰 '禮重이니라.']"라는 구절을 보던 중, 앞에 나온 예(禮)는 '어른에게 밥을 먼저 드시게 하는 예'이며, 뒤에 나온 예는 '아내를 맞이할 때 갖추는 예'라고 설명하고 있었다. 이때 한 학생이 "선생님, 이러한 번역서가 많이 있었으면 좋겠습니다."라는 말을 했다. 이때 필자는 많은 생각에 잠겼다. 우선 이와 같은 번역서는 자의적일 수 있으며, 이는 곧 해석의 편폭을 좁게 할 수도 있다는 생각 때문이었다.

그러나 글을 읽는다는 것은 글을 이해하는 데 목적이 있으므로 비판을 감내하더라도 『맹자』를 이해할 수 있는 책을 내기로 마음먹었다. 이를 위해 본서는, 원문 번역은 가급적 직역과 의역을 병행했으며, 생략된 부분은 괄호로 넣어 번역을 첨가했다. 또 보다 정확한 이해를 위해서 【補】를 두어 해설을 가했다. 많은 해설은 오히려 눈을 어지럽힐 수 있다는 생각에 반드시 필요한 설명만 추가했다. 글자에 대한 해석과 절(節)에 대한 이해, 그리고 장(章)의 주제 등 『맹자』 전반적 이해와 결부시켜 글의 이해를 돕는 데 중점을 뒀다.

이 책을 내는 데 많은 도움을 주신 분은 박완식 교수님이다. 전체적인 맥락, 구절 풀이, 글자에 대한 해석 등은 서당과 학교, 한국고전번역원 분원 등에서의 강의 내용이 상당량 본서에 반영되었다. 또 석사와 박사 과정 내내 박성규 선생님께도 많은 도움을 받았다. 그리고 김언종 교수님께 받은 『맹자』 수업 역시 도움이 되었다. 이 책을 통해서라도 그간 가르쳐 주셨던 선생님들께 깊은 감사를 올리고 싶다. 또한 학기 중이나 방학 기간 내내 함께 강독했던 학생들에게도 깊은 고마움을 전한다.

참고가 된 대표 서적은 주희의 『맹자집주(孟子集註)』, 양백준(楊伯峻)의 『맹자』, 이신(李申)의 『맹자』, 성백효의 『현토 맹자』, 차주환의 『국역 맹자』 등이다.

그러나 "아무리 좋은 참고서가 있다 할지라도 원서(原書)를 정독하는 것만 같은 것은 없다."고 말씀하셨던 한 선생님의 말씀을 기억하며, 원문을 곱씹어보며 읽고 또 읽은 후에 생각을 거듭하여 이 책을 썼다. 부디 원의(原義)와 어긋나는 번역과 해석이 되지 않기만을 간절히 바랄 뿐이다.

역자 강동석

목 차

제1부

양혜왕 장구 상(凡七章)

【補】 장구(章句)라는 말은 사서(四書) 가운데 『논어』를 제외한 『대학』과 『중용』과 『맹자』에 있다. 『맹자』의 경우 7편을 상(上)과 하(下)로 나누고 장(章)을 만들어, 주희(朱熹)가 분석하였다는 의미가 담겨 있다. 물론 『맹자』의 이러한 편장 구성은 일찍이 조기(趙岐)[1]에 의해 시행되었던 것이며, 이를 주희가 받아 들여 현재까지 이어오고 있어 본서에서도 이를 따랐다.

양혜왕 상 제1장

【補】 첫 장으로서 맹자의 주요 사상이 이에 있다. 요지는 이로움을 배척하고 인의를 말하는 데 있다[斥利, 言仁義].

孟子 見梁惠王하신대,

맹자가 양혜왕을 뵈니,

【補】 양혜왕이 즉위 35년에 맹자를 만나고 그다음 해에 죽었으므로, 맹자가 큰 뜻 품고 이를 펼치기에는 이미 늦었다고 할 수 있다. 『사기』에 "혜왕 35년에 자신의 예를 낮추고 폐백을 후하게 하여 현자를 초청하자, 맹가가 양 땅에 이르렀다."라는 기록이 있다.

'양혜왕'은 위나라 제후이며, 이름은 영(罃)이다. 대량(大梁) 땅에 도읍을 정하였고 왕이라고 분수에 넘치게 스스로를 불렀으며, 시호가 혜이다. 『맹자』 전편에 걸쳐 시호가 등장하고 있다는 사실은, 『맹자』가 맹자의 손에서 직접 지어진 책이라기보다 그의 제자들,

1) 조기(趙岐) : 조기(109∼201)는 후한(後漢) 사람으로, 초명은 가(嘉)이고, 자는 빈경(邠卿)이다. 저서에 『맹자장구(孟子章句)』와 『삼보결록(三輔決錄)』이 있다.

즉 만장이나 공손추 등에 의해 지어졌다는 설을 방증하기도 한다. 또한 「등문공 상」 제1장에 "맹자께서 늘 성선을 말씀하실 때에 반드시 요임금과 순임금을 칭송하였다[孟子道性善하사대 言必稱堯舜이러시다]."라는 구절은 이를 뒷받침하고 있다.

하지만 사마천(司馬遷)을 비롯하여 조기나 주희 그리고 조공무(晁公武) 등은 여러 구체적인 증거를 들어 맹자가 직접 지었다고 주장하고 있으니, 의견이 분분할 뿐 명확하지 않다. 필자의 판단에는, 맹자 자신이 직접 지은 부분도 있고, 훗날 제자들에 의해 보충된 부분도 있어 합본으로 보는 것이 옳다.

'견(見)' 자에 대해서는, 맹자가 왕보다 신분이 낮기 때문에 '뵈다', '알현하다'의 뜻을 가진 '현' 자로 읽어야 한다는 주장이 있다. 하지만 맹자가 공자에 버금가는 성인[亞聖]이라는 점을 높이 평가하여 '견'으로 읽어야 한다는 설이 일반적이다. 사서의 독음은 언해본을 기준으로 하며, 본서 또한 언해본을 기준으로 하였다.

王曰 "叟 不遠千里而來하시니 亦將有以利吾國乎잇가?"

왕이 말했다.

"어르신께서 천리를 멀다 여기지 않고 오셨으니 또한 장차 내 나라에 이로움이 있겠지요?"

【補】 왕이 말한 '이로움[利]'이란 전국시대에 화두라 할 수 있는 부국(富國)과 강병(强兵)을 말하니, 왕의 의도가 여기에 있음을 알 수 있다. 왕이 나라를 자기의 것으로 인식하여 사사로이 여기는 정치를 패도정치라고 하며, 공적인 것으로 여겨 백성과 함께하는 정치를 왕도정치라고 한다.

주희는 '수(叟)' 자를 '장로(長老)'라고 했다. 일설에는, 노인은 수척하므로 '야위다[瘦]'의 뜻으로 보고 있기도 한다. 실제 저 당시 맹자의 나이가 40대였기 때문에, 70이 되어야 쓰는 '노인[老]' 호칭은 어울리지 않는다. 따라서 나이가 많지 않지만, 학문이나 덕이 높은 사람에게 불리는 호칭으로 이해하면 된다.

'불원천리(不遠千里)'에서 '불(不)' 자와 '원(遠)' 자 사이에 '여기다'

의 뜻을 지닌 '위(謂)' 자를 넣고 보면 '천리를 멀다고 여기지 않고'로 해석되어 의미가 명확해진다.
'또한[亦]'이라고 쓴 것은 '다른 사람들도 이미 많이 왔다 갔다'는 의미가 담겨 있으니 시대를 암시한 말이다.

孟子 對曰 "王은 何必曰利잇고? 亦有仁義而已矣니이다.

맹자가 대답했다.

"왕은 어찌하여 굳이 이로움을 말씀하십니까? 또한 인의가 있을 따름입니다.

【補】 이 한 구절에 맹자 사상의 핵심이 집약되어 있다. 즉 '천리를 보존하고 인욕을 막는, 존천리알인욕(存天理遏人欲)'이다.
여기에서의 '역(亦)' 자는 '하필(何必)'과 대칭되는 말로 '나머지 것도 또한'이라는 의미가 담겨 있으니, 위 절의 '역(亦)' 자와는 다르다. 말미의 '이이의(而已矣)'를 쓴 것은 인의(仁義) 말고는 더 이상의 것이 없다는 의미가 있다.

王曰 '何以利吾國고'하시면 大夫 曰 '何以利吾家오'하며 士庶人이 曰 '何以利吾身고'하야 上下 交征利면 而國이 危矣리이다 萬乘之國에 弑其君者는 必千乘之家요 千乘之國에 弑其君者는 必百乘之家니 萬取千焉하며 千取百焉이 不爲不多矣언마는 苟爲後義而先利면 不奪하야는 不饜이니이다.

왕께서 '어떻게 하면 내 나라를 이롭게 할까.'라고 하시면, 대부들은 '어떻게 하면 내 집안을 이롭게 할까.'라고 하며, 선비와 서인들은 '어떻게 하면 내 몸을 이롭게 할까.'라고 말합니다. 위와 아래가 서로 이로움만을 취한다면 나라가 위태로워질 것입니다. 만승의 나라에 그 임금을 시해할 사람은 반드시 천승을 가진 공경의 집안이고, 천승의 나라에 그 임금을 시해할 사람은 반드시 백승을 가진 대부의 집안일 것이니, 만승의 나라에서 천승이 취하여지고 천승의 나라에 백승이 취해진 것이 많지 않은 것은 아니지만, 만일 의로움을 뒤로 하고 이로움을 먼저 하면 빼앗지 않으면 만족해하지 않을 것입니다.

【補】 이 절을 통해, 맹자가 '이로움[利]'을 '위태로움[危]'으로 보고 있음을 알 수 있다.

'정(征)' 자는 '취하다[取]'의 뜻으로 쓰였다. '승(乘)' 자는 '수레'를 가리키니 '수레의 숫자'라는 뜻이다. 즉 '만승의 나라'란 천자(天子)의 관할 구역으로서 사방 천리를 기준으로 한다. 이 땅 안에는 수레 만승을 놓을 수 있기 때문에 이렇게 말한 것이다.

'천승의 집안'은 제후의 관할 구역으로, 사방 땅 백리를 소유하고 있으며 수레 천승을 놓을 수 있다. 즉 천승의 나라란 제후(諸侯)의 나라이며, '백승의 집안'이란 제후를 모시는 대부(大夫)의 땅을 말한다.

이로 보면 '국(國)' 자와 '가(家)' 자가 오늘날 쓰이는 국가(國家)와 다른 의미로 당대 쓰였음을 알 수 있다. 즉 국(國)은 제후국을 가리키며 그 왕을 국왕이라 한다. 그 위에는 천자가 있으니, 그가 통치하는 곳을 천하(天下)라고 한다. 『대학』에서 제가(齊家), 치국(治國), 평천하(平天下)의 개념으로 보면 이해가 쉽다.

'만승에서 천승을 취하고, 천승에서 백승을 취한 것'이라는 말은 임금의 나라에 대해 신하가 10분의 1을 취하고 있음을 뜻한다. 신하로서는 그 정도 가지고 충분히 먹고 살 수 있기 때문에 '많지 않은 것은 아니다'라는 이중 부정을 통해 많음을 강조하고 있다.

'하이(何以)'는 대개 '어떻게 하면', '무엇 때문에', '무슨' 정도의 의미이니 '이(以)' 자를 '까닭 이' 자로 보면 된다.

未有仁而遺其親者也며 未有義而後其君者也니이다.

부모님을 사랑하고서 그 어버이를 버리는 사람은 있지 않으며, 정의로운 마음을 지니고서도 그 임금을 뒤로하는 사람은 있지 않습니다.

【補】 이 절 역시 인의의 중요성을 강조한 구절이다.
'임금을 뒤로 한다'는 말은 신하로서 임금을 배반하여 나라와 지위를 찬탈함을 뜻한다.

王은 亦曰仁義而已矣시니 何必曰利잇고."

왕께서는 또한 인의를 말씀하실 따름인데 어찌하여 굳이 이로움을 말씀하십니까."

【補】 앞 절에서 "王은 何必曰利잇고? 亦有仁義而已矣니이다."라고 했는데, 여기서는 앞뒤를 바꿔 "王은 亦曰仁義而已矣시니 何必曰利잇고."라 하여 다시 한 번 강조한 절이다.
주희의 『맹자집주』에는 사마천의 글이 있으니 참고할 만하다. "내 『맹자』 책을 읽다가 양혜왕이 '어떻게 하면 내 나라를 이롭게 하겠습니까?'는 물음에 이르러서, 일찍이 읽던 책을 중지하고 탄식하지 않은 적이 없었다. 아! 이로움이란 진실로 난(亂)의 시초이다. 부자[공자]께서 이로움을 드물게 말하여[2] 항상 그 난의 근원을 막으셨다. 그러므로 '이로움에 따라 행동하면 원망이 많다'[3] 하셨으니, 천자로부터 서인에 이르기까지 이로움을 좋아하는 폐단이 어찌 다르겠는가."

2) 부자[공자]께서…… 말하여 : 『논어』, 「자한(子罕)」 제1장에 "공자께서는 이(利)와 명(命)과 인(仁)을 드물게 말씀하셨다[子 罕言利與命與仁]"라는 구절이 있다.
3) 이로움에…… 많다 : 『논어』, 「이인(里仁)」 제12장에 보인다.

양혜왕 상 제2장

【補】 공식 접견이 끝난 후 양혜왕의 별장이라 할 수 있는 곳, 즉 대궐이 아닌 교외의 장소에서 담소를 나눈 장이며, 이것이 바로 이 장이 만들어진 동기라 할 수 있다. 또한 '여민해락(與民偕樂)'이 등장하는 장으로 「양혜왕 하」 제1장부터 4장까지의 '여민동락(與民同樂)'과 그 의미가 통하니 같이 보면 좋다.

孟子 見梁惠王하신대 王이 立於沼上이러시니 顧鴻雁麋鹿曰 "賢者도 亦樂此乎잇가?"

맹자가 양혜왕을 뵈었는데, 왕이 연못가에 서 있다가 기러기와 사슴을 돌아보고 말했다.

"현명한 사람도 이러한 것을 즐거워합니까?"

【補】 주희는, '홍(鴻)'은 기러기 중에 큰 것이고, '미(麋)'는 사슴 중에 큰 것이라고 했다. '현명한 사람'이란 다름 아닌 '어진 임금'을 가리키니, 양혜왕이 자신을 비롯하여 선왕께서도 이러한 일이 있었는지 묻고 있는 것이다.

孟子 對曰 "賢者而後에 樂此니 不賢者는 雖有此나 不樂也니이다.

맹자가 대답했다.

"현명한 사람이 된 뒤에야 이를 즐거워할 수 있으니, 어질지 못한 사람은 비록 이것을 가지고 있더라도 즐거워하지 못합니다.

【補】'이후(而後)'라는 말은 이러한 즐거움을 누릴 수 있는 자격을 부여하고 있다. 즉 '현명한 사람이 되어야만'이라는 의미로 쓰였다.

詩云 '經始靈臺하야 經之營之하시니 庶民攻之라 不日成之로다 經始勿亟하시나 庶民子來로다 王在靈囿하시니 麀鹿攸伏이로다 麀鹿濯濯이어늘 白鳥鶴鶴이로다 王在靈沼하시니 於(오)牣魚躍이라'하니 文王이 以民力爲臺爲沼하시나 而民이 歡樂之하야 謂其臺曰靈臺라하고 謂其沼曰靈沼라하야 樂其有麋鹿魚鼈하니 古之人이 與民偕樂故로 能樂也니이다.

『시경』에 '영대를 처음으로 경영하여 이를 헤아리고 도모하니, 서민들이 와서 일하여 하루도 안 걸려 완성되었도다. 처음 경영하기를 급히 하지 말라고 하였지만, 서민들은 마치 아들이 아버지 일에 달려오듯 하였네. 왕께서 영유에 계시니, 사슴들이 제자리를 찾아 그곳에 가만히 엎드려 있도다. 사슴들은 살찌고 뛰어 놀며, 백조는 희고 깨끗하네. 왕께서 영소에 계시니, 아! 연못에 가득히 고기들이 뛰어 노네'[4]라는 기록이 있습니다.

문왕이 백성의 힘을 이용하여 누대를 만들고 연못을 만들었으나, 백성이 그것을 즐거워하여 그 누대를 '영대'라 하고, 그 연못을 '영소'라고 불렀습니다. 그가 사슴과 물고기와 자라를 소유하는 것을 좋아하였으니, 옛사람이 백성과 함께 즐겼기 때문에 능히 즐길 수 있었던 것입니다.

4) 영대를…… 노네 : 「대아(大雅)、영대(靈臺)」에 보인다.

【補】 현명한 사람이 된 뒤에야 이를 즐거워할 수 있으니, 문왕의 일로써 증명하고 있는 절이다.

'대(臺)'란 네모나게 높이 쌓아 올린 것을 말한다. '극(亟)' 자는 '빠르다'의 뜻으로 쓰였다.

이 절의 '탁탁(濯濯)'은 '깨끗하고 아름다운 모습'을 형용하는 말이므로, 여기서는 '포동포동 살찌고 아름다운 모습'이라는 말이다. 「고자 상」 제8장, 일명 우산장(牛山章)에서의 '탁탁'은 산이 '벌거숭이가 되다'라는 뜻으로 쓰였으니, 원의는 같으나 쓰임은 다르다. '학학(鶴鶴)'은 학처럼 희고 깨끗한 모습을 뜻한다.

원문 '而民이 歡樂之'에서 '이(而)' 자는 역접으로 쓰여 "백성들이 원망할 듯하지만"이라는 의미가 담겨 있다. 말미의 '옛사람[古之人]'이란 문왕을 가리킨다.

湯誓에 曰 '時(是)日은 害(갈)喪고 予及女로 偕亡이라'하니 民欲與之偕亡이면 雖有臺池鳥獸나 豈能獨樂哉리잇고."

「탕서」에 '이 태양은 언제나 없어지려나. 내 너와 함께 망하겠다.'[5] 라는 기록이 있습니다. 백성이 그와 함께 망하려는 마음을 갖는다면 비록 아름다운 누대와 연못 그리고 편안한 짐승들과 함께 있다고 한들 어찌 홀로 즐거워할 수 있겠습니까."

【補】 「탕서」는 탕왕이 걸왕을 정복하면서 군사들 앞에서 맹세한 글을 기록한 『서경』 편명이다.

중국 역사를 보면, 요임금이 순임금에게, 순임금은 우왕에게 천자의 자리를 선양(禪讓)했으며, 이후로 왕은 자손에게 왕위를 세습하는 전통이 생겨나게 되었다.

하지만 탕왕에 이르러 신하의 신분으로 무력을 동원해 폭정을 일삼은 걸왕을 몰아내고 새 왕조를 세웠다. 그러한 행동이 정당한가에 대한 끊임없는 논란이 있으나, 유가에서는 걸왕을 남정네로 표현하며, 탕왕을 이상적인 왕으로 평가하고 있다.

5) 이 태양은…… 망하겠다 : 『서경』, 「상서(尙書)」, 탕서」에 보인다.

당시 걸왕은 태양이 사라질 때 자신도 함께 사라진다고 하였기 때문에 저처럼 말한 것이다. '해(害)' 자는 「탕서」에 '갈(曷)' 자로 표기되어 있어 '갈'로 독음한다. 「양혜왕 하」 제8장에 비슷한 글이 있어 함께 보면 좋을 듯하다. (참고로 『논어』에서 '망(亡)' 자는 모두 '무'로 독음하는데, 『맹자』에서는 '무'와 '망' 모두 쓰인다.)

양혜왕 상 제3장

梁惠王이 曰 "寡人之於國也에 盡心焉耳矣로니 河內凶則移其民於河東하며 移其粟於河內하고 河東이 凶커든 亦然하노니 察隣國之政한대 無如寡人之用心者로대 隣國之民이 不加少하며 寡人之民이 不加多는 何也잇고?"

양혜왕이 말했다.

"과인은 나라에 대하여 마음을 다하고 있습니다. 하내지방에 흉년이 들면 그 백성을 하동지방으로 옮기고 그 곡식을 하내지방으로 옮깁니다. 하동지방에 흉년이 들면 또한 그렇게 하고 있습니다. 이웃나라의 정사를 살펴보면 과인처럼 마음을 쓰는 사람이 없는데, 이웃나라의 백성이 더욱 적어지지 않으며, 과인의 백성이 더 많아지지 않는 것은 무엇 때문입니까?"

【補】 양혜왕의 진심이 부국강병에 있음을 알 수 있는 절이다.

'과인'이라는 말은 대개 제후를 일컫는 말로, '덕이 적은 사람[寡德之人]'의 준말이다. '하내'와 '하동'은 모두 위나라 땅이다. '진심(盡心)'은 그저 마음을 다한다는 뜻인데, 진심편(盡心篇)에서의 '진심'은 '마음을 다하여 밝게 깨우치다'의 뜻으로 사용되었으니 이와 다르다. '지어(之於)'는 관계사로서 '~대하여'라는 뜻이다. '가(加)' 자는 '더하다[增]'라는 뜻이 있어, 여기서는 '더욱'으로 쓰였다.

孟子 對曰 "王이 好戰하실새 請以戰喩호리이다 塡然鼓之하야 兵刃既接이어든 棄甲曳兵而走호대 或百步而後에 止하며 或五十步而後에 止하야 以五十步로 笑百步則何如하니잇고?" 曰 "不可하니 直(只)不百步耳언정 是亦走也니이다." 曰 "王如知此則無望民之多於隣國也하소서.

맹자가 대답했다.

"왕께서 전쟁을 좋아하시니 전쟁으로 비유하겠습니다. 둥둥 북을 쳐서 병기와 칼날이 이미 부딪히거든 갑옷을 버리고 병기를 끌고 달아나다가, 어떤 사람은 백보를 달아난 뒤에 멈추고, 어떤 사람은 오십보를 달아난 뒤에 멈추어서, 오십보를 달아난 사람이 백보를 달아난 사람을 비웃으면 어떻습니까?"

양혜왕이 말했다.

"안 됩니다. 다만 백보를 달아나지 않았을 뿐이지 이 또한 달아난 것입니다."

맹자가 말했다.

"왕께서 만일 이것을 안다면, 백성이 이웃나라보다 더욱 많아지기를 바라지 마십시오.

【補】 패전 시, 대열의 뒤에 있는 자를 용감한 이로 여기기 때문에 저렇게 말한 것이다. 소위 '오십보백보(五十步百步)'의 고사가 여기에서 나왔다.

'전연(塡然)'은 북을 칠 때 울리는 소리인 '둥둥'의 의성어이다. '직(直)' 자는 '다만[但]'이라는 뜻으로 쓰였다.

不違農時면 穀不可勝食也며 數(촉)罟를 不入洿池면 魚鼈을 不可勝食也며 斧斤을 以時入山林이면 材木을 不可勝用也니 穀與魚鼈을 不可勝食하며 材木을 不可勝用이면 是는 使民養生喪死에 無憾也니 養生喪死에 無憾이 王道之始也니이다.

농사철을 놓치지 않게 하면 곡식을 이루 다 먹을 수 없고, 촘촘한 그물을 웅덩이와 연못에 넣지 않으면 물고기와 자라를 이루 다 먹을 수 없으며, 도끼를 때에 따라 산림에 들어가게 하면 재목을 이루 다 쓸 수 없을 것입니다. 곡식과 물고기와 자라를 이루 다 먹을 수 없으며 재목을 이루 다 쓸 수 없으면 이는 백성으로 하여금 살아 있는 사람을 봉양하고 죽은 사람을 장사 지냄에 유감이 없게 하는 것입니다. 살아 있는 사람을 봉양하고 죽은 사람을 장사 지냄에 유감이 없게 하는 것이 왕도정치의 시작입니다.

【補】 왕도정치에 있어서 가장 우선시해야 하는 것은 백성의 기초 생활을 영위해주고 안정시킴에 있지, 교육이나 시행 정책에 있는 것이 아님을 강조한 절이다.
'승(勝)' 자는 '이루 다'의 뜻이다. '수(數)' 자는 '셈 수', '자주 삭' 외에 여기에서처럼 '빽빽할 촉'으로도 쓰인다. '도끼를 때에 맞게 들인다'에서, 그 '때'란 가을과 겨울을 가리킨다.

五畝之宅에 樹之以桑이면 五十者 可以衣帛矣며 鷄豚狗彘之畜(휵)을 無失其時면 七十者 可以食肉矣며 百畝之田을 勿奪其時면 數口之家 可以無飢矣며 謹庠序之敎하야 申之以孝悌之義면 頒白者 不負戴於道路矣리니 七十者 衣帛食肉하며 黎民이 不飢不寒이오 然而不王者 未之有也니이다.

5묘의 집 가장자리에 뽕나무를 심으면, 50세 된 사람이 비단옷을 입을 수 있습니다. 닭과 새끼돼지와 개와 돼지의 가축을 기름에 새끼 칠 때를 잃지 않게 하면, 70세 된 노인이 고기를 먹을 수 있습니다. 백묘의 땅에 농사철을 빼앗지 않는다면, 몇 식구의 집안사람이 굶주림이 없을 수 있습니다. 학교의 가르침을 삼가게 하여 효제의 의리로써 거듭한다면, 머리가 반백이 된 사람이 도로에서 짐을 지거나 이지 않을 것입니다. 70세 된 사람이 비단옷을 입고 고기를 먹으며, 백성이 굶주리지 않고 춥지 않게 하고서도 왕 노릇 하지 못하는 사람은 있지 않습니다.

【補】 이 절은 왕도정치를 위해 자연경제를 활용한 그 구체적인 방법을 제시하고 있는 부분으로 제도와 기강 확립에 대해 말하고 있다.

'畝(묘)' 자는 '모'와 '무'로 독음하기도 한다. 언해본에는 '모'로 되어 있다. 그러나 구전에 의해 '묘'로 독음하였음을 밝혀 둔다. '5묘의 집'이란 한 가장이 받는 것을 말한다. 2묘 반은 농지에 있고, 2묘 반은 읍내에 있다.

토지 가운데는 나무가 있을 수 없으니, 이는 오곡(五穀-벼, 기장, 피, 보리, 콩[稻黍稷麥菽])에 해로울까 두려워해서이다. 그러므로 집의 담장 아래에 뽕나무를 심어서 누에치는 일에 공급하는 것이다. '수(樹)' 자는 명사가 아니라 동사인 '심다'의 뜻으로 쓰였다.

50세가 되면 처음으로 혈기가 노쇠하기 시작할 때이므로 비단옷을 입어야 추위를 타지 않는다. 70세에는 혈기가 이미 노쇠하여 고기를 먹어야 한다.

'반백(頒白)'이라는 말은 '흰 머리 반, 검은 머리 반'이라는 뜻이나 나이가 많은 자를 말한다. '려(黎)' 자에 대해, 주희는 '검다[黑]'의 뜻으로 보고 '젊은이'로 해석하였는데, '많다'의 뜻으로 보아 '여민(黎民)'을 '백성'으로 보는 것이 옳을 듯하다.

'5묘의 집'부터 '굶주림이 없을 수 있으며'라는 부분까지가 '기본경제생활'을 마련해 줄 것을 말한다. '학교의 가르침을'부터 '짐을 지거나 이지 않을 것입니다'까지는, 교육이 실천된 후에 도의가 베풀어져야 함을 말한다. '70세 된 사람이'부터 문장 말미의 '있지 않습니다'까지는 항산의 구체적인 방법을 제시하고 있다.

狗彘 食人食而不知檢하며 塗有餓莩而不知發하고 人死則曰 '非我也라 歲也라'하나니 是 何異於刺(척)人而殺之曰 '非我也라 兵也리오 王無罪歲'하시면 斯天下之民이 至焉하리이다."

개와 돼지가 사람이 먹을 음식을 먹어도 단속할 줄 모르고, 길에는 굶어 죽은 시체가 나뒹굴어도 창고를 열 줄 모르면서, 사람들이 굶어 죽으면 '내가 그렇게 한 것이 아니라 흉년 때문에 그런 것이다.'라고 말합니다. 이 어찌 사람을 찔러 죽이고서 '내가 한 것이 아니라 무기가 그렇게 한 것이다.'라고 말하는 것과 무엇이 다르겠습니까. 왕께서는 한 해의 흉년에 죄를 돌리지 않으시면, 이 천하의 백성이 이 나라로 이를 것입니다."

【補】 앞서 양혜왕의 질문, 즉 "나라에 백성이 많아지지 않음은 무엇 때문입니까?"라는 것에 대한 답이다.
'검(檢)' 자는 검문(檢問)의 뜻인 '단속하다'로 보는 설도 있고, 다른 하나인 '렴(斂)'의 뜻으로 보아 국가에서 풍년에 곡식을 사들이거나 세금으로 '거두어들이다'라는 뜻으로 보기도 하는데, 전자가 옳다.
'창고를 열다[發]'에서 창고란 '왕의 창고'가 아니라, '백성으로부터 식량을 모은 창고'를 가리키니 유의할 필요가 있다. '세(歲)' 자는 '한 해의 일[年事]'이라는 말로 풍년이나 흉년을 가리킨다. 여기서는 '흉년'으로 쓰였다. '왕께서는 한 해의 흉년에 죄를 돌리지 않으시면'에서 '죄(罪)' 자 한 글자에 '죄를 돌리다[歸罪]'의 뜻이 있다.

양혜왕 상 제4장

【補】 이 장에서는 '부모라는 사람이 어떻게 짐승에게 자식을 잡아 먹히게 할 수 있느냐.'는 극단적인 상황을 설정하여, 임금이라는 양혜왕이, 백성이 먹을 음식을 짐승에게 허비했던 것을 비판하고 있다. 즉 당시의 폐단을 지적하며 개혁할 것을 주장하고 있다.

梁惠王이 曰 "寡人이 願安承教하노이다."

양혜왕이 말했다.

"과인은 허심탄회하게 가르침을 받기 원합니다."

【補】 '안(安)' 자는 '육신을 편안히 하다'는 뜻이 아니라, '마음을 편히 하다'의 뜻으로, 허심탄회하게 말씀해 주기를 청한다는 의미로 사용되었다. 다시 말해 앞에서 다하지 못한 말이 있다면 주저하지 말고 마음을 편안히 하고서 더 말씀해 주기를 바란다는 말이다. 일설에 '안' 자를 어조사로 보기도 하니 참고로 적어 둔다.

孟子 對曰 "殺人以梃與刃이 有以異乎잇가?" 曰 "無以異也니이다."

맹자가 대답했다.

"사람을 죽이는 일에 몽둥이나 칼날을 사용하는 것이 차이가 있습니까?"

양혜왕이 말했다.

"차이가 없습니다."

"以刃與政이 有以異乎잇가?" 曰 "無以異也니이다."

"(사람을 죽이는 일에) 칼날이나 정치를 사용하는 것이 차이가 있습니까?"

"차이가 없습니다."

> 【補】 앞 절에서 "殺人以梃與刃"라고 쓰였기 때문에 "以刃與政" 앞에는 "殺人" 두 글자가 생략되어 있다.
>
> 양혜왕의 이 대답은 제선왕과 다른 점을 보인다. 즉 「양혜왕 하」 제6장에 "맹자가 '사방의 나라 안이 다스려지지 않으면 어떻게 하시겠습니까?'라고 묻자, 제선왕은 좌우를 돌아보며 다른 말을 했다."라는 기록이 있는데, 여기서 제선왕은 자신의 잘못을 인정하지 않았으나, 위의 절에서 보이듯 양혜왕은 자신의 잘못을 인정하고 있는 것이다.

曰 "庖有肥肉하며 廐有肥馬요 民有飢色하며 野有餓莩면 此는 率獸而食人也니이다.

맹자가 말했다.

"(임금의) 푸줏간에는 살찐 고기가 있고 마구간에는 살찐 말이 있는데, 백성은 굶주린 기색이 있고 들에 굶어 죽은 시체가 있다면, 이는 짐승을 몰아서 사람을 잡아먹게 한 것입니다.

> 【補】「등문공 하」 제9장을 보면 위의 말은 맹자의 말이 아니라 노나라 현인인 공명의(公明儀)의 말이다. 따라서 앞에 "公明儀 曰"이 생략된 형태로 보면 될 듯하다.
>
> 짐승을 '비(肥)' 자에 비유한 것은 정사에 실패하여 백성의 굶주림[飢]과 들판에 나뒹구는 시체[莩]를 강조하기 위해서이다. 임금 자신의 배를 채우기 위해 세금을 혹독하게 거두는 일은 백성을 들판에 몰아 짐승에게 잡아먹히게 하는 일과 다름이 없음을 은미하게 말하고 있다.

獸相食을 且人이 惡(오)之하나니 爲民父母라 行政호대 不免於率獸而食人이면 惡(오)在其爲民父母也리잇고.

짐승끼리 서로 잡아먹는 것을 사람들이 싫어하는데, 백성의 부모가 되어 정치를 하면서 짐승을 몰아 사람을 먹게 하는 것을 면치 못한다면, 백성의 부모 된 자격이 어디에 있겠습니까.

【補】 약육강식(弱肉强食)의 동물 세계는, 힘의 논리에 의한다. 따라서 짐승끼리 서로 잡아먹는 것조차도 사람들은 보기 싫어하는데, 하물며 임금이 된 사람이 짐승을 몰아 사람을 먹게 하는 짓을 면치 못하게 한다면 임금의 자격이 있는 사람인가라는 말이다. '오재기(惡在其)'는 '어디에 그러한 자격이 있는가?'라는 말이다.

仲尼曰 '始作俑者 其無後乎인저'하시니 爲其象人而用之也시니 如之何其使斯民飢而死也리잇고."

중니[공자]께서 '처음 나무로 사람을 만든 사람은, 그 후손이 끊어질 것이다.'라고 말씀하셨으니, 그것은 사람의 모습을 본떠 장례에 사용하였기 때문입니다. 어떻게 백성을 굶주려 죽게 할 수 있겠습니까."

【補】 궁궐의 가축들은 살이 오를 정도로 배부른데, 백성은 길바닥에 굶어죽고 있었던 당시의 상황을 비판하고 있는 절이다. 이로 보면 전국 시대에는 사람을 잡아먹거나 추운 날씨에 인간을 땔감으로 쓸 정도로 극악무도한 상황이었음을 알 수 있다.

공자가 '처음 나무로 사람을 처음 만든 자에게 후손이 끊어질 것이다.'는 심한 말을 한 것은, 그로부터 순장 제도가 시작되었기 때문이라고 생각해서이다. 예전에는 지푸라기로 만들어 사람을 닮지 않았는데, 나무로 만들기 시작하면서 사람을 닮게 만든 것이다.

훗날 실제 순장제도가 생겨났다.
'기(其)' 자는 '거의', '아마도'라는 뜻으로 쓰였다. '무후(無後)'라는 말은, 맹자가 언급한 불효 가운데 가장 나쁜 것으로(「이루 상」 제26장-삼불효(三不孝) 중 첫 번째) 당대 가장 심한 욕이었다. '위기(爲其)'는 '그것은~때문이다'라는 말이다.

양혜왕 상 제5장

梁惠王이 曰 "晉國이 天下에 莫強焉은 叟之所知也라 及寡人之身하야 東敗於齊에 長子 死焉하고 西喪地於秦七百里하고 南辱於楚하니 寡人이 恥之하야 願比死者하야 一洒之하노니 如之何則可니잇고?"

양혜왕이 말했다.

"진나라가 천하에서 이보다 강했을 때가 없음은 어르신께서도 알고 있습니다. 과인의 시대에 이르러서는, 동쪽으로 제나라에게 패하자 장자가 전사하였고, 서쪽으로는 진나라에게 땅 7백리를 잃었고, 남쪽으로는 초나라에 모욕을 당했습니다. 과인이 이를 부끄러워하여 전사한 자를 위해 한번 설욕하기를 원하니 어떻게 하면 되겠습니까?"

【補】 '진국(晉國)'은 위(魏)나라를 가리킨다. 위나라는 본래 진(晉)의 대부 위씨(魏氏), 한씨(韓氏), 조씨(趙氏)가 삼분하여 차지한 나라이다. '막강(莫強)'은 비교사로서 '이보다 더 강함은 없다'의 뜻이다. '동쪽으로 제나라에게 패했다'라는 말은 제나라보다도 약하다는 말이다. 이 사실은 손빈에게 마릉 땅에서 패배를 당하면서, 태자 신(申)이 포로로 잡혀 죽게 된 사실을 가리킨다.
'전사한 자'란 예전 융성한 국가를 이룩했던 선조들을 가리킨다. '남쪽으로는 초나라에 모욕을 당했습니다'라는 말은 초나라보다

약하다는 뜻이다. '비(比)' 자는 '위하다[爲]'의 뜻으로 쓰였다.

孟子 對曰 "地方百里而可以王이니이다.

맹자가 대답했다.
"땅이 사방 백리만 있어도 왕도정치를 할 수 있습니다.

【補】 띄어 읽기는 '地方 百里'가 아니라, '地 方 百里'이니, 즉 '토지가 사방 백리만 있어도'라는 의미이다. '왕(王)' 한 글자에 '왕도정치를 하다'라는 뜻이 있다.

王如施仁政於民하사 省(생)刑罰하시며 薄稅斂하시면 深耕易(이)耨하고 壯者 以暇日로 修其孝悌忠信하야 入以事其父兄하며 出以事其長上하리니 可使制梃하야 以撻秦楚之堅甲利兵矣리이다.

왕께서 만일 어진 정치를 백성에게 베풀어 형벌을 줄이고 세금을 적게 거둔다면, 백성은 밭 갈고 김매기를 잘 하고, 장성한 자들은 한가한 날에 효제와 충신을 닦아서 들어가서는 부형을 섬기며 나가서는 어른을 섬길 것이니, 이들로 하여금 몽둥이를 만들어 진나라와 초나라의 견고한 갑옷과 예리한 병기를 매질하게 할 수 있을 것입니다.

【補】 이 절은 작은 무기를 가지고 큰 무기를 이길 수 있음을 말하고 있는데, 그 '작은 무기'란 다름 아닌 효제충신(孝悌忠信)을 말한다. 즉 효제충신을 통해 민심을 얻는 것이야말로 진정한 국력이라는 사실을 강조하고 있는 것이다.
'형벌을 줄이다[省刑罰]'라는 말은 언해본처럼 '생(省)' 자로 해석한 것인데, 일부에서는 '살피다[성(省)]'로 해석하여 '형벌을 신중하게 집행해야 된다[愼罰]'로 보기도 하니, 참고로 적어 둔다.

彼 奪其民時하야 使不得耕耨하야 以養其父母하면 父母 凍餓하며 兄弟妻子 離散하리니,

저들이 백성의 농사철을 빼앗아 백성으로 하여금 밭을 갈고 김을 매어 그 부모를 봉양하지 못하게 하면, 부모가 추위와 굶주림에 시달리며, 형제와 처자가 뿔뿔이 흩어질 것입니다.

【補】 문장 앞에 '민심을 잃게 되면'을 넣어 보면 이해가 쉽다. '피(彼)' 자가 가리키는 것은 적국인 '진나라와 초나라'이다.

彼 陷溺其民이어든 王이 往而征之하시면 夫誰與王敵이리잇고?

저들이 그 백성을 함정에 빠뜨리거든, 왕께서 가서 바로잡으신다면 누가 왕에게 대적하겠습니까?

【補】 역시 문장 앞에 '민심을 잃게 되면'을 넣어 보면 되고, '피(彼)' 자 또한 '진나라와 초나라'를 가리킨다. 저들이 백성을 함정에 빠뜨리게 하는 수단은 바로 '포악한 정치'이다.

故로 曰 '仁者는 無敵이라'하니 王請勿疑하소서."

그러므로 '어진 사람은 대적할 자가 없다.'라고 하니, 왕은 청컨대 의심하지 마십시오."

【補】 '인자무적'이라는 말이 여기에서 나왔다.
'의심하지 마십시오'라는 말은 앞 절에서 말한 '땅 백리만 있어도 왕도정치를 할 수 있다[地方百里而可以王]'라는 말에 대해 의심하지 말라는 말이다. 양혜왕이 이를 의심했기 때문에 '어진 사람은 대적할 이가 없다'라는 말을 이용하여 재차 강조하고 있다.

양혜왕 상 제6장

孟子 見梁襄王하시고,

맹자가 양양왕을 만나,

【補】 앞 절에서는 연이어 양혜왕이 등장하다가, 이 절에서 양양왕이 등장하는 것은, 맹자가 양나라에 즉위한 새 임금을 만났다는 뜻이다. 즉 정권이 바뀌었음을 의미한다.
'양양왕'은 혜왕의 아들로, 이름은 사(嗣)이다.

出語人曰 "望之不似人君이오 就之而不見所畏焉이러니 卒然問曰 '天下는 惡(오)乎定고'하야늘 吾 對曰 '定于一이라'호라.

(맹자가) 밖에 나와 사람들에게 말했다.
"멀리에서 그를 바라봐도 임금 같지 않고 가까이 가서 봐도 남들이 경외할만한 점을 찾을 수 없었다. 그가 갑자기 '천하는 어떻게 하면 안정되겠습니까?'라고 묻자, 내가 '하나의 나라로 통일되어야만 안정되어질 것입니다.'라고 대답했다.

【補】 전국시대는 7국이 분할되어 불안정한 시국이었으므로 통일, 즉 안정을 꾀하고자 이와 같은 말을 한 것이다.
'취(就)' 자 한 글자에 '나아가 그의 행동과 기상을 살피다'라는 의미가 담겨 있다. '외(畏)' 자에는 '위의(威儀)'의 뜻이 있다. '정(定)' 자는 '안정(安定)'의 축약이다. '일(一)' 자는 천하 통일을 지칭한다. 혹자는 속된 표현으로 '갈잖다[不似]'라는 말의 어원이 여기에서 유래되었다고 하지만 미상이다.

'孰能一之오?'하야늘,

(양왕이) '누가 천하를 통일시킬 수 있겠습니까?'라고 물었다.

【補】 '지(之)' 자가 가리키는 것은 전국시대의 7국이다. 확장하여 해석하면 천하가 된다.

對曰 '不嗜殺人者 能一之라호라'

내가 '살인을 즐기지 않는 사람만이 천하를 잘 통일할 수 있습니다.'라고 대답했다.

【補】 이 말은 어진 정치의 가장 기저가 되는 것으로, '보민(保民)'을 의미한다. 전국시대에 살인이 얼마나 자행되고 있었는지 알 수 있는 절이다.

'孰能與之오'하야늘,

(양왕이) '누가 능히 그에게 돌아갈 수 있겠습니까?'라고 물었다.

【補】 주희는, '여(與)' 자는 '귀(歸)' 자와 같은 뜻으로 '돌아가다'는 뜻이라고 주장했으니 참고할 만하다. 즉 '백성들이 함께 하기 위해 찾아 돌아감'이라는 말이 '여' 자에 담겨 있다. 또한 이처럼 해석해야만 아래 문장과 자연스럽게 조응한다. 이는 「이루 상」 제13장을 참고해 보면 이해가 쉽다.

對曰 '天下 莫不與也니 王은 知夫苗乎잇가? 七八月之間이 旱則 苗槁矣라가 天이 油然作雲하야 沛然下雨則苗 浡然興之矣나니 其如是면 孰能禦之리오 今夫天下之人牧이 未有不嗜殺人者也니 如有不嗜殺人者 則天下之民이 皆引領而望之矣리니 誠如是也면 民歸之 由(猶)水之就下하리니 沛然을 誰能禦之리오'호라."

내가 대답했다. '천하의 모든 사람들은 누구에게 돌아갈 수밖에 없습니다. 왕께서는 벼이삭에 대해 아십니까? 7, 8월 사이에 날씨가 가물면, 벼이삭이 마르다가 하늘에 먹구름이 생겨 세차게 비를 내려주면, 벼이삭이 쑥쑥 돋아납니다. 벼이삭이 이와 같다면 누가 이것을 막을 수 있겠습니까?

오늘날 천하에 임금들 가운데 살인을 좋아하지 않는 사람이 없습니다. 만일 살인을 좋아하지 않는 사람이 있으면, 천하의 백성이 모두 목을 쭉 내밀고 바라볼 것입니다. 진실로 이처럼 살인을 좋아하지 않는다면, 백성은 그런 임금에게 돌아가는 것이 마치 물이 아래로 내려가는 것처럼 할 것이니, 세차게 흐르는 물을 그 어느 누가 막아낼 수 있겠습니까?' "

【補】 앞 절에서 말한 '살인을 좋아하지 않는 자'가, 이 절에서는 '가뭄을 풀어줄 사람'으로 표현되었다. '7, 8월 사이'란 새싹들이

한참 무럭무럭 자라야할 시기를 말한다. 이는 주나라 달력 즉 지금의 양력에 속하며, 음력으로는 5~7월 사이를 가리킨다. 따라서 이때 단비가 내려준다면 무엇도 걷잡을 수 없이 쑥쑥 자란다. 맹자는 이러한 비유를 통해 살인을 좋아하지 않는 자에 의해 천하가 통일되어질 것이라 믿고 있다.

'유연(油然)'은 구름이 뭉게뭉게 피어나는 모습을 말하고, '패연(沛然)'은 세차게 비가 내리는 모습을 말하며, '발연(浡然)'은 싹이 쑥쑥 자라는 모습을 말한다. '연(然)' 자가 붙음으로써 '~한 모양'의 뜻이 되었다.

양혜왕 상 제7장

【補】 이 장을 일명 곡속장(觳觫章)이라고 한다. 글자 수는 1313자이다. 『맹자』 전편 가운데 가장 긴 글로서, 혹자는 이 글만 정독해도 문리(文理)가 나며 문장을 잘 쓸 수 있다고까지 평가했다.

齊宣王이 問曰 "齊桓晉文之事를 可得聞乎잇가?"

제선왕이 물었다.

"제환공과 진문공의 일에 대해 들을 수 있겠습니까?"

【補】 맹자는 양양왕을 만난 후 위 나라를 떠나 제나라로 갔는데, 이때가 제선왕이 즉위한 지 2년밖에 되지 않은 해였다. 제선왕은 성은 전(田) 씨이고, 이름은 벽강(辟彊)이다. 제후이지만 왕이라 함부로 불렀다.

맹자의 생각에, 전국시대에 왕도정치를 가장 잘 펼칠 수 있는 인물은 그나마 제선왕이었기에 기대를 하며 찾아간 것이다. 이는 곡속장을 통해 잘 나타나 있다.

하지만 그 역시 맹자의 도를 펼칠 수 있는 기회를 주지 않았고,

맹자가 떠날 때조차 붙잡지 않았다. 이와 관련하여 자세한 내용은 「공손추」하 제10장부터 14장에 걸쳐 자세히 보이므로 이 글을 읽고 연이어 보는 것이 좋을 듯하다.

'제환공'은 성이 강(姜) 씨이고, 이름은 소백(小白)이다. 시호가 환(桓)이다. 관중(管仲)을 재상에 등용하여 부국강병을 시도했다. '진문공'의 이름은 중이(重耳)이다. 제환공에 이어 제후의 맹주가 되었다.

孟子 對曰 "仲尼之徒 無道桓文之事者라 是以로 後世에 無傳焉하니 臣이 未之聞也호니 無以則王乎인저."

맹자가 대답했다.

"공자의 문도 가운데 제환공과 진문공의 일에 대해 말하는 사람이 없었습니다. 이 때문에 후세에 전해진 사실이 없으니, 저도 아직 듣지 못하였습니다. 하지만 마지못해 말해보라고 한다면 왕도정치에 대해 말씀드리겠습니다."

【補】 맹자는 늘 공자를 배우고자 했던 인물이다. 따라서 공자의 문도 가운데에는 자신도 포함되어 있음을 암묵적으로 표현하고 있는 절이다. 공자도 말하지 않았던 패권의 일에 대해서는 맹자 자신 또한 말하고 싶지 않았다는 뜻이 내포되어 있다.

'중니(仲尼)'는 공자의 자(字)이다. '무이(無以)'의 '이(以)' 자는 '이(已)' 자와 통한다. 따라서 '무이(無已)'라는 말은 '반드시 그것을 말하고자 그만두지 않는다면'이라는 뜻이 된다.

曰 "德이 何如則可以王矣리잇고?" 曰 "保民而王이면 莫之能禦也리이다."

제선왕이 말했다.

"덕을 어떻게 해야 왕도정치를 할 수 있습니까?"

맹자가 말했다.

"백성을 보호하고 왕 노릇 하면 이를 막을 사람은 없습니다."

【補】 이로 보면, 맹자가 생각하는 왕도정치는 백성을 보호하는, 즉 보민정치와 같음을 알 수 있다. 또한 「양혜왕 하」 제3장에서도 "하늘을 즐거워하는 자는 천하를 보전한다."고 했으니 바로 이 절과 통한다.

曰 "若寡人者도 可以保民乎哉잇가?" 曰 "可하니이다." 曰 "何由로 知吾의 可也잇고?" 曰 "臣이 聞之胡齕호니 曰 '王이 坐於堂上이어시늘 有牽牛而過堂下者러니 王이 見之하시고 曰 「牛는 何之오?」 對曰 「將以釁鍾이니이다」 王曰 「舍之하라 吾 不忍其觳觫若無罪而就死地하노라」 對曰 「然則廢釁鍾與잇가?」 曰 「何可廢也리오 以羊易之라」 하소사니' 不識케이다 有諸잇가?"

"과인 같은 자도 백성을 보호할 수 있습니까?"

"가능합니다."

"무슨 이유로 내가 가능하다는 것을 압니까?"

"제가 호흘(왕의 신하)에게 다음과 같은 말을 들었습니다. '왕께서 당상에 앉아 계시는데, 소를 끌고 당하로 지나가는 사람이 있었습니다. 왕이 이를 보시고, 「그 소는 어디로 가는가?」, 「종의 틈을 바르는 데 쓰려고 합니다」, 「놓아주어라. 내가 그 소가 두려워 벌벌 떨면서 죄도 없이 사지로 가는 것을 차마 볼 수 없다」, 「그렇다면 흔종을 폐지하시겠습니까?」, 「어떻게 폐지할 수 있겠는가. 양으로 바꾸어 쓰라」' 제가 잘 알지 못하지만 이런 일이 있었습니까?"

【補】 제선왕의 불인지심(不忍之心)은 뒤의 '측은지심(惻隱之心)'으로 연결되며, 이 둘은 같은 뜻이다. 맹자는 제선왕에게 이 측은지심을 이끌어 내어 왕도정치를 하도록 유도하고 있는 것이다.
'흔종(釁鐘)'이란 국가의 대사로서, 인(phosphorus) 성분이 많은 사람이나 동물의 피를 사용하여 종의 틈을 막는 것을 말한다. '유저(有諸)'라는 말은 '유지(有之)'와 같은 말로 '그러한 일이 있습니까?'의 뜻이다.

曰 "有之**하니이다**." 曰 "是心**이** 足以王矣**리이다** 百姓**은** 皆以王爲愛也**어니와** 臣**은** 固知王之不忍也**하노이다**."

제선왕이 말했다.
"그러한 일이 있었습니다."
맹자가 말했다.
"이러한 마음이 왕도정치를 펼치기에 충분합니다. 백성은 모두 왕께서 재물에 인색하다고 여기겠지만, 저는 진실로 왕께서 차마 하지 못하는 마음이 있음을 알고 있습니다."

【補】 '시심(是心)'이란 '차마 하지 못하는 마음[不忍之心]'과 같은 말로 '측은히 여기는 마음[惻隱之心]'이라는 뜻이다. 이것이 바로 인(仁)한 마음의 단서가 된다.
'애(愛)' 자에는 '사랑하다'의 뜻과 함께 '아끼다, 인색하다[吝]'의 뜻이 공존하고 있다. 너무 사랑하기에 아끼고 인색해진 것이다. 이러한 예는 '만족하다'와 '싫어하다'의 뜻을 지닌 '염(厭)' 자, '훌륭하다'와 '잘못하다'의 뜻을 지닌 '과(過)' 자 등도 그러하다.

王曰 "然하다 誠有百姓者로다마는 齊國이 雖褊小나 吾何愛一牛리오 卽不忍其觳觫若無罪而就死地라 故로 以羊易之也호이다."

제선왕이 말했다.

"그렇습니다. 진실로 백성 가운데에는 그렇게 생각하는 사람이 있겠습니다. 제나라가 비록 좁고 작으나, 내 어찌 소 한 마리를 아까워하겠습니까. 이는 곧 소가 벌벌 떨며 아무런 죄도 없이 사지로 나가는 것을 차마 볼 수 없었기 때문에 양으로 바꾼 것입니다."

【補】 맹자는 인간의 선한 마음인 '차마하지 못하는 마음[不忍之心]'을 제선왕도 가지고 있기에, 이를 스스로 알 수 있도록 유도하여 자신의 입에서 나오도록 유도한 것이다.

曰 "王은 無異於百姓之以王爲愛也하소서 以小易大어니 彼惡(오)知之리잇고 王若隱其無罪而就死地則牛羊을 何擇焉이리잇고?" 王이 笑曰 "是誠何心哉런고 我非愛其財而易之以羊也언마는 宜乎百姓之謂我愛也로다."

맹자가 말했다.

"왕께서는 백성이 '왕이 재물에 대해 인색하다.'는 비방을 이상하게 생각지 마십시오. 작은 양(羊)을 가지고 큰 소와 바꾸었으니, 저 백성이 어떻게 알 수 있겠습니까? 왕께서 만약 그 죄도 없이 사지로 나아가는 소를 측은하게 여기셨다면 소와 양을 왜 바꾸셨습니까?"

제선왕이 웃으며 말했다.

"이는 진실로 어떤 마음입니까. 내가 재물을 아껴서 양으로써 바꾸게 한 것은 아니지만, 마땅히 백성은 내가 재물을 아꼈다고 생각하겠습니다."

【補】 앞서 나온 '불인지심(不忍之心)'이 여기에서는 '측은지심(惻隱之心)'으로 바뀌어 쓰였으나, 뜻은 같다. '위(謂)' 자는 앞 구절의 '以A爲B'와 같은 말로서 '여기다, 생각하다'의 뜻으로 쓰였다.

曰 "無傷也라 是乃仁術也니 見牛코 未見羊也일새니이다 君子之於禽獸也에 見其生하고 不忍見其死하며 聞其聲하고 不忍食其肉하나니 是以로 君子는 遠庖廚也니이다.

맹자가 말했다.

"나쁠 것이 없습니다. 이것이 바로 어진 마음을 행하는 방법입니다. 소는 보았고, 양은 아직 보지 못했기 때문입니다. 군자는 모든 동물에 대해서 그 살아있는 것을 보고 그것들이 차마 죽는 것은 보지 못하며, 그것들이 죽으면서 울부짖는 소리를 듣고 그 고기를 차마 먹지 못합니다. 이 때문에 군자는 푸줏간을 멀리합니다.

【補】 여기에서의 '술(術)' 자는 일처리가 어려울 경우, 기술적으로 일처리 하는 방법을 뜻한다. 즉 소도 죽이지 않고 종에도 피를 바를 수[釁鐘] 있기 때문에 이렇게 쓴 것이다. 대개 '술' 자에는 '전문적 기술'을 뜻하고, 다음으로는 권모술수의 뜻으로 쓰인다.

'견(見)' 자는 소가 벌벌 떠는 모습을 본 것이고, 뒤의 '문(聞)' 자는 소가 죽을 때 내는 소리를 듣는 것이다. 이 절에서 처음 '군자(君子)'라는 말이 나오는데, 일반적으로 군자란 도와 덕을 겸비한 이를 가리킨다. 하지만 문맥에 따라 임금이 되기도 하고, 위정자가 되기도 하고, 대인이나 성인이 되기도 한다.

王이 說(열)曰 "詩云 '他人有心을 予忖度(탁)之라'하니 夫子之謂也로소이다 夫我乃行之하고 反而求之호대 不得吾心이라니 夫子 言之하시니 於我心에 有戚戚焉하여이다 此心之所以合於王者는 何也잇고?"

제선왕이 기뻐하며 말했다.

"『시경』에 '남이 가지고 있는 마음을 내가 헤아린다.'[6]라고 했으니, 부자를 두고 한 말입니다. 내가 그렇게 행동하고도 돌이켜 내가 어떠한 마음인지 구했지만 내 마음을 얻을 수 없었는데, 부자께서 말씀해 주시니 내 마음에 감동이 있습니다. 이러한 마음이 왕도정치에 부합되는 이유는 무엇입니까?"

【補】 '도(度)' 자는 대개 '법도'나 '정도'의 뜻으로 쓰이지만, '헤아리다'는 뜻도 지니고 있으며, 이렇게 사용될 때 음은 '탁'으로 바뀐다. '척척(戚戚)'은 감동하여 기쁜 모습이다.

曰 "有復(복)於王者 曰 '吾 力足以擧百鈞而不足以擧一羽하며 明足以察秋毫之末而不見輿薪이라'하면 則王은 許之乎잇가?" 曰 "否라", "今에 恩足以及禽獸로대 而功不至於百姓者는 獨何與잇고? 然則一羽之不擧는 爲不用力焉이며 輿薪之不見은 爲不用明焉이며 百姓之不見保는 爲不用恩焉이니 故로 王之不王은 不爲也언정 非不能也니이다."

맹자가 말했다.

"왕에게 아뢰는 사람이 '내 힘이 충분히 백균을 들 수는 있는데도 깃털 하나를 들 수 없으며, 시력은 가을날 자라는 가는 털끝을 볼 수

6) 남이…… 헤아린다 : 「소아(小雅)·교언(巧言)」에 보인다.

있는데도 수레에 실은 커다란 나무 섶은 볼 수 없다.'라고 말한다면 왕께서는 이것을 인정하시겠습니까?"

제선왕이 말했다.

"아닙니다."

(맹자가 말했다.) "오늘날 은혜는 넉넉히 동물에게 이르렀지만, 그 공이 백성에게 이르지 못한 것은 유독 무엇 때문입니까? 그렇다면 하나의 깃털을 들지 않은 것은 힘을 쓰지 않기 때문이고, 수레의 섶을 보지 않은 것은 시력을 쓰지 않기 때문이며, 백성이 보호를 받지 못한 것은 은혜를 쓰지 않기 때문입니다. 그러므로 왕께서 왕도정치를 하지 않은 것은 하지 않은 것이지 할 수 없는 것은 아닙니다."

【補】 흔히 말하는 '하지 않음[不爲]'과 '할 수 없음[不能]'에 대해 설명하면서 제선왕의 잘못을 은미하게 간하고 있다.
'복(復)' 자에는 '고하다[告]'라는 뜻이 있다. 원문 "曰否 今恩足以及禽獸"에서 '부(否)' 자와 '금(今)' 자 사이에 '맹자왈(孟子曰)'이라는 말이 생략되어 있다.
'은혜[恩]'란 구체적으로, 제선왕이 소를 살려준 은혜를 말한다. '균(鈞)' 자는 '서른 근 균' 자이므로, 백균은 삼천 근을 말하며 '매우 무거움'을 관용적으로 쓴 것이다. 원문 "王之不王"에서 앞의 '왕(王)' 자는 제선왕을 가리키고, 뒤의 '왕(王)' 자는 왕도정치를 뜻한다.

曰 "不爲者와 與不能者之形이 何以異잇고?" 曰 "挾太山하야 以超北海를 語人曰 '我不能이라'하면 是는 誠不能也어니와 爲長者折枝를 語人曰 '我不能이라'하면 是는 不爲也언정 非不能也니 故로 王之不王은 非挾太山以超北海之類也라 王之不王은 是 折枝之類也니이다.

제선왕이 말했다.

"하지 않는 자와 할 수 없는 자의 모습은 어떻게 다릅니까?"

맹자가 말했다.

"태산을 옆구리에 끼고 북해를 뛰어넘는 것을 가지고 사람들에게 '나는 할 수 없는 일이다.'라고 말하면, 이는 정말로 할 수 없는 일입니다. (그러나) 어른을 위하여 나뭇가지를 꺾어 지팡이 하나 만들어 주는 것을 가지고 사람들에게 '나는 할 수 없는 일이다.'라고 말한다면, 이는 하지 않은 일이지 할 수 없는 일은 아닙니다. 그러므로 왕께서 왕도정치를 하지 않는 것은 태산을 끼고 북해를 뛰어넘는 일과 같은 것이 아니라, 왕께서 왕도정치를 하지 않는 것은 나뭇가지를 꺾어 지팡이 하나 만들어 주는 것과 같은 일입니다.

【補】'하지 않음[不爲]'과 '할 수 없음[不能]'에 대해 비유를 들어 왕도정치는 불가능한 것이 아니라 하지 않은 일임을 말하고 있다. '지(枝)' 자에 대해, 주희는 '나뭇가지를 꺾는다'는 것으로 보았다. 즉 노인을 위해 지팡이를 만든다는 말이다. 그러나 혹자는 '사지를 굽힌다'는 뜻으로 보아 '어른을 위해 절을 한 번 하는 것'이라고 주장하기도 한다. 또 혹자는 손가락을 가리키는 '지(指)' 자와 통용한다고 보고 '어른을 위해 사지를 주물러 주는 일(안마)'로 해석하기도 하니 참고로 적어 둔다.

老吾老하야 以及人之老하며 幼吾幼하야 以及人之幼면 天下는 可運於掌이니 詩云 '刑于寡妻하야 至于兄弟하야 以御于家邦이라'하니 言擧斯心하야 加諸彼而已니 故로 推恩이면 足以保四海요 不推恩이면 無以保妻子니 古之人이 所以大過人者는 無他焉이라 善推其所爲而已矣라 今에 恩足以及禽獸而功不至於百姓者는 獨何與니잇고?

내 노인을 부친처럼 존경하여 남의 노인에게까지 미치며, 내 어린 자식을 자식처럼 사랑하여 남의 어린이에게까지 미친다면, 천하는 손바닥 움직이는 것처럼 쉬울 것입니다. 『시경』에 '과인의 아내에게 모범이 되어 형제에까지 이르러 집과 나라를 다스린다.'[7]라고 했으니, 이 마음을 들어서 저 백성에게 더해줄 따름입니다. 그러므로 은혜를 미루면 넉넉히 천하를 보호할 수 있고, 은혜를 미루어 가지 못한다면 가까운 처자식마저도 보호할 수 없습니다. 옛날 성인이 일반인보다 훨씬 뛰어난 이유는 다름 아니라, 그 자신이 했던 마음을 잘 미루었을 뿐입니다. 오늘날에 (제선왕께서도) 은혜는 넉넉히 짐승에게까지 미쳤지만, 공로가 백성에게 이르지 않은 것은 유독 무슨 이유입니까?

【補】 '노오노(老吾老)'에서 앞 '노(老)' 자는 '제 부친처럼 존경하며 대접하다'라는 뜻이며, '유오유(幼吾幼)'의 앞 '유(幼)' 자는 '제 자식처럼 보살피고 사랑하다'는 뜻으로 쓰였다.
'손바닥을 움직이듯 한다[可運於掌]'는 것은 매우 쉬운 일을 뜻한다. 만약 '손바닥을 보듯이 한다'고 했을 경우에는, 지식이 해박함을 뜻한다.
천하를 '사해(四海)'로 표현한 것은 사면이 바다로 둘러싸여 있기 때문이다. '과(過)' 자는 '넘다' 즉 '남보다 뛰어남'이라는 뜻으로 사용되었다.

權然後에 知輕重하며 度(도)然後에 知長短이니 物皆然이어니와 心爲甚하니 王請度(탁)之하소서.

저울질을 한 뒤에야 가볍고 무거움을 알며, 길이를 재어본 뒤에야

7) 과인의…… 다스린다 : 「대아(大雅)·사제(思齊)」에 보인다.

길고 짧음을 알 수 있습니다. 모든 사물도 모두 그러합니다만, 마음이 더욱 중요합니다. 왕께서는 부디 이를 잘 헤아려 보십시오.

【補】 저울질을 잘못한다면, 이는 큰 손익이라고 보기 어렵다. 그러나 마음을 잘못 헤아린다면 그 손실은 이루 다 헤아릴 수 없을 것이다. 즉 마음의 잣대가 얼마나 중요한지 말하고 있다.

抑王은 興甲兵하며 危士臣하야 構怨於諸侯然後에 快於心與잇가?"

아니 왕께서는 전쟁을 일으켜 군사와 신하들을 위태롭게 하여 제후들에게 원한을 산 뒤에야 마음이 즐겁겠습니까?"

【補】 이 절부터 다시 처음 질문으로 돌아와 제환공과 진문공의 일에 대해서 말하고 있다.
'억(抑)' 자는 발어사로서 해석하지 않아도 무관하지만, 대개 반대의 의견을 제시할 때 사용하는 반어사로도 쓰여 '아니, 아니면' 등의 뜻으로 쓰인다. '사(士)' 자는 '병사'의 뜻으로 쓰였다. '구(構)' 자는 '만들다, 일으키다'라는 뜻이 있어 여기서는 '원한을 맺게 만들다'라는 뜻으로 쓰였다.

王曰 "否라 吾何快於是리오 將以求吾所大欲也로이다."

제선왕이 말했다.

"아닙니다. 내 어찌 이를 즐거움으로 삼겠습니까. 장차 내 크게 하고자하는 바를 추구해서입니다."

曰 "王之所大欲을 可得聞與잇가?" 王이 笑而不言하신대 曰 "爲肥甘이 不足於口與며 輕煖이 不足於體與잇가? 抑爲采色이 不足視於目與며 聲音이 不足聽於耳與며 便嬖 不足使令於前與잇가? 王之諸臣이 皆足以供之하나니 而王은 豈爲是哉시리잇고?" 曰 "否라 吾不爲是也로이다." 曰 "然則王之所大欲을 可知已니 欲辟土地하며 朝秦楚하야 莅中國而撫四夷也로소이다 以若所爲로 求若所欲이면 猶緣木而求魚也니이다."

맹자가 말했다.

"왕께서 크게 하고자 하는 바를 들을 수 있겠습니까?"

왕이 웃고서 말은 하지 않자, 맹자가 말했다.

"살찌고 맛있는 음식이 입에 부족해서이며, 가볍고 따뜻한 옷이 몸에 부족해서입니까? 아니면 색채가 눈으로 보기에 부족해서이며, 아름다운 음악이 귀로 듣기에 부족해서이며, 총애하는 사람들을 면전에서 부리기가 부족해서입니까? 왕의 여러 신하들이 모두 넉넉히 이러한 것들을 공급하는데, 왕께서는 어찌 이 때문입니까?"

제선왕이 말했다.

"아닙니다. 나는 이 때문이 아닙니다."

맹자가 말했다.

"그렇다면 왕께서 크게 하고자 하는 바를 알 수 있습니다. 토지를 개간하며 진나라와 초나라에게 조회를 받아 중국에 임하여 사방의 오랑캐들을 어루만지고자 하는 것입니다. 이와 같은 행위로 이와 같이 원하는 바를 구한다면, 이는 마치 '나무에 올라가 물고기를 구하는 것'과 같습니다."

【補】 제선왕의 잘못을 이끌어내어 그것이 얼마나 큰 잘못을 범하고 있는지를 말하고 있다.
'벽(辟)' 자 다음에 토지[土]나 풀[草]이 나오면 대개 '개간하다[벽(辟)]'의 뜻으로 쓰인다. '진나라와 초나라에게 조회를 받는다[朝秦楚]'라는 말은 '강대국을 신하로 삼는다'라는 말이다. '중국에 임한다[莅中國]'라는 말은 '천자가 된다'는 말이다.
'연목구어' 고사가 여기에서 나왔다. 일반적으로는 '나무에 올라 물고기를 구한다'고 하지만 '나무에 오르다' 대신 '숲으로 가서'라고 번역하기도 하는데, 이는 '연(緣)' 자의 다의성 때문이다.

王曰 "若是其甚與잇가?" 曰 "殆有甚焉하니 緣木求魚는 雖不得魚나 無後災어니와 以若所爲로 求若所欲이면 盡心力而爲之라도 後必有災하리이다." 曰 "可得聞與잇가?" 曰 "鄒人이 與楚人戰則王은 以爲孰勝이니잇고?" 曰 "楚人이 勝하리이다." 曰 "然則小固不可以敵大며 寡固不可以敵衆이며 弱固不可以敵强이니 海內之地 方千里者 九에 齊 集有其一하니 以一服八이 何以異於鄒敵楚哉리잇고 蓋亦反其本矣니이다.

제선왕이 말했다.
"이처럼 심합니까?"
맹자가 말했다.
"훨씬 더 심합니다. 나무에 올라가 물고기를 구하는 것은 비록 물고기를 얻지 못하더라도 훗날 재앙은 없겠지만, 이와 같은 소행으로 이와 같이 원하는 바를 구한다면 마음과 힘을 다하여 행하더라도 훗날 반드시 재앙이 있을 것입니다."
"더 들을 수 있겠습니까?"
"추나라 사람이 초나라 사람과 싸운다면 왕께서는 누가 이길 것이라고 생각합니까?"

"초나라 사람이 이길 것입니다."

"그렇다면 소국은 진실로 대국을 대적할 수 없으며, 소수는 진실로 다수를 대적할 수 없으며, 약자는 진실로 강자를 대적할 수 없습니다. 중국에는 땅 천리가 되는 나라가 아홉인데 제나라를 모아 놓으면 아홉 나라 중 그 하나를 소유하였으니, 하나를 가지고 여덟을 복종시키는 것이 어떻게 추나라가 초나라를 대적함과 무엇이 다르겠습니까? 또한 그 근본을 돌이켜야 합니다.

【補】 맹자는 '소국' → '소그룹' → '약자' 순으로 축소하면서 중과부적(衆寡不敵)에 대해 설명하고 있다.

추나라를 비유로 든 것은 작은 나라이기 때문이다. '근본'이란 아래의 절에도 나오지만 '어진 정치를 베풀고 인정을 베푸는 정치'를 말한다.

今王이 發政施仁하사 使天下仕者로 皆欲立於王之朝하며 耕者로 皆欲耕於王之野하며 商賈(고)로 皆欲藏於王之市하며 行旅로 皆欲出於王之途하시면 天下之欲疾其君者 皆欲赴愬於王하리니 其如是면 孰能禦之리잇고."

오늘날 왕께서 어진 정치를 펴고 인정을 베풀어 천하에 벼슬하는 자들로 하여금 모두 왕의 조정에서 벼슬하게 하고, 밭갈이하는 농부들로 하여금 모두 국왕의 나라 안에서 경작하게 하며, 장사꾼들으로 하여금 모두 국왕의 나라 안 시장에 물건을 저장하게 하며, 여행객들로 하여금 모두 국왕의 나라 안 길에 나아가게 한다면, 천하에 그 임금을 미워하려는 자들이 모두 왕에게 달려와 하소연하고자 할 것입니다. 정치가 이와 같다면 누가 이를 막겠습니까."

【補】 이 절이 바로 '근본을 되돌리는 일[反本之事]'의 구체적 행위를 가리킨다. 즉 벼슬하는 자, 농부, 장사꾼, 여행객 등 천하의 사람들이 어진 정치를 펴고 인정을 베풀면 그 나라로 몰려든다는 말이다.

장사꾼들을 가리키는 말 '상고(商賈)'는 물건을 가지고 다니면서 파는 것을 '상(商)'이라 하고, 물건을 쌓아놓고 팔면 '고(賈)'라고 한다.

王曰 "吾惛하야 不能進於是矣로니 願夫子는 輔吾志하야 明以教我하소서 我雖不敏이나 請嘗試之호리이다." 曰 "無恒產而有恒心者는 惟士 爲能이어니와 若民則無恒產이면 因無恒心이니 苟無恒心이면 放辟邪侈를 無不爲已니 及陷於罪然後에 從而刑之면 是는 罔民也니 焉有仁人이 在位하야 罔民을 而可爲也리오.

제선왕이 말했다.

"나는 지혜가 밝지 못해 이런 것에 대해 실천할 수 없으니, 부자께서는 제 뜻을 도와 분명하게 저를 가르쳐 주십시오. 내 비록 민첩하지는 못하지만 한번 시험해 보겠습니다."

맹자가 말했다.

"일정한 생업이 없으면서도 일정한 양심을 가지고 있는 사람은 오직 선비만이 가능한 것이지만, 백성의 경우 일정한 생업이 없으면 이것으로 인하여 일정한 양심이 없어지게 됩니다. 만일 일정한 양심이 없다면 제멋대로 나쁜 짓을 저지르고 사치스러운 행위를 하지 않는 짓이 없을 것이니, 죄를 범한 뒤에 따라서 그들을 형벌로 다스린다면, 이는 백성을 그물질하는 것입니다. 어찌 어진 사람이 지위에 있으면서 백성을 그물질하는 짓을 할 수 있겠습니까.

【補】 대개 선비로서 학문을 한다는 말은 마음을 닦는다는 것을 의미한다. 다시 말해 일정한 생산이라 하는 것에 이끌리지 않고, 닦은 마음을 잃지 않는 것을 말한다. 일반인의 경우 물질에 의하여 마음을 지배 받기 때문에, 마음을 닦는 선비는 물욕을 이겨내야 하는 것이다.
'진(進)' 자는 '실천하다'의 뜻으로 쓰였다. '청(請)' 자는 대개 '부탁하다'의 뜻으로 사용된다. 하지만 여기에서와 같이 쓰였을 때에는 아랫사람이 윗사람을 위해 '삼가, 외람되이, 그렇다면 한번, 잘' 등과 같은 뜻으로 쓰였다. 이는 『논어』·「안연」 제1장에서 안연이 스승에게 "제가 비록 민첩하지는 못하지만 삼가 이 말씀을 잘 실천해 보겠습니다[回誰不敏, 請事斯語矣.]."의 문장형태와 비슷하다. 말미의 '어진 사람'이란 '위정자'를 가리킨다.

是故로 明君이 制民之産호대 必使仰足以事父母하며 俯足以畜(휵)妻子하야 樂歲에 終身飽하고 凶年에 免於死亡하니 然後에 驅而之善故로 民之從之也 輕하니이다.

이 때문에 지혜가 밝은 임금은 백성의 생업을 제정해 줄 때, 반드시 위로 넉넉히 부모를 섬길 만하며 아래로 넉넉히 처자식을 기를 만하여, 풍년이 들면 일 년 내내 배부르고 흉년이 들면 죽음에 면하게 해 줍니다. 그런 뒤에야 백성을 몰아서 마음이 선한 곳으로 가도록 하기 때문에 백성이 명령을 따르기가 쉬운 것입니다.

【補】 백성이 떳떳한 일이 있기 때문에 떳떳한 마음을 가질 수 있음을 말하고 있다. 앞 절이 백성을 악한 쪽으로 몰아 처벌하였다면, 이 절에서는 선한 쪽으로 백성을 이끌어야 함을 말하고 있다.
'앙(仰)' 자는 '위로는[上]'이라는 말이고, '부(俯)' 자는 '아래로는

[下]'이라는 말이다. 대개 '사망(死亡)'에서 '사(死)' 자는 죽은 후 장례를 치를 때까지를 가리키며, '망(亡)' 자는 죽어 땅에 묻힌 후 육신이 완전히 사라졌을 때를 말한다. '경(輕)' 자는 '쉽다[易]'라는 뜻으로 쓰였다.

今也에 制民之産호대 仰不足以事父母하며 俯不足以畜妻子하야 樂歲에 終身苦하고 凶年에 不免於死亡하나니 此惟救死而恐不贍이어니 奚暇에 治禮義哉리오.

오늘날 백성의 일을 제정해 줄 때, 위로는 넉넉히 부모를 섬기지 못하며, 아래로는 넉넉히 처자식을 기를 수 없어서, 풍년이 들면 종신토록 고생하게 만들고, 흉년이 들면 죽음을 면치 못합니다. 이는 오직 죽음에서 벗어나기에도 넉넉하지 못할까 두려운데 어느 겨를에 예의를 다스리겠습니까.

【補】 이 절은 앞 절과 반대로, 떳떳한 일이 없어서 떳떳한 마음이 없어지게 되는 것에 대한 설명이다.

王欲行之則盍反其本矣니잇고?

왕께서 이것을 행하고자 하신다면 어찌 그 근본을 돌이키지 않습니까?

【補】 '근본을 되돌리는 일'이란 앞서 나온 '어진 정치를 펴고 인정을 베푸는 일[發政施仁]'을 가리킨다.

五畝之宅에 樹之以桑이면 五十者 可以衣帛矣며 雞豚狗彘之畜(휵)을 無失其時면 七十者 可以食肉矣며 百畝之田을 勿奪其時면 八口之家 可以無飢矣며 謹庠序之教하야 申之以孝悌之義면 頒白者 不負戴於道路矣리니 老者 衣帛食肉하며 黎民이 不飢不寒이오 然而不王者 未之有也니이다."

5묘의 집 가장자리에 뽕나무를 심으면, 50세 된 사람이 비단옷을 입을 수 있습니다. 닭과 새끼돼지와 개와 돼지의 가축을 기름에 새끼 칠 때를 잃지 않게 하면, 70세 된 노인이 고기를 먹을 수 있습니다. 백묘의 밭에 농사철을 빼앗지 않는다면, 여덟 식구가 굶주림이 없을 것입니다. 학교의 가르침을 삼가게 하여 효제의 의리로써 거듭한다면, 머리가 반백이 된 사람이 도로에서 짐을 지거나 이지 않을 것입니다. 노인이 비단옷을 입고 고기를 먹으며, 백성이 굶주리지 않고 춥지 않게 하고서도 왕도정치를 하지 못하는 사람은 있지 않습니다."

【補】「양혜왕 상」 제3장에 이미 나왔다. 글자의 출입은 '수구지가(數口之家)'와 '칠십자(七十者)' 두 군데이다. 대개 한 집안의 식구가 일곱에서 여덟 명이기 때문에 여기에서는 '팔구지가(八口之家)'로 썼다.

또 '칠십자(七十者)'가 문장 앞뒤에 두 번 나오는데, 이 절에서는 앞에 '칠십자(七十者)'를 앞에 한 번만 쓰고, 뒤에서는 '노자(老者)'를 놓았으나, 의미에 큰 변화가 있는 것은 아니다.

제2부

양혜왕 장구 하(凡十六章)

양혜왕 하 제1장

莊暴(포) 見孟子 曰 "暴 見(현)於王호니 王이 語暴以好樂이어시늘 暴未有以對也호니." 曰 "好樂이 何如하니잇고?" 孟子 曰 "王之好樂이 甚則齊國은 其庶幾乎인저."

장포(제나라 신하)가 맹자를 뵙고 말했다.

"제가 왕을 알현했더니 왕께서 제게 음악을 좋아한다고 말씀하셨는데, 저는 대답하지 못하였습니다."

(그리고 또) 말했다.

"음악을 좋아하는 것이 어떻습니까?"

맹자가 말했다.

"왕께서 음악을 좋아함이 심하면, 제나라는 거의 다스려질 것입니다."

【補】 장포가 대답을 하지 못한 것은 '음악과 정치의 상관관계'를 알지 못해서이다. '서기(庶幾)'는 일반적으로 '거의'라는 뜻으로 쓰이며, 때로 '거의 도에 가깝다'라고 쓰인다. 여기서는 '나라가 거의 태평성대로 잘 다스려지다'라는 뜻이다.

他日에 見於王曰 "王이 嘗語莊子以好樂하사소니 有諸잇가?" 王이 變乎色曰 "寡人이 非能好先王之樂也라 直(只)好世俗之樂耳로이다."

훗날 맹자가 제선왕을 뵙고 말했다.

"왕께서 일찍이 장포에게 음악을 좋아한다고 말씀한 적이 있다고 하는데, 그러한 일이 있었습니까?"

제선왕이 얼굴빛을 변하며 말했다.

"과인은 선왕의 음악을 좋아하는 것이 아니라 다만 세속의 음악을 좋아할 뿐입니다."

【補】 제선왕이 부끄러운 얼굴빛으로 변한 것은 선왕시대의 음악이 아닌 전국시대 당시의 음악, 즉 세속의 음악을 좋아했기 때문이다. '타일(他日)'은 '훗날' 또는 '예전'의 뜻으로 쓰인다.

曰 "王之好樂이 甚則齊其庶幾乎인저 今之樂이 由(猶)古之樂也니이다."

맹자가 말했다.

"왕께서 음악을 좋아함이 심하면, 제나라는 그 거의 다스려질 것입니다. 오늘날 세속의 음악은 옛 선왕의 음악과 같습니다."

【補】 음악의 기능적 측면, 즉 평화로운 측면에서 백성과 함께 해야만 즐거움을 말하고 있다.
'오늘날의 음악'이라는 것은 세속의 음악이고, 이와는 대조적으로 '옛 음악'이란 선왕의 음악을 가리킨다.

曰 "可得聞與잇가?", "獨樂(악)樂(락)과 與人樂樂이 孰樂(락)이니잇고?" 曰 "不若與人이니이다." 曰 "與少樂樂과 與衆樂樂이 孰樂이니잇고?" 曰 "不若與衆이니이다."

제선왕이 말했다.

"그것에 대해서 더 들을 수 있겠습니까?"

(맹자가 말했다.) "혼자서 음악을 즐기는 것과 다른 사람과 함께 음악을 즐기는 것 가운데 어느 것이 더 즐겁습니까?"

"다른 사람과 함께 즐기는 것만 같지 못합니다."

"소수의 인원과 함께 음악을 즐기는 것과 다수의 인원과 함께 음악을 즐기는 것 중에 어느 것이 더 즐겁습니까?"

"다수의 인원과 함께 즐기는 것만 같지 못합니다."

【補】 혼자서 음악을 즐기는 것은 남들과 함께 즐기는 것만 같지 못하고, 소수의 인원과 음악을 즐기는 것은 다수의 인원과 함께 즐기는 것만 같지 못하다. '소(少)' 자는 소수의 인원이니 '몇 몇 사람'이란 말이다.

"臣이 請爲王言樂호리이다.

(맹자가 말했다.) "제가 왕을 위하여 음악에 대해 삼가 말씀드리겠습니다.

今王이 鼓樂於此어시든 百姓이 聞王의 鍾鼓之聲과 管籥之音하고 擧疾首蹙頞而相告曰 '吾王之好鼓樂이여 夫何使我로 至於此極也오'하야 父子 不相見하며 兄弟妻子 離散하며 今王이 田獵於此어시든 百姓이 聞王의 車馬之音하며 見羽旄之美하고 擧疾首蹙頞而相告曰 '吾王之好田獵이여 夫何使我로 至於此極也오'하야 父子 不相見하며 兄弟妻子 離散하면 此는 無他라 不與民同樂也니이다.

오늘날 왕이 여기에서 음악을 연주하면, 백성은 왕의 종소리와 북소리와 피리소리와 젓대소리를 듣고는 모두 머리를 아파하고 이마를 찌푸리며 서로 '우리 왕께서 음악 연주하기를 좋아함이여. 어찌 우리들을 이러한 곤궁에 처하게 하는가.'라고 말하며, 부모와 자식은 서로 만나보지 못하고, 형제와 처자는 뿔뿔이 흩어져 살게 됩니다.

오늘날 왕이 여기에서 사냥을 하면, 백성은 왕의 수레와 말발굽소리를 듣고 깃발의 화려함을 보고서 모두 머리를 아파하고 이마를 찌푸리며 서로 '우리 왕께서 사냥을 좋아함이여. 어찌 우리들을 이러한 곤궁에 처하게 하는가.'라고 말하며, 부모와 자식은 서로 만나보지 못하고, 형제와 처자는 뿔뿔이 흩어져 살게 됩니다. 이는 다름 아니라 임금께서 백성과 함께 즐기지 않아서입니다.

【補】 임금이 어려운 환경에 처한 백성을 구휼하지 않고서, 음악과 사냥을 하며 혼자만 즐기고 있으니, 그러한 행위가 명백히 잘못된 일임을 말하고 있다. 맹자가 사냥[田獵]을 예로 든 것은, 실상 문맥과는 무관하지만 제선왕을 깨우치기 위해 그렇게 한 것이다.

'종고(鐘鼓)'는 타악기이며, '관약(管籥)'은 관악기이다. '거(擧)' 자는 '모두'의 뜻으로 쓰였고, '유(由)' 자는 '유(猶)' 자의 뜻으로 사용되었다. '극(極)' 자는 질탕한 낭비로 인해 백성이 매우 곤궁해짐을 말한다.

참고로 역자는 '吾王之好鼓樂이여 夫何使我至於此極也오'까지를 백성의 원한의 소리로 봤는데, 혹자는 '吾王之好鼓樂이여 夫何使我至於此極也오하야 父子不相見하며 兄弟妻子離散'까지를 보기도 하니 참고로 적어 둔다.

今王이 鼓樂於此어시든 百姓이 聞王의 鍾鼓之聲과 管籥之音하고 擧欣欣然有喜色而相告曰 '吾王이 庶幾無疾病與아 何以能鼓樂也오'하며 今王이 田獵於此어시든 百姓이 聞王車馬之音하며 見羽旄之美하고 擧

欣欣然有喜色而相告曰 '吾王이 庶幾無疾病與아 何以能田獵也오'하면 此는 無他라 與民同樂也니이다.

오늘날 왕이 여기에서 음악을 연주하면, 백성이 왕의 종소리와 북소리와 피리소리와 젓대소리를 듣고는 모두 기뻐하는 얼굴빛을 띄고 서로 '우리 왕께서 혹 질병은 없으시겠지. 무엇 때문에 음악을 연주하시지.'라고 말합니다.

오늘날 왕이 여기에서 사냥을 하면, 백성이 왕의 수레와 말발굽소리를 듣고 깃발의 화려함을 보고서 모두 기뻐하는 얼굴빛을 띄고 서로 '우리 왕께서 혹 질병이나 없으시겠지. 무엇 때문에 사냥을 하시지.'라고 말합니다. 이는 다름 아니라 백성과 함께 즐거워해서입니다.

【補】 앞 절에서는 백성과 즐거움을 함께 하지 못한 폐단을 말했다면, 여기에서는 백성과 함께 즐거움을 나눴기 때문에 훌륭한 정치라 말하고 있다. 따라서 '무엇 때문에 음악을 연주하시지'와 '무엇 때문에 사냥을 하시지'라는 말은, 비방하는 말이 아니라, 백성이 임금을 걱정한다는 뜻으로 앞 절과 의미가 전혀 다르다.

'흔흔연(欣欣然)'은 뒤 '희색(喜色)'의 형용이다. 『맹자』에는 이러한 수사가 많은데, 첩자(疊字)나 '연(然)' 자가 나오면 뒤에 나온 글자의 형용으로 이해하면 된다.

今王이 與百姓同樂則王矣시리이다."

오늘날 왕께서 백성과 함께 즐거워하신다면 왕도정치를 할 수 있습니다."

【補】 이 장에 대해 북송의 학자 범조우(范祖禹)는 "맹자는 제선왕이 음악을 좋아한다는 것을 알고서 이로 인하여 그 선한 마음을 이끌어 백성과 함께 즐길 것을 잘 권하였다."라고 했으니 참고할 만하다.

마지막 '왕(王)' 한 글자에는 '왕도정치가 가능하다'는 의미가 내포되어 있다.

양혜왕 하 제2장

齊宣王**이** 問曰 "文王之囿 方七十里**라하니** 有諸**잇가**?" 孟子 對曰 "於傳**에** 有之**하니이다**."

제선왕이 물었다.

"문왕의 동산이 사방 70리라고 하는데 그러한 일이 있습니까?"

맹자가 대답했다.

"옛 책에 그러한 사실이 기록되어 있습니다."

【補】 제선왕의 이 말에는 '문왕의 동산 70리가 매우 넓은 땅'이라는 인식이 있다. 따라서 이러한 물음을 통해 당대 화두라 할 수 있는 부국강병이 나쁜 일이 아님을 맹자의 입을 통해 확인하고자 한 것이다.

'문왕'은 서백(西伯) 창(昌)으로, 무왕의 부친이다.

曰 "若是其大乎**잇가**?" 曰 "民**이** 猶以爲小也**니이다**." 曰 "寡人之囿**는** 方四十里**로대** 民**이** 猶以爲大**는** 何也**잇고**?" 曰 "文王之囿 方七十里**에** 芻蕘者 往焉**하며** 雉兎者 往焉**하야** 與民同之**하시니** 民**이** 以爲小

不亦宜乎잇가?

제선왕이 말했다.

"이처럼 크게 할 수 있습니까?"

맹자가 대답했다.

"백성은 오히려 작다고 여겼습니다."

"과인의 동산은 사방 40리지만, 백성이 오히려 크다고 생각하는 것은 왜 그렇습니까?"

"문왕의 동산 사방 70리에 꼴과 나무하는 사람들이 그곳으로 가며, 꿩과 토끼를 잡는 사람들이 그곳으로 가서 백성과 함께 했으니, 백성이 오히려 작다고 여긴 것은 또한 당연하지 않습니까?

【補】 백성과 더불어 즐거움을 함께하는, 즉 여민동락(與民同樂)의 실체에 대해 설명하고 있는 절이다. 문왕의 백성은 임금이 함께 즐거움을 나누었기에 70리도 작다고 여긴 것이다.

臣이 始至於境하야 問國之大禁然後에 敢入호니 臣은 聞郊關之內에 有囿 方四十里에 殺其麋鹿者를 如殺人之罪라하니 則是方四十里로 爲阱於國中이니 民이 以爲大 不亦宜乎잇가?"

신(臣)이 처음 국경에 이르러 제나라에서 크게 금지하는 것을 물은 뒤에야 겨우 들어왔습니다. 신은 교외 관문 안에 동산이 사방 40리인데, 그 사슴을 죽인 자를 살인죄처럼 다스린다고 들었습니다. 이는 사방 40리로 나라의 한 가운데에다 함정을 파 놓은 것과 같은 것이니, 백성이 크다고 생각하는 것은 또한 당연하지 않습니까?"

【補】 제선왕이 여민동락을 하지 않은 것을 실제 예를 들어 설명하고 있다.

『예기』、「곡례」에, '국경에 들어갈 때에는 금지하는 것을 묻는다. 나라에 들어가서는 풍속을 묻는다. 집안에 들어가서는 집안 어른의 이름[諱]을 묻는다'라고 하였으니 참고할 만하다. (집안 어른의 이름을 여쭙는 것은 함부로 부르면 안 되기 때문이다.)

서울 밖 100리를 교(郊)라고 한다. (참고로 50리까지를 근교(近郊)라고 하고, 100리까지를 원교(遠郊)라고 한다.) 또한 교 밖에는 관문[關]을 두니, '관(關)' 자는 성이 있는 곳을 말한다.

양혜왕 하 제3장

齊宣王이 問曰 "交隣國이 有道乎잇가?" 孟子 對曰 "有하니 惟仁者아 爲能以大事小하나니 是故로 湯이 事葛하시고 文王이 事昆夷하시니이다 惟智者아 爲能以小事大하나니 故로 大(태)王이 事獯鬻하시고 句踐이 事吳하니이다.

제선왕이 물었다.

"이웃나라와 친분을 맺는 데에 방법이 있습니까?"

맹자가 대답했다.

"있습니다. 오직 어진 사람만이 큰 나라를 가지고 작은 나라를 섬길 수 있습니다. 이 때문에 탕왕이 갈나라를 보살피고, 문왕이 곤이를 보살핀 것입니다. 오직 지혜로운 사람만이 작은 나라를 가지고 큰 나라를 섬길 수 있습니다. 그러므로 태왕이 훈육을 보살피고, 구천이 오나라를 섬긴 것입니다.

【補】'이웃나라와 친교를 쌓는 데에 방법이 있습니까?'라는 물음에는, 제선왕이 '어떻게 하면 이웃나라를 자신의 손에 넣을 수 있는지'를 묻는 것과 같다.
'곤이'는 일명 견융(畎戎) 혹은 견이(犬夷)라고도 한다. 서융의 일족이다. '대왕(大王)'은 '태왕(太王)'으로 독음하며 뜻도 같다. '훈육'은 원래 중국 하나라 시대의 북적(北狄)을 가리키는 말이다. 맹자가 살던 전국 시대에는 흉노를 지칭했다고 한다.
'구천'은 춘추시대 말 월나라의 왕이다. 오나라왕 합려(闔閭)와 싸워 그를 죽였는데, 이때 부차가 와신(臥薪)한 후 구천을 이겼다. 훗날 구천은 상담(嘗膽)을 하며 부차를 꺾어 자살하게 하고서 서주(徐州)에서 제후와 회맹하여 패자가 되었다. 와신상담(臥薪嘗膽)의 고사가 이로 비롯되었다.
'사(事)' 자가 두 번 나오는데 의미가 전혀 다르다. 앞 '사' 자는, 대국이 소국을 상대했기 때문에 '보살필 사' 자로 봐야 한다. 이때 '보살핀다'는 말은 고기를 보내주거나 농사를 짓도록 사람을 보내주는 등의 일을 말한다. 뒤의 '사' 자는 원의 그대로 '모실 사' 자로 쓰였다.
'갈(葛)'의 경우 '갈백'으로 번역하기도 하는데, 의미가 크게 다르지 않다. 탕왕과 갈나라의 관계는 「양혜왕 하」 제11장에 자세히 나온다.

以大事小者는 樂天者也요 以小事大者는 畏天者也니 樂天者는 保天下하고 畏天者는 保其國이니이다.

큰 나라로써 작은 나라를 섬기는 자는 하늘을 즐거워하는 사람이고, 작은 나라로써 큰 나라를 섬기는 자는 하늘을 두려워하는 사람입니다. 하늘을 즐거워하는 사람은 천하를 보전하고, 하늘을 두려워하는 사람은 자기 나라를 보전합니다.

【補】기상이 다름에 따라 통치규모도 다름을 말하고 있다.
위에서의 '사(事)' 자와 여기에서의 '사' 자는 쓰임이 또 다르다.

여기에서는 예의를 잘 갖추거나 잘 따라 주는 것을 뜻한다. '사소(事小)'라는 말은 '제후를 잘 품어줌[懷諸侯]'이라는 뜻이다.
하늘을 즐거워하는 자는 어진 사람[仁]이며, 하늘을 두려워하는 자는 지혜로운 사람[智]을 말한다. '이(以)' 자는 '장(將)' 자와 같은 의미로 '~을 가지고'의 뜻으로 쓰였다. '하늘'은 '마땅한 이치'를 뜻한다.

詩云 '畏天之威하야 于時(是)保之라'하니이다."

『시경』에 '하늘의 위엄을 두려워하면서 이에 나라를 보전한다.'[1] 라고 했습니다."

【補】 앞 절의 '하늘을 두려워하는 자[畏天者]'라는 말을 『시경』을 통해 증명하고 있는 절이다. '시(時)' 자는 '이것[是]'이라는 뜻으로 쓰였다.

王曰 "大哉라 言矣여 寡人이 有疾하니 寡人은 好勇하노이다."

제선왕이 말했다.

"정말 훌륭합니다. 그대의 말씀이여! 과인에게는 못된 버릇이 있으니, 용맹을 좋아하는 것입니다."

【補】 이 말은, 제선왕은 용맹을 좋아하기 때문에 큰 나라를 섬기고 작은 나라를 구휼하지 못한다는 일종의 변명이다. 따라서 여기에서 쓰인 '용맹'은 좋은 뜻이 아니라, '남 이기기를 좋아하는 못된 버릇[好勝之癖]'이라는 좋지 않은 말로 사용되었다.
남 이기기를 좋아하는 호승지벽(好勝之癖)과 남의 스승이 되기를 좋아하는 호위인사(好爲人師)는 여전히 경계해야 할 바이다.

---

1) 하늘의…… 보전한다 : 「주송(周頌)·아장(我將)」에 보인다.

對曰 "王請無好小勇하소서 夫撫劍疾視曰 '彼惡(오)敢當我哉리오'하나니 此는 匹夫之勇이라 敵一人者也니 王請大之하소서.

맹자가 대답했다.

"왕은 부디 작은 용맹을 좋아하지 마십시오. 만약 어떤 사람이 칼을 어루만지고 째려보면서 '네가 어떻게 나를 감히 당적하겠는가.'라고 말한다면, 이는 필부의 용기로서 한 사람만을 대적하는 것입니다. 왕은 부디 용맹을 크게 하십시오.

【補】 '작은 용맹[小勇]'은 혈기로써 하기 때문에 한 사람만을 당적할 수 있다. 그러나 '큰 용맹[大勇]'은 의리가 널리 펴진 것으로 둘의 차이는 매우 크다. '질시(疾視)'는 째려보는 것을 말한다.

詩云 '王赫斯怒하사 爰整其旅하야 以遏徂莒(려)하야 以篤周祜하야 以對于天下라'하니 此는 文王之勇也니 文王이 一怒而安天下之民하시니이다.

『시경』에 '왕께서 매우 노하셔서 이에 그 군대를 정비하여 려(莒) 땅으로 침략하러 가는 무리를 막아 주나라의 복을 돈독히 함으로써 천하에 보답하였다.'[2]라고 했습니다. 이는 문왕의 용기이니, 문왕이 한 번 노하여 천하의 백성을 편안하게 해 준 것입니다.

【補】 '려(莒) 땅으로 침략하러 가는 무리'란 밀(密) 땅 사람들을 가리킨다. 여기에서의 '노(怒)' 자는 '화냄, 성냄'의 뜻이 아니라, 바로 '용기[勇]'의 뜻이다. 따라서 문왕의 대용(大勇)을 펼치는 행위로

2) 왕께서…… 보답하였다 : 「대아(大雅)、황의(皇矣)」에 보인다.

표현된 것이다.
려(莒) 땅은 '거'의 음도 있어 '거 땅'이라고도 하는데, 여기서는 언해본에 따랐다. '대(對)' 자는 '부응하다, 보답하다'의 뜻으로 쓰였다.

書曰 '天降下民하사 作之君作之師하산든 惟曰其助上帝라 寵之四方이시니 有罪無罪에 惟我 在커니 天下 曷敢有越厥志리오'하니 一人이 衡(橫)行於天下어늘 武王이 恥之하시니 此는 武王之勇也니 而武王이 亦一怒而安天下之民하시니이다.

『서경』에 '하늘이 백성을 내려주고서 그들의 임금을 내어주고 그들의 스승을 만들어 준 것은, 오직 그가 상제의 일을 돕기 때문이다. 사방에서 특별히 그를 총애하여 죄가 있든 죄가 없든 오직 내가 있을 뿐이니 천하에 어찌 감히 그 뜻을 넘는 자가 있겠는가.'[3]라는 기록이 있습니다. 한 사람이 천하에 이치를 어기고 난을 일으키기에, 무왕이 이를 부끄러워하였습니다. 이는 무왕의 용기이니, 무왕이 또한 한 번 노하여 천하의 백성을 편안히 한 것입니다.

【補】 '그들의 임금을 내어주고 그들의 스승을 만들어[作之君作之師]'라는 말을 살펴보면, 공자 이전의 시대에는 정치와 교육이 분리되어 있지 않고 하나였음을 알 수 있다[政教一致].
'그 뜻[厥志]'이란 '상제의 뜻을 받은 나의 뜻'이라는 말이다. '한 사람이 천하에 이치를 어기고 난을 일으키기에 무왕이 이를 부끄러워하였습니다'라는 말은, 무왕이 자신에게 임금의 지위가 있는데도 그 일을 처리하지 못한 데에 대한 부끄러움을 표현한 것이다. '한 사람'이란 '주왕(紂王)'을 가리킨다. 무왕은 은나라 말기에 주왕의 폭정이 심하자 이를 정벌하고는 주나라를 세웠다.

3) 하늘이…… 있겠는가 : 「주서(周書)、태서(泰誓)」에 보인다.

今王이 亦一怒而安天下之民하시면 民이 惟恐王之不好勇也리이다."

오늘날 왕께서 또한 한 번 노하여 천하의 백성을 편안하게 할 수 있다면, 백성은 오직 왕께서 용기를 좋아하지 않을까 두려워할 것입니다."

【補】 제선왕이 용맹을 좋아한다고 하니, 이는 못된 버릇이 아니라 반드시 필요한 덕목이라며 문왕과 무왕의 고사를 인용해 증명하고 있다. 다만 필부의 작은 용맹이 아닌 의가 펴진 큰 용기가 필요함을 말하고 있다.

이 장의 첫 부분은 인접한 주변 국가와의 외교로 시작하였지만, 끝은 왕도정치로 귀결되어 있다. 이로 보면 맹자의 중심 사상이 바로 왕도 정치에 있음을 확인할 수 있다.

양혜왕 하 제4장

齊宣王이 見孟子於雪宮이러시니 王曰 "賢者도 亦有此樂乎잇가?" 孟子 對曰 "有하니 人不得則非其上矣니이다.

제선왕이 맹자를 설궁에서 뵙고 말했다.

"현명한 사람도 또한 이러한 즐거움이 있습니까?"

맹자가 대답했다.

"있습니다. 모든 사람이 이러한 즐거움을 얻지 못하면 그 윗사람을 비난합니다.

【補】 자리를 사석으로 옮겨 회포를 풀고 있는 장면이다.
'설궁'은 별장을 말한다. '현명한 사람'이란 고대의 현자가 아닌, 맹자나 혹은 글 읽는 선비들을 지칭한다. 다시 말해, 제선왕은 맹자를 다소 비아냥거리는 말투로 말하고 있는 것이다. 하지만 장의 마지막 부분에서, 맹자도 이를 반격이라도 하듯 '왜 임금님 홀로 이런 곳에서 즐기는가'라는 비판이 가해지고 있다.
일설에는 맹자를 설궁에 모실 정도로 극진한 대우를 하며 '어르신께서도 이러한 궁전의 즐거움을 알고 계십니까?'라는 인사 정도로 보는 견해도 있으니 참고로 적어 둔다.

不得而非其上者도 非也며 爲民上而不與民同樂者도 亦非也니이다.

(이러한 즐거움을) 얻지 못했다고 그 윗사람을 비난하는 사람도 잘못이며, 백성의 윗사람이 되어 백성과 함께 즐거움을 누리지 못하는 사람 또한 잘못입니다.

【補】 목적어가 생략되어 있어, 앞 절의 '이러한 즐거움을[此樂]'이라는 목적어를 넣으면 이해가 쉽다. '비(非)' 자가 두 번 쓰였는데, 첫 번째 '비(非)' 자는 '비난'의 뜻이며, 두 번째 글자는 '잘못'을 의미하니, 쓰임이 다르다.

樂民之樂者는 民亦樂其樂하고 憂民之憂者는 民亦憂其憂하나니 樂以天下하며 憂以天下하고 然而不王者 未之有也니이다.

(임금이) 백성의 즐거움을 즐거워하면, 백성도 그 (임금의) 즐거움을 즐거워하고, 백성의 근심을 걱정해주면, 백성도 그 걱정을 걱정합니다. 천하의 사람들과 즐거워하며 천하의 사람들과 걱정을 했는데 그런데도 왕도정치를 하지 못하는 사람은 있지 않습니다.

【補】 역시 여민동락(與民同樂)에 대해 설명하고 있다.
원문 '樂民之樂者, 民亦樂其樂' 절의 경우, 주어가 없어 해석하는 데 어려움이 있다. 하지만 뒤의 '민(民)' 자를 착안하여 앞은 '爲民上'을 줄여 '상(上)' 자를 생략한 형태로 보면 이해가 쉽다.

昔者에 齊景公이 問於晏子曰 '吾欲觀於轉附朝儛하야 遵海而南하야 放于琅邪하노니 吾何修而可以比於先王觀也오.'

옛날 제경공이 안자에게 '내 전부산과 조무산을 구경하고 바닷가를 따라 남쪽으로 가서 낭야에 이르고자 하니, 내가 무엇을 닦아야만 선왕께서 유람하며 본 것들에 견줄 수 있겠습니까?'라고 질문했습니다.

【補】 제선왕의 선왕인 제경공을 빗대어 '여민동락(與民同樂)'을 했던 사례를 들고 있다.
옛날에는 여행 자체가 백성을 위한 행위였다. 즉 여행이 휴식이라고 한다면, 휴식 이전에 자신이 백성을 위해 무언가를 해야 하는 의무를 수행하는 데에 글의 초점이 있다.
'안자'는 안평중(晏平仲)으로 더 알려져 있다. 이름은 안영(晏嬰)이다. 내(萊)나라 이유(夷維) 사람이다. 제나라의 영공(靈公)과 장공(莊公) 그리고 경공(景公)을 섬겼다. 제나라에서 중용되어 재상에 오른 인물이다.
'전부(轉附)'와 '조무(朝儛)'는 제나라에 있는 산의 이름이며, '낭야(琅邪)' 역시 제나라 동남쪽 고을 이름이다. '방(放)' 자에는 '이르다[到], 도달하다[達]'의 뜻이 있다.

晏子 對曰 '善哉라 問也여 天子 適諸侯曰巡狩니 巡狩者는 巡所守也요 諸侯 朝於天子曰述職이니 述職者는 述所職也니 無非事者요 春省耕而補不足하며 秋省斂而助不給하나니 夏諺에 曰「吾王이 不遊면 吾何

以休며 吾王이 不豫면 吾何以助리오 一遊一豫 爲諸侯度라」하니이다.'

안자가 다음과 같이 대답했습니다. '훌륭합니다. 그 질문이여! 천자가 제후국에 찾아 가는 것을 「순수」라고 합니다. 순수란 제후가 지키는 지역을 돌아본다는 말입니다. 제후가 천자에게 조회를 보러 가는 것을 「술직」이라고 합니다. 술직이란 제후가 맡은 일을 말씀드리는 것이니, 일이 아닌 것이 없습니다. 봄에는 경작을 살펴 부족한 것을 보충해 주며, 가을에는 추수를 살펴 부족한 것을 돕습니다. 하나라 속담에 「우리 왕께서 행차해주지 않으면, 우리가 어떻게 쉴 수 있으며, 우리 왕께서 즐기지 않으면, 우리가 어떻게 도움을 받겠습니까. 한 번 유람하고 한 번 즐기는 것이 제후들의 법도가 된다.」라고 했습니다.'

【補】 천자가 제후를 찾는 순수는 12년 만에 한 차례 하며, 제후가 천자를 찾는 술직은 6년 만에 한 차례 한다. 여기에서 '술(述)' 자는 '말씀을 올리다'라는 뜻이 담겨 있다. 다시 말해 '술소직(述所職)'이란 '제후가 맡은 직무를 수행한 바를 천자에게 고함'이라는 의미가 내포되어 있다. '춘(春)'과 '추(秋)' 자를 쓴 것은 실제 '매년'이라는 의미가 담겨 있다.

今也에는 不然하야 師行而糧食하야 飢者 弗食하며 勞者 弗息하야 睊睊胥讒하야 民乃作慝이어늘 方命虐民하야 飮食若流하야 流連荒亡하야 爲諸侯憂하나니이다.

오늘날에는 그렇게 하지 않아 (임금은) 군대를 데리고 다니면서 식량을 먹으니, (백성 중에) 굶주린 사람은 먹지 못하고, 고생하는 사람은 쉬지 못해 서로 흘겨보면서 서로가 비방합니다. 백성이 이에 원망을 하는데도 왕명을 거역하고 백성을 학대하며 마시고 먹는 것을 마치 물을 흘리듯이 하여 끝없이 즐기기만 하니[流連荒亡] 제후들의 걱정거리가 되고 있습니다.

【補】 이 절에서는 선왕의 법도대로 하지 않은 예를 들고 있다. 즉 잘못은 임금이 저질렀는데도, 백성은 먹지 못하고 쉬지 못하기 때문에 이제는 백성이 서로 해치는 결과를 가져왔다는 말이다.
 '오늘날에는 그렇지 않았다'는 말은 선왕의 법도대로 하지 못했다는 말이다. '견견(睊睊)'은 흘겨보는 모양이다. 방명(方命)에서 '방(方)' 자는 '거스르다[逆]'의 뜻으로 쓰였으니, 왕명을 거역하였다는 뜻이다. '작(作)' 자는 범하다[犯]'의 뜻이다. 따라서 방명(方命)은 위로 한 행위이고, 학민(虐民)은 아래로 한 행위이다.
 '사(師)' 자는 임금의 행차에 따르는 군대를 가리키며 대략 2천 5백 명을 단위로 한다. '유련황망'에 대해서는 아래 절에서 다시 설명하고 있다. 요지는 '절제 없는 쾌락'이다.

從流下而忘反을 謂之流요 從流上而忘反을 謂之連이오 從獸無厭을 謂之荒이오 樂酒無厭을 謂之亡이니,

물줄기를 따라 아래로 내려가 뱃머리를 돌릴 줄 모르는 것을 '유(流)'라고 말하고, 물줄기를 거슬러 위로 올라가 돌아 올 줄 모르는 것을 '연(連)'이라 말하고, 사냥을 하면서도 만족할 줄 모르는 것을 '황(荒)'이라 말하고, 술을 즐기면서 만족함이 없는 것을 '망(亡)'이라 말합니다.

【補】 물줄기를 따라 내려가기 때문에 '유(流)' 자를 썼다. 또 예전에는 줄을 붙잡아 위로 올라갔기 때문에 '연(連)' 자를 쓴 것이다.

지나친 사냥으로 인한 폐단 때문에 '황(荒)' 자를 썼으며, 술을 마시면 정신이 혼미해지므로 '망(亡)' 자를 썼다. 이 모두 절제 없는 쾌락으로, 임금이 반드시 경계해야 할 것들이다.

先王은 無流連之樂과 荒亡之行하더시니 惟君所行也니이다.

선왕께서는 유련의 즐거움과 황망한 행위가 없었으니, 오직 임금께서 행해야 할 바입니다.

【補】 '선왕'은 앞서 등장한 제경공을 말한다. 따라서 맹자는, 선왕께서는 절제 없는 쾌락은 일체 하지 않았고, 여행에 앞서 백성을 위해 많은 구상을 했음을 강조하고 있다. 결국 말미의 '임금이 행해야 할 바[所行]'란, 임금이 여행을 하기 이전에 무엇을 닦아야 할 것인가[何修]에 대한 고민인 것이다.

景公이 說(열)하야 大戒於國하고 出舍於郊하야 於是에 始興發하야 補不足하고 召大(태)師曰 '爲我하야 作君臣相說之樂하라'하니 蓋徵(치)招(소)角招 是也라 其詩曰 '畜君何尤리오'하니 畜君者는 好君也니이다."

경공이 기뻐하며 나라에 널리 명을 내리고 교외로 나가 머물며 이에 비로소 창고를 열어 생활이 넉넉지 못한 백성을 돕고 태사를 불러 '나를 위하여 임금과 신하가 서로 좋아하는 음악을 만들라.'고 말씀하셨으니, 치소와 각소가 이것입니다. 그 시(詩)에 '임금의 욕심을 막는 것이 무슨 잘못이랴.'라고 하였으니, 임금의 욕구를 막는 것은 임금을 사랑한 것입니다."

【補】 제경공이 기뻐한 것은 '무엇을 먼저 해야 되는지'에 대한 만족할만한 답을 얻었기 때문이다.

오음(五音)이라 불리는 궁상각치우(宮商角徵羽)는 각각 임금[君]과 신하[臣], 선비[士], 백성[民], 만물[物] 등을 상징한다. 따라서 여기에서의 임금과 신하가 서로 기뻐함은 선비와 백성을 위한 음악이 우선시되어야 함을 강조한 것이다.

'축(畜)' 자에는 '저지하다'의 뜻이 있다. '임금의 욕구를 막는 것'들은 앞서 등장했던 유련황망, 즉 뱃놀이와 사냥과 음주를 지칭한다. '호(好)' 자는 '사랑하다[愛]'는 뜻으로 쓰였다.

양혜왕 하 제5장

齊宣王이 問曰 "人皆謂我毁明堂이라하나니 毁諸아? 已乎잇가?"

제선왕이 물었다.

"사람들 모두 나보고 명당을 부수라고 말하니 부수어야 합니까? 그만두어야 합니까?"

【補】 이에 대해 조기는 다음과 같이 말했다. "명당은 태산의 명당으로, 주나라 천자가 동쪽 지방을 돌아보면서 제후들에게 조회받던 곳이다. 한나라 때까지 터가 남아 있었다. 사람들이 이것을 부수려고 한 것은 천자가 다시 돌아보지 않고, 제후가 또 거처할 수 없기 때문이었다"

'위(謂)' 자는 '말하다', '생각하다'의 뜻이 있기 때문에, 여기에서는 '권면하다'의 의미로 쓰였다.

孟子 對曰 "夫明堂者는 王者之堂也니 王欲行王政則勿毁之矣소서."

맹자가 대답했다.

"명당이란 왕자의 처소이니 왕께서 만일 왕도정치를 시행하고자 하신다면 부수지 마십시오."

【補】 원문 '王者之堂也'에서의 '당(堂)' 자는 천자가 순수할 때 그 지역 '제후들에게 조회를 보는 장소'의 뜻이 있다. 따라서 제선왕의 질문에 대해, 맹자는 왕도정치를 권면해야 한다는 신념을 가지고 명당을 부수지 말라고 답한 것이다.

王曰 "王政을 可得聞與잇가?" 對曰 "昔者文王之治岐也에 耕者를 九一하며 仕者를 世祿하며 關市를 譏而不征하며 澤梁을 無禁하며 罪人을 不孥하더시니 老而無妻曰鰥이오 老而無夫曰寡요 老而無子曰獨이오 幼而無父曰孤니 此四者는 天下之窮民而無告者어늘 文王이 發政施仁하사대 必先斯四者하시니 詩云 '哿(可)矣富人이어니와 哀此煢獨이라'하니이다."

제선왕이 말했다.

"왕도정치를 들을 수 있겠습니까?"

맹자가 대답했다.

"옛날 문왕은 기주 지방을 다스릴 때에 경작하는 사람들에게 9분의 1의 세금을 거둬들이고, 벼슬하는 사람들에게는 대대로 녹을 주었으며, 관문과 시장을 살피기만 하고 세금은 받지 않았고, 저수지와 연못을 금하지 않았으며, 죄인을 처벌했지만 처자에게까지 미치지 않게 하였습니다. 늙어서 아내가 없는 것을 '홀아비'라고 하고, 늙어서 남편이 없는 것을 '과부'라고 하며, 늙어서 자식이 없는 것을 '독거노인'이라 하고, 어려서 부모가 없는 것을 '고아'라고 하니, 이 네 가지 유형의 사람들은 천하의 어려운 사람으로 하소연할 곳이 없는 자들입니다. 문왕이 정사를 펴고 인을 베풀되 반드시 이 네 유형의 사람들을 먼저 하셨습니다. 『시경』에 '그래도 살기 괜찮은 사람은 부자이지만, 이 어려운 사람이 가엾다.4)' 하였습니다."

【補】 '옛날'은 대략 8백년 전을 말한다. '대대로 녹은 주되, 벼슬은 주지 않은 것'은 훌륭한 사람의 후손이라 할지라도, 반드시 그가 어질다고 볼 수는 없기 때문이다.
'기(譏)' 자는 '기찰(譏察)' 즉 '살피다'의 뜻이다. '저수지와 연못을 금하지 않은 것'은 공공 자연의 혜택을 누구라도 누리도록 하기 위해서이다.
'불노(不孥)'에서 '노(孥)' 자 한 글자에는 '처자에게까지 죄를 묻게 하다'라는 뜻이 있는데, 이른바 연좌제(連坐制)와 같은 것을 말한다.
또한 이 글을 통해 당시 전쟁으로 인한 환과고독(鰥寡孤獨)이 얼마나 많이 양산되고 있었는지를 알 수 있다. 홀아비 '환(鰥)' 자는 홀아비가 마치 붕어처럼 눈을 뜨고 잔다고 하여 이렇게 쓴 글자이다. 늙은 여자는 힘이 없기에 '과약(寡弱)한 사람'이라는 뜻이다. '환과고독'은 복지에 힘써야 하는 소위 노약자를 의미한다.

王曰 "善哉라 言乎여!" 曰 "王如善之則何爲不行이니잇고?" 王曰 "寡人이 有疾호니 寡人은 好貨하노이다." 對曰 "昔者에 公劉 好貨하시더니 詩云 '乃積乃倉이어늘 乃裹餱糧을 于橐于囊이오아 思戢用光하야 弓矢斯張하며 干戈戚揚으로 爰方啓行이라'하니 故로 居者 有積倉하며 行者 有裹糧也然後에야 可以爰方啓行이니 王如好貨어시든 與百姓同之하시면 於王에 何有리잇고."

4) 그래도…… 가엾다 : 「소아(小雅)ㆍ정월(正月)」에 보인다.

제선왕이 말했다.

"정말 훌륭하십니다. 부자의 말씀이여!"

맹자가 대답했다.

"왕께서 만일 제 말을 정말 훌륭하다고 여기신다면 어찌하여 실행하지 않습니까?"

"과인에게는 못된 버릇이 있습니다. 나는 재물을 좋아합니다."

"옛날 공류도 재물을 좋아했습니다. 『시경』에 '노적더미를 쌓고 창고에 쌓으며, 마른 양식을 싸되 전대에다 넣고 자루에다 넣고서, 백성을 편안히 하여 이로써 국가를 빛낼 것을 생각하여, 활과 화살을 준비하며 창과 방패와 도끼를 가지고, 이에 비로소 길을 떠났다.'[5]라고 했습니다. 그러므로 집에 남아 있는 자들은 노적과 창고가 있으며, 길을 떠나는 사람들은 싼 양식이 있은 후에야 이에 비로소 길을 떠날 수 있는 것입니다. 왕께서 만일 재물을 좋아하시거든 백성과 함께 하신다면 왕도정치를 시행하는 데 무슨 어려움이 있겠습니까."

【補】 공류의 백성이 부유하고 풍족함이 이와 같았는데, 이는 공류가 재물을 좋아하지만 자기 마음을 미루어 백성에게 잘 이르렀기 때문이다. 따라서 제선왕이 재물을 좋아하는 것도 이와 같이 한다면, 천하에 왕도정치를 시행하는 것은 가능하다는 말이다.

'전대에다 넣고 자루에다 넣고서'라는 말은 여행객이나 집에 있는 사람들 모두 넉넉하였다는 뜻이다. '용(用)' 자는 '이(以)' 자로 쓰였다. '하유(何有)'는 '하유지난(何有之難)'과 같은 말로서 어렵지 않다는 말이다.

5) 노적더미를…… 떠났다 : 「대아(大雅)、공류(公劉)」에 보인다.

王曰 "寡人이 有疾호니 寡人은 好色하노이다." 對曰 "昔者에 大(태)王이 好色하사 愛厥妃하시더니 詩云 '古公亶父 來朝走馬하사 率西水滸하야 至于岐下하야 爰及姜女로 聿來胥宇라'하니 當是時也하야 內無怨女하며 外無曠夫하니 王如好色이어시든 與百姓同之하시면 於王에 何有리잇고."

제선왕이 말했다.

"과인에게는 못된 버릇이 있습니다. 나는 여색을 좋아합니다."

맹자가 대답했다.

"옛날 태왕이 여색을 좋아하여 그 아내를 사랑했습니다. 『시경』에 '고공단보가 아침에 말을 달려와서 서쪽 물가를 따라 기산 아래에 이르러 이에 강녀와 더불어 와서 집터를 보았다.'[6]라고 했습니다. 당시에 안에는 원망하는 여자가 없었으며, 밖에는 홀아비가 없었으니, 왕께서 만일 여색을 좋아하시거든 백성과 함께 하신다면 왕도정치를 시행하는 데 무슨 어려움이 있겠습니까."

【補】 태왕은 오랑캐들에게 쫓겨 기산 아래로 옮기게 되었다. 앞 절과 마찬가지로 원망하는 여자와 홀아비가 없었던 것은, 태왕이 여색을 좋아하지만 자기 마음을 잘 미루어서 백성에게 이르렀기 때문이다. 고공은 태왕의 본래 칭호이며, 단보는 이름이다.
'율(聿)' 자는 어조사로 해석하지 않는다. '서(胥)' 자는 '모두', '서로' 등의 뜻이 있으나, 여기서는 '보다', '살피다'의 뜻으로 쓰였다. '우(宇)' 자는 명사가 아닌 동사로 '살다'의 뜻이다.

6) 고공단보가…… 보았다 : 「대아(大雅)ㆍ면(綿)」에 보인다.

양혜왕 하 제6장

孟子 謂齊宣王曰 "王之臣이 有託其妻子於其友而之楚遊者 比其反也하야 則凍餒其妻子어든 則如之何잇고?" 王曰 "棄之니이다."

맹자가 제선왕에게 말했다.

"왕의 신하 중에 자신의 처자식을 그 친구에게 맡기고서 초나라에 가서 유세한 적이 있었는데, 그가 돌아올 때에 친구가 처자식을 추위에 떨게 하고 굶게 하였다면 어떻게 하시겠습니까?"

제선왕이 말했다.

"그러한 친구는 버려야 합니다."

【補】 제선왕의 위정자로서의 잘못을 말하기 위해, 처자식을 잘못 보살핀 친구의 비유로 시작하고 있다.

글 처음부분에 나오는 '왈(曰)' 자는 '가설'의 뜻으로 쓰인 글자다. '비(比)' 자는 앞서 나온 '위하여, 견주어' 등의 뜻이 아닌 '이르러[及]'의 뜻으로 쓰였다. 또한 '기(棄)' 자는 '절교하다[絶]'의 뜻으로 쓰였다.

曰 "士師 不能治士어든 則如之何잇고?" 王曰 "已之니이다."

맹자가 말했다.

"옥관이 옥사를 다스리지 못하면 어떻게 하시겠습니까?"

제선왕이 말했다.

"그러한 옥관은 그만두게 해야 합니다."

【補】 '사사(士師)'는 옥관(獄官)을 가리킨다. 그 아래에 향사(鄕士), 수사(遂士)가 있어 이들을 담당한다. 따라서 '치사(治士)'는 옥사(獄事)와 같은 말이다.

曰 "四境之內 不治어든 則如之何잇고?" 王이 顧左右而言他하시다.

맹자가 말했다.

"사방 국내가 다스려지지 않으면 어떻게 하시겠습니까?"

제선왕이 좌우를 돌아보며 다른 말을 했다.

【補】 맹자는 바로 이 말을 하기 위해 친구, 옥관 그리고 임금의 순서로 말했다. 이에 당황한 제선왕은 변명조차 하지 못하고 말꼬리를 돌리는 태도를 보였다. 양혜왕은 자신의 잘못을 인정했지만 (「양혜왕 상」 제4장), 제선왕은 잘못을 인정하지 않고 있다.

대개 '좌우(左右)'라는 표현은 '근신(近臣)'을 말하는데, 여기에는 단순히 '좌우'의 뜻으로 쓰였다.

양혜왕 하 제7장

孟子 見齊宣王曰 "所謂故國者는 非謂有喬木之謂也라 有世臣之謂也니 王無親臣矣사소이다 昔者所進을 今日에 不知其亡也온여."

맹자가 제선왕을 뵙고 말했다.

"이른바 '오랜 역사를 가진 나라'란 교목이 있음을 말한 것이 아닙니다. 세신이 있음을 말합니다. 그러나 왕은 친신도 없습니다. 지난날 등용했던 사람이 오늘날 떠났는데도 없는 것을 모르고 계십니다."

【補】'세신'이란 여러 대에 걸쳐 훈공이 있는 신하를 말하며, '친신'이란 임금이 그를 가까이 하여 신임하는 신하를 말한다. '진(進)'자는 '등용'의 의미로 쓰였다.

王曰 "吾何以識其不才而舍之잇고?"

왕이 말했다.
"내가 어떻게 그가 재주가 없음을 알아서 버린단 말입니까?"

曰 "國君이 進賢호대 如不得已니 將使卑로 踰尊하며 疏로 踰戚이니 可不愼與잇가.

맹자가 말했다.
"나라의 임금은 어진 이를 등용하되 마지못한 듯이 해야 합니다. 장차 지위가 낮은 자로 하여금 높은 이를 넘게 하며 소원한 신하로 하여금 가까운 신하를 넘게 해야 하는데 신중히 하지 않을 수 있겠습니까.

【補】이 글의 핵심은 '마지못한 듯[不得已]'에 있다. 이는 '신(愼)'자의 뜻을 지녀 매우 신중하지 않을 수 없다는 의미이다. 즉 '만사(萬事)가 인사(人事)'라는 말처럼 인사에 있어서는 더욱 신중해야 함을 강조한 말이다.

左右 皆曰賢이라도 未可也하며 諸大夫 皆曰賢이라도 未可也하고 國人 皆曰賢然後에 察之하야 見賢焉然後에 用之하며 左右 皆曰不可라도 勿聽하며 諸大夫 皆曰不可라도 勿聽하고 國人 皆曰不可然後에

察之하야 見不可焉然後에 去之하며,

신하들이 모두 그를 어질다고 말하더라도 허락하지 말고, 여러 대부들이 모두 어질다고 말하더라도 허락하지 말며, 백성이 모두 어질다고 말한 뒤에야 직접 살펴서 훌륭한 점을 발견한 뒤에 등용해야 합니다. 신하들이 모두 등용해서는 안 된다고 말하더라도 듣지 말고, 여러 대부들이 모두 안 된다고 말하더라도 듣지 말며, 백성이 모두 안 된다고 말한 뒤에 살펴 안 되는 점을 발견한 뒤에 내쳐야 합니다.

【補】 이는 인재 등용의 방법에 대해 자세히 밝힌 절이다.
'신하[左右]'는 측근을 가리킨다. 윗 절과 같은 사례에는 '백이와 숙제'가 해당된다. 그들은 지나치게 청렴한 인물이므로 측근과 대부들이 모두 등용해서는 안 된다고 하였지만, 백성의 여론으로 인해 발탁되었다.

左右 皆曰可殺이라도 勿聽하며 諸大夫 皆曰可殺이라도 勿聽하고 國人 皆曰可殺然後에 察之하야 見可殺焉然後에 殺之니 故로 曰 '國人이 殺之也라'하니이다.

신하들이 모두 그를 죽일 만하다고 말하더라도 듣지 말고, 여러 대부들이 모두 죽일 만하다고 말하더라도 듣지 말며, 백성이 모두 죽일 만하다고 말한 뒤에 살펴서 죽일 만한 점을 발견한 뒤에 죽여야 합니다. 그러므로 '국민이 죽였다.'고 말하는 것입니다.

【補】 이는 형벌을 어떻게 써야 하는지에 대한 설명이다.
형벌 가운데 가장 큰 것은 목숨을 빼앗는 것이므로 신중하지 않을 수 없다. 따라서 이는 옥관을 비롯하여 대부 등 여러 신하가 아닌 백성의 말에 귀를 기울여야만 함을 말하고 있다.

如此然後에 可以爲民父母니이다."

이와 같이 한 뒤에야 백성의 부모라 할 수 있습니다."

【補】 백성의 부모가 되는 자격이 어디에 있는지 결론을 맺고 있다. 왕도정치의 시작은 백성에게 있으며, 의결권도 백성에게 있음을 강조한 절이다.

양혜왕 하 제8장

齊宣王이 問曰 "湯이 放桀하시고 武王이 伐紂라하니 有諸잇가?" 孟子 對曰 "於傳에 有之하니이다."

제선왕이 물었다.

"탕왕이 걸왕을 추방시켰고, 무왕이 주왕을 정벌했다고 하는데, 그러한 일이 있습니까?"

맹자가 대답했다.

"옛 서적에 있습니다."

【補】 '옛 서적'이란 『서경』을 말한다. 「중훼지고(仲虺之誥)」에 "성탕이 걸왕을 남소(南巢)로 추방했다."라는 기록이 보인다.

曰 "臣弑其君이 可乎잇가?"

제선왕이 말했다.

"신하가 그 임금을 시해하는 일이 가능합니까?"

【補】 제선왕은 걸왕과 주왕은 천자였고, 탕왕과 무왕은 제후였기 때문에 '신하가 그 임금을 시해하는 일이 가능합니까?'라고 질문한 것이다. 제선왕의 이러한 질문 의도는 성현도 윗사람을 찬탈한 적이 있는지를 묻고 자신의 행위를 정당화하려는 데 있다.

曰 "賊仁者를 謂之賊이오 賊義者를 謂之殘이오 殘賊之人을 謂之一夫니 聞誅一夫紂矣요 未聞弑君也케이다."

맹자가 말했다.

"인을 해치는 자를 '적(賊)'이라 말하고, 의를 해치는 자를 '잔(殘)'이라 말합니다. 잔혹하고 해롭게 하는 자를 '일개 남정네'라고 말합니다. 범죄를 저지른 일개 남정네를 죽였다는 말은 들었지만 임금을 시해하였다는 말은 듣지 못하였습니다."

【補】 이로 보면, 맹자는 걸왕과 주왕을 일개 남정네로 치부하였으며, 그들이 임금으로서의 자격을 상실했다고 본 것이다.

'적(賊)' 자에는 '백성을 해롭게 한다[害民]'는 뜻이 있으며 이는 곧 인의를 상실한 것을 뜻한다[失仁義]. '잔(殘)' 자에는 백성에게 잔혹한 짓을 한다는 뜻이 있다.

'시(弑)' 자와 '주(誅)' 자의 차이는 정의에 합당한가의 여부에 달려 있다. 즉 신하가 도리에 어긋나게 임금을 죽인 것을 '시'라고 하며, 정의에 부합하여 죽인 것을 '주'라고 봤다. 그러나 임금이 신하를 죽인다고 하였을 때에는 정의의 부합 여부를 떠나 '주' 자를 쓴다.

양혜왕 하 제9장

孟子 見齊宣王曰 "爲巨室則必使工師로 求大木하시리니 工師 得大木則王이 喜하야 以爲能勝其任也라하시고 匠人이 斲而小之則王이 怒하야 以爲不勝其任矣라하시리니 夫人이 幼而學之는 壯而欲行之니 王曰 '姑舍女(汝)의 所學하고 而從我라'하시면 則何如하니잇고?

맹자가 제선왕을 뵙고 말했다.

"큰집을 지을 적에는 반드시 대목장으로 하여금 큰 나무를 구하게 해야 합니다. 대목장이 큰 나무를 얻으면, 왕은 기뻐하면서 그 임무를 잘했다고 생각합니다. 장인들이 깎아서 작게 만들면, 왕은 화를 내며 그 책임을 다하지 못했다고 생각합니다. 무릇 사람이 어려서 배우는 이유는 장성하여 그것을 행하고자 함인데, 왕께서는 '우선 네가 배운 것을 버리고 나를 따르라.'고 말씀하시면 어떻겠습니까?

【補】 이 말은 '목수에게는 작게 만드는 일을 책망하면서, 정치에 있어서는 패권[小道]을 행하려 합니까?'라는 뜻이다.
'사람이 어려서 배우는 것은 장성하여 그것을 행하고자 한다.'라는 말은 맹자를 포함하여 학자, 정치를 할 수 있는 어진 이들에게 해당되는 말이다. '승(勝)' 자는 '잘하다[善]'의 뜻으로 쓰였다.
'네가 배운 것[所學]'이란 다름 아닌 대도(大道)를 지칭하고, '나를 따르라[從我]'라는 말은 소도(小道)이며 패도정치를 가리킨다. 따라서 이 대도를 버리고 임금 자신을 따르라고 한다면, 이는 잘못된 것임을 밝히고 있다.

今有璞玉於此하면 雖萬鎰이라도 必使玉人彫琢之하시리니 至於治國家하야는 則曰 '姑舍女의 所學하고 而從我라'하시면 則何以異於

敎玉人彫琢玉哉잇고?"

오늘날 여기에 박옥이 있다고 한다면, 비록 만일(萬鎰)이라 하더라도 반드시 옥공으로 하여금 그것을 다듬으라고 맡기셔야 합니다. 국가를 다스리는 일에 있어서는, '우선 네가 배운 것을 버리고 나를 따르라.'고 하신다면, 옥공으로 하여금 옥을 다듬게 하는 것과 무엇 때문에 다르게 하십니까?"

【補】 이는 옥을 다듬는 데 있어서 장인이 하지 않고 왕의 방식으로 옥을 다듬는 격과 같으니 어불성설이라는 말이다.
'박(璞)'은 옥(玉)이 돌 가운데 있는 원석을 가리킨다. '일(鎰)'은 20량(兩)이다. '만일(萬鎰)이라 하더라도'라는 말은 원석을 가공함에 많은 비용이 든다는 의미도 있고, 매우 소중한 보물이라는 뜻도 있으니, 해석에 따라 그 뜻이 다소 다르다. 본서는 후자를 따랐다.
'옥인(玉人)'은 옥을 다듬는 사람이라는 뜻으로 '옥공(玉工)'과 같은 말이다. '우선 네가 배운 것을 버리고 나를 따르라'라는 말은 어진 사람이 배운 것은 큰데, 왕이 도리어 정도(正道)를 작게 만들고 있다는 의미가 담겨 있다. '교(敎)' 자는 '사(使)' 자와 같은 뜻이다.

양혜왕 하 제10장

齊人이 伐燕勝之어늘,

제나라 사람이 연나라를 쳐서 승리하였다.

【補】『사기』에 다음과 같은 기록이 있다. "연나라 왕 쾌(噲)가 정

승인 자지(子之)에게 나라를 양보하자, 연나라가 매우 혼란하였다. 제나라가 이 틈을 타 정벌하자, 연나라 병사들은 싸우지도 않고 성문을 닫지도 않자 마침내 연나라를 크게 이기게 되었다."

이 일은 제선왕 5년에 광장(匡章) 땅에서 있었던 일이다. 훗날 연나라는 악의(樂毅)라는 장수에 의해 다시 제나라를 수복한다.

宣王이 問曰 "或謂寡人勿取라하며 或謂寡人取之라하니 以萬乘之國으로 伐萬乘之國호대 五旬而擧之하니 人力으로 不至於此니 不取하면 必有天殃이니 取之何如하니잇고?"

제선왕이 물었다.

"어떤 사람은 과인보고 연나라를 취하지 말라고 하며, 어떤 사람은 과인보고 취하라고 말합니다. 만승의 나라인 제나라를 가지고 만승의 나라인 연나라를 정벌할 때 50일 만에 함락하였으니, 인력으로는 이에 이르지 못합니다. 취하지 않는다면 반드시 하늘의 재앙이 있을 것이니, 취하는 것이 어떻겠습니까?"

【補】 제선왕은 혹자의 말을 빌려 '취하라'와 '취하지 말라'고 말했지만, 실제 '취하라'라는 쪽으로 유도하며 묻고 있는 것이다.

'50일'이란 빠른 시간을 뜻한다. '인력으로는 이에 이르지 못합니다'라는 말은 '하늘의 뜻이다'라는 말이다. '취하지 않는다면 반드시 하늘의 재앙이 있을 것이다'란 말은 『국어(國語)』、「월어 하(越語下)」에 "하늘이 주어 취하지 않으면 도리어 재앙이 이른다[天予不取, 反爲之災]"라고 한 데서 취했다.

孟子 對曰 "取之而燕民이 悅則取之하소서 古之人이 有行之者하니 武王이 是也니이다 取之而燕民이 不悅則勿取하소서 古之人이 有行之者하니 文王이 是也니이다.

맹자가 대답했다.

"연나라를 취해서, 연나라 백성이 기뻐하면 취하십시오. 옛사람 가운데 실행한 자가 있었으니, 무왕이 이에 해당됩니다. 연나라를 취하여, 연나라 백성이 기뻐하지 않으면 취하지 마십시오. 옛사람 가운데 실행한 자가 있었으니, 문왕이 이에 해당됩니다.

【補】 제선왕의 질문은 사실 연나라를 취하고자 했던 데에 있지만, 맹자는 이를 반대하고 있음을 알 수 있다.

비록 맹자가 무왕과 문왕이라는 성군으로 예를 들고는 있지만 문왕의 입장과 같다. 이는 그가 '살인하기를 좋아하지 않는' 즉 전쟁을 반대하는 입장에 늘 있기 때문이다. 구체적인 이유에 대해서는 아래의 절에서 보이듯 전쟁은 또 다른 전쟁을 불러일으킬 수도 있으며 그 과정에 많은 사람들의 희생이 따라서는 안 된다는 생각이 있다.

以萬乘之國으로 伐萬乘之國이어늘 簞食(사)壺漿으로 以迎王師는 豈有他哉리오 避水火也니 如水 益深하며 如火 益熱이면 亦運而已矣니이다."

만승의 나라를 가지고 만승의 나라를 정벌했는데 바구니에 밥을 담고 병에 장을 담아서 왕의 군대를 환영하는 것이 어찌 다른 이유가 있어서이겠습니까. 수화와 같은 도탄을 피하기 위해서입니다. 만일 물이 더욱 깊어지고 불이 더욱 뜨거워진다면 또한 전환될 뿐입니다."

【補】 '만승의 나라'는 천자의 나라이다. 사방이 천리인데 수레 만승이 들어갈 수 있기 때문에 이렇게 말한 것이다.

'수화(水火)'라는 말은 '혼란'이나 '잔혹한 정치'를 말한다. 따라서 맹자는, 연나라 백성들이 누구를 맞이하든 죽음을 피하고자 맞이한 것이라는 생각이 지배적이다. 다시 말해 하늘의 뜻에 의해 성문을 연 것이 아니라 워낙 살기 힘들어 사세로 인해 성문을 연 것일 뿐이라는 말이다.

'운(運)' 자는 '전(轉)' 자와 같은 뜻으로서, 다시 학정이 계속된다면 다른 군사들을 위해 성문을 열어 그들을 맞이한다는 뜻이다. 사세가 전환될 것임을 예견한 맹자의 말에, 실제 제선왕은 맹자의 충고를 받아들인다.

양혜왕 하 제11장

齊人이 伐燕取之한대 諸侯 將謀救燕이러니 宣王이 曰 "諸侯 多謀伐寡人者하니 何以待之잇고?" 孟子 對曰 "臣은 聞七十里로 爲政於天下者는 湯이 是也니 未聞以千里로 畏人者也케이다.

제나라 사람이 연나라를 정벌하여 취하자, 제후들이 장차 연나라를 구원할 것을 도모하였다. 제선왕이 말했다.

"제후들 가운데 과인을 정벌하고자 도모하는 사람이 많으니 어떻게 이들을 대해야 합니까?"

맹자가 대답했다.

"신(臣)은 70리로 천하를 다스린 자가 있다고 들었으니, 탕왕이 이에 해당합니다. 그런데 천리를 가지고 남을 두려워했다는 말은 듣지 못했습니다.

【補】 맹자는 천리를 소유하고도 왕도정치를 펼치지 못한 제선왕을 질책하며, 그 반대로 70리라는 작은 땅을 다스렸던 탕왕을 언급하면서 왕도정치의 표본을 제시하고 있다.

'연나라를 구원할 것을 도모한다'는 말은, 곧 전쟁이 일어날 조짐을 말한다. '어떻게 이들을 대해야 합니까?'라는 말은 '어떻게 하면 그 병사들을 그치게 할 수 있는지'에 대해 묻는 것이다. 즉 이에 대비책으로 제선왕은 무엇을 해야 하는지 맹자에게 물었던 것이다. '천리'는 '제나라'를 가리키고, '인(人)' 자는 여러 제후를 말한다.

書에 曰 '湯이 一征을 自葛로 始하신대 天下 信之하야 東面而征에 西夷 怨하며 南面而征에 北狄이 怨하야 曰「奚爲後我오」하야 民이 望之호대 若大旱之望雲霓也하야 歸市者 不止하며 耕者 不變이어늘 誅其君而弔其民하신대 若時雨 降이라 民이 大悅'하니 書에 曰 '徯我后하다소니 后來하시니 其蘇라'하니이다.

『서경』에 '탕왕이 한 번 정벌을 갈나라로부터 시작하자, 천하의 백성이 그를 믿어 동쪽을 향하여 정벌할 때, 서쪽 오랑캐가 원망하며, 남쪽을 향하여 정벌할 때, 북쪽 오랑캐가 원망하면서「어찌하여 우리를 뒤에 정벌하는가」라고 말했다. 백성이 이같이 하기를 바라되 마치 큰 가뭄에 구름과 무지개를 바라듯이 하여, 시장으로 돌아가는 사람은 발길을 멈추지 않으며, 밭을 가는 사람이 동요하지 않으며, 포악한 걸왕을 죽이고 백성을 위로하자, 마치 단비가 내린 듯 백성이 매우 기뻐했다.'라고 했습니다. 또『서경』에 '우리 임금님을 기다려, 임금님이 오시니 우리들은 다시 살 수 있습니다.'라는 기록이 있습니다.

【補】 제나라 주변 제후들의 병사를 막을 수 있는 방법을 제시한 절이다.

두 번의『서경』 인용은「상서、중훼지고(仲虺之誥)」에 보인다. 여기에서 '원(怨)' 자는 원망이 아닌 '간절한 바람'을 뜻한다. 구체적으로는 '어찌 우리들을 뒤로하는가[奚爲後我]'를 말한다. 현재 동이(東夷), 북적(北狄), 남만(南蠻), 서융(西戎) 등과 같은 표현을 쓰는데 '서이(西夷)'라고 쓴 것은 '이적(夷狄)'처럼 중국 내 민족이 아닌 '오랑캐'의 뜻으로 쓰였다.

'무지개'는 의미가 없다. 실제로 비가 그치고 나서 뜨는 것이므로 비와는 반대가 되는 말이다. 그러나 비가 내려야만 그친 뒤에 무지개가 뜨기 때문에 '가뭄에 비를 바라듯이 한다'는 관형적으로 붙은 말일 뿐 '무지개'에는 의미를 두지 않는다.

'시장으로 돌아가는 사람이 멈추지 않으며, 밭을 가는 사람이 동요하지 않으며'라는 말은 평상시처럼 아무 일 없듯 행동한다는 말이다.

여기서 또한 '시(弑)' 자를 쓰지 않고 '주(誅)' 자를 쓴 것을 보면 임금으로 보지 않고 일개 남정네로 취급한 것임을 알 수 있다.

今에 燕虐其民이어늘 王往而征之하시니 民이 以爲將拯己於水火之中也라하야 簞食壺漿으로 以迎王師어늘 若殺其父兄하며 係累其子弟하며 毁其宗廟하며 遷其重器하면 如之何其可也리오 天下 固畏齊之彊也니 今又倍地而不行仁政이면 是는 動天下之兵也니이다.

오늘날 연나라가 그 백성을 학대하자 왕께서 가서 정벌하시니, 백성이 장차 자기들을 수화와 같은 도탄 속에서 구원해 줄 것이라 생각하고서 바구니에 밥을 담고 병에 장을 담아 왕의 군대를 환영한 것입니다. 만일 그들 부형을 죽이고 자제를 묶어 잡아갔으며 연나라의 종묘를 부수고 종묘의 중요한 기물들을 빼앗아간다면 어떻게 옳은 일이라 할 수 있겠습니까. 천하의 제후들이 진실로 제나라의 강함을 시기하고 있는데, 오늘날 또 땅을 두 배로 확장하고 어진 정치를 베풀지 않는다면, 이것은 천하의 군대를 움직이게 하는 것입니다.

【補】 백성은 장차 죽음에서 구해줄 것이라 기대를 했는데, 실제로는 그렇지 못했다는 말이다. 이는 '장차 장(將)' 자를 쓴 것을 통해서 알 수 있다. 실제로 학정이 행하여 졌는데도 '약(若)' 자를 쓴 것은 왕과의 대화이므로, 어쩔 수 없어서이다.

'외(畏)' 자는 '시기하다[猜]'의 뜻으로 쓰였다. 도탄인 '수화(水火)'는 살(殺), 계루(係累), 훼(毁), 천(遷) 등 다양하게 표현되고 있으니, 당시의 학정을 미루어 알 수 있다.

王速出令하사 反其旄倪하시며 止其重器하시고 謀於燕衆하야 置君而後에 去之則猶可及止也리이다."

왕께서는 속히 명령을 내려 노약자들을 돌려보내고 중요한 기물들을 빼앗는 것을 멈추며, 연나라 백성과 도모하여 연나라의 임금을 세워준 뒤에 떠나오시면 오히려 천하 제후의 병사들을 멈추게 할 수 있을 것입니다."

【補】 이로 보면 맹자는 현 시점에서 탕왕의 어진 정치를 펼칠 수 있는 것이란 속히 학정을 멈추게 하는 데 있다고 봤음을 알 수 있다.

'모(旄)' 자는 노인을 뜻하며, '예(倪)' 자는 어린이를 말하는데, 이들은 모두 노약자를 지칭한다. '연나라의 임금'을 세울 때에는 연나라 백성이 좋아하는 임금을 세워야 한다. 말미에 '지(止)' 자는 앞 절의 질문인 '何以待之'에 대한 것으로 '병사를 그치게 하다[止兵]'의 약자이다.

양혜왕 하 제12장

鄒與魯鬨이러니 穆公이 問曰 "吾有司死者 三十三人이로대 而民은 莫之死也하니 誅之則不可勝誅요 不誅則疾視其長上之死而不救하니

如之何則可也잇고?"

추나라가 노나라와 서로 싸우자, 추목공이 물었다.

"우리 죽은 유사가 33명이나 되지만, 백성은 죽은 사람이 없으니 백성을 죽이려 한다면 이루 다 죽일 수 없고, 죽이지 않는다면 유사들의 죽음을 증오의 눈으로 보면서 구원하지 않으니 백성을 어떻게 하면 좋겠습니까?"

【補】 목공은 자신의 잘못은 모른 채 오로지 백성에게 잘못이 있다고 봤다. 따라서 그들을 처벌하자니 그 수가 너무나 많고, 처벌하지 않자니 화가 난다는 말이다.

추나라 목공이 말한 '유사 33명'이란 수많은 장수의 희생을 뜻한다. '백성은 죽은 사람이 없다'라는 말에서, '백성'은 그냥 백성이 아니라 백성 가운데 '전쟁에 동원된 병사'를 말한다. '질시(疾視)'의 '질(疾)' 자는 '증오하다', '미워하다'의 뜻이다. '장상(長上)'은 유사를 가리킨다.

孟子 對曰 "凶年饑歲에 君之民이 老弱은 轉乎溝壑하고 壯者는 散而之四方者 幾千人矣요 而君之倉廩이 實하며 府庫 充이어늘 有司 莫以告하니 是는 上慢而殘下也니 曾子 曰 '戒之戒之하라 出乎爾者 反乎爾者也라'하시니 夫民이 今而後에 得反之也로소니 君無尤焉하소서.

맹자가 대답했다.

"흉년이 들어 기근이 든 해에는, 임금의 백성 가운데 노약자들은 죽어 시냇가나 골짜기에 그 시체가 나뒹굴고, 젊은이들은 흩어져서 사방으로 떠나간 사람이 몇천 명이나 되었지만, 임금의 창름은 곡식이 가득 차 있으며, 부고는 재화가 가득하지만, 유사 가운데 아뢴 사람이 없었습니다. 이는 윗사람의 직무 태만으로 아랫사람을 잔학하게 죽게 한 것입니다. 증자께서는 '경계하고 경계하라. 너에게서 나온 것은 너에게로 되돌아간다.'라고 말씀하셨습니다. 백성이 오늘날 이후에 유사에게 되갚음을 한 것이니, 임금께서는 백성을 탓할 것 없습니다.

【補】 잔혹한 정치가 33명의 죽음 뿐 아니라 몇천 명의 백성의 죽음으로 이어졌음을 말하고 있는 절이다. 즉 유사 33명의 잘못은 몇천 명의 백성을 죽음으로 내몰았는데에도, 단순히 유사 33명의 복수만을 생각하고 있는 임금을 질책하는 말이다.

'사방에 떠난 사람[之四方者]'에서 '지(之)' 자는 '행(行)' 자의 뜻이다. '창름'은 곡식을 저장하는 곳이고, '부고'는 재물을 모아두는 곳이다.

君行仁政하시면 斯民이 親其上하야 死其長矣리이다."

임금께서 어진 정치를 행하시면 이런 백성이 이와는 반대가 되어 그 윗사람을 친애해서 윗사람을 위해 죽을 것입니다."

【補】 앞 절에서 추나라의 실정(失政)을 얘기했다면, 이 절은 권면에 해당된다.

'사민(斯民)'은 '잔혹한 백성'을 말한다. '친(親)' 자는 '사랑하다[愛]'의 뜻이며, 이러한 마음이 행동으로 옮겨지면 '충성심[忠]'이 된다. '상(上)' 자는 임금과 유사를 가리킨다.

양혜왕 하 제13장

滕文公이 問曰 "滕은 小國也라 間於齊楚하니 事齊乎잇가? 事楚乎잇가?"

등문공이 물었다.

"등나라는 작은 나라입니다. 제나라와 초나라 사이에 끼여 있으니 제나라를 섬겨야 합니까, 초나라를 섬겨야 합니까?"

【補】'제나라와 초나라 사이에 끼여 있다'는 말은 곧 강대국 사이에 끼여 있다는 말이다. 따라서 매우 위태로운 상황에 놓여 있다는 말이며, 곧 망국의 상황으로 가고 있음을 의미한다. 이로 보면 등문공은 타력에 의존하려 하고 있음을 알 수 있다.

孟子 對曰 "是謀는 非吾의 所能及也로소이다 無已則有一焉하니 鑿斯池也하며 築斯城也하야 與民守之하야 效死而民弗去則是可爲也니이다."

맹자가 대답했다.

"이와 같은 계책에 대해서는 제가 언급할 수 있는 일이 아닙니다. 그러나 마지못해 말해보라고 하신다면, 한 가지 방법이 있습니다. 못을 깊이 파며 성을 높이 쌓아 백성과 더불어 지켜서 백성이 죽음을 바치고 싸우면서도 떠나가지 않는다면, 이는 할 만합니다."

【補】'계책[謀]'이라는 말 가운데에는 양자택일(兩者擇一)의 뜻이 담겨 있다. 즉 타력에 의존하거나, 스스로 지키거나 둘 중 하나라는 말이다.

그러나 맹자는 못을 깊이 파고[鑿斯池]', 성을 높이 쌓아[築斯城] 백성과 더불어 지키는 데에 무게를 두고 있으니, 이것이 바로 자력에 의한 것임을 알 수 있다.
'무이(無已)'란 '반드시 그것을 말하고자 그만두지 않는다면'이라는 말이다.

양혜왕 하 제14장

滕文公이 問曰 "齊人이 將築薛하니 吾 甚恐하노니 如之何則可잇고?"

등문공이 물었다.

"제나라 사람이 장차 설 땅에 성을 쌓으려고 하니, 나는 무척 두렵습니다. 어떻게 하면 좋겠습니까?"

【補】'성을 쌓는다는 말'은 장차 전쟁을 벌이고자 한다는 뜻이다. 설 땅은 등나라와 가까웠는데, 제나라가 그 땅을 탈취하고 성을 쌓았다.

孟子 對曰 "昔者에 大(태)王이 居邠하실새 狄人이 侵之어늘 去하시고 之岐山之下하사 居焉하시니 非擇而取之라 不得已也시니이다.

맹자가 대답했다.

"옛날 태왕이 빈 땅에 거처하실 때, 북쪽 오랑캐가 침략하자 그곳을 떠나 기산 아래로 가서 거처하였으니 이곳을 가려서 거처한 것이 아니라 어쩔 수 없어서입니다.

【補】 이는 앞서 대대로 지킴[世守]이 아니라 도읍을 옮기는, 즉 천도(遷都)를 의미하는 것으로 마지못한 선택이다. 따라서 '택(擇)' 자에는 명당을 찾아 떠났다는 뜻이 아니라, '마지못한 방편'이라는 뜻으로 쓰였다.

苟爲善이면 後世子孫이 必有王者矣리니 君子 創業垂統하야 爲可繼也라 若夫成功則天也니 君如彼에 何哉리오 彊爲善而已矣니이다."

만일 훌륭한 정치를 하면 후세의 자손 가운데 반드시 왕도 정치를 하는 사람이 있을 겁니다. 군자가 창업하고 계통을 후세에 전해 계속 이을 수 있습니다. 공업을 이룬 것과 같은 것을 천명이라 합니다. 임금께서 천명과 같은 것을 어찌하시겠습니까. 노력하여 훌륭한 정치에 힘쓸 뿐입니다."

【補】 이는 어떠한 요행수나 편법을 기대하지 말하는 말이다. '후세자손'을 언급한 것은 오늘날의 화는 피할 수 없음을 말한다. '천명'이란 인력으로 되는 것이 아닌 길흉화복(吉凶禍福) 등을 말한다. '군여피(君如彼)'에서 '피(彼)' 자를 제나라를 가리킨다는 설도 있지만, 앞 문장의 '천명'을 받는 것이 자연스러울 듯하다. '강(彊)' 자는 '힘쓰다', '노력하다'의 뜻이며, '이이의(而已矣)'는 이 외에 최선은 어렵다는 강조이다.

양혜왕 하 제15장

滕文公이 問曰 "滕은 小國也라 竭力하야 以事大國이라도 則不得免焉이로소니 如之何則可잇고?" 孟子 對曰 "昔者에 大(태)王이 居邠하실

새 狄人이 侵之어늘 事之以皮幣라도 不得免焉하며 事之以犬馬라도 不得免焉하며 事之以珠玉이라도 不得免焉하야 乃屬其耆老而告之曰 '狄人之所欲者는 吾土地也니 吾는 聞之也호니 君子는 不以其所以養人者로 害人이라호니 二三子는 何患乎無君이리오 我將去之호리라'하시고 去邠하시고 踰梁山하사 邑于岐山之下하사 居焉하신대 邠人이 曰 '仁人也라 不可失也라'하고 從之者 如歸市하더라.

등문공이 물었다.

"등나라는 작은 나라이기 때문에 힘을 다해 큰 나라를 섬기더라도 화를 면할 수 없으니 어떻게 하면 좋겠습니까?"

맹자가 대답했다.

"옛날 태왕이 빈 땅에 거주하실 때, 북쪽 오랑캐가 침략해 오자 그들을 가죽 옷으로써 섬겨도 화를 면치 못하였고, 개와 말로써 섬겨도 화를 면치 못하였고, 주옥으로써 섬겨도 화를 면치 못하였습니다. 이에 빈 땅의 노인들을 초청하여 모아 '북쪽 오랑캐가 원하는 것은 우리의 땅입니다. 제가 들으니, 「군자는 사람들을 기르는 땅을 가지고 사람을 해치지 않는다.」고 했으니, 여러분들은 어찌 임금이 없는 것을 걱정하겠습니까. 나는 장차 떠나겠습니다.'라고 말하고는, 빈 땅을 떠나 양산을 넘어 기산 아래에 도읍을 만들고 거처하였다. 빈 땅 사람들이 '어진 사람이다. 놓쳐서는 안 된다.'라고 말하며, 따르는 사람이 시장에 가듯 하였습니다.

【補】 맹자는 등문공의 처지와 태왕의 처지가 조금은 비슷한 면이 있다고 보고, 비유를 들어 말해 준 것이다. 그러나 태왕은 백성

을 위하는 마음으로 어쩔 수 없이 천도했던 것이며, 등문공의 상황은 태왕과 다르기 때문에 사실상 천도가 아닌 세수(世守), 즉 죽음을 각오하고 지키기를 권면하고 있다.

'화를 면할 수 없다'는 말은 망국으로 이미 접어들고 있음을 뜻한다. '양산을 넘는다'는 말은 험준한 산을 넘었다는 뜻이다. '피폐(皮幣)'는 여우 등으로 만든 갖옷이나 비단을 가리킨다. '주옥(珠玉)'은 바다에서 나오는 것을 '주(珠)'라 하고, 산에서 나오는 것을 '옥(玉)'이라 한다. 피폐나 주옥이나 모두 귀한 것들이다.

'촉(屬)' 자는 '불러 모으다'라는 뜻이다. '기로(耆老)'란 60세 이상은 기(耆), 70세 이상은 노(老)라고 한다. 원문 '二三子'는 노인을 가리킨다. '거언(居焉)'이란 도읍을 옮겼음을 뜻한다.

或曰 '世守也라 非身之所能爲也니 效死勿去라'하니,

혹자는 '대대로 지켜오는 곳이므로 자신이 마음대로 할 수 있는 것이 아니니 목숨을 바치고 떠나지 말라.'라고 했습니다.

【補】 '혹자'의 말을 인용하고 있으나 실제로 맹자 자신의 의견을 혹자에 의탁하여 피력하였다. 대대로 지켜 온 곳이므로 의지로 할 수 있는 일이 아니라 목숨을 바쳐서라도 지키라는 말이다. 따라서 맹자는 등문공에게 부득이한 태왕의 천도와는 달리 등나라를 목숨 바쳐 지킬 것을 권면하고 있다.

君請擇於斯二者하소서."

임금께서는 이 두 가지 가운데 선택하소서."

【補】 '이 두 가지'란 천도(遷都)와 세수(世守)를 가리킨다. 망국의 임금은 국민을 위할 것인가, 사직을 위해 목숨을 바칠 것인가 기로에 서 있다는 말이다. 그러나 실제 망국 이후 임금의 목숨은 대

의에 어긋나며 의미도 없으니 목숨 바쳐 지켜야 할 뿐임을 권면하고 있다.

양혜왕 하 제16장

魯平公이 將出할새 嬖人臧倉者 請曰 "他日에 君이 出則必命有司所之러시니 今에 乘輿 已駕矣로대 有司 未知所之하니 敢請하노이다." 公曰 "將見孟子호리라." 曰 "何哉잇고? 君所爲輕身하야 以先於匹夫者는 以爲賢乎잇가? 禮義는 由賢者出이어늘 而孟子之後喪이 踰前喪하니 君無見焉하소서." 公曰 "諾다."

노평공이 장차 밖을 나갈 때, 총애하는 신하 장창이라는 자가 말했다.

"예전 임금께서 외출하게 되면 반드시 유사에게 갈 곳을 명령하시더니, 오늘은 임금의 수레에 이미 멍에를 하였지만, 유사가 갈 곳을 알지 못하니 감히 그 이유를 여쭙겠습니다."

노평공이 말했다.

"맹자를 만나보려고 한다."

"무엇 때문입니까? 임금께서 몸을 가벼이 낮추어 필부에게 먼저 예를 베푸는 이유는, 그가 어진 사람이기에 때문입니까? 예의는 현명한 사람에게서 나옵니다. 맹자는 훗날 어머니 초상이 전날 아버지 초상보다 후하게 한 인물입니다. 임금께서는 그를 만나지 마십시오."

"그대 말이 맞다."

【補】 장창은 왕께서 맹자를 만나러 가는 상황을 알고 있으면서도 일부러 모른 척하며 그를 만나지 못하도록 유도하고 있다. 맹자는 먼저 아버지를 잃고 뒤에 어머니를 잃었다. 어머니 상을 후하게 하고 아버지 상을 박하게 했기 때문에, 장창은 이를 빌미로 만나지 못하게 하고 있는 것이다.

'청(請)' 자는 대개 아랫사람이 윗사람에게 질문할 때 사용하는 말로, 여기서 역시 '질문하다[問]'의 뜻으로 쓰였다. '하재(何哉)'는 '무엇 때문에 먼저 보려고 하십니까?[何先見]'라는 뜻이다. '필부(匹夫)'는 맹자를 가리킨다. 말미의 '견(見)' 자는 '먼저 찾아보다[先見]'의 축약이다.

樂正子 入見(현)曰 "君이 奚爲不見孟軻也잇고?" 曰 "或이 告寡人曰 '孟子之後喪이 踰前喪이라'할새 是以로 不往見也호라." 曰 "何哉잇고? 君所謂踰者는 前以士요 後以大夫며 前以三鼎而後以五鼎與잇가?" 曰 "否라 謂棺槨衣衾之美也니라." 曰 "非所謂踰也라 貧富 不同也니이다."

악정자(맹자 제자)가 들어가 평공을 뵙고 말했다.

"임금께서는 어찌하여 맹자를 만나보지 않으셨습니까?"

평공이 말했다.

"어떤 사람이 과인에게 '맹자의 뒷날 어머니 초상이 앞날의 어버이 초상보다 후하게 했다.'라고 말했기 때문에 가서 보지 않았습니다."

"무엇 때문입니까? 임금께서 이른바 지나쳤다는 것은, 부친상을 당한 예전에는 사(士)의 예로써 하고, 어머니 상을 당한 훗날은 대부의 예로써 한 것을 말합니까? 앞에서는 삼정을 쓰고 뒤에서는 오정을 쓴 것을 말씀하십니까?"

"아닙니다. 시체에 쓰인 널이나 곽, 시체를 감싸는 옷이나 이불이 아름다움을 말한 것입니다."

"아닙니다. 이것은 이른바 후하게 했던 것이 아니라 빈부가 같지 않아서입니다."

【補】 이로 보면, 맹자를 찾아보도록 알선한 사람이 악정자임을 알 수 있다. 따라서 오해를 풀도록 궁궐에 들어가 노평공에게 말한 것이다.
노평공이 '혹자'라고 대답한 것은 장창을 비호하려고 그런 것이다. '부친상을 당한 예전에는 사(士)의 예로써 하고, 어머니 상을 당한 훗날은 대부의 예로써 했다'는 말은 지위로 말한 것이다.
또 '앞에서는 삼정을 쓰고 뒤에서는 오정을 썼다'고 한 것은 녹을 가지고 말한 것이다. '정(鼎)'은 고대 제사용 그릇을 가리킨다. '삼정'은 사(士)의 제례이며, '오정'은 대부의 제례이다. (참고로 제후는 칠정이며, 천자는 구정이다.)
'관곽의금(棺槨衣衾)'에서 '관'은 내관, '곽'은 외관이며, '의'는 수의(壽衣)를, 금은 천금(天衾)을 말한다. 맹자가 어머니의 상례에 이들을 화려하게 했다는 기록이 「공손추 하」 제7장에서 '충우'라는 맹자 제자의 언급도 있으니, 당대 논란이 됐던 것은 사실이다.
중요한 것은, 맹자는 당시 집안 살림살이의 사정에 맞게 했을 뿐이지, 마음과 의식에 따라 달리 하지 않았음을 이 절에서 밝히고 있다.

樂正子 見孟子 曰 "克이 告於君호니 君이 爲來見也러시니 嬖人有臧倉者 沮君이라 君이 是以로 不果來也하시니이다." 曰 "行或使之며 止或尼(닐)之나 行止는 非人所能也라 吾之不遇魯侯는 天也니 臧氏之子 焉能使予로 不遇哉리오."

악정자가 맹자를 뵙고 말했다.
"제가 임금에게 말씀을 드려서 임금께서 와서 뵐려고 했는데, 임금이 총애하는 신하 장창이라는 자가 임금의 발길을 막았습니다. 임금께서 이 때문에 끝내 오지 않았습니다."

맹자가 말했다.

"행함에 혹 그렇게 만들어 주기도 하며, 행함에 혹 저지당할 수 있으나, 행하거나 저지당하는 것은 사람이 능히 할 수 있는 것이 아니다. 내가 노나라 임금을 만나지 못한 것은 천명이니, 장씨의 아들(장창)이 어떻게 나를 만나지 못하게 할 수 있겠는가."

【補】 천명을 알고 순응하며 명을 기다리는 것 역시 중요함을 말하고 있다.

'극(克)'은 악정자 이름이다. 원문 '行或使之'에서 '행(行)' 자를 '벼슬에 나아가 도를 행할 때에 혹자가 그렇게 만들어 주기도 한다.'라고 보기도 하고, '길을 가는 것은 누가 혹 시켜서이다.'라고 번역하기도 한다. 이는 '행(行)' 자를 하나는 도(道)를 하는 행위로 본 것이고, 다른 하나는 단순히 길을 가는 행위로 본 것이다. 하지만 이는 원초적인 뜻일 뿐 구체적으로 도를 행하거나 하지 못하는 것을 말한다. '니(尼)' 자는 '그칠 닐' 자로 쓰였다. 공자의 경우에는, 초나라에서는 자서(子西)가 방해했고, 제나라에서는 안영(晏嬰)이 반대하여 벼슬하지 못했다.

제3부

공손추 장구 상(凡九章)

공손추 상 제1장

公孫丑 問曰 "夫子 當路於齊하시면 管仲晏子之功을 可復許乎잇가?"

공손추(맹자 제자)가 물었다.

"선생님께서 만일 제나라에서 주요관직을 맡으신다면 관중이나 안자의 공적을 다시 기대할 수 있겠습니까?"

【補】 공손추는 스승의 지식 이론과 실무 능력에 차이가 있을 것이라고 생각했다. 그러나 이러한 질문은 패도정치에 관한 것이므로 뒤의 절에서 스승에게 꾸짖음을 받게 된다.

'당로(當路)'는 다름 아닌 왕도정치를 실행할 수 있는 관직을 말하니, 오늘날 중요 관직을 말하는 '요로(要路)'와 같은 말이다. '관중'은 제나라 대부로서 이름은 이오(夷吾)이며, 환공을 도와 제후의 패자가 되게 한 인물이다.

'안자'는 앞서 나온 안영(晏嬰)을 가리킨다. '공(功)' 자는 패업(霸業)을 말한다. '허(許)' 자는 대개 '허락하다[諾]'의 뜻으로 쓰이지만, 여기서는 '기대하다[期]'의 뜻으로 쓰였다.

孟子 曰 "子誠齊人也로다 知管仲晏子而已矣온여.

맹자가 말했다.

"그대는 진실로 제나라 사람이다. 관중과 안자만을 아는구나.

【補】 맹자가 제자를 억누르기 위해 한 말로서 '공손추 너는 패도

정치만을 알고 있구나'라는 말과 같다. 즉 맹자는, 제나라 사람들은 단지 그 나라에 패도로 유명했던 관중과 안자만을 알 뿐, 더 위대한 성인은 모르고 있음을 지적하고 있다.

或이 問乎曾西曰 '吾子 與子路로 孰賢고?' 曾西 蹴然曰 '吾先子之所畏也니라' 曰 '然則吾子 與管仲孰賢고?' 曾西 艴然不悅曰 '爾何曾比予於管仲고 管仲이 得君이 如彼其專也며 行乎國政이 如彼其久也로대 功烈이 如彼其卑也하니 爾何曾比予於是오' 하니라."

어떤 사람이 증서(증자의 손자)에게 '우리 그대는 자로와 더불어 누가 더 나은가?'라고 물으니, 증서가 불안해하면서 '자로는 우리 조부께서도 두려워하신 분이다.'라고 대답했다. '그렇다면 우리 그대는 관중과 더불어 누가 더 나은가?'라고 물으니, 증서가 얼굴빛을 변하며 기뻐하지 않고 '그대는 어찌 일찍이 나를 관중에게 견주는가. 관중은 임금의 신임 얻기를 저처럼 독점하여, 국정을 저처럼 오래 하였는데도 공렬이 저처럼 낮았다. 그대는 어찌 나를 이 사람에게 견주는가.'라고 말했다."

【補】 '증서'는 증원(曾元)의 아들이니 증자의 손자이다. '자로(子路)' 앞에는 '그와 동문수학을 했던'이라는 말이 생략되어 있는 형태로 보면 좋다. '오자(吾子)'라는 말은 '우리 그대'라는 말로 가까운 사이에 쓰는 관용적 표현이다. '선자(先子)'란 선인(先人)과 같은 말로 증자를 가리킨다.

제환공은 관중에게 40여 년이나 정권을 맡겼다. 따라서 '독차지하고 또 오래했다'라고 말할 만하다. 또 그는 왕도정치를 알지 못하고 이기는 전술만을 행했으며, 국정 운영이 매우 좋았던 시기의 인물이었음을 말하고 있다. 하지만 공렬이 저처럼 낮았기에 이를 지적하고 있는 절이다.

증서가 관중을 평가할 때 굳이 '비(卑)' 자를 쓴 것은 패도정치를 달갑게 여기지 않아서이다. '현(賢)' 자는 '더 낫다'라는 뜻으로 '승(勝)' 자로 보는 것이 자연스럽다. 이는 『논어』·「선진」 제15장에 "子貢이 問 師與商也孰賢이니잇고 子曰 師也는 過하고 商也는 不及이니라."와 용법이 같다. '불연(艴然)'은 '불열(不悅)'의 형용이며 앞서 '축연(蹴然)'과 상대되는 말이다.

참고로 본서에서 "管仲이 得君如彼其專也며 行乎國政이 如彼其久也로대"라고 한 것은 언해본의 토를 따랐으나, 여타의 서적에는 대우를 맞춰 "管仲得君이 如彼其專也며 行乎國政이 如彼其久也로대"로 표기했으니 참고할 만하다.

曰 "管仲은 曾西之所不爲也어늘 而子 爲我願之乎아?"

맹자가 말했다.

"관중은 증서로서도 하지 않은 일을 한 인물인데, 자네(공손추)는 나를 위해서 그런 짓을 하는 것을 원한다는 말인가?"

【補】 맹자의 말이 계속 이어지고 있으므로 '왈(曰)' 자가 굳이 없어도 되지만 인용문도 있고, 또 어느 정도의 시간이 흐른 다음의 말로 해석하는 것이 좋다. 주희 또한 "맹자의 말이다."라고 주석한 것은 독자의 혼란을 막기 위해서이다.

曰 "管仲은 以其君霸하고 晏子는 以其君顯하니 管仲晏子는 猶不足爲與잇가?"

공손추가 말했다.

"관중은 그 임금에게 패업을 이루게 해 주었고, 안자는 그 임금의 이름을 드러나게 했으니, 관중과 안자도 오히려 부족합니까?"

【補】 공손추는 관중과 안자의 공이 매우 크다고 생각하고 있다. 따라서 스승의 답변을 이해할 수 없기 때문에 이러한 질문을 한 것이다.

曰 "以齊로 王이 由(猶)反手也니라."

맹자가 말했다.

"제나라의 여건을 가지고 왕도정치를 펼치는 것은 손을 뒤집는 것과 같이 쉬운 일이다."

【補】 제환공의 시대는 왕도정치를 하기 위해 좋은 여건을 모두 갖추고 있다는 말이다.

일반적으로 '손 보듯하다'는 말은 박식하다는 말이며, '손을 뒤집는 것과 같다'는 말은 무척 쉽다는 뜻으로 사용된다. '이(以)' 자는 '장(將)' 자처럼 '~을 가지고'라는 뜻으로 쓰였다. 『맹자』에서 '유(由)' 자는 대부분 '같다[猶]'라는 뜻으로 쓰였다.

曰 "若是則弟子之惑이 滋甚케이다 且以文王之德으로 百年而後崩하사대 猶未洽於天下어시늘 武王周公이 繼之然後에 大行하니 今言王若易然하시니 則文王은 不足法與잇가?"

공손추가 말했다.

"이와 같다면 제자의 의혹은 더욱 심합니다. 또한 문왕의 덕으로도 백년 뒤에 돌아가셨지만 오히려 천하를 넉넉히 적셔주지 못하였는데, 무왕과 주공이 계승한 뒤에야 크게 행해졌습니다. 오늘날 왕도정치가 마치 쉬운 듯 말씀하시니, 그렇다면 문왕은 법으로 삼기에 부족합니까?"

【補】 공손추는 문왕 같은 훌륭한 성군도 왕도정치가 어려웠는데 제나라의 여건으로는 쉽다고 맹자가 답했으니, 이에 의혹이 들어 질문한 것이다.
문왕은 97세에 돌아가셨으니, 대략 '백년'으로 말했다. '미흡(未洽)'이라고 쓴 것은 문왕 같은 성군도 왕도정치가 어려웠다는 말이다. 뒤의 '대행(大行)'은 이를 반대로 쓴 말이다.
문왕은 천하를 삼분하여 겨우 3분의 2만을 소유했다. 무왕이 은나라를 이겨 마침내 천하를 소유하였다. '주공'은 문왕의 아들이자 무왕의 동생이다. 이름은 단(旦)이고, 성은 희(姬)다. 성왕을 도와 예를 제정하고 음악을 만든 뒤에야 교화가 크게 행해졌다.
'차(且)' 자에 대해 '저'로 독음하고 발어사 처리를 해야 한다는 설이 있으니 참고로 적어 둔다.

曰 "文王을 何可當也시리오 由湯으로 至於武丁히 賢聖之君이 六七이 作하야 天下 歸殷이 久矣니 久則難變也라 武丁이 朝諸侯有天下호대 猶運之掌也하시니 紂之去武丁이 未久也라 其故家遺俗과 流風善政이 猶有存者하며 又有微子微仲王子比干箕子膠鬲(격)이 皆賢人也라 相與輔相之故로 久而後에 失之也하니 尺地도 莫非其有也며 一民도 莫非其臣也어늘 然而文王이 猶方百里起하시니 是以難也니라.

맹자가 말했다.

"문왕을 어찌 당적할 수 있겠는가. 탕왕으로부터 무정에 이르기까지 어질고 성스러운 임금이 6, 7명이 나와, 천하가 은나라에 돌아간 지가 오래되었으니 오래되었다면 변하기가 어렵다. 무정이 모든 제후들에게 조회를 받고 천하를 소유하였지만 마치 이를 손바닥에 움직이듯이 하였으니, 주왕은 무정과의 거리가 오래되지 않다. 그 훌륭한 세가 대신들의 집안 풍속과 유풍과 선정이 아직도 남은 것이 있었으며, 또한 신하인 미자와 미중과 왕자 비간과 기자와 교격이 있었는데, 이들은 모두 현인이었다. 이런 사람들이 서로 더불어 왕을 도왔기 때문에 오랜 뒤에야 나라를 잃었다. 한 자 되는 땅도 그의 소유 아님이 없었으며 한 백성도 그의 신하 아닌 사람이 없었다. 그런데도 오히려 사방 백리를 가지고 일어났으니 이 때문에 어려웠던 것이다.

【補】 문왕은 뛰어났지만 왕도정치를 실천할 수 없는 이유가 있었음을 밝히고 있다. 즉 시세(時勢)가 그렇지 못했다. 상나라의 토지가 매우 크며, 인구도 많았었기 때문에 그렇다.
탕으로부터 무정에 이르기까지 중간에 태갑(太甲), 태무(太戊), 조을(祖乙), 반경(盤庚)이 모두 어질고 성스러운 임금이었다. '주왕은 무정과의 거리가 오래되지 않다'는 말은 주왕과 무왕 사이에 7명의 왕이 있었으니, 조경(祖庚), 조갑(祖甲), 늠신(廩辛), 무정(武丁), 무을(武乙), 제을(帝乙)이 그들이다. 이들은 모두 재위 기간이 짧게는 3년부터 길어도 10년을 넘지 못했다.
미자는 서주 말기 송나라의 왕이다. 은나라 주왕과는 이복 형제간이다. 미중은 미자의 아우다. 비간은 주왕의 숙부로 주왕의 악행을 간하다가 죽임을 당했다. 기자 역시 주왕의 숙부로 간언하다가 목숨이 위태로워지자 미친 체하며 유폐 당했다. 교격은 주왕의 충직한 현인이자 신하였다. '격(鬲)' 자는 '격' 또는 '력'의 음이 있지만 인명일 경우 '격'으로 읽는다.
'모든 제후들에게 조회 받고 천하를 소유하였다'는 말은 바로 왕도정치를 말한다. '연이(然而)'는 '이렇게 어려운 상황에서도'의 의미가 내포되어 있다.

齊人이 有言曰 '雖有知慧나 不如乘勢며 雖有鎡基나 不如待時라'하니 今時則易然也니라.

제나라 사람의 말에 '비록 지혜가 있으나 세를 타는 것만 못하며, 비록 농기구가 있으나 때를 기다리는 것만 못하다.'라고 했으니, 오늘날 시기는 그렇게 하기 쉽다.

【補】 시세가 중요함을 말하고 있다. '세(勢)' 자는 왕도 정치를 펼칠 수 있는 역량을 말한다.

夏后殷周之盛에 地未有過千里者也하니 而齊有其地矣며 鷄鳴狗吠 相聞而達乎四境하니 而齊 有其民矣니 地不改辟矣며 民不改聚矣라도 行仁政而王이면 莫之能禦也리라.

하은주의 전성기에 땅이 천리를 넘은 사람이 있지 않았는데, 오늘날 제나라는 그만한 땅을 소유하고 있으며, 닭 울음과 개 짖는 소리가 서로 들려서 사방에 이르고 있다. 제나라가 그만한 백성을 가지고 있기 때문에 땅을 더 개척하지 않고 백성을 더 모으지 않더라도 어진 정치를 행하고서 왕도 정치를 베푼다면 이것을 막을 사람이 없을 것이다.

【補】 하은주 삼대의 융성할 때에 왕의 땅이 천리를 넘지 못하였는데, 오늘 제나라는 이미 이것을 가지고 있기 때문에 문왕의 백리와는 상황이 다르다. 이것이 바로 첫 번째 세(勢)를 갖추었다는 말이다.

또 닭 울음과 개 짖는 소리가 서로 들려서 국도로부터 사방에 이르니, 이는 거주하는 백성이 많다는 것을 뜻한다. 이것이 바로 두 번째 세를 갖추었다는 말이다.

'지(地)' 자와 '민(民)' 자에는 이러한 첫 번째 세와, 두 번째 세의 뜻이 담겨 있다.

且王者之不作이 未有疏於此時者也하며 民之憔悴於虐政이 未有甚於

此時者也하니 飢者에 易爲食이며 渴者에 易爲飮이니라.

또한 왕자가 나오지 않은 때가 지금보다 더 드문 적이 있지 않았으며, 백성이 포악한 정치에 시달린 때가 지금보다 더 심한 적이 있지 않았다. 배고픈 자에게는 쉽게 밥을 먹일 수 있고, 목마른 자에게는 쉽게 마실 것을 줄 수 있다.

【補】 이 절은 아무리 좋은 연장이 있더라도 때가 더 중요함을 말하고 있는 절이다. 즉 앞 절에서 나온 좋은 농기구를 가지고 있더라도 밭 갈고 곡식을 심을 때가 더 중요하다는 말이니, 지금 제나라의 여건으로는 쉽게 왕도정치를 행할 수 있다는 말이다.
'왕자가 나오지 않은 때'라는 말은 문왕부터 맹자 시대까지 8백년 동안 성군이 없었음을 뜻한다. 평상시 5백년이면 왕자가 나오기 때문에 이렇게 말했다. 원문 '此時'는 '오늘날'을 말한다.
배고픈 자에게는 쉽게 밥을 먹일 수 있고, 목마른 자에게는 쉽게 마실 것을 줄 수 있기에 그들은 아름다움을 기다리지 않고 폭정에서 면하기만을 바란다는 말이다.

孔子 曰 '德之流行이 速於置郵而傳命이라'하시니,

공자께서 말씀하셨다. '덕이 뻗어 나가는 것은 역마로 명령을 전달하는 것보다 빠르다.'

【補】 앞에서 세를 탔고 여기에다 시기까지 맞아 여기에 덕을 갖추면 더없이 좋은 왕도정치가 된다는 것을 공자의 말로 입증하고 있다.
'치우(置郵)'란, 수레를 말이 끌어 명령을 전달하는 것을 '치(置)'라 하고, 사람이 직접 걷거나 달려 명령을 전달하는 것을 '우(郵)'라 한다. 하지만 여기서는 이를 구분하지 않고 '역마로 명을 전달하다'라는 뜻으로 쓰였다. 이는 어느 정도 이동 후 역에서 말을 갈아타고 또 이를 반복하는 것인데, 이것이 명령을 전달하는 가장 빠른 수단이었던 것이다.

當今之時하야 萬乘之國이 行仁政이면 民之悅之 猶解倒懸也리니 故로 事半古之人이오 功必倍之는 惟此時 爲然하니라."

오늘날 만승의 나라가 어진 정치를 행한다면 백성의 기뻐하는 것이 거꾸로 매달린 것을 풀어준 것과 같을 것이다. 그러므로 일은 옛사람의 반만 하고, 공은 반드시 곱절이 됨은 오직 오늘날만이 그렇게 될 것이다."

【補】'거꾸로 매달린 것을 풀어준다'는 말은 포학한 정치에서 구제해 주는 것을 의미한다. 즉 앞서 배고픈 자와 목마른 자에게 각각 원하는 것을 들어준다는 말과 같다.

공손추 상 제2장

公孫丑 問曰 "夫子 加齊之卿相하사 得行道焉하시면 雖由此霸王이라도 不異矣리니 如此則動心가 否乎잇가?" 孟子 曰 "否라 我는 四十이라 不動心호라."

공손추가 물었다.

"선생님께서 제나라의 요직인 경상(卿相)의 자리에 올라 도를 행할 수 있게 되신다면 비록 이로 말미암아 패업이나 왕도정치를 이루더라도 이상할 것이 없겠으니, 이와 같다면 마음이 흔들리겠습니까, 흔들리지 않겠습니까?"

맹자가 말했다.

"아니다. 내 나이 40이라, 마음이 흔들리지 않는다."

【補】 공손추의 질문은 패업이든, 왕도이든 상관없이 큰일을 하기 때문에 마음이 어떠한지 묻고 있는 것이다.

'가(加)' 자는 '당(當)' 자와 같은 뜻으로 앞서 나왔던 '당로(當路)'와 같은 의미이니 요직인 경상의 자리를 맡는 것을 말한다. '나이 40'은 막 벼슬할 때를 가리킨다[彊仕]. 보통 사람이라 하더라도 정신과 몸이 강할 때이므로 벼슬 할 수 있는 때이다. 군자는 도가 밝아지고, 덕이 확립되는 시기이다.

맹자가 말한 40의 수는 수행했던 꾸준한 공부를 말한다.『논어』·「위정(爲政)」 제4장에 "사십에 의혹이 없다[四十而不惑]"라고 한 것 역시 이와 같은 맥락에서 이해하면 된다.

曰 "若是則夫子 過孟賁이 遠矣사소이다." 曰 "是 不難하니 告子도 先我不動心하니라."

"이와 같다면 선생님께서는 맹분보다 훨씬 뛰어나십니다."

"이는 어렵지 않으니, 고자도 마음이 흔들리지 않음을 나보다 먼저 했다"

【補】 '먼저[先]'라고 한 것은, 고자가 나이 40이 되기 전인, 소양이 부족할 때에도 마음이 동요되지 않았으니, 이것도 잘못된 것임을 지적하고자 쓴 말이다.

맹분은 혈기가 용맹한 사람이다. 따라서 공손추가 이를 빌려 맹자의 부동심의 어려움을 칭송한 것이다. 고자는, 이름이 불해(不害)이다. 맹자와 더불어 '성선(性善)'에 대해 논한 자로 더 유명하다. 자세한 내용은 고자편에 잘 나타나 있다.

曰 "不動心이 有道乎잇가?" 曰 "有하니라.

"마음이 흔들리지 않는 데에 방법이 있습니까?"
"있다.

【補】 맹자의 대답에 대해, 공손추는 마음이 흔들리지 않는 방법이 이처럼 여러 가지가 있는가를 묻고 있다. 깨달음 속에서 주견을 가지면 마음이 흔들리지 않음을 다음 절에서 밝히고 있다.

北宮黝之養勇也는 不膚撓하며 不目逃하야 思以一毫나 挫於人이어든 若撻之於市朝하야 不受於褐寬博하며 亦不受於萬乘之君하야 視刺萬乘之君호대 若刺褐夫하야 無嚴諸侯하야 惡聲이 至커든 必反之하니라.

북궁유가 용맹을 기름은 자신의 피부를 찔려도 흔들리지 않으며 눈동자를 찔려도 피하지 않아, 털끝만큼이라도 남에게 굴욕을 당하면 마치 저자거리에서 종아리를 맞은 것처럼 여긴다. 천한 사람에게도 굴욕을 받아들이지 않으며 또 만승의 임금에게도 굴욕을 받아들이지 않아, 만승의 임금을 찌르는 것을 마치 천한 남정네를 찌르는 것처럼 여겨 제후를 두려워하지 않고서 자신에게 나쁜 소리가 이르면 반드시 되갚아준다.

【補】 북궁유는 반드시 이겨야 한다는 마음을 지녔기 때문에 자신에게 어떠한 해로움이 가해지더라도 반드시 참는 자이다. 이 사람은 필승(必勝)으로써 마음의 주관으로 삼았다.

'목(目)' 자 한 글자에 '눈을 찔러도'의 뜻이 있다. '좌(挫)' 자는 '지다, 굴욕을 당하다'의 뜻으로 쓰였다. '갈(褐)'은 헌옷이며, '관박(寬博)'은 좋지 않은 베로 그럭저럭 헐렁헐렁하게 입은 옷을 말하니, 이를 입은 사람은 천한 사람을 가리킨다. '엄(嚴)' 자는 '두려워하다[畏]'의 뜻으로 쓰였다. '반(反)' 자는 '보복'의 뜻이다.

孟施舍之所養勇也는 曰 '視不勝호대 猶勝也로니 量敵而後進하며 慮勝而後會하면 是는 畏三軍者也니 舍 豈能爲必勝哉리오 能無懼而已矣라'하니라.

맹시사가 용맹을 기르는 방법에 대해 '이기지 못함을 보되 이기는 것 같이 하여, 적을 헤아린 뒤에 나아가며 승리를 생각한 뒤에 싸운다면, 이는 적의 삼군을 두려워하는 자이다. 내 어찌 반드시 이길 수 있겠는가, 두려움이 없을 뿐이다.'라고 말했다.

【補】 맹시사는 두려움이 없는 마음을 주관으로 삼은 자이다. 즉 장군의 기상이 있는 자이다.
'회(會)' 자는 접전(接戰)을 말하니 곧 싸움을 뜻한다. '삼군(三軍)'은 '대군'의 뜻이다. 일군은 1만 2천 5백명이다. 천자는 6군을, 제후는 3군을 거느린다. '외(畏)' 자는 '신중히 살피다'는 뜻이니, 뒤에 나오는 '구(懼)' 자와는 쓰임이 다르다.

孟施舍는 似曾子하고 北宮黝는 似子夏하니 夫二子之勇이 未知其孰賢이어니와 然而孟施舍는 守 約也니라.

맹시사는 증자와 비슷하고, 북궁유는 자하와 비슷하다. 이 두 사람의 용맹을 기르는 방법이 누가 더 훌륭한지는 모르겠지만, 그러나 맹시사가 지킨 것은 요약이다.

【補】 이에 대해서 주희는 "북궁유는 남을 대적하기를 힘쓰고, 맹시사는 자신을 지키기를 오로지 하였으며, 자하는 성인을 독실히 믿었고, 증자는 자기 몸에 돌이켜 찾았다. 그러므로 이 두 사람이 증자와 자하와 더불어 비록 동등한 무리는 아니지만, 그 기상을 논하면 각기 유사한 점이 있다."라고 했으니 참고할 만하다.

昔者에 曾子 謂子襄曰 '子 好勇乎아? 吾嘗聞大勇於夫子矣로니 自反而不縮이면 雖褐寬博이라도 吾不惴焉이어니와 自反而縮이면 雖千萬人이라도 吾往矣라'하시니라.

옛날에 증자가 자양(증자 제자)에게 '그대는 용맹을 좋아하는가? 내 일찍이 큰 용맹에 대해 공자님께 들었다. 스스로 돌이켜서 정직하지 못하면 비록 천한 사람일지라도 내가 두렵게 할 수는 없지만, 스스로 돌이켜서 정직하다면 비록 천만 명이 있더라도 내가 가서 대적할 수 있다.'라고 말했다.

【補】 여기서의 '호용(好勇)'이 바로 맹자의 양기설(養氣說)과 같은 개념이다. 즉 호연지기(浩然之氣)를 기른다고 하는 것이나 큰 용맹[大勇]을 좋아하고 기른다는 것이다. 큰 용맹이란 혈기의 용맹이 아니라 도의(道義)의 용맹을 말한다. 이는 곧 정직을 통해 나오는 것이다. '증자가 지킨 것'은 바로 이 정직성이다.
'축(縮)' 자는 '쭈그리다'가 아니라 '곧다[直]'의 뜻으로 쓰였다. 조기는 '의(義)' 자로 봤으니, 의미가 다르지 않다.

孟施舍之守는 氣라 又不如曾子之守 約也니라."

맹시사의 지킴은 기(氣)이다. 또한 증자께서 지킨 요약만 못하다."

【補】 '수약(守約)'이라는 지킴은 서로 같지만, 맹시사가 지킨 것은 혈기의 용맹이며, 증자가 지킨 것은 도의의 용맹이므로 그 가치 개념이 다름을 밝히고 있다.

曰 "敢問夫子之不動心과 與告子之不動心을 可得聞與잇가?", "告子曰 '不得於言이어든 勿求於心하며 不得於心이어든 勿求於氣라'하니 不得於心이어든 勿求於氣는 可커니와 不得於言이어든 勿求於心은 不可하니 夫志는 氣之帥也요 氣는 體之充也니 夫志 至焉이오 氣 次焉이라 故로 曰 '持其志오도 無暴(포)其氣라'하니라."

공손추가 말했다.

"감히 여쭙겠습니다. 선생님의 부동심과 고자의 부동심에 대해 들을 수 있습니까?"

맹자가 말했다.

"고자가 '말에 대해 이치를 얻지 못하였거든 마음에서 구하지 말고, 마음에서 얻지 못하였거든 기(氣)에서 구하지 말라.'고 말했다. 이는 마음에 얻지 못하거든 기에서 구하지 말라고 한 것은 괜찮지만, 말에 얻지 못하였거든 마음에서 구하지 말라고 한 것은 안 된다. 무릇 의지는 기의 장수이며, 기는 몸에 꽉 차 있는 것이니, 의지가 가장 지극하고, 기가 그다음이 된다. 그러므로 '그 의지를 잘 지키면서 그 기운을 해쳐서는 안 된다.'고 말한 것이다."

【補】 맹자는 고자의 부동심에 대하여 먼저 말한 후 자신의 부동

심에 대해 말하고 있다. 요지는 지언(知言)과 호연지기(浩然之氣)이다.

원문 '可得聞與'와 '告子曰' 사이에 "맹자왈(孟子 曰)"이 생략되어 있다. 원문 '不得' 글자가 두 번 연이어 나오고 있는데, 앞의 '득' 자에는 '달(達)'의 뜻이 있고, 뒤의 '득' 자에는 '안(安)'의 뜻이 있어 의미는 다르다.

'말에 대해 이치를 얻지 못하였거든 마음에서 구하지 말라.'라는 말은 맹자의 지언과 반대되며, '마음에서 얻지 못하였거든 기(氣)에서 구하지 말라.'라는 말은 맹자의 호연지기와 상반된다.

문제는 '不得於言'에 대한 '언(言)' 자에 해석이다. 이것을 자기의 말로 해석하여, '자신이 한 말에 대해 이치를 얻지 못하였거든'라고 보는 설도 있고, '언' 자를 다른 사람의 말로 해석하여 '남이 한 말에 대해 이치를 얻지 못하였거든'이라 보기도 하니 참고로 적어 둔다.

앞의 '가(可)' 자에는 '겨우 괜찮다[僅可]'는 것으로 때로는 맞고 때로는 잘못되었다는 말인데, '50%정도'라는 말과 같다. 경문의 '가(可)' 자는 대개 '겨우 괜찮을 뿐 미진하다[僅可而未盡]'는 뜻이다. 그러나 여기에서 뒤의 '불가(不可)'는 절대 안 된다는 의미가 내포되어 있다.

"旣曰 '志 至焉이오 氣次焉이라'하시고 又曰 '持其志오도 無暴其氣者'는 何也잇고?" 曰 "志壹則動氣하고 氣壹則動志也니 今夫蹶(궤)者趨者 是氣也而反動其心이니라."

(공손추가 말했다.) "이미 '의지가 지극한 것이며, 기가 그다음이 된다.'고 말씀하셨는데, 또 '그 의지를 잘 지키면서 그 기를 해쳐서는 안 된다.'고 하신 것은 무슨 말씀입니까?"

맹자가 말했다.

"사람의 의지가 한결같으면 기운이 움직인다. 기운이 한결같으면 의지가 움직인다. 오늘날 나도 모르게 넘어지는 자와 달리는 자가 있다면, 이는 기운에 의한 행동양상이지만 도리어 그 마음이 흔들리게 되는 것이다."

【補】 공손추는, 맹자께서 의지가 최고이고, 기운이 버금간다고 말한 것을 들었다. 하지만 위에서 맹자가 말한 것처럼 기운이라는 것도 중요하다고 하니, 의문이 생긴 것이다.
원문 '無暴其氣者'에서 '자(者)' 자가 생략된 본도 있으니 참고로 적어 둔다. '일(壹)' 자는 '한결같다[一]'의 뜻이다. '넘어지는 자와 달리는 자[蹶者趨者]'는 순식간의 동작을 말하는 것으로, 마음의 방향을 정하기 전의 움직임이다. 이는 곧 심지를 움직이는 결과를 초래한다. '궤(蹶)' 자는 '넘어지다', '움직이다'의 뜻이 있으며, '궐' 자의 음도 있다. 언해본에는 '궤' 자로 되어 있다.
정자는 "의지가 기(氣)를 움직이게 하는 것은 10에 9이고, 기가 의지를 움직이게 하는 것은 10에 1이다."라고 했다. 하지만 실제 생활은 육체의 기운도 의지 못지않게 많은 영향을 미치므로, 정자의 말이 반드시 그렇다고 보기는 어려울 듯하다.

"敢問夫子는 惡(오)乎長이시니잇고?" 曰 "我는 知言하며 我는 善養吾의 浩然之氣하노라."

"감히 여쭙겠습니다. 선생님께서는 어디에 장점이 있습니까?"
"나는 말을 알며, 나는 나의 호연지기를 잘 기르는 것이 장점이다."

【補】 공손추는 고자의 단점[失]보다도, 스승의 장점[長]이 무엇인지 궁금하여 물은 것이다. 고자의 단점을 보완한 것이, 실제 맹자의 장점이다. 즉 지언(知言)과 양기설(養氣說)에 있다. 다시 말해 선천적으로 호연지기를 기르며, 후천적으로 이를 기름[養]에 있다.

"敢問何謂浩然之氣잇고." 曰 "難言也니라.

(공손추가 말했다.) "감히 여쭙겠습니다. 무엇을 호연지기라고 합니까?"

맹자가 말했다.

"말하기가 어렵다.

【補】 맹자는 지언과 양기설에 대해 말했는데, 공손추는 호연지기에 먼저 관심을 가졌다. 호연지기란 천지간에 충만해질 수 있는 바른 기운을 말하는데, 선천적인 천지의 바른 기운과 후천적 공부를 통해 함양하는 두 가지 측면이 있다.

其爲氣也 至大至剛하니 以直養而無害則塞(색)于天地之間이니라.

호연지기란 지극히 크고 지극히 강한 것으로 정직으로써 함양하여 해치지 않으면 천지에 가득 차게 된다.

【補】 맹자는 말하기 어렵지만 억지로 말하자면 이와 같다는 말이다. 즉 천지의 바른 기운[天地之正氣], 이것이 호연지기의 본체설이다. 증자가 말한 '축(縮)' 자가 여기에서는 바로 '직(直)' 자로 쓰였다.

其爲氣也 配義與道하니 無是면 餒也니라.

호연지기란 의리와 도리에 짝하니 이것이 없으면 허전하게 된다.

【補】 이 절은 후천적 공부를 통한 함양을 말하고 있다. '직(直)' 자는 의(義)와 도(道), 즉 도의로 나뉘어 표현된 것이다. '이것[是]'이란 호연지기를 가리킨다.

是集義所生者라 非義 襲而取之也니 行有不慊於心則餒矣니 我 故로 曰 '告子 未嘗知義라'하노니 以其外之也일새니라.

이 호연지기는 의리를 많이 축적하여 생겨나는 것이지, 의리가 하루아침에 갑자기 습격하여 취해지는 것은 아니다. 어떤 일을 행하고서 마음에 만족하지 못하는 점이 있으면 호연지기가 허전하게 된다. 내가 이러한 이유로 '고자가 일찍이 의리를 알지 못한다.'라고 말한 것이니, 이는 그가 의를 밖에 있다고 생각하기 때문이다.

【補】 호연지기가 짧은 시간이나 단편적으로 얻을 수 없음을 말하고 있다. 고자의 의외설(義外說)에 대한 비판이다.
'집(集)' 자에는 '하나하나 쌓이다'의 뜻이니, 바로 공부의 방법이 이와 같음을 말한다. 어떤 일을 행하고서 마음에 만족하지 못하는 것은 바로 도의가 없기 때문이다. '이기(以其)'는 '그것은~때문'의 용법으로 '위기(爲其)'와 같은 용법으로 쓰였다.

必有事焉而勿正하야 心勿忘하며 勿助長也하야 無若宋人然이어다 宋人이 有閔其苗之不長而揠之者러니 芒芒然歸하야 謂其人曰 '今日에 病矣와라 予 助苗長矣와라'하야늘 其子 趨而往視之하니 苗則槁矣러라 天下之不助苗長者 寡矣니 以爲無益而舍之者는 不耘苗者也요 助之長者는 揠苗者也니 非徒無益이라 而又害之니라."

반드시 일에 있어서 단정적 기약은 말고 마음에 잊지도 말며 조장하지도 말아야 하니, 송나라 사람이 그렇게 했던 것처럼 해서는 안 된다. 송나라 사람 중에 벼이삭이 자라지 않는 것을 걱정하여 뽑아 놓은 사람이 있었다. 그는 아무 것도 모르고 돌아와서 집안사람들에게 '오늘 나는 매우 피곤하다. 내가 벼이삭이 자라도록 도왔다.'라고 말하자, 그 아들이 달려가서 보았더니, 벼이삭이 말라 있었다. 천하에 벼이삭이 자라나도록 조장하지 않은 사람이 적지 않으니, 무익하다고 여겨 버려두는 사람은 벼이삭을 김매지 않은 자이고, 조장하는 사람은 벼이삭을 뽑아놓은 자이니, 이는 무익할 뿐만 아니라 또 해치는 것이다."

【補】 소위 '알묘조장(揠苗助長)'의 고사다. 호연지기 뿐 아니라 공부를 비롯한 만사가 서둘러서 반드시 꼭 그렇게 되어야 한다고 생각해서도 안 되고 억지로 조장해서도 안 됨을 말하고 있다.
'정(正)' 자는 '기약[豫期]'이라는 말로서, 조급한 이의 마음이며, '망(忘)' 자는 나태한 이의 마음이다. 실제 맹자는 조급한 사람의 폐해가 더 큼을 경계하고 있다.
원문 '必有事焉而勿正'은 뒤의 '심(心)' 자를 붙여, '必有事焉而勿正心'라고 읽기도 하는데, 의미를 이해하는 데에는 크게 다르지 않다. '망망연(芒芒然)'은 송나라 사람 어리석은 이의 모습이다. '기인(其人)'은 자기 집안사람들을 가리킨다. '병(病)' 자는 '피곤하다'의 뜻으로 쓰였다.

"何謂知言이니잇고?" 曰 "詖辭에 知其所蔽하며 淫辭에 知其所陷하며 邪辭에 知其所離하며 遁辭에 知其所窮이니 生於其心하야 害於其政하며 發於其政하야 害於其事하나니 聖人이 復起사도 必從吾言矣시리라."

(공손추가 말했다.) "무엇을 '말을 안다.'고 말합니까?"
맹자가 말했다.
"편파성을 둔 말에 그 가려진 바를 알며, 방탕하여 말에 그 빠져 있는 바를 알며, 부정한 말에 그 괴리된 바를 알며, 도피하는 말에 그 궁한 바를 알 수 있다. 마음에서 생겨 정사에 해를 끼치며 정사에 드러나 일에 해를 끼치니, 성인이 다시 나와도 반드시 내 말을 따르실 것이다."

【補】 여기에서는 말을 통해 마음을 알게 되고, 마음을 통해 일을 알게 되고, 일을 통해 정치를 알 수 있음을 말하고 있다.
'지언'을 쉽게 표현하면, 이치를 깨닫는 것을 말한다. 원문 '詖辭, 淫辭, 邪辭, 遁辭'는 언어의 병폐를 말하고, 원문 '所蔽, 所陷, 所離, 所窮'은 마음의 병폐를 말한다.

"宰我子貢은 善爲說辭하고 冉牛閔子顔淵은 善言德行이러니 孔子兼之하사대 曰 '我 於辭命則不能也로라'하시니 然則夫子는 旣聖矣乎신저."

(공손추가 말했다.) "재아와 자공은 말을 잘 하였고, 염우와 민자와 안연은 덕행에 관한 것은 잘 말하였는데, 공자께서는 이것을 모두 겸하였지만 '나는 말하는 것은 잘 못한다.'라고 말씀 하셨으니, 그렇다면 선생님께서는 이미 성인이시겠습니다."

【補】 공손추는, 스승이 조금 지나쳤다고 의심하여 이렇게 말했다. 즉 공자의 경우에도 지언(知言)에 대해 언급한 적이 없으니 스승에 대해 다소 의심이 들어 이렇게 물은 것이다.
원문 '善言德行'은 선언과 덕행이 아니라, '善言(之於)德行'의 축약으로, 즉 '덕행에 관해 잘 말했다'는 뜻이다.

曰 "惡(오)라 是何言也오 昔者에 子貢이 問於孔子曰 '夫子는 聖矣乎신

저' 孔子曰 '聖則吾不能이어니와 我는 學不厭而教不倦也로라' 子貢이 曰 '學不厭은 智也요 教不倦은 仁也니 仁且智하시니 夫子는 既聖矣신저'하니 夫聖은 孔子도 不居하시니 是何言也오."

맹자가 말했다.

"아! 이 웬 말인가. 옛날 자공이 공자님께 '선생님은 성인이십니다.'라고 말하자, 공자께서 '성인은 내 가당치도 않지만, 나는 배우기를 싫어하지 않고 가르치기를 게을리 하지 않는다.'라고 했으니, 자공이 '배우기를 싫어하지 않는다는 것은 지혜롭다는 뜻이고, 가르치기를 게을리 하지 않는다는 것은 어질다는 것이니, 어질고 또 지혜롭기 때문에, 선생님은 이미 성인이십니다.'라고 말했다. 성인은 공자께서도 자처하지 않으셨으니, 이 무슨 말인가."

【補】'성인'이라고 한 말은, 공자의 제자가 인정한 것이지 공자 자신의 입으로 말한 적이 없음을 말하고 있다.
'오(惡)'는 깜짝 놀라 내는 의성어이다. '배우기를 싫어하지 않는다[學不厭]'는 것은 개인의 수양을 뜻하고, '가르치기를 게을리 하지 않았다[教不倦]'는 말은 남에게 베푸는 것이니, 전자는 지(智)를 말하고, 후자는 인(仁)을 말한다.

"昔者에 竊聞之호니 '子夏子游子張은 皆有聖人之一體하고 冉牛閔子顏淵은 則具體而微라'하니 敢問所安하노이다."

(공손추가 말했다.) "옛날 삼가 들으니 '자하와 자유와 자장은 모두 성인의 일부분만을 가졌고, 염우와 민자와 안연은 전체를 갖추고 있었으나 미약하다.'라고 하였습니다. 감히 선생님께서 편안히 자처

하시는 바는 여쭙겠습니다."

【補】'일체(一體)'라고 쓴 것은 사체(四體) 가운데 한 부분만을 가졌다는 말이다. '구체이미(具體而微)'라고 쓴 것은 상당량의 경지에 올랐지만 미진한 부분이 있어 불완전하다는 말이다. '안(安)' 자에는 '편안히 자처하는바[安居]'라는 뜻으로 쓰였다.

曰 "姑舍是하라."

맹자가 말했다.
"잠시 이들을 버려두라."

【補】이 절은 맹자 생각에 공자의 제자들보다 조금은 나은 점이 있음을 자부하고 있는 절로 봐도 무방하다. 이는 결국 공자의 제자들이 아닌 공자를 배워 공자처럼 삶을 살아가는 데 맹자의 목적이 있음을 뜻한다[所願學孔子].

曰 "伯夷伊尹은 何如하니잇고?" 曰 "不同道하니 非其君不事하며 非其民不使하야 治則進하고 亂則退는 伯夷也요 何事非君이며 何使非民이리오하야 治亦進하며 亂亦進은 伊尹也요 可以仕則仕하며 可以止則止하며 可以久則久하며 可以速則速은 孔子也시니 皆古聖人也라 吾未能有行焉이어니와 乃所願則學孔子也로라."

"백이와 이윤은 어떻습니까?"
"그들이 갔던 길이 같지 않다. 섬길 만한 임금이 아니면 섬기지 않으며, 부릴 만한 백성이 아니면 부리지 않아서, 다스려지면 벼슬에 나아가고 혼란하면 물러간 사람은 백이였다. 어떤 사람을 섬긴들 임금이 아니겠으며, 어떤 사람을 부린들 백성이 아닌가 하면서 다스려져도 나아가고 혼란해도 나아간 사람은 이윤이었다. 벼슬할 만하면 벼슬하고 그만둘 만하면 그만두며 오래 머무를 만하면 오래 머물고 빨리 떠날 만하면 빨리 떠나는 사람은 공자이니 모두 옛 성인이다. 내 옛 성인 같은 행동을 할 수 없지만 내 소원은 공자를 배우는 것이다."

【補】 성인의 반열에 들만큼 훌륭한 인물들이지만, 그 방향이 달라 서로 비교하기 어려움을 말하고 있다. 이들 세 성인(聖人)의 일은 이 편의 끝과 「만장 하」 제1장에 자세히 보인다.

백이는 위로 요임금과 순임금 같아야 하고, 아래로 요임금과 순임금의 백성 같아야 한다고 말하고 있다. 그가 혼란한 시기에는 물러서야 한다고 한 것은 몸을 더럽히지 않아야 된다고 생각했기 때문이다[聖之淸者].

이윤은 백이와 달리, '비(非)' 자 대신 '하(何)' 자를 사용하여 누구라도 상관없다는 입장이다. 어떤 것에도 구애받지 않기 때문에 뒤에는 '역(亦)' 자가 두 번 쓰인 것이다[聖之任者].

'가이(可以)' 두 글자에는 '때에 맞게[時]'의 의미가 담겨 있다. 그래서 공자를 '시중(時中)을 실천한 인물'이라고 평한다.

"伯夷伊尹이 於孔子에 若是班乎잇가?" 曰 "否라 自有生民以來로 未有孔子也시니라."

(공손추가 말했다.) "백이와 이윤은 공자와 동등한 위치에 놓을 수 있습니까?"

맹자가 말했다.

"아니다. 인간이 태어난 이후로 공자 같은 분이 있지 않다."

【補】 공손추의 생각에는, 백이와 이윤이 공자에 못 미친다고 봤다. 하지만 맹자가 "모두다 옛 성인이다."라고 하여 의문이 생긴 것이다.
'반(班)' 자는 '대등한 위치'라는 뜻으로 '반열(班列)'과 같으며, 구체적으로 '옛 성인과 동급'을 말한다. 혹자는 원문 '自有生民以來'에서 '유(有)' 자를 연문(衍文)으로 보기도 한다. 그 근거로는 같은 구절이 아래 절에서 두 번 나오는데 모두 '유' 자가 없기 때문이다.

曰 "然則有同與잇가?" 曰 "有하니 得百里之地而君之면 皆能以朝諸侯有天下어니와 行一不義하며 殺一不辜而得天下는 皆不爲也리니 是則同하니라."

"그렇다면 공통점이 있습니까?"
"있다. 백리의 땅을 얻어서 그 땅의 임금만 된다면 모두 제후들에게 조회 받고 천하를 소유할 수 있지만, 한 가지 일이라도 불의를 행하며 한 사람이라도 죄 없는 이를 죽이고 천하를 얻는 것은 모두 하지 않을 것이니 이것이 공통점이다."

【補】 '공통점'이란, 하나는 왕도정치를 실천할 수 있는 능력이 있으며, 하나는 옳은 일을 위해 덕이 있음을 말한다. 즉, 백리 땅을 얻어서 임금이 되어 모든 제후들에게 조회를 받는다는 것이 왕도정치의 실행 능력이며, 불의를 행하며 한 사람이라도 무고한 이를 죽이면서까지 천하를 얻지 않는 것은 덕을 갖춤을 말한다.
원문 '殺一不辜'에서 '불(不)' 자는 '무(無)' 자의 뜻이며, 마지막에 '자(者)' 자를 생략한 형태로 보면 된다. 즉 '한 사람이라도 죄 없는 이를 죽이고'라는 말이 된다.

曰 "敢問其所以異하노이다." 曰 "宰我子貢有若은 智足以知聖人이니 汙(와)不至阿其所好니라."

공손추가 말했다.

"감히 그 차이점을 여쭙겠습니다."

맹자가 말했다.

"재아와 자공과 유약은 지혜가 넉넉히 성인을 알 만하니, 지혜가 낮을지라도 좋아하는 사람에게 아첨하는 데는 이르지 않았을 것이다.

【補】'차이'라고 하는 것은 공자의 독특성을 뜻한다. 맹자는 직접 얘기하지 않고 직접 보고 들었던 공자의 제자들의 말을 인용하고 있다. 이는 공신력 때문이다. 특히 재아와 자공과 유약의 말을 아래에서 인용된 것은 그들의 강직성 때문이다.
'와(汙=汚)' 자는 '낮다'의 뜻으로 쓰였다.

宰我 曰 '以予觀於夫子컨대 賢於堯舜이 遠矣삿다.'

재아께서 말씀하셨다. '제 관점에서 선생님은 요임금과 순임금보다도 훨씬 뛰어나십니다.'

【補】이는 교육에 있어서의 평가이다.
'공자가 요임금과 순임금보다 훨씬 뛰어나다'는 말은, 요임금과 순임금의 도가 일시에 그친 것이라면, 공자에 의해 그들의 도가 밝혀졌으며, 후세에게 학문을 전해줬기 때문이다[繼往聖開來學].
'현(賢)' 자는 '낫다[勝]'의 뜻으로 쓰였다.

子貢이 曰 '見其禮而知其政하며 聞其樂而知其德이니 由百世之後하야 等百世之王컨대 莫之能違也니 自生民以來로 未有夫子也시니라'

자공께서 말씀하셨다. '예(禮)를 보면 그 나라의 정사를 알 수 있고, 음악을 들으면 그 임금의 덕을 알 수 있다. 백세 이후에 태어나 백세의 왕들을 차등해 보면 이를 어길 사람이 없으니, 인간이 태어난 이후로 공자 같은 분은 있지 않다.'

【補】 이는 '예악'의 입장에서 평가한 말이다. 다시 말해, 그 사람이 행한 예와 제정한 음악, 즉 외적 현상을 보면 그 내면까지도 알 수 있다는 말이다. 이를테면 공자의 예악을 보면 그 내면의 덕을 알 수 있음을 뜻한다.

'정(政)' 자는 '업적'의 뜻에 가까우며 외적인 것이고, '덕(德)' 자는 '내면'의 뜻으로 내적인 것이다. '등(等)' 자는 동등이 아니라 '차등'의 뜻으로 쓰였다.

有若이 曰 '豈惟民哉리오 麒麟之於走獸와 鳳凰之於飛鳥와 泰山之於丘垤와 河海之於行潦에 類也며 聖人之於民에 亦類也시니 出於其類하며 拔乎其萃나 自生民以來로 未有盛於孔子也시니라' "

유약께서 말씀하셨다. '어찌 다만 사람뿐이겠는가. 달리는 짐승 중에서는 기린이, 하늘을 나는 새 중에서는 봉황이, 언덕과 개미둑 중에서는 태산이, 길바닥에 고인 물과 같은 종류에서는 하해 등이 그러하고, 백성 가운데 성인도 이와 같은 종류다. 종류 중에서 빼어나며 모인 것에서 높이 솟아난다. 인간이 생긴 이후로 공자보다 더 훌륭하신 분은 계시지 않다.' "

【補】 성인 가운데 가장 훌륭한 인물이 바로 공자임을 강조하고 있는 절이다.

비유로 기린, 봉황 등을 등장시키고 있는데, 이는 상서로운 동물에 속한다. (참고로 이 외에 용과 거북을 넣어 사상(四祥)이라고 한다.) 원문 '麒麟之於走獸' 이하는 문장 구조가 같은데, 앞의 것은 큰 것[麒麟]이며 뒤의 것은 작은 것[走獸]이다. 유약은 공자와 가장 닮은 인물이라 하여, 다른 제자들이 공자가 돌아가셨을 때 유약을 섬기려고까지 했었다.(「등문공 상」 제4장)

'행료(行潦)'란 길의 빗물을 가리킨다. '출(出)' 자는 '특출(特出)'의 뜻으로 쓰였다. '공자보다 더 훌륭하신 분은 계시지 않다'라는 말은, 성인 중의 성인이라는 말이다.

공손추 상 제3장

孟子 曰 "以力假仁者는 霸니 霸必有大國이오 以德行仁者는 王이니 王不待大라 湯이 以七十里하시고 文王이 以百里하시니라.

맹자가 말했다.

"힘으로 인(仁)을 빌린 것은 패도이니, 패도는 반드시 대국이 있어야 한다. 덕으로 인을 행한 것이 왕도이니, 왕도는 대국을 바라지 않는다. 탕왕은 70리로 왕도를 이룩했고, 문왕은 백리를 가지고 왕도를 이룩했다.

【補】 패자와 왕자의 구분을 명확히 설명한 부분이다.

'무력으로 인(仁)을 빌렸다'는 말은 '거짓으로 꾸민 것'을 말하며 패도를 뜻한다. 왕도정치가 변하면 패도정치가 되고, 패도정치가 변하면 이적(夷狄)정치가 되고, 이적정치가 변하면 금수가 된다.

'대(待)' 자는 '기대하다'는 뜻이니 여기에서는 '바라다[望]'는 뜻으로 쓰였다.

以力服人者는 非心服也라 力不贍也요 以德服人者는 中心이 悅而誠

服也니 如七十子之服孔子也라 詩云 '自西自東하며 自南自北이 無思不服이라'하니 此之謂也니라."

힘으로 남을 복종시키는 것은 마음으로 복종하는 것이 아니라 힘이 넉넉하지 못해서이다. 덕으로 남을 복종시키는 것은, 마음이 기뻐하여 진실로 복종하는 것이니, 마치 70명의 제자가 공자의 말씀에 복종하는 것과 같다. 『시경』에 '서쪽에서 동쪽에서, 남쪽에서 북쪽에서 복종하지 않는 사람이 없다.'[1]라고 하였으니 이를 말한다."

【補】 패자와 왕자의 차이가 무력과 덕이라는 명확한 차이가 있음을 설명하고 있다.
'마음으로 기뻐하여 진실로 복종하는 것[中心悅而誠服]'의 의미가 무엇인지 『시경』을 통해 입증하고 있다. '사(思)' 자는 어조사로 쓰였다.

공손추 상 제4장

孟子 曰 "仁則榮하고 不仁則辱하니 今에 惡(오)辱而居不仁이 是猶惡濕而居下也니라.

맹자가 말했다.

"어질면 영화롭고 어질지 못하면 치욕을 받는다. 오늘날 치욕을 받는 것을 싫어하면서도 어질지 못한 데에 처하는 것은, 이는 마치 습한 것을 싫어하면서도 낮은 곳에 거처하는 것과 같다.

1) 서쪽에서…… 없다 : 「대아(大雅)」, 문왕유성(文王有聲)」에 보인다.

【補】 '어질면 영화롭다'의 주체는 바로 '나라'이다. '치욕을 받는다'라는 말 또한 나라가 치욕을 받을 때를 가리키니, 즉 망할 때를 의미한다.

如惡之인댄 莫如貴德而尊士니 賢者 在位하며 能者 在職하야 國家閒暇어든 及是時하야 明其政刑이면 雖大國이라도 必畏之矣리라.

만일 치욕 받는 일을 싫어한다면 덕을 귀하게 여기고 선비를 높이는 것만 못한다. 현명한 사람이 조정의 지위에 있으며, 능력 있는 사람이 맡은 직책에 있어, 국가가 한가하거든 이때에 그 정치와 형벌을 밝게 한다면 비록 대국이라 하더라도 반드시 그 나라를 두려워할 것이다.

【補】 이 절은 앞서 '어질면 영화롭다[仁則榮]'에 대한 설명이다. '국가가 한가하다[國家閒暇]'는 말은 다소 한숨을 쉴 수 있는 시간이 있다는 말로, 즉 태평성세를 가리킨다.

詩云 '迨天之未陰雨하야 徹彼桑土(두)하야 綢繆牖戶면 今此下民이 或敢侮予아'하야늘 孔子 曰 '爲此詩者 其知道乎인저 能治其國家면 誰敢侮之리오'하시니라.

『시경』에 '하늘이 흐리거나 비를 내리지 않을 때에는 저 뽕나무 뿌리를 거두었다가 창문을 창창 두루 감는다면, 오늘날 이 아래에 있는 사람들이 혹시라도 감히 나를 업신여기겠는가.'[2]라고 했다. 공자께서 '이 시를 지은 사람은 도를 아는 자이다. 자기 국가를 미리

2) 하늘이…… 업신여기겠는가 : 「빈풍(豳風)、치효(鴟鴞)」에 보인다.

잘 다스린다면, 누가 감히 업신여기겠는가.'라고 평했다.

【補】『시경』의 글귀는, 날씨가 좋지 않을 때에 미리 집단속을 한다는 새의 말이다. 이 시를 지은 사람은 주공이다. 주공은 난을 평정하고 유언비어가 퍼져 나라가 시끄러울 때 이 시를 지었다.
뽕나무 뿌리로 집단속을 하는 것은 그것이 질기기 때문이다. '음우(陰雨)'는 구름이 끼고 비가 오는 것을 말한다. '토(土)' 자는 '뿌리 두' 자로 쓰였다. '도(道)'는 '정치의 도'를 가리킨다.

今國家 閒暇어든 及是時하야 般樂怠敖하나니 是는 自求禍也니라.

오늘날 국가가 한가하거든 이때 지나치게 즐기고 태만하며 오만한 짓을 하니, 이는 스스로 화를 부른 것이다.

【補】위의 절과 반대된 상황을 말하고 있다. 즉 나라가 위태롭지 않아 조금이라도 한가하거든 지나치게 쾌락을 즐기고 오만하여 화를 자초하고 있음을 말한다.
'반(般)' 자는 '크게[大]'의 뜻으로 쓰였다. '구(求)' 자는 '자초하다[招], 부르다'의 뜻이다.

禍福이 無不自己求之者니라.

화와 복이 자기로부터 추구하지 않은 것이 없다.

【補】이 장의 핵심이 이 구절에 있다. 즉 모든 길흉화복은 자기로부터 나왔음을 말한다. 아래 절에서『시경』과『서경』을 통해 이를 증명하고 있다.

詩云 '永言配命이 自求多福이라'하며 太甲에 曰 '天作孼은 猶可違어니와 自作孼은 不可活이라'하니 此之謂也니라."

『시경』에 '영원히 천명에 부합되기를 생각하는 것은 스스로 많은 복을 추구하는 방법이다.'[3]라고 했으며, 「태갑」에 '하늘이 만든 재앙은 그래도 피할 수는 있지만, 스스로 만든 재앙은 살 길이 없다.'[4]라는 기록이 보이니, 이를 말한다."

【補】 '천명'은 다름 아닌 도리를 말하니, 곧 인(仁)의 뜻이다. '차(此)' 자는 앞서 나온 '자기가 추구한 것이다[自己求之]'를 가리킨다. '언(言)' 자는 념(念)의 뜻이다.

공손추 상 제5장

孟子 曰 "尊賢使能하야 俊傑이 在位則天下之士 皆悅而願立於其朝矣리라.

맹자가 말했다.

"어진 이를 높이고 재주 있는 사람을 부려서 빼어난 사람들이 자리에 있으면, 천하의 선비가 모두 기뻐하여 그 조정에 서기를 원할 것이다.

3) 영원히…… 방법이다 : 「대아(大雅)、문왕(文王)」에 보인다.
4) 하늘이…… 없다 : 「상서(尙書)、태갑(太甲)」 중 제3장에 보인다.

【補】 임금이 어진 이를 좋아한다는 소문이 나면, 천하 사람들은 그 어진 사람을 찾아 모인다는 말이다.

市에 廛而不征하며 法而不廛則天下之商이 皆悅而願藏於其市矣리라.

저자에서 장사하는 이에게 자릿세만 받고 세금을 받지 않으며 법으로만 하고 자릿세를 받지 않으면, 천하의 장사꾼들이 모두 기뻐하여 그 시장에 물건을 보관하기를 원할 것이다.

【補】 '시(市)' 자 한 글자에 '저자에서 장사하는 이'라는 의미가 있다. 또한 이 절에는 저자에서 자릿세를 받아 억제는 하지만, 잘못하면 학정에까지는 이르지 말 것을 언급하고 있다. 즉 장사꾼들이 많으면 그것을 억제하는 방법으로는 자릿세를 받는 것이며, 장사꾼들이 적으면 물가를 다스리는 법을 취하고, 세금은 걷어서는 안 되는 정책을 언급한 것이다.
'전(廛)' 자는 시장에 있는 가게를 뜻한다. 물론 일반적으로는 '집'의 뜻이 있어 대개는 벼슬하는 이에게 주는 가택을 뜻하기도 하고, 전야(田野)처럼 토지를 뜻하기도 한다.

關에 譏而不征則天下之旅 皆悅而願出於其路矣리라.

관문에서 살피기만 하고 세금을 징수하지 않으면, 천하의 여행객들이 모두 기뻐하여 그 길로 나가기를 원할 것이다.

【補】 「양혜왕 하」 제5장 "관문과 시장을 살피기만 하고 세금은 받지 않았으며[關市, 譏而不征]"라는 구절이 있는데, 이 절과 뜻이 통한다. '기(譏)' 자는 '살피다[察]'라는 뜻으로 쓰였다.

耕者를 助而不稅則天下之農이 皆悅而願耕於其野矣리라.

농사짓는 자들에게는 공전의 세금을 취할 뿐 사전에 대한 세금은 취하지 않으면, 천하의 농부들이 모두 기뻐하여 그 들녘에서 밭을 갈기를 원할 것이다.

【補】 농사짓는 자들에게 세금을 걷는 원칙에 대해 말하고 있다. 세금 경감은 백성의 부를 위한 것이지 게을리 하라는 말은 아니다.
'조(助)'는 조법을 말하는 것으로, 밭을 9등분하여 가운데 1칸은 공전으로 취하는 것이다. 사전이라는 것은 나머지 8칸의 개인 밭을 가리킨다.

廛無夫里之布면 則天下之民이 皆悅而願爲之氓矣리라.

장사하는 이들에게 부포와 이포의 세를 없게 하면, 천하의 백성이 모두 기뻐하여 그의 백성이 되기를 원할 것이다.

【補】 세금은 경감하여 주되, 노는 자에게 벌을 내리는 것을 말한다.
'전(廛)' 자가 앞 절에서는 '가게'의 뜻으로 쓰인 반면, 여기서는 '택지(宅地)'의 뜻으로 쓰였으니, 뜻이 다르다.
'부포'는 노는 자에게는 1백묘의 세금을 독점하여 내게 하는 것을 말하다. 공전의 세금을 한 사람이 내게 하고 나머지 여덟 집은 내지 않는다. [一夫百畝之稅]
'이포'는 집에다 뽕나무를 심지 않아 불모지로 만든 자에게도 형벌을 가한 것을 말한다. '리(里)'는 25가(家)를 말하는 것으로 25가에서 내야 할 세금을 한 사람에게 독점하여 내게 하는 것을 말한다. [一里二十五家之布]
그러나 전국시대에는 이 법이 시행되지 않았다. 이유는 벌금은 벌금대로, 세금은 세금대로 걷어진, 이중과세가 행해졌기 때문이다. 맹자가 이를 언급한 것은 가렴주구의 세태를 비판하기 위해서이다.
'맹(氓)' 자는 타국에서 온 백성을 가리킬 때 쓰는 글자로 '민(民)' 자와 쓰임이 다르다.

信能行此五者則隣國之民이 仰之若父母矣리니 率其子弟하야 攻其父母는 自生民以來로 未有能濟者也니 如此則無敵於天下하리니 無敵於天下者는 天吏也니 然而不王者 未之有也니라."

진실로 이 다섯 가지를 시행할 수만 있다면, 이웃나라 사람들이 그를 부모처럼 우러러볼 것이다. 그 자제를 거느리고서 그 부모를 공격하는 것은 인간이 태어난 이후로 일을 이룰 수 없었으니 이와 같으면 천하에 대적할 사람이 없을 것이다. 천하에 대적할 사람이 없다면 천명을 받은 관리이니 그렇게 하고서도 왕도정치를 못한 사람은 있지 않다."

【補】'이 다섯 가지를 행할 수 있다'는 것은 곧 왕도정치의 시행을 말한다.
'지(之)' 자는 왕도정치를 시행한 나라나 혹은 그 임금을 가리킨다. '천리(天吏)'는 천명을 받은 관리, 즉 왕도정치를 말하니 이를테면 탕왕과 무왕 같은 이를 가리킨다. 다시 말해 천명에 응하고[應天命], 백성의 마음을 따르는[順人心] 자를 천리라고 부른다. '제(濟)' 자는 '성공, 이루다[成]'의 뜻으로 쓰였다.

공손추 상 제6장

【補】 불인지심(不忍之心)은 측은지심(惻隱之心)의 단서이다. 맹자가 아성(亞聖)으로 평가받는 사단(四端)의 확충이 이 장에 잘 나타나 있다. 특히 인간의 본성이 선하다고 주장하는 소위 성선설(性善說) 또한 이 장에 잘 드러나 있다. 선천적인 면인 인간 본성의 존재와, 후천적 공부인 함양에 대해 생각해 볼 필요가 있다.

孟子 曰 "人皆有不忍人之心하니라.

맹자가 말했다.

"사람들은 모두 사람들에게 차마 하지 못하는 마음을 가지고 있다.

【補】 불인지심(不忍之心)은 측은지심(惻隱之心)과 같은 말이다. 인간이면 누구에게나 가지고 있는 마음으로 공통된 마음을 가리킨다.

先王이 有不忍人之心하사 斯有不忍人之政矣시니 以不忍人之心으로 行不忍人之政이면 治天下는 可運之掌上이니라.

선왕께서는 사람에게 차마 하지 못하는 마음을 지녀, 이에 사람들에게 차마 하지 못하는 정치를 시행했으니, 사람들에게 차마 하지 못하는 마음으로써 사람들에게 차마 하지 못하는 정치를 행한다면, 천하를 다스림은 손바닥을 움직이는 것처럼 쉬울 것이다.

【補】 불인지심(不忍之心)을 잘 소유하고 실천한 사람이 바로 선왕이다. '선왕'이란 옛날 훌륭한 정치를 펼친 성군을 의미한다.
원문 '以不忍人之心' 앞에 '선왕처럼 오늘날의 임금 또한'이라는 말이 생략되어 있다.

所以謂人皆有不忍人之心者는 今人이 乍見孺子 將入於井하고 皆有怵惕惻隱之心하나니 非所以內(納)交於孺子之父母也며 非所以要譽於鄕黨朋友也며 非惡其聲而然也니라.

사람들이 모두 '사람들에게 차마 하지 못하는 마음을 가지고 있다.'고 말하는 것은, 오늘날 사람들이, 갑자기 어린아이가 아무것도 모르고 장차 우물로 들어가려는 것을 보고서 모두 깜짝 놀라 불쌍히 여기는 마음을 지니고 있음을 말한다. 이는 어린아이의 부모와 교분을 맺으려고 해서도 아니고, 마을 사람들과 벗들에게 명예를 구해서도 아니고, 그가 나쁘다는 명성을 싫어해서 그러한 것도 아니다.

【補】 측은지심이 생기는 곳이 어디인지 짚어본 절이다. 후천적인 학습이 아닌 선천적인 마음이 있음을 어린 아이를 통해 입증하고 있는 것이다.

'오늘날 사람[今人]'이란 '욕심에 가려져 인간의 선한 본성이 가려진 사람이라 할지라도'라는 의미가 내포되어 있다. 즉 그러한 사람도 불인지심을 가지고 있음을 밝히고 있다. '사(乍)' 자에는 의도하려는 시간이 없는, 순식간의 시간으로써 인간의 삿된 마음이 낄 수 없는 짧은 시간을 가리킨다. 즉 무의식적으로, 본능이 발동될 시간을 말한다.

원문 '惡其聲'에 대해, '남이 자신에 대해 악하다고 평가하는 소리를 싫어한다.', '잔인하다는 소리를 듣기 싫어한다.'로 보는 것이 일반적인 해석이다. 그러나 이는 앞의 명예를 구하는 것과 다소 중복된 느낌이 있어 혹자는 '아이가 죽기 직전 소리를 지르는 것을 싫어하다'고 해석하기도 한다. 「양혜왕」 상 제7장의 '聞其聲'이 '소가 죽을 때 내는 소리'를 표현한 것과도 연관을 지어 생각해본다면 나름 설득력이 있어 참고로 적어 둔다.

由是觀之컨댄 無惻隱之心이면 非人也며 無羞惡之心이면 非人也며 無辭讓之心이면 非人也며 無是非之心이면 非人也니라.

이로 말미암아 본다면, 불쌍히 여기는 마음이 없으면 사람도 아니고, 부끄러워하는 마음이 없으면 사람도 아니며, 사양하는 마음이 없으면 사람도 아니며, 옳고 그름을 가리는 마음이 없으면 사람이 아니다.

【補】 '이러한 마음'이란 인간이면 모두 소유한 불인지심을 가리킨다. 이 절에서는 사단을 가지고 있지 않다면 사람도 아니라는 반대의 입장에서 서술하고 있다.
주희의 주석에 의해 사단(四端)의 글자를 풀면 다음과 같다. "측(惻)은 간절히 서글퍼 함. 은(隱)은 깊이 아파함. 수(羞)는 자신의 불선을 부끄러워 함. 오(惡)는 남의 불선을 미워함. 사(辭)는 풀어서[解] 자기에서 떠남. 양(讓)은 미루어 남에게 줌. 시(是)는 선함을 옳게 여김. 비(非)는 악함을 알아 그르다고 여김."

惻隱之心은 仁之端也요 羞惡之心은 義之端也요 辭讓之心은 禮之端也요 是非之心은 知(智)之端也니라.

불쌍히 여기는 마음은 인의 실마리이고, 부끄럽게 여기는 마음은 의의 실마리이며, 사양하는 마음은 예의 실마리이고, 옳고 그름을 가릴 줄 아는 마음이 지의 실마리이다.

【補】 앞서 밝힌 사단에 대해 이 절에서 구분하고 있다.
사단은 정서(情緒)와 같은 말이다. 이미 발생된 마음이다. 인의예지는 본체이며, 사단은 그 작용이다.

人之有是四端也 猶其有四體也니 有是四端而自謂不能者는 自賊者也요 謂其君不能者는 賊其君者也니라.

사람이 이 사단을 가지고 있다는 것은 사체를 가지고 있는 것과 같다. 이 사단을 가지고서도 스스로 불가능하다고 말하는 사람은 자신을 해치는 자이고, 자기 임금이 인의를 행할 수 없다고 말하는 사람은 임금을 해치는 자이다.

【補】 '사체'는 사지(四肢)와 같은 말이다. 사지가 없으면 온전한 몸이라 할 수 없다. 손발을 가지고서도 손발을 움직일 수 없다고 하는 것은 자기 자신이 자신을 해치고 있다는 말과 같다. 즉 손발 쓰기를 아깝다고 여겨 쓰지 않으면 굳어지며, 손발 쓰기를 자주하면 강해지는 것처럼 사단을 함양해야 함을 강조하고 있다. '적기군(賊其君)'은 앞서 자신을 해치는 것처럼 남을 해친다는 의미이다.

凡有四端於我者를 知皆擴而充之矣면 若火之始然하며 泉之始達이니 苟能充之면 足以保四海오 苟不充之면 不足以事父母니라."

무릇 사단이 나에게 있는 것을 다 넓혀서 채울 줄 알면, 마치 불이 처음 타오르며, 샘물이 처음 나오는 것과 같을 것이다. 만일 이를 잘 채운다면 넉넉히 온 천하를 보호할 수 있지만 만일 이를 채우지 못하다면 부모마저도 섬길 수 없다."

【補】 처음에 불을 붙이면 미약하지만 한 번 불길이 번지면 막을 길이 없는 것과 같다는 말이다. '천(泉)'은 발원지가 있는 냇물을 가리킨다. 이 또한 처음의 물길은 미약하지만, 물이 모이고 모여 한 번 퍼지면 막을 길이 없음을 강조하고 있다.

공손추 상 제7장

孟子 曰 "矢人이 豈不仁於函人哉리오마는 矢人은 惟恐不傷人하고 函人은 惟恐傷人하니 巫匠도 亦然하니 故로 術不可不愼也니라.

맹자가 말했다.

"화살을 만드는 사람이 어찌 투구를 만드는 사람보다 어질지 않겠는가. 화살을 만드는 사람은 오직 사람을 상하게 하지 못할까 두렵고, 투구를 만드는 사람은 오직 사람이 다칠까 두려워한다. 무당이나 관을 만드는 목수 또한 그렇다. 그러므로 기술은 삼가지 않으면 안 된다.

【補】'시인(矢人)'과 '함인(函人)'은 각기 화살을 만드는 사람과 투구를 만드는 사람으로, 선천적으로 보면 본성은 똑같다. 하지만 직업 때문에 화살을 만드는 사람은 사람을 상하게 하지 못할까를 근심하고, 투구를 만드는 사람은 오직 사람이 다칠까를 근심하니, 직업에 따라 갈림이 있을 뿐이다.

'무장(巫匠)'도 마찬가지다. 무인(巫人)은 푸닥거리를 하며 어떻게 하면 사람의 병이 나을까를 염려하고, 장인(匠人)은 관을 짜 어떻게 하면 누구 하나 죽지 않을까 염려하는 사람으로, 모두 직업으로 인해 갈림이 있을 뿐 선천적인 어진 마음은 누구에게나 있음을 예를 들어 말하고 있다.

'술' 자에는 '전문적 기술'을 뜻하는 글자로 쓰였다. '신(愼)'의 목적어는 '선택'이다. 즉 직업 선택에 있어서 신중하지 않을 수 없다는 말이다.

孔子 曰 '里仁이 爲美하니 擇不處仁이면 焉得智리오'하시니 夫仁은 天之尊爵也며 人之安宅也어늘 莫之禦而不仁하니 是는 不智也니라.

공자께서 말씀하셨다. '마을의 어진 풍속을 가진 곳이 아름다운 마을이니, 그곳을 선택하되 어진 풍속이 있는 마을에 거처하지 않는다면 어떻게 지혜롭다고 할 수 있겠는가.'[5] 무릇 인이란 하늘의 높은 벼슬이고 사람의 편안한 집이지만 이를 막는 사람이 없는 데도 어질지 못한다면 이는 지혜롭지 못한 것이다.

【補】 공자의 말을 통해 삼가야 함을 강조하고 있다. '불인(不仁)'은 '존작(尊爵)'과 '안택(安宅)'을 버린 것을 가리킨다.

不仁不智라 無禮無義면 人役也니 人役而恥爲役은 由(猶)弓人而恥爲弓하며 矢人而恥爲矢也니라.

어질지 못하여 지혜롭지 못하고 예가 없어 의가 없으면, 남들이 시키는 대로 한다. 남들이 시키는 대로 하면서 그것을 부끄러워하는 것은, 마치 활을 만드는 사람이 활을 만드는 것을 부끄러워하고, 화살을 만드는 사람이 화살을 만드는 것을 부끄러워하는 것과 같다.

【補】 불인하게 되면 지혜롭지 못하게 되고 또 예의도 없게 되며 의로움도 없어지게 되니, 일종의 연쇄반응이 일어나고 있음을 말하고 있다. 이는 곧 인의예지 모두를 잃게 됨을 말한다. 또한 남들의 종이 되면서 '화살쟁이'라고 말하는 것을 수치스럽게 생각하는 것은 잘못된 것임을 언급한 절이다.

如恥之인댄 莫如爲仁이니라.

---

5) 마을의…… 있겠는가 : 『논어』, 「이인(里仁)」 제1장에 보인다.

만약 이러한 것을 부끄러워한다면 인을 행하는 것만도 못하다.

【補】 부끄러움에서 벗어나는 최선의 방법이 인을 행하는[爲仁] 데에 있음을 말하고 있다. 이를 위한 최선의 방법은 다름 아닌 아래 절에 나오는 돌이켜 자신에게서 구하는, '반구저기(反求諸己)'에 있다.

仁者는 如射하니 射者는 正己而後에 發하야 發而不中이라도 不怨勝己者요 反求諸己而已矣니라."

어진 사람은 마치 활쏘기를 하는 것과 같다. 활을 쏘는 사람은 자신을 바르게 한 뒤에야 활을 쏜다. 만약 쏜 것이 맞지 않더라도 자기를 이긴 자를 원망하지 않고 돌이켜 자신에게 구할 뿐이다."

【補】 앞서 언급한 인의 행위는 자신에게 달려있는 것이지, 남에게 달려있는 것이 아님을 말하고 있다. '자신에게 구한다'는 말은 활을 쏴서 적중하지 못한 이유를 자신에게서 찾는다는 뜻이다.

공손추 상 제8장

孟子 曰 "子路는 人告之以有過則喜하더라.

맹자가 말했다.

"자로(공자 제자)께서는 남들이 그에게 과실이 있다고 말해주면 기뻐하였다고 한다.

【補】 자로의 '개과천선(改過遷善)'이라는, 즉 자신의 잘못을 거리낌 없이 받아들여 선으로 고친 훌륭한 점을 언급한 절이다.

禹는 聞善言則拜러시다.

우왕은 좋은 말을 들으면 절하셨다.

【補】 우왕은 자로와는 달리 잘못이 있을 필요도 없이 좋은 말을 들으면 절했던, 즉 한 단계 높은 정신 경계에 대해 말하고 있다. 『서경』·「대우모(大禹謨)」에 '우왕은 좋은 말을 들으면 절했다'라는 기록이 있다. 이는 과실이 있음을 기다리지 않고 좋은 말을 받아들인 것이다.

大舜은 有大焉하시니 善與人同하사 舍己從人하시며 樂取於人하야 以爲善이러시다.

대순은 이보다 위대함이 있었으니, 선을 남들과 더불어 자신을 버리고 남들의 잘한 점을 따르시며 남들에게 있는 선을 취하여 행함을 좋아하셨다.

【補】 순임금은 남들과 차별의식이 없었다. 천하 사람들의 선을 대상으로 하여 그것들을 모아 실천했으므로 시공을 초월한 훌륭한 점이 인정된다.

원문 '善與人同하사'을 '善을 與人同하사'로 읽는 것이 오히려 편하다. '남을 따르다[從人]'라는 말은 남의 잘한 점, 즉 장점을 따름을 뜻한다. '어인(於人)'은 '남들의 선을'이라는 말로 '선(善)' 자가 생략된 형태다. '언(焉)' 자는 '어차(於此)'의 축약형으로 쓰였다.

自耕稼陶漁로 以至爲帝히 無非取於人者러시다.

밭을 갈고 곡식을 심으며 질그릇을 굽고 물고기를 잡을 때로부터 황제가 되기에 이르기까지 남에게서 선을 취하지 않은 것이 없었다.

【補】'밭을 갈고 곡식을 심으며 질그릇을 굽고 물고기를 잡을 때'란, 순임금이 미천했을 때를 말한다. 그는 역산(歷山)에서 밭을 갈고, 하빈(河濱)에서 질그릇을 굽고, 뇌택(雷澤)에서 물고기를 잡았다. '황제가 되었을 때'란 높은 지위 즉 황제의 자리에 올랐을 때를 가리킨다. 따라서 이 절은 미천했을 때나 존귀했을 때나 모두 한결같이 천하의 선을 취했음을 말한다.

取諸人以爲善이 是 與人爲善者也니 故로 君子는 莫大乎與人爲善이니라."

남에게서 취하여 선을 실천하는 것은, 이는 남과 더불어 선을 하는 것이므로, 군자는 남과 더불어 선을 하는 것보다 더 위대한 것은 없다."

【補】맹자의 논리는, '자신의 잘못을 들으면 반성하며 선으로 행하는 자로의 경우로부터 시작하여, 잘못을 하기 이전에 미리 조심했던 우왕의 경우, 그리고 인간 본성 그대로 선을 행했던 순임금'으로 이어지고 있다.

주희는 원문 '與人爲善'에 대해 '여(與)' 자를 '허(許)', '조(助)'의 뜻으로 해석하여, '남이 선을 하도록 도와주는 것'으로 봤으니, 참고할 만하다.

공손추 상 제9장

孟子 曰 "伯夷는 非其君不事하며 非其友不友하며 不立於惡人之朝하야 不與惡人言하더니 立於惡人之朝하야 與惡人言호대 如以朝衣朝冠으로 坐於塗炭하며 推惡(오)惡(악)之心하야 思與鄕人立에 其冠不正이어든 望望然去之하야 若將浼焉하니 是故로 諸侯 雖有善其辭命而至者라도 不受也하니 不受也者는 是亦不屑就已니라.

맹자가 말했다.

"백이는 그 임금이 아니면 섬기지 않으며 그 벗이 아니면 사귀지 않았으며, 악한 사람의 조정에 서지 않으며 악한 사람과 더불어 말하지 않았다. 악한 사람의 조정에 서며 악한 사람과 더불어 말하는 것을 마치 고귀한 조복과 조관을 입고서 더러운 진흙과 재에 앉은 듯이 여겼다. 악을 미워하는 마음을 미루어서 향인과 더불어 서있을 때에 그 관만 비틀어져 서 있어도 뒤도 돌아보지 않고 떠나가 마치 장차 자신을 더럽힐 것처럼 여겼다. 이 때문에 제후들이 비록 그 말을 잘하여 찾아오는 사람이 있더라도 받아들이지 않았으니, 받아들이지 않은 것은 이 또한 나아감을 좋게 여기지 않은 것이다.

【補】「공손추 상」 제2장에서 나온 부분이 거듭 등장했는데, 이 장이 더 자세하다. 여기에서는 백이의 지나친 청백에 대해 말하고 있다. 즉, 가면 갈수록 심해지고 있는 백이의 청백함이 다소 지나친 면이 있다고 봤다.

원문 '其君'은 '요임금과 순임금'을 가리킨다. '우(友)'는 '선한 벗'을 말한다. '악한 사람의 조정에 서며 악한 사람과 더불어 말하는 것'을 도탄(塗炭)으로 표현했다. '그 말을 잘하여 찾아오는 자'라는 말은, 지나친 예우를 갖춘 것을 뜻한다.
원문 '立於惡人之朝' 앞에 '여(如)' 자를 생략한 형태로 보는 것이 좋다. 말미의 '취(就)' 자는 '벼슬에 나감'을 뜻한다. '추(推)' 자의 주체를 백이로 보는 설과 맹자로 보는 설이 있다. 백이로 볼 경우 '확장하다'의 뜻이고, 맹자로 보는 경우 '추측하다'의 뜻으로 쓰였으니 서로 다르다. 본서는 백이를 주체로 봤다.

柳下惠는 不羞汙(오)君하며 不卑小官하야 進不隱賢하야 必以其道하며 遺佚而不怨하며 阨窮而不憫하더니 故로 曰 '爾爲爾오 我爲我니 雖袒裼裸裎於我側이나 爾焉能浼我哉리오'하니 故로 由由然與之偕而不自失焉하야 援而止之而止하니 援而止之而止者는 是亦不屑去已니라."

유하혜는 어리석은 임금도 부끄러워하지 않으며 작은 벼슬을 낮게 여기지 않아, 벼슬에 나가 어짊을 숨기지 않아 반드시 그 도리를 다하였으며, 벼슬을 잃었는데도 원망하지 않으며 어려운 살림을 당해도 근심하지 않았다. 그러므로 그는 '너는 너고, 나는 나다. 비록 내 곁에서 옷을 걷고 벗는다고 하여도 네가 어찌 나를 더럽힐 수 있겠는가.'라고 말했다. 그러므로 유유하게 자족하며 그와 함께 있으면서도 자신을 잃지 않아, 떠나려 할 때 잡아당겨 멈추게 하면 멈추었으니, 잡아당겨 멈추게 하면 멈춘 것은 이 또한 좋게 여기지 않아 떠났을 뿐이다."

【補】 유하혜는 노나라 대부 전금(展禽)으로, 유하에 거주하였고 시호를 혜라고 하였다. 그 또한 한 걸음 더 나갈수록 병폐가 심하니 지나친 바가 있다고 봤다.
'어리석은 임금'이란 '임금답지 않은 임금'을 가리킨다. 원문 '進不隱賢'은 '進에 不隱賢'으로 읽는 것이 좋다. '현(賢)' 자는 '어진 부분'이라는 뜻이다.

'반드시 그 도리로써 한다.'라는 말이 문제의 시작이다. 자신만의 도를 행할 뿐 다른 사람은 신경 쓰지 않기 때문이다. '너는 너고 나는 나다.'라는 말은 서로 상관하지 않는다는 말이니 이 또한 문제다.

'유유연(由由然)'은 혼자 자족하는 모양을 뜻한다. '지지(止之)'는 '만류하다, 붙잡다'의 뜻이다. 말미의 '거(去)' 자는 앞 절의 '취(就)' 자와 반대되는 말로 '벼슬을 버리고 떠나다'는 뜻이다.

孟子 曰 "伯夷는 隘하고 柳下惠는 不恭하니 隘與不恭은 君子不由也니라."

맹자는 평한다.

"백이는 좁고, 유하혜는 공손하지 못하니, 도량이 좁고 공손하지 못한 것을, 군자는 따르지 않는다."

【補】 맹자의 말이 계속 이어지고 있는데 다시 '맹자왈(孟子 曰)'이라고 한 것은 백이와 유하혜에 대해 평가하겠다는 뜻이다. 백이를 '애(隘)'라고 한 것은 그의 도량이 좁음을 비판한 것이고, 유하혜를 '불공(不恭)'이라고 한 것은 '너는 너고, 나는 나다'라고 하는 세상 사람들을 경시한[輕世] 태도를 비판한 것이다. 맹자는 이 둘이 아닌 시중(時中)했던 공자를 배우고자 한다는 말이 생략되어 있다.

제4부

공손추 장구 하(凡十四章)

공손추 하 제1장

孟子 曰 "天時 不如地利요 地利 不如人和니라.

맹자가 말했다.

"하늘의 때란 지리상의 이점만 못하고, 지리상의 이점은 사람들의 화합만 못하다.

【補】 총론에 해당한다. 아래 두 절에서는 하늘의 때란 지리상의 이점만 같지 못함과, 지리상의 이점은 사람들의 화합만 같지 못함에 대해 설명하면서 사람들의 화합이 가장 중하다는 결론으로 논지를 펼치고 있다.

三里之城과 七里之郭을 環而攻之而不勝하나니 夫環而攻之에 必有得天時者矣언마는 然而不勝者는 是 天時 不如地利也니라.

3리의 내성과, 7리의 외성을 포위하여 공격하여도 이기지 못하는 경우가 있다. 포위하여 공격함에 반드시 하늘의 때를 얻을 때가 있지만 그런데도 이기지 못하는 것은, 이는 하늘의 때가 지리상의 이점만 못해서이다.

【補】 '하늘의 때란 지리상 이점만 못하다'를 설명하고 있다. '3리의 내성'이란 매우 작은 성곽을 말한다. '7리의 외성'은 3리의 성을 둘러싸 있는 외성을 가리킨다. 하늘의 때를 타고, 즉 좋은 날을 잡아 공격했지만 그럼에도 작은 성 하나 이기지 못하는 것은 지리상의 이점만 같지 못하기 때문이다.

城非不高也며 池非不深也며 兵革이 非不堅利也며 米粟이 非不多也로대 委而去之하니 是 地利 不如人和也니라.

성이 높지 않은 것은 아니며, 해자가 깊지 않은 것도 아니며, 병기와 투구가 견고하고 예리하지 않은 것도 아니며, 쌀과 곡식이 많지 않은 것도 아니지만 버리고 떠나가니, 이는 지리상의 이점이 사람들의 화함만 못한 것이다.

【補】 '지리상의 이점은 사람들의 화함만 못하다'를 설명하고 있다. 우선 성, 해자, 무기, 군량미 등 최상의 지리적 유리함을 말하고 그런데도 이를 버리고 떠나는 것은 민심을 얻지 못했기 때문인 것이다.

중국 역사로 보면 진(秦)나라가 이에 해당된다. 함곡관을 비롯해 천혜의 요새가 있으나 폭정으로 인하여 민심을 얻지 못해 망했기 때문이다.

'위(委)' 자는 대개 '맡기다'의 뜻이지만, 여기서는 반대로 '버리다'의 뜻으로 쓰였다.

故로 曰 域民호대 不以封疆之界하며 固國호대 不以山谿之險하며 威天下호대 不以兵革之利니 得道者는 多助하고 失道者는 寡助라 寡助之至에는 親戚이 畔之하고 多助之至에는 天下 順之니라.

그러므로 백성이 사는 국경을 한계 짓되 국경의 경계로써 하지 않으며, 국가를 견고히 하되 산과 강의 견고함으로써 하지 않으며, 천하의 위엄을 떨치되 병혁의 예리함으로써 하지 않으니, 도를 얻은 사람은 도움이 많고, 도를 잃은 사람은 도움이 적은 것이다. 도움이 적은 최후는 친척마저 배반하고, 도움이 많은 최후는 천하가 순종한다.

【補】 사람들의 화함에 대해 구체적으로 나오지는 않았지만 민심이 가장 중요함을 말하고 있는 절이다.
'국경의 경계'와 '산과 강의 견고함'과 '병혁의 예리함' 이 세 가지는 위의 절에서 나온 지리의 좋은 조건을 가리킨다. '역(域)' 자는 동사로 '국경을 한계 짓다'라는 말이다.
사람들의 화함이 없다면 이상의 것들은 아무런 의미가 없다. 사람들의 화함은 도를 통해 얻어지는 것이다. '도를 얻은 사람'이란 '도를 얻어 정치를 하는 사람'이니 이는 곧 사람들을 화합하게 만드는 자이다. 반대로 '도를 잃은 사람'이란 '도를 잃고서 정치하는 사람'이니 사람들을 뿔뿔이 흩어지게 하는 자이다.
따라서 도를 얻은 사람은 그를 도와주는 자가 많고, 도를 잃은 사람은 그를 도와주는 사람이 적으니, 사람들을 화합하게 만든 사람의 최후는 천하가 순종하게 되고, 사람들을 뿔뿔이 흩어지게 만든 사람의 최후는 친척마저 배반하게 된다.

以天下之所順으로 攻親戚之所畔이라 故로 君子有不戰이언정 戰必勝矣니라."

천하에 순종하는 바로써 친척마저 배반한 나라를 공격하기 때문에, 군자는 싸우지 않을지 않지만 싸울 때마다 반드시 승리한다."

【補】 '순종하는 바[所順]'란 '사람들의 화합[人和]'을 만드는 자를 가리키니 곧 '어진 사람'이다. 이와는 반대로 '친척마저 배반하는 자'는 불인한 자이다. 어진 사람이 어질지 못한 사람을 공격하므로

전쟁을 하였다 하면 반드시 이기는 것이다. 따라서 이 글은 인자무적(仁者無敵)으로 귀결된다.

공손추 하 제2장

孟子 將朝王이러시니 王이 使人來曰 "寡人이 如就見者也니 有寒疾이라 不可以風일새 朝將視朝하리니 不識케이다 可使寡人으로 得見乎잇가?" 對曰 "不幸而有疾이라 不能造朝로소이다."

맹자가 장차 왕에게 조회하려 했는데, 왕이 사람을 시켜 보내와 말했다.

"과인이 나아가 뵈려고 하였는데, 감기에 걸려 바람을 쐴 수 없습니다. 아침에 장차 조회를 볼 것인데, 뵐 수 있을지는 알지 못하겠습니다. 과인으로 하여금 장차 뵐 수 있게 하겠습니까?"

맹자가 대답했다.

"불행히 저도 병에 걸려 조회에 갈 수 없습니다."

【補】 '한질(寒疾)'은 감기를 말한다. 이러한 핑계가 있었기 때문에, 맹자는 '불행(不幸)'이라는 말을 쓸 수밖에 없었다. 이는 곧 왕이 부르면 갈 수 없음을 분명히 말하고 있는 표현이다. '과인으로 하여금 장차 뵐 수 있게 하겠습니까?'라는 말이 바로 '부르면 와라'라는 뜻이다.

明日에 出弔於東郭氏러시니 公孫丑 曰 "昔者에 辭以病하시고 今日弔 或者不可乎인저." 曰 "昔者疾이 今日愈어니 如之何不弔리오."

다음 날 밖으로 나가 동곽씨를 조문하려 하니, 공손추가 말했다.

"어제 병으로 조회를 사양하시고, 오늘 조문하는 것이 어떻게 보면 옳지 않은 듯합니다."

맹자가 말했다.

"어제 질병이 오늘 나았으니, 어찌 조문하지 않겠는가."

【補】 '동곽씨'는 제나라 대부의 집안이다. '출조(出弔)'라는 말 자체가 '병이 없음[無疾]'을 말한다. '혹자(或者)'라고 쓴 것은, 스승에게 조심스럽게 말하는 태도로 '어떻게 보면'의 뜻과 같다. 실제 공손추 자신의 의견인데 스승에게 말하므로 이러한 표현을 쓴 것이다. 말미의 표현은 제자 공손추에게 맹자 자신의 저의가 어디에 있음을 밝히고 있다. '석자(昔者)'는 '어제[昨日]'의 뜻이다.

王이 使人問疾하시고 醫來어늘 孟仲子 對曰 "昔者에 有王命이어시늘 有采薪之憂라 不能造朝러시니 今病小愈어시늘 趨造於朝하더시니 我는 不識케라 能至否乎아?"하고 使數人으로 要於路曰 '請必無歸而造於朝하소서.'

왕이 사람을 시켜 병을 물으시고 의원이 오자, 맹중자가 대답했다.

"어제에 왕명이 있었으나 채신의 우환이 있어 조회에 나가지 못하시더니, 오늘 병이 조금 나아 조회에 나갈 만한데 저는 알지 못하겠습니다. 도착하셨습니까?"

이렇게 말하고 여러 사람을 시켜 길에서 '청컨대 반드시 돌아오지 말고 조회에 나가십시오.'라고 강요하도록 말했다.

【補】 남들이 보기에는, 맹자가 지극한 대우를 받은 것으로 보인다. 그러나 실제로는 왕이 직접 찾아뵙지 않았다는 데에 이 글의 초점이 있으며, 맹자는 이를 지적하고 있는 것이다.
'맹중자'는 맹자의 종형제간이라고 한다. '채신(采薪)'이란 땔나무를 하는 것으로 서민의 일이다. 따라서 여기서는 겸칭으로 쓰인 말이다. 대개 '채신의 우환'이라 하면 '환(患)' 자가 '재해'라는 뜻으로 쓰여 땔나무 하느라 얻은 병을 뜻한다.
'요(要)' 자는 '길에서 기다리다'라는 뜻으로 쓰였지만, 여기서는 '강요하다'라는 의미가 강하다. 맹중자는 한 사람만으로 맹자를 설득시킬 수 없음을 알고 여러 사람을 시킨 것이다. 여러 사람이 부탁한 것이므로 다음 절은 '부득이(不得已)'로 시작한다.

不得已而之景丑氏하야 宿焉이러시니 景子 曰 "內則父子요 外則君臣이 人之大倫也니 父子는 主恩하고 君臣은 主敬하니 丑 見王之敬子也요 未見所以敬王也케이다." 曰 "惡(오)라 是何言也오 齊人이 無以仁義與王言者는 豈以仁義로 爲不美也리오 其心에 曰 '是何足與言仁義也云爾' 則不敬이 莫大乎是하니 我는 非堯舜之道어든 不敢以陳於王前하노니 故로 齊人이 莫如我敬王也니라."

맹자가 마지못해 경추씨의 집에 가서 묵었을 때, 경자(경추)가 말했다.
"집에 들어가서는 부자간이, 밖에 나가서는 군신 간이 인간의 큰 윤리입니다. 부자간에는 은혜를 주로 하고, 군신 간에는 공경을 주로 합니다. 저는 왕께서 선생님을 공경하는 것만 보았고, 선생께서 왕을 공경하시는 것은 보지 못했습니다."
맹자가 말했다.
"아! 이 무슨 말입니까. 제나라 사람 중에 인의로써 왕과 더불어 말하는 사람이 없는 것이 어찌 인의를 아름답지 않다고 여겨서이겠습니까. 그 마음에 '이 어찌 넉넉히 더불어 인의를 말할 수 있겠는가.'라고 해서일 것이니, 그렇다면 공경하지 않는 것이 이보다 더 큰 것이 없습니다. 나는 요임금과 순임금의 도가 아니면 감히 왕 앞에서 말씀드리지 못하기 때문에, 제나라 사람들은 내가 왕을 공경하는 것처럼 하는 사람이 없는 것입니다."

【補】 공손추와 경추의 생각이 같았음을 알 수 있는 절이다. 임금이 맹자에게 의사와 사신을 보냈기 때문에, 경추가 저처럼 말한 것이다. 이에 대해 맹자는 눈에 보이는 것만 공경이 아니라, 마음이 더 중요함을 말하고 있다. 또한 오히려 불경한 것은 제나라 사람들이라고 억누르고 있다.

'경추씨'는 제나라 대부의 집안이라고 한다. '내(內)'는 가정을, '외(外)'는 국가를 가리킨다. '부자간의 은혜'는 사랑이며, '군신 간의 공경'은 충성을 말한다. '기심(其心)'은 제나라 사람들의 마음이다. '운이(云爾)'는 '그렇게 말들을 하곤 한다'라는 뜻으로 쓰이는데, 대개 말미에 붙는 어조사로 보고 해석하지 않기도 한다.

景子 曰 "否라 非此之謂也라 禮에 曰 '父 召어시든 無諾하며 君이 命召어시든 不俟駕라'하니 固將朝也라가 聞王命而遂不果하시니 宜與夫禮로 若不相似然하이다."

경자가 말했다.

"아닙니다. 이것을 말한 것이 아닙니다. 『예기』에 '아버지가 부르시면 느리게 대답하지 않으며, 임금이 명으로 부르시면 멍에하기를 기다리지 않는다.'라고 했습니다. 진실로 장차 조회를 하시려다가 왕명을 듣고 마침내 조회조차 하지 않으셨으니, 아마도 『예기』에 기록된 것과는 서로 같지 않은 듯해서입니다."

【補】 여기서 '차(此)'는 맹자가 말한 인의와 같은 도덕적 덕목을 가리킨다. 『예기』에는 '父召, 唯而無諾'라고 되어 있으니, 여기서는 축약으로 썼다. 유(唯)는 빨리 대답하는 것이고, 낙(諾)은 느슨하게 대답하는 것을 말한다.

'멍에하기를 기다리지 않는다'는 말은, 수레에 멍에를 채울 때에는 어느 정도의 시간이 소요되기 때문에 임금의 부름에는 조금도 지체할 시간도 없다는 말이다. '불과(不果)'라는 말은 '과연 그러지 않았다'는 말도 되고, '뜻밖에의 결과'를 나타낼 때 쓰인다. '의(宜)' 자는 '아마도', '거의'의 뜻으로 쓰였다.

曰 "豈謂是與리오 曾子 曰 '晉楚之富는 不可及也나 彼以其富어든 我以吾仁이오 彼以其爵이어든 我以吾義니 吾何慊乎哉리오'하시니 夫豈不義를 而曾子 言之시리오 是或一道也니라 天下에 有達尊이 三이니 爵一齒一德一이니 朝廷엔 莫如爵이오 鄕黨엔 莫如齒요 輔世長民엔 莫如德이니 惡(오)得有其一하야 以慢其二哉리오.

맹자가 말했다.

"어찌 이것을 말한 것이겠습니까. 증자께서 '진(晉)나라와 초나라의 부유함은 따를 수 없고, 저들이 그 부를 가지고 나를 대하면, 나는 나의 인으로 대하며, 저들이 그 관작을 가지고 대하면, 나는 나의 의로써 대할 것이다. 내 어찌 부족한 점이 있겠는가.'라고 말씀하셨습니다. 어찌 의롭지 못한 것을 증자께서 말씀하셨겠습니까. 이것도 더러 하나의 방법일 것입니다. 천하에 공통으로 존중해야 할 세 가지가 있습니다. 관작이 하나이고, 나이가 하나이며, 덕이 하나입니다. 조정에서는 관작만한 것이 없고, 향당에서는 나이만한 것이 없으며, 세상을 돕고 백성을 성장시키는 데에는 덕만한 것이 없습니다. 어떻게 임금이 그 한 가지를 소유하고서 둘을 가진 사람을 거만하게 대할 수 있겠습니까.

【補】 경추가 『예기』를 인용하여 얘기하자, 맹자는 증자를 통해서 경추의 논리가 잘못된 것임을 밝히고 있는 절이다.
'진(晉)나라와 초나라'는 춘추시대에 각각 북방과 남방에 위치한 부유한 국가의 상징이다. '달(達)' 자에는 '공통'이라는 뜻이 있다. 예를 들어 '달효(達孝)'라고 하면, 천하 공통의 효를 말한다.
작(爵)과 치(齒)와 덕(德)을 이른바 삼달존(三達尊)이라고 한다. '세상을 돕고 백성을 성장시키는 데에는'이란 말은 바로 '교육에 있어서는[敎育]'이라는 말과 같다.
'한 가지'란 임금이 소유한 벼슬이고, '둘'이란 나이와 덕으로 소유한 맹자 자신을 가리킨다. 나이로 보나 덕으로 보나 제나라 왕보다 맹자 자신이 낫지만 이를 대놓고 밝히기는 어려워 에둘러 이렇게 말한 것이다.

故로 將大有爲之君은 必有所不召之臣이라 欲有謀焉則就之하나니 其尊德樂道 不如是면 不足與有爲也니라.

그러므로 장차 위대한 일을 할 수 있는 임금은 반드시 부를 수 없는 신하를 두어야 합니다. 도모하고자 하는 일이 있어 그에게 나아가 덕을 높여 도를 즐거워함이 이와 같지 않으면 더불어 넉넉히 위대한 일을 할 수 없습니다.

【補】 '부를 수 없는 신하[不召之臣]'란 바로 '스승[師]'을 가리킨다. 따라서 임금은 반드시 스승을 두어야 하며, 그를 부를 수 없기 때문에 찾아가야 함을 강조한 말이다.
장 서두에 감기로 인해 맹자를 찾아오지 않았던 왕에 대해서 부를 수 없는 신하는 맹자 자신이므로 직접 찾아뵙고 가르침을 받아야 함을 은미하게 말하고 있다.

故로 湯之於伊尹에 學焉而後에 臣之故로 不勞而王하시고 桓公之於管仲에 學焉而後에 臣之故로 不勞而霸하니라.

그러므로 탕왕은 이윤에게 배운 뒤에 그를 신하로 삼았기 때문에 수고롭지 않고서도 왕자가 되었습니다. 환공은 관중에게 배운 뒤에 그를 신하로 삼았기 때문에 수고롭지 않고 패자가 되었습니다.

【補】 탕왕과 관중의 예를 들고 있으니, 맹자가 '나는 그러한 능력이 있으므로 나를 등용한다면 수고롭지 않고 왕도정치를 펼칠 수 있다'라는 의미가 담겨 있다.
'배운 뒤에 그를 신하로 삼았다[學焉而後臣之]'는 말은 스승으로 삼은 뒤 직책을 맡겼음을 가리킨다. '수고롭지 않고서도 왕자가 되었다[不勞而王]'는 말은 앞 절의 '크게 훌륭한 일을 할 수 있는 임금[大有爲之君]'의 다른 표현이다.

今天下 地醜德齊하야 莫能相尙은 無他라 好臣其所敎而不好臣其所受敎니라.

오늘날 천하가 토지가 비슷하고 덕도 같아 서로 뛰어나지 못한 것은 다름 아니라 임금이 가르칠 수 있는 사람을 신하로 삼기 좋아하고, 가르침을 받을 수 있는 사람을 신하로 삼기 좋아하지 않아서입니다.

【補】 오늘날 상황과 현재 왕에 해당되는 말이지만 직접 언급할 수 없어 범칭으로 말한 것이다.
'추(醜)' 자는 '같다, 비슷하다[類]'의 뜻으로 쓰였다. '덕(德)'이란 행하는 정치를 가리킨다. '소교(所教)'는 '사(使)' 자와 같은 뜻이다. '가르칠 수 있는 사람을 신하로 삼기를 좋아하고'라는 말은 '부려먹기 좋은 신하를 삼기 좋아하고'라는 뜻이고, '가르침을 받을 수 있는 사람'이란 '그를 섬긴다'라는 뜻이다.

湯之於伊伊과 桓公之於管仲에 則不敢召하니 管仲도 且猶不可召온 而況不爲管仲者乎아."

탕왕이 이윤에 대해서, 환공이 관중에 대해서 감히 함부로 부르지 못했습니다. 관중 또한 오히려 부를 수 없었는데, 더욱이 관중이 하는 행위를 하지 않는 자는 말할 것도 없습니다."

【補】 이윤이야 성현이라지만, 성현이라 할 수 없는 관중 같은 사람도 그를 오라고 부르지 못했다는 말이다. 관중은 패업을 지향했지만, 맹자는 왕업을 지향했기 때문에 자신을 예우하는 것은 당연하다는 논리로 말하고 있다.
'지어(之於)'는 관계사이다.

공손추 하 제3장

陳臻이 問曰 "前日於齊에 王이 餽兼金一百而不受하시고 於宋에 餽七十鎰而受하시고 於薛에 餽五十鎰而受하시니 前日之不受 是則今日之受非也요 今日之受 是則前日之不受 非也니 夫子 必居一於此矣시리이다."

진진(맹자 제자)이 물었다.

"전날 제나라에서 왕이 겸금 100일(鎰)을 주시자 받지 않으셨는데, 송나라에서는 70일을 주자 받으셨고, 설나라에서는 50일을 주시자 받으셨습니다. 전날 받지 않은 것이 옳은 일이었다면, 오늘날 송나라와 설나라에서 받은 것이 잘못일 것입니다. 오늘날 받은 것이 옳다면 전날 받지 않은 것이 잘못일 것입니다. 선생님께서는 반드시 이 가운데 하나를 선택해야 할 것입니다."

【補】 '겸금(兼金)'이란 아주 좋은 금을 일컫는 말이다. 일반 금보다 값이 곱절이나 가기 때문에 '겸(兼)' 자를 썼다. '거일(居一)'이라는 말은 양자택일(兩者擇一)과 같은 말이다. '시(是)' 자는 '옳다[義]'의 뜻이다.

孟子 曰 "皆是也니라.

맹자가 말했다.

"모두 옳다.

【補】 양자택일이 아니라 모두 옳다는 말이다.

當在宋也하야 予將有遠行이라니 行者는 必以贐이라 辭曰 餽贐이어니 予何爲不受리오.

송나라에 있을 때에는, 내가 장차 먼 길을 가야 하기에 멀리 가는 자에게는 반드시 노자를 준다. '노자를 준다.'고 말했으니 내가 어떻게 받지 않을 수 있겠는가.

【補】 받은 것이 옳음을 증명하고 있다. "부자는 돈으로 노자를 주고[富翁以財], 현자는 글로써 노자를 대신했다[賢者以言]."라는 말이 있다. (참고로 이 때문에 훗날 송서류(送序類)가 발달하게 된 것이다.)

當在薛也하야 予有戒心이라니 辭曰 聞戒故로 爲兵餽之어니 予何爲不受리오.

설나라에 있을 때에는 내가 경계하는 마음이 있었는데, '선생님이 경계하고 있다는 말씀을 들었기 때문에 병사들을 위하여 드립니다.' 라고 왕이 말했으니, 내가 어떻게 받지 않을 수 있겠는가.

【補】 설나라에서의 받음도 옳은 일임을 증명하고 있다.
본서는 설나라 임금의 말을 "聞戒故 爲兵餽之"로 봤다. 그러나 일부 학설에는 "聞戒故"까지로 보며, "爲兵餽之"는 맹자의 말로 보기도 하였으니 참고로 적어 둔다.

若於齊則未有處也호니 無處而餽之는 是 貨之也니 焉有君子而可以貨取乎리오."

제나라에 있을 때는 처리해야 할 일이 있지 않았다. 처리해야 일이 없는데 주는 것은 재물로써 한 것이니, 어떻게 군자가 재물로써 취하겠는가."

【補】 '처(處)' 자는 '만물을 처리함에 있어 의로써 한다[處物爲義]'의 의미이다. 따라서 의가 아님에 취할 수는 없는 것이다. '취(取)' 자는 '자기의 목적대로 취하다'라는 뜻으로 '치(致)' 자의 뜻으로 쓰였다. 구체적으로는 '이끌려 가다, 농락을 당하다'의 의미가 담겨 있다.

공손추 하 제4장

孟子 之平陸하사 謂其大夫曰 "子之持戟之士 一日而三失伍則去之아 否乎아?" 曰 "不待三이니이다."

맹자가 평륙에 가서 그 대부에게 말했다.

"당신이 창을 들고 있는 병사가 하루에 3번 대오에서 이탈한다면 버리겠습니까, 그대로 두겠습니까?"

대부가 말했다.

"3번을 기다릴 것도 없습니다."

【補】 대부의 실정(失政)을 말하기에 앞서 비유로 문지기를 끌어들였다. '왈(曰)' 자는 가정형으로 쓰여 '만일'이라는 의미로 쓰였다.

'평륙'은 제나라 아래에 있는 고을 이름이다. '버리다[去之]'는 말은 '형벌을 가해 죽이다'는 의미가 내포되어 있으니 '파면과 죽음'을 뜻한다. '그 대부' 란 뒤에 나오는 공거심(孔距心)을 가리킨다.

"然則子之失伍也 亦多矣로다 凶年饑歲에 子之民이 老羸는 轉於溝壑하고 壯者는 散而之四方者가 幾千人矣오?" 曰 "此非距心之所得爲也니이다."

(맹자가 말했다.) "그렇다면 당신도 대오를 이탈한 것 또한 많습니다. 흉년에 당신의 백성이, 노약자들은 산골짜기에서 뒹굴고, 장성한 자들은 흩어져 사방으로 가는 사람이 몇천 명이나 되었습니까?"

공거심이 말했다.

"이는 제가 할 수 있는 일이 아닙니다."

【補】 '대오를 이탈한 것'이라는 말은 실직(失職)을 말하며 이는 곧 실정(失政)이라는 말과 같다. '득(得)' 자는 '능(能)' 자의 뜻으로 쓰였다.

曰 "今有受人之牛羊而爲之牧之者則必爲之求牧與芻矣리니 求牧與芻而不得則反諸其人乎아 抑亦立而視其死與아?" 曰 "此則距心之罪也로소이다."

맹자가 말했다.

"만일 오늘날 남의 소와 양을 받아다가 그를 위하여 기르는 사람이 있다면 반드시 그를 위하여 목장과 꼴을 구해야 할 것입니다. 목장과 꼴을 구하다가 얻지 못하면 그 주인에게 되돌려 주어야 합니까? 아니면 또한 우두커니 서서 하는 일 없이 그것이 죽어 가는 것을 보아야 하겠습니까?"

공거심이 말했다.

"이는 저의 잘못입니다."

【補】 공거심의 잘못을 깨닫게 하기 위해 비유를 든 말이다. '남의 소와 양을 받아다가 그를 위하여 기르는 사람이 있다면'이

라는 말은 '남들의 백성을 받아서 그를 위하여 기르는 사람이 있다면'과 같은 말이다. 소의 주인은 임금을 비유하였다. 원문 '其人'은 주인을 가리킨다.

他日에 見於王曰 "王之爲都者를 臣知五人焉이로니 知其罪者는 惟孔距心이러이다."하시고 爲王誦之하신대 王曰 "此則寡人之罪也로소이다."

훗날 맹자가 왕을 알현하고 말했다.

"왕의 도읍을 다스리는 사람을 저는 5명이나 알고 있지만, 그 죄를 알고 있는 사람은 오직 공거심 뿐입니다."

왕을 위해 그 자세한 내용을 말해주자, 왕이 말했다.

"이것은 과인의 죄입니다."

【補】 이 절은 왕으로 하여금 잘못을 느끼도록 유도한 말이다.
'도읍'이라고 한 것은 선군들의 종묘가 있는 곳은 올려서 한 말이다. 여기서는 평륙 땅에 선군들의 종묘가 있었기 때문이다.
'위(爲)' 자는 치(治)의 뜻이다. '그 잘못'이라는 말은 백성을 굶주리게 하는, 즉 실정하는 것을 가리킨다. '송(誦)' 자에는 전에 있었던 일을 그대로 외워 말해주었기 때문에 그렇게 쓴 것이다.

공손추 하 제5장

孟子謂 蚳䵲曰 "子之辭靈丘而請士師 似也는 爲其可以言也니 今旣數月矣로대 未可以言與아?"

맹자가 지와(제나라 대부)에게 말했다.

"당신이 영구 땅의 대부를 사양하고 사사(士師)가 되기를 청한 것이 그럴싸하게 잘한 것처럼 말할 수 있는데, 오늘날 이미 몇 달이 지났음에도 아직도 잘했다고 말할 수 있습니까?"

【補】 당연히 간언을 해야 되는데 하지 못한 것을 책망한 절이다. '영구'는 제나라 아래에 있는 고을이다. 대개 '사사(士師)'는 법령과 형벌에 관한 일을 맡은 관리로서, 형벌이 제대로 시행되지 않을 때 임금에게 간하는 의무가 있다. '사(似)' 자는 '그럴싸하게 잘한 것처럼 보인다'는 말이다.
'이미 몇 달이 지났음에도'라는 말은 오래되었다는 의미가 담겨 있으며, 이는 곧 실직(失職)을 의미한다. 원문 '未可以言與'는 간하지 못했으니 '여전히 잘했다고 말할 수 있는가'라는 말이다.

蚳鼃 諫於王而不用어늘 致爲臣而去한대,

지와가 왕에게 간했으나 간언이 쓰이지 않자, 신하자리를 내놓고 떠나갔다.

【補】 주희는 '치(致)' 자를 '환(還)' 과 같은 뜻으로 보고 '신하의 자리를 되돌려 주다'의 뜻으로 봤으니, 흔히 '치사(致仕-벼슬을 그만두고 떠남)'라는 말과 통한다.

齊人이 曰 "所以爲蚳鼃則善矣어니와 所以自爲則吾不知也케라."

제나라 사람들이 말했다.

"(맹자가) 지와에게 했던 일은 잘했지만, 맹자 자신이 하는 행위에 대해, 우리는 이해되지 않는다."

【補】 '맹자 자신이 하는 행위'란 맹자가 떠나지 않는 것을 말한다. 즉, 이 말은 지와처럼 떠나는 것과 달리, 맹자는 도가 행해지지 않는데도 떠나가지 못한다고 비난하고 있는 제나라 사람들의 말이다.

公都子 以告한대,

공도자(맹자 제자)가 제나라 사람들의 말을 맹자에게 아뢰자,

曰 "吾 聞之也호니 '有官守者 不得其職則去하고 有言責者 不得其言則去라'하니 我無官守하며 我無言責也則吾進退 豈不綽綽然有餘裕哉리오."

맹자가 말했다.

"내 들으니 '관직을 맡은 사람은 그 직책을 수행할 수 없으면 그만 두어야 하고, 충언의 말로써 꾸짖는 일을 맡은 사람은 해야 할 말을 할 수 없으면 떠난다.'라고 하였으니, 나는 맡은 직책도 없고 말로써 꾸짖는 일도 없다. 나의 진퇴가 어찌 너그럽고 여유가 있지 않을 수 있겠는가."

【補】 '내 들으니[吾聞之]'라는 말은 진퇴와 거취에 대해서 전에 들었다는 말이다. '관(官)' 자는 '맡은 일'을 가리킨다. '맡은 직책이 없고 말로써 꾸짖는 일도 맡지 않았다'는 말은 맹자 자신이 빈사(賓師)임을 밝히고 있다. '작작연(綽綽然)'은 너그럽고 여유 있는 모양이니, 뒤의 '여유(餘裕)'를 꾸며주는 말이다.

공손추 하 제6장

孟子 爲卿於齊하사 出弔於滕하실새 王이 使蓋(합)大夫王驩으로 爲輔行이러시니 王驩이 朝暮見(현)이어늘 反齊滕之路토록 未嘗與之言行事也하시다.

맹자가 제나라에서 경이 되어 등나라에서 조문할 때에, 왕이 합 땅의 대부 왕환으로 하여금 부사를 맡겼다. 왕환이 아침저녁으로 맹자를 뵈었는데, 제나라와 등나라의 길을 왕복하여도 일찍이 맹자가 그와 더불어 조문 갔던 일에 대해 말하지 않았다.

【補】'경(卿)'은 조문 특사로서 임시직을 말한다. '보행(補行)'이란 '부사(副使)로서 보행하다'라는 말이다. '아침저녁으로 맹자를 뵈었는데'라는 말은 아침저녁으로 문안을 드리며 친근히 대했다는 의미가 담겨 있다.

公孫丑 曰 "齊卿之位 不爲小矣며 齊滕之路 不爲近矣로대 反之而未嘗與言行事는 何也잇고?" 曰 "夫旣或治之어니 予何言哉리오."

공손추(맹자 제자)가 말했다.

"제나라 경(卿)의 지위가 낮지 않으며, 제나라와 등나라의 거리가 가깝지 않은데 왕복하면서 일찍이 그와 더불어 행차에 관한 일을 말하지 않은 것은 어째서입니까?"

맹자가 말했다.

"이미 혹자가 사신 갔던 일들을 처리했는데, 내가 무슨 할 말이 있겠는가.”

【補】 이 절은 맹자가 소인배들을 어쩔 수 없이 대할 때의 처신에 관한 내용이다. 즉 소인배를 가까이 하면, 말을 나눌 수밖에 없고, 그 말은 마음에서 나오는 것이니 불손함이 묻어나오게 된다. 따라서 애초에 말부터 섞지 않는 것이 좋을 거라는 인식하에 저처럼 처신한 것이다.

‘제나라 경의 지위’란 합 땅 대부 왕환을 가리킨다. 내용을 미루어 보면, 왕환이 아마도 경(卿)을 대리하여 간 듯하다. 그러므로 원문에서 ‘제경(齊卿)’이라고 말한 것이다.

공손추는 신분차이도 없고 먼 거리를 왕복하면서도 말 한 마디 하지 않았던 맹자의 처신에 대해 묻고, 맹자는 ‘이미 혹자가 다스렸다’고 답하였다. 즉 유사(有司)가 이미 일을 처리하여 그와 더불어 말할 것이 없다고 말했으니, 소인을 대하는 처사가 이와 같다.

공손추 하 제7장

孟子 自齊葬於魯하시고 反於齊하실새 止於嬴이러시니 充虞 請曰 “前日에 不知虞之不肖하사 使虞敦匠事어시늘 嚴하야 虞不敢請호니 今願竊有請也하노니 木若以美然하더이다.”

맹자가 제나라로부터 노나라에 가서 장례를 지내고 제나라로 돌아올 때에 영 땅에 머물렀는데, 충우(맹자 제자)가 정중히 말했다.

“지난날 저의 부족함을 선생님께서 알지 못하여 저로 하여금 널 다듬는 일을 맡기셨는데, 당시 상황이 급하여, 제가 감히 묻지 못했습니다. 오늘날에 삼가 여쭤볼 것이 있는데, 제가 보기에는 널에 쓰이는 나무가 너무나 아름다운 듯합니다.”

【補】 맹자가 제나라에서 벼슬할 때에 모친상을 당하여 노나라로 돌아가 장례를 치뤘던 일에 대해 말한 절이다.

'영 땅'은 제나라 남쪽에 있는 고을 이름이다. '지난날'은 모친상을 당해 장례를 치르던 때를 가리킨다. '불초(不肖)'는 '닮지 못하다'라는 말로 오늘날 '훌륭한 부모님을 닮지 못한 못난 자식'이라는 말로도 쓰이고 있다. '돈(敦)' 자는 '다스리다'의 뜻으로 쓰였다. '엄(嚴)' 자는 '다급하여 여가가 없음[急]'의 뜻이다.

'불감청(不敢請)'이란 말은 '감히 여쭙지 못하고'라는 말이니 '청(請)' 자에는 '여쭙다[問]'의 뜻이 있다. 대개 아랫사람이 윗사람에게 하는 표현이다. '이(以)' 자는 '이(已)' 자와 통용하여 '너무'의 뜻으로 쓰였다.

曰 "古者에 棺槨이 無度하더니 中古에 棺이 七寸이오 槨을 稱之하야 自天子達於庶人하니 非直爲觀美也라 然後에 盡於人心이니라.

맹자가 말했다.

"옛날에 관곽은 일정한 한도가 없었는데, 중고시대에 내관은 7촌으로 하고 외곽은 이에 걸맞게 하여, 천자로부터 서인에까지 이르기까지 모두 그렇게 하였다. 이는 특별히 아름답게 보이기 위해서가 아니라 그렇게 한 뒤에야 자식으로서의 마음을 다해서이다.

【補】 앞서 「양혜왕 하」 제16장에 노평공이 말한 '맹자의 후장(厚葬)'에 대한 말이다.

'옛날'이란 상례가 제정된 이전이며, '중고시대'란 상례가 제정된 이후의 시대를 말하니 대개 주공의 제례 이전 시대라고 한다. '관곽(棺槨)'이란 내관을 관, 외관을 곽이라 한다. '칭(稱)' 자는 '걸맞다'의 뜻이다. 원문 '稱之'에서 '지(之)' 자는 내관을 가리킨다. '직(直)' 자는 '다만'의 뜻으로 '비직(非直)'은 '비단(非但)' 혹은 '비특(非特)'과 같은 말이다.

不得이란 不可以爲悅이며 無財란 不可以爲悅이니 得之爲有財하야는 古之人이 皆用之하니 吾何爲獨不然이리오.

어쩔 수 없다면 마음에 즐거울 수 없고, 재물이 없다면 기쁠 수 없다. 할 수 있는 것을 재물이 있다면, 옛사람들은 모두 이를 썼으니, 내 무엇 때문에 홀로 그렇게 하지 않겠는가.

【補】 후장(厚葬)에 대한 부득이함을 언급하고 있다.
'부득(不得)' 앞에 '예의상'이라는 말을 넣고 보면 이해가 쉽다. 또 '부득'은 '부득이(不得已)'의 축약으로 '어쩔 수 없다면'이라는 말이다. '득지(得之)'란 '할 수 있는 것'이라는 뜻이니, '능(能)' 자의 뜻이다. '독(獨)' 자는 반어적 용법으로 쓰였다.

且比化者하야 無使土親膚면 於人心에 獨無恔乎아.

또 죽은 사람을 위해 돌아가신 분의 피부에 가까이 닿지 않도록 흙을 덮는다면 자식의 마음에 유독 기쁘지 않겠는가.

【補】 관의 쓰임에 대해 말하고 있다.
'화(化)' 자는 '변화한 사람'을 말하기 때문에 '죽은 자'라는 뜻이다. '비(比)' 자는 '위하다[爲]'의 뜻으로 쓰였다. '널'이라고 하는 것은 흙이 돌아가신 분의 피부에 닿지 않게 하는 데 목적이 있다. '교(恔)' 자는 '기쁘다[快]'의 뜻이다.

吾는 聞之也호니 '君子는 不以天下儉其親이라'하니라."

내 들으니 '군자는 천하를 위하여 그 어버이에게 검소하게 하지 않는다.'고 하였다."

【補】 부득이 후장(厚葬)을 할 수 밖에 없는 근본적인 이유를 밝히고 있다. 아무리 군자라 할지라도 자신이 할 수 있는 일, 즉 장례를 치르는 일에는 검소하게 하지 않음을 말하고 있다.

공손추 하 제8장

沈同이 以其私問曰 "燕可伐與잇가?" 孟子 曰 "可하니라 子噲도 不得與人燕이며 子之도 不得受燕於子噲니 有仕於此어든 而子 悅之하야 不告於王而私與之吾子之祿爵이어든 夫士也 亦無王命而私受之於子則可乎아 何以異於是리오."

심동(제나라 신하)이 개인적으로 물었다.

"연나라는 정벌할 수 있습니까?"

맹자가 말했다.

"그렇습니다. 왕인 자쾌도 남들에게 연나라를 줄 수 없는데도 주었고, 재상인 자지(子之)도 연나라를 자쾌에게 받을 수 없는 일인데 받았습니다. 여기에 어떤 벼슬하는 사람이 있다고 합시다. 당신께서 그를 좋아하여 왕에게 아뢰지 않고 사사로이 당신의 작록을 그에게 주었다면, 그 선비 또한 왕명 없이 사사로이 당신에게서 받았으니 옳겠습니까? 무엇이 이와 다르겠습니까."

【補】 심동의 질문은 '연나라가 악행을 저지르니 정벌해도 됩니

까?'라는 말이다. 즉 '연나라를 정벌할 수 있는지 물은 것'은 연나라가 정벌당할 만한 짓을 했는지에 대해 물은 것이다. 이에 맹자는 정벌당할 만한 짓이 무엇인지 대답해 주고 있다. 즉 연나라는 선왕의 나라이지 자쾌의 나라가 아니라는 말이다.

자쾌와 자지(子之)에 대한 일은 「양혜왕 하」 제10장에 나왔다.

齊人이 伐燕이어늘 或이 問曰 "勸齊伐燕이라하니 有諸잇가?" 曰 "未也라 沈同이 問燕可伐與아하야늘 吾 應之曰 '可라'호니 彼然而伐之也로다 彼如曰 '孰可以伐之오?'하면 則將應之曰 '爲天吏則可以伐之라'호리라 今有殺人者어든 或이 問之曰 '人可殺與아?'하면 則將應之曰 '可라'호리니 彼如曰 '孰可以殺之오'하면 則將應之曰 '爲士師則可以殺之라'호리라 今에 以燕伐燕이어니 何爲勸之哉리오."

제나라 사람이 연나라를 정벌하자, 혹자가 물었다.

"제나라에게 연나라를 치도록 권하셨다고 하는데, 그런 일이 있었습니까?"

맹자가 말했다.

"아닙니다. 심동이 '연나라를 정벌할 수 있습니까?' 하고 묻기에, 내가 '가능합니다.'라고 대답하였는데, 저 사람(심동)이 그렇다고 여겨 정벌한 것입니다. 저 사람이 만약 '누가 정벌할 수 있겠습니까?'라고 말했다면, 나는 장차 그에게 '천명을 받은 임금이라면 정벌할 수 있습니다.'라고 대답하였을 것입니다.

오늘날 살인한 사람이 있다고 합시다. 혹자가 '살인한 그 사람을 죽여야 됩니까?'라고 물으면, 나는 장차 그에게 '가능합니다.'라고 말할 것입니다. 저 사람이 만일 '누가 그를 죽여야 합니까?'라고 말했다면, 나는 장차 그에게 '법을 맡은 사사(士師)가 되었다면 죽일 수 있습니다.'고 대답할 것입니다. 오늘날 연나라로써 연나라를 정벌하는 것이니, 내 무엇 때문에 권하였겠습니까."

【補】 사적 처벌은 용납되지 않지만, 공적 처벌을 용납됨을 말하고 있는 절이다.
'미(未)' 자는 '부(否)' 자의 뜻으로 쓰였다. 법을 맡은 사사(士師)에게 집행을 맡긴 것은, 사형(私刑)이 아닌 공형(公刑)이기에 가능하다. '연나라로써 연나라를 정벌한다'는 말은 '제나라와 같이 흉폭하고 무도한 나라인 연나라로써 연나라를 정벌한다'는 말이다. 이는 제나라나 연나라는 같은 나라이지 앞서 나온 천리(天吏)의 자격은 없다는 뜻이다.

공손추 하 제9장

燕人이 畔이어늘 王曰 "吾甚慙於孟子하노라."

연나라 사람이 배반하자, 왕이 말했다.
"내 너무도 맹자에게 부끄럽구나."

【補】 제나라가 연나라를 공격한 지 2년 만에, 연나라 사람들이 함께 태자 평(平)을 세워 왕으로 삼았다. 연소왕과 악의는 절치부심(切齒腐心)하여 제나라를 모두 뺏기고 거 땅 하나만을 소유하게 된다. 앞서 말한 맹자의 말처럼 실제 그렇게 된 것이다. '왕'은 제선왕을 말한다. 그는 맹자의 말을 듣지 않아 후회하고 있는 것이다.

陳賈 曰 "王無患焉하소서 王이 自以爲與周公孰仁且智니잇고?" 王

曰 "惡(오)라 是何言也오." 曰 "周公이 使管叔監殷이어시늘 管叔이 以殷畔하니 知而使之면 是 不仁也요 不知而使之면 是 不智也니 仁智는 周公도 未之盡也시니 而況於王乎잇가 賈 請見而解之호리이다."

진가(제나라 대부)가 말했다.

"왕께서는 걱정하지 마십시오. 왕께서는 스스로 생각하시기에 주공과 더불어 누가 더 어질고 또 지혜롭다고 생각하십니까?"

왕이 말했다.

"아! 이 무슨 말인가."

진가가 말했다.

"주공은 관숙으로 하여금 은나라를 감독하게 했는데, 관숙은 은나라를 가지고 배반하였으니, 주공이 이를 알고서 시켰다면 이는 어질지 못한 것이며, 알지 못하고 시켰다면, 이는 지혜롭지 않은 것입니다. 어짊과 지혜는 주공도 다 못하였는데, 더욱이 왕께서는 어떠시겠습니까. 제가 삼가 맹자를 만나 해명해 드리겠습니다."

【補】 관숙의 이름은, 선(鮮)이다. 그는 무왕의 아우이자 주공의 형이다. 무왕이 은나라를 이기고 주왕을 죽여 주왕의 아들 무경을 세운 다음, 관숙으로 하여금 아우인 채숙(蔡叔), 곽숙(霍叔)과 함께 그 나라를 감독하게 했다.

무왕이 죽고 성왕이 어려 주공이 섭정하자, 관숙은 '주공은 조카인 유자(孺子-성왕)에게 불리한 존재다. 즉 머지않아 조카를 내쫓고 왕위를 차지할 것이다.'는 유언비어를 퍼뜨렸다. 그 후 무경과 함께 배반하였다. 이때 주공이 토벌하여 그를 죽였다.

'오(惡)'는 깜짝 놀라는 소리이다. 원문 '解之'에서 '지(之)' 자가 가리키는 것은 '맹자에게 부끄러워하는 왕의 마음'을 가리킨다.

見孟子問曰 "周公은 何人也잇고?" 曰 "古聖人也시니라." 曰 "使管叔監殷이어시늘 管叔이 以殷畔也라하니 有諸잇가?" 曰 "然하다." 曰 "周公이 知其將畔而使之與잇가?" 曰 "不知也시니라.", "然則聖人도 且有過與잇가?" 曰 "周公은 弟也요 管叔은 兄也니 周公之過 不亦宜乎아?"

(진가가) 맹자를 뵙고 물었다.

"주공은 어떤 사람입니까?"

맹자가 말했다.

"옛 성인이십니다."

"관숙을 시켜 은나라를 감독하게 했는데, 관숙이 은나라를 가지고 배반했다고 합니다. 그러한 일이 있었습니까?"

"그렇습니다."

"주공이 장차 배반할 것을 알면서 그렇게 한 것입니까?"

"알지 못했습니다."

"그렇다면 성인도 이런 잘못이 있습니까?"

"주공은 아우이고, 관숙은 형이니, 주공의 과실이 당연하지 않습니까.

【補】 '주공은 어떤 사람입니까?'라고 물은 것은 어떤 특정한 사실을 들어 질문한 것이 아니라, 범칭으로 물은 것이다. 따라서 맹자 역시 범칭으로 대답했다. 그런데 뒤에는 '관숙의 일'인 특정 사실로 한정하여 질문한 것이다.

'연즉(然則)'에는 '이렇게 무지하고, 이러한 잘못이 있다'는 의미가 포함되었다. 이는 제선왕과 주공을 같은 입장에서 취하려는 의도를 담고 있다. 주공의 잘못은 '인륜의 변'에 처한 것으로 어쩔 수 없는 상황이라는 사실을 맹자가 변론하고 있는 것이다. 이는 제선왕과 연나라의 일과는 무관하다는 뜻이 담겨 있다.

且古之君子는 過則改之러니 今之君子는 過則順之로다. 古之君子는 其過也 如日月之食이라 民皆見之하고 及其更(경)也하야는 民皆仰之러니 今之君子는 豈徒順之리오 又從而爲之辭로다."

또 옛 군자는 잘못이 있으면 고쳤는데, 오늘날 군자는 잘못이 있으면 그것을 따릅니다. 옛 군자는 그 잘못이 일식이나 월식과 같아, 백성은 다 그것을 보게 되고 잘못을 고쳤을 때에는 백성이 다 우러러보았는데, 오늘날 군자는 어찌 한갓 잘못을 따를 뿐이겠습니까. 또 이어 변명까지 합니다."

【補】 진가뿐 아니라 그 임금도 꾸짖고 있는 절이다.
'고지군자(古之君子)'는 도덕적 덕목을 갖춘 훌륭한 사람을 가리키고 '금지군자(今之君子)'는 제선왕과 진가를 지칭한다. '순(順)' 자는 '과오를 알면서도 그대로 따르다'는 뜻으로 쓰였으니, '이루다[遂]'는 말이다. '사(辭)' 자는 '말씀' 외에 '사양하다', '물러나다' 그리고 '변명하다'의 뜻이 있다.
임지기(林之奇)는 "만일 「양혜왕 하」 제10장과 제11장을 앞 장의 뒤와 이 장의 앞에 놓는다면, 맹자의 뜻은 논설을 기다리지 않고도 자명해질 것이다."라고 했으니 참고할 만하다.

공손추 하 제10장

孟子 致爲臣而歸하실새,

맹자가 벼슬을 내놓고 떠날 때,

【補】 이 절은, 맹자가 제나라에 오래 있었지만, 도가 행해지지 않았기 때문에 벼슬을 내놓고 떠나려 결심한 상황이다.
'벼슬'이란 앞서 나온 객경(客卿)을 말한다.

王이 就見孟子 曰 "前日에 願見而不可得이라가 得侍하야는 同朝 甚喜러니 今又棄寡人而歸하시니 不識케이다 可以繼此而得見乎잇가?" 對曰 "不敢請耳언정 固所願也니이다."

왕이 맹자를 찾아뵙고 말했다.

"예전에 부자를 찾아뵙기를 원했지만 뵐 수 없었는데, 모시게 되어 조정에 함께 있는 사람들이 매우 기뻐했습니다. 그런데 또 과인을 버리고 돌아가시니 알지 못하겠습니다. 계속하여 부자를 뵐 수 있겠습니까?"

맹자가 대답했다.

"저 역시 감히 청하진 못했지만 진실로 원하는 것입니다."

【補】 왕은 훗날 계속 만날 수 있을 것인지만 물었지, 맹자를 붙잡지는 않았다. 이 글의 핵심이 여기에 있다. 즉 왕은 맹자를 붙잡고서 가르침을 받을 생각은 하지 않았던 것이다.
'불감청고소원(不敢請固所願)'이라는 말의 어원이 여기에 있다.

'왕이 맹자를 찾아뵙고 말하다'란 말은 송별을 의미하며, '전일(前日)'이란, 맹자가 제나라에 오기 전을 뜻한다. '득시(得侍)'란 앞서 나온 '위신(爲臣)'과 같은 말이다.

他日에 王이 謂時子曰 "我欲中國而授孟子室하고 養弟子以萬鍾하야 使諸大夫國人으로 皆有所矜式하노니 子 盍爲我言之리오."

훗날 왕이 시자(제나라 신하)를 보고 말했다.

"나는 제나라 한 복판에다 맹자에게 집을 지어주고 거기에 제자들에게 만종의 녹을 주어 모든 대부와 국민으로 하여금 모두 공경하고 법 받게 하려 한다. 자네가 나를 위하여 맹자에게 말해주지 않겠는가."

【補】 맹자를 송별한 후 아쉬움을 표현한 절이다.
위와 마찬가지로 제선왕은 맹자를 정치에는 관여하지 못하도록 하고, 교육을 담당하는 신하 정도로만 생각하고 있음을 알 수 있다. '시자(時子)'는 제나라 신하를 가리키며, '중국(中國)'이란 '제나라 한 가운데'란 뜻이다.

時子 因陳子而以告孟子어늘 陳子 以時子之言으로 告孟子한대,

시자가 진자(맹자 제자)를 통해 맹자에게 아뢰게 하자, 진자가 시자의 말을 맹자께 아뢰었다.

【補】 진자(陳子)는 진진(陳臻)을 가리킨다.

孟子 曰 "然하다 夫時子 惡(오)知其不可也리오 如使予欲富인댄 辭十

萬而受萬이 是爲欲富乎아.

맹자가 말했다.

"그럴만하다. 저 시자가 어떻게 내가 제나라에 머무르지 못함을 알겠는가. 만일 내가 부를 원한다면 십만종을 사양하고 만종을 받는 것이, 이것이 부를 원하는 것이겠는가.

【補】 '연(然)' 자는 '그렇다'라는 뜻이 아니라, 시자가 제나라에 머물 수 없다는 그러한 사실을 모르니 '그럴만하다'라고 말한, 추측성 대답이다. 원문 '其不可也'는 '其不可留也'와 같은 말이다.
'부(富)' 자를 썼지만 '녹(祿)'의 뜻을 지니고 있다. '십만종을 사양하였다[辭十萬]'는 말은 신하 즉 객경(客卿)이 되어 십만종을 받았지만 이를 물리치고 있음을 말한다. (참고로 1종은 '6곡(斛) 4두(斗)'를 말하니, 십만종은 6만 4천 석과 같은 말이다. 따라서 십만종은 많은 녹을 뜻한다.)

季孫이 曰 '異哉라 子叔疑여 使己爲政호대 不用則亦已矣어늘 又使其子弟爲卿하니 人亦孰不欲富貴리오마는 而獨於富貴之中에 有私龍(롱)斷焉이라'하니라.

계손씨가 말했다. '이상하다, 자숙의여! 자숙의는 자기로 하여금 정치를 하려고 했을 때에 등용되지 않으면 그만두어야 할 것인데, 또 그 자제로 하여금 경을 삼도록 하였으니, 사람이라면 누구인들 부귀를 원하지 않겠는가마는 홀로 부귀 가운데 농단을 독점하는 사람이 있다.'

【補】 계손씨의 말을 빌려 자신이 부를 구하지 않았음을 증명하고 있다.
'용(龍)' 자는 '언덕 농(壟)' 자와 통한다. '사(私)' 자는 '사사로이 하다'는 말이니, 여기에서는 '독점하다'는 뜻으로 쓰였다. 인간의 3대 욕망이 바로 부(富), 귀(貴), 수(壽)이다. 부에 대한 욕구가 농단이라는 추악한 행위로 이어짐을 말하고 있다. 자세한 말은 아래 절에 보인다.

古之爲市者 以其所有로 易(역)其所無者어든 有司者 治之耳러니 有賤丈夫焉하니 必求龍斷而登之하야 以左右望而罔市利어늘 人皆以爲賤故로 從而征之하니 征商이 自此賤丈夫始矣니라."

옛날에 저자를 다스린다고 하는 것은 자신이 소유한 것을 가지고 없는 물건과 바꾸면, 유사란 자가 다스릴 뿐이었다. 그러나 천한 장부 한 사람이 반드시 농단을 찾아 올라가서 좌우로 바라보면서 저자의 이익을 독점하자, 사람들이 모두 그를 천하게 생각했다. 이로부터 그에게 세금을 내게 하였으니, 장사꾼들에게 세금을 내게 한 것은 이 천한 장부로부터 비롯된 것이다."

【補】 맹자가 제나라에 머물 수 없음을 '농단'에 비함으로써 증명하고 있는 절이다. 즉 맹자가 제나라에 머무른다면 일개 천한 장부가 될 수밖에 없다는 말이다.
'유사란 자가 분쟁을 다스릴 뿐이다'라는 말은 물물교환 시 두 물건의 형평성을 다스린다는 말이니 세금은 걷지 않는다는 의미도 들어 있다.
'농단(龍斷)'은 깎아지른 높은 곳으로 저자의 물건을 잘 살피기 좋은 곳을 가리킨다. 즉 저자의 이익을 그물질하여 독점하는 것을 가리킨다. '정(征)' 자는 '세금을 취하다'라는 뜻으로 쓰였으며, '시(始)' 자는 상점에 세금을 부과[征商]하기 시작함을 뜻한다.

공손추 하 제11장

孟子 去齊하실새 宿於晝러시니,

맹자가 제나라를 떠나실 때에 주 땅에 머물렀다.

【補】 주 땅은 제나라 서남쪽에 있는 고을 이름이다. 여기에는 '숙(宿)' 자 한 글자만 있지만, 다음 장인 「공손추 하」 제12장에는 3일을 머물렀다는 말이 있다. 실제 이것이 바로 맹자의 속마음이다.

有欲爲王留行者 坐而言어늘 不應하시고 隱几而臥하신대,

왕을 위하여 맹자의 떠남을 만류하고자 하는 사람이 있어 앉아서 말하였으나, 대꾸조차 않고 의자에 기대어 누웠다.

【補】 '은(隱)'은 '의지한다[依]'는 뜻이다. '은궤(隱几)'란 기댈 수 있는 의자를 지칭하는 말로서, 여기에서의 '은' 자가 바로 이것이다. 즉 의자 속에 기대고 있으면 사람 몸이 안 보이기 때문에 '은' 자를 쓴 것이다.

客이 不悅曰 "弟子 齊(재)宿而後敢言이어늘 夫子 臥而不聽하시니 請勿復敢見矣로이다." 曰 "坐하라 我 明語子호리라 昔者에 魯繆(목)公이 無人乎子思之側則不能安子思하고 泄柳申詳이 無人乎繆公之側則不能安其身이러니라.

객이 기뻐하지 않으며 말했다.

"제자 같은 제가 지극히 존경한 뒤에 감히 말씀드렸는데, 선생님께서는 누우시고 들어주지 않으시니 감히 다시는 찾아뵙지 말아야겠습니다."

맹자가 말했다.

"앉아라. 내 자네에게 분명하게 말해 주겠다. 옛날 노목공이 자사의 곁에 보좌할 사람이 없으면 자사를 편안히 모실 수 없고, 설류와 신상이 목공의 곁에 보좌할 사람이 없으면 그 몸을 편안히 하지 못하였다.

【補】 '객'은 맹자를 만류한 사람이다. 실제 제자는 아닌데 '제자'라는 말을 사용했다. 이는 객이 '미리 재계하고 잤다[齊宿]'는 표현에서도 알 수 있듯이, 스승으로 섬기기 위한 지극한 존경심을 드러내고 있다.

그러나 맹자는 이와 반대되는 행위인 누워[臥] 있었기 때문에, 객은 원망하는 태도를 보인 것이다. 여기에까지 이르자, 맹자는 객의 오해를 풀어주려 말하고 있다.

원문 '無人乎子思之側'과 '無人乎繆公之側'은 문장 구조는 같지만 의미상 다르다. 전자는 "자사를 모시는 사람이 없으면"의 뜻인데, 후자는 "목공의 곁에 설류와 신상을 챙겨줄 사람이 없으면"의 뜻이다. 설류와 신상은 노나라 현인들이다.

子 爲長者慮而不及子思하니 子 絶長者乎아 長者 絶子乎아?"

자네가 나를 위하여 생각해주는 것이 자사를 모시는 것에는 이르지 못하니, 자네가 나를 끊은 것인가, 내가 자네를 끊은 것인가?"

【補】 왕이 맹자를 받들어 줄 사람을 보내지 않았다는 의미이다. '절(絶)' 자는 '잘못을 범하다'로 보면 된다.

이 장에서는 왕이 해야 할 행동을 사람을 시켜 했기 때문에, 이를 맹자가 받아들이지 않고 있음을 말하고 있다.

공손추 하 제12장

【補】 이 장부터 14장까지는 연이어 볼 필요가 있다.

孟子 去齊하실대 尹士 語人曰 "不識王之不可以爲湯武則是 不明也요 識其不可오 然且至則是 干澤也니 千里而見王하야 不遇故로 去호대 三宿而後出晝하니 是何濡滯也오 士則茲不悅하노라"

맹자가 제나라를 떠나시자, 윤사(제나라 사람)가 사람들에게 말했다.

"만일 맹자가 제선왕이 탕왕과 무왕 같은 인물이 될 수 없음을 모르고 왔다면, 이는 지혜가 밝지 못한 것이다. 그가 될 수 없음을 알고 왔다면, 이는 은택을 구한 것이다. 천리라는 먼 길을 왕을 만나보러 왔다가, 뜻이 맞지 않으므로 떠나가되 3일을 유숙한 뒤에 주 땅을 떠나니, 이 어찌 오랫동안 머문다는 말인가. 윤사는 이를 기뻐하지 않노라."

【補】 맹자가 제나라를 떠나가면서 3일을 머물며 지체하자, 윤사가 벼슬에 연연해하는 맹자를 비아냥거리며 말한 절이다. 즉 윤사는, 맹자가 제나라를 오기 전이나 제나라에 와서 그리고 떠날 때까지 작록을 탐닉하고 있다고 본 것이다.
'은택[澤]'이란 '녹'을 말한다. '간(干)'은 '구하다[求]'는 뜻이다. '될 수 없음을 알고 왔다면[識其不可]'에서 '불가(不可)' 두 글자는 앞에 '제선왕이 탕왕과 무왕 같은 인물이[不可以爲湯武]'가 생략된 말로 보면 된다.

高子 以告한대,

고자(맹자 제자)가 이 말을 아뢰자,

曰 "夫尹士 惡(오)知予哉리오 千里而見王은 是予所欲也니 不遇故로 去 豈予所欲哉리오 予不得已也로다.

맹자가 말했다.
"윤사가 어찌 내 마음을 알겠는가. 천리라는 먼 길에도 왕을 만나보러 온 것은 내가 원해서인데, 뜻이 맞지 않으므로 떠나가는 것이 어떻게 내가 원하는 것이겠는가. 내 어쩔 수 없어서였다.

【補】 맹자는 도를 펼치기 위해[予所欲] 제나라로 왔으니, 그것을 알지 못한 윤사를 도리어 비판하고 있다.

予 三宿而出晝호대 於予心에 猶以爲速하노니 王庶幾改之니 王如改諸(저)시면 則必反予시니라.

내가 3일을 유숙한 뒤에 주 땅을 벗어났지만, 내 마음은 오히려 빠르다고 생각했다. 왕께서 행여라도 고치기를 바라니 왕이 만일 고친다면 반드시 나의 발길을 돌리게 했을 것이다.

【補】'3일을 유숙한 뒤에'라는 말은 일부러 지체했음을 의미한다. '왕께서 행여라도 고치기를 바라니'라는 말은, 제선왕이 조금이라도 왕도정치를 펼칠 가능성이 있음을 맹자가 살폈다는 말이다. 이는 다음 절의 "王由足用爲善"이라는 말에서 확인할 수 있다.

夫出晝而王不予追也하실새 予然後浩然有歸志호니 予雖然이나 豈舍王哉리오 王由(猶)足用爲善하시리니 王如用予시면 則豈徒齊民安이리오 天下之民이 擧安하리니 王庶幾改之를 予日望之하노라.

주 땅을 나가면서도 왕은 나를 뒤쫓아 오지 않으시기에 내 그런 뒤에야 호연하게 돌아갈 뜻을 두었다. 내 비록 그렇지만 어찌 왕을 버리겠는가. 왕은 그래도 충분히 선정을 행할 수 있을 것이다. 왕이 만일 나를 등용해 주신다면 어찌 한갓 제나라 백성만이 편안할 뿐이겠는가. 천하의 백성이 모두 편안할 것이니, 왕께서 행여 고치시기를 나는 매일 바란다.

【補】맹자가 연연한 이유가 바로 천하의 백성 모두를 편하게 하는 데 있었음을 밝히고 있는 절이다.
'주 땅을 나가면서도'라는 말은 3일간의 시간을 왕에게 일부러 주었다는 뜻이 내포되어 있다. 충분한 시간을 준 뒤에 떠났다는 것을 '연후(然後)'로 표현한 것이다. 또한 '호연(浩然)'은 '결연(決然)'과 같은 뜻으로 쓰였다.

予豈若是小丈夫然哉라 諫於其君而不受則怒하야 悻悻然見(현)於其面하야 去則窮日之力而後에 宿哉리오."

내 어떻게 이런 소장부들처럼 그렇게 할 수 있겠는가! 그 임금에게 간하다가 받아주지 않으면 화를 내면서 화난 모습을 그 얼굴빛에 드러내며 떠나면서 하루 종일 갈 수 있는 힘을 다한 뒤에 머무는 것처럼 할 수 있겠는가."

【補】 맹자 자신이 소장부들처럼 할 수 없음을 말하고, 소장부들의 행위를 설명하고 있다.
'행행연(悻悻然)'은 불끈불끈 성질내는 모양을 말한다. '궁일지력(窮日之力)'은 갈 수 있는 곳까지 마음껏 가는 행위로, 맹자가 갈 수 있어도 3일을 머문 것과 반대되는 말이다.

尹士 聞之曰 "士는 誠小人也로다."

윤사가 이를 듣고 말했다.
"나는 정말 소인이다."

【補】 윤사는, 맹자가 지적한 것처럼 소장부의 면모 속에서 맹자를 관망했다는 것이다. 즉 윤사는 그렇게 성질을 내고 떠나가는 것이 청렴이자 의리라고 생각했기에 맹자의 질책에 반성하고 있다.
'문지(聞之)'라고 표현으로 봐서 전해 들었음을 알 수 있다. '소인'이란 앞서 맹자가 말한 '소장부(小丈夫)'와 같은 말이다.

공손추 하 제13장

孟子 去齊하실새 充虞 路問曰 "夫子 若有不豫色然하시이다. 前日에 虞聞諸夫子호니 曰 '君子는 不怨天하며 不尤人이라'호이다."

맹자가 제나라를 떠나실 때에, 충우(맹자 제자)가 길을 가면서 물었다.

"선생님께서는 마치 기쁘지 않은 얼굴빛을 띠고 있는 듯합니다. 예전에 제가 선생님께 '군자는 하늘을 원망하지 않으며 사람을 탓하지 않는다.'라고 들었습니다."

【補】 맹자가 주 땅에서 3일을 묵고 불쾌한 얼굴로 떠나는 상황이므로, 충우가 예전에 받은 가르침으로써 질문한 것이다.

"약(若)~연(然)"은, 제자가 스승에게 여쭙는 도의를 잘 표현한 말이다. 즉 확정적인 말로 하지 않고 스승에 대한 예우로서 의문이 나는 듯한 표현으로 질문한 것이다[疑問之辭].

『논어』、「헌문」 제37장에 "하늘을 원망하지 않으며 사람을 탓하지 않고, 아래로 인간의 일을 배우면서 위로 천리(天理)에 통달하니, 나를 알아주는 것은 하늘일 것이다[子曰 不怨天하며 不尤人이오 下學而上達하노니 知我者는 其天乎인저]."라는 구절이 있는데, 맹자가 이 구절을 제자에게 가르쳤기 때문에 충우가 이를 인용하여 말했다.

여기에서 '인(人)'은 '타인'이며 그 구체적인 대상은 제선왕이다.

曰 "彼一時며 此一時也니라.

맹자가 말했다.

"그때는 그때이고, 지금은 지금이다.

【補】 '피(彼)' 자는 지난날을 뜻하고 '차(此)' 자는 오늘날을 가리킨다. 상황이 다름을 제자에게 말해주고 있다. 즉 맹자가 말한 '지난날'이란 제자들에게 강학을 했던 때를 말하고, '오늘날'이란 도를 행할 수 없는 때를 말하니, 시기가 다르다는 말이다.

五百年에 必有王者 興하나니 其間에 必有名世者니라.

5백 년에 반드시 왕자가 나오니 그 사이에 반드시 세상에 알려지는 훌륭한 신하가 있다.

【補】 왕자가 있으면 그를 도와줄 신하가 반드시 존재했다는 말이다. 다시 말해, 요임금에게는 고요(皐陶), 순임금에게는 설(契), 문왕에게는 강태공 같은 신하가 있었음을 말한다.

由周而來로 七百有餘歲矣니 以其數則過矣오 以其時考之則可矣니라.

주나라로부터 이후로 7백여 년이 되었으니, 그 숫자로 보면 지났고 시대로 살펴보면 오늘날이 가능하다.

【補】 '주나라'란 서주(西周)를 가리킨다. 서주부터 전국시대까지 7백여 년이 되었음을 말하고 있다. 따라서 5백여 년에, 성군과 신하가 나오는 것은 세상의 이치인데, 오늘날 그렇지 못하고 있기에 맹자께서 기쁜 얼굴을 하지 못하고 있음을 말하고 있다.

夫天이 未欲平治天下也시니 如欲平治天下인댄 當今之世하야 舍我오 其誰也리오 吾何爲不豫哉리오."

하늘이 천하를 평정하여 다스리고자 하지 않으시니, 만일 천하를 평정하고 다스리고자 한다면 지금 세상에 나를 버리고 그 누가 하겠는가. 내 무슨 이유로 기뻐하지 않겠는가."

【補】 이 절 앞까지가 '일세(一世)'에 대한 걱정이었다면, 이 글은 '일신(一身)'에 대한 기쁨을 표현한 글이다. 따라서 맹자는 하늘의 명을 즐거워하며[樂天] 뜻을 기다릴 것이라 말하고 있다.

공손추 하 제14장

孟子 去齊居休러시니 公孫丑 問曰 "仕而不受祿이 古之道乎잇가?"

맹자가 제나라를 떠나가면서 휴 땅에 머물고 있었는데, 공손추(맹자 제자)가 물었다.

"벼슬을 하면서 녹을 받지 않는 것이 옛 도입니까?"

【補】 벼슬은 하고 녹을 받지 않는 것은, 옛사람의 상도(常道)가 아니었다. 하지만 맹자는 제나라를 떠날 마음이 있었기에 녹을 거부하였으니, 이에 대한 의문이 들어 제자가 질문한 것이다.

曰 "非也라 於崇에 吾得見王하고 退而有去志호니 不欲變故로 不受也호라.

맹자가 말했다.

"아니다. 숭 땅에서 나는 왕을 만나 뵙고 물러나면서 떠날 마음을 가졌으니, 이 마음을 변하고자 하지 않았으므로 받지 않은 것이다."

【補】 맹자는 숭 땅에서 제선왕을 뵙고 실망하며 떠날 마음을 가졌다. 일명 '기미를 보면 떠난다[見幾而作]'라는 말이 이에 해당된다.

繼而有師命이라 不可以請이언정 久於齊는 非我志也니라."

뒤이어 군대의 출동명령이 있어서 청할 수 없었을 뿐이었지, 제나라에 오랫동안 머무르는 것이 내 뜻은 아니었다."

【補】 떠날 생각을 가졌는데 뒤이어 전쟁이 일어났다는 말이다. 이는 곧 나라가 어지러웠다는 뜻이며, 이때 상황이 맹자 자신을 만들었다는 의미로 쓴 것이다.

'사명(師命)'은 '군대[師]의 출동 명령'을 뜻하는데 실제 전쟁 상황을 전아하게 표현하기 위해 쓴 말이다. '청(請)' 자는 '떠날 것을 말씀 올리다'라는 말이다.

제5부

등문공 장구 상(凡五章)

등문공 상 제1장

滕文公이 爲世子에 將之楚할새 過宋而見孟子한대,

등문공이 세자로 있었을 때에, 장차 초나라로 가다 송나라를 지나며 맹자를 찾아뵈었다.

【補】 초나라는 강대국이었다. 그런데도 등문공이 맹자에게 정치를 배우려고 했다는 것은 상황이 매우 급박했음을 의미한다. 또한 등문공이 도덕에 뜻을 두고 있었음을 알 수 있다.

맹자는 제나라를 떠나 휴(休) 땅을 거쳐 추(鄒)나라로 돌아갔을 때 나이가 60세 정도 됐는데, 송나라 왕 언(偃)이 인정(仁政)을 펼친다는 소문을 듣고 송나라를 찾은 것이다. 하지만 실제 송왕은 정벌만을 일삼고 있었다.

孟子 道性善하사대 言必稱堯舜이러시다.

맹자는 본성의 선함을 말씀하시되, 말씀할 적마다 반드시 요임금과 순임금을 일컬었다.

【補】 이 절로 보면 맹자의 말을 그 제자들이 기록했음을 알 수 있다. 즉 맹자 스스로가 책을 지을 때에 이렇게 말하기는 곤란하기에 이를 근거로 맹자 자신이 저자가 아님을 밝히고 있으나, 일부분만을 가지고 전체를 말하기는 다소 곤란한 점이 있다.

世子 自楚反하야 復見孟子하신대 孟子 曰 "世子는 疑吾言乎잇가 夫道는 一而已矣니이다.

세자가 초나라로부터 돌아와 다시 맹자를 뵙자, 맹자가 말했다. "세자는 제 말을 의심하십니까? 도는 하나일 뿐입니다.

【補】 '다시 맹자를 뵈었다[復見孟子]'라는 말을 보면, 세자가 성선에 대해 잘 알지 못했음을 알 수 있다. 또한 당시 사람들이 인간의 본성이 선함을 알지 못하여 성현을 바라고 거기에 미칠 수 없다고 여겼다.

'도는 하나일 뿐입니다[道一而已矣]'라는 말에는, 도가 하나이고 성품도 하나이기 때문에 차별이 없음을 의미한다.

成覵이 謂齊景公曰 '彼丈夫也며 我丈夫也니 吾何畏彼哉리오'하며 顔淵이 曰 '舜何人也며 予何人也오 有爲者 亦若是라'하며 公明儀 曰 '文王은 我師也라'하시니 周公이 '豈欺我哉시리오'하니이다.

성간(제나라의 용사)이 제경공에게 '저들은 일개 장부이고, 나도 장부이니, 내 어찌 저들을 두려워하겠습니까.'라고 말했습니다. 안연은 '순임금은 어떤 사람이며, 나는 어떠한 사람인가. 훌륭한 일을 하는 사람은 또한 순임금과 같다.'라고 말했습니다. 공명의(노나라 현인)는 '「문왕은 내 스승이다.」라고 (주공이) 말했으니, 주공이 어찌 나를 속였겠는가.'라고 말했습니다.

【補】 고귀한 인간의 본성을 되찾는 것이야말로 인간이 되는 존재로서의 가치가 있음을 말하고 있는 절이다. 이를 세 사람의 비

유를 통해 도가 하나임을 밝히고 있다.
여기서의 '피(彼)' 자는 '성현'을 가리킨다. '사(師)' 자에는 '바라다[希]'의 의미가 담겨 있다.

今滕을 絶長補短이면 將五十里也나 猶可以爲善國이니 書에 曰 '若藥이 不瞑眩이면 厥疾이 不瘳라'하니이다."

오늘날 등나라를 긴 곳을 잘라 짧은 곳을 보충하면 거의 50리가 되는 작은 나라이지만, 오히려 선한 나라가 될 수 있습니다. 『서경』에 '만일 약이 정신을 어지럽히지 않으면, 그 병이 낫지 않는다.'[1]라는 말이 있습니다."

【補】『서경』의 비유처럼 성장통을 겪어야만 성장할 수 있듯이, 등나라가 성선을 믿고 어진 정치를 펼친다면, 비록 작은 나라이지만 천하의 법이 되는 나라가 될 수 있음을 말하고 있다.
'긴 곳을 잘라 짧은 곳을 보충하다'라는 말은, 직사각형 모양을 정사각형의 모양으로 만든다는 뜻이다. 이렇게 하는 이유는 크기를 재기 위한 편리성 때문이다. '명현(瞑眩)'이라는 말은 눈이 어둡고 어지럽다는 뜻으로, 약이 너무 독하다는 뜻으로 쓰였다. '추(瘳)' 자는 '병이 낫다'라는 뜻이다.

등문공 상 제2장

滕定公이 薨커늘 世子 謂然友曰 "昔者에 孟子 嘗與我言於宋이어시늘 於心終不忘이라니 今也不幸하야 至於大故호니 吾欲使子로 問於孟子然後에 行事하노라."

1) 만일…… 않는다 : 「상서 · 열명(說命)」 상 제8장에 보인다.

등정공이 죽자, 세자가 연우(세자의 사부)에게 말했다.

“예전에 맹자께서 일찍이 나와 더불어 송나라에서 성선에 대해 말씀하였는데, 내 마음에 끝내 잊지 못하고 있습니다. 오늘날 불행하게도 부친상을 당했으니, 내 당신으로 하여금 맹자에게 물은 뒤에 상례의 일을 행하고자 합니다.”

【補】 제후가 죽었을 때 ‘훙하다’의 뜻으로 ‘훙(薨)’ 자를 썼다. ‘마음에 끝내 잊지 못하고 있다’라는 말에는 등문공이 요임금과 순임금처럼 성선의 마음을 다해보겠다는 의지가 담겨 있다. ‘대고(大故)’는 대상(大喪)과 같은 말로 대개 임금의 죽음을 뜻한다. 말미의 ‘사(事)’ 자는 ‘상사(喪事)’의 축약형이다.

然友 之鄒하야 問於孟子한대 孟子 曰 “不亦善乎아 親喪은 固所自盡也니 曾子 曰 ‘生事之以禮하며 死葬之以禮하며 祭之以禮면 可謂孝矣라’하시니 諸侯之禮는 吾未之學也어니와 雖然이나 吾 嘗聞之矣로니 三年之喪에 齊(자)疏之服과 飦粥之食은 自天子達於庶人하야 三代 共之하니라.

연우가 추 땅에 가서 맹자에게 초상에 관해 물으니 맹자가 말했다.

“등문공이 잘한 일이 아닙니까! 부모님의 초상은 진실로 스스로가 마음을 다해야 하는 것입니다. 증자께서 ‘살아서 섬길 때 예로써 하며, 돌아가셨을 때에도 예로써 하며, 제사를 지낼 때에도 예로써 하면 효라고 말할 수 있다.’고 말씀하셨습니다. 제후의 예는 내 아직 배우지 않았지만 일찍이 들었으니, 삼년상에 자소의 상복을 입으며 미음과 죽을 먹는 것은 천자로부터 서인에 이르기까지 삼대(하은주)

가 공통으로 하였습니다."

【補】 당시 제후 가운데 옛 초상을 행하는 사람이 없어 이와 같은 질문을 한 것이다. 특히 맹자가 좋게 여긴 것은 이러한 초상의 예가 인간의 성선과 관련되기 때문이다.
'증자의 말'이라고 했지만 실제 공자의 말이다. 『논어』, 「위정」 제5장에 "樊遲御러니 子告之曰 孟孫이 問孝於我어늘 我對曰 無違라호라. 樊遲曰 何謂也니잇고 子曰 生事之以禮하며 死葬之以禮하며 祭之以禮니라."라는 구절이 있다. 맹자는 증자의 재전제자(再傳弟子)이다. 증자가 일찍이 제자들에게 했던 말이므로 이렇게 기록했을 가능성이 높다.
'자(齊)'는 옷의 아래를 꿰맨 것이다. (참고로 꿰매지 않은 것을 참최(斬衰)라고 하며, 꿰맨 것을 자최(齊衰)라고 한다.) 삼년상의 슬픔은 옷으로 드러나 화려한 옷을 입지 않으며, 음식을 먹을 때에는 슬픔으로 인해 진수성찬을 먹지 않는다.

然友 反命하야 定爲三年之喪한대 父兄百官이 皆不欲曰 "吾宗國魯先君도 莫之行하시고 吾先君도 亦莫之行也하시니 至於子之身而反之 不可하이다 且志에 曰 '喪祭는 從先祖라'하니 曰吾有所受之也니이다."

연우가 돌아가 아뢰어 삼년상을 하기로 정했다. 부형과 백관이 모두 원치 않으면서 말했다.

"우리 종국인 노나라 선군도 삼년상을 행하지 않으셨고, 우리 선군께서도 행하지 않으셨습니다. 등문공의 시대에 이르러 이것을 뒤집는 것은 불가합니다. 또 옛 기록에 '상례와 제례는 선조를 따르라.'고 하였으니, 이는 전수 받은 것이 있다는 말입니다."

【補】 백관들은 옛 기록을 근거로 삼년상의 불가함을 말하고 있다. '노나라 선군'은 대개 주공(周公)을 가리키지만, 주공은 삼년상을 하였으니, 여기에서는 그 이전의 임금 가운데 삼년상을 하지 않았던 임금을 가리킨다. 근래에도 가가례(家家禮)라고 하여 집집마다 제사의 예가 다름은 바로 이를 가리킨다.

말미의 '왈(曰)' 자에 대해 부형과 백관의 말로 보지 않고, 연우가 맹자에게 전수받은 바가 있다는 말로 보는 설도 있으니 참고로 적어 둔다.

謂然友曰 "吾 他日에 未嘗學問이오 好馳馬試劍하다니 今也에 父兄百官이 不我足也하니 恐其不能盡於大事하노니 子 爲我問孟子하라." 然友 復(부)之鄒하야 問孟子한대 孟子 曰 "然하다 不可以他求者也라 孔子 曰 '君薨커시든 聽於冢宰하나니 歠粥하고 面深墨하야 卽位而哭이어든 百官有司莫敢不哀는 先之也라 上有好者면 下必有甚焉者矣니 君子之德은 風也요 小人之德은 草也니 草尙之風이면 必偃이라'하시니 是在世子하니라."

연우에게 말했다.

"내 지난날에 일찍이 학문을 하지 않았고 말달리기와 칼쓰기를 좋아하여, 오늘날 부형과 백관들이 나를 만족스럽게 생각하지 않은 것이니 대사에 예를 다하지 못할까 염려가 됩니다. 사부께서는 나를 위하여 맹자에게 다시 물어보도록 하십시오."

연우가 다시 추 땅에 가서 맹자에게 묻자, 맹자가 말했다.

"그렇습니다. 그러나 그들을 탓할 필요가 없습니다. 공자께서는 '임금이 죽으면 명령을 총재에게 듣는 것이니, 죽을 먹고 얼굴이 짙은 검은빛이 되어 상주의 자리에 나아가 곡을 하면 백관과 유사들이 감히 슬퍼하지 않을 수 없는 것은 솔선수범했기 때문이다. 위에서 무엇을 좋아하는 것이 있으면, 아래에는 반드시 더욱 심하게 좋아하는 것이 있다. 군자의 덕은 바람과 같고, 소인의 덕은 풀과 같은 것으로 풀 위에 바람이 가해지면 반드시 바람이 부는 대로 쓰러진다.' 라고 말씀하셨으니, 이는 세자에게 달려 있습니다."

【補】 윗사람의 솔선수범이 얼마나 중요한지 말하고 있다. 즉 윗사람이 성선을 믿고 그 근본이 되는 어버이에 대한 사랑을 선보인다면 아랫사람 역시 교화되어 이를 따를 것이라는 말이 이 절의 요지이다.

연우에게 말한 주체는 세자인 등문공이다. '청(聽)' 자는 '정치에 관한 일을 듣다'라는 뜻이니, 지금도 '정사를 하다'라는 뜻으로 쓰이고 있다. '총재(冢宰)'는 육경(六卿) 가운데 가장 높은 사람을 가리키는 말로, 오늘날 '국무총리'와 비슷한 직급이다.

'타일(他日)'은 '지난날'의 의미로 쓰였다. 백성을 지금도 '민초(民草)'라고 부르는데 이 말에서 유래했다. '상(尙)' 자는 '더해지다[加]'의 뜻으로 쓰였다.

然友 反命한대 世子 曰 "然하다 是誠在我라."하시고 五月居廬하야 未有命戒어시늘 百官族人이 可謂曰知라하야 及至葬하야 四方이 來觀之하더니 顔色之戚과 哭泣之哀에 弔者 大悅하더라.

연우가 복명하자, 세자가 말했다.

"그렇습니다. 이는 진실로 나한테 달려 있습니다."

세자는 5개월 동안 상주의 움막에 거처하며 명령과 경계를 내리지 않았다. 이에 백관과 종족들이 모두 '예를 안다.'고 말했으며, 장례를 치를 때 이르러 사방에서 사람들이 와서 바라보더니 슬퍼하는 얼굴빛과 애달픈 곡소리에, 조문하는 사람들이 매우 감복했다.

【補】 부모에 대한 사랑이 남들에게 공감을 가질 수 있음을 이를 통해 증명되고 있으며, 이는 곧 성선에서 말한 '사랑'이다.
맹자의 말로 인해, 세자는 총재에게 모든 일을 맡기고 정사에 대해 일체 말을 하지 않았다. 이것이 바로 '명령과 경계를 내리지 않았다'라는 말이다.
주희는 '가위왈지(可謂曰知)'에 대해 빠진 글자나 틀린 글자가 있는 듯하다고 하였지만, '모두들 세자가 예를 안다고 말했다'라고 해석하는 것이 일반적이고 타당할 듯하다.

등문공 상 제3장

【補】 선비와 달리 백성에게는 최소한의 생계가 우선이고, 그다음이 인의에 관한 도덕적 교육임을 말하고 있는 장이다. 특히 토지와 관련된 세법을 말하고 있는바, 다소 이해가 어려울 수도 있으나 반복하여 읽으면 조금이라도 이해될 것이다.

滕文公이 問爲國하신대,

등문공이 나라를 다스리는 것에 대해 물었다.

【補】 '위(爲)' 자는 '다스리다[治]'의 뜻이다.

孟子 曰 "民事는 不可緩也니 詩云 '晝爾于茅요 宵爾索綯하야 亟其乘屋이오사 其始播百穀이라'하니이다.

맹자가 말했다.
"백성의 일은 늦출 수가 없습니다. 『시경』에 '낮에는 가서 풀을 베어 오고, 밤에는 새끼를 꼬아 서둘러 그 지붕에 올라가 이어야만 다음 해에 비로소 백곡을 파종할 수 있다.'[2]라고 했습니다.

【補】'백성의 일'이란 다름 아닌 농사를 지칭한다. 따라서 이를 늦출 수 없다는 말은 항산(恒産)을 주기 위해서이다. '우(于)' 자는 어조사가 아니라 '가다[往]'의 뜻으로 쓰였다. '승옥(乘屋)'은 초가지붕을 잇는 것을 말하는데, 오늘날에도 쓰는 말이다. '기(其)' 자는 '앞으로[將]'라는 뜻이 있으니 '다음 해에'라는 말이다.

民之爲道也 有恒産者는 有恒心이오 無恒産者는 無恒心이니 苟無恒心이면 放辟邪侈를 無不爲已니 及陷乎罪然後에 從而刑之면 是는 罔民也니 焉有仁人이 在位하야 罔民을 而可爲也리오.

백성이 살아가는 방법은, 떳떳한 생산이 있는 사람은 떳떳한 마음을 갖고, 떳떳한 생산이 없는 사람은 떳떳한 마음이 없습니다. 만일 떳떳한 마음이 없으면 나쁜 짓을 저지르고 사치스러운 행위를 하지 못할 짓이 없을 것입니다. 급기야 죄에 빠진 뒤에 따라서 그들을 형벌한다면 이는 백성을 그물질하는 것입니다. 어진 사람이 지위에 있고서 백성을 그물질하는 일을 하는 것이 어디에 있겠습니까.

【補】비슷한 말이, 앞서 「양혜왕 상」 제7장에 나왔다.
기본 재산이 없으면 기본 마음인 양심도 사라지게 된다. 백성에게 항산을 주기 위해서 민사를 늦추지 말라고 말하고 있다.
'하지 못할 짓'은 바로 과오(過誤)나 악행(惡行) 등을 말한다. '떳떳한 마음'이란 다름 아닌 양심(良心)을 가리킨다. '인인(仁人)'은 훌륭한 임금을 말한다. '망민(罔民)'은 '가혹한 일'을 뜻한다.

2) 낮에는…… 있다 : 「빈풍(豳風)·칠월(七月)」에 보인다.

是故로 賢君이 必恭儉하야 禮下하며 取於民이 有制니이다.

이 때문에 어진 임금은 반드시 공손하고 검소하여 아랫사람을 예우하며 백성에게 세금을 취함에 일정한 제도를 두어야 합니다.

> 【補】 '공검(恭儉)과 예우(禮遇)'는 기본적인 도를 갖추라는 말이며, 이 이후에 세금이라는 일정한 제도가 필요하다. '제(制)' 자는 바로 '일정한 제도'를 가리킨다.

陽虎 曰 '爲富면 不仁矣오 爲仁이면 不富矣라'하니이다.

양호가 '부를 위하면 어질지 못할 것이고, 인을 위하면 부자가 되지 못할 것이다.'고 말했습니다.

> 【補】 양호는 양화를 말하며, 노나라 계씨의 가신이다. 그의 말은 부자가 되려면 남의 사정을 봐줘서는 안 됨을 의미한다. 여기서 맹자가 양호의 말을 인용한 것은, 등문공에게 인정을 베풀려면 개인 탐욕의 부를 위해서는 안 됨을 강조하기 위해, 그 뜻을 다소 변개하였다. 즉 양화가 취한 것은 부를 위해 인자해서는 안 되는 악함을 취한 반면, 맹자는 인정을 베풀기 위해 부유해지기를 바라서는 안 되는 선한 점을 취하고 있으니, 관점이 다르다.

夏后氏는 五十而貢하고 殷人은 七十而助하고 周人은 百畝而徹하니 其實은 皆什一也니 徹者는 徹也요 助者는 藉(자)也니이다.

하후씨는 50묘에 공법을 썼고, 은나라 사람은 70묘에 조법을 썼고, 주나라 사람은 백묘에 철법을 썼으니, 그 실상은 모두 10분의 1

입니다. 철은 통한다는 뜻이고, 조는 빌린다는 뜻입니다.

【補】 공법은 50묘씩을 경작하고 그 10분의 1인 5묘를 세금으로 낸 것을 가리킨다. 조법은 70묘로써 서로 도와 공전을 공동으로 경작하고 세금으로 바친다는 뜻이다.

철법은 공동 생산에 공동 분배를 말한다. 그렇기에 '철(徹)' 자를 썼으며 통(通)의 의미가 담겨 있다. 조법은 동조(同助)라는 말로, 공전을 공동으로 보조하고 경작하여 이것만을 세금으로 바친다. 그 나머지는 개인적으로 소유한다. 실제 맹자는 철법보다 조법이 낫다고 보고 있다.

龍子 曰 '治地는 莫善於助요 莫不善於貢이니 貢者는 校數歲之中하야 以爲常하나니 樂歲에 粒米狼戾하야 多取之而不爲虐이라도 則寡取之하고 凶年에 糞其田而不足이어늘 則必取盈焉하나니 爲民父母라 使民으로 盻(예)盻然將終歲勤動하야 不得以養其父母하고 又稱貸而益之하야 使老稚로 轉乎溝壑이면 惡(오)在其爲民父母也이리오'하니이다.

용자(현인)가 말했습니다. '토지를 다스리는 방법은 조법보다 좋은 것이 없고, 공법보다 좋지 않은 것이 없다. 공법이란 몇 해의 중간 수치를 비교하여 일정한 수를 내게 하는 것이다. 풍년에는 곡식이 남아돌아 그것을 많이 취하여 학정이 되지 않는데도 적게 취하고, 흉년에는 그 밭에 거름을 주기에 부족한데도 반드시 가득히 채우도록 한다. 백성의 부모가 되어 백성으로 하여금 장차 일 년 내내 부지런히 부지런히 노동하여 그 부모를 봉양할 수 없게 하고, 또 이자를 가져다가 보태어 세금을 내게 하여 늙은이와 어린아이로 하여금 구렁텅이에서 나뒹굴게 한다면, 백성의 부모가 된 사람이 어디에 있는가.'

【補】 용자의 말은 정전제도는 조법보다 좋은 것이 없고 공법처럼 나쁜 것도 없다는 것이다. 이는 하나라 당시의 공법이 실제로는 악법은 아닌데 전국 시대에 악법으로 전락했던 것을 말하고 있다. 그래서 오늘날 공법은 최고의 악법이 되었다는 말이다. 즉 변질된 공법의 폐단에 대해 지적하고 있는 절이다.

공법은 몇 해의 중간 수치를 비교하여 일정한 수를 내게 하는 것이다. 예를 들어 1, 2, 3 정도를 수확했다면 가운데 수치인 2를 기준으로 내기 때문에 흉년에는 더 내야 하고, 풍년에는 남아도는 폐단이 있다는 것이다.

'교(校)' 자는 여기에서 '비교하다[挍]'의 뜻으로 쓰였다. '위상(爲常)'은 상수(常數)와 같은 말이다. '낭려(狼戾)'는 곡식이 여기저기 많이 있어 흩어져 있는 모습을 표현한 것으로 낭자(狼藉)와 같은 말이다. '분(糞)' 자는 '거름을 주다'라는 동사로 쓰였다. 실제 '분(糞)' 자는 경작의 비용을 의미한다.

'예예연(盻盻然)'은 뒤에 근동(勤動)이 나오므로 부지런히 움직이는 모습의 형용으로 보는 것이 옳을 듯하다. 실제 '예(盻)' 자에는 '부지런히 일만 하며 쉬지 않는 모습'이라는 뜻이 있다. 주희는 '한스럽게 바라보는[恨視] 모습'으로 해석했으니 참고로 적어 둔다. '백성의 부모가 된 사람이 어디에 있는가'라는 말은 앞서 나왔듯이 '임금의 자격이 어디에 있는가'라는 의미이다.

夫世祿은 滕이 固行之矣니이다.

세록은 등나라가 참으로 행하고 있습니다.

【補】 세록은 벼슬하는 사람도 있어야 하고, 농사짓는 사람에게도 있어야 하지만, 벼슬하는 사람을 우대하는 것도 왕도정치에 있어서 반드시 필요한 것임을 말하고 있다. 따라서 이 말은 '더 이상 세록에 대해서는 언급할 필요 없고, 나는 이제 조법에 대해 말하고자 한다'는 의미가 숨어 있다.

詩云 '雨我公田하야 遂及我私라'하니 惟助에 爲有公田하니 由此觀之컨댄 雖周나 亦助也로소이다.

『시경』에 '우리 공전에 비를 내려, 마침내 우리 사전에까지 영향을 끼친다.'[3)]라고 하니, 오직 조법만이 공전을 소유하고 있습니다. 이로 말미암아 본다면, 비록 주나라 또한 조법을 쓴 것입니다.

> 【補】 비록 주나라가 철법을 사용하고 있기는 하지만, 조법의 실상이 있음을 말하고 있다. 즉 주나라는 공동 생산에 공동 분배이지만 이 시를 보면 공전과 사전의 구분은 조법에서 가능하다고 보고 있음을 알 수 있다.

設爲庠序學校하야 以教之하니 庠者는 養也요 校者는 教也요 序者는 射也라 夏曰校요 殷曰序요 周曰庠이오 學則三代共之하니 皆所以明人倫也라 人倫이 明於上이면 小民이 親於下니이다.

상, 서, 학, 교를 시설하여 백성을 가르쳤으니, 상은 받들다는 뜻이고, 교는 가르친다는 뜻이며, 서는 활쏘기를 익힌다는 뜻입니다. 하나라에서는 '교'라 하였고, 은나라에서는 '서'라 하였으며, 주나라에서는 '상'이라 하였습니다. '학'은 삼대(하은주)가 공통으로 하였으니, 이는 모두 인륜을 밝히는 것이었습니다. 인륜이 위에서 밝으면 소민들은 아래에서 친해집니다.

---

3) 우리…… 끼친다 : 「소아(小雅)、대전(大田)」에 보인다.

【補】 항산이 있어 항심이 생긴 뒤에 교육이 있어야 함을 말하고 있다.

주나라의 상(庠)은 양로(養老)를 목적으로 했다. 하나라에서 교(校)라고 한 것은 지식 전달을 중점으로 하였으며, 은나라에서 서(序)라고 한 것은 활쏘기를 통해 덕을 길러야 했기 때문이다. 이렇듯 글방 이름에 따라 교육을 조금씩 다르게 했음을 알 수 있다.

有王者 起면 必來取法하리니 是爲王者師也니이다.

왕도정치를 펼칠 사람이 나오면 반드시 찾아 와서 법을 취할 것이니, 등나라는 왕도정치를 펼칠 사람의 스승이 되는 것입니다.

【補】 등나라는 너무도 작은 나라이다. 즉 50리의 땅을 소유하였으니, 이는 하나의 고을에 지나지 않는다. 그러므로 천하의 왕도정치를 펼치기에는 어렵다. 따라서 왕자는 될 수 없고, 왕자의 법이 되는 스승의 역할까지는 가능하다는 말이니, 곧 등나라의 한계를 말한다.

詩云 '周雖舊邦이나 其命維新이라'하니 文王之謂也니 子 力行之하시면 亦以新子之國하시리이다.

『시경』에 '주나라가 비록 오랜 나라이지만, 그 나라의 운명은 새롭게 되었다.'[4]라고 하였으니, 이는 문왕을 두고 한 말입니다. 당신께서 힘써 행하신다면 또한 당신의 나라를 새롭게 할 수 있습니다.

【補】 이 절까지가 격려의 말로서 앞 단락에 해당된다.

'구(舊)' 자는 구체적으로 천년을 가리킨다. '방(邦)'은 제후의 나

4) 주나라가…… 되었다 : 「대아(大雅)·문왕(文王)」에 보인다.

라를 말한다. '신(新)' 자가 두 번 나오는데, 앞의 '신' 자는 왕도정치의 의미가 담겨 있으며, 뒤의 '신' 자는 나라의 운명을 새롭게 할 수 있음을 뜻한다.

使畢戰으로 問井地하신대 孟子 曰 "子之君이 將行仁政하야 選擇而使子하시니 子必勉之어다 夫仁政은 必自經界始니 經界 不正이면 井地不均하며 穀祿이 不平하리니 是故로 暴君汙吏는 必慢其經界하나니 經界 旣正이면 分田制祿은 可坐而定也니라.

등문공이 필전으로 하여금 (맹자에게) 정전법에 대해 묻게 하자, 맹자가 말했다.

"당신의 임금이 장차 어진 정사를 행하고자 선택하여 당신을 시키셨으니, 당신은 반드시 힘써야 합니다. 어진 정사는 반드시 밭의 경계를 다스리는 것으로부터 시작됩니다. 경계를 다스리는 것이 바르지 못하면 경전의 땅이 균등하지 못하며 곡록이 공평하지 못하게 됩니다. 이 때문에 폭군과 탐관오리들이 반드시 그 경계를 다스리는 일을 태만히 할 것입니다. 경계를 다스리는 것이 이미 바르게 되면 토지를 나누어주고 곡록을 제정해주는 일은 가만히 앉아서도 정해질 수 있는 것입니다.

【補】 농사를 지은 사람의 소득과 이를 통해 녹을 취하는 관리가 모두 공평한 것이야 말로 어진 정치의 시작임을 말하고 있는 구절이다. 즉 정전 제도의 관건은 경계에 있음을 밝히고 있다.

'필전(畢戰)'은 등나라의 신하로서, 그가 정전 제도를 담당한다. '인정(仁政)'이란 정전제도를 가리킨다. '경계(經界)'는 구체적으로 밭두둑의 경계를 가리킨다. '오(汙)' 자는 '오(汚)' 자의 뜻이다. 따라서 '탐관오리'란 가렴주구(苛斂誅求)를 일삼는 관리를 의미한다. '제록(制祿)'이란 공전에서 나온 월급을 분배하는 것을 가리킨다.

夫滕이 壤地 褊小하나 將爲君子焉이며 將爲野人焉이니 無君子면 莫治野人이오 無野人이면 莫養君子니라.

등나라는 토지가 좁고 작으나 장차 군자가 될 사람이 있으며 장차 농사지을 사람이 있어야 합니다. 만일 군자가 없으면 농사짓는 사람을 다스리지 못하고, 농사지을 사람이 없으면 군자를 봉양할 수 없습니다.

【補】 앞서 나온 것처럼 등나라는 절장보단(絶長補短)을 해도 겨우 50리 밖에 되지 않는 작은 나라이다. 아무리 작은 나라라 할지라도, 나라는 나라이므로 위정자와 농사짓는 사람이 있기 때문에 그것을 경계 짓는 일은 반드시 필요하다는 말이다.

請野에 九一而助하고 國中에 什一하야 使自賦하라.

부디 넓은 들녘에서는 9분의 1을 걷어가는 조법을 쓰고, 나라 가운데에는 10분의 1의 세법을 써서 스스로 세금을 바치게 하도록 하십시오.

【補】 이는 농사짓는 야인에 대한 분전(分田)에 대한 말이다. '야(野)' 자는 시골의 넓은 들녘을 가리킨다. 따라서 넓은 땅은 정전을 그려 9분의 1을 취하게 하고, 땅이 좁은 나라 가운데는 정전의 9분의 1을 그릴 수 없으므로 알아서 10분의 1을 내야 함을 말하고 있다.

卿以下는 必有圭田하니 圭田은 五十畝니라.

경(卿) 이하는 반드시 규전이 있었으니, 규전은 50묘입니다.

【補】 이 절부터 실제 제록(制祿)에 관한 말이다.
'규전(圭田)'은 본래 '조촐하다'는 뜻으로 제사 짓는 밭[祭畬]을 가리킨다. 따라서 일정한 녹 이외에 덤으로 주는 것을 규전이라 한다.

餘夫는 二十五畝니라.

여부(餘夫)에게는 25묘를 줍니다.

【補】 '여부'란 20세 이상의 남자로서 아직 분가를 하지 않은 사람을 가리킨다. 벼슬하는 사람 외에도 농부에게도 우대 정책이 필요하기 때문에 정전 제도 외에 덤으로 주는 밭을 이렇게 말한 것이다.

死徙에 無出鄕이니 鄕田同井이 出入에 相友하며 守望에 相助하며 疾病에 相扶持하면 則百姓이 親睦하리라.

죽거나 이사할 때에도 마을을 벗어난 적이 없었습니다. 향전에서 정전을 함께 한 사람들끼리 출입할 때에 서로 벗처럼 지내고 지키며 망을 봄에 서로 돕고 질병이 있을 때에도 서로 붙들어 주고 잡아 준다면, 백성이 가깝고 화목하게 될 것입니다.

【補】 정전제도의 효과가 인화단결의 결과를 초래함을 말하고 있다. 즉 경제적 효과에 더불어 풍속도 아름다워질 수 있음을 밝히고 있다.
'동정(同井)'은 8집이다. 공전을 제외한 8부분의 밭 때문에 이렇게 말한다.

方里而井이니 井이 九百畝니 其中이 爲公田이라 八家 皆私百畝하야 同養公田하야 公事를 畢然後에 敢治私事니 所以別野人也니라.

사방 1리가 정(井)이고, 정은 9백묘이니, 그 가운데가 공전이 됩니다. 여덟 집에서 모두 백묘를 사전으로 받아서 함께 공전을 가꿉니다. 공전의 일을 끝마친 다음에 감히 사전의 일을 다스립니다. 이는 농사짓는 사람을 구별한 것입니다.

【補】 맹자는 분명 조법을 지지하면서 공전과 사전을 구분한다. 이 안에는 선공후사(先公後私)의 태도가 있다. 사방 1리로써 아홉 칸을 긋는다. 그 가운데는 벼슬하는 이에게 줄 세금이니 바로 공전이 된다.

此其大略也니 若夫潤澤之則在君與子矣니라."

이것이 그 대략이니 이를 윤택하게 하는 것으로 말하면 임금과 당신에게 달려 있습니다."

【補】 정전제도의 대략만을 언급한 것이지 자세한 것은 말하지 않았다는 말이다. 맹자에 의한 전국시대의 이 정전법은 당시로 보면 매우 획기적인 일이었다. 이는 등나라로 사람들이 몰려든 것으로 증명할 수 있다.

'윤택(潤澤)'이라고 한 것은 시대와 사정에 맞도록 처리할 것을 당부하고 있는 말이다[因時制宜].

등문공 상 제4장

有爲神農之言者許行이 自楚之滕하야 踵門而告文公曰 '遠方之人이 聞君의 行仁政하고 願受一廛而爲氓하노이다.' 文公이 與之處하시니 其徒數十人이 皆衣褐하고 捆屨織席하야 以爲食하더라.

신농씨의 말을 하는 허행이 초나라로부터 등나라에 가서 궁궐 문에 이르러 문공에게 '먼 지방 사람이 임금께서 어진 정치를 행하신다는 말을 듣고, 한 집 받아 백성이 되기를 원합니다.'라고 아뢰자, 문공이 그에게 거처할 곳을 주었다. 그 무리 수십 명이 모두 갈옷을 입고는 신을 두드려 만들고 자리를 짜서 그것으로 생활을 했다.

【補】 '신농씨'는 염제신농씨(炎帝神農氏)를 가리킨다. 처음으로 쟁기 자루와 보습을 만들어서 백성에게 농사를 가르쳤다고 전한다. '허행'은 초나라 사람으로 농가(農家)의 유(類)였다. '신농씨의 말을 하는 사람'이란, 실제 신농씨의 중심 사상이나 혹은 했던 말을 그대로 따른다는 것이 아니라, 그의 사상에 의탁하여 말을 하는 사람을 가리킨다.

'종(踵)' 자는 '이르다'라는 동사로 쓰였고, '먼 지방'이란 초나라를 가리킨다. '전(廛)' 자는 시장에서의 가게를 뜻하는 보통의 집, 즉 '살 거처' 정도로 쓰였다. '도(徒)'는 허행의 추종자를 가리킨다.

'맹(氓)' 자는 대개 야인을 부르는 말이나, 여기서는 백성의 뜻으로 쓰였다. 이는 타국에서 이 나라로 온 백성을 가리킬 때 쓰는 글자로 '민(民)' 자와 쓰임이 다르다.

'의갈(衣褐)'은 신농씨의 이론에 따르는 검소한 삶을 말한다. '신을 두드려 만들고 자리를 짜다'란 말은 스스로 삶을 영위하는 행위를 뜻한다. 말미의 '식(食)' 자는 그것을 팔아 양식을 마련하여 삶을 유지했다는 의미로 쓰였다.

陳良之徒陳相이 與其弟辛으로 負耒耜而自宋之滕하야 曰 '聞君의 行聖人之政하니 是亦聖人也시니 願爲聖人氓하노이다.'

진량의 문도 진상이 그 아우 신(辛)과 함께 쟁기와 보습을 지고 송나라에서 등나라로 가서 '임금께서 성인의 정치를 행하신다는 말을 들었으니, 이 또한 성인입니다. 성인의 백성이 되기를 원합니다.'라고 말했다.

【補】'성인의 정치'란 맹자에 의한 정전법이 실시된 정치를 가리킨다. 앞서 인정(仁政)으로 표현된 것이, 여기서는 성인의 정치[聖人之政]로 쓰였다.

陳相이 見許行而大悅하야 盡棄其學而學焉이러니 陳相이 見孟子하야 道許行之言曰 "滕君則誠賢君也어니와 雖然未聞道也로다 賢者는 與民並耕而食하며 饔飧而治하나니 今也에 滕有倉廩府庫하니 則是厲民而以自養也니 惡(오)得賢이리오?"

진상이 허행을 보고 매우 기뻐하며 그가 배운 것을 다 버리고 허행을 배웠다. 진상이 맹자를 보고서 허행의 말을 다음과 같이 전했다. "등나라 임금은 진실로 현명한 군주입니다. 비록 그렇다고 해도 아직 도는 듣지 못하였습니다. 현명한 사람은 백성과 더불어 밭을 갈고 먹으며 밥을 짓고 정치를 한다고 합니다. 오늘날 등나라에는 창름과 부고가 있습니다. 이는 백성을 괴롭혀서 자기를 봉양하는 것이니 어찌 현명하다고 할 수 있겠습니까?"

【補】 '매우 기뻐하다[大悅]'라고 말한 것은 허행의 학설에 매료되어 빠졌음을 뜻한다. '아직 도는 듣지 못하였다[未聞道也]'라는 말은 허행의 도를 듣지 못했다는 의미 외에 맹자를 겨냥하여 비아냥거리는 표현이다. 또한 '오늘날[今也]'이라고 했으니, '오늘날 맹자에 의한 정전법은…'이라는 의미가 내포되어 있다.
여기서의 '현자(賢者)'란 일반적으로 생각하는 현자가 아니라, 허행이 생각하는 현자이다. '자기를 봉양한다[自養]'는 말은 앞서 나온 창름이나 부고 따위를 말한다. '창름(倉廩)'은 곡물을, '부고(府庫)'는 재물을 보관하는 장소를 말한다. '옹손(饔飧)'은 아침과 저녁을 말하니, '끼니'라는 말이다. '려(厲)' 자는 '괴롭히다'의 뜻으로 쓰였다.

孟子 曰 "許子는 必種粟而後에 食乎아?" 曰 "然하다.", "許子는 必織布而後에 衣乎아?" 曰 "否라 許子는 衣褐이니라.", "許子는 冠乎아?" 曰 "冠이니라." 曰 "奚冠고." 曰 "冠素니라." 曰 "自織之與아?" 曰 "否라 以粟易之니라." 曰 "許子는 奚爲不自織고?" 曰 "害於耕이니라." 曰 "許子는 以釜甑爨하며 以鐵耕乎아?" 曰 "然하다.", "自爲之與아?" 曰 "否라 以粟易之니라."

맹자가 말했다.
"허자는 반드시 곡식을 심은 뒤에 먹습니까?"
진상이 말했다.
"그렇습니다."

"허자는 반드시 삼베를 짠 뒤에 입습니까?"

"아닙니다. 허자는 갈옷을 입습니다."

"허자는 관을 씁니까?"

"관을 씁니다."

"무슨 관을 씁니까?"

"흰 비단으로 만든 관입니다."

"스스로 그것을 짭니까?"

"아닙니다. 곡식을 주고 바꿔옵니다."

"허자는 어찌하여 스스로 짜지 않습니까?"

"농사일에 방해되기 때문입니다."

"허자는 가마솥과 시루로 밥을 지으며 쇠붙이로 밭을 갑니까?"

"그렇습니다."

"자기가 스스로 그것들을 만듭니까?"

"아닙니다. 곡식을 주고 바꿔서 옵니다."

【補】 농사를 짓기 위해 베를 짜거나 쟁기류를 만들거나 하는 등 모든 일을 동시에 할 수 없듯이, 대인과 소인의 일이 따로 있음을 말하고 있다. 즉 마음을 수고롭게 하는 일은 대인[위정자]의 일이며, 몸을 수고롭게 하는 일은 소인[백성]의 일이라는 말을 하고 싶어서 이와 같은 질문을 한 것이며, 진상으로 하여금 '곡식을 주고 바꿔옵니다[以粟易之]'의 답을 얻고자 유도한 것이다. '관(冠)'은 학자를 상징한다.

"以粟易械器者 不爲厲陶冶니 陶冶 亦以其械器易粟者 豈爲厲農夫哉리오 且許子는 何不爲陶冶하야 舍(只)皆取諸其宮中而用之하고 何爲紛紛然與百工交易고 何許子之不憚煩고." 曰 "百工之事는 固不可耕且爲

也니라."

(맹자가 말했다.) "곡식을 가지고 계기를 바꾸는 것은 도야를 해치는 일이 되지 못합니다. 도야 또한 그 계기를 가지고 곡식과 바꾸는 것이 어찌 농부를 해치는 것이겠습니까. 또 허자는 어찌 도야를 만들어 다만 모두 그 집안에서 취하여 쓰지 않고, 어찌하여 분분하게 백공들과 교역을 합니까? 어찌하여 허자는 번거로움을 꺼리지 않는 것입니까?"

진상이 말했다.

"백공의 일은 진실로 밭 갈면서 할 수 없는 것입니다."

> 【補】 허행이 말한 '백성을 괴롭히는 일[厲民]'이 사리에 맞지 않음을 반박한 절이다.
> '계기(械器)'란 가마솥과 시루의 등속이다. '도야(陶冶)'는 시루나 가마솥을 만드는 자이다. 혹자는 '사(舍)' 자의 구두를 앞으로 붙인다고 한다. 즉 '何不爲陶冶舍'로 하여 '도야를 만드는 곳'으로 해석하였으니, 참고로 적어둔다. '분분연(紛紛然)'은 번거롭고 귀찮은 모양이다.

"然則治天下는 獨可耕且爲與아 有大人之事하고 有小人之事하니 且一人之身而百工之所爲 備하니 如必自爲而後에 用之면 是는 率天下而路也니라 故로 曰 或勞心하며 或勞力이니 勞心者는 治人하고 勞力者는 治於人이라하니 治於人者는 食(사)人하고 治人者는 食於人이 天下之通義也니라.

(맹자가 말했다.) "그렇다면 천하를 다스리는 것은 홀로 밭을 갈면

서 할 수 있다는 말입니까? 대인의 일이 있고, 소인의 일이 있습니다. 또 한 사람의 몸에 백공의 일이 갖춰져 있으니 만일 반드시 스스로 만든 뒤에야 쓴다면, 이는 천하 사람을 거느리고서 길로 분주히 왕래하게 하는 것입니다. 그러므로 옛말에 '어떤 사람은 마음을 수고롭게 하며, 어떤 사람은 힘을 수고롭게 하니, 마음을 수고롭게 하는 사람은 남을 다스리고, 힘을 수고롭게 하는 사람은 남에게 다스려진다.'라고 했습니다. 남에게 다스려지는 사람은 남을 먹여주고, 남을 다스리는 사람은 남에게 얻어먹는 것이 천하의 공통된 의리입니다.

【補】 이 절은 천하를 다스리며 또 밭을 가는, 즉 병경(幷耕)의 어려움을 말한다.
'로(路)' 자 한 글자에 '도로에서 분주하게 다니다'의 뜻이 있다. 일설에는 '지치게 만들다[羸]'의 뜻으로 쓰였다고도 하나 의미는 통한다.
'대인의 일'이란 정치를 말하고, '소인의 일'이란 백성이 밭을 갈고 농사짓는 등의 일을 가리킨다. '사인(食人)'에서 '남'은 관료를 가리키니, 그는 곧 마음을 수고롭게 하는 자이다. 따라서 사인이란 관료를 먹여 살리는 것을 말한다.

當堯之時하야 天下 猶未平하야 洪水 橫流하야 氾濫於天下하야 草木暢茂하며 禽獸繁殖이라 五穀不登하며 禽獸偪人하야 獸蹄鳥跡之道 交於中國이어늘 堯獨憂之하사 擧舜而敷治焉이어시늘 舜이 使益掌火하신대 益이 烈山澤以焚之하니 禽獸 逃匿이어늘 禹 疏九河하며 瀹濟漯而注諸海하시며 決汝漢하며 排淮泗而注之江하시니 然後에 中國이 可得而食也하니 當是時也하야 禹 八年於外에 三過其門而不入하시니 雖欲耕이나 得乎아.

요임금 시대에 천하가 아직 평정되지 못해, 홍수가 멋대로 흘러 천하에 범람하며, 초목이 번창하고 무성하며, 짐승이 번식하였습니다. 오곡이 성숙하지 못하며, 짐승이 사람을 핍박하여, 짐승의 발자국과 새 발자국의 길이 중국에 교차하니, 요임금만이 홀로 이를 걱정하여 순임금을 천거하여 정사를 펴게 했습니다. 순임금이 익으로 하여금 불을 맡겼는데, 익이 산택에 불을 놓아 태우자, 짐승이 도망하여 숨었습니다. 우왕이 구하를 트고 제수와 탑수를 터 바다로 가게 했는데, 여수와 한수를 트고 회수와 사수를 터 강으로 가게 했습니다. 그런 뒤에 국민이 곡식을 먹을 수가 있었습니다. 이때 우왕이 8년 동안 밖에 있으면서 3번이나 집의 문 앞을 지나면서도 들어가지 못하셨으니 비록 밭을 갈고자 하나 될 수 있었겠습니까.

【補】 마음을 수고롭게 하는 사람의 일에 대해 설명하고 있다.
'미평(未平)'은 태평성세가 되지 못했다는 의미보다는 처음 자연 상태의 미흡함을 가리킨다. '요임금만이 유독 근심했다'는 말은 앞서 나온 노심(勞心)의 다른 표현이다. '익'은 순임금의 신하이다.
우왕이 8년 동안 밖에 있으면서 집에 들어가지 못한 것은 홍수를 다스리기 위해 그러했던 것이다. '과문불입(過門不入)'의 고사가 재차 나왔다.
오곡은 벼, 기장, 피, 보리, 콩[稻黍稷麥菽]을 가리킨다. '구하'는 도해(徒駭), 태사(太史), 마협(馬頰), 복부(覆釜), 호소(胡蘇), 간(簡), 결(潔), 구반(鉤盤), 격진(鬲津) 등을 말한다. '약(瀹)' 자는 물이 잘 흐르도록 트는 것을 말하고, '제수와 탑수'는 황하의 주요한 두 지류를 가리킨다.

后稷이 教民稼穡하야 樹藝五穀한대 五穀이 熟而民人이 育하니 人之有道也에 飽食煖衣하야 逸居而無教면 則近於禽獸일새 聖人이 有憂之하사 使契(설)爲司徒하야 教以人倫하시니 父子有親하며 君臣有義하

며 夫婦有別하며 長幼有序하며 朋友有信이니라 放勳이 曰 '勞之來之하며 匡之直之하며 輔之翼之하야 使自得之하고 又從而振德之라'하시니 聖人之憂民이 如此하시니 而暇耕乎아.

후직이 백성에게 농사를 가르쳐서 오곡을 심고 가꾸게 했는데, 오곡이 잘 익어 백성이 잘 길러졌습니다. 인간에게는 도리가 있는데 배불리 먹고 따뜻하게 옷을 입어서 편안히 거처하기만 하고 가르침이 없으면 짐승과 가까워집니다. 성인이 이를 근심하시어, 설로 하여금 사도를 삼아 인륜을 가르치게 했습니다. 어버이와 자식 사이에는 친함이 있고, 임금과 신하 사이에는 의리가 있으며, 부부간에는 분별이 있고, 어른과 아이 사이에는 차례가 있으며, 벗 사이에는 믿음이 있습니다. 방훈이 '어루만져 주고 오게 하며 바로잡아주고 펴주며, 도와주고 도와주어 스스로 본성을 얻게 하고, 또 따라서 진작하고 은덕을 베풀어 준다.'라고 말했으니, 성인이 백성을 걱정함이 이와 같은데, 어느 겨를에 밭을 갈 수나 있겠습니까.

【補】 경제를 우선 해결하여 몸을 편안하게 한 뒤에 교육을 통해 마음도 편안하게 해야 함을 말하고 있다. 이른바 '오륜(五倫)'에 대해 언급한 절이다.

'후직(后稷)'은 본래 농사를 관장하는 관명이었다. 주나라의 시조인 '기(棄)'가 요임금 때 이 벼슬을 맡았다고 전한다. '성인'은 순임금을 가리킨다. '설(契)'은 순임금의 신하이다.

요임금을 '방훈(放勳)'이라 별칭한 것은 사방에 공훈이 두루 퍼졌기 때문에 그렇게 불린 것이다. '자득지(自得之)'란 제자리를 찾았다는 말로서, 경제가 해결되었다는 말이다. '종이(從而)'는 '이후(而後)'와 같은 말이다. '광(匡)' 자는 '바로잡다'는 뜻이다.

堯 以不得舜으로 爲己憂하시고 舜이 以不得禹皐陶로 爲己憂하시니 夫以百畝之不易(이)로 爲己憂者는 農夫也니라.

요임금은 순임금을 얻지 못한 것을 자기의 근심으로 삼았고, 순임금은 우왕과 고요를 얻지 못한 것을 자기의 근심으로 삼았으니, 백묘가 다스려지지 못한 것을 자기의 근심으로 삼은 사람은 농부입니다.

【補】 노심자와 노력자의 구분에 대해 말하고 있다.
'자기의 근심으로 삼았다'는 말이 앞 절에 나온 '노심(勞心)'의 다른 표현이다. 노심은 다름 아닌 인재를 얻는[用人] 일을 가리킨다. 마치 요임금이 순임금과 우와 고요를 얻는 등의 일을 말한다. '백묘'는 일가(一家)에 대한 부분이므로, 한 집안 주인의 걱정이지 천하의 걱정이 되지 못함을 말하고 있다.

分人以財를 謂之惠오 敎人以善을 謂之忠오 爲天下得人者를 謂之仁이니 是故로 以天下與人은 易하고 爲天下得人은 難하니라.

남에게 재물을 나누어주는 것을 '혜'라고 말하고, 남에게 선을 가르쳐 주는 것을 '충'이라 말하며, 천하 사람들을 위하여 인재를 얻는 것을 '인'이라 말합니다. 이 때문에 천하를 남에게 주기 쉽고 천하를 위하여 인재를 얻기 어려운 것입니다.

【補】 밭갈이 하는 일은 쉬운 일이며, 천하를 위해 마음을 수고롭게 하여 인재를 얻는 일은 어려운 일임을 말하고 있다. 이 부분은 결론에 해당하는 부분이며 허행의 논리에 대해 반박하고 있는 절이다.

孔子 曰 '大哉라 堯之爲君이여 惟天이 爲大어늘 惟堯則(칙)之하시니 蕩蕩乎民無能名焉이로다 君哉라 舜也여 巍巍乎有天下而不與焉이라'하시니 堯舜之治天下 豈無所用其心哉시리오마는 亦不用於耕耳시니라.

공자께서는 '위대하다, 요의 임금다움이여! 오직 하늘만이 위대한데, 요임금이 이를 법으로 삼았으니, 광대하여 백성이 능히 덕을 형용할 수가 없다. 임금답다, 순임금이여! 넓디넓어 천하를 소유하고도 관여하지 않았다.'라고 하셨으니, 요임금과 순임금이 천하를 다스릴 때에 어떻게 그 마음 쓴 바가 없겠는가마는 또한 밭가는 데에는 쓰지 않으셨습니다.

【補】 공자의 말을 빌려 허행의 허구성을 증명하고 있는 절이다. 그리고 그 귀결처를 역시 노심(勞心)으로 하고 있다. '천하를 소유하고도 관여하지 않았다'는 말은 마음에 흔들리는 바가 없었다는 말이다.

吾聞用夏變夷者요 未聞變於夷者也케라 陳良은 楚産也니 悅周公仲尼之道하야 北學於中國이어늘 北方之學者 未能或之先也하니 彼所謂豪傑之士也라 子之兄弟事之數十年이라가 師死而遂倍之온여.

나는 중국의 도리로써 이적의 도를 변화시켰다는 말은 들었지만, 이적에게 변화를 당했다는 말은 듣지 못하였습니다. 진량은 초나라 태생으로 주공과 중니[공자]의 도를 좋아하여 북쪽으로 중국에 가서 공부하였습니다. 북방의 학자 가운데 행여 그보다 앞선 사람이 없었으니, 저 사람은 이른바 호걸한 선비라는 것입니다. 당신의 형제가 수십 년간 그를 섬기다가 스승이 돌아가시자 마침내 배반하는 것입니다.

【補】 허행의 도가 이적이나 금수의 도에 지나지 않는다고 폄하하고 있는 절이다.
'초나라'라고 쓴 것은 북쪽과 대비되어 남쪽 끝 변방이라는 의미가 담겨 있다. '피(彼)'는 진량을 가리킨다. '북돋다, 곱절'의 뜻을 가진 '배(倍)' 자가 여기서는 '배반(背叛)'의 뜻으로 쓰였다.

昔者에 孔子 沒커시늘 三年之外에 門人이 治任將歸할새 入揖於子貢하고 相嚮而哭하야 皆失聲然後歸어늘 子貢은 反築室於場하야 獨居三年然後에 歸하니라 他日에 子夏子張子游 以有若似聖人이라하야 欲以所事孔子로 事之하야 彊曾子한대 曾子 曰 '不可하니 江漢以濯之며 秋陽以暴(폭)之라 皜皜乎不可尙已라'하시니라.

옛날에 공자께서 돌아가시자 3년이 지난 후 문인들이 맡은 일을 각자 다스리고 장차 돌아가려 했습니다. 들어가 자공에게 읍하고 서로 향하여 통곡하여 모두 목이 쉰 뒤에 돌아갔는데, 자공은 다시 돌아와 묘소 곁에 상막을 짓고서 홀로 3년을 거처한 뒤에 돌아갔습니다. 훗날 자하와 자장과 자유 등 세 사람이, 유약이 공자와 모습이 비슷하다고 여겨 공자를 섬겼던 예로써 그를 섬기고자 증자에게 강권하였습니다. 증자께서는 '안 된다. 공자님의 말씀은 강한으로 씻는 것처럼 깨끗하며, 가을볕으로 쪼이는 것처럼 맑다. 깨끗하고 맑음이 이보다 더할 수는 없다.'라고 말씀하셨습니다.

【補】 자공의 6년 거상이라는 일과 증자의 스승에 대한 독실한 믿음을 통해 스승의 배반은 있을 수 없는 일이라고 말하고 있는 절이다.

'들어가 자공에게 읍하고'라는 말은 상례를 맡은 사람에게 절을 하기 때문에 공자의 삼년상을 주관했던 인물이 자공이라는 뜻이다. '홀로 3년을 거처한 뒤에'를 보면, 그가 손님을 받느라 스승의 삼년상을 제대로 하지 못했기 때문에 홀로 삼년상을 다시 한 것이다.

'상향(相嚮)'은 서로 마주하여 서서 바라본다는 뜻이다. '강(彊)' 자는 '강요하다[强]'의 뜻이다. '상(尙)' 자는 앞서 나온 것처럼 '더하다[加]'의 뜻으로 쓰였다. 주희는 "3년은 옛날에 스승을 위하여 심상(心喪) 3년을 입었으니 아버지를 잃은 것과 똑같이 하되 복(服)이 없었다."라고 하였으니 참고할 만하다.

'강한(江漢)'은 물이 많기 때문에 씻는 것을 깨끗이 함을 말하고, 가을 햇볕[秋陽]은 건조하고 따가워 햇볕을 쬐어 말리는 것을 말한다.

今也에 南蠻鴃舌之人이 非先王之道어늘 子 倍子之師而學之하니 亦異於曾子矣로다.

오늘날 남쪽 오랑캐의 왜가리소리를 하는 사람이 선왕의 도가 아닌데도, 당신은 당신의 스승을 배반하고 이를 배우니 또한 증자와 다릅니다.

【補】 '왜가리소리'는 좋지 않은 소리다. 남쪽 오랑캐의 소리가 이와 유사하였으니 허행을 빗댄 것이다.

吾聞出於幽谷하야 遷于喬木者요 未聞下喬木而入於幽谷者케라.

나는 '그윽한 골짜기에서 나와 드넓은 나무로 옮겨 간다.'[5]는 말은

5) 그윽한…… 간다 : 「소아(小雅)ㆍ벌목(伐木)」에 보인다.

들었지만, 높은 나무에서 내려와 그윽한 골짜기로 들어간다는 말은 듣지 못하였습니다.

【補】 허행을 유곡(幽谷)에 비교하고, 공자의 학문을 배웠던 진량을 교목(喬木)에 비교한 말이다.

魯頌에 曰 '戎狄是膺하니 荊舒是懲이라'하니 周公이 方且膺之어시늘 子是之學하니 亦爲不善變矣로다."

「노송」에 '융과 적을 이에 치니, 형과 서의 나라가 이에 징계되었다.'[6]라는 기록이 있습니다. 주공도 바야흐로 이들을 응징하셨거늘, 당신은 이것을 배우니 또한 잘 변화하지 못하는 것입니다."

【補】「비궁(閟宮)」은 희공(僖公)이 주공의 집을 복구한 것에 대해 칭송한 시이다. 따라서 맹자가 주공이라 한 것은 단장취의(斷章取義)를 한 것으로 보인다. '잘 변화하지 못하다'는 말은 앞 절의 '높은 나무에서 내려와 그윽한 골짜기로 들어간다'는 다른 표현이다. '융과 적'은 허행을 비유한 말이다. '형(荊)'은 초나라의 본래 명칭이고, '서(舒)'는 국명(國名)으로 초나라 인접 나라이다.

"從許子之道則市賈(價) 不貳하야 國中이 無僞하야 雖使五尺之童適市라도 莫之或欺니 布帛長短이 同則賈相若하며 麻縷絲絮輕重이 同則賈相若하며 五穀多寡 同則賈相若하며 屨大小 同則賈相若이니라."

(진상이 말했다.) "허행의 도를 따르면 시장의 물건 값이 두 가지가 아니어서 온 나라 안이 거짓이 없게 되어 비록 5척 동자로 하여

6) 융과…… 징계되었다 : 「노송(魯頌)、비궁(閟宮)」에 보인다.

금 시장에 가서 물건을 사오게 하더라도 혹시라도 그를 속이는 사람은 없을 것입니다. 무명베와 비단의 장단이 같으면 값도 서로 같고, 삼과 실과 생사와 솜의 경중의 무게가 같으면 값이 서로 같습니다. 오곡의 부피가 같으면 값도 서로 같고, 신발의 대소만 같으면 값도 서로 같을 것입니다."

【補】 허행은 시중에서 파는 물건 값을 모두 정하고 물건의 질은 따지지 않고서, 다만 장단과 경중과 다과와 대소로 값을 따졌다. 즉 자신은 이적이 아닌 허행의 도를 잘 배웠다고 말하고 있다. 신농씨가 저자를 만들었기 때문에 이러한 말을 한 것이다[市價說].
'시장의 물건 값이 두 가지가 아니어서'라는 말을 이용해, 진상이 변명하고 있다. '5척 동자'는 대개 12, 13세 정도의 아이를 지칭하는데, 여기서는 어려서 무지한 아이를 뜻하는 말로 쓰였다.

曰 "夫物之不齊는 物之情也니 或相倍蓰하며 或相什伯(百)하며 或相千萬이어늘 子 比而同之하니 是는 亂天下也로다 巨屨小屨 同賈면 人豈爲之哉리오 從許子之道면 相率而爲僞者也니 惡能治國家리오."

맹자가 말했다.
"무릇 물건이 똑같지 않은 것은 물건의 실정입니다. 값의 차이는 혹 서로 2배가 되고 5배가 되며 혹 서로 십배가 되고 백배가 되며 혹 서로 천만 배가 됩니다. 당신은 나란히 하여 그것들을 똑같이 하려 하니, 이는 천하를 어지럽히는 행위입니다. 큰 신발과 작은 신발이 값이 같다면, 사람들이 무엇 때문에 큰 신발을 만들겠습니까. 허자의 도를 따르면 서로 이끌고서 거짓된 물건을 만들 것입니다. 어떻게 국가를 다스릴 수 있겠습니까."

【補】 모든 물건은 크기와 부피와 무게가 같다고 해서 값이 똑같을 수는 없는 것이다. 즉 질적 차이가 존재하고 있음을 말하고 있다. 허행의 이론대로라면 나라에는 거짓이 없다고 했는데, 실상은 거짓을 확대하고 조장하고 있으니 이를 논박하고 있는 절이다.
'백(伯)' 자는 '백(百)' 자의 뜻으로 쓰였다. 원문 '惡能治國家' 앞에는 '시정 하나도 다스릴 수 없는데'라는 말이 생략되어 있다.

등문공 상 제5장

墨者夷之 因徐辟而求見孟子한대 孟子 曰 "吾 固願見이라니 今吾尙病이라 病愈어든 我且往見호리니 夷子는 不來니라."

묵자 이지가 서벽(맹자 제자)을 통하여 맹자 뵙기를 요구하자, 맹자가 말했다.

"내가 진실로 만나보기를 원하나 오늘은 내 여전히 아프니 병이 나으면 내 장차 가서 볼 것이다. 이자[夷之]는 오지 말도록 하라."

【補】 이 절은 이지의 진정성이 어느 정도인지 맹자가 살펴보려는 의도가 있다.
'묵자(墨者)'에서 '자(者)' 자에는 '묵적을 추종한 자'라는 의미가 담겨 있다. '이지'는 묵적의 도를 배운 자로서, 이(夷)는 성이고, 지(之)가 이름이다. '맹자 뵙기를 요구하다[求見]' 두 글자에는 '묵자의 사상이 잘못되었음을 깨달았다'는 뜻이 있다.

他日에 又求見孟子한대 孟子 曰 "吾 今則可以見矣어니와 不直則道不見(현)하니 我且直之호리라 吾聞夷子는 墨者라호니 墨之治喪也는 以薄爲其道也라 夷子 思以易天下하니 豈以爲非是而不貴也리오 然而

子 葬其親厚하니 則是以所賤事親也로다.

훗날 또 맹자를 뵙기를 요구하자, 맹자가 말했다.

"내 지금은 만나 볼 수 있다. 정직하지 않다면 도를 볼 수 없으니 내 또한 정직하게 말하겠다. 나는 들으니, 이자는 묵자라 하니, 묵자의 상을 다스림은 소박하게 지내는 것을 그 도로 삼는다. 이자는 이러한 도로써 온 천하를 바꾸려고 생각한다. 어찌 그 도가 옳지 않다고 여겨서 귀하게 여기지 않겠는가. 그러나 이자는 그 어버이의 장례를 성대하게 치렀으니, 이는 천한 일로써 어버이를 섬긴 것이다."

【補】 여기에서 '우(又)' 자를 살펴보면, 이지의 진정성이 어느 정도 있음을 확인할 수 있다. 즉 맹자를 또 뵙기를 간절히 원했다는 뜻으로 쓰였다.

묵자는 상을 치를 때에 박장(薄葬)으로 하는 것을 신념[道]으로 여겼기에 이것이 잘못되었음을 밝히고 있다.

徐子 以告夷子한대 夷子 曰 "儒者之道에 古之人이 若保赤子라하니 此言은 何謂也오 之則以爲愛無差等이오 施由親始라."하노라 徐子 以告孟子한대 孟子 曰 "夫夷子는 信以爲人之親其兄之子가 爲若親其隣之赤子乎아? 彼有取爾也니 赤子匍匐將入井이 非赤子之罪也라 且天之生物也 使之一本이어늘 而夷子는 二本故也로다.

서자(맹자 제자)가 이 말을 이자에게 전하니, 이자가 말했다.

"유자의 말에 '옛사람이 갓난아이를 보호하듯이 한다.'[7]라고 했으니, 이 말은 무슨 말입니까? 나는 사랑에는 차등이 없고, 베푸는 것

7) 옛사람이…… 한다 : 『서경』, 「주서(周書)」 강고(康誥)」에 보인다.

은 어버이로부터 시작한다고 생각합니다."

서자가 이 말을 맹자에게 아뢰자, 맹자가 말했다.

"이자는 진실로 사람들이 자기 형의 아들을 가까이 하는 것이, 그 이웃집의 갓난아이를 가까이 하는 것과 같다고 여기는가? 저 『서경』에서 취한 것은, 갓난아이가 엉금엉금 기어서 장차 우물로 빠져들어 가는 것이 갓난아이의 죄가 아니라는 것이다. 또 하늘이 만물을 탄생시킨 것은 그로 하여금 근본을 하나로 하였는데, 이자는 근본이 둘로 여긴다.

【補】 세 가지 사례를 통해 이자의 말에 대해 반박하고 있는 절이다.
'서자'는 맹자 제자인 서벽을 가리킨다. 이지는 '갓난아이처럼 보호한다[若保赤子]'라는 유가의 사상을 묵가의 '사랑에 차등이 없게 하는[愛無差等]' 것으로 끌어들이고 있다.
이에 대해 맹자가 다음과 같이 반박하고 있다. 첫째, 조카사랑과 이웃집 갓난아이의 사랑이 같은가? 둘째, 갓난아이처럼 보호한다는 말은 장차 죽음으로 가는 백성의 죄가 위정자에게 있다는 말이다. 셋째, 근본을 하나로 두었다는 것은 부모는 하나다는 말이다. 만약 차등이 없다면 부모는 둘이 된다.

蓋上世에 嘗有不葬其親者러니 其親이 死커늘 則擧而委之於壑하고 他日過之할새 狐狸 食之하며 蠅蚋 姑嘬之어늘 其顙有泚하야 睨而不視하니 夫泚也는 非爲人泚라 中心이 達於面目이니 蓋歸하야 反虆梩而掩之하니 掩之 誠是也면 則孝子仁人之掩其親이 亦必有道矣리라."

아마도 상고시대에는 일찍이 그 부모님을 묻지 않은 사람이 있었을 것이다. 그의 어버이가 돌아가시자 시체를 들어다 골짜기에 버렸다. 훗날 그곳을 지날 때에 여우와 살쾡이가 부모님의 시체를 파먹으며 파리와 등에가 빨아먹었다. 그는 이마에 식은땀이 흘러 곁눈질로 보고 차마 바로 보지 못하였다. 식은땀이 난 것은 남들 때문에 흘린 것이 아니라 마음이 얼굴에 드러난 것이다. 집으로 돌아와서 삼태기와 들것에 흙을 담아 다시 가서 쏟아 시신을 가렸다. 시신을 가린 것이 진실로 옳다면, 효자와 어진 사람이 그 부모님을 덮는 데는 또한 반드시 도가 있는 것이다."

【補】 앞 절이 '사랑에 차등이 없게 한다[愛無差等]'는 것에 대한 반박이었다면, 이 절은 '박장(薄葬)'에 대한 반박이다. 즉 장례를 소박하게 치르는 것은 옳은 일이 아니다. 「공손추 하」 제7장에 '군자는 천하를 위하여 그 어버이에게 검소하게 하지 않는다'라는 말로써 맹자는 자신의 후장(厚葬)을 언급한바, 인간의 장례가 소중함을 말하고 있다.
'아마 상고시대에는[蓋上世]'이라고 쓴 것은 확정할 수 없기 때문에 의문사로 쓴 것이다. '장례치를 장(葬)' 자에는 '감추다[藏]'의 뜻이 있다. '위(委)' 자는 '맡기다'의 뜻이 위주지만, 여기서는 반대로 '버리다'의 뜻으로 쓰였다. '유리(虆梩)'는 흙을 담아 나르는 기구로, 오늘날 소쿠리 따위를 가리킨다.

徐子 以告夷子한대 夷子 憮然爲間曰 "命之矣샷다."

서자가 이 말을 이자에게 고하니, 이자가 망연자실하며 잠시 후 말했다.
"나를 가르쳐 주셨다."

【補】 '위간(爲間)'이라는 말은 '잠시'라는 말로 「진심 하」 제21장에 '爲間不用'의 쓰임과 같다. '명(命)' 자는 '가르침'을 말하고, '지(之)' 자는 '맹자의 좋은 말씀'을 가리킨다.

제6부

등문공 장구 하(凡十章)

등문공 하 제1장

陳代曰 "不見諸侯 宜若小然하이다 今一見之하시면 大則以王이오 小則以霸니 且志에 曰 '枉尺而直尋이라'하니 宜若可爲也로소이다."

진대(맹자 제자)가 말했다.

"제후를 만나보지 않는 것은 작은 일인 듯합니다. 오늘날 한 번 만나보시면 크게는 왕도를 이루고 작게는 패도를 이룰 것입니다. 또 옛 기록에 '한 자를 굽혀 한 길을 편다.'라는 기록이 있으니 할 만한 일 같습니다."

【補】 진대는 스승에게 작은 희생을 통해 큰 것을 얻음은 어떠냐며 왕을 한 번 찾아뵙기를 요구하고 있다.

'제후를 만나지 않는다[不見諸侯]'라는 말은 '몸을 지키다[守己]'라는 의미이다. 진대는 스승에게 확정지어 얘기하지 않고 '~한 듯[若~然]'이라는 용법을 썼으니, 이것이 바로 스승에 대한 제자의 예이다. '의(宜)' 자는 '거의', '아마도'의 뜻으로 쓰였다.

'오늘날 한 번 만나보시면[今一見之]'이라는 말은 '한 번만 몸을 굽히다'는 의미가 있다. '지(之)'는 제후를 가리킨다. 여덟 자를 '심(尋)'이라고 한다. '한 자를 굽혀 한 길을 편다[枉尺直尋]'는 말은, 자기 몸을 굽혀 한 번 제후를 만나보면 왕자와 패자를 이룰 수 있으니, 굽힌 것은 작고, 편 것은 큰 것과 같은 것이다. 다시 말해, 큰 것을 위해 작은 것을 희생한다는 의미가 있다.

孟子 曰 "昔에 齊景公이 田할새 招虞人以旌한대 不至어늘 將殺之러니 '志士는 不忘在溝壑이오 勇士는 不忘喪其元이라'하시니 孔子는 奚取焉고 取非其招不往也시니 如不待其招而往엔 何哉오.

맹자가 말했다.

"옛날에 제경공이 사냥할 때에 사냥꾼을 정으로 부르자 오지 않으니 장차 그를 죽이려 했었다. '뜻있는 선비는 시신이 도랑에 버려질 것을 잊지 않고, 용맹스러운 병사는 자기 머리를 잃을 것을 잊지 않는다.'라고 공자께서 찬탄했으니, 공자께서는 무엇을 여기에서 취했는가. 신분에 맞는 부름이 아니면 가지 않은 것을 취하신 것이다. 만일 부름을 기다리지 않고 간다면 어떠하겠는가.

【補】 사냥꾼과 제후의 비유를 통해 부름을 기다리지 않고 제후를 스스로 찾아가서 만나볼 수 없음을 말한 절이다.

'옛날'은 춘추시대를 말한다. '전(田)' 자는 '사냥하다'는 뜻이다. 대부는 정(旌)으로 부르며, 사냥꾼은 피변(皮弁)으로 불러야 마땅하다. 따라서 사냥꾼을 정으로 불렀다는 말은 과도한 예를 썼다는 말이다. '정'은 나무 끝에다 새의 깃을 단 깃발이다. 피변은 피관(皮冠)과 같은 말이다.

'우인(虞人)'은 원유(園囿)를 지키는 관리, 즉 동산지기를 가리키는 말이라고도 하고, 능숙한 사냥꾼을 가리키기도 한다. 본서는 후자로 해석하였다.

'뜻있는 선비'는 그 지조를 지키다가 가난하여 굶어 죽어 도랑에 버려질 것을 생각하지 않으며, 용감한 병사는 용맹스럽게 싸우다가 전쟁터에 죽는 것도 관여치 않는다. '원(元)' 자는 '머리'를 뜻하니, 여기서는 목숨이라는 말과 같다.

且夫枉尺而直尋者는 以利言也니 如以利則枉尋直尺而利라도 亦可爲與아.

또 한 자를 굽혀서 한 길을 편다는 것은 이로움으로 말한 것이다. 만일 이로움으로 한다면 한 길을 굽혀서 한 자를 펴 이로움이 있을지라도 또한 하겠는가.

【補】 작은 것을 굽혀 큰 것을 펴는 것은 이로움을 위해서이니, 반대인 경우라 할지라도 이로움을 위해서는 결코 하지 않을 것이라는 뜻이다.

昔者에 趙簡子 使王良으로 與嬖奚乘한대 終日而不獲一禽하고 嬖奚反命曰 '天下之賤工也러이다.' 或以告王良한대 良曰 '請復之하리라' 彊(強)而後可라하야늘 一朝而獲十禽하고 嬖奚 反命曰 '天下之良工也러이다.' 簡子 曰 '我使掌與女乘호리라'하고 謂王良한대 良이 不可曰 '吾 爲之範我馳驅호니 終日不獲一하고 爲之詭遇호니 一朝而獲十하니 詩云「不失其馳어늘 舍矢如破라」하니 我는 不貫與小人乘호니 請辭라하니라'

옛날에 조간자가 왕량으로 하여금 총애하는 신하 해와 함께 수레를 타고 사냥하게 하였다. 하루 종일 한 마리의 짐승도 잡지 못하자, 같이 갔던 신하 해가 조간자에게 '천하에 천한 말몰이꾼이었습니다.' 라고 아뢰었다. 혹자가 이 말을 왕량에게 전하니, 왕량이 '부디 다시 한 번 했으면 좋겠습니다.'라고 강요한 뒤에야 승낙하였다. 하루아침에 10마리의 짐승을 잡자, 신하 해가 '천하에 훌륭한 말몰이꾼이었습니다.'라고 아뢰었다. 간자는 '내 그로 하여금 너와 함께 수레를 타게 하도록 하겠다.'라고 왕량에게 말했다.

왕량이 허락하지 않으면서 '내 그를 위해서 말 모는 것을 법대로 하였더니 종일토록 한 마리의 짐승도 잡지 못하였습니다. 다음에는 그를 위하여 속임수로 말을 몰았더니 하루아침에 10마리의 짐승을 잡았습니다. 『시경』에 「말몰이꾼이 말 모는 법을 잃지 않거늘, 활을 쏘는 사람이 화살을 놓았다 하면 타파하는 것과 같이 명중한다.」[1) 하였습니다. 나는 저런 소인과 함께 수레 타는 것을 익히지 못하였으니 외람되이 사양하겠습니다.'라고 말했다.

【補】 이로움을 위해서라면 왕량 같은 마부도 하지 않았다는 말이다.
'조간자'는 진(晉)나라 대부인 조앙(趙鞅)을 가리킨다. 간은 시호이다. '왕량'은 말몰이에 능한 자이다. 신하 해는 자신의 활쏘기 실력보다 말몰이꾼에게 핑계를 대고 있다.
'말몰이꾼이 말 모는 법을 잃지 않거늘'이라는 말은, 말몰이꾼이 법대로 하는 것이고, '화살을 놓았다 하면 타파하는 것과 같이 명중한다'는 말은, 활쏘는 사람이 법대로 하는 것을 말한다.
왕량이 『시경』의 구절로 말을 한 것은, 자신은 법대로 말을 몰아도, 신하 해는 법대로 활을 못 쏘는 사람이라는 비판이 담겨 있다.
'관(貫)' 자는 '익히다[習]'의 뜻으로 쓰였다.

御者 且羞與射者比하야 比而得禽獸 雖若丘陵이라도 弗爲也하니 如枉道而從彼엔 何也오 且子 過矣로다 枉己者 未有能直人者也니라."

말몰이꾼 또한 활을 쏘는 자와 더불어 아부하는 것을 부끄러워해서 아부하여 짐승을 잡되 비록 산덩이처럼 많이 잡을 수 있더라도 하지 않았는데, 만일 선비가 도를 굽혀 저러한 행위를 따른다면 어

1) 말몰이꾼이…… 명중한다 : 「소아(小雅)、거공(車攻)」에 보인다.

떻겠는가. 또한 그대의 말은 지나치다. 자기 몸을 굽힌 사람이 능히 남을 곧게 펴는 경우는 있지 않다."

【補】 처음 '왕척직심(枉尺直尋)'을 말했던 제자에게 이는 불가한 일임을 말하고 있다.
'비(比)' 자가 여기서는 '아부하다[阿黨]'는 뜻으로 쓰였다. 비 자에는 '견주다[肩]', '위하다[爲]', '이르다[及]', '함께하다[與]' 등 다양한 뜻이 있다.
'산덩이처럼 많이 잡는다'는 말은 이로움을 비유로 든 것이다. '피(彼)'는 제후를 가리킨다. '위정자(爲政者)'에서 '정(政)' 자에는 '바로잡다'의 뜻이 있다. 따라서 정치는 남들의 부정함을 바로잡아야 한다는 것이 맹자의 생각이다. 역으로 이 말은, 위정자는 자신이 부정하면 안 됨을 강조하고 있는 것이다.

등문공 하 제2장

景春曰 "公孫衍張儀는 豈不誠大丈夫哉리오 一怒而諸侯 懼하고 安居而天下 熄하니이다."

경춘이 말했다.
"공손연과 장의가 어찌 진실로 대장부가 아니겠습니까. 한번 화를 내면, 제후들이 두려워하고 편안히 거처함에, 천하가 조용합니다."

【補】 전국시대 유세가들의 기염(氣焰)이 얼마나 대단했는지 공손연과 장의를 통해 말하고 있다. 즉 그들이 한 번 비위가 맞지 않으면 전쟁을 일으킬만한 힘을 지녔다는 말이다.
'경춘'은 전국시대의 유세가이다. '공손연과 장의' 또한 전국시대 유세가로서, 이들이 화를 내면 제후를 설득하여 서로 공격하고 정벌하게 했다.

孟子 曰 "是焉得爲大丈夫乎리오 子 未學禮乎아 丈夫之冠也에 父 命之하고 女子之嫁也에 母 命之하니 往에 送之門할새 戒之曰 '往之女(汝)家하야 必敬必戒하야 無違夫子라'하니 以順爲正者는 妾婦之道也니라.

맹자가 말했다.

"이 어찌 대장부라 할 수 있겠는가. 자네는 예를 배우지 않았는가. 장부가 관례를 치를 때에 아버지가 훈계하고, 여자가 시집갈 때에 어머니가 훈계한다. 시집을 갈 때에 문에서 전송하며 '시댁에 가서 반드시 공경하고 반드시 경계하여 남편의 뜻을 어기지 말라.'고 훈계한다. 순종을 바른 도로 삼는 것은 첩부의 도이다.

【補】 권력과 기염은 결코 대장부의 일과 무관함을 이 절에서 밝히고 있다. 다시 말해 '첩부의 순종하는 도리'는 공손연과 장의가 아첨하고 구차히 용납하여 권세를 취하는 행위와 같다는 말이다.

居天下之廣居하며 立天下之正位하며 行天下之大道하야 得志하얀 與民由之하고 不得志하얀 獨行其道하야 富貴 不能淫하며 貧賤이 不能移하며 威武 不能屈이 此之謂大丈夫니라."

천하의 드넓은 집에 거처하며 천하의 바른 자리에 서며 천하의 대도를 행한다. 뜻을 얻으면 백성과 함께 도를 행하고, 뜻을 얻지 못하면 홀로 그 도를 행한다. 부귀가 방탕하게 하지 못하고, 빈천이 옮겨놓지 못하며, 위무가 굽히게 할 수 없는 것, 이를 대장부라고 말한다."

【補】 앞 절이 첩부의 도에 대해 말하였다면, 이 절에서는 대장부의 도리에 대해 언급하고 있다.
'거(居)'는 '택(宅)'과 같은 말이다. '천하의 드넓은 집[廣居]'이란 인(仁)을 말하고, '천하의 바른 자리'는 예(禮)를 말하며, '천하의 대도'는 의(義)를 말한다.
'뜻을 얻으면'과 '뜻을 얻지 못하면'은 바로 출처의 도리를 말한다. 대장부란 인의예지를 닦아 출처의 도를 행하고, 부귀빈천 어디에 있든 변함없는 강한 자를 가리킨다.
'음(淫)' 자는 마음을 어지럽게 만드는 것을, '이(移)' 자는 그 행동을 바꾸도록 만드는 것을 각각 뜻한다.

등문공 하 제3장

周霄 問曰 "古之君子 仕乎잇가?" 孟子 曰 "仕니라 傳에 曰 '孔子三月無君則皇皇如也하사 出疆에 必載質(지)라'하고 公明儀 曰 '古之人이 三月無君則弔라'하니라."

주소(위나라 사람)가 물었다.
"옛날 군자도 벼슬합니까?"
맹자가 대답했다.
"벼슬을 했습니다. 기록에 '공자께서는 3개월 동안 임금을 섬기지 못하면 얻지 못한 듯하여 국경을 나갈 때에 반드시 폐백을 싣고 갔다.'고 하였고, 공명의(노나라 현인)는 '옛사람은 3개월 동안 임금이 없으면 위문했다.'라고 했습니다."

【補】 주소의 질문에는 맹자 같은 군자가 왜 벼슬을 하지 않는가를 묻고 있는 것이다. 이는 제후를 찾아가 몸을 굽혀 보는 것이 어떠냐는 의도가 담겨 있다.
'3개월[三月]'은 한 계절로 적은 시간이 아니다. '무군(無君)'이란 '섬길 임금이 없다'는 말이다. '강(疆)' 자는 '국경'의 뜻으로 쓰였다. '지(質)' 자는 '지(贄)' 자와 같다.
『주례』·「춘관·대종백」에 의하면, 제후는 피백(皮帛), 경(卿)은 염소[羔], 대부는 기러기[鴈], 사(士)는 꿩[雉], 서인은 따오기[鶩], 공상은 닭[鷄]을 폐백으로 바친다고 한다. 일반적으로 폐백이라 하면 소개장 정도의 의미로 쓰인다.

"三月無君則弔 不以急乎잇가?"

(주소가 말했다.) "3개월 동안 임금이 없으면 위문하는 것이 너무 급하지 않습니까?"

【補】 주소의 말은 제후를 만나 보지 않으면서 벼슬을 어렵게 여기고 있는 것을 물은 것인데 '3개월 동안 임금이 없으면[三月無君]'으로 질문이 전환된다.
이는 맹자의 답 가운데 '3개월 동안 임금이 없으면'을 여기에서 묻고 뒤의 절에서 '국경을 나갈 때에 반드시 폐백을 싣고 갔다'로써 공격하는 방식을 취하고 있다. '이(以)' 자는 너무 '이(已)' 자와 통용되어 쓰였다.

曰 "士之失位也 猶諸侯之失國家也니 禮曰 '諸侯 耕助하야 以供粢盛하고 夫人이 蠶繅하야 以爲衣服이라'하니 犧牲不成하며 粢盛이 不潔하며 衣服이 不備하면 不敢以祭하고 惟士 無田則亦不祭하나니 牲

殺器皿衣服이 不備하야 不敢以祭則不敢以宴이니 亦不足弔乎아."

맹자가 말했다.

"선비가 지위를 잃는 것은, 마치 제후가 나라를 잃은 것과 같습니다. 『예기』에 '제후가 밭을 갈면 도와서 자성을 바치고, 부인은 누에를 치고 실을 켜서 의복을 만든다.'라는 기록이 있습니다. 희생이 이루어지지 못하고, 자성이 깨끗하지 못하며, 의복이 갖춰지지 못하면 감히 제사를 지내지 못하고, 오직 선비가 제전이 없으면 또한 제사를 지내지 못합니다. 희생과 제기와 의복이 갖춰지지 못하여 감히 제사를 지내지 못하면, 감히 잔치를 하지 못하니 또한 위문할 만하지 않겠습니까?"

【補】『예기』의 내용은 나라를 잃은 제후에 대한 것이다. 따라서 원문 '諸侯 耕助'란 나라를 잃은 제후에 대해, 다른 나라 제후들이 밭갈이를 도와준다는 말이다.

'의복(衣服)'은 제사옷을 가리킨다. '제전을 잃다[無田]'는 말은 지위를 잃은 것[失位]이니, 녹이 없기 때문에 이렇게 말한 것이다. '경조(耕助)'에서 '조(助)' 자는 '적(籍)' 자의 뜻이다. 고대 천자는 기내(畿內)의 천묘의 전지를 '적전(籍田)'으로 삼았고, 제후는 백묘를 적전으로 소유했다. 몸소 가서 농사를 지었다고는 하지만, 실제 일은 백성이 하므로 그 토지를 '자(藉)'와 통하는 '적(籍)' 자를 이용해 '적전'이라 했다는 설이 있다.

많은 번역서에는 『예기』의 내용을 '諸侯耕助'부터 '惟士 無田則亦不祭'까지 또는 '不敢以祭'로 보고 있으나, 『예기』를 확인해 본 결과 '以爲衣服'까지로 확인되며, 언해본 역시 현토를 '以爲衣服이라 하니'로 되어 있어 이를 따랐다.

"出疆에 必載質(지)는 何也잇고?"

(주소가 말했다.) "국경을 나갈 때에 반드시 폐백을 싣고 가는 것은 무슨 이유입니까?"

【補】 '폐백'이란 소위 소개장과 같은 말이다. 앞서 맹자가 말했던 '국경을 나갈 때에 반드시 폐백을 싣고 갔다'에 대한 질문이다.

曰 "士之仕也 猶農夫之耕也니 農夫 豈爲出疆하야 舍其耒耜哉리오." 曰 "晉國이 亦仕國也로대 未嘗聞仕 如此其急호니 仕 如此其急也인댄 君子之難仕는 何也잇고?" 曰 "丈夫 生而願爲之有室하며 女子 生而願爲之有家는 父母之心이라 人皆有之언마는 不待父母之命과 媒妁之言하고 鑽穴隙相窺하며 踰牆相從하면 則父母國人이 皆賤之하니 古之人이 未嘗不欲仕也언마는 又惡(오)不由其道하니 不由其道而往者는 與鑽穴隙之類也니라."

맹자가 말했다.

"선비가 벼슬하는 것은 농사꾼이 밭을 가는 것과 같습니다. 농사꾼이 어찌 국경을 나가면서 쟁기와 보습을 놓고 가겠습니까."

주소가 말했다.

"진(晉)나라 또한 벼슬할 만한 나라이지만 벼슬하기를 이와 같이 서둘러 하였다는 말은 들어보지 못했습니다. 벼슬하기를 이와 같이 서둘러 한다면, 군자가 벼슬하기를 어렵게 여기는 것은 무엇 때문입니까?"

맹자가 말했다.

"남자가 태어나면 자식을 위하여 그가 좋은 아내를 맞이하기를 원하며, 여자가 태어나면 그 딸을 위하여 남편이 있기를 원하는 것은 부모의 마음이라 사람들마다 다 갖고 있습니다. 그러나 부모님의 말씀과 중매쟁이의 말을 기다리지 않고, 구멍을 뚫고 서로 엿보며 담을 넘어 서로 따라다니면, 부모와 국민이 모두 그를 천하게 여깁니다. 옛사람들이 일찍이 벼슬을 하고자 하지 않은 것은 아니었으나 또한 도를 따르지 않는 것을 미워하였으니, 도를 따르지 않고 찾아가는 것은 구멍을 뚫고 만나는 것과 같습니다."

【補】 정도를 어겨가면서까지 벼슬할 수는 없다는 말이다.
'벼슬하기를 어렵게 여기다[難仕]'라는 말은 '제후를 찾아가지 않느냐?'와 같은 말이다. '옛사람'이란 옛 군자를 가리킨다.
좋은 며느리와 좋은 사위를 얻고자 하는 것은 모든 사람의 마음이지만 이를 위해 부적절한 방법, 즉 구멍을 뚫어 서로 엿보며 남몰래 담을 넘는 행위를 해서는 안 됨을 말하고 있다. 군자가 도를 행하고자 하는 것은 목적이며 이상이지만 잘못된 과정은 있을 수 없는 것이다. '그 예'라고 하는 것은 바로 그 과정을 말한다.
'실(室)' 자와 '가(家)' 자를 쓴 것은, 대개 남자가 여자를 맞이하는 것을 '실(室)'이라 하고, 여자가 남자를 맞아 시집[嫄家]을 가기 때문에 '가(家)'라고 한다. '유(類)' 자를 쓴 것은 대개 이와 '동류(同類)이다.'라는 말로 같다는 뜻이다.

등문공 하 제4장

彭更(경)이 問曰 "後車數十乘과 從者數百人으로 以傳食於諸侯 不以泰乎잇가?" 孟子 曰 "非其道則一簞食(사)라도 不可受於人이어니와 如其道則舜受堯之天下하사되 不以爲泰하시니 子 以爲泰乎아."

팽경(맹자 제자)이 물었다.

"뒤에 따르는 수레가 수십 대이며, 뒤에 따르는 자가 수백 명으로 제후에게 밥을 얻어먹는 것이 너무 지나치지 않습니까?"

맹자가 말했다.

"그 도가 아니라면 한 그릇의 밥이라도 남에게 받아서는 안 되지만, 만일 그 도라면 순임금은 요임금의 천하를 받아도 사치스럽다고 여기지 않으셨다. 자네는 이것을 지나치다고 여기는가."

【補】 팽경의 질문은, 맹자가 하는 일이 없는데도 맹자 뒤를 따르는 수십 대의 수레와 따르는 무리에 대해 지나치다고 여긴 것이다. 즉 제후들에게 제공받는 음식이 사치스럽다고 생각한 것이다.
'태(泰)' 자는 '늠름하다'처럼 긍정적인 의미로 쓰이기도 하지만, 본문처럼 '지나치다, 사치스럽다[侈]'의 뜻으로 쓰이기도 한다. '그 도(道)'란 '선비의 공로[功]'를 말하는 것으로 옛 성인의 도를 계승하여 후학들을 열어주는 것을 말한다[繼往聖開來學]. '천하'는 가장 큰 것을 예로 든 것이다.

曰 "否라 士 無事而食이 不可也니이다."

팽경이 말했다.

"아닙니다. 선비가 일없이 밥을 얻어먹는 것이 옳지 않다는 것입니다."

【補】 팽경은, 순임금이 요임금의 천하를 받은 것을 말한 것에 대해 언급한 것이 아니라, 맹자가 제후들에게 먹을 것을 받기만 하고 그들에게 하는 일이 없다는 뜻으로 말하고 있다.
'일이 없다[無事]'는 말은 앞서 '사치스럽다[泰]'라는 말의 다른 표현이다.

曰 "子 不通功易事하야 以羨(연)補不足이면 則農有餘粟하며 女有餘布어니와 子如通之면 則梓匠輪輿 皆得食於子하리니 於此有人焉하니 入則孝하고 出則悌하며 守先王之道하야 以待後之學者호대 而不得食於子하나니 子 何尊梓匠輪輿而輕爲仁義者哉오."

맹자가 말했다.

"자네가 공을 통하고 일을 바꾸어 남는 것으로써 부족한 것을 도와주지 않을 경우에는, 농사꾼들은 남는 곡식이 있을 것이고, 여자들은 남는 삼베가 있을 것이다. 그러나 자네가 만일 이를 통하면 목수와 널 만드는 자와 수레 만드는 사람 모두 자네에게 밥을 얻어먹을 것이다. 여기에 어떤 사람이 있다고 하자. 그가 집안에 들어오면 부모에게 효도하고, 집 밖을 나가면 어른에게 공손하며 선왕의 도를 지켜 후세의 학자를 기다리되, 자네에게는 밥을 얻어먹지 못할 것이다. 자네는 어찌하여 목수와 널 만드는 이와 수레 만드는 사람은 높이면서 인의를 행하는 사람은 가볍게 여기는가."

【補】 맹자는 먼저 서로가 서로의 일을 통해 주고 받는[通功易事] 세속의 일에 대해서 말하고, 뒤에 보이지 않는 내면의 덕목인 인의를 말했다. 따라서 공을 위주로 밥을 주는 팽경에 비해, 동기나 혹은 어떤 결과의 산물에 비중을 두는, 즉 인의를 중시여기는 사람은 팽경과 같은 생각을 가진 이들에게는 밥을 얻어먹지 못할 것이라 말하고 있다.

'어떤 사람'이란 실제 맹자를 가리킨다. '연(羨)' 자는 '남다[餘]', '넉넉하다[裕]'의 뜻으로 쓰였다. '재장(梓匠)'은 소목장을 재(梓)라고 하고, 대목장을 장(匠)이라고 한다. '윤여(輪輿)'는 수레바퀴를 만드는 사람을 '윤(輪)', 수레를 만드는 사람을 '여(輿)'라고 한다.

曰 "梓匠輪輿는 其志 將以求食也어니와 君子之爲道也도 其志 亦將以求食與잇가?" 曰 "子 何以其志爲哉오 其有功於子에 可食(사)而食之矣니라 且子는 食志乎아 食功乎아?" 曰 "食志니이다."

팽경이 말했다.

"목수와 널과 수레를 만드는 사람은, 그 뜻이 장차 밥을 구하려는 것이지만, 군자가 도를 행함도 그 뜻이 장차 밥을 구하려고 해서입니까?"

맹자가 말했다.

"자네가 어떻게 그 뜻이 그렇다고 여기는가. 자네에게 그만한 공이 있어 밥을 먹일 만하면 밥을 먹이는 것이다. 또 자네는 뜻을 위주로 하여 밥을 먹이는가. 공을 위주로 하여 밥을 먹이는가?"

팽경이 말했다.

"뜻을 위주로 하여 밥을 먹입니다."

【補】 맹자의 '밥을 구함[求食]'이란 의도의 목적이 아니라 동기 혹은 결과의 산물을 말한다. 따라서 팽경의 '사지(食志)'는 어떠한 목적에 따라 밥을 공급해 주는 것을 말하니 입장 차이가 있다. 『논어』·「태백」 제12장에 "3년을 배우고서도 녹에 뜻을 두지 않는 자를 쉽게 얻지 못하겠다[三年學에 不至[志]於穀을 不易得也]."라고 했으니 참고할 만하다.

曰 "有人於此하니 毁瓦畫(획)墁이오 其志 將以求食也인댄 則子 食(사)之乎아?" 曰 "否니이다." 曰 "然則子 非食(사)志也라 食(사)功也로다."

맹자가 말했다.

"여기에 어떤 사람이 있다고 하자. 기와를 부수고 담장을 함부로 금을 그어놓고서도 그 의도가 장차 밥을 구하고자 하는 것이라면, 자네는 그런 사람에게 밥을 먹이겠는가?"

팽경이 말했다.

"아닙니다."

맹자가 말했다.

"그렇다면 그대는 뜻으로 밥을 먹이는 것이 아니라 공을 위주로 밥을 먹이는 것이다."

【補】 '기와를 부수고 담장을 함부로 금을 그어놓고서도'라는 말은, 공은 없고 해로움만 있음을 의미한다. 선비는 선왕의 뜻을 잇고 후학들을 열어주는[繼往聖開來學] 공만으로도 충분히 대접받을 자격이 있으니, 이 장 처음 혹은 다른 장에서 나온 선비의 무위도식(無爲徒食)이란 잘못된 인식임을 밝힌 장이라 할 수 있다.

등문공 하 제5장

萬章이 問曰 "宋은 小國也라 今에 將行王政하니 齊楚 惡(오)而伐之則如之何니잇고?"

만장(맹자 제자)이 물었다.

"송나라는 작은 나라입니다. 오늘날 장차 왕도정치를 행하려 하니, 제나라와 초나라가 그를 미워하여 정벌하면 어떻게 합니까?"

【補】 송나라는 전국시대 7국에 속하지 못하였다. 송나라 왕 언(偃)이 당시 열국의 제후들을 이겼기 때문에 '왕정(王政)'이라는 표현을 썼다. 이는 좋게 표현한 미칭일 뿐 실상은 '정벌의 뜻'이 담겨 있다.

실제 당시 송나라는 등나라를 멸망시키고 설나라를 정벌했으며, 제나라와 초나라와 위나라의 군대와도 싸워 천하의 패자가 되고자 했다.

孟子 曰 "湯이 居亳하실새 與葛爲鄰이러시니 葛伯이 放而不祀어늘 湯이 使人問之曰 '何爲不祀오?' 曰 '無以供犧牲也로이다' 湯이 使遺之牛羊하신대 葛伯이 食之하고 又不以祀어늘 湯이 又使人問之曰 '何爲不祀오?' 曰 '無以供粢盛也로이다' 湯이 使亳衆으로 往爲之耕이어시늘 老弱이 饋食(사)러니 葛伯이 帥(솔)其民하야 要其有酒食黍稻者하야 奪之호대 不授者를 殺之하더니 有童子 以黍肉餉이어늘 殺而奪之하니 書에 曰 '葛伯이 仇餉이라' 하니 此之謂也니라.

맹자가 말했다.

"탕왕이 박 땅에 거처하실 때에 갈나라와 이웃하였다. 갈백이 방탕하여 제사를 지내지 않자, 탕왕이 사람을 시켜 '무엇 때문에 제사를 지내지 않는가?'라고 물으니 '바칠 자성이 없기 때문입니다.'라고 대답했다. 탕왕이 사람을 시켜 소와 양을 보내주게 하셨는데, 갈백은 이것을 먹고 또 제사를 지내지 않았다. 탕왕이 다시 사람을 시켜 '어찌하여 제사를 지내지 않는가?'라고 물으니 '자성을 바칠 것이 없기 때문입니다.'라고 대답했다.

탕왕이 박 땅의 백성에게 갈나라에 가서 그들을 위해 밭을 갈아주게 하니, 노약자들이 밥을 내다 그들을 먹였다. 갈백이 그의 백성을 거느리고 가서 술과 밥과 기장밥과 쌀밥을 내온 자들을 강요하여 빼앗고, 주지 않는 사람은 죽였다. 어떤 어린 아이가 기장밥과 고기를 나눠주고 있었는데 그를 죽이고 빼앗았다. 『서경』에 '갈백이 밥을 나눠주는 자의 원수이다.'[2]라는 기록이 있으니 이것을 말한다.

【補】 농사를 지을 수 없었기 때문에 자성을 바칠 수 없었다. '백(伯)' 자는 작위를 말한다. 문왕을 서백(西伯)이라고 하는 것도 서쪽 나라의 통치자라는 뜻이 있다. 간혹 으뜸 '패(霸)' 자로 쓰이기도 하는데, 춘추시대 오패(五伯)라고 쓸 때가 그렇다. '솔(帥)' 자는 '거느리다[率]'는 뜻으로 쓰였다. '요(要)' 자는 '강요하다'의 뜻이다.

爲其殺是童子而征之하신대 四海之內 皆曰 '非富天下也라 爲匹夫匹婦하야 復讐也라'하니라.

이 어린 아이를 죽였기 때문에 그를 정벌하자, 천하의 모든 사람들이 '천하를 얻으려고 해서가 아니라 보통 사람들을 위하여 복수해 주시려는 것이다.'라고 말했다.

【補】 이 절은 탕왕의 정벌에 대한 명분에 대해 말하고 있다. 즉 탕왕은 땅이 아닌 백성의 위로[弔民]를 명분으로 정벌에 나선 것이다. 따라서 탕왕의 백성은 물론이고, 다른 나라 사람들 모두 탕왕의 마음을 알아주었다.

원문 '征之'에서 지(之) 자는 갈백을 가리킨다. '위기(爲其)'는 '그것은~때문'이라는 말이다. '필부필부'는 실제 고기와 밥을 나눠주다 목숨을 잃은 어린 아이와 그의 부모를 가리키지만, 여기서는 백성을 통칭한 것으로 봐도 무방하다.

2) 갈백이…… 원수이다 : 「상서(商書)、중훼지고(仲虺之誥)」에 보인다.

湯이 始征을 自葛로 載하사 十一征而無敵於天下하니 東面而征에 西夷怨하며 南面而征에 北狄怨하야 曰 '奚爲後我오'하야 民之望之 若大旱之望雨也하야 歸市者 弗止하며 芸者 不變이어늘 誅其君吊其民하신대 如時雨降이라 民이 大悅하니 書曰 '徯我后하노소니 后來하시면 其無罰아'하니라.

탕왕이 첫 번째 정벌을 갈나라로부터 시작하여 11개국을 정벌하여도 천하에 대적할 자가 없었으니 동쪽을 향하여 정벌하면, 서쪽의 오랑캐가 원망하며 남쪽을 향하여 정벌하면, 북쪽의 오랑캐가 원망하면서 '어찌하여 우리나라를 뒤에 정벌하시는가.'라고 했다. 백성이 정벌해 주기를 바라기를 마치 큰 가뭄에 비를 기다리듯 하였고, 저자로 돌아가는 자들이 발길을 멈추지 않았으며, 농사짓는 자들은 동요하지 않았다. 탕왕이 그 왕을 정벌하고 백성을 위문하자, 마치 단비가 내린 듯이 백성이 매우 기뻐하였다. 『서경』에 '우리 임금을 기다리니 임금이 오시면, 형벌을 없애주시겠지.'[3]라는 기록이 있다.

【補】 앞서 「양혜왕 하」 제11장에서 나왔다.
원문 '徯我后하노니 后來하시면 其無罰아'에 대해 '탕왕이 오시면 그 형벌이 없어질까?'라고 해석하여, '탕왕이 걸왕에게 형벌을 내려줄 것이다'라는 의미로 보기도 하니 참고로 적어 둔다.

'有攸不爲臣이어늘 東征하사 綏厥士女하신대 匪(篚)厥玄黃하야 紹我周王見休하야 惟臣附于大邑周'하니 其君子는 實玄黃于匪하야 以迎其君子하고 其小人은 簞食(사)壺漿으로 以迎其小人하니 救民於水火之中

3) 우리…… 없애주시겠지 : 「상서(尙書)、태갑(太甲) 중」에 보인다.

하야 取其殘而已矣일새니라.

(또) '신하로 복종하지 않는 사람이 있거늘 동쪽을 정벌하여 남녀들을 편안하게 하시자, 남녀들이 검은 비단과 노란 비단을 광주리에 담아 가지고 와서 우리 주왕을 섬겨 아름다운 영광을 받아서 큰 도읍인 주나라에 신하가 되었다.'라고 하였다. 군자들은 검은 비단과 황색 비단을 광주리에 담아가지고 와서 군자를 맞이하고, 소인들은 그릇에 밥을 담고 병에 음료를 담아서 소인들을 맞이하였으니, 이는 백성을 수화 같은 도탄 가운데에서 구원하여 잔학한 자를 취할 뿐이었기 때문이다.

【補】 앞서 탕왕을 예로 든 다음, 이 절에서는 무왕의 일화를 들고 있다. 앞 절과 마찬가지로 실제 자신들의 왕은 아닌데 '우리 주왕'이라 표현함으로써 학정에서 벗어나고자 하는 마음을 표현한 것이다.

일설에는 '유(攸)' 자를 국명으로 보고 '유(有)' 자는 국명 앞에 붙는 것으로 해석하기도 했으니 참고로 적어 둔다. 본서는 '바 유'자로 풀었다. '비(匪)' 자는 '광주리[篚]에 담다'라는 동사로 쓰였다. '소(紹)' 자는 '잇다'의 뜻에서 파생하여 '섬기다'의 뜻으로 쓰였다.

'군자(君子)'가 두 번 나오는데, 앞의 군자는 정벌을 당한 벼슬아치들을 말하며, 뒤의 군자는 무왕 아래에서 벼슬을 하는 이들을 말한다. '소인(小人)' 또한 두 번 나오는데 앞 소인은 정벌 당한 백성을, 뒤의 소인은 무왕의 백성을 가리킨다.

'수화(水火)'는 학정을 비롯한 죽음과 같은 말인데, 구체적으로는 주왕(紂王)을 지칭하며 '잔학한 자'이기도 하다.

太誓에 曰 '我武를 惟揚하야 侵于之疆하야 則取于殘하야 殺伐用張하니 于湯에 有光이라'하니라.

「태서」에 '우리의 무공을 오직 떨쳐 저 국경을 침략하여 잔학한 자를 취함으로써 살벌의 공이 크게 베풀어지니, 탕왕에 비유하여 더욱 빛이 있다.'는 기록이 보인다.

【補】 '저들'이란 굴복하지 않은 나라를 가리킨다. '잔혹한 자[殘]'는 앞 절과 마찬가지로 주왕을 말한다. '살벌(殺伐)'은 '정벌'과 같은 말이다. '우(于)' 자는 '견주다[比]'의 뜻으로 쓰였다.

不行王政云爾언정 苟行王政이면 四海之內 皆擧首而望之하야 欲以爲君하리니 齊楚 雖大나 何畏焉이리오."

왕도정치를 행하지 못한다고 말할지언정, 만일 왕도정치를 행한다면 천하의 사람들이 모두 머리를 들고 그가 오기를 바라면서 임금이 되기를 원할 것이니, 제나라와 초나라가 비록 큰 나라이지만 무엇을 두려워하겠는가."

【補】 송나라가 왕도정치를 펼친다면 탕왕과 무왕의 시대처럼 될 것이라는 말이다.
맹자는 정치를 말할 때에는 반드시 요임금과 순임금을 예로 들고 있으며, 정벌을 말할 때는 탕왕과 무왕을 예로 들고 있다.

등문공 하 제6장

孟子 謂戴不勝曰 "子欲子之王之善與아? 我 明告子호리라 有楚大夫於此하니 欲其子之齊語也則使齊人傳諸아 使楚人傳諸아?" 曰 "使齊人

傳之**니이다**." 曰 "一齊人傳之**어든** 衆楚人**이** 咻之**면** 雖日撻而求其齊也**라도** 不可得矣**어니와** 引而置之莊嶽之間數年**이면** 雖日撻而求其楚**라도** 亦不可得矣**리라**.

맹자가 대불승(송나라 신하)에게 말했다.

"당신은 그대의 왕이 선해지기를 원합니까? 내 당신에게 분명히 말해 주겠습니다. 여기에 초나라 대부가 있다고 해 봅시다. 그의 아들이 제나라 말을 하기 원한다면 제나라 사람에게 그를 가르치게 하겠습니까, 아니면 초나라 사람에게 그를 가르치게 하겠습니까?"

대불승이 말했다.

"제나라 사람에게 가르치도록 할 것입니다."

맹자가 말했다.

"한 명의 제나라 사람이 그를 가르칠 때, 여러 초나라 사람들이 떠들어댄다면 비록 날마다 회초리로 치면서 제나라 말을 하기를 요구하더라도 될 수 없을 것입니다. 그를 끌어다가 제나라 장악의 사이에 수년 동안 둔다면 비록 날마다 회초리로 치면서 초나라의 말을 하기를 요구한다 하더라도 또한 될 수 없을 것입니다.

【補】 제나라와 초나라 사람을 예로 든 것은 선한 사람을 스승으로 삼을 것인가, 악한 사람을 스승으로 삼을 것인지 묻는 말과 같다. 즉 제나라 말을 하기 위해서는 제나라 사람에게 가르치도록 하는 것처럼, 선한 정치를 하려면 선한 사람을 곁에 두어야 한다는 비유인 것이다.

하지만 중과부적(衆寡不敵)은 있기 마련이다. 대불승은 강왕(康王)을 도와 어진 정치를 펼칠 수 있도록 설거주를 시켜 왕을 보필하게 했으나, 맹자는 이 한 사람만을 가지고 선정을 펼치기에는 중과부적이라 여기고 있는 것이다.

'장악(莊嶽)'은 제나라 번화가를 말한다.

子 謂薛居州善士也라하야 使之居於王所하니 在於王所者 長幼卑尊이 皆薛居州也면 王誰與爲不善이며 在王所者 長幼卑尊이 皆非薛居州也면 王誰與爲善이리오 一薛居州 獨如宋王에 何리오."

당신은 설거주를 선한 선비라고 여겨 그로 하여금 왕이 계신 곳에 거처하도록 했는데, 왕이 계신 곳에 있는 사람이 나이가 많든 적든 천하든 높든 모두 설거주와 같은 사람이라면, 왕이 누구와 더불어 불선한 짓을 하겠습니까. 왕이 계신 곳에 있는 사람이 나이가 많든 적든 천하든 높든 모두 설거주와 같은 사람이 아니라면, 왕이 누구와 더불어 선한 일을 하겠습니까. 한 명의 설거주로 홀로 송나라 왕과 같은 사람을 어떻게 하겠습니까."

【補】 대불승이 설거주를 추천한 일은 잘한 일이다. 하지만 이 한 사람으로 하여금 송나라 왕을 선하게 할 수 없다. 따라서 더 많은 선한 이를 왕의 곁에 두기를 권고하고 있는 절이다.
'위(謂)' 자는 '여기다, 생각하다'의 뜻으로 쓰였다.

등문공 하 제7장

公孫丑 問曰 "不見諸侯 何義잇고?" 孟子 曰 "古者에 不爲臣하야는 不見하더니라.

공손추(맹자 제자)가 물었다.

"제후를 만나보지 않는 것은 무엇 때문입니까?"

맹자가 말했다.

"옛날에 신하가 되지 않았으면 임금을 만나보지 않았다.

【補】 공손추의 질문에 '맹자'가 들어 있지 않기 때문에, 맹자 역시 자신을 넣지 않았다. 따라서 맹자의 대답은 일반적인 선비로서의 의(義)로 말했다.
'만나보지 않았다[不見]'라는 말에는 자중(自重)의 뜻이 담겨 있다.

段干木은 踰垣而辟(피)之하고 泄柳는 閉門而不內(納)하니 是皆已甚하니 迫이어든 斯可以見矣니라.

단간목은 담장을 넘어 피하였고, 설류는 문을 닫고 사신을 받아들이지 않았으니, 이는 모두 너무 심하다. 절박하면 이는 만나볼 수 있다.

【補】 임금이 절박한 마음으로 현인을 찾아온다면 받아줘야 한다는 뜻이다.
'단간목'은 위문후가 그를 만나려고 그의 집 앞까지 갔으나 담을 피해 만나주지 않은 인물이다. '설류'는 노목공이 그를 만나려 집 앞까지 갔으나 집에 들이지 않았다. 둘 다 자중한 면모는 있지만, 너무 지나쳤기 때문에 맹자가 이를 지적하고 있는 절이다. 너무 심한 행위[已甚之爲]는 공자를 비롯하여 모든 선비가 경계한 바다.

陽貨 欲見(현)孔子而惡(오)禮하야 大夫 有賜於士어든 不得受於其家면 則往拜其門일새 陽貨 瞯孔子之亡(무)也而饋孔子蒸豚한대 孔子 亦瞯其亡也하야 而往拜之하시니 當是時하야 陽貨 先이면 豈得不見이시리오.

양화는, 공자에게 자기를 찾아와 보게 하려고 하였으나 무례하다는 비난을 싫어하여, '대부가 사(士)에게 물건을 하사할 경우, 사는 자기 집에서 그 물건을 직접 받지 못하면 대부의 문에 가서 절한다.'는 예를 이용하고자 했다. 양화는, 공자에게 집에 없을 때를 엿보아 공자에게 삶은 돼지고기를 보내주자, 공자 또한 그가 집에 없을 때를 엿보아 찾아가서 절하셨다. 이때 양화가 먼저 예우를 갖추었다면, 공자께서 어찌 찾아뵙지 않았겠는가.

【補】 군자는 반드시 자중해야 함을 공자의 일화를 통해 표본을 제시하고 있다.
'욕현(欲見)' 두 글자는 '양화가 공자를 뵙고자 하는데'의 뜻이 아니라, '양화는 공자가 제 발로 찾아오도록 만드려고'의 뜻이다. 즉 양화는 무례하다는 비난을 듣지 않기 위해 위와 같은 계책을 낸 것이다. '예(禮)' 자 한 글자에 '무례하다'는 의미로 쓰였다.
양화의 꾀에, 공자 또한 양화의 성의가 없음을 알고 양화 집에 사람이 없을 때를 엿보아 절만 하고 왔던 것이다. 자세한 내용은 『논어』, 「양화」 제1장에 보인다.

曾子 曰 '脅肩諂笑 病于夏畦라'하며 子路 曰 '未同而言을 觀其色컨대 赧赧然이라 非由之所知也라'하니 由是觀之則君子之所養을 可知已矣니라."

증자께서는 '어깨를 들썩거리고 아첨하며 웃는 것이 여름에 밭에서 일하는 것보다 더 피곤한 일이다.'라고 말씀하셨고, 자로께서는 '의견이 같지 않은데 말하는 사람은 그 얼굴빛을 보면 붉어진다. 이는 내가 알바가 아니다.'라고 말씀하셨다. 이로 말미암아 본다면, 군자가 기르는 바를 알 수 있다."

【補】 증자와 자로의 일을 인용하여 벼슬을 위해 아첨하면서 제후를 만나볼 수 없음을 말하고 있다.
'어깨를 들썩거리고 아첨하며 웃는 것'은 비굴한 모습을 일컫는다. 벼슬을 구하려 하기 때문에 이러한 행동을 하는 것이다. '의견이 같지도 않은데 말하는 것'은 군신 간에 도가 같아야 말을 할 수 있는데, 도가 같지 않은데도 말하는 것 또한 벼슬을 위해 아첨하는 것을 뜻한다.

등문공 하 제8장

戴盈之曰 "什一과 去關市之征을 今茲未能이란대 請輕之하야 以待來年然後에 已호대 何如하니잇고?"

대영지(송나라 대부)가 말했다.

"10분의 1의 조세 제도와 관문과 시장의 세금을 철폐하는 것을 금년에는 능히 할 수 없으니, 청컨대 세금을 경감하고 내년을 기다린 뒤에 그만 두려고 합니다. 이것이 어떻습니까?"

【補】 '10분의 1의 세금'이란 정전법을 말한다. 정전법과 관문과 시장의 세금 철폐는 다름 아닌 왕도정치를 가리킨다. '금자(今茲)'란 '금년'이라는 말이다. 따라서 원문 '今茲未能'은 '갑자기 할 수 없음'을 의미한다.

孟子 曰 "今有人이 日攘其鄰之鷄者어든 或이 告之曰 '是非君子之道라'한대 曰 '請損之하야 月攘一鷄하야 以待來年然後에 已로다.'

맹자가 말했다.

"오늘날 어떤 사람이 날마다 이웃집의 닭을 훔치는 사람이 있다고 합시다. 혹자가 그에게 '이는 군자의 도리가 아니다.'라고 말하자, 그는 '그 수를 줄여서 달마다 닭 한 마리를 훔쳐 먹다가 내년을 기다린 뒤에 그만두겠습니다.'라고 말하는 것과 위의 말은 같습니다.

【補】 '내년을 기다린다'는 말에 대한 반박의 절이다.
'일(日)' 자와 '월(月)' 자는 '날마다', '달마다'로 쓰인 복수사이다. '양(攘)' 자는 약탈이나 절도와 다르게 일부러 훔치러 간 것이 아니라, 자신의 집으로 넘어 온 닭을 슬쩍 자신의 것으로 삼은 것이다. 따라서 훔친 것[盜]과는 달리, 그 죄가 조금은 경감되기 때문에 이러한 비유를 든 것이다.

如知其非義인댄 斯速已矣니 何待來年이리오."

만약에 그것이 의가 아님을 안다면 속히 그만두어야 할 것이니 어찌 내년을 기다리겠습니까."

【補】 잘못을 알았으면 속히 고쳐야 함에 중점을 둔 말이다. 이는 정사를 염두에 둔 말로, 지금의 잘못된 정치를 그만두고 속히 왕도정치를 실천에 옮기라는 말이다.

등문공 하 제9장

公都子 曰 "外人이 皆稱夫子好辯하나니 敢問何也잇고?" 孟子 曰 "予豈好辯哉리오 予 不得已也로라 天下之生이 久矣니 一治一亂이니라.

공도자(맹자 제자)가 말했다.

"외인들이 모두 스승님께서 변론하기를 좋아한다고 말하니, 감히 여쭙겠습니다. 무엇 때문입니까?"

맹자가 말했다.

"내가 어찌 변론하기를 좋아하겠는가. 내 마지못해서이다. 천하에 인간이 살아온 지가 오래 되었는데, 한편으로는 다스려지기도 하였고, 한편으로는 혼란해지기도 하였다.

【補】'외인(外人)'이란 문도가 아닌 외부 사람을 가리키니, 맹자 문도 외의 사람들을 말한다. '생(生)' 자는 '인류의 역사' 정도로 이해하면 된다.

當堯之時하야 水 逆行하야 氾濫於中國하야 蛇龍이 居之하니 民無所定하야 下者는 爲巢하고 上者는 爲營窟하니 書에 曰 '洚(강)水 警余라'하니 洚水者는 洪水也니라.

요임금의 시대에 물이 역류하여 중국에 범람하여 뱀과 용이 살고 있었더니, 사람들은 안정할 곳이 없었다. 낮은 지역에 사는 사람들은 둥지를 만들어 살고, 높은 지역에 사는 사람들은 굴을 파고 살았다. 『서경』에 '강수가 나를 경계하였다.'[4]라는 기록이 있으니, 강수란 홍수이다.

【補】'한편으로는 혼란함[一亂]'에 대해 말한 것으로, 인간들이 정착할 곳이 없었음을 설명한 절이다. '하자(下者)'는 '낮은 지역에 사

4) 강수가 나를 경계하였다 : 「우서(虞書)、대우모(大禹謨)」에 "降水儆余"로 되어 있으니 글자만 다를 뿐 뜻은 같다.

는 사람들'을 뜻한다.

使禹治之어시늘 禹 掘地而注之海하시고 驅蛇龍而放之菹하신대 水由地中行하니 江淮河漢이 是也라 險阻 既遠하며 鳥獸之害人者 消하니 然後에 人得平土而居之하니라.

우왕으로 하여금 홍수를 다스리게 하시니, 우왕이 땅을 파서 바다로 흘러가게 하고 뱀과 용들을 몰아내어 수초가 우거진 곳으로 추방하시자, 물이 땅 가운데를 따라 가게 되었으니, 강수와 회수와 하수와 한수가 이것이다. 넘친 물이 이미 멀어지며 새와 짐승들 중 사람을 해친 것들이 사라진 뒤에야 사람들이 평평한 토지를 얻어 살게 되었다.

【補】 앞서 나온 '한 번 다스려 짐[一治]'에 대해 말하고 있다. 지금 흐르는 강줄기는 우왕의 공적임을 뜻한다. 여기서 맹자는 우왕의 치수사업을 자신의 호변(好辯)에 견주어, 그것이 부득이했음을 밝히고 있다. '험조(險阻)'는 대개 험준함을 의미하는 데 여기서는 '물의 범람'을 뜻한다.

堯舜이 既沒하시니 聖人之道 衰하야 暴(포)君이 代作하야 壞宮室以爲汙池하야 民無所安息하며 棄田以爲園囿하야 使民不得衣食하고 邪說暴行이 又作하야 園囿汙池沛澤이 多而禽獸 至하니 及紂之身하야 天下 又大亂하니라.

요임금과 순임금이 이미 돌아가시니, 성인의 도가 쇠하여 포악한 임금이 대대로 나와서 궁실을 파괴하여 웅덩이와 연못을 만들어서,

백성이 편안히 쉴 곳이 없었고 농지를 버려 동산을 만들어서 백성으로 하여금 옷과 음식을 얻을 수 없게 하였고, 부정한 학설과 포악한 행동이 다시 일어나 원유와 오지와 패택이 많아져 짐승이 이르니, 주왕 시대에 미쳐 천하가 또 다시 심하게 어지러워졌다.

【補】 다시 일난(一亂)에 대한 설명이다.
'궁실의 파괴'와 '농지를 버려 동산을 만들었다'는 것은 인간 세계의 파괴를 말한다. 이는 곧 동물의 세계를 조장하여 난을 자초했다는 의미이다.
'부정한 학설과 포학한 행동이 또 일어나'라는 말은 아래의 절에 다시 나오기 때문에 연문(衍文)으로 보는 설이 있다. '원유와 오지와 패택'은 동물이 살 곳이 많아짐을 뜻한다. '짐승'은 다름 아닌 난(亂)을 상징한다.

周公이 相武王하사 誅紂하시고 伐奄三年에 討其君하시고 驅飛廉於海隅而戮之하시니 滅國者 五十이오 驅虎豹犀象而遠之하신대 天下 大悅하니 書에 曰 '丕顯哉라 文王謨여 丕承哉라 武王烈이여 佑啓我後人하사대 咸以正無缺이라'하니라.

주공이 무왕을 도와 주왕을 죽이고 엄 땅을 정벌한 지 3년 만에 그 임금을 토벌하고 비렴을 바다 모퉁이로 몰아내어 죽이니, 나라를 멸망시킨 것이 50개국이었다. 범과 표범과 코뿔소와 코끼리를 몰아내어 멀리 내쫓으니, 천하 사람들이 매우 기뻐하였다. 『서경』에 '크게 드러나셨다. 문왕의 가르침이여! 크게 계승하셨다. 무왕의 공렬이여! 우리 후생들을 도와주시고 열어 주시되 모두 바른 도로써 하고 조금도 부족함이 없었노라.'[5] 하였다.

5) 크게…… 없었노라 : 「주서(周書)、군아(君牙)」에 보인다.

【補】'주왕을 주벌하였다'는 말은 대란(大亂)의 주체자를 제거했다는 말이다. 앞서 일란(一亂)을 말했다면 여기서는 또다시 일치(一治)를 말하고 있다.

'비렴'은 주(紂)의 신하이다. 그에게 아첨하여 온갖 권세를 휘두른 자이다. '비(丕)' 자는 '크다[大]'는 뜻이다. '모(謨)' 자는 '가르침[教]'의 뜻이다. 무왕은 통일천하를 이루었기 때문에 '열(烈)' 자를 쓴 것이니, 바로 공열을 말한다. '정(正)' 자는 정도(正道)를 뜻한다.

世衰道微하야 邪說暴行이 有(又)作하야 臣弑其君者 有之하며 子弑其父者 有之하니라.

세상이 쇠하고 도가 미약해져서 부정한 학설과 포학한 행동이 또 일어나 신하로서 임금을 시해한 자가 있으며, 자식으로서 아버지를 시해하는 사람이 있었다.

【補】다시 일난(一亂)에 대한 절이다. 이는 춘추시대 혼란을 말한다. 즉 춘추시대에 섬길 임금이 없음[無君]과 봉양할 부모가 없음[無父]을 말한다. 뒤의 절에 양주와 묵적을 비판하기 위한 복선이 깔려 있다.

'유(有)' 자는 '우(又)' 자와 통용되니, 『논어』·「위정」 제4장에 "吾十有五而志于學"의 용법과 같다.

孔子 懼하사 作春秋하시니 春秋는 天子之事也라 是故로 孔子曰 '知我者도 其惟春秋乎며 罪我者도 其惟春秋乎인저'하시니이다.

공자께서 두려워하여 『춘추』를 지었으니, 『춘추』는 천자가 하는 일이다. 이 때문에 공자께서 '나를 알아주는 것도 오직 『춘추』이며, 나에게 죄를 주는 것도 오직 『춘추』이다.'라고 말씀하셨다.

【補】 일란(一亂)에 대한 두려움으로 일치(一治)를 위해 『춘추』가 지어졌음을 밝히고 있다.

'나를 알아준다'는 것은 『춘추』를 만들 때 고심했던 마음, 즉 춘추시대를 바로잡고자 하는 마음을 알아준다는 말이며, '죄를 준다'는 말은 천자의 일을 벼슬도 없는 공자 자신이 했기 때문에 그렇게 말한 것이다.

따라서 '두렵다는[懼]'는 말은 '나를 알아준다[知我]'에 해당하고, '나를 벌주다[罪我]'는 말은 '천자의 일[天子之事]'에 해당된다.

聖王이 不作하야 諸侯 放恣하며 處士 橫議하야 楊朱墨翟之言이 盈天下하야 天下之言이 不歸楊則歸墨하니 楊氏는 爲我하니 是는 無君也요 墨氏는 兼愛하니 是無父也니 無父無君은 是 禽獸也니라 公明儀 曰 '庖有肥肉하며 廐有肥馬어든 民有飢色하며 野有餓莩면 此는 率獸而食人也라' 하니 楊墨之道 不息하면 孔子之道 不著하리니 是는 邪說이 誣民하야 充塞(색)仁義也니 仁義充塞則率獸食人하다가 人將相食하리라.

성왕이 일어나지 않았고, 제후가 방자하며, 처사들이 멋대로 의논하여, 양주와 묵적의 말이 천하에 가득하여, 천하의 말이 양주에게 돌아가지 않으면 묵적에게 돌아간다. 양씨는 자신만을 위하니, 이는 임금이 없는 것이고, 묵씨는 똑같이 사랑하니, 이는 부모가 없는 것이다. 부모가 없고 임금이 없으면, 이는 짐승이다.

공명의(노나라 현인)가 '임금의 푸줏간에 살찐 고기가 있고, 마구간에 살찐 말이 있는데도, 백성에게 굶주린 기색이 있으며 들녘에는 굶어 죽은 시체가 있다면, 이는 짐승을 내몰아 사람을 잡아먹게 하는 것이다.'라고 하였다. 양주와 묵적의 도가 사라지지 않으면, 공자의 도가 드러나지 못할 것이니, 이는 부정한 학설이 백성을 속여 인의를 막는 것이다. 인의가 막히면 짐승을 내몰아 사람을 잡아먹게 하다가, 사람들이 장차 서로 잡아먹게 될 것이다.

【補】 전국시대의 특징은 주나라의 천자를 인정하지 않고, 제후들이 방자한 행동을 한 데 있다. 또한 처사(초야의 선비)들이 멋대로 떠드는 제자백가의 설들이 나왔다. 그 가운데 양주와 묵적의 폐단이 더욱 심했다. 양주는 제 한 몸 깨끗이 하고자 인륜을 어지럽히니 임금이 없는 무리이고, 묵적은 평등만을 추구하니 부모가 없는 무리이다.

吾 爲此懼하야 閑先聖之道하야 距楊墨하며 放淫辭하야 邪說者 不得作케하노니 作於其心하야 害於其事하며 作於其事하야 害於其政하나니 聖人이 復起사도 不易(역)吾言矣시리라.

내가 이 때문에 두려워하여 앞 성인의 도를 보호하고 양주와 묵적을 막으며, 부정한 말을 내쫓으며 부정한 학설이 나오지 못하게 한 것이다. 말은 그 마음에서 생겨 그 일을 해치며, 일에서 생겨 정사를 해치니, 성인이 다시 나오신다 해도 내 말을 바꾸지 않으실 것이다.

【補】 부득이 호변을 할 수밖에 없었음을 말하고 있다.
통수권자의 말이란 나라에 큰 영향을 끼치기 때문에 일에 있어서 잘못된 말을 하면 해가 끼치게 됨을 말한다.
'한(閑)' 자는 '보호하다[衛], 막다'의 뜻으로 쓰였다. '사(事)' 자는 정치의 작은 것을 말하고, '정(政)' 자는 정치의 큰 것을 말한다.

昔者에 禹 抑洪水而天下 平하고 周公이 兼夷狄驅猛獸而百姓이 寧하고 孔子 成春秋而亂臣賊子 懼하니라.

옛날에 우왕이 홍수를 다스리자 천하가 평탄해졌으며, 주공이 이적을 아우르고 맹수를 몰아내자 백성이 편안해졌고, 공자께서 『춘추』를 완성하자 난신적자들이 두려워했다.

【補】 소위 삼치(三治)를 말한다. 세 번 태평성세가 온 것은 삼성(三聖)인 우왕, 주공, 공자의 공인 것이다. 이적(夷狄)은 앞서 말한 비렴 등을 가리킨다.

詩云 '戎狄是膺하니 荊舒是懲하야 則莫我敢承이라'하니 無父無君은 是周公所膺也니라.

『시경』에 '융적을 이에 정벌하니 형 땅과 서 땅이 이에 다스려져 나를 감히 대적할 사람이 없다.'고 하였다. 부모가 없고 임금이 없는 것은 주공께서도 응징하신 것이다.

【補】『시경』은 「등문공 상」 제4장에 이미 나왔다.
부모가 없고 임금이 없는 것이 바로 주공의 응징대상이며, 이는 곧 융적이며 구체적으로 묵적을 말한다.
'징(懲)' 자는 '다스리다'의 뜻이 있고, '승(承)' 자는 '막다', '대적하다'의 뜻으로 사용되었다.

我 亦欲正人心하야 息邪說하며 距詖行하며 放淫辭하야 以承三聖者로니 豈好辯哉리오 予 不得已也니라.

나 또한 인심을 바로잡아 사악한 학설을 사라지게 하고 잘못된 행실을 막으며 음탕한 말을 내쫓아 세 성인을 계승하려고 하는 것이니, 어찌 변론을 좋아하겠는가. 내 마지못해서이다.

【補】 '마지못해서[不得已]'라고 한 것은 어쩔 수 없는 맹자 당시의 시대상황을 말한다. '세 성인[三聖]'은 앞 절에 나온 우왕, 주공, 공자를 말한다.

能言距楊墨者는 聖人之徒也니라."

말을 잘하여 양주와 묵적을 막는 사람은 성인의 무리이다."

【補】 '언(言)' 자에 '호변(好辯)'의 뜻이 담겨 있다. 따라서 맹자의 호변은 양주와 묵적을 막아야 하는 필연성으로 귀결된다. 즉 성인의 도를 계승해야 하는 사람은 자신뿐 아니라 모든 사람의 의무이므로 맹자의 호변을 비판할 것이 아니라 부득이 같이 힘써야 함을 강조하고 있다.

등문공 하 제10장

匡章이 曰 "陳仲子는 豈不誠廉士哉리오 居於(오)陵할새 三日不食하야 耳無聞하며 目無見也러니 井上有李 螬食實者過半矣어늘 匍匐往將食之하야 三咽(연)然後에야 耳有聞하며 目有見하니라."

광장(제나라 사람)이 말했다.

"진중자(제나라 사람)는 어찌 진실로 청렴한 선비가 아니겠습니까. 오릉 땅에 거처할 때에 3일 동안 먹지 못하여 귀에는 들리지도 않고 눈에는 보이지도 않아, 우물가에 자두를 굼벵이가 반이 넘게 파먹은 것을 기어가서 먹어 3번 삼킨 뒤에야 귀에 들리는 것이 있었고 눈에 보이는 것이 있었습니다."

【補】 광장은 진정으로 진중자에게 감복하고 있음을 알 수 있다. 3일 굶으면 다른 곳에서 구할 만도 한데 그렇지 않았기 때문에 그렇게 생각한 것이다. 이 절은 이른바 오릉중자(於陵仲子)의 고사이다. 이에 대해서는 「진심 상」 제34장에서 다시 나온다.
'오릉' 땅은 진중자가 은거생활을 한 곳이다. '3일 동안 먹지 못하여 귀에는 들리지도 않고, 눈에는 보이지도 않았다'는 말은 청렴을 지키기 위해 어려움을 참았다는 말이다. 굶었기 때문에 기어간 것이다. '인(咽)' 자에는 '목구멍 인(咽)' 자와 '오열할 열(咽)', 그리고 여기서와 같이 '삼킬 연(咽)' 자가 있다.

孟子 曰 "於齊國之士에 吾必以仲子로 爲巨擘焉이어니와 雖然이나 仲子는 惡(오)能廉이리오 充仲子之操면 則蚓而後可者也니라.

맹자가 말했다.

"제나라의 선비 중에 내 반드시 중자를 최고로 생각한다. 비록 그렇지만 중자가 어찌 능히 청렴한 사람이겠는가. 진중자의 지조를 확충하여 발전시킨다면 지렁이가 된 뒤에야 가능할 것이다.

【補】 '거벽(巨擘)'은 엄지손가락을 말하며 최고라는 뜻이다. 청렴은 인간의 도덕적 덕목이지 지렁이가 되라는 말은 아니다. 즉 사람들이 하찮은 절개에 현혹되어 인륜을 파괴하고 있다는 사실을 망각하고 있는 것에 대해 비판하고 있는 것이다.

夫蚓은 上食槁壤하고 下飮黃泉하나니 仲子所居之室은 伯夷之所築與아 抑亦盜跖之所築與아? 所食之粟은 伯夷之所樹與아 抑亦盜跖之所樹與아? 是未可知也로다."

지렁이는 위로 마른 흙을 먹고 아래로 누런 물을 마신다. 중자가 거처하는 집은 백이가 쌓은 것인가, 아니면 도척이 쌓은 것인가? 먹는 곡식은 백이가 심은 것인가, 아니면 도척이 심은 것인가? 이것을 알 수 없다."

【補】'중자가 거처하는 집은 백이가 쌓은 것인가'라는 말은, '백이가 지은 집이 아니니 형님의 집을 나올 필요가 있느냐'는 뜻이다. 뒤의 말도 같은 비유이다. 백이는 청렴의 대명사이며, 도척은 악인의 대명사이다. (참고로 도척은 성인 가운데 조화로운 인물로 알려진[聖之和者] 유하혜의 동생이다.)

실제 지렁이는 사람에게 구하는 것이 없고 스스로 만족하는 동물이라고 하여 청렴과 관련지어 이러한 비유를 들었다는 설이 있으나, 거기에 천착하기보다는 지렁이의 삶이 인간과는 다른 삶이라는 정도로 해석하는 것이 무난하다.

맹자는, 진중자가 어머니와 형을 피하면서 살려면 차라리 지렁이처럼 살라고 말하고 있다. 즉 맹자는 인륜(人倫)이 가장 중요한데 이를 저버린다면 아무리 청렴하다 할지라도 의미가 없음을 지적하고 있다.

曰 "是 何傷哉리오 彼身織屨하고 妻辟(벽)纑하야 以易(역)之也니이다."

광장이 말했다.

"이 무슨 나쁠 것이 있겠습니까. 저 사람은 몸소 짚신을 짜고, 아내는 실을 내어 옷감을 짜 그것을 곡식으로 바꿔 먹습니다."

【補】광장은 불의의 음식이 아니기 때문에 진중자의 청렴에 조금도 나쁠 것이 없다고 생각하여 말한 것이다.

언해본에는 '纑을 辟하고'라고 되어 있어 '옷감을 짜다'라고 번역했다. 일부 책에는 '길쌈[辟]하고 삼을 마전[纑]하다'로 해석하여 '길쌈[辟]'과 '삼을 마전[纑]'하는 두 행위로 보기도 한다.

曰 "仲子는 齊之世家也라 兄戴 蓋(합)祿이 萬鍾이러니 以兄之祿으로

爲不義之祿而不食也하며 以兄之室로 爲不義之室而不居也하고 辟(피)兄離母하야 處於於(오)陵이러니 他日에 歸則有饋其兄生鵝者어늘 己頻顣曰 '惡(오)用是鶃鶃者爲哉리오'하니라 他日에 其母 殺是鵝也하야 與之食之러니 其兄이 自外至曰 '是 鶃鶃之肉也라'한대 出而哇之하니라."

맹자가 말했다.

"중자는 제나라의 세가이다. 그의 형 대(戴)가 합 땅에서 받는 녹이 만종이었는데, 형의 녹을 불의한 녹이라 생각하여 먹지 않았으며, 형의 집을 불의한 집이라 여겨 거처하지 않았다. 형을 피하고 어머니를 떠나 오릉 땅에 거처하였다. 훗날 집에 돌아가니 그 형에게 산 거위를 선물한 사람이 있었다. 그는 이마를 찌푸리며 '얼얼소리를 내는 것을 어디에 쓰려고 하는가?'라고 말했다. 훗날 그 어머니가 이 거위를 잡아주어 먹고 있었는데, 형이 밖으로부터 돌아와 '이것은 얼얼소리를 내는 고기이다.'하고 말하자, 그는 밖으로 나가 그것을 토하였다.

【補】 '세가(世家)'는 당연한 국록과 집을 받는다. 따라서 진중자의 행동에는 지나침이 있다. '형을 피하고 어머니를 떠났다'는 말에는 인륜을 저버렸다는 의미가 담겨 있다. 이 점이 맹자의 비판 대상이다.
'얼얼(鶃鶃)'은 거위의 울음소리이다. 즉 거위 한 마리를 부정한 뇌물로 본 것이다. 사전에는 '예(鶃)' 자로 표기되어 있어 '예예'로 독음한 번역서가 많다. 또 '역역'으로 독음하는 경우도 있으나, 본서는 언해본을 따랐다.

以母則不食하고 以妻則食之하며 以兄之室則弗居하고 以於(오)陵則居

之하니 是尙爲能充其類也乎아 若仲子者는 蚓而後充其操者也니라."

어머니가 주면 먹지 않고 아내가 주면 먹으며, 형의 집은 거처하지 않고 오릉 땅은 거처하였으니, 이는 오히려 능히 부류를 확충했다고 할 수 있겠는가. 중자 같은 사람은 지렁이가 된 뒤에 그 지조를 확충할 수 있는 자이다."

제7부

이루 장구 상(凡二十八章)

이루 상 제1장

孟子 曰 "離婁之明과 公輸子之巧로도 不以規矩면 不能成方員(圓)이오 師曠之聰으로도 不以六律이면 不能正五音이오 堯舜之道로도 不以仁政이면 不能平治天下니라.

맹자가 말했다.

"이루의 밝은 눈과 공수자의 정교한 솜씨가 있어도 둥근 자와 굽은 자를 쓰지 않으면 방형과 원형을 이루지 못한다. 태사 광의 밝은 귀로도 6률을 쓰지 않으면 5음을 바로잡지 못한다. 요임금과 순임금의 도로도 어진 정사를 쓰지 않으면 천하를 태평하게 다스릴 수 없다.

【補】 이 절은 내적인 훌륭함을 지니고 있다 할지라도 외적인 제도나 준칙이 없다면 이를 이룰 수 없음을 말한다.

'이루'는 황제 때 사람으로 백보 밖에서도 가을터럭을 볼 수 있는 시력이 있었다고 한다. '공수자'는 전국시대 노나라 사람으로 뛰어난 솜씨를 지닌 대목장이다. '사광(師曠)'의 '사(師)' 자는 태사(太師)를 말하며 악공 가운데 우두머리의 뜻이 있다. 그는 비상한 청력을 지닌 자이다. '요임금과 순임금의 도'란 바로 그들의 정치를 가리킨다. '밝은 눈과 뛰어난 솜씨와 귀가 밝은 청력과 정치의 도'는 외면이 아닌 내면을 가리키는 것들이다.

'규(規)'는 원을 그리는 도구로서 오늘날 컴퍼스를, '구(矩)'는 네모를 그리는 도구로서 오늘날 삼각자 같은 것을 말한다. '6률'은 음(陰)과 양(陽)이 각각 여섯 개여서, 5음의 높낮이를 조절하는 것이다. 양은 황종(黃鍾), 태주(大簇), 고선(姑洗), 유빈(蕤賓), 이칙(夷

則), 무역(無射)이고, 음은 대려(大呂), 협종(夾鍾), 중려(仲呂), 임종(林鍾), 남려(南呂), 응종(應鍾)이다. '5음'은 궁(宮), 상(商), 각(角), 치(徵), 우(羽)이다. 오늘날 서양의 '도레미파솔라시' 7음에 견줄 수 있을 것이다.

今有仁心仁聞而民不被其澤하야 不可法於後世者는 不行先王之道也일새니라.

오늘날 어진 마음과 어질다는 소문이 있는데도, 백성이 그 은택을 입지 못하여 후세에 법이 될 수 없는 것은 선왕의 도를 행하지 않았기 때문이다.

【補】 당시로 보면 백성은 은택을 입지 못하고, 후세로 보면 후세의 법이 되지 못했던 이유가, 바로 선왕의 도를 행하지 못했기 때문임을 말하고 있다. 요임금과 순임금의 도는 내면의 도인데 이 역시도 외적인 법제가 있어야 이룰 수 있다는 뜻이다.
'인심(仁心)과 인문(仁聞)'의 주체가 없으나 '임금'을 넣고 보면 쉽다. '문(聞)' 자는 '소문', '평' 등의 뜻으로 쓰였다.

故로 曰 '徒善이 不足以爲政이오 徒法이 不能以自行이라'하니라.

그러므로 '한갓 선한 마음만 가지고는 정사를 할 수 없고, 한갓 법만 가지고도 스스로 행해질 수 없다.'고 말한다.

【補】 '한갓 선한 마음'이란 앞서 언급한 어진 마음[仁心]과 어질다는 소문[仁聞]을 말한다. 또한 '한갓 법'이란 요임금과 순임금 같은 마음이 없는 '외적 제도'를 가리킨다. '도(徒)' 자를 조기는 '단(但)'으로 보았고, 주희는 '공(空)' 자로 해석했으니 참고할 만하다.

詩云 '不愆不忘은 率(솔)由舊章이라'하니 遵先王之法而過者 未之有也니라.

『시경』에 '잘못이 없고 잊어버리지 않은 것은 옛 법을 따르기 때문이다.'[1]라 하였으니, 선왕의 법을 따르고서 잘못된 자가 있지 않다.

【補】 선왕의 법을 따라야 하는 이유를 밝히고 있다. '솔(率)' 자와 '준(遵)' 자가 이를 뒷받침한다. '구장(舊章)'은 선왕의 법을 말한다. '잘못[過]'이란 『시경』에서 말한 '건(愆)'과 '망(忘)'을 가리킨다.

聖人이 旣竭目力焉하시고 繼之以規矩準繩하시니 以爲方員平直에 不可勝用也며 旣竭耳力焉하시고 繼之以六律하시니 正五音에 不可勝用也며 旣竭心思焉하시고 繼之以不忍人之政하시니 而仁覆(부)天下矣시니라.

성인이 이미 시력을 다하고 규, 구, 준, 승으로써 계속하니 방, 원, 평, 직을 만드는 것에 이루 다 쓸 수 없다. 이미 청력을 다하고 6률로써 계속하니 5음을 바로잡음에 이루 다 쓸 수 없다. 이미 마음을 다함으로써 사람을 차마하지 못하는 정치로 계속하니, 인(仁)이 천하에 덮였다.

【補】 이는 내적인 면과 외적인 면의 조화로 인한 성공을 말한다. '이미 시력을 다하다'라는 것은 내적인 것이며, '규, 구, 준, 승으로써 계속하다'라는 것은 외적인 것이다. '규구'에 대해서는 앞 절에 이미 나왔다. '준(準)'은 수평기(水平器)와 같은 것으로 평평한 것을 재는 도구이고, '승(繩)'은 먹줄처럼 곧은 것을 치는 도구인데, 실에 먹물을 먹여 길게 잡아당긴 후 올렸다가 내리면 실이 닿은

1) 잘못이…… 때문이다 : 「대아(大雅)、가락(假樂)」에 보인다.

면에 직선 표시가 나는 것이다. '이루 다 쓸 수 없다'는 말은 성공을 뜻한다. '사람을 차마하지 못하는 정치'란 바로 요임금과 순임금 같은 정치를 가리킨다.

故로 曰 '爲高호대 必因丘陵하며 爲下호대 必因川澤이라'하니 爲政호대 不因先王之道면 可謂智乎아.

그러므로 '높은 것을 만들되 반드시 구릉을 이용하고, 낮은 것을 만들되 반드시 천택을 이용하라.'고 했다. 정사를 하면서 선왕의 도를 이용하지 않는다면 지혜롭다고 말할 수 있겠는가.

【補】 힘을 쓰는 것은 적고, 공은 많음을 말한다.
'위(爲)' 자는 '작(作)' 자의 뜻이다. 높은 산등성이를 만들려면 평지에서 만드는 것보다 구릉을 이용하는 것이 용이하기 때문에 이렇게 말한 것이다. 지금도 왕릉을 다른 말로 '인산(因山)'이라고 하는 것은 바로 여기에서 유래한다. '높은 산을 만들다'는 말은 '훌륭한 정치를 하려면'이라는 비유이다. 반대로 낮은 것을 만들 때에는 냇가나 연못을 이용하는 것이 힘이 덜 들면서 빨리 이룰 수 있기 때문이다.
참고로 '높은 것을 만들다[爲高]'란 구체적으로는 동지에 하늘제사를 지내기 위해 만드는 것이고, '낮은 것을 만들다[爲下]'란 하지에 땅제사를 지내기 위해 방택(方澤)에 만드는 것이라고 한다. '선왕의 도'란 훌륭한 제도를 말한다.

是以惟仁者아 宜在高位니 不仁而在高位면 是는 播其惡於衆也니라.

이 때문에 오직 어진 사람만이 높은 지위에 있어야 하는 것이니, 어질지 못하면서 높은 지위에 있으면, 이는 그 악을 백성에게 뿌리는 것이다.

【補】 임금의 현불초는 선왕의 법을 따르는가, 따르지 않는가의 여부에 달려 있고, 여기에 따라 그 은택을 베풀 수 있는지 악을 뿌리는지 결정된다는 말이다.

'어진 사람'이란 선왕의 도를 따르는 사람을 가리킨다. '높은 지위'는 임금을 가리킨다.

上無道揆也하며 下無法守也하야 朝不信道하며 工不信度하야 君子 犯義하고 小人이 犯刑이면 國之所存者 幸也니라.

위에서는 도를 헤아림이 없고, 아래에서는 법을 지킴이 없으며, 조정에서는 도를 믿지 않고, 공인들은 법도를 믿지 않으며, 군자가 의를 범하고, 소인이 법을 범한다면, (이렇게 하고) 나라가 보존되는 것은 요행이다.

【補】 조기는 '위에서는 도로써 헤아림이 없고[上無道揆也]'에서 '도(道)' 자를 기술[術]로 보고 '임금이 도를 헤아리는 방법을 모르고'라고 해석했다. 주희는 이와는 달리 '도(道)' 자를 의리[義]로 보고 '임금이 의리로써 헤아림이 없고'라고 해석했다.

또 조기는 '관리들은 법도를 믿지 않으며[工不信度]'에서 '공(工)' 자를 공장(工匠)으로, '도(度)' 자를 도량술(度量術)로 보고 '장인들은 도량술을 믿지 않는다'로 해석했다. 주희는 '공' 자를 관(官), '백공(百工)'을 백관(百官)으로, '도' 자를 '법(法)'으로 보고 '관원들(신하들)은 법을 믿지 않는다'로 해석했다.

조기는 앞서 나온 비유에 착안하여 원뜻에 충실하게 해석한 반면, 주희는 의미를 조금 확장하여 문맥에서의 해석을 유도한 것이니, 작게 보면 해석의 차이가 있으나, 크게 보면 의미가 통한다.

'군자'는 위정자를, '소인'은 백성을 말한다. '나라가 보존되는 것은 요행이다'라는 말은 선왕의 법을 따르지 않으면 반드시 국가가 망하게 된다는 뜻이다.

결국 조기나 주희의 해석도 좋지만, '상(上)', '조(朝)', '군자(君子)'는 위정자를, '하(下)', '공(工)', '소인(小人)'은 백성으로 보면 이해가 쉽다.

故로 曰 '城郭不完하며 兵甲不多 非國之災也며 田野不辟하며 貨財不聚 非國之害也라 上無禮하며 下無學이면 賊民이 興하야 喪無日矣라'하니라.

그러므로 '성곽이 완전하지 못하고 병사와 무기가 많지 못한 것이 나라의 재앙이 아니고, 논밭과 들이 개간되지 못하고 재화가 모이지 않은 것이 나라의 재해가 아니다. 윗사람이 예의가 없고, 아랫사람이 배움이 없으면, 나라를 해치는 백성이 일어나 며칠이 못되어 나라를 잃는다.'라고 말한다.

【補】 '성곽이 완전하지 못하고, 병사가 많지 못한 것'은 전국시대 상황으로 곧 강병(强兵)이 되지 못함을 말한다. '논과 밭이 개간되지 못하고, 재화가 모이지 않는 것' 역시 전국시대에 부국(富國)하지 못한 것을 말한다.

詩曰 '天之方蹶(궤)시니 無然泄泄라'하니,

『시경』에 '하늘이 바야흐로 우리나라를 쓰러뜨리려 하니, 그렇게 예예하지 말라.'[2]는 기록이 있다.

【補】『시경』의 이 시는 동주(東周) 시대 신하들의 말이다. 따라서 '우리나라'란 주나라 왕실을 가리킨다. '궤(蹶)' 자는 '넘어지다', '움직이다'의 뜻이 있으며 '궐' 자의 음도 있다. 언해본에 '궤' 자로 되어 있다. '예예'는 게으르고 느슨하며, 기뻐하여 따르는 모양을 말

2) 하늘이…… 말라 : 「대아(大雅)、판(板)」에 보인다.

하는 것으로 아래 절에 다시 나온다.

泄泄는 猶沓沓也니라.

예예는 답답(沓沓)과 같다.

【補】 동주 시대의 '예예'라는 말이, 전국 시대에는 '답답하다'는 뜻과 같이 쓰였음을 말하고 있다.
'답(畓)' 자는 '논'이라는 뜻이 있으며, 또한 물이 넘치는 모양이라는 뜻도 가지고 있다. 물이 가득 차 있는 모습이기에 '답답하다'라는 뜻이 파생되었다고도 한다.

事君無義하며 進退無禮하고 言則非先王之道者 猶沓沓也니라.

신하가 임금을 섬김에 의로움이 없고, 나가고 물러남에 예가 없으며, 말할 적마다 선왕의 도를 비방하는 사람이 답답하게 하는 것과 같다.

【補】 바로 이 세 가지가 답답하다는 말이다. 즉 선왕의 도를 따르지 않고, 임금에게는 악함을 간하지 않으며, 아부하고 비위나 맞추는 따위 모두를 말한다.

故로 曰 '責難於君을 謂之恭이오 陳善閉邪를 謂之敬이오 吾君不能을 謂之賊이라'하니라."

그러므로 '임금에게 어려운 일로써 권면하는 것을 「공」이라 말하고, 선한 것을 말하여 사악한 것을 막는 것을 「경」이라 말하며, 우리

임금은 불가능하다고 말하는 것을 「적」이라 말한다.'고 한다."

【補】 신하가 임금에게, '요임금과 순임금 같은 마음과 제도를 따르시라'고 말하기란 쉽지 않다. 그러나 이를 간하는 것이 '공손한 마음[恭]'이다. 또한 선한 것을 말하고 사악한 마음을 막는 것은, 신하가 임금에 대한 진실하고 간절한 마음으로 '공경하는 마음[敬]'이라고 한다. 우리 임금은 불가능하다고 말하는 것은 임금 자체를 무시하고 포기하는 행위로서 곧 임금을 '해치는 마음[賊]'인 것이다.
「공손추 상」 제6장에 보이는 "謂其君不能者, 賊其君者也."와 같은 말이 마지막에 다시 쓰임으로써 선왕의 도로 이끌어야만 진정한 신하임을 강조하고 있는 절이다.
'책(責)' 자는 '꾸짖다'의 뜻이 아니라 '책선(責善)'처럼 '권면하다', '요구하다'의 뜻으로 쓰였다.

이루 상 제2장

孟子 曰 "規矩는 方員之至也요 聖人은 人倫之至也니라.

맹자가 말했다.
"둥근 자와 굽은 자는 방형과 원형의 지극한 준칙이고, 성인은 인륜의 지극하신 분이다.

【補】 규, 구를 앞서 비유사로 쓰고, 성인이 인륜의 지극함을 강조하고 있는 절이다.
'규구'는 앞 장에 나왔다. '지(至)' 자는 '지극함[極]'이라는 뜻으로 '표준', '준칙', '법' 등의 뜻으로 쓰였다.

欲爲君인댄 盡君道요 欲爲臣인댄 盡臣道니 二者를 皆法堯舜而已矣니 不以舜之所以事堯로 事君이면 不敬其君者也요 不以堯之所以治民으로 治民이면 賊其民者也니라.

임금이 되려면 임금의 도리를 다해야 할 것이고, 신하가 되려면 신하의 도리를 다해야 할 것이니 두 가지 모두 요임금과 순임금을 법 받을 뿐이다. 순임금이 요임금을 섬기던 것으로써 임금을 섬기지 못한다면 그 임금을 공경하지 않은 자이고, 요임금이 백성을 다스리던 것으로써 오늘날 백성을 다스리지 않는다면 그 백성을 해치는 자이다.

【補】 군신의 도를 다해야 한다면 모두 요임금과 순임금을 법으로 삼아야 한다는 말이다. 즉 어진 임금과 어질지 못한 임금은 바로 요임금과 순임금을 모범으로 삼는가, 삼지 않는가의 여부에 달려 있을 뿐임을 말하고 있다.

원문 '不以舜之所以事堯' 앞에 '만약[如]'이라는 말이 생략되어 있다. '그 임금을 공경하지 않은 신하'란 신하로서 그 도리를 다하지 못했음을 뜻한다.

孔子 曰 '道 二니 仁與不仁而已矣라'하시니라.

공자께서 말씀하셨다. '도라는 것은 두 가지이니, 인과 불인일 따름이다.'

【補】 맹자는 인과 불인의 기준이 요임금과 순임금을 법 받는가, 법 받지 않는가의 여부일 따름이라는 공자의 말을 인용하여 이를 강조하고 있다. '이이의(而已矣)' 세 글자에는 이 외에 없다는 단정

적 성격을 지니고 있다.

暴(포)其民이 甚則身弑國亡하고 不甚則身危國削하나니 名之曰幽厲면 雖孝子慈孫이라도 百世에 不能改也니라.

백성을 포악하게 다스림이 심하면 자신은 시해를 당하고 나라가 망하며, 심하지 않으면 몸이 위태롭고 나라가 줄어든다. 이름을 붙이기를 '유'나 '여'라고 하면, 비록 어버이를 사랑하는 효자와 조부를 사랑하는 손자가 있다고 하더라도 백세토록 고칠 수 없다.

【補】 주나라 말엽 폭군의 대명사로 쓰인 유왕이나 여왕 같은 악명(惡名)이 붙는다면, 아무리 훌륭한 자식과 손자가 있어도 이를 바꿀 수 없다는 뜻이다.
앞 절의 '해칠 적(賊)' 자와, 여기의 '해칠 포(暴)' 자는 같은 뜻으로 쓰였다. '유(幽)'나 '여(厲)' 모두 폭군에게 붙여진 시호(諡號)이다.

詩云 '殷鑑不遠이라 在夏后之世라'하니 此之謂也니라."

『시경』에 '은나라의 거울이 멀리 있지 않으니, 하후의 말세에 있다.'[3]라고 하였으니, 이것을 말한 것이다."

【補】 하후 말엽, 걸(桀)왕을 보면 은나라를 알 수 있다는 뜻이다. 즉 망국의 징조는 멀리 있지 않고 가까이 있다는 말이다. 걸왕과 주왕의 행위는 바로 불인(不仁)에 있음을 증명하고 있다.
'은감(殷鑑)'이란 은나라 스스로 비춰보고 경계해야 할 거울을 말한다.

3) 은나라의…… 있다 : 「대아(大雅)、탕(蕩)」에 보인다.

이루 상 제3장

孟子 曰 "三代之得天下也는 以仁이오 其失天下也는 以不仁이니라.

맹자가 말했다.

"삼대(하은주)가 천하를 얻은 것은 인으로써 하였고, 천하를 잃은 것은 불인으로써 하였다.

【補】 이 절은 천하를 얻는 기준을 명확히 제시하고, 반대인 불인을 제시함으로써 이를 경계하고 있다.
하은주 삼대가 천하를 얻을 수 있었던 것은 다름 아닌 인에 달려 있으니, '어질고 어질지 못함[仁不仁]'은 마음에 달려 있다. '득실(得失)'은 천하를 얻고 잃는 천자의 일이다. '기(其)' 자가 가리키는 것은 앞의 삼대이다.

國之所以廢興存亡者 亦然하니라.

제후국의 폐흥과 존망 또한 그러하다.

【補】 천자 뿐 아니라 제후의 열국에 있어서도 그렇다는 말이다. '인과 불인'에 폐흥과 존망이 달려 있음을 말하고 있다. 여기에서의 '국(國)'은 제후의 나라를 가리킨다.

天子 不仁이면 不保四海하고 諸侯 不仁이면 不保社稷하고 卿大夫 不仁이면 不保宗廟하고 士庶人이 不仁이면 不保四體니라.

천자가 어질지 못하면 천하를 보전하지 못하고, 제후가 어질지 못하면 사직을 보전하지 못하며, 경과 대부가 어질지 못하면 종묘를 보전하지 못하고, 사(士)와 서인이 어질지 못하면 제 한 몸을 보전하지 못한다.

【補】 천자로부터 서인에 이르기까지 이 세상의 모든 흥망성쇠는 바로 인과 불인에 달려 있을 뿐이라며 그 의미를 확대하고 있는 절이다. 또한 어질지 못하여 일어나는 재앙이 있다면, 반드시 어진 마음을 가져야 함을 강조하고 있다.
'사해(四海)'는 사방이 바다로 둘러싸여 있으므로 '천하'와 같은 말이다. '사직(社稷)'의 사(社)는 토지를 주관하는 신을, 직(稷)은 곡물을 주관하는 신을 말하니, 제후에게 있어서 가장 중대한 일이 두 신에게 제사를 지내는 것이다. 대개 '국가(國家)'를 사직이라고도 하는 것도 이러한 이유이다.
'종묘(宗廟)'는 조상을 제사지내는 사당으로서 경과 대부에게 있어서 가장 중요한 일이다. 봉해준 땅이 있어야만 이 사당이 있다.
'사체(四體)'는 사지(四肢)와 같은 말로 '한 몸'이라는 뜻이다.

今에 惡(오)死亡而樂(락)不仁하노니 是猶惡醉而强酒니라."

오늘날 죽는 것을 싫어하면서 어질지 못한 것을 좋아하니, 이는 술에 취하는 것을 싫어하면서도 술을 억지로 마시는 것과 같다."

【補】 '죽는 것'이란 어질지 못하여 당하는 화(禍)의 일종이다[不仁之禍]. 술 취하는 것이 싫다면 마시지 않으면 되고, 죽는 것이 싫다면 어진 마음으로 살면 됨을 말한다.

이루 상 제4장

孟子 曰 "愛人不親이어든 反其仁하고 治人不治어든 反其智하고 禮人不答이어든 反其敬이니라.

맹자가 말했다.

"사람을 사랑해도 가까워지지 않거든 인을 돌이켜보고, 사람을 다스려도 다스려지지 않거든 지(智)를 돌이켜보고, 사람에게 예를 베풀어도 답례하지 않거든 경을 돌이켜봐야 한다.

【補】 남을 탓하지 말고 자신을 되돌아봐야 함을 말하고 있다. 즉 남을 사랑했지만 그 보답이 없다면 자신의 사랑을 되돌아보고, 남을 다스렸지만 성과가 없다면 백성이 무지하다고 생각하지 말고 자신의 역량을 반성하며, 남에게 예를 베풀었지만 답례가 없다면 자신의 예를 되돌아 볼 것을 말한다.

行有不得者어든 皆反求諸(저)己니 其身이 正而天下 歸之니라.

행하고도 얻지 못함이 있거든 모든 것을 자신에게 돌이켜 찾아야 하니, 자신이 바르게 되면 천하가 돌아오는 것이다.

【補】 유가사상의 핵심 중 하나인 반구저기(反求諸己)의 고사이다. 맹자는 위정자로서의 입장으로 이 글을 남겼는데, 주희는 "사람과 접촉할 때에 자기 자신을 반성해야 한다는, 즉 도덕을 닦을 때 핵심 요소가 이 여덟 글자[行有不得, 反求諸己]에 있다."고 말했으니 차이가 있다.

'행(行)' 자에는 위의 절 원문 '愛人, 治人, 禮人'의 뜻이 담겨 있다. '반(反)' 자에는 원문 '反其仁, 反其智, 反其敬'의 뜻이 있다. '얻지 못함[不得]'이란 '자기의 의지대로 일이 이뤄지지 않았다'는 말이다. '귀(歸)' 자 역시 '애(愛), 치(治), 예(禮)'로 돌아온다는 말이다.

詩云 '永言配命이 自求多福이라'하니라."

『시경』에 '길이 천명에 배합하기를 생각함이 스스로 많은 복을 구하는 방법이다.'[4]라고 했다."

【補】 같은 구절이 「공손추 상」 제4장에 나왔다.

이루 상 제5장

孟子 曰 "人有恒言호대 皆曰'天下國家라'하니 天下之本은 在國하고 國之本은 在家하고 家之本은 在身하니라."

맹자가 말했다.
"사람들은 늘 '천하, 국(國), 가(家)'라고 말하는데, 천하의 근본은 국에 있고, 국의 근본은 가에 있고, 가의 근본은 몸에 있다."

【補】 사람들은 늘 '천하, 국, 가'라고만 하고, 그 근본이 되는 몸에 대해서는 말하지 않았기 때문에 이와 같은 말을 함으로써 보충한 것이다. 이른바 팔조목 중 '수신(修身)'이 천하, 국, 가의 근본이 된다는 뜻이다.

4) 길이…… 방법이다 : 「대아(大雅)·문왕(文王)」에 보인다.

이루 상 제6장

孟子 曰 "爲政이 不難하니 不得罪於巨室이니 巨室之所慕를 一國이 慕之하고 一國之所慕를 天下 慕之하나니 故로 沛然德敎 溢乎四海하나니라."

맹자가 말했다.

"정치를 하는 것이 어렵지 않으니, 세가 대신에게 죄를 얻지 말아야 한다. 세가 대신의 사모하는 바를 한 나라의 모든 사람들이 사모하고, 한 나라의 사모하는 바를 천하의 모든 사람이 사모한다. 그러므로 덕교가 천하에 넘친다."

【補】 이 장은 앞 5장의 '가(家)의 근본은 몸을 수양하는 데 있다[家之本在身]'에 대한 설명이다. 다만 5장에서 천하로부터 몸을 언급했다면, 이 장에서는 몸으로부터 천하로 되돌아가는 과정을 설명하고 있으니 차이가 있다.

'정치를 하는 것이 어렵지 않다'는 말은 곧 내 자신에게 달려 있기[在其身] 때문에 그렇다는 말이다. 반대로 세상에서 어려운 것은 내 자신에게 있지 않은 것을 기약하기 때문이다.

'죄를 얻다'는 말은 정치를 제대로 하지 못해 원한이나 분노를 사는 것을 말한다. '거실(巨室)'은 세가 대신을 가리킨다. '사모하는 바'란 임금이 몸을 닦아 이뤄진 공효를 말한다. 그가 올바른 몸가짐을 가졌기 때문이다.

이루 상 제7장

孟子 曰 "天下 有道엔 小德이 役大德하며 小賢이 役大賢하고 天下無道엔 小役大하며 弱役强하나니 斯二者는 天也니 順天者는 存하고 逆天者는 亡하나니라.

맹자가 말했다.

"천하에 도가 있을 때에는, 작은 덕을 지닌 사람이 큰 덕을 가진 사람에게 부림을 당하고, 어질지 못한 사람이 매우 어진 사람에게 부림을 당한다.

천하에 도가 없을 때에는, 작은 사람이 큰 사람에게 부림을 당하고, 약한 사람이 강한 사람에게 부림을 당한다. 이 두 가지는 하늘의 이치이니, 하늘의 이치를 순종하는 사람은 보존되고, 하늘의 이치를 거스르는 사람은 망한다.

【補】 천하의 도가 있는 시대는 성현이 지배하는 시대를 말한다. 그러므로 덕이 지배한다. 하지만 천하에 도가 없을 때에는 덕이 아닌 힘의 논리에 의해 지배되므로 이를 말하고 있다.

齊景公이 曰 '旣不能令하고 又不受命이면 是는 絶物也라'하고 涕出而女於吳하니라.

제경공이 '이미 명령하지도 못하고 또 명령을 받지도 않는다면, 이는 타국과의 교유를 끊어버린 것이다.'라고 말하고는 눈물을 흘리면서 오나라에 딸을 시집보냈다.

【補】 춘추시대 제경공의 일로써 '하늘의 이치를 순종하는 사람은 보존됨[順天者存]'을 증명하고 있다. 다시 말해, 제경공은 오나라 왕인 합려(闔閭)에게 어쩔 수 없이 딸을 시집보내는, 약소국의 숙명을 지녔지만, 그래도 나라는 보존했음을 밝히고 있다.
'명령을 하지 못하고'라는 말은 강대국이 못되었다는 뜻이다. '명령을 받지도 않는다면'이란 '명을 거스른다'는 뜻이다. '물(物)' 자는 '사(事)' 자의 뜻으로 '타국과 교유하는 일'을 말한다. 주희는 '물' 자를 자기[己]를 제외한 타인(他人)의 뜻으로 쓰였다고 했으니 의미가 크게 다르지 않다. '여(女)' 자는 '시집보내다'라는 동사로 쓰였다.

今也에 小國이 師大國而恥受命焉하나니 是猶弟子而恥受命於先師也니라.

오늘날 약소국이 강대국의 소행을 본받으면서 명령받기를 부끄러워 여기니, 이는 제자로서 선생님에게 가르침을 받는 것을 부끄러워하는 것과 같다.

【補】 '부끄러워 여긴다[恥]'는 말은 또한 하늘을 순종하지 않는다는 뜻으로 쓰였다[不順天, 逆天]. '사(師)' 자는 '모범으로 삼다[法]'의 뜻으로 쓰였다. '명(命)' 자는 '가르침[教]'이라는 말이다.

如恥之인댄 莫若師文王이니 師文王이면 大國은 五年이오 小國은 七年에 必爲政於天下矣리라.

만일 그것을 부끄러워한다면 문왕을 본받는 것만 못하다. 문왕을 본받으면 큰 나라는 5년, 작은 나라는 7년이면 반드시 천하를 다스리는 정치를 하게 될 것이다.

【補】 '천하를 다스리는 정치를 한다'는 말은 천하의 왕도정치를 실천할 수 있다는 말과 같다. 천하를 다스리는 정치를 하기에는 정비가 원래부터 잘 된, 대국이 유리하다.
주희 또한 5년, 7년은 타고 있는 세(勢)의 똑같지 않음으로써 차등을 삼은 것이기 때문에 숫자에 연연하여 해석할 필요는 없다고 하였으니 참고할 만하다.

詩云 '商之孫子 其麗不億이언마는 上帝旣命이라 侯于周服이로다 侯服于周하니 天命靡常이라 殷士膚敏이 祼將于京이라'하여늘 孔子曰 '仁不可爲衆也니 夫國君이 好仁이면 天下無敵이라'하시니라.

『시경』에 '상나라의 자손이 그 수가 억 뿐만이 아니지만, 상제가 이미 명하였기에 주나라에 복종하는구나. 주나라에 복종하니 천명은 일정하지 않다. 은나라 관료로서 훤칠하고 능력 있는 자들이 서울에서 술을 부어 제사를 돕는다.'[5]라고 하였다. 공자께서 '어진 사람은 대중이 대적할 수 없으니, 나라의 임금이 인을 좋아하면 천하에 대적할 사람이 없다.'라고 말씀하셨다.

【補】 이 시는 주(紂)왕의 멸망 시대, 즉 은 왕조가 천명에 따라 주 왕조에게 굴복했던 일을 썼다. 어진 정치를 펼친 이는 바로 주나라의 문왕과 무왕이며, 백성이 힘을 못 쓴 것은, 은나라의 억 명이 넘는 사람들이 어진 정치에 힘을 쓸 수 없다는 말이다. 이 절은 주나라가 바로 대도이며 성현의 시대가 열렸다는 말이다.
'려(麗)' 자에는 '수효[數]'의 뜻이 있다. '후(侯)' 자는 발어사(發語辭)로서 뜻이 없다. '부(膚)' 자는 '살갗'이라는 뜻 외에 '크다[大]'의 뜻도 있고, '문사가 아름답지 못하다'라는 뜻도 있지만, 이와는 정반대로 '아름답다'라는 뜻도 있다. '관장(祼將)'에서 '관(祼)' 자는 검은 기장으로 만든 울창주를 땅에 뿌리면서 제사를 지내는 것을 말하며 '장(將)' 자는 '돕다'의 뜻이다.

5) 상나라의…… 돕는다 : 「대아(大雅) · 문왕(文王)」에 보인다.

'어진 사람은 대중이 대적할 수 없다'에 대해서는 다양한 해석이 있다. '어진 정치를 하면 많은 사람도 세력을 부릴 수 없다.'라는 해석도 있고, '인의 덕이 갖는 힘은 사람의 많은 수로 따질 수 없다.'라는 해석도 있고, '어진 사람은 무리가 많다고 될 수 없다.'라는 해석도 있다.
본서의 해석은 뒤의 말과 의미 중첩이 없지는 않지만 조기나 주희의 설을 따라 '어진 사람은 많은 사람도 제어할 수 있다.'의 뜻으로 해석했다. 여기서 '어진 사람'이란 문왕과 무왕을 지칭한다.

今也에 欲無敵於天下而不以仁하나니 是猶執熱而不以濯也니 詩云 '誰能執熱하야 逝不以濯이리오'하니라."

오늘날 천하에 대적할 사람이 없기를 바라면서 어진 정치를 행하지 않으니, 이는 뜨거운 물건을 손에 쥐고서 찬물로 씻지 않는 것과 같다. 『시경』에 '어느 누가 뜨거운 물건을 쥐고도 찬물로 씻지 않는가.'[6]라고 하였다."

【補】 천하의 어진 정치를 펼치고 싶다면 바로 문왕의 정치를 법으로 삼아 실천하라는 말이다.
'뜨거운 물건을 손에 쥐고서 물로 씻지 않는 것'에 대해 일부에서는 '뜨거운 열에 몸을 노출하고서 씻지 않는 것'이라 해석하기도 하고, '뜨거운 물건을 잡으려고 하면서도 손을 미리 물에 담가 식히지 않는가'라고 해석하기도 하니, 참고로 적어 둔다.
'서(逝)' 자는 발어사(發語辭)로서 해석하지 않기도 하고, 원의를 살려 '쫓아가서'로 해석하기도 한다.

6) 어느…… 않는가 : 「대아(大雅)·상유(桑柔)」에 보인다.

이루 상 제8장

孟子 曰 "不仁者는 可與言哉아 安其危而利其菑(재)하야 樂其所以亡者하나니 不仁而可與言이면 則何亡國敗家之有리오.

맹자가 말했다.

"어질지 못한 자와 더불어 말할 수 있겠는가. 위태로움을 편안히 여기고 재앙을 이롭게 생각해 망할 수밖에 없는 것들을 좋아한다. 어질지 못하면서도 더불어 말할 수 있다면 어떻게 나라를 망하게 하고 집안을 패하게 하는 일이 있겠는가.

【補】 이는 어질지 못한 자와 더불어 이야기할 수만 있다면 그 어질지 못함을 바꿀 수 있는데, 그들은 위태로움을 편히 여기고 재앙을 이롭게 생각하여 더불어 말할 수 있는 기회조차 갖지 않으니, 이를 애석하게 여기며 한 말이다.

묵은 밭 '치(菑)' 자는 '재(災)' 자와 같은 뜻으로 사용되었으며, 독음도 '재'로 한다.

有孺子 歌曰 '滄浪之水 淸兮어든 可以濯我纓이오 滄浪之水 濁兮어든 可以濯我足이라'하여늘,

어린 아이들이 '창랑의 물이 맑거든 나의 갓끈을 씻을 것이고, 창랑의 물이 흐리거든 나의 발을 씻겠다.'라고 노래한다.

【補】 춘추시대 어린 아이들의 노래로서, 일명 창랑가이다.

굴원(屈原)의 「어부사」에도 이 노래가 나오지만 이와는 다르다. 즉 작자인 굴원은 어부의 여세추이(與世推移) 태도로 썼지, 본문처

럼 '스스로 취함[自取]'으로 쓴 것은 아니다.
'창랑(滄浪)'은 그저 '푸른 물'이라는 설과 실제 강물의 이름이라는 설과 지명이라는 설이 있으나 자세하지는 않다. 일반적으로 강물의 이름으로 알려져 있다.

孔子 曰 '小子아 聽之하라 「淸斯濯纓이오 濁斯濯足矣」로소니 自取之也라'하시니라.

공자께서는 '제자들이여, 저 노래를 들어봐라. 「물이 맑으면 갓끈을 씻고, 물이 흐리면 발을 씻는다.」고 하니, 이는 물이 스스로를 취하는 것이다.'라고 말씀하셨다.

【補】 사물의 이치에 대해 말하고 있다. 곧 사람이 하는 것이 아니라, 창랑의 물이 스스로 그러한 것을 불러들였다는 뜻이다.

夫人必自侮然後에 人이 侮之하며 家必自毁而後에 人이 毁之하며 國必自伐而後에 人이 伐之하니라.

사람은 반드시 스스로 업신여긴 뒤에 남이 그를 업신여기며, 집안은 반드시 스스로 망할 짓을 한 뒤에 남이 그를 망하게 하며, 나라는 반드시 스스로 공격한 뒤에 남이 공격하는 것이다.

【補】 앞서 사물도 그러한데 인간의 일, 집안, 나라 모두 자업자득임을 밝히고 있는 절이다.

太甲에 曰 '天作孼은 猶可違어니와 自作孼은 不可活이라'하니 此之謂也니라."

「태갑」에 '하늘이 만든 재앙은 오히려 피할 수 있지만 스스로 만든 재앙은 피하여 살 수 없다.'는 기록이 있으니, 이것을 말한 것이다."

【補】「공손추 상」 제4장에 이미 나왔다.

이루 상 제9장

孟子 曰 "桀紂之失天下也는 失其民也니 失其民者는 失其心也라 得天下 有道하니 得其民이면 斯得天下矣리라 得其民이 有道하니 得其心이면 斯得民矣리라 得其心이 有道하니 所欲을 與之聚之오 所惡(오)를 勿施爾也니라.

맹자가 말했다.

"걸왕과 주왕이 천하를 잃은 것은 백성을 잃었기 때문이니, 백성을 잃었다는 것은 백성의 마음을 잃은 것이다. 천하를 얻는 데에는 방법이 있으니 백성을 얻으면 천하를 얻을 것이다. 백성을 얻는 데에는 방법이 있으니 그 마음을 얻으면 백성을 얻을 것이다. 마음을 얻는 데에는 방법이 있으니 원하는 것을 주어서 모이게 하고 싫어하는 것을 백성에게 베풀어서는 안 된다.

【補】백성의 부모가 된 자는 자식이 좋아하는 것을 주고, 싫어하는 것은 베풀지 말아야만 그 백성의 부모가 된 자격이 있다. 백성의 부모란 다름 아닌 임금을 말한다. 원문 '爾也'에서 '이(爾)'는 '백성'을 가리킨다.

民之歸仁也 猶水之就下며 獸之走壙也니라.

백성이 어진 사람에게 돌아가는 것은, 물이 아래로 내려가며, 들짐승이 들녘으로 달려가는 것과 같다.

【補】 백성의 마음을 따라가는 것이 진정 어진 정치임을 물과 들짐승의 비유를 통해 말하고 있는 절이다.

故로 爲淵敺魚者는 獺也요 爲叢敺爵(雀)者는 鸇也요 爲湯武敺民者는 桀與紂也니라.

그러므로 깊은 연못을 위하여 물고기를 몰아다주는 것은 수달이고, 떨기를 위하여 참새를 몰아주는 것은 매이며, 탕왕과 무왕을 위하여 백성을 몰아준 사람은 걸왕과 주왕이다.

【補】 수달이 고기를 잡으려 하면, 물고기들은 이를 피하려 깊은 연못으로 달아난다. 매가 참새를 잡으려 하면, 참새는 잔가지 숲을 가지 못하는 매를 피하려 이곳으로 달아난다. 수달과 매처럼 탕왕과 무왕을 위해 백성을 몰아다준 사람이 바로 걸왕과 주왕이라는 말이다.

今天下之君이 有好仁者면 則諸侯 皆爲之敺矣리니 雖欲無王이나 不可得已니라.

오늘날 천하의 임금 가운데 인을 좋아하는 사람이 있다면, 제후들이 모두 그를 위하여 백성을 몰아다 줄 것이니, 비록 왕도정치를 이룩하지 않으려 해도 그만둘 수 없을 것이다.

【補】 어진 정치가 반드시 필요하다는 필연성과 더불어 인을 좋아하는 임금이 있다면 자연스럽게 이뤄진다는 자연성을 동시에 말하고 있다.

'왕(王)' 자 한 글자에 '왕도정치를 하다'라는 뜻이 있다.

今之欲王者는 猶七年之病에 求三年之艾也니 苟爲不畜이면 終身不得하리니 苟不志於仁이면 終身憂辱하야 以陷於死亡하리라.

오늘날 왕도정치를 하고자 하는 사람은 7년간의 지병에 3년 묵은 쑥을 구하는 것과 같다. 만일 쑥을 쌓아 두지 않으면 죽을 때까지 얻지 못할 것이다. 만일 어진 정치에 뜻을 두지 않으면 종신토록 근심하고 치욕을 받아 사망에 이를 것이다.

【補】 인(仁)을 행하는 방법에 대해 설명하고 있는 절이다. 즉 당장이라도 비축해야 한다는 시급성과, 기다림도 필요하다는 참을성은 왕도정치에 필요한 덕목임을 말하고 강조하고 있다.

'7년간의 지병'은 전국시대 폭정에 시달린 백성을 비유한 말이고, '3년 묵은 쑥'이란 위안의 시간이 필요함을 비유한 말이다. (참고로 '쑥'은 3년간 말려 두었다가 중병에 뜸으로 사용하면 효능이 있었다고 알려져 비유로 든 것이라는 설이 있다.)

詩云 '其何能淑이리오 載胥及溺이라'하니 此之謂也니라."

『시경』에 '어찌 능히 선할 수 있으리오, 곧 서로 빠짐에 이른다.'[7] 라고 했으니, 이를 말한다."

【補】『시경』을 통해 앞 절에서 말한 인을 행하는 시급성과 인내성을 입증하고 있다.

---

7) 어찌…… 이른다 : 「대아(大雅)、상유(桑柔)」에 보인다.

'숙(淑)' 자는 '선하다[善]'의 뜻이고, '재(載)' 자는 '곧[則]'의 뜻으로 쓰였다. '빠진다[溺]'는 말은 '죽는다'는 말이다.

이루 상 제10장

孟子 曰 "自暴者는 不可與有言也요 自棄者는 不可與有爲也니 言非禮義를 謂之自暴也요 吾身不能居仁由義를 謂之自棄也니라.

맹자가 말했다.

"스스로 해치는 사람은 더불어 말할 수 없고, 스스로 버리는 사람은 더불어 일할 수 없다. 말을 했다 하면 예의를 비방하는 것을 '스스로 해친다.'라고 말하고, 내 몸은 인에 거처하고 의를 따를 수 없다고 하는 것을 '스스로 버린다.'라고 말한다.

【補】 '자포자기자'는 대화 자체를 거부한 자이다. '스스로를 버린 자'는 인(仁) 자체는 알지만, 이를 따를 수 없다고 말하는 자이다. 일명 '포기(暴棄)'는 자포자기의 준말이며, 이 글에서 유래하였다. '포(暴)' 자는 '해치다'의 뜻으로 쓰였다. '비(非)' 자는 '비방하다'로 쓰였고, '언(言)' 자는 복수사로서 '말을 할 때마다'의 의미가 있다.

仁은 人之安宅也요 義는 人之正路也라.

인은 사람의 편안한 집이요, 의는 사람의 바른 길이다.

【補】 인간이면 누구나 편안히 거처해야 하며 가야할 길이 있으니, 하늘의 이치대로 사는 것을 말한다. 특히 이 절에서는 자포자

기를 해서는 안 됨을 말하고 있다. 「공손추 상」 제7장과 뜻이 통하니 함께 보면 좋다.
인간이 욕심을 갖게 되면 위태로워지니, 편안한 집과는 반대의 상태이다. 편안함은 하늘의 이치를 편안하게 여기는 것을 말한다.

曠安宅而弗居하며 舍正路而不由하나니 哀哉라."

편안한 집을 비워두고 거처하지 않으며, 바른 길을 버려두고 따르지 않으니 슬프다!"

【補】 불편한 집에 살려고 하며, 험한 길을 가려고 하는 사람은 인의를 버리고 살아가는 자와 같음을 말하고 있다.

이루 상 제11장

孟子 曰 "道在爾(邇)而求諸遠하며 事在易(이)而求諸難하나니 人人이 親其親하며 長其長이면 而天下平하리라."

맹자가 말했다.
"도라는 것이 가까운 곳에 있는데도 먼 곳에서 구하며, 일이 쉬운데 있는데도 어려운 데서 찾는다. 사람마다 각기 그 어버이를 가까이 하고 그 어른을 어른으로 섬기면 천하가 평해질 것이다."

【補】 인(仁)의 근본이 되는 효(孝)와 제(悌)를 비유로 말하고 있다.
'도가 가깝고, 일이 쉽다'는 말은 마음에 느끼는 사랑을 말한다.
'그 어버이를 가까이 하다'는 것은 효(孝)를 말하며, '그 어른을 어른으로 섬기다'는 말은 제(悌)를 말한다.

이루 상 제12장

孟子 曰 "居下位而不獲於上이면 民不可得而治也리라 獲於上이 有道하니 不信於友면 弗獲於上矣리라 信於友 有道하니 事親弗悅이면 弗信於友矣리라 悅親이 有道하니 反身不誠이면 不悅於親矣리라 誠身이 有道하니 不明乎善이면 不誠其身矣리라.

맹자가 말했다.

"신하의 자리에 있으면서 임금에게 (신임을) 얻지 못하면 백성을 다스리지 못할 것이다. 임금에게 신임을 얻는 데 방법이 있으니, 벗에게 믿음을 얻지 못하면 임금에게 신임을 얻지 못할 것이다. 벗에게 믿음을 얻는 데에 방법이 있으니, 어버이를 섬겨 기뻐하지 않으면 벗에게 믿음을 얻지 못할 것이다. 어버이를 기쁘게 하는 데 방법이 있으니, 몸을 돌이켜봄에 성실하지 못하면 어버이의 마음을 기쁘게 해 드릴 수 없을 것이다. 몸을 성실히 하는 데 방법이 있으니, 선을 밝게 알지 못하면 그 몸을 성실히 하지 못할 것이다.

【補】'하(下)'는 신하를, '상(上)'은 임금을 말한다. 소위 『대학』에서의 성의(誠意), 정심(正心), 수신(修身)을 통해 제가(齊家), 치국(治國), 평천하(平天下)에 이르는 것과 같은 말이다. '획(獲)' 자는 '득(得)'의 뜻으로 쓰였다. '우(友)'는 '고을의 벗'을 말한다.

是故로 誠者는 天之道也요 思誠者는 人之道也니라.

이 때문에 성실히 하는 것은 하늘의 도이고, 성실히 할 것을 생각하는 것은 인간의 도이다.

【補】'성실'은 인간의 그 무엇도 포함되지 않은 그 자체를 말하니, '진실'과 통하며, 이는 곧 본체를 말한다. 그러나 그 진실 자체를 잃었기 때문에 성실히 공부하여 이를 회복해야만 한다. '사(思)' 자에 바로 이러한 뜻이 담겨 있다. 앞서 나온 삼존설(三尊說)과 일맥상통한다.

至誠而不動者 未之有也니 不誠이면 未有能動者也니라."

지극히 성실하고서 남을 감동시키지 못하는 사람은 있지 않으니, 성실하지 못하면 능히 남을 감동시킬 사람이 있지 않다."

【補】지극히 성실해지면 나의 완성에 머물지 않고 남을 완성해 주는 데까지 이를 수 있음을 말한다.
'동(動)' 자에는 '남을 완성시키다[成物]'의 의미가 담겨 있다. 따라서 '지성(至誠)'은 '자기완성[成己]'이라는 말이 된다.

이루 상 제13장

孟子 曰 "伯夷辟(避)紂하야 居北海之濱이러니 聞文王作興하고 曰 '盍歸乎來리오 吾聞西伯은 善養老者라'하고 太公이 辟紂하야 居東海之濱이러니 聞文王作興하고 曰 '盍歸乎來리오 吾聞西伯은 善養老者라'하니라.

맹자가 말했다.

"백이가 주왕을 피하여 북해의 변두리에 살다가, 문왕이 흥기했다는 말을 듣고 '어찌 그에게 돌아가지 않겠는가. 내 들으니, 서백[문왕]은 노인을 잘 봉양한다.'고 말했다.

태공이 주왕을 피하여 동해의 변두리에 살다가, 문왕이 흥기했다는 말을 듣고 '내 어찌 그에게 돌아가지 않겠는가. 내 들으니, 서백은 노인을 잘 봉양한다.'고 말했다.

【補】 '백이가 주왕을 피해 북해의 변두리로 갔다'는 말은, 주왕이 노인을 받들어 주지 않았다는 의미가 있다. '문왕이 일어났다'는 말은 어진 정치를 펼치고 있었다는 뜻이다. '래(來)' 자는 어조사로 번역하지 않는다.

'태공'은 흔히 강태공이라 불린다. 원명은 강상(姜尙)이다. 태공망(太公望), 사상보(師尙父), 여상(呂尙), 여아(呂牙) 등으로 불린다.

일부에서는 원문 '聞文王作興하고 曰'로 해석하지 않고 '聞文王作하고 興曰'로 보기도 한다. 이렇게 되면 '작흥(作興)'은 한 단어가 아니라 '문왕이 일어났다는 말을 듣고 흥기하며 말하기를'이라는 뜻이 되니 참고로 적어 둔다.

二老者는 天下之大老也而歸之하니 是는 天下之父 歸之也라 天下之父 歸之어니 其子 焉往이리오.

두 노인은 천하의 위대한 장로인데 문왕에게 돌아갔으니, 이는 천하의 아버지가 문왕에게 돌아간 것이다. 천하의 아버지가 돌아갔으니, 그 자제들이 어디로 가겠는가.

【補】 '두 노인'이란 앞 절의 백이와 태공을 가리킨다. 노인을 봉양하게 되면 그 백성 역시 모두 그에게로 돌아간다는 말이다.

諸侯 有行文王之政者면 七年之內에 必爲政於天下矣리라."

제후가 문왕의 정사를 행하는 사람이 있으면 7년 이내에 반드시 천하에 정사를 할 것이다."

【補】 앞서 「이루 상」 제7장에 "문왕을 본받으면 큰 나라는 5년, 작은 나라는 7년이면 반드시 천하에 정치를 하게 될 것이다."라고 한 말이 있다. 따라서 여기서 '7년'을 말했으므로 소국을 가리킨다.
앞부분이 백성을 대상으로 했다면, 여기서는 양로(養老)를 대상으로 했다. 특히 어려운 시대에는 노인을 방치하기 쉽기 때문에 우선적으로 돌봐야할 대상인 것이다.
'천하에 정사를 할 것이다'라는 말은 천하에 왕도정치를 펼칠 수 있을 것이라는 뜻이다.

이루 상 제14장

孟子 曰 "求也 爲季氏宰하야 無能改於其德이오 而賦粟이 倍他日한대 孔子 曰 '求는 非我徒也로소니 小子아 鳴鼓而攻之 可也라'하시니라.

맹자가 말했다.
"염구가 계씨의 가신이 되어 능히 그의 악덕을 고치지 못하고 곡식[세금]을 취한 것이 전날보다 곱절이 되자, 공자께서 '염구는 우리의 무리가 아니다. 제자들이여, 북을 울려 그 죄를 성토하는 것이 옳다.'라고 말씀하셨다.

【補】 이 일화는 『논어』、「선진(先進)」 제16장에 보인다.
맹자가 공자 제자에 관한 일을 먼저 말한 것은 호전(好戰)에 대해 말하고자 하는 데 목적이 있다.
'가신(家臣)'은 계씨의 살림을 도맡아 하는 자이다. 여기에서의 '덕(德)' 자는 선덕(善德)을 말하는 것이 아니라 계씨의 '악덕(惡德)'을 말하고 있음에 유의해야 한다. '타일(他日)'은 '과거'를 뜻한다. '공(攻)' 자가 여기서는 '성토하다'의 의미로 쓰였다.

由此觀之컨대 君不行仁政而富之면 皆棄於孔子者也니 況於爲之强戰하야 爭地以戰에 殺人盈野하며 爭城以戰에 殺人盈城이온여 此 所謂率(솔)土地而食人肉이라 罪不容於死니라.

이로 말미암아 본다면, 임금이 어진 정치를 행하지 않고 자신을 부유하게 하면 모두 공자에게 버림받을 자들이다. 더더욱 임금을 위하여 억지로 싸워서 땅을 다투어 싸워서 사람을 죽여 들판에 가득하게 만들었으며, 성을 다투어 전쟁을 벌여 사람을 죽여 성에 가득하니 오죽하겠는가. 이는 이른바 토지를 얻기 위하여 사람의 살점을 먹는다는 것으로, 그 죄는 사형에 처해도 용서받지 못할 것이다.

【補】 전국시대 사람들이 전쟁으로 인하여 살인이 만행되고 있는 그 참상을 보여주고 있는 절이다.
'부지(富之)'란 '부를 누리다'라는 말이다. '솔(率)' 자는 '얻기 위해'라는 뜻으로 쓰였다. 원문 '罪不容於死'는 '죄가 중하여 사형을 받더라도 용서받지 못할 만큼 크다'라는 말이다.

故로 善戰者는 服上刑하고 連諸侯者 次之하고 辟(벽)草萊任土地者 次之니라."

그러므로 전쟁을 잘하는 장수는 극형을 받아야 하고, 제후를 연합으로 만든 사람이 다음의 형벌을 받아야 하고, 풀밭과 쑥밭을 개간하여 백성에게 토지를 맡겨 그들을 괴롭히는 사람이 그다음의 형벌을 받아야 한다."

【補】 장수는 땅과 성을 위해서 사람들을 죽였기 때문에 극형을 받아야 하니, 이를테면 손빈이나 오기 같은 자를 말한다. '복(服)' 자의 원의가 '입다'이므로 여기서는 '상형을 입다', 즉 '처벌하다'의 뜻으로 쓰였다.
제후를 합종연횡한 자들 역시 사람들을 죽음으로 몰았기 때문에 다음에 버금가는 형벌을 받아야 하니, 이를테면 소진과 장의 같은 자들이 이에 해당한다.
'풀밭과 쑥밭을 개간한다'는 말은 황무지를 개간한다는 것으로 세금을 많이 걷기 위한 것이다. 따라서 마땅히 비판받을 대상이며 그다음의 형벌이 마땅하다.

이루 상 제15장

孟子 曰 " '存乎人者 莫良於眸子라'하니 眸子 不能掩其惡하니 胸中이 正則眸子 瞭焉하고 胸中이 不正則眸子 眊焉이니라.

맹자가 말했다.
" '사람에게 간직되어 있는 것은 눈동자보다 더 선량한 것이 없다.'라고 하니, 눈동자는 그 사람의 잘못을 감출 수 없다. 가슴속에 마음이 바르면 눈동자가 밝고, 가슴속에 마음이 바르지 못하면 눈동자가 흐리다.

【補】 눈동자는 인간 속내를 그대로 보여주는 마음의 창과 같다. 그러므로 위와 같이 말한 것이다.

聽其言也요 觀其眸子면 人焉廋哉리오."

그의 말을 들어보고 그의 눈동자를 살핀다면, 사람들이 어떻게 감추겠는가."

【補】 마음이 곧 얼굴이며, 말이 곧 그 사람의 인품이자 얼굴임을 말하고 있다.

이루 상 제16장

孟子 曰 "恭者는 不侮人하고 儉者는 不奪人하나니 侮奪人之君은 惟恐不順焉이어니 惡(오)得爲恭儉이리오 恭儉은 豈可以聲音笑貌爲哉리오."

맹자가 말했다.

"공손한 사람은 남을 업신여기지 않고, 검소한 사람은 남의 것을 빼앗지 않는다. 남을 업신여기고 빼앗는 임금은 순종하지 않을까 두려워 하니 어떻게 공손함과 검소함을 할 수 있겠는가. 공손함과 검소함이 어찌 소리나 말과 웃음과 모양으로써 꾸며서 할 수 있는 것이겠는가."

【補】 위정자들은, 남들이 자신의 말을 들어주지 않음을 걱정하고 있다. 이는 지극히 교만한 행동이다. 이러한 사람에게 공손함과 검소함은 있을 수 없다. '소리나 말과 웃음과 모양[聲音笑貌]'은 공손하고 검소한 듯이 꾸미는 것을 말한다.

이루 상 제17장

淳于髡이 曰 "男女 授受不親이 禮與잇가?" 孟子 曰 "禮也니라." 曰 "嫂溺則援之以手乎잇가?" 曰 "嫂溺不援이면 是는 豺狼也니 男女 授受不親은 禮也요 嫂溺이어든 援之以手者는 權也니라."

순우곤(제나라 변사)이 말했다.

"남녀 간에 물건 주고받기를 손수 하지 않는 것이 예입니까?"

맹자가 말했다.

"예입니다."

"형수가 물에 빠지면 손으로써 구하여야 합니까?"

"형수가 물에 빠졌는데도 구하지 않는다면, 이는 승냥이와 이리와 같습니다. 남녀 간에 물건을 주고받기를 손수 하지 않는 것은 예이지만, 형수가 물에 빠지거든 손으로 구하는 것은 권도입니다."

【補】'남녀 간에 주고받기를 친히 하지 않는 것[授受不親]'은 남녀의 예이다. 이를테면, 형수가 제사상의 음식을 줄 때에도 쟁반에 담은 후 땅에 놓아 서로 주고받는 것을 말한다.
하지만 형수가 물에 빠진 상황은 매우 위급한 때로써, 즉 죽기 직전이니 일상적인 일이 아닌 변사(變事)이다. 그러한 상황에서 구하지 않으면 인간이 아니다.
'권도(權道)'란 일에 가늠하여 임시변통으로 처리하는 일시적 방편을 말한다.

曰 "今天下 溺矣어늘 夫子之不援은 何也잇고?"

순우곤이 말했다.

"오늘날 천하의 사람들이 도탄에 빠졌는데, 선생님께서 구원하지 않는 것은 어째서입니까?"

【補】 순우곤은 형수를 천하의 사람으로 비유하고서 이를 이용해 맹자를 공격하고 있다. 결국 이 말을 하기 위해, 형수가 물에 빠진 상황을 앞서 언급한 것이다.

曰 "天下 溺이어든 援之以道요 嫂溺이어든 援之以手니 子欲手援天下乎아?"

맹자가 말했다.

"천하가 도탄에 빠지거든 도로써 구하고, 형수가 물에 빠지거든 손으로써 구하는 것입니다. 당신은 손으로 천하를 구하고자 합니까?"

【補】 천하 사람의 손을 모두 붙잡아 구원해 줄 수 없는 일이며, 그들을 도로써 구해줘야 하기 때문에, 이는 권도가 아닌 정도(正道)이어야 함을 말한다.

이루 상 제18장

公孫丑 曰 "君子之不敎子는 何也잇고?"

공손추(맹자 제자)가 말했다.

"군자가 자식을 (몸소) 가르치지 않음은 어째서입니까?"

【補】 여기서의 '군자(君子)'란 자식을 직접 가르칠 수 있는 충분

한 능력이 있는 자를 말한다. 하지만 그러한 행동을 하지 않기 때문에 공손추가 질문한 것이다. 이를테면, 공자 역시도 자식을 직접 가르치지 않고 선생에게 가르침을 받도록 자식을 바꾸어 가르치도록 했다[易子敎之].

孟子 曰 "勢不行也니라 敎者는 必以正이니 以正不行이어든 繼之以怒하고 繼之以怒則反夷矣니 '夫子 敎我以正하사대 夫子도 未出於正也라'하면 則是父子相夷也니 父子相夷則惡矣니라.

맹자가 말했다.

"사세가 행해지지 않아서이다. 가르치는 사람은 반드시 올바른 길로써 가르쳐야 하는데, 올바른 길로써 가르쳐 행해지지 않으면 뒤이어 화를 내고, 뒤이어 화를 내면 도리어 부자간의 마음을 상하게 된다. '아버지께서 나를 바른 길로써 가르치시지만, 아버지도 바른 길을 행하지 못하신다.'라고 한다면, 이는 부자간에 서로 상하게 하는 것이니, 부자간에 서로 상하게 하는 것은 최악이다.

【補】 '사세(事勢)'란 형편을 말한다. 부모가 한 말에 대해 어김이 있을 시 자식에게 해명하기 곤란하다. 부자간에 서로 가르치는 것은 최악의 상황을 초래할 수 있기에 이를 경계하고자 한 말이다. '부자(夫子)'는 부모를 지칭한다. '이(夷)' 자는 '상하다[傷], 해치다'의 뜻으로 쓰였다.

古者에 易子而敎之하니라.

옛날에는 아들을 서로 바꾸어 가르쳤다.

【補】 '역자교지(易子敎之)'라는 말은 여기에서 유래했다.

父子之間은 不責善이니 責善則離하나니 離則不祥이 莫大焉이니라."

부자간에는 선을 권하는 게 아니니, 선을 권하면 마음이 떨어지게 된다. 마음이 떨어지면 상서롭지 않은 것이 이보다 더 큰 게 없다."

【補】 교육을 통해 부자간이 서로 떨어진다면 가르치지 않은 것만 같지 못하다. 지나친 간섭은 자식에게 해가 될 뿐임을 말하고 있다. .
'떨어지다[離]'란 앞서 나온 '상하다, 해치다[夷]'의 다른 표현일 뿐 의미는 같다. '불상(不祥)'은 앞서 나온 '최악'의 다른 말이다. 「이루 하」 제10장에는 "夫章子는 子父責善而不相遇也니라. 責善은 朋友之道也니 父子責善은 賊恩之大者니라."라고 하였으니, 선을 권면하는 것은 벗 간의 도리이지 부자간의 도는 아니다. 부자간 선을 권면하는 것은 은혜를 해치는 가장 큰 일이다.
'책(責)' 자에는 '꾸짖다'는 뜻 외에도 '요구하다'라는 뜻이 있으니, '책선(責善)'이라는 말은 대개 '선으로 나가기를 요구하다', '선을 행하도록 권하다'의 뜻으로 쓰이며, 때로는 원의에 충실하여 '잘못을 바로잡아 주려고 꾸짖다'라는 뜻으로 쓰기도 하는데 의미가 통한다.

이루 상 제19장

孟子 曰 "事孰爲大오 事親이 爲大하니라 守孰爲大오 守身이 爲大하니라 不失其身而能事其親者를 吾聞之矣오 失其身而能事其親者를 吾未之聞也로라.

맹자가 말했다.
"섬기는 것 중에 무엇이 가장 큰가. 어버이를 섬기는 것이 가장 크다. 지키는 일 중에 무엇이 가장 큰가. 몸을 지키는 것이 크다. 몸을 잃지 않고서 그 어버이를 잘 섬긴 사람은 내가 들었지만, 몸을 잃고서 그 어버이를 잘 섬긴 사람을 내 들어보지 못했다.

【補】 일에 있어서 순서가 중요하다는 말이다. 몸을 지키는 일도 중요하고 어버이를 섬기는 일도 중요하지만 자기 자신의 몸을 잘 지키고, 어버이를 섬기는 것이 그다음이라는 말이다. 공부의 순서를 어긋나게 해서는 결코 안 됨을 뜻한다.

孰不爲事리오마는 事親이 事之本也요 孰不爲守리오마는 守身이 守之本也니라.

무엇인들 섬기는 것이 되지 않겠는가마는, 어버이를 섬기는 것이 모든 사람을 섬기는 근본이 되고, 무엇인들 지킴이 되지 않겠는가마는, 몸을 지키는 것이 지키는 것의 근본이 된다.

【補】 앞서 말한 '어버이를 섬김[事親]'과 '몸을 지킴[守身]'의 근본이, 각기 섬기는 것과 지키는 것의 근본이 됨을 말하고 있다.

曾子 養曾晳호대 必有酒肉이러시니 將徹할새 必請所與하시며 問有餘어든 必曰 '有라'하더시다 曾晳이 死커늘 曾元이 養曾子호대 必有酒肉하더니 將徹할새 不請所與하며 問有餘어시든 曰 '亡(무)矣라'하니 將以復進也라 此 所謂養口體者也니 若曾子則可謂養志也니라.

증자께서 증석(증자의 부친)을 봉양할 때에 반드시 술과 고기를 마련해 두었는데, 장차 밥상을 치울 때 반드시 (증자가) '누구에게 주시겠습니까?' 하고 물었고, (증석이) '남은 것이 있느냐?' 하고 되물으면, 반드시 (증자께서는) '있습니다.' 하고 대답했다.

증석이 돌아가시자, 증원(증자의 아들)이 증자를 봉양하였는데, 반드시 술과 고기가 있었다. 그러나 밥상을 치울 때에 (증원이) '누구에게 주시겠습니까?' 하고 묻지 않았으며, (증자께서) '남은 것이 있느냐?' 하고 물으면, 반드시 (증원은) '없습니다.'라고 대답했으니, 그 음식을 다시 올리려고 해서였다. 이는 이른바 '입과 몸만을 봉양한다.'는 것이다. 증자와 같이 하면 '뜻을 봉양한다.'고 말할 만하다.

【補】 술과 고기를 마련하는 일을 '양구(養口)'라고 한다. 주실 곳을 여쭙는 것은 부모님의 뜻을 헤아린 것으로 이른바 '양지(養志)'라고 한다. 증자는 양구와 양지를 잘 한 인물이다.

증자가 '음식을 누구에게 주시겠습니까?'라고 물은 것은, 부친인 증석이 남은 음식을 손주(증원)를 비롯하여 누군가에게 줄 것인지 그 마음을 헤아린 것이다.

그런데 증원은 음식이 남았는데도, '누구에게 주시겠습니까?'라고 묻지 않았으니 부친의 마음을 헤아리지 않은 것이다. 또한 '없습니다'라고 한 것은 남은 음식을 다음에 다시 증자에게 드려 봉양하려고 한 것이니, 부친에게 음식을 봉양하는 양구(養口)는 하였지만, 양지(養志)는 하지 못했음을 의미한다.

事親을 若曾子者 可也니라."

부모를 섬기는 것을 증자와 같이 하는 것이 괜찮다."

【補】 맹자는 어버이를 모시는 일[事親]에 대해 증자를 표본으로 삼고 있음을 알 수 있다.

'가(可)' 자는 앞서 나온 것처럼 '겨우 괜찮을 뿐이다'라는 뜻으로, 완전한 것은 아니라 '미진하다'라는 말이다[僅可而有所未盡]. 다시 말해 객관적으로 본다면, 증자는 증자가 해야 할 일만 했을 뿐이므로, 그것이 최선이라고 보기는 어렵다는 뜻이 내포되어 있다.

이루 상 제20장

孟子 曰 "人不足與適也며 政不足[與]間也라 惟大人이아 爲能格君心之非니 君仁이면 莫不仁이오 君義면 莫不義요 君正이면 莫不正이니 一正君而國이 定矣니라."

맹자가 말했다.

"등용한 사람을 임금과 더불어 일일이 허물을 지적할 수 없으며, 정사마다 모두 따질 수 없다. 오직 대인만이 능히 임금의 잘못된 마음을 바로잡을 수 있다. 임금이 어질면 모든 일에 어질지 않음이 없고, 임금이 의로우면 모든 일에 의롭지 않음이 없고, 임금이 바르면 모든 일들이 바르지 않음이 없다. 한 번 임금의 마음을 바르게 하면 나라가 안정된다."

【補】 인재 등용과 행정이 작은 일이 아니지만 임금의 마음을 바로잡는 것에 비한다면 작은 일이라고 할 수 있다. 따라서 근본인 임금의 마음을 바로잡아야만 어진 정사를 펼칠 수 있음을 말하고 있다.

여기에서는 '인(人)' 자 하나에는 '사람을 등용하다[用人]'의 뜻이 담겨 있다. '정(政)' 자 역시 '정사를 행하다[行政]'의 뜻이 담겨 있다. 모두 축약형이다. '적(適)' 자는 '꾸짖다[過]'의 뜻으로 쓰였다. 뒤의 '간(間)' 자 역시 '꾸짖다'는 뜻이다.

원문 '政不足間也'에서 '족(足)' 자와 '간(間)' 자 사이에 '여(與)' 자가 들어가 있는 본이 많고, 주희 역시 이것이 옳다고 봤으니 참고할 만하다.

'대인'은 '바른 마음을 가진 사람'을 가리킨다. '정군(正君)'이란 '임금의 잘못된 마음을 바로잡는 것[格君心之非]'을 말한다. '격(格)' 자는 '바로잡다'라는 뜻이다.

이루 상 제21장

孟子 曰 "有不虞之譽하며 有求全之毁하니라."

맹자가 말했다.

"생각지 못한 명예를 얻은 적이 있고, 온전함을 구한 적도 있는데 비방을 들을 수 있다."

【補】 생각지 못한 명예와 비방은 모두 진실을 상실한 것이기 때문에 그것으로는 평가할 수 없다는 말이다.
'우(虞)' 자는 '걱정하다'의 뜻도 있고, 이와는 반대인 '기뻐하다[喜]'의 뜻도 있으나, 여기서는 '헤아리다[탁(度)]'의 뜻으로 쓰였다.

이루 상 제22장

孟子 曰 "人之易(이)其言也는 無責耳矣니라."

맹자가 말했다.

"사람이 말을 함부로 하는 것은 남으로부터 꾸짖음을 받지 않았기 때문이다."

【補】 여기에서의 '사람'이란 일반 사람이 아닌 소인배를 지칭한다. 소인배들이야말로 말을 함부로 하는데, 이는 그들이 그러한 행위에 대한 질책을 받지 않아 무지해서이다.
'무책(無責)'에 대해서, 조기와 주희는 '책임 추궁이 없다'로 봤고, 혹자는 '책망할 가치조차 없다'로 봤으니 참고로 적어 둔다.

이루 상 제23장

孟子 曰 "人之患이 在好爲人師니라."

맹자가 말했다.
"사람들의 폐단은 남의 스승이 되기를 좋아하는 것에 있다."

【補】 '남의 스승이 되기를 좋아하는 것[好爲人師]'에 대한 경계이다. 남이기를 좋아하는 것[好勝之癖]과 남의 스승이 되기를 좋아하는 것은 모두 경계해야 할 바다.
'환(患)' 자에는 '폐단', '병폐', '재해' 등의 뜻이 있다.

이루 상 제24장

樂正子 從於子敖하야 之齊러니,

악정자(맹자 제자)가 자오를 따라 제나라에 갔었다.

【補】 악정자는 함께 가면 안 될 사람인 자오[王驩]를 따라 제나라에 갔기에, 여기서 이를 지적하고자 장 서두에 이를 배치했다.

樂正子 見(현)孟子한대 孟子 曰 "子亦來見我乎아?" 曰 "先生은 何爲出此言也시니잇고?" 曰 "子來幾日矣오." 曰 "昔者니이다." 曰 "昔者則我出此言也 不亦宜乎아?" 曰 "舍館을 未定이라이다." 曰 "子 聞之也아 舍館을 定然後에 求見(견)長者乎아?"

악정자(맹자 제자)가 맹자를 뵙자, 맹자가 말했다.

"자네 또한 나를 보러 왔는가?"

악정자가 말했다.

"선생님께서는 어찌하여 이런 말씀을 하십니까?"

"자네가 며칠 여기에 왔는가?"

"어제입니다."

"어제라면, 내가 이러한 말을 하는 것이 당연하지 않은가?"

"사관을 아직 정하지 못해서였습니다."

"자네는 사관을 정한 뒤에 어른을 찾아본다는 말을 들었는가?"

【補】 스승에 대한 예의를 지적하고 또한 어울리지 말아야 할 사람과 함께 한 제자에 대한 꾸중이다.
'자네는 나를 보러 왔는가?'라는 말은 자오와 함께 갔기 때문에 이를 문책하고자 일부러 모르는 사람인 척 한 말이다. 이에 악정자가 놀라 '어찌하여 이런 말씀을 하십니까?'하고 말한 것이다. 그가 사관을 정하지 못했다고 변명하자, 맹자는 스승을 우선으로 해야 함을 꾸짖고 있다.
'석자(昔者)'가 여기서는 '어제[昨日]'라는 뜻으로 쓰였다.

曰 "**克이 有罪호이다**."

악정자가 말했다.

"제가 죄를 졌습니다."

【補】 악정자의 이 말은 선생님을 찾아보지 못했음을 인정했을 뿐, 자오를 따라간 것에 대해서는 잘못을 인정하지 않았다. 따라서 다음 장에서는 이에 대해 말하고 있다.
조기와 주희가 장을 구분하기는 했으나 이어 봐야 하며, 오히려 장을 나누지 않는 것이 자연스러울 듯하니 참고로 적어 둔다.

'극(克)'은 악정자의 이름이다.

이루 상 제25장

孟子 謂樂正子曰 "子之從於子敖來는 徒餔啜也로다 我 不意子 學古之道而以餔啜也호라."

맹자가 악정자(맹자 제자)에게 말했다.

"자네가 자오를 따라온 것은 한갓 먹고 마시려고 해서이다. 나는 자네가 옛 도를 배우면서 그것을 먹고 마시는 데에 쓰리라고는 생각지 못했다."

【補】'먹고 마시기 위한 것'이란 바로 입과 배를 즐겁게 하는 계책[口腹之計]으로, 마음을 밝히고 덕을 쌓는 옛 도(道)와 반대되는 것이다. 따라서 맹자는 제자의 이러한 잘못을 꾸짖고 있는 것이다. '옛 도'란 옛날 성현의 도를 가리킨다. '이(以)' 자는 '용(用)' 자의 뜻이니 통용된다.

이루 상 제26장

【補】이 장은「이루 하」제30장과 같이 보면 이해가 쉽다.

孟子 曰 "不孝有三하니 無後爲大하니라.

맹자가 말했다.

"불효에는 세 가지가 있으니, (그중에) 후손이 끊어진 것이 가장 큰 불효다.

【補】 공자 또한 '처음 나무로 사람모형을 만든 자는 후손이 끊어질 것이다'라고 말한 적 있으니, 당대 가장 심한 말이 '무후(無後)' 두 글자로 보인다.

조기가 말했다. "『예기』에 불효하는 것이 세 가지 있다. 부모의 뜻에 아첨하고 곡진히 따라 어버이를 불의에 빠뜨림이 첫째다. 집이 가난하고 어버이가 늙었는데도 녹을 받기 위한 벼슬을 하지 않음이 둘째다. 장가를 들지 않아 자식이 없어 선조의 제사를 끊음이 셋째다. 이 세 가지 중에 후손이 없는 것이 가장 크다."

舜이 不告而娶는 爲無後也시니 君子 以爲猶告也라하니라."

순임금이 부모에게 아뢰지 않고 장가를 든 것은 후손이 없을까 염려해서이니, 군자들은 부모에게 아뢴 것과 같다고 여긴다."

【補】 순임금이 부모에게 아뢰지 않고 장가를 든 것은 일명 권도(權道)라 할 수 있다. 권도는 대불효(大不孝)를 피하기 위한 부득이한 선택임을 밝히고 있다.

'군자'는 대개 도덕을 겸비한 사람이나 위정자 등 다양한 뜻으로 쓰이는데, 여기서는 순임금을 평하는 후대의 학자를 가리킨다.

이루 상 제27장

孟子 曰 "仁之實은 事親이 是也요 義之實은 從兄이 是也니라.

맹자가 말했다.

"인의 실체는 부모를 섬기는 것이 이에 해당하고, 의의 실체는 형님을 공손하게 따른다는 것이 이에 해당된다.

【補】 인의의 범위는 매우 광범위하지만, 그 실체는 매우 가까운 데 있다. '실체[實]'란 '핵심'이라는 말과 같다. 인의 실체는 효(孝)이며, 의의 실체는 제(悌)이므로, 인의 근본이 바로 효제에 있음을 말한다.

智之實은 知斯二者하야 弗去 是也요 禮之實은 節文斯二者 是也요 樂(악)之實은 樂(락)斯二者니 樂(락)則生矣니 生則惡(오)可已也리오 惡可已則不知足之蹈之하며 手之舞之니라."

지의 실체는 이 두 가지를 알아서 버리지 않음이 이에 해당하고, 예의 실체는 이 두 가지를 절문함이 이에 해당하며, 악의 실체는 이 두 가지를 즐거워하는 것이다. 즐거우면 효도와 공경의 마음이 생겨나고, 생겨난다면 어떻게 그것을 그만둘 수 있겠는가. 그만둘 수 없다면 자신도 모르게 발을 구르고 덩실덩실 뛰며 손을 흔들고 춤을 추게 될 것이다."

【補】 이는 사람의 본성이 효제를 벗어나지 못하고 있음을 강조하고 있다. 즉 '어버이를 섬기는 것[事親]'과 '형님을 공손하게 따르는 것[從兄]'이야말로 인간이 인간됨을 증명하는 것이다.
'지(智)'란 아는 데 그치지 않고 그것을 고수하는 것까지를 말한다. '절문(節文)'이란, '절'은 끊을 때 끊고 '문'은 아름답게 꾸밀 때에는 그렇게 하는 것을 말한다. '이 두 가지'란 효도와 공경의 마음이니, 곧 사친과 종형을 말한다.

이루 상 제28장

孟子 曰 "天下 大悅而將歸己어든 視天下悅而歸己호대 猶草芥也는 惟舜이 爲然하시니 不得乎親이란 不可以爲人이오 不順乎親이란 不可以爲子러시다.

맹자가 말했다.

"천하 사람들이 순임금을 매우 좋아하면서 장차 자기에게 돌아오려 하였는데, 천하 사람들이 좋아하면서 자신에게 돌아오는 것을 마치 풀잎처럼 하찮게 본 것은, 오직 순임금만이 그렇게 하셨다. 어버이에게 기쁨을 얻지 못하면 사람이 될 수 없고, 부모님의 마음을 순하게 따르지 못하면 자식이 될 수 없다고 여기셨다.

【補】 순임금이 어떠한 의식 속에서 효도에 대한 생각을 갖고 있는지 말하고 있는 절이다. '자기'란 순임금을 지칭한다.

舜이 盡事親之道而瞽瞍 底(지)豫하니 瞽瞍 底豫而天下 化하며 瞽瞍 底豫而天下之爲父子者 定하니 此之謂大孝니라."

순임금이 부모 섬기는 도리를 다하여, 고수가 기쁜 데까지 이르렀다. 고수가 기쁜 데에 이름으로써 천하 사람들이 교화되었다. 고수가 기쁜 데까지 이름으로써 천하의 어버이와 자식 된 자들이 안정되었으니, 이를 일러 대효(大孝)라고 한다."

【補】 순임금의 효도는, 부모가 잘못했다는 데에서 시작하지 않은 것이 중요하다. 이는 자신이 잘못했기 때문이라는 책망에서 시작

했다.

즉 순임금은 '천하에 옳지 않은 부모가 없다는[天下無不是底父母]'는 인식에서 시작하여 '자신을 되돌아 살피는[反求諸己]' 경지에까지 이르렀으니 대효(大孝)이자 대지(大智)라 할 수 있다.

제8부

이루 장구 하(凡三十三章)

이루 하 제1장

孟子 曰 "舜은 生於諸(저)馮하사 遷於負夏하사 卒於鳴條하시니 東夷之人也시니라.

맹자가 말했다.

"순임금은 저풍 땅에서 태어나, 부하 땅으로 옮겼다가, 명조 땅에서 별세하였으니 동이 사람이다.

【補】 순임금이 순수한 동이 사람이라는 것을 강조하고 있는 절이다. 원문 '諸馮'은 '제풍'으로 읽기도 한다. 오늘날 산동성에 위치한 지역이라고 한다.

文王은 生於岐周하사 卒於畢郢하시니 西夷之人也시니라.

문왕은 기주 땅에서 태어나, 필영 땅에서 별세하였으니, 서이 사람이다.

【補】 문왕 또한 순수한 서이 사람으로, 순임금과는 정반대 지역의 사람임을 말하고 있다. 일설에는 동이는 월(越)나라를, 서이(西夷)는 진(秦)나라를 가리키니, 그 거리가 매우 멀다고 강조하기까지 한다.

地之相去也 千有餘里며 世之相後也 千有餘歲로대 得志行乎中國하산

若合符節하니라.

땅의 서로 떨어진 거리가 천여 리가 되고, 세대의 서로 떨어짐이 천여 년이 되지만, 뜻을 얻어 (도를) 중국에 펼친 것은 부절을 합한 듯하다.

> 【補】 시공을 초월하여 중국에 도를 펼친 공로는 순임금과 무왕이 서로 같다는 말이다.
> '상후(相後)'는 '상거(相去)'와 같은 말로서 '서로의 거리'라는 뜻이다. '부절(符節)'이란 대나무나 혹 여타의 나무에 글자를 써서 쪼갠 후 반쪽씩 가지고 있다가 진위를 확인할 때 쓰는 것이다. 즉 한 치의 틀림도 없다는 말인데, 여기서는 순임금과 문왕이 시공(時空)으로 차이가 크지만 도는 같다는 뜻이다.

先聖後聖이 其揆一也니라."

앞 성인과 뒤 성인의 그 헤아림은 동일하다."

> 【補】 '앞 성인[先聖]'이란 요임금과 순임금 이전 시대의 성인을 말하고, '뒤 성인[後聖]'이란 문왕 이후의 성인을 가리킨다. 순임금이 문왕 시대에 태어났더라도, 또 반대로 문왕이 순임금의 시대에 태어났더라도 그 도는 같음을 말하고 있다. 즉 성인의 도는 똑같다는 뜻이다.

이루 하 제2장

子産이 聽鄭國之政할새 以其乘輿로 濟人於溱洧한대,

자산이 정나라를 다스릴 때 자기가 타는 수레로써 진수와 유수에서 사람들을 건너게 해 주었다.

【補】 정자산은 지위가 막중한데도 자기가 타는 수레로 진수와 유수에서 사람들을 건너가게 했다. 이는 마음을 수고롭게 하는 자의 일이 아니라 힘을 수고롭게 하는 서민의 일이기 때문에 맹자에게 비판의 대상이 된 것이다.

정자산은 정나라 대부인 공손교(公孫僑)를 가리킨다. 자산은 그의 호(號)이다. 실제 정나라는 작은 나라인데다 진(晉)나라와 초나라 두 강대국 사이에 끼어 있어 힘든 상황이었다. 당시 자산이 재상이 되어 국내의 정치질서를 회복했을 뿐 아니라 외교활동을 통해 약한 정나라를 열강 사이에 설 수 있게 만들었기 때문에 그 공로를 인정받았다.

'청(聽)' 자는 '듣다'의 뜻 외에도 백성의 말을 잘 듣기 때문에 '다스린다', 혹은 '청송(聽訟)을 처리하다' 등의 뜻을 가지고 있다.

孟子 曰 "惠而不知爲政이로다.

맹자가 말했다.

"은혜롭지만 정치를 하는 법은 알지 못한다.

【補】 여기서의 '은혜'란 '사사로운 은혜'를 뜻한다. 즉 환심을 사기 위해 사람들 한 명 한 명 강을 건너게 한 것이지, 이것이 진정한 은혜는 아니다. 그 이유에 대해서는 뒤 절에 자세히 보인다.

歲十一月에 徒杠이 成하며 十二月에 輿梁이 成하면 民未病涉也니라.

11월에 다리를 만들어주고, 12월에 수레가 다닐 다리를 만들면, 백성이 강을 건너는 것을 고생으로 여기지 않을 것이다.

【補】 11월은 그래도 물이 덜 차기 때문에 도보로 건널 수 있는 다리를 만들어 준다. 이를 도강(徒杠)이라 한다. 12월에는 물이 차가워 도보로 다닐 수 없고 또 장차 추워져 물이 얼 것이므로 수레가 다닐 수 있는 큰 다리를 만들어 줘야 한다. 이를 여량(輿梁)이라고 한다.
주나라의 11월과 12월은 하나라의 9월과 10월에 해당되므로 농사일이 끝나 백성의 노동력을 쓸 수 있는 시기를 말한다.

君子 平其政이면 行辟(벽)人이 可也니 焉得人人而濟之리오.

군자가 정사를 잘 다스리면 다닐 때에 사람들을 벽제하는 것도 괜찮다. 어떻게 사람마다 모두 강을 건너게 해 줄 수 있겠는가.

【補】 이 절에서는 정사를 잘 다스린다면 벽제를 해도 사람들의 비판을 받지 않음을 말하고 있다.
'평(平)' 자는 '공평히 잘 다스리다'의 뜻이다. '벽제(辟除)'란 위정자가 길을 갈 때, 수행원이 "저리 비켜라."라고 말하여, 서민들이 피해 엎드리도록 하는 것을 가리킨다.

故로 爲政者 每人而悅之면 日亦不足矣리라."

그러므로 정치를 하는 사람은 매번 사람들마다 기쁘게 하여 날마다 하여도 또한 부족한 것이다."

【補】 '매번 사람들마다 기쁘게 하다'라는 말은 매번 수레로 사람을 건너게 해 주는 것을 가리킨다.
이 장은 언뜻 보면 이해가 어려운 절 같으나, 작은 은혜와 큰 은혜가 무엇인지를 구분하면 된다. 즉 작은 은혜란 한 사람 한 사람 강을 건너게 도와주는 것이며, 큰 지혜란 백성을 위해 큰일을 하는 것으로 다리를 만들거나, 더 큰 복지 혜택을 주는 것을 말한다.

이루 하 제3장

孟子 告齊宣王曰 "君之視臣이 如手足則臣視君을 如腹心하고 君之視臣이 如犬馬則臣視君을 如國人하고 君之視臣이 如土芥則臣視君을 如寇讐니이다."

맹자가 제선왕에게 고했다.

"임금이 신하 보기를 손과 발처럼 하면, 신하가 임금 보기를 배와 심장처럼 합니다. 임금이 신하 보기를 개와 말처럼 하면, 신하가 임금 보기를 길거리에 있는 사람처럼 합니다. 임금이 신하 보기를 흙과 풀처럼 하면, 신하가 임금 보기를 원수처럼 합니다."

【補】 임금이 신하를 어떻게 대해야 하는지에 대해 자세히 언급하고 있다. 제선왕은 평소에 신하를 무시하는 태도로 대했기 때문에 저처럼 간(諫)하였음을 알 수 있다.
'개와 말처럼 본다'는 말은 그저 녹이나 주면서 마음대로 부리는 것을 말한다. '국인(國人)'은 그저 길에서 지나치는 아무런 상관없는 사람을 말한다. '흙'은 쉽게 버리는 것을 가리키고, '풀'은 쉽게 베는 것을 가리키는 비유로서, 모두 임금이 신하를 저처럼 대해서는 안 됨을 말한다.

王曰 "禮에 爲舊君有服하니 何如라야 斯可爲服矣니잇고?"

왕이 말했다.

"『의례』에는 '예전에 섬겼던 임금을 위하여 상복을 입었다.'고 하니, 어떻게 해야 이 상복을 입을 수 있습니까?"

【補】 제선왕은 원수의 반대 개념으로 상복을 말하였고, 그 방법이 궁금했던 것이다. '복(服)' 자는 상복을 가리킨다.

曰 "諫行言聽하야 膏澤이 下於民이오 有故而去則君이 使人導之出疆하고 又先於其所往하며 去三年不反然後에 收其田里하나니 此之謂三有禮焉이니 如此則爲之服矣니이다.

맹자가 말했다.

"간언이 행해지고 좋은 말을 받아들여 은택이 백성에게 내려져 사정이 있어 떠나게 되면, 임금이 사람을 시켜 그를 인도하여 국경을 나가도록 해주고, 또 그가 가는 곳에 알선해 주며 떠난 지 3년을 기다렸는데 돌아오지 않은 뒤에야 그의 토지와 집을 거두니, 이를 '3번 예가 있다.'고 말합니다. 이와 같이 하면 그를 위하여 상복을 입어주는 것입니다.

【補】 백성을 위한 간언이므로, 은택이 그들에게 내려지는 것이다. 이것이 첫 번째 예우이다. 또 부득이한 사정으로 그 나라를 떠나게 되면 그를 보호해 주고 또한 알선까지 해주는 것이 두 번째 예우이다. 또 나라를 떠나 3년까지 기다린 뒤에 토지와 집을 회수하는 것이 세 번째 예우이다.

'간(諫)' 자는 임금의 잘못을 말하는 것이고, '언(言)' 자는 선언(善言)을 진언하는 것을 말한다. '선(先)' 자는 알선해 준다는 뜻으로 쓰였다. '왕(往)' 자는 떠나가는 나라를 가리킨다. '위지(爲之)'에서 '지(之)' 자가 가리키는 것은 구군(舊君)이다.

今也엔 爲臣이라 諫則不行하며 言則不聽하야 膏澤이 不下於民이오 有故而去則君이 搏執之하고 又極之於其所往하며 去之日에 遂收其田里하니 此之謂寇讎니 寇讎에 何服之有리잇고."

오늘날에는 신하가 되어 임금에게 간하면 그것이 행해지지 않으며 말하면 들어주지 않아, 은택이 백성에게 내려지지 못하여 사정이 있어 떠나면, 임금이 그를 결박하여 붙잡고 또 그가 가는 나라에서 곤궁하게 만들고, 떠나는 날에 바로 그의 토지와 집을 거두니, 이것을 원수와 같다고 말합니다. 원수에게 무슨 상복을 입는 일이 있겠습니까."

【補】 '오늘날[今也]'이라고 한 것은 차마 제선왕을 대놓고 문책할 수 없어 범칭으로 쓴 것이다. '극(極)' 자는 '곤궁하다[窮]'의 뜻으로 쓰였다.

이루 하 제4장

孟子 曰 "無罪而殺士則大夫 可以去요 無罪而戮民則士 可以徙니라."

맹자가 말했다.

"죄가 없는데도 선비를 죽이면, 대부가 그 나라를 떠나야 하고, 죄가 없는데도 백성을 죽이면, 선비가 떠나야 한다."

【補】 선비가 죽고 나면, 다음은 대부의 차례이니, 이른바 『주역』에 '기미를 보면 일어난다[見幾而作]'라고 한 것은 이를 말한다. 국가의 혼란이 있으면, 선비는 마땅히 떠나야 함을 의미한다.

이루 하 제5장

孟子 曰 "**君仁이면 莫不仁이오 君義면 莫不義니라**."

맹자가 말했다.

"임금이 어질면 어질지 않은 일이 없고, 임금이 의로우면 의롭지 않은 일이 없다."

【補】 통치권자의 표본과 중요성에 대해 말하고 있는 절이다.
'어질지 않은 일' 앞에 '나라가'를 넣고 보면 이해가 쉽다. 즉 '君仁이면 (一國이) 莫不仁이오'의 형태이다.
「이루 상」 제20장에 "임금이 어질게 되면 모든 일이 인하지 않음이 없고, 임금이 의로워지면 모든 일이 의롭지 않음이 없고, 임금이 바르게 되면 모든 일이 바르지 않음이 없다. 한 번 임금의 마음을 바르게 하면 나라가 안정된다."라고 한 구절이 있으니 함께 보면 좋다. 다만 이 장은 인군을 경계하였으니, 의미가 조금은 다르다.

이루 하 제6장

孟子 曰 "**非禮之禮와 非義之義를 大人은 弗爲니라**."

맹자가 말했다.

"예가 아닌 예와 의가 아닌 의를 대인은 하지 않는다."

【補】 예와 의는 정례(正禮)와 정의(正義)를 가리키는데, 이를 잘

못 파악한 데에 대한 경계의 말이다.
잘못 파악하는 이유는 사물의 이치를 자세히 살피지 못한 무지와 행동이 지극하지 못한 데에 있다. '대인'이란 훌륭한 덕을 가진 인물을 가리킨다.

이루 하 제7장

孟子 曰 "中也 養不中하며 才也 養不才라 故로 人樂有賢父兄也니 如中也 棄不中하며 才也 棄不才면 則賢不肖之相去 其間이 不能以寸이니라."

맹자가 말했다.
"중도를 지킨 사람이 중도를 지키지 않은 자를 길러주며, 재주 있는 사람이 재주가 없는 자를 길러준다. 그러므로 사람들은 어진 부형을 두는 것을 좋아하는 것이다. 만일 중도를 지킨 사람이 지키지 않는 자를 버리며, 재주 있는 사람이 없는 자를 버린다면, 현자와 불초한 자의 거리는 그 사이가 한 치도 될 수 없다."

【補】 어진 부형으로서 해야 할 일에 대해 말하고 있다.
'중야(中也)'라는 말은 '중도를 지켜 행동한 사람'이라는 뜻이다.
'양(養)' 자의 상대개념으로 쓰인 글자가 바로 '기(棄)' 자이다.

이루 하 제8장

孟子 曰 "人有不爲也而後에 可以有爲니라."

맹자가 말했다.
"사람은 하지 않은 것이 있은 뒤에야 훌륭한 일을 할 수 있다."

【補】 '하지 않은 것[不爲]'이란 바로 '불인한 행동을 하지 않고'와 '불의한 행동을 하지 않고'를 축약하여 한 말이다. 일설에는 '하지 않은 것'을 지조(志操)로 보기도 하니 참고로 적어 둔다.
반대로 '훌륭한 일[有爲]'이란 '인을 행하고[爲仁]', '의를 행하는 것[爲義]'을 말한다. (참고로 '유위(有爲)'는 대개 '훌륭한 일'로 쓰인다. 예를 들어 '유언(有言)'이라고 쓰면 '훌륭한 말'이라는 뜻으로 쓰이는 것과 같다.)

이루 하 제9장

孟子 曰 "言人之不善하다가 當如後患에 何오."

맹자가 말했다.
"남의 불선을 말하다가 후환을 어찌하려는가."

【補】 남의 단점을 말하는 이는 반드시 자기에게 그것이 부메랑이 되어 되돌아 올 것인데도 이를 모르니 경계하고자 한 말이다.
'불선(不善)'은 '잘못[過]'을 말한다. '언(言)' 자에는 '소문[聞]'의 뜻이 있다. '후환(後患)'이란 남들의 잘못을 소문낸 사람 역시도 이에 앙심을 품은 사람에게 도리어 당하는 것을 가리킨다.

『논어』、「양화」 제24장에, '남의 단점을 말하는 자를 미워하다 [惡稱人之惡者]'라고 공자 또한 말씀하셨으니, 이와 뜻이 같다.

이루 하 제10장

孟子 曰 "仲尼는 不爲已甚者러시다."

맹자가 말했다.

"중니[공자]께서는 너무 심한 것을 하지 않으셨다."

【補】 이른바 '너무 심한 행동[已甚之爲]'을 경계하는 말이다.
『논어』、「태백」 제10장에 "용맹을 좋아하고 가난을 싫어하는 것도 난을 일으키고, 사람으로서 어질지 못한 것을 너무 미워하는 것도 난을 일으킨다[好勇疾貧이 亂也요 人而不仁을 疾之已甚이 亂也니라]."라고 했으니, 이와 뜻이 통한다.
'이(以)' 자는 '너무[太]', '지나침[過]'의 뜻으로 쓰였다.

이루 하 제11장

孟子 曰 "大人者는 言不必信이며 行不必果요 惟義所在니라."

맹자가 말했다.

"대인이라는 사람은 말을 할 때 미리 반드시 그 약속을 지키겠다는 신념으로 하지 않고, 행동을 할 때에 반드시 그 행동을 해낸다는 마음으로 하지 않으며, 오직 의로움이 있는 데에만 한다."

【補】 언행에 있어서 '반드시 해야 한다'라는 기필을 경계한 말이다. 『논어』·「이인」 제10장에 "군자는 천하의 일에 있어서 오로지 주장함도 없으며, 그렇게 하지 않는다는 것도 없어서 의(義)를 따를 뿐이다[君子之於天下也에 無適也하며 無莫也하여 義之與比니라."고 했으니 이와도 통한다.

이루 하 제12장

孟子 曰 "大人者는 不失其赤子之心者也니라."

맹자가 말했다.
"대인이라는 사람은 갓난아이의 마음을 잃지 않은 자이다."

【補】 갓난아이의 마음은 순수하여 거짓이 없다. 대인 역시 순수한 마음을 간직하여 물욕(物慾)을 물리쳐, 하늘이 품부한 본성 그대로를 간직한 자이다. 대인이 아무리 아는 것이 많고 재능이 있지만 물욕에 빠지지 않고 순수하고 거짓됨이 없어야 함을 말한다.
일설에는 '대인'을 임금으로 보고, '적자(赤子)'를 백성으로 보는 설도 있으니 참고로 적어 둔다.

이루 하 제13장

孟子 曰 "養生者 不足以當大事요 惟送死아 可以當大事니라."

맹자가 말했다.

"산 사람을 봉양하는 것은 큰일에 해당될 수 없고, 오직 죽은 사람을 잘 보내는 것이 큰일에 해당될 수 있다."

【補】 이 절은 부모의 육신을 마지막으로 보내야 하는 길에 실수는 절대 있어서는 안 되므로 신중에 신중을 가하지 않을 수 없음을 말하고 있다.
'생(生)' 자는 '부모님'을 지칭한다. '큰 일[大事]'이란 바로 장사(葬事)를 가리킨다.

이루 하 제14장

孟子 曰 "君子 深造之以道는 欲其自得之也니 自得之則居之安하고 居之安則資之深하고 資之深則取之左右에 逢其原이니 故로 君子는 欲其自得之也니라."

맹자가 말했다.

"군자가 도로써 깊이 나아가는 것은 스스로 도를 얻기 위한 것이다. 스스로 도를 얻으면 거처함에 편안하고, 거처함에 편안하면 취한 바가 깊고, 취한 바가 깊으면 좌우에서 취하여 씀에 그 근원을 만나게 된다. 그러므로 군자는 스스로 얻고자 한다."

【補】 이 장은 '깊이 이해하는 공부[心得之學]'에 대해 말하고 있다. '스스로 얻고자 하는 것[自得]'이 바로 공부하는 목적이며, 거처함에 편안하고 힘입은 바가 깊고 근원을 만나게 되는 것 등이 그 효과이다. 공부란 심도 있게 하며, 하나씩 축적하여 절대로 중도에

그만두어서는 안 된다. 본문에서 말한바 '심조(深造)'가 이를 말한다.
'좌우(左右)'를 쓴 것은 몸에서 가장 가까운 곳을 표현하기 위해 그러한 것이다. '자득지(自得之)'에서 '지(之)' 자가 가리키는 것은 '배우려 했던 것'을 말한다. '안(安)' 자는 '잃지 않음[安固]'의 뜻이다. '자지심(資之深)'에서 '자(資)' 자는 '얻다[得]', '취하다[取]'의 뜻이고, '심(深)' 자는 '무궁하다'의 뜻이다.

이루 하 제15장

孟子 曰 "博學而詳說之는 將以反說約也니라."

맹자가 말했다.
"널리 배우고 그것을 상세히 말하는 것은 장차 돌이켜서 요약함을 말하고자 해서이다."

【補】 '널리 배운다'는 말은 '문장을 널리 보는 것'을 말한다. '그것'이란 '문장에서의 이치'를 말한다. '상세히 말하는 것'이란 바로 그 이치를 자세히 아는 것이다. 원래 박(博)은 지(知)를, 약(約)은 행(行)을 뜻하니 차이가 있다.
『논어』、「옹야」 제25장에 "子曰 君子博學於文이오 約之以禮면 亦可以弗畔矣夫인저."의 '박문약례(博文約禮)'가 행동으로 말했다면, 여기서 '설약(說約)'은 지적인 핵심을 얻자는 데에 목적이 있으니 그 의미가 서로 다르다.
'설약(說約)'의 한 예는, '시삼백(詩三百)'을 '사무사(思無邪)'라고 하거나, '곡례삼천(曲禮三千)'을 '무불경(毋不敬)'이라고 하는 것 등을 말한다.

이루 하 제16장

孟子 曰 "以善服人者는 未有能服人者也니 以善養人然後에 能服天下하니 天下 不心服而王者 未之有也니라."

맹자가 말했다.

"선으로써 남을 굴복시키려 하는 사람은 능히 남을 굴복시킬 수 있는 자가 아니다. 선으로써 남을 길러준 뒤에야 천하를 복종시킬 수 있으니, 천하가 마음으로 굴복하지 않고서 왕도정치를 펼친 사람은 있지 않다."

【補】 왕자(王者)와 패자(霸者)의 차이에 대해 말하고 있다. 패자는 선을 수단과 목적으로 사용한 자이다. 따라서 진정으로 남을 복종시킬 수 없다. 왕자는 이와 반대로 선으로써 길러준 뒤 진정 마음으로 굴복시켰기 때문에 왕도정치가 가능한 것이다.

이루 하 제17장

孟子 曰 "言無實不祥하니 不祥之實은 蔽賢者 當之니라."

맹자가 말했다.

"말이라 하는 것은 무고하고 참소하는 것이 가장 상서롭지 못한 말이니, 상서롭지 못함의 핵심은 현명한 자를 은폐시키는 것이 이에 해당한다."

【補】 원문 '言無實不祥'의 해석은 여러 가지가 있다. 첫째, '말이라 하는 것은 실로 상서롭지 못할 것은 없다[言은 無實不祥이라].', 둘째, '말이라 하는 것은 무고하고 참소하는 것이 가장 상서롭지 못한 말이다[言은 無實이 不祥이라].', 셋째, '말에 실상이 있으면서 상서롭지 못한 경우는 없다[言에 無實(而)不祥이라].' 등이 그것이니 참고로만 적어 둔다.

본서에서는 '폐(蔽)' 자를 무실(無實)의 실체로 보고 두 번째를 취했다. '실체가 없다'는 것이 참소나 비방으로 본 것이다. 주희 또한 여러 주석가들의 해설을 적고서 누구의 설이 맞는지 모르겠다고 했으며 빠진 글자가 있는 듯하다고 했다.

이루 하 제18장

徐子 曰 "仲尼 亟(기)稱於水曰 '水哉水哉여'하시니 何取於水也시니잇고?"

서자(맹자 제자)가 말했다.

"중니[공자]께서 자주 물에 대해 칭송하며 '물이여, 물이여!' 하셨으니 무엇을 물에서 취하셨기에 칭송한 것입니까?"

【補】 서자는 서벽(徐辟)이다. 그는 공자의 본뜻을 물었으나, 맹자는 서자가 가지고 있는 엽등(躐等), 즉 단계를 거치지 않고 서두르는 버릇과 명성을 추구하는 잘못이 있음을 알았기에 다른 뜻으로 아랫절과 같은 답을 준다.

'기(亟)' 자는 '자주[數]'라는 뜻으로 쓰였고, '칭(稱)' 자는 '찬사'를 말한다. 그러나 일부에서는 '기' 자를 '매우 극' 자로 보고서 '극칭(亟稱)' 즉 '매우 높이 칭송한다'는 뜻으로 해석하기도 하니 참고로 적어 둔다.

孟子 曰 "原泉이 混混하야 不舍晝夜하야 盈科而後進하야 放乎四海하니 有本者 如是라 是之取爾시니라.

맹자가 말했다.

"근원이 좋은 물이 용솟음치듯 흘러서 낮밤을 그치지 아니하여 구덩이가 가득 찬 뒤에 나아가 사해에 이르니 근본이 있는 사람이 이와 같다. 이것을 취했을 뿐이다.

【補】 실상 공자가 물[水]에 대해서 취한 것은 우주 원리가 마치 물처럼 되어 있음을 말했는데, 맹자는 학문으로 비유하여 근본[本]이 있어야 하며, 쉬지 않으며[不已], 꾸준히 정진해야 함[進]을 강조하고 있으니, 서자의 잘못을 지적하기 위해 뜻을 변형하였다.
'근본이 있는 사람' 앞에는 '학문에'라는 말이 생략되었다. '영과후진(盈科後進)'의 고사가 여기에서 유래했다.

苟爲無本이면 七八月之間에 雨集하야 溝澮 皆盈이나 其涸也는 可立而待也니 故로 聲聞過情을 君子恥之니라."

만일 근본이 없으면 7, 8월 사이에 빗물이 모여서 도랑이 모두 가득하지만, 그 마르는 것도 서서 기다릴 수 있다. 그러므로 명성이 실정보다 지나친 것을 군자는 부끄러워한다."

【補】 이는 물이라는 비유를 통해, 사람이 실제 행실이 없이 갑자기 빈 명예를 얻으면 오래가지 못함을 말하고 있다. 즉 근본 없는 물은 많은 비가 내려도 금세 마르는 것처럼, 엽등을 하면 잠시 얻은 명예는 금세 사라지므로 근본이 있어야 한다는 말이다.
학문도 이와 같아 꾸준히 기본을 닦고, 쉬지 않아야 하며, 끊임없이 정진해야 한다. '정(情)' 자는 '실정, 사정'의 뜻이다.

이루 하 제19장

孟子 曰 "人之所以異於禽獸者 幾希하니 庶民은 去之하고 君子는 存之니라.

맹자가 말했다.
"사람이 짐승과 다른 점은 아주 조금 적다. 서민들은 이를 버리고, 군자는 이를 보존한다.

【補】 일반 사람은 본성을 버리고, 군자는 이를 보존하는 데 차이가 있음을 밝히고 있다. 따라서 '지(之)' 자가 가리키는 것은 '본성'이다. '기희(幾希)'라는 말은 '아주 조금 적다[少]'는 뜻이다.

舜은 明於庶物하시며 察於人倫하시니 由仁義行이라 非行仁義也시니라."

순임금은 모든 사물을 밝게 알고 인륜에 대해 살폈으니 인의를 따라 절로 행한 것이지 인의를 행하려고 하신 것은 아니었다."

【補】「진심 상」 제30장에 '요임금과 순임금은 본성대로 행하신 분이다.'라고 했으니 이와 뜻이 통한다.
'명(明)'과 '찰(察)'은 인위적인 것이 아니라 저절로 된 것이라는 말이다. '유(由)' 자는 '저절로[自]'의 뜻으로 쓰였으며, 이와는 반대로 뒤의 '행(行)' 자는 '노력을 기울여 행하다'의 뜻이다. 따라서 태어나면서 아는 성인이 아니라면[非生而知之者] 끊임없이 본성을 회복하려 노력해야 함을 말하고 있다.

이루 하 제20장

【補】 이 장은 우왕, 탕왕, 문왕, 무왕, 주공 등 다섯 분의 일화를 들어 그들의 훌륭한 점을 말하고 있다.

孟子 曰 "禹는 惡旨酒而好善言이러시다.

맹자가 말했다.

"우왕은 맛있는 술을 싫어하고, 훌륭한 말을 좋아하셨다.

【補】 술을 끊음으로써 위태로운 인심을 막았으며, 훌륭한 말을 통해 도의 마음을 알려 했다. 『서경』·「우서(虞書) 대우모(大禹謨)」 제21장에 "우왕은 선언(善言-昌言)에 절하였다."라는 기록이 있다.

湯은 執中하시며 立賢無方이러시다.

탕왕은 중도를 잡아 어진 이를 세울 때에 일정한 곳 없이 하셨다.

【補】 '중도를 잡았다[執中]'는 말은 일처리에 능숙했다는 말이며, '어진 이를 세울 때에 일정한 곳 없이 했다'는 말은 편당(偏黨)을 두지 않고 공평하게 했다는 뜻이다. '무방(無方)'에 대해서는 '일정한 법을 두지 않았다' 혹은 '어떤 신분의 사람인지 따지지 않았다' 등으로 해석하기도 하니 참고로 적어 둔다.

文王은 視民如傷하시며 望道而(如)未之見이러시다.

문왕은 백성을 다친 사람 보듯 하였고 도를 바라보고도 보지 못한 듯했다.

【補】'도를 바라보고도 보지 못한 듯했다'는 말은 도를 구하기를 간절히 하였다는 말이며, 이는 스스로 만족히 여기지 않아 종일토록 부지런히 힘썼다는 뜻이다.
'이(而)' 자는 '마치[如]'의 뜻으로 쓰였다.

武王은 不泄邇하시며 不忘遠이러시다.

무왕은 가까이 있는 사람을 함부로 대하지 않으며 멀리 있는 사람이라 하더라도 잊지 않으셨다.

【補】무왕 역시 편당을 두지 않고 사람을 대했다는 뜻이다. '설(泄)' 자는 '가까이 하여 함부로 대하다'의 뜻이다.

周公은 思兼三王하사 以施四事하시되 其有不合者어든 仰而思之하사 夜以繼日하사 幸而得之어시든 坐以待旦이러시다."

주공은 세 분 왕의 장점을 겸하여 네 가지 일을 행할 것을 생각하였다. 만일 부합하지 않는 점이 있으면 우러러 생각하여 밤을 새워서 다행히 터득하면 그대로 앉아 날이 밝기를 기다렸다."

【補】'삼왕(三王)'은 하나라의 우왕, 상나라의 탕왕, 주나라의 문왕과 무왕을 말한다. '네 가지 일'이란 우왕, 탕왕, 문왕, 무왕의 일들을 가리킨다. 부합이 생기는 이유는 시대가 다르기 때문이다. 하지만 밤 새워 생각하여 부합되지 않은 일은 부합되기를 생각한 뒤 시행하기 위해 날이 밝기를 기다린 것이다.
참고로 우리나라에서는 '단(旦)' 자의 독음을 조(朝)로 읽는 경우가 많다. 언해본 역시 그렇다. 이는 조선을 건국했던 태조 이성계(李成桂)가 왕위에 오른 후에 이름을 단으로 고쳤기 때문이다.

이루 하 제21장

孟子 曰 "王者之跡이 熄而詩亡하니 詩亡然後에 春秋 作하니라.

맹자가 말했다.

"왕자의 발자취가 사라지게 되어 시에서 사라지게 되었다. 시가 없어진 뒤에 『춘추』가 나왔다.

【補】 시에서 사라진 것은 왕자의 발자취이므로 이를 다시 살리고자 『춘추』를 짓게 되었다는 말이다.
『춘추』는 노나라 은공(隱公) 원년부터 평왕(平王) 49년까지의 일이 기록되어 있는 역사서이다. '왕자의 발자취'란 천자가 제후에 나라를 순수하며 모든 나라의 시를 채집한 일을 말한다. 잘한 일에는 상을 내리고[賞善], 잘못한 일에 대해서는 벌을 주는[罰惡] 내용이 주를 이룬다.
'시(詩)'란 '아송(雅頌)'을 말한다. 즉 천자의 시를 수록했던 아송이 사라지자, 주평왕 이후의 시는 한낱 왕풍(王風)으로 취급되었으므로 본문에서는 이를 '시망(詩亡)'으로 표현한 것이다. 따라서 이러한 것을 되살리기 위해, 공자가 『춘추』를 지었음을 밝히고 있다.

晉之乘과 楚之檮杌와 魯之春秋 一也니라.

진나라의 『승』과 초나라의 『도올』과 노나라의 『춘추』가 동일하다.

【補】 『승』은 미상이다. 조기에 따르면, '도올'은 나쁜 짐승의 이름이다. 악한 일을 기록하여 경계를 드리운 뜻을 취한 것이라 하였다. 세 책 모두 역사서 이름이다.

其事則齊桓晉文이오 其文則史니 孔子 曰 '其義則丘 竊取之矣로라' 하니라."

그 일은 제환공과 진문공의 일이며, 그 문체는 사관의 문체이다. 공자께서 '그 의는 내 삼가 취했다.'라고 말씀하셨다."

【補】 '제환공과 진문공의 일'은 오패(五霸)의 대표적 일이다. 대개 이 둘을 포함해, 진목공(秦穆公), 송양공(宋襄公), 초장왕(楚莊王) 이 다섯 사람을 꼽지만 조금씩 달리 보는 견해도 있다 .(참고로 송양공과 초장왕 대신 오합려(吳闔閭)와 월구천(越勾踐)을 포함시키는 경우도 있다.)
『춘추』는 제후의 일이지만, 공자가 의로움을 취했기 때문에 경전으로 승격된 것이다. '내 삼가 취했다[竊取之]'라는 말은 나라의 허가 없이 사관의 역사 편찬의 의의를 취했으므로 이러한 말을 한 것이다.
「등문공 하」 제9장에 "나를 알아주는 것도 오직 『춘추』며 나를 죄주는 것도 오직 『춘추』이다."라고 한 것과 통한다.

이루 하 제22장

孟子 曰 "君子之澤도 五世而斬이오 小人之澤도 五世而斬이니라.

맹자가 말했다.
"군자의 은택도 5세면 끊어지고, 소인의 행태도 5세면 끊긴다.

【補】 군자나 소인 모두 시간의 흐름 속에 변화가 있기 마련이라는 뜻이다. (참고로 오늘날 제사를 5대까지만 지내는 것도 이와 관련이 있다.)

'택(澤)' 자가 두 번 나오는데 전자는 '유풍'이라는 좋은 뜻으로 쓴 반면, 후자는 '행태' 정도로 부정한 뜻으로 쓰였다. 대개 1세(一世)는 30년으로 대(代)와 같은 뜻으로 쓰였다. (참고로 '세(世)'에는 1백년의 뜻이 있으니 '세기(世紀)'가 바로 그것이다. 또 한 왕조를 가리킬 때에도 역시 '세' 자를 쓴다.)

予 未得爲孔子徒也나 予는 私淑諸人也로라."

나는 공자의 문도가 될 수는 없지만, 나는 남들에게서 사사로이 선하게 될 수 있었다."

【補】 위의 세 장에서 순임금을 언급하고 우왕과 주공 그리고 공자에 이어 자신을 언급하였으니, 비록 겸손하게 끝을 맺었지만 도통이 자신에게 있음을 은연중 비친 절이다[道統說].

'남들[人]'이란 다름 아닌 공자의 제자를 가리킨다. 흔히 '사숙(私淑)'이라는 말의 어원이 바로 여기에 있다. 일반적으로는 존경하는 스승에게 직접 가르침을 받지 않고 마음속으로 존경하고 흠모하여 그 도를 전수 받은 것을 뜻한다[私淑弟子].

여기에서 '사(私)' 자는 '몰래[竊]'의 뜻을 지니고 있다. 앞서 나온 '원하는 바는 오직 공자를 배우는 것 뿐'이라는 말도 이 장과 통한다[所願學孔子].

이루 하 제23장

孟子 曰 "可以取며 可以無取에 取면 傷廉이오 可以與며 可以無與에 與면 傷惠오 可以死며 可以無死에 死면 傷勇이니라."

맹자가 말했다.

"얼핏 보면 취할 만하고 자세히 보면 취하지 말아야 할 경우에 취하면 염치가 손상된다. 얼핏 보면 줄 만하고 자세히 보면 주지 말아야 할 경우에 주면 은혜가 손상된다. 얼핏 보면 죽을 만하고 자세히 보면 죽지 말아야 할 경우에 죽으면 용맹이 손상된다."

【補】 처음에 대충 생각한 후에 재차 깊이 생각하여 되돌아봤지만, 실제 행위는 처음 생각대로 했다면 이는 잘못된 것임을 말하고 있는 절이다.
특히 염치와 은혜와 용맹은 인간이 지녀야 할 소중한 덕목들이므로 신중하게 행동하지 않을 수 없다.

이루 하 제24장

逄蒙이 學射於羿하야 盡羿之道하고 思天下에 惟羿 爲愈己라하야 於是에 殺羿한대 孟子 曰 "是亦羿 有罪焉이니라." 公明儀 曰 "宜若無罪焉하니다." 曰 "薄乎云爾언정 惡(오)得無罪리오.

방몽은 활쏘기를 예에게서 배웠다. 예의 도를 모두 배우고는 '천하에 오직 예만이 나보다 뛰어나다.'고 생각하여 이에 예를 죽였다. 맹자가 말했다.

"이 또한 예에게도 책임이 있습니다."

공명의(노나라 현인)가 말했다.

"마땅히 죄가 없을 듯합니다."

"죄가 작다고 말할지언정 어찌 죄가 없다고 하겠습니까.

【補】 이에 대한 이설이 있다. 위에서 해석한 것처럼 맹자와 공명의의 대화로 보는 설도 있고, "이 또한 예에게도 책임이 있다. 공명의(노나라 현인)는 '마땅히 죄가 없을 듯하다'라고 하였지만, 죄가 작다고[薄] 말할 뿐 어찌 죄가 없다 하겠는가."라고 하여 대화가 아닌 전체적으로 맹자의 평이 계속 이어진다는 해석도 있다. 19장부터 26장까지는 대화가 아닌 맹자의 말이 이어지므로 이러한 해석도 가능하다.

핵심은 스승을 죽인 방몽에게 비하면, 죄가 작다고 할 수 있지만 그 스승에게도 죄가 있음을 밝히는 맹자의 태도로 이해하면 될 것이다.

'예(羿)'는 유궁(有窮)이라는 나라의 임금으로서 당대 활을 가장 잘 쏘는 인물로 유명하다. '도(道)' 자는 활 쏘는 도를 지칭하므로 '기량이나 재주'라는 말이다. '위유기(爲愈己)'는 '스승이 없다면 자신이 최고라 여기다'라는 말이다. '역(亦)' 자에는 '방몽은 말할 것도 없이'라는 의미가 담겨 있다. '의약(宜若)'은 스승을 대하는 제자의 예의이므로, 여기서는 맹자를 높여 이렇게 표현한 것임을 알 수 있다.

鄭人이 使子濯孺子로 侵衛어늘 衛 使庾公之斯로 追之러니 子濯孺子 曰 '今日에 我 疾作이라 不可以執弓이로소니 吾 死矣夫인저'하고 問其僕曰 '追我者는 誰也오' 其僕이 曰 '庾公之斯也로소이다' 曰 '吾 生矣로다' 其僕曰 '庾公之斯는 衛之善射者也어늘 夫子 曰「吾生」은 何謂也잇고?' 曰 '庾公之斯는 學射於尹公之他하고 尹公之他는 學射於我하니 夫尹公之他는 端人也라 其取友 必端矣리라' 庾公之斯 至曰 '夫子는 何爲不執弓고?' 曰 '今日에 我 疾作이라 不可以執弓이로라' 曰 '小人은 學射於尹公之他하고 尹公之他는 學射於夫子하니 我 不忍以夫子之道로 反害夫子하노라 雖然이나 今日之事는 君事也라 我 不敢廢라'하고 抽矢扣輪하야 去其金하고 發乘矢而後에 反하니라."

정나라 사람이 자탁유자로 하여금 위나라를 침략하게 하였습니다. 위나라에서는 유공사로 하여금 그를 추격하게 하였습니다. 자탁유자가 말했습니다.

'오늘날 내가 병이 나서 활을 잡을 수 없으니 나는 죽었구나.'

마부에게 '나를 추격해오는 사람은 누구인가?'라고 물으니, 마부가 '유공사입니다.'라고 대답했습니다.

'나는 살았구나'

'유공사는 위나라의 활쏘기를 잘하는 자인데 부자(자탁유자)께서 「나는 살았다」라고 말하는 것은 무슨 말씀이십니까?'

'유공사는 활쏘기를 윤공타에게서 배웠고, 윤공타는 활쏘기를 나에게서 배웠다. 윤공타는 단정한 사람이다. 벗을 취함에 반드시 단정할 것이다.'

유공사가 도착하여 '부자께서는 왜 활을 잡지 않으십니까?'라고 하니, 자탁유자가 '오늘 나는 병이 나서 활을 잡을 수가 없다.'라고 말했습니다.

'소인은 활쏘기를 윤공타에게서 배웠습니다. 윤공타는 활쏘기를 부자에게서 배웠으니, 저는 차마 부자의 도로써 도리어 부자를 해칠 수 없습니다. 비록 그렇다고 하지만 오늘날 일은 국가의 일입니다. 제가 감히 그만둘 수는 없습니다.'

이처럼 말하고는 화살을 뽑아 수레바퀴에 두들겨 살촉을 빼버리고 네 개의 화살을 쏜 뒤에 돌아갔습니다."

【補】 스승의 도리가 무엇인지 설명하고 있는 절이다. 이 글의 핵심은 단연 '단인(端人)'에 있다. 즉 단정한 사람이어야 말로 스승의 자격이 있음을 말하고 있다. 따라서 인품이 좋은 제자를 선택하는

안목과 책임 또한 스승에게 있다는 말이다.
'자탁유자'와 '유공사'는 모두 장수이다. '복(僕)'은 마부를 지칭한다. '단(端)' 자는 '바르다[正]'의 뜻이다. '취우(取友)'라는 표현을 썼지만 '제자로 맞이하다'는 의미이다. '지(至)' 자는 '가까이 오다'는 말이다. '금(金)'은 '화살촉'을 말한다. '승(乘)' 자에는 '넷[四]'이라는 뜻이 있으니, '승시(乘矢)'라 하면 '화살 네 발'을 가리킨다. 고대에 화살을 쏠 때 네 개를 단위로 한 것은 사방을 경계하는 뜻이 있다고 한다.

이루 하 제25장

孟子 曰 "西子 蒙不潔則人皆掩鼻而過之니라.

맹자가 말했다.

"서자가 불결한 것을 뒤집어쓰고 있으면, 사람들 모두 코를 막고 지나간다.

【補】 아무리 아름다운 사람이라 하더라도 어떻게 처신했냐에 따라 사람들의 대응이 달라짐을 말한다.
'서자(西子)'는 아름다운 부인을 가리킨다. '불결한 것'이란 인분(人糞)을 말한다. 이를 뒤집어쓰면 냄새가 심하게 나므로, 사람들이 코를 막고 지나간 것이다.
'몽(蒙)' 자는 '뒤집어쓰다[冒]'의 뜻이다.

雖有惡人이나 齊戒沐浴則可以祀上帝니라."

비록 추악한 사람이라도 목욕재계를 하면 상제에게 제사지낼 수 있다."

【補】 '악인(惡人)'이란 '서자'의 반대 개념으로, 못생긴 사람을 가리키는 말이지, 흉악한 사람을 지칭하는 도덕적인 내면을 말한 것이 아니다.
이 장은 선악이라는 개념이 상대적이므로 어떻게 하느냐에 따라 달라짐을 말하고 있다.

이루 하 제26장

孟子 曰 "天下之言性也는 則故而已矣니 故者는 以利爲本이니라.

맹자가 말했다.
"천하에 성품을 말하는 것은 이미 그러한 자취일 뿐이니, 이미 그러한 자취라는 말은 순리를 근본으로 삼는다.

【補】 성품은 보이지 않기 때문에 이를 말하는 것은 이미 그러한 발자취를 통해 말할 뿐임을 밝히고 있다.
여기에서 '이(利)' 자는 '순리[順]'의 뜻으로 쓰였다. '이순(利順)'이라는 단어가 있듯이, '조화롭다[和], 따르다[從]'의 의미로 쓰였다.
'즉(則)' 자에 대해서는 본서처럼 해석하지 않고, '법칙, 본받음[칙(則)]'으로 보고 '이미 그렇게 된 원리를 본받는다'로 해석하기도 하니 참고로 적어 둔다.

所惡於智者는 爲其鑿也니 如智者 若禹之行水也면 則無惡於智矣리라 禹之行水也는 行其所無事也시니 如智者 亦行其所無事면 則智亦大矣리라.

지혜로움을 미워하는 이유는 천착하기 때문이다. 만일 지혜로운 사람이, 우왕이 물을 흘러가게 하듯이 한다면 지혜를 미워할 까닭이 없을 것이다. 우왕이 물을 흘러가게 한 것은 그 일 없는 바를 행하신 것이니, 만일 지혜로운 사람이 또한 일 없는 바를 행한다면, 지혜가 또한 커질 것이다.

【補】 지혜의 확장을 위해 천착을 경계해야 함을 말하고 있다.
'소(所)~자(者)'는 '~하는 이유'로 대개 해석한다. '지(智)' 자가 두 번 나오는데, 첫 번째 '지(智)' 자는 미움의 대상으로 바로 '소지(小智)'를 가리킨다. 두 번째 '지(智)' 자는 동경의 대상이므로 '대지(大智)'를 가리킨다. 우왕의 '행수(行水)'는 치수(治水)와 같은 말이다.
'천착(穿鑿)'의 원의는 이처럼 너무 깊이 파고들어 지나친 해석을 할 때를 쓰는 말이다. 하지만 현대에는 '깊이 공부하다'는 긍정적인 의미로 쓰이기도 한다.

天之高也와 星辰之遠也나 苟求其故면 千歲之日至를 可坐而致也니라."

하늘이 높고 별이 멀지만 만일 그 이미 그러한 자취를 찾는다면 천년의 일지를 앉아서도 알 수 있다."

【補】 순리대로 한다면 고차원의 일까지도 파악할 수 있음을 말하고 있다.
'고(故)' 자는 '도수'를 말한다. '일지(日至)'는 '동지'라는 뜻으로 쓰였으나, 「고자 상」 제7장에는 '곡식이 익는 날'이라는 뜻인 '하지(夏至)'로 쓰였으니 문맥에 따라 다르다.

이루 하 제27장

公行子 有子之喪이어늘 右師 往弔할새 入門커늘 有進而與右師言者하며 有就右師之位而與右師言者러니,

공행자(제나라 대부)가 자식의 초상이 있었다. 우사가 가서 조문할 때에 문에 들어오자 그 앞으로 나오게 하여 우사와 더불어 말하는 사람이 있었으며, 우사의 자리로 나아가서 우사와 더불어 말하는 자도 있었다.

【補】 원문 '子之喪'은 대개 '아들의 초상'으로 해석한다. 그런데, '아들로서의 초상', 즉 '부친상'으로 보는 설도 있으니 참고로 적어 둘 뿐(『備旨』), 본서는 '자식의 초상'으로 해석했다. 특히 모기령(毛奇齡)의 『경문(經問)』 권9를 참고해보면 논리가 정연하니 참고로 적어 둔다.
'우사(右師)'란 경대부의 지위를 말한다. 여기에서는 구체적으로 왕환(王驩)을 지칭하는데 그에 대해서는 「공손추 하」 제6장과 「이루 상」 제26장 등에 보인다.
'입문(入門)'이란 공행자의 집에 들어가는 것을 말한다. '진(進)' 자는 읍을 해주는 사람 앞으로 나아가는 것을 말하니, 걸어가면서 자기 곁으로 오게 함을 의미한다.
'취(就)' 자는 왕환의 자리로 찾아가는 것을 말하니, 자리에 앉은 후에 또 와서 인사하는 사람이 있었기 때문에 '취' 자를 썼다.

孟子 不與右師言하신대 右師 不悅曰 "諸君子 皆與驩言이어늘 孟子獨不與驩言하시니 是는 簡驩也로다."

맹자가 우사와 더불어 말을 나누지 않자, 우사가 기뻐하지 않으며 말했다.

"여러 군자들은 모두 저와 말을 했는데, 맹자만이 홀로 저와는 말씀을 나누지 않으니, 이는 저를 소홀히 대하는 것입니다."

【補】 여기서의 '군자'란 조문하러 온 모든 이를 가리킨다. '간(簡)' 자에는 '간단히 여기다' 즉 '경멸하다'는 의미가 있다.

孟子 聞之하시고 曰 "禮에 '朝廷에 不歷位而相與言하며 不踰階而相揖也'하니 我欲行禮어늘 子敖 以我爲簡하니 不亦異乎아."

맹자가 이 말을 듣고 말했다.

"『예기』에 '조정에서는 자리를 지나서 남과 더불어 이야기 할 수 없고, 계단을 넘어가 서로 읍하지 않는다.'고 했습니다. 저는 이 예를 행하고자 하였는데, 자오께서 날더러 소홀히 했다고 생각하니 또한 이상하지 않습니까."

【補】 공행자는 조정 관리이다. 따라서 그가 상을 당했다는 말은 사적인 공행자의 초상을 작은 조정으로 옮겨 놓은 것과 같다는 말이다. 그러므로 예가 적용되고 있으니, 맹자는 이를 행하고 있을 뿐이라고 말하고 있다.

'자오'는 왕환의 자(字)이다. '역위(歷位)'란 다른 사람 앞을 지나가는 것이니, 그 앞에서 다른 이와 얘기하는 것은 예가 아니다.

이루 하 제28장

孟子 曰 "君子所以異於人者는 以其存心也니 君子는 以仁存心하며 以禮存心이니라.

맹자가 말했다.

"군자가 여느 사람들과 다른 것은 그 마음을 간직한 것 때문이니, 군자는 인으로써 마음을 간직하며 예로써 마음을 간직한다.

【補】 군자와 소인의 차이는 인과 예로써 마음을 간직하고 그렇게 하지 못한 데 있다.
여기서 '인(人)' 자는 군자의 대칭으로 쓰였으니, 바로 '소인(小人)'이라는 의미가 있다. '존심(存心)'에 대해서는 이설이 많다. '마음을 간직하거나[在心], 마음을 성찰하는 것[省心]'으로 보기도 하고, 주희처럼 '마음에 간직하는 것[在於心]' 등으로 보기도 한다.

仁者는 愛人하고 有禮者는 敬人하나니,

어진 사람은 남을 사랑하고, 예가 있는 사람은 남을 공경한다.

【補】 이 절은 아는 것[知]을 실천으로 옮기는 것[行]에 대해 말하고 있다. 앞서 '인(仁)' 자가 여기에서는 '애(愛)' 자로 쓰였고, '예(禮)' 자가 '경(敬)' 자로 쓰였다.

愛人者는 人恒愛之하고 敬人者는 人恒敬之니라.

남을 사랑하는 사람은 남들이 항상 그를 사랑해 주고, 남을 공경하는 사람은 남들이 항상 그를 공경해 준다.

【補】 어진 마음의 행위가 어떠한 효과로 발휘되고 있는지에 대해 말하고 있다. 이 절까지가 당연성이라면 다음 절부터는 의외성에 대해 말하고 있다.

有人於此하니 其待我以橫逆則君子 必自反也하야 我必不仁也며 必

無禮也로다 此物이 奚宜至哉오하나니라.

여기에 어떤 사람이 있다고 하자. 그가 자신을 횡포로 대하면, 군자는 반드시 스스로 돌이켜서 '내 반드시 어질지 못하며, 내 반드시 예의가 없다. 이러한 일이 어떻게 이를 수 있겠는가.'라고 생각한다.

【補】 이 절은 1차적 반성에 대해 말하고 있다.
원문 '有人於此'는 앞서 여러 번 나왔지만 가정형이다. '횡포'는 앞 절의 '사랑과 존경'의 반대말이다. '물(物)' 자는 '사(事)' 자와 같으니, 여기에서는 횡포를 가리킨다.

其自反而仁矣며 自反而有禮矣로대 其橫逆이 由(猶)是也어든 君子 必自反也하야 '我必不忠이로다.'하나니라.

그가 스스로 돌이켜 어질게 행동했으며, 스스로 돌이켜 예가 있었는데도, 그 횡포가 여전히 똑같다면, 군자는 반드시 스스로 돌이켜 '내 반드시 성실하지 못했나보다.'라고 여긴다.

【補】 이는 2차적 반성이다. '유시야(由是也)'라는 말은 '변함이 없다'라는 뜻이다. 성실하지 못함[不忠]'은 '다하지 못함[未盡]'의 뜻이다.

自反而忠矣로대 其橫逆이 由是也어든 君子 曰 '此亦妄人也已矣로다'하니 如此則與禽獸奚擇哉리오 於禽獸에 又何難焉이리오.

스스로 돌이켜 성실하였지만 그 횡포가 여전히 똑같다면, 군자는 '이 사람은 또한 망인일 뿐이다.'라고 생각한다. 이와 같다면 짐승과 어찌 구별되겠는가. 짐승에게 또 무엇을 꾸짖을 것이 있겠는가.

【補】 마지막 3차적 반성에 대한 절이다. 이 이상은 어찌할 수 없다는 말이다.
'망인(妄人)'이란 요즘말로 '인간도 아닌', '정신 나간 인간'처럼 심한 말이다. '난(難)' 자는 '꾸짖다[責]'의 뜻으로 쓰였으니, 말하기도 어려울 뿐 아니라 그 가치조차 없다는 의미를 내포하고 있다.

是故로 君子 有終身之憂요 無一朝之患也니 乃若所憂則有之하니 舜도 人也며 我亦人也로대 舜은 爲法於天下하사 可傳於後世어시늘 我는 由(猶)未免爲鄕人也하니 是則可憂也라 憂之如何오 如舜而已矣니라 若夫君子所患則亡(무)矣니 非仁無爲也며 非禮無行也라 如有一朝之患이라도 則君子 不患矣니라."

이 때문에 군자는 종신토록 하는 근심은 있어도 하루아침의 걱정거리는 없다. 근심하는 것이 있으니 순임금도 사람이며 나 또한 사람인데, 순임금은 천하에 모범이 되어 후세에 전해지는 분인데, 나는 여전히 보통사람임을 면치 못하였으니, 이는 근심할 만한 일이다. 근심한다면 어떻게 하면 되겠는가. 순임금처럼 할 뿐이다. 군자의 걱정하는 바는 없으니 인이 아니면 하지 않으며 예가 아니면 행하지 않는다. 만일 하루아침의 걱정이 있다 하더라도 군자는 걱정하지 않는다."

【補】 인간의 궁극적 목적은 완성체로서의 사람, 즉 순임금처럼 되는 데 있음을 말한다.
'하루아침의 걱정'이란 앞서 나온 횡포를 가리킨다. 사람은 걱정이 없을 수 없다. 걱정이 없을 수 없다면, 차라리 가치가 있는 것이 무엇인지를 생각해야 함을 말하고 있다. '향인(鄕人)'은 보통사람을 뜻한다.

이루 하 제29장

禹稷이 當平世하야 三過其門而不入하신대 孔子 賢之하시니라.

우왕, 후직이 태평한 세상에 3번 자신의 집 앞 문을 지나면서도 들어가지 못하시자, 공자께서 그들을 훌륭하게 여기셨다.

【補】「등문공 상」 제4장에 나온 구절이다.
'태평한 세상'이라는 말은 세상에 도가 있음을 말한다.

顔子 當亂世하야 居於陋巷하사 一簞食(사)와 一瓢飮을 人不堪其憂어늘 顔子 不改其樂하신대 孔子 賢之하시니라.

안자가 어지러운 세상에 누추한 골목에서 거처하며 한 그릇 밥과 한 표주박 물로 사는 것을, 사람들은 그 근심을 감당하지 못한다. 안자는 그 즐거움을 고치지 않으니, 공자께서 그를 훌륭하게 여기셨다.

【補】안자는 안회(顔回)를 가리키는데, 『논어』·「옹야」 제9장에 "어질다, 안회여! 한 그릇의 밥과 한 표주박의 음료로 누추한 시골에 있는 것을 딴 사람들은 그 근심을 견뎌내지 못하는데 안회는 그 즐거움을 변치 않으니 어질다, 안회여![賢哉라 回也여 一簞食와 一瓢飮으로 在陋巷을 人不堪其憂어늘 回也不改其樂하니 賢哉라 回也여]"라고 했다.
'난세(亂世)'란 앞서 나온 '평세(平世)'의 반대말이다. 이는 도가 없어 은둔할 수밖에 없는 시대를 말한다. '한 그릇 밥'과 '한 표주

박 물'이란 가난을 상징한다.
'기(其)' 자가 두 번 나왔는데, 전자는 '가난'을 가리키고, 후자는 '도(道)'를 가리킨다. '실제는 가난을 편안하게 여기다[安貧]'라는 말이 앞의 '기(其)' 자 하나에 담겨 있으며, '평소 쉬지 않고 공부함'이 뒤의 '기(其)' 자에 담겨 있다. 여느 사람들과 안자의 생각이 달랐음을 의미한다.

孟子 曰 "禹稷顔回 同道하니라.

맹자가 말했다.
"우왕, 후직과 안회는 도가 같다.

【補】 맹자가 두 가지 일을 종합하여 평가한 말이다. 즉 처지가 달랐을 뿐 도는 같았음을 말하고 있다.

禹는 思天下有溺者어든 由(猶)己溺之也하시며 稷은 思天下有飢者어든 由己飢之也하시니 是以로 如是其急也시니라.

우왕은 천하에 물에 빠진 사람이 있으면 마치 자신이 그를 빠뜨린 것처럼 생각했다. 후직은 천하에 굶주리는 사람이 있으면 마치 자신이 그를 굶주리게 한 것처럼 생각했다. 이 때문에 이와 같이 급하게 하신 것이다.

【補】 '세 번이나 대문 앞을 지나면서도 들어가지 못했던[三過其門而不入]' 구체적 이유를 밝히고 있는 절이다.

禹稷顔子 易(역)地則皆然이리라.

우왕, 후직과 안자가 처지를 바꾸면 다 그러하셨을 것이다.

【補】 앞 절과 함께 '도가 같음[同道]'에 대해 부연 설명하고 있는 절이다. 따라서 '개연(皆然)'은 앞 절의 '동도(同道)'와 같은 말이다. 오늘날 역지사지(易地思之)라는 말의 어원이 여기에 있다.

今有同室之人이 鬪者어든 救之호대 雖被髮纓冠而救之라도 可也니라.

오늘날 한 방에 같이 사는 사람 중 싸우는 자가 있다면 이를 말리되 비록 머리를 그대로 풀어 흩뜨리고 갓끈만 매고 가서 말리더라도 괜찮다.

【補】 우왕과 후직이 이처럼 급하게 생각한 것에 대한 비유이다. 그들의 책임의식이 이와 같았으니, 이른바 겸선천하(兼善天下)가 이에 해당된다.
'동실지인(同室之人)'이란 한 식구를 말한다. '투(鬪)' 자는 앞서 물에 빠진 이들이나 배고픈 가난한 상황을 표현한 말이다. '구(救)' 자는 '싸움을 말리다'는 뜻이다. '머리를 그대로 풀어 흩뜨리고 갓끈만 매다'란 말은 매우 급한 상황을 가리킨다. 여기서 '피(被)' 자는 '헤치다[披]'의 뜻으로 쓰였다.

鄕鄰에 有鬪者어든 被髮纓冠而往救之則惑也니 雖閉戶라도 可也니라."

고을 이웃에 싸우는 자가 있으면 머리를 풀어 흩뜨리고 갓끈만 매고 가서 말린다면 의혹을 살 수 있는 일이니 비록 문을 닫고 방관해도 괜찮다."

【補】 남들 싸움에 개입될 필요가 없음을 말하고 있는 절이다.
'문을 닫는다'는 말은 방관을 뜻한다. 안연의 경우 천하에 대한 책임의식이 필요하지 않았으니, 이는 안빈낙도를 비유로 말했다.

즉 안연의 경우 독선기신(獨善其身)이 이에 해당되고, 그 처지가 그렇게 만들었다. 앞 절의 겸선천하(兼善天下)와 대조된다. 독선기신과 겸선천하에 대해서는 「진심 상」 제9장에 다시 나온다. '혹(惑)' 자는 일처리가 제대로 되지 않았음을 말한다.

이루 하 제30장

公都子 曰 "匡章을 通國이 皆稱不孝焉이어늘 夫子 與之遊하시고 又從而禮貌之하시니 敢問何也잇고?"

공도자(맹자 제자)가 말했다.

"광장(제나라 사람)을 온 나라 사람들이 모두 '효성스럽지 않다.'라고 말하는데, 선생님께서 그와 더불어 교유하시고 또 뒤이어 그를 예우까지 하시니 감히 여쭙겠습니다. 무엇 때문입니까?"

【補】 '통(通)' 자는 '모두, 온[全]'의 뜻이다. '칭(稱)' 자는 대개 '일컫다'라는 말로 칭찬에 쓰이는데, 여기에서는 뒤의 '불효'라는 말 때문에 '비난하다'는 의미로 쓰였다.

孟子 曰 "世俗所謂不孝者 五니 惰其四肢하야 不顧父母之養이 一不孝也요 博奕好飮酒하야 不顧父母之養이 二不孝也요 好貨財하며 私妻子하야 不顧父母之養이 三不孝也요 從耳目之欲하야 以爲父母戮이 四不孝也요 好勇鬪狠하야 以危父母 五不孝也니 章子 有一於是乎아.

맹자가 말했다.

"세속에서 이른바 불효라는 것이 다섯 가지이다. 그 사지를 게을리 하여 부모의 봉양을 돌보지 않음이 첫 번째 불효이다. 장기와 바둑을 두고 술 마시기를 좋아하여 부모의 봉양을 돌보지 않음이 두 번째 불효이다. 재물을 좋아하며 처와 자식을 사사로이 하여 부모의 봉양을 돌보지 않음이 세 번째 불효이다. 귀와 눈이 하고 싶은 대로 하여 부모를 욕되게 함이 네 번째 불효이다. 용맹을 좋아하고 사납게 싸워 부모를 위태롭게 함이 다섯 번째 불효이다. 장자[匡章]가 이 중에 한 가지라도 있던가?

【補】 맹자는 광장을 가엾다고 한 것이지 칭찬한 것은 아니다. 그래도 그에게 오불효에 해당하는 것은 하나도 없기에 그와 교유하고 예로 대접했음을 말하고 있다.
'세속'은 나라의 모든 사람을 말한다. 맹자는 세속에서 말하는 다섯 가지 불효 어느 것에도 광장이 해당되지 않고, 다만 사람들의 비판은 선을 잘못 권하는 데에 있음을 말하고 있다.
'귀와 눈이 하고 싶은 대로 한다'는 말은 자신의 욕구만을 채운다는 말이다. '륙(戮)' 자는 '욕되게 하다[辱]'라는 뜻이다. '용맹을 좋아하고 싸우며'라는 말은 '남에게 지는 것을 싫어하고 싸움만을 좋아한다'는 뜻이다.

夫章子는 子父 責善而不相遇也니라.

장자는 부자간에 선을 권하다가 뜻이 서로 맞지 못한 것이다.

【補】 선을 권하는[責善] 도는 원래 벗 간의 도리이다. 지나친 선을 권함으로 인하여 서로 원망을 산 것이니, 부자간의 도리는 아님을 말하고 있다.
'책(責)' 자에는 '권하다'는 뜻이 있으니, 여기서의 책선을 '지나친 잔소리'로 해석해도 무방하다. 부자간에는 잘못이 있을 경우에만 말해야 한다[父子, 有過則諫].

責善은 朋友之道也니 父子責善이 賊恩之大者니라.

선을 권함은 벗 간의 도리이니, 부자간의 선을 권함은 은혜를 해치는 큰 것이다.

【補】 광장의 불효라 하는 것은 세속의 불효가 아니라, 선을 권하는 잘못이 있을 따름이니, 맹자가 보기에 큰 실수는 아니라는 말이다. 「이루 상」 제18장에 "부자간에는 선을 권하는 게 아니니, 선을 권하면 마음이 떨어지게 된다. 마음이 떨어지면 상서롭지 않은 것이 이보다 더 큰 게 없다"라고 했으니 이와 통한다.

夫章子는 豈不欲有夫妻子母之屬哉리오마는 爲得罪於父하야 不得近이라 出妻屛子하야 終身不養焉하니 其設心에 以爲不若是면 是則罪之大者라하니 是則章子已矣니라."

무릇 장자[광장]는 어찌 남편과 아내, 자식과 어머니의 가속이 있기를 원치 않았겠는가. 아버지에게 죄를 얻어 가까이 할 수 없었다. 아내를 내쫓고 자식들을 물리쳐서 종신토록 봉양을 받지 못했다. 그 자책하는 마음에 이와 같이 고생을 하지 않는다면 이는 죄가 크다고 여겼으니, 이것이 바로 장자라는 사람이다."

【補】 광장의 불효가 법이 되는 것은 아니다. 광장은 잘못을 스스로 꾸짖어 애처롭기 때문에, 맹자가 절교하지 않은 것임을 밝히고 있다. 원문 '終身不養焉'은 '호강을 받으며 살지 못함'을 말한다. '설심(設心)'이란 마음가짐을 말한다. 뒤의 '시(是)' 자 역시 설심을 지칭한 것이다.

이루 하 제31장

曾子 居武城하실새 有越寇러니 或曰 '寇至하니 盍去諸리오'한대 曰 '無寓人於我室하야 毁傷其薪木하라' 寇退則曰 '修我牆屋하라 我將反호리라' 寇退커늘 曾子 反하신대 左右 曰 '待先生이 如此其忠且敬也어늘 寇至則先去하야 以爲民望하시고 寇退則反하시니 殆於不可로소이다' 沈猶行이 曰 '是는 非汝所知也라 昔에 沈猶 有負芻之禍어늘 從先生者 七十人이 未有與焉이라하니라'

증자께서 무성에 거처하실 때에 월나라의 침략이 있자, 혹자가 '적들이 왔는데 어찌 떠나가지 않습니까?' 하니, 증자께서 '내 방에 사람을 붙여두어 섶과 나무를 훼손하지 않게 하라.'고 말씀하셨다. 적들이 물러갔다고 하자 '내 집 담장과 지붕을 수선하라. 내 장차 돌아갈 것이다.'라고 말씀하셨다.

적들이 물러간 다음 증자께서 돌아오시니, 좌우에 있는 자들이 '선생님 대우를 이처럼 충성스럽고 또 공경히 하는데, 적들이 이르자 먼저 떠나가시어 백성이 바라보게 하시고, 적들이 물러가자 돌아오시니 옳지 못한 듯합니다.'라고 말했다. 심유행(증자 제자)이 '이는 너희들이 알 수 있는 것이 아니다. 옛적에 심유씨의 부추의 화가 있었는데, 선생님을 따르는 자 70명 가운데 참여한 사람이 있지 않았다.'라고 말했다.

【補】 증자는 벼슬을 하지 않은 자이다. 따라서 이 절은 벼슬하지 않은 자의 처신에 대해 말하고 있다.
'무성'은 노나라에 있다. '월구(越寇)'라고 쓴 것은 당시 월왕 구천이 침범함을 말한다. '우(寓)' 자는 여기서 '지키다[守]'의 뜻으로 쓰였다. '좌우(左右)'는 대개 '신하'를 지칭하는 말이지만, 여기서는 증자의 제자들을 가리킨다.
'대(待)' 자는 '예우함[禮]'을 말한다. '충성스럽고 또한 공경히 모시다[忠且敬]'라고 했으니 마음으로 존경하고 예의까지 갖춘 것을 의미한다. '민망(民望)'이란 노나라를 지킬 사람이 없어 그가 오기를 우러러 본다는 뜻이다. '시(是)' 자는 '증자의 처신'을 가리킨다.
'부추의 화'란 심유씨 집안에 있는 머슴들이 난동을 일으킨 사건을 가리킨다. 70명이라는 많은 인원으로 난을 진압할 수 있었는데도 이를 하지 않았다. '부추'는 인명이라는 설이 일반적이나, 나무꾼으로 가장하여 침입했기 때문에 그렇게 불린다는 설도 있으니 참고로 적어 둔다.

子思 居於衛하실새 有齊寇러니 或曰 '寇至하니 盍去諸리오'한대 子思 曰 '如伋이 去면 君誰與守리오'

자사께서 위나라에 계실 때 제나라의 침략이 있자, 혹자가 '적들이 침략해 오는데 어찌 떠나가지 않습니까?'라고 하자, 자사께서 '나 같은 사람이 떠나가면, 임금이 누구와 더불어 지키겠는가.'라고 말씀하셨다.

【補】 이 절은 앞 절과 달리 벼슬하는 자의 본분과 그 처신에 대해 말하고 있다. 제나라의 침략 당시 자사는 벼슬을 하고 있었기에 '거(居)' 자를 쓴 것이다.

孟子 曰 "曾子子思 同道하니 曾子는 師也며 父兄也요 子思는 臣也며 微也니 曾子子思 易地면 則皆然이리라."

맹자가 말했다.
"증자와 자사께서는 도가 같다. 증자는 스승이자 부형이었고, 자사는 신하이자 자제였다. 증자와 자사께서 처지를 바꾼다면 두 분 모두 그러하셨을 것이다."

【補】 사례를 둘 이상 들고 마지막에 쓰는 '왈(曰)' 자로 평했다. 맹자가 보기에는 두 분 모두 시중(時中)을 잘 행했다는 말이다. '미(微)' 자는 부형(父兄)과 상대적인 말로 자제(子弟)의 뜻으로 쓰였다. '개연(皆然)'은 앞 절의 '동도(同道)'와 같은 말이다.

이루 하 제32장

儲子 曰 "王이 使人瞯夫子하시니 果有以異於人乎잇가?" 孟子 曰 "何以異於人哉리오 堯舜도 與人同耳시니라."

저자(제나라 사람)가 말했다.

"왕께서 사람을 시켜 선생님을 몰래 엿보게 했는데, 과연 다른 사람과 다른 점이 있습니까?"

맹자가 말했다.

"어떻게 다른 사람과 다르겠습니까. 요임금과 순임금도 다른 사람과 똑같은 분이었을 따름입니다."

【補】 겉으로 보면 다 같은 사람이니, 요임금과 순임금 또한 다 같은 사람일 뿐이다[聖凡一致]. 하지만 인간의 본성을 잘 간직하고 선하고자 하는 마음은 다르며, 여기에서 현불초(賢不肖)가 나눠지게 된다.
'간(瞯)' 자에는 염탐의 뜻이 있다. '저자(儲子)'는 '저씨 성을 가진 아무개[某]'라는 말이다.

이루 하 제33장

齊人이 有一妻一妾而處室者러니 其良人이 出則必饜酒肉而後에 反이어늘 其妻 問所與飮食者則盡富貴也러라 其妻 告其妾曰 '良人이 出則必饜酒肉而後에 反할새 問其與飮食者호니 盡富貴也로대 而未嘗有顯者來하니 吾將瞯良人之所之也호리라'하고 蚤起하야 施(이)從良人之所之하니 徧國中호대 無與立談者러니 卒之東郭墦間之祭者하야 乞其餘하고 不足이어든 又顧而之他하니 此其爲饜足之道也러라 其妻 歸告其妾曰 '良人者는 所仰望而終身也어늘 今若此라'하고 與其妾으로 訕其良人而相泣於中庭이어늘 而良人은 未之知也하야 施施從外來하야 驕其妻妾하더라.

제나라 사람 중에 한 명의 아내와 한 명의 첩을 두고 사는 사람이 있었다. 남편이 밖으로 나갔다 하면 반드시 술과 고기를 배불리 먹은 뒤에 돌아왔다. 그 아내가 누구와 더불어 음식을 먹었는가를 물었더니 모두 부귀한 사람이었다고 했다. 그 아내가 첩에게 '남편이 외출하면 반드시 술과 고기를 배불리 먹은 뒤에 돌아오기에 내 누구와 더불어 음식을 먹었는가를 물어보니 모두 부귀한 사람이었다고 했다. 그런데도 단 한 번도 현달한 사람이 찾아오는 일이 없으니, 내 장차 남편이 가는 곳을 엿보겠다.'고 말했다.

아침 일찍 일어나 남편이 가는 곳을 미행하여 따라가 보니 온 나라 안을 두루 돌아다니면서 더불어 서서 말하는 사람이 없었다. 마침내 동쪽 성곽의 무덤 사이의 제사지내는 곳을 가서 남은 음식을 빌어먹고 부족하면 또다시 두리번거리면서 다른 곳으로 찾아가니,

이것이 술과 고기를 배불리 얻어먹는 방법이었다. 그 아내가 돌아와서 첩에게 '남편이란 우러러 바라보면서 일생을 마쳐야 할 사람인데 오늘날 이 꼴이다.' 하고는 첩과 더불어 남편을 원망하며 서로 뜰 가운데서 울고 있었는데에도, 남편은 그러한 사실을 알지 못하고 의기양양하게 밖에서 와서 처와 첩에게 교만하게 굴었다.

【補】 전국시대 벼슬하는 자들의 실상이 없음과 그들의 아유구용(阿諛苟容)을 비판하고 있는 절이다.
'양인(良人)'은 남편의 존칭사이다. '출(出)' 자는 '나가기만 하면'의 뜻인 복수사로 쓰였다. '상(嘗)' 자는 '일찍이'가 아닌 '단 한 번도'의 뜻으로 쓰였다. '현(顯)' 자는 부귀의 뜻으로 쓰였다.
'이(施)' 자는 눈치를 채지 못하도록 미행하는 것을 말한다. '고(顧)' 자는 '두리번거리다'의 뜻이다. '차(此)' 자가 가리키는 것은 '구걸'이다. '시시(施施)'는 의기양양해 하는 모습이다.

由君子觀之컨대 則人之所以求富貴利達者 其妻妾이 不羞也而不相泣者 幾希矣리라.

군자의 입장에서 본다면, 사람 중에 부귀와 영달을 구하는 자들은 그 처첩이 그것을 보면 부끄러워하여 서로 울지 않을 사람이 거의 없을 것이다.

【補】 오늘날 벼슬하는 사람들은 저 제나라 사람뿐 아니라, 모두 저와 같다는 말이다. '군자'는 맹자 같은 사람을 가리킨다. '인(人)' 자는 '당시 사람' 즉 세속 사람을 가리킨다.

제9부

만장 장구 상(凡九章)

만장 상 제1장

萬章이 問曰 "舜이 往于田하사 號泣于旻天하시니 何爲其號泣也잇고?" 孟子 曰 "怨慕也시니라."

만장(맹자 제자)이 물었다.

"순임금이 밭에 가서 하늘에 울부짖었으니 무엇 때문에 그렇게 울부짖었던 것입니까?"

맹자가 말했다.

"원망하고 사모하신 것이다."

【補】 이 상황은, 순임금이 역산(歷山)에서 밭갈 때의 일이다. 『서경』, 「우서(虞書) 대우모(大禹謨)」에 일화가 보인다.

맹자가 말한 '원망하고 사모함[怨慕]'이란, 순임금이 어버이에게 사랑을 얻지 못하여 자신을 원망하고 부모님을 사모한 것을 말하는데 아래 구절을 보면, 만장이 이를 잘못 이해하고 질문한 것임을 알 수 있다. 원문 '何爲其'는 '무엇 때문에 그렇게'라는 말이다.

萬章이 曰 "父母 愛之어시든 喜而不忘하고 父母 惡(오)之어시든 勞而不怨이니 然則舜은 怨乎잇가?" 曰 "長息이 問於公明高曰 '舜이 往于田則吾 旣得聞命矣어니와 號泣于旻天과 于父母則吾 不知也로다다.' 公明高 曰 '是는 非爾所知也라'하니 夫公明高는 以孝子之心이 爲不若是恝이라 '我는 竭力耕田하야 共(恭)爲子職而已矣니 父母之不我愛는 於

我何哉오'하니라."

만장이 말했다.

"부모님께서 나를 사랑해 주시거든 기뻐하고 효도할 것을 잊지 말며, 부모께서 나를 미워하시거든 수고로워도 원망하지 말아야 하니, 그렇다면 순임금은 원망한 것입니까?"

맹자가 말했다.

"장식(공명고의 제자)이 (스승인) 공명고(증자 제자)에게 묻기를 '순임금이 밭에 간 일은, 제가 이미 말씀을 들었지만 하늘과 부모에게 울부짖었다는 사실은 제가 모르겠습니다.' 하자, 공명고가 '이것은 네가 알 수 있는 것이 아니다.'고 말했다. 저 공명고는 효자의 마음이 이처럼 무관심할 수 없다고 여기고서, '나(순임금)는 힘을 다해 밭을 갈면서 공손히 자식으로서의 맡은 일을 할 따름이니, 나에게 무슨 잘못이 있기에 부모께서 나를 사랑하지 않는가.'라고 생각한 것이다.

【補】 공명고 역시 순임금의 원망은 자신에게 있는 것이지, 부모에게 있지 않다고 이해한 것이다.

'노(勞)' 자에 대해 '더욱 노력하라'는 번역도 가능하지만, 『논어』、「이인」 제18장에 "子曰 事父母호대 幾諫이니 見志不從하고 又敬不違하며 勞而不怨이니라."라고 했으며, 『예기』、「내칙」에 "與其得罪於鄕黨州閭론 寧孰(熟)諫이니 父母怒不悅而撻之流血이라도 不敢疾怨이오 起敬起孝也라."고 했으니, 참고해 보면 '수고롭다'의 뜻으로 번역하고 이해하는 것이 타당할 듯하다.

'우부모(于父母)'는 '부모에 울부짖다'란 뜻으로 앞에 '호읍(號泣)'이 생략된 형태다. 원문 '於我何哉오'는 '나에게 무엇이 있는가'라는 말로, 자신에게 죄가 있음을 자책한 절이다. 이는 부모를 원망한 것이 아니다. 그러나 일설에는 '내가 어떻게 하겠는가?'라고 해석하여, '할 도리는 다 했으니 어쩔 수 없다'로 보기도 하니 참고로 적어 둔다.

帝 使其子九男二女로 百官牛羊倉廩을 備하야 以事舜於畎畝之中하시니 天下之士多 就之者어늘 帝 將胥天下而遷之焉이러시니 爲不順於父母라 如窮人 無所歸러시다.

요임금께서 자식 아홉 아들과 두 딸, 백관과 우양과 창름을 갖추어 순임금을 밭갈이 하는 시골에서 섬기게 하니, 천하 사람들이 찾아가는 자가 많았다. 이에 요임금이 장차 천하의 인심을 살펴보고 제위를 물려주려 하셨는데, 순임금은 부모에게 순하지 못하였기 때문에, 궁한 사람이 돌아갈 데 없는 것처럼 여기셨다.

【補】『사기(史記)』、「오제본기(五帝本紀)」에는 "요임금은 두 딸을 시집보내어 순의 안을 살피게 하고, 아홉 아들로 섬기게 하여 밖을 관찰하게 했다. 순임금이 1년 동안 거주한 곳은 부락을 이루었고, 2년에 읍을, 3년에 도성을 이루었다."고 하였다.
'창름(倉廩)'은 곡식을 보관하는 곳이니, 재물을 보관하는 부고(府庫)와는 다르다. '사(士)' 자는 '백성[民, 人]'의 뜻이다. '서(胥)' 자는 '서로[相]', '모두[擧]' 외에 본문처럼 '보다[見], 살피다'의 뜻으로 쓰일 때가 있다. 이는 주희의 설을 받아들인 것이고, 조기는 뒤의 말과 연결지어 '따르다[順]', 즉 '사랑하다[愛]'라는 뜻으로 보기도 했으며, 혹자는 '거느리다[率]'로 보기도 했으니 참고로 적어 둔다. '불순(不順)'은 '거스르다[逆]'의 뜻이다. '궁인(窮人)'은 걸인(乞人)을 말한다.

天下之士 悅之는 人之所欲也어늘 而不足以解憂하시며 好色은 人之所欲이어늘 妻帝之二女하사대 而不足以解憂하시며 富는 人之所欲이어늘 富有天下하사대 而不足以解憂하시며 貴는 人之所欲이어늘 貴爲天子하사대 而不足以解憂하시니 人悅之와 好色과 富貴에 無足以解憂者요 惟順於父母라야 可以解憂러시다.

천하의 사람들이 순임금을 찾아 기뻐하는 것은, 모든 사람들이 원하는 일인데 순임금은 근심을 풀기에는 부족했다. 아름다운 여색을 모든 사람들이 원하는 일인데 요임금의 두 딸을 아내로 삼았지만 근심을 풀기에는 부족했다. 부유함은 모든 사람들이 원하는 일인데도 부유함이 천하를 소유하셨지만 근심을 풀기에는 부족했다. 귀함은 모든 사람들이 원하는 일인데도 귀함이 천자까지 되었지만 근심을 풀기에는 부족했다. 모든 사람들이 좋아함과 아름다운 여색과 부유함과 귀함이 근심을 풀 만한 것은 넉넉히 없었다. 오직 부모님께 순하여야만 근심을 풀 수 있었다.

> 【補】 세상 어떤 것보다도 인륜이 가장 큰 일임을 밝히고 있다. '열지(悅之)' 두 글자는 앞 절의 '다취지(多就之)'와 같은 말이다. 즉 천하의 사람들이 많이 순임금을 찾아 기뻐한다는 말이다. 따라서 '지(之)' 자는 순임금을 가리킨다. '근심[憂]'은 앞서 나온 '원모(怨慕)'의 다른 표현이다. 요임금의 두 딸은 아황(娥皇)과 여영(女英)이다.

人이 少則慕父母하다가 知好色則慕少艾하고 有妻子則慕妻子하고 仕則慕君하고 不得於君則熱中이니 大孝는 終身慕父母하니 五十而慕者를 予於大舜에 見之矣로라."

사람들이 어릴 때에는 부모를 사모하다가, 여색을 좋아할 줄 알면 젊고 예쁜 여인을 사모하고, 처와 자식을 두면 처와 자식을 사모하며, 벼슬하면 임금을 사모하고, 임금에게 신임을 얻지 못하면 마음에 열병이 난다. 대효란 부모를 종신토록 사모하는 것이니 나이 50에도 부모를 사모한 사람을, 나는 대순에게서 보았다."

【補】 순임금의 효도는 이와 같으므로 유가에서 숭앙하는 인물이 된다. 즉 유가의 핵심은 인(仁)에 있고, 인은 효제의 근본이 된다. '나이 50'이란 말은, 순임금이 50세까지 섭정했으니 '평생'이라는 말과 같다. 이러한 표현은 「고자 하」 제3장의 "孔子曰 '舜은 其至孝矣신저 五十而慕라."에서도 보인다.

만장 상 제2장

【補】 이 장은 순임금에 대한 고사로 「이루 상」 제26장과 같이 보면 좋다.

萬章이 問曰 "詩云 '娶妻如之何오 必告父母라'하니 信斯言也인댄 宜莫如舜이어시니 舜之不告而娶는 何也잇고?" 孟子 曰 "告則不得娶하시리니 男女居室은 人之大倫也니 如告則廢人之大倫하야 以懟父母라 是以不告也시니라."

만장이 물었다.

"『시경』에 '장가들려면 어떻게 해야 하는가. 반드시 부모님께 말씀드려야 한다.'[1]고 하였으니, 진실로 이 말대로라면 순임금처럼 행동해서는 안 되는 것 아닙니까? 순임금이 부모님께 말씀 드리지 않고 장가든 것은 어째서입니까?"

맹자가 말했다.

"부모님께 말씀을 드렸다면 장가들 수 없었을 것이다. 남녀가 한 방에서 같이 사는 것은 인간의 큰 윤리이니, 만일 부모님께 말씀드

1) 장가들려면…… 한다 : 「제풍(齊風)、남산(南山)」에 보인다.

리면 인간의 큰 윤리를 폐하여 부모님을 원망하게 되었을 것이다. 이 때문에 말씀드리지 않았다."

【補】 순임금의 아버지 고수(瞽叟)는 완악하였고, 어머니 또한 간악하여 두 사람 모두 항상 순임금을 죽이려고 했다. 따라서 만약 부모님께 장가들 것을 말씀드렸다면, 아마 두 사람을 허락하지 않았을 것이다. 이렇게 된다면 인간의 큰 윤리를 폐하여 부모를 원망하게 되는 것이므로, 이처럼 말을 한 것이다.
'거실(居室)'은 부부(夫婦)와 같은 말이다. '폐인(廢人)'이란 부부가 될 수 없음을 뜻한다.

萬章이 曰 "舜之不告而娶則吾 旣得聞命矣어니와 帝之妻舜而不告는 何也잇고?" 曰 "帝 亦知告焉則不得妻也시니라."

만장이 말했다.
"순임금이 부모님께 말씀 드리지 않고 장가든 것은 제가 이미 말씀을 들었는데, 요임금께서 순임금을 사위로 삼으면서 순임금의 부모님께 말씀드리지 않은 것은 무엇 때문입니까?"
맹자가 말했다.
"요임금 또한 말씀드리면 사위로 삼을 수 없다는 사실을 알았기 때문이었다."

【補】 고수의 일은 커다란 변고[大變]이기 때문에, 요임금은 권도(權道)를 행할 수밖에 없었다. 맹자는 바로 이 점을 변론하고 있다.
'명(命)' 자는 '말씀[言]'의 뜻으로 쓰였다. '취(娶)' 자는 '아내를 맞이하다'라는 뜻이며, 이와 상대되는 말로 '처(妻)' 자가 쓰였으니 '사위로 삼다'라는 뜻이다.

萬章이 曰 "父母 使舜으로 完廩捐階하고 瞽叟 焚廩하며 使浚井하

야 出커시늘 從而揜之하고 象이 曰 '謨蓋都君은 咸我績이니 牛羊父母요 倉廩父母요 干戈朕이오 琴朕이오 弤朕이오 二嫂란 使治朕棲호리라'하고 象이 往入舜宮한대 舜이 在牀琴이어시늘 象이 曰 '鬱陶思君爾라'하고 忸怩한대 舜曰 '惟茲臣庶를 汝其于予治라'하시니 不識케이다 舜이 不知象之將殺己與잇가?" 曰 "奚而不知也시리오 象이 憂亦憂하시고 象喜亦喜하시니라."

만장이 말했다.

"(다음과 같이 전해 오는 말이 있습니다.) '순임금의 부모가 그로 하여금 곳집을 손질하게 하여 사다리를 치우고, 고수가 창고에 불을 질렀다. 또 고수는 순임금에게 우물을 파게했는데, 순임금이 탈출을 위해 파놓은 곳으로 몰래 나왔는데도 모르고서 곧장 흙을 덮었다. 상(순임금의 이복동생)이 「꾀하여 도군(순임금)을 생매장한 것은 모두 나의 공로이다. 소와 양은 부모님의 것이고 창고도 부모님의 것이며, 창과 방패는 내 것이고, 거문고도 내 것이며, 활도 내 것이고, 두 형수로 하여금 내 집을 다스리게 하겠다.」라고 말했다.

상이 가서 순임금의 궁궐에 들어가니, 순임금이 평상에 앉아 아무 일 없는 듯 거문고를 타고 있었다. 상이 「간절히 형님을 그리워했습니다.」라고 말하며 부끄러워하자, 순임금은 「이 여러 신하들을 너는 내게 와서 다스리라.」하셨다.'

이러한 일에 대해서는 알지 못하겠으나, 순임금은 상이 장차 자신을 죽이려 한 것을 모르셨습니까?"

맹자가 말했다.

"어찌 알지 못했겠느냐. 상이 근심하면 또한 자신도 근심하고, 상이 기뻐하면 또한 자신도 기뻐한 것이다."

【補】 이 일화는 『사기』에서도 자세히 보인다. 실제 사건의 진위 여부는 따질 것이 못된다. 그 이유는 다소 과장된 부분이 없지 않기 때문이다. 글의 핵심은 이러한 상황에서도 효제라는 인의 근본을 지킨 순임금의 업적에 있다. 순임금은 자신에게 닥친 어려움에 대해 일부러 속아 주었다.

'완(完)' 자는 '수리하다[修, 治]'의 뜻으로 쓰였다. '짐(朕)' 자는 진대(秦代) 이전 모두 '오(吾)', '아(我)' 등의 뜻으로 쓰였으나, 시황제(始皇帝) 영정(嬴政)이 천자의 칭호로 사용하여 훗날에는 '임금'의 뜻이 되었다.

순임금을 '도군(都君)'이라고 부른 것은, 그가 3년 만에 도성을 지었다고 하여[三年成都] 그를 이렇게 부른 것이다. '서(棲)' 자는 '침상'이라는 뜻이다. '울도(鬱陶)'는 '답답하고 근심스러운 마음'의 뜻도 있지만, 대개 형제간에 사용하는 말이다.

曰 "然則舜은 僞喜者與잇가?" 曰 "否라 昔者에 有饋生魚於鄭子産이어늘 子産이 使校人으로 畜(휵)之池한대 校人이 烹之하고 反命曰 '始舍之하니 圉圉焉이러니 少則洋洋焉하야 攸(悠)然而逝하더이다' 子産이 曰 '得其所哉인저 得其所哉인저'하야늘 校人이 出曰 '孰謂子産을 智오 予旣烹而食之호니 曰 「得其所哉인저 得其所哉인저」하니 故로 君子는 可欺以其方이어니와 難罔以非其道니 彼以愛兄之道로 來故로 誠信而喜之시니 奚僞焉이시리오."

만장이 말했다.

"그렇다면 순임금은 거짓으로 기뻐한 사람입니까?"

맹자가 말했다.

"아니다. 옛날에 살아 있는 물고기를 정자산에게 선물한 사람이 있었다. 자산이 정원수으로 하여금 그것을 연못에 기르게 하였다.

그런데 교인이 삶아 먹고 돌아가 '처음에 고기를 놓아주자 어릿어릿 하더니, 조금 있다가는 득의양양해서 유유히 갔습니다.'라고 아뢰니, 자산이 '살 곳을 얻었구나, 살 곳을 얻었구나!'라고 말했다.

교인이 나와서 '누가 자산을 지혜롭다고 했는가. 내 이미 물고기를 삶아먹었는데, 자산은 「살 곳을 얻었구나, 살 곳을 얻었구나!」라고 말하는구나.'라고 했다.

그러므로 군자는 이치로 속일 수는 있지만, 도가 아닌 것으로 터무니없이 속이기는 어렵다. 저 순의 동생 상은 형을 사랑하는 도리로써 왔으므로 진실로 믿고서 기뻐했으니 어떻게 거짓으로 하였겠는가."

【補】 정자산은 지혜로운 자의 상징이다. 정자산 또한 순임금처럼 일부러 속아 주었는데도, 정원수는 그것을 모르고 비방한 것이다. '교인(校人)'은 '정원수'란 말이다. '방(方)' 자는 '이치[理]'라는 뜻으로, 여기서는 '그럴듯한 이치'라는 말이다. '망(罔)' 자는 '터무니없이'란 말이다. '위(僞)' 자의 반대말로 말미에 '성(誠)' 자가 쓰였다.

만장 상 제3장

萬章이 問曰 "象이 日以殺舜爲事어늘 立爲天子則放之는 何也잇고?" 孟子 曰 "封之也어시늘 或曰 '放焉이라'하니라."

만장이 물었다.

"동생 상이 날마다 형 순임금을 죽이는 것으로 일을 삼았는데, 순임금이 즉위하여 천자가 되어서는 상을 죽이지 않고 내쫓은 것은 무엇 때문입니까?"

맹자가 말했다.

"그를 봉해 주었는데, 혹자가 '내쫓았다'고 말했다."

【補】 법에는 사람을 죽인 자는 반드시 그를 죽여야 한다고 되어 있으니, 만장은 상(象) 또한 죽임을 당해야 마땅하다며 이를 의심한 것이다.

萬章이 曰 "舜**이** 流共工于幽州**하시고** 放驩兜于崇山**하시고** 殺三苗于三危**하시고** 殛鯀于羽山**하사** 四罪**하신대** 而天下 咸服**은** 誅不仁也**니** 象**이** 至不仁**이어늘** 封之有庳**하시니** 有庳之人**은** 奚罪焉**고** 仁人**도** 固如是乎**잇가**? 在他人則誅之**하고** 在弟則封之**온여**" 曰 "仁人之於弟也**에** 不藏怒焉**하며** 不宿怨焉**이오** 親愛之而已矣**니** 親之**란** 欲其貴也**요** 愛之**란** 欲其富也**니** 封之有庳**는** 富貴之也**시니** 身爲天子**요** 弟爲匹夫**면** 可謂親愛之乎**아**."

만장이 말했다.

"순임금이 공공을 유주에 유배하고, 환도를 숭산으로 추방하고, 삼묘를 삼위에서 죽이고, 곤을 우산에서 죽여 네 사람을 처벌하자, 천하가 모두 복종하였으니 이는 불인한 자를 처벌한 것입니다. 상이 지극히 불인했는데도 도리어 그를 유비 땅에 봉해 주셨으니, 유비 땅의 백성은 무슨 죄입니까? 어진 사람도 진실로 이와 같습니까? 다른 사람은 죽이고, 동생은 유비 땅에 봉해 줍니다."

맹자가 말했다.

"어진 사람은 아우에 대해서 노여움을 감추지 않고 원한을 묵혀 두지 않으며 그를 친애할 뿐이다. 그를 가까이 한다면 그가 귀하게 되기를 바랄 것이고, 그를 사랑한다면 그가 부해지기를 바랄 것이니, 그를 유비 땅에 봉해준 것은 그를 부귀하게 해 준 것이다. 자신은 천자가 되고, 아우는 필부가 된다면 아우를 친애했다고 말할 수 있겠는가."

【補】 역시 만장의 질문에는 형평성에 어긋났기에 사흉(四凶)을 처벌한 예를 들어 다시 한 번 질문한 것이다.
곤은 우왕의 부친이다. 치수를 다하지 못했다고 하여 우산으로 몰아내 죽인 것이다. 일설에는 '살(殺)' 자와 '극(殛)' 자에 대해 앞에 쓰인 '유(流)' 자와 '방(放)' 자의 동일한 뜻으로 해석하여 이들을 죽이지 않고 유폐시킨 것으로 보았으니, 참고로 적어 둔다.
원문 '親愛之而已矣'란 '무한 사랑'과 같은 말이다. 만장의 질문에 '어진 사람'이란 바로 순임금을 가리킨다.

"敢問 或曰放者는 何謂也잇고?" 曰 "象이 不得有爲於其國하고 天子使吏로 治其國而納其貢稅焉하니 故로 謂之放이니 豈得暴彼民哉리오 雖然이나 欲常常而見之故로 源源而來하니 不及貢하야 以政接于有庳라하니 此之謂也니라."

(만장이 말했다.) "감히 여쭙겠습니다. 혹자들이 추방했다고 말하는 것은 무슨 말입니까?"
맹자가 말했다.
"상이 그 나라에서 정사를 하지 못하게 하고, 천자가 관리로 하여금 그 나라를 다스리게 하고 그 조공과 세금을 받게 했다. 그러므로 그를 추방했다고 말들을 한다. 어떻게 저 백성에게 포악한 정치를 할 수 있었겠는가. 비록 그러하지만 항상 그를 만나보고자 끊임없이 오게 하였으니 '조공할 시기에 이르지 않아 정사로 유비 땅의 임금을 접견했다.'라고 말하는 것은 바로 이를 말한다."

【補】 상은 다스릴만한 능력이 없기 때문에 정치를 하지 못하게 한 것이다. 즉 통치권이 없기 때문에, 혹자가 추방했다고 말했던 것이다.
'공(貢)' 자는 '공식적 기한'이라는 의미가 있다. 따라서 원문 '不及貢하야 以政接于有庳'라는 말은 공식적 기한(-천자가 제후를 찾는 순수는 12년 만에 한 차례 하며, 제후가 천자를 찾는 술직은 6년 만에 한 차례(「양혜왕 상」 제4장 참고)에만 해야 하는데, 기한에 제한 없이 꾸준히 동생을 만났다는 말이다. 이는 '상상(常常)'과 '원원(源源)'의 표현을 통해서도 드러난다.

만장 상 제4장

咸丘蒙이 問曰 "語에 云 '盛德之士는 君不得而臣하며 父不得而子라 舜이 南面而立이어시늘 堯帥諸侯하야 北面而朝之하시고 瞽瞍 亦北面而朝之어늘 舜이 見瞽瞍하시고 其容有蹙이라'하야늘 孔子 曰 '於斯時也에 天下 殆哉岌岌乎인저'하시니 不識케이다 此語 誠然乎哉잇가?" 孟子 曰 "否라 此非君子之言이라 齊東野人之語也라 堯 老而舜이 攝也러시니 堯典에 曰 '二十有八載에 放勳이 乃徂落커시늘 百姓은 如喪考妣三年하고 四海는 遏密八音이라'하며 孔子 曰 '天無二日이오 民無二王이라'하시니 舜이 旣爲天子矣오 又帥天下諸侯하야 以爲堯三年喪이면 是는 二天子矣니라."

함구몽(맹자 제자)이 물었다.

"옛말에 '덕이 성대한 선비는, 임금도 그를 신하로 삼을 수 없으며, 아버지도 그를 자식으로 삼을 수 없다. 순임금이 남쪽을 향하고 서 있으니, 요임금이 제후를 거느리고 북쪽을 향하여 조회하였다. 고수도 북쪽을 향하여 조회하자, 순임금이 고수를 보고 그의 얼굴에는 위축되어 있었다.'라고 했습니다. 공자께서 '이 때에 천하가 매우 위태로웠다.'라고 말씀하셨는데, 저는 이에 대해 알지 못하겠습니다. 이 말이 진실로 그렇습니까?"

맹자가 말했다.

"아니다. 이는 군자의 말이 아니라 제나라 동쪽 야인들의 말이다. 요임금이 늙어 순임금이 섭정한 것이다. 「요전」에 '순임금이 섭정한 지 28년 만에 방훈이 마침내 돌아가시자, 백성은 마치 부모를 잃은 듯이 삼년상을 하였고, 천하에서는 8음을 연주하는 것을 그쳤다.'라고 했다. 공자께서 '하늘에는 두 태양이 없고, 백성에게는 두 왕이 없다.'라고 말씀하셨으니, 순임금이 이미 천자가 되고 또 천하의 제후들을 거느리고 요임금을 위하여 삼년상을 하였다면, 이는 천자가 둘인 것이다."

【補】 '옛말'은 요임금도 순임금을 신하로 삼을 수 없고, 고수도 순임금을 자식으로 삼을 수 없음을 비유하고 있다.

'제나라 동쪽 야인[齊東野人]'이란 거짓말을 잘 하고 날조에 능하기 때문에 관용적으로 쓴 말이다. 원문 '二十有八載'에서 '유(有)' 자는 '또[又]'의 뜻이고, '재(載)' 자는 '해[年]'의 뜻으로 쓰였다.

'조락(徂落)'은 위로 올라가는 것을 '조(徂)'라고 하고, 아래로 내려가는 것을 '락(落)'이라 하니 '돌아가셨다'는 말이다. '고비(考妣)'란 돌아가신 부모님을 가리키니 아버지를 '고(考)', 어머니를 '비(妣)'라고 한다.

8음은 쇠[金], 돌[石], 실[絲], 대[竹], 박[匏], 흙[土], 가죽[革], 나무[木] 등을 말한다. 모두 악기의 소리이다. 요임금을 추모하여 음악을 연주하지 않았다는 말이다.

咸丘蒙이 曰 "舜之不臣堯則吾旣得聞命矣어니와 詩云 '普天之下 莫非王土며 率土之濱이 莫非王臣이라'하니 而舜이 旣爲天子矣시니 敢問瞽叟之非臣은 如何잇고?" 曰 "是詩也는 非是之謂也라 勞於王事而不得養父母也하야 曰 '此 莫非王事어늘 我獨賢勞也라'하니 故로 說詩者不以文害辭하며 不以辭害志오 以意逆志라야 是爲得之니 如以辭而已矣인댄 雲漢之詩에 曰 '周餘黎民이 靡有孑遺라'하니 信斯言也인댄 是는 周無遺民也니라.

함구몽이 말했다.

"순임금이 요임금을 신하로 삼지 않은 것은, 제가 이미 말씀을 들었습니다. 『시경』에 '온 하늘의 아래가 왕의 토지가 아님이 없으며, 온 땅의 안이 왕의 신하 아닌 사람이 없다.'[2]라고 했습니다. 순임금이 이미 천자가 되었으니, 감히 여쭙건대 고수를 신하로 삼지 않은 것은 왜 그렇습니까?"

맹자가 말했다.

"이 시는 이를 말한 것이 아니다. 나랏일에 수고로워 부모를 봉양할 수 없기에 '이는 나랏일 아님이 없거늘 나만이 홀로 어질다고 하여 수고롭다.'고 한 것이다. 그러므로 시를 배우는 사람은 글자로써 구절을 해치지 말며, 구절로써 본래의 뜻을 해치지 말고, 독자의 뜻으로써 저자의 뜻에 맞추어야만 시를 알 수 있다. 만일 구절만 가지

2) 온 하늘의…… 없다 : 「소아(小雅)·북산(北山)」에 보인다.

고 본다면 「운한」의 시에 '주나라의 남은 백성은 (가뭄이 들어) 남은 사람이 있지 않다.'고 했는데, 진실로 이 말대로라면 '주나라에 남은 백성이 없다.'는 뜻일 것이다.

【補】 시를 보는 방법을 우선 언급하고, 고수가 신하가 되지 못함에 대해 말하고 있다.

일설에는 원문 '我獨賢勞也라'에서 '현(賢)' 자를 '더욱[勝]'으로 보는 설이 있으니 참고할 만하다. 실제 사서에서의 '현' 자는 '승' 자로 표현된 글이 많다. '설(說)' 자는 '배우다[學]'는 뜻이다. '문(文)' 자는 '글자[字]'의 뜻이고, '사(辭)' 자는 '구절[句]'의 뜻이다.

원문 '以意逆志'에 대해 일부에서는 '불(不)' 자가 생략된 형태로 보고 '뜻으로써 본뜻을 거스르지(해치지) 말아야 한다'고 해석하기도 하지만, '역(逆)' 자에는 '맞이하다[迎]'는 뜻이 있으므로 '불(不)' 자를 생략된 형태로 보지 않고 '뜻으로써 본뜻을 맞이하다', 즉 '저자의 의도를 독자가 맞추어 제대로 해석해 내다'의 의미 정도로 해석하는 것이 좋다.

'주나라의 남은 백성은 (가뭄이 들어) 남은 사람이 없다'는 말은 '가뭄이 심하다'는 뜻인데, 만일 시 구절만을 그대로 따르고 믿으면 '남은 백성이 하나도 없다'는 것이므로, 이는 잘못된 해석이라는 말이다.

孝子之至는 莫大乎尊親이오 尊親之至는 莫大乎以天下養이니 爲天子父하니 尊之至也요 以天下養하시니 養之至也라 詩曰 '永言孝思라 孝思維則이라'하니 此之謂也니라.

효자의 지극함은 어버이를 높이는 것보다 더 큰 것이 없고, 어버이를 높이는 데 지극함은 천하로써 봉양하는 것보다 더 큰 것이 없다. (고수는) 천자의 아버지가 되었으니 높임이 지극하고, (순임금은) 천하로써 봉양하였으니 봉양함이 지극한 것이다. 『시경』에 '길이 효도하며 사모한다. 효도의 법이 된다.'[3]라고 했으니 이를 말한다.

【補】 순임금의 효도가 『시경』과 같음을 말하고 있다.
'언(言)' 자를 '사모하다[慕]', '사(思)' 자를 어조사로 보기도 하며, '언' 자를 어조사로, 앞의 '사' 자를 '사모하다[慕]', 뒤의 '사'자를 어조사로 해석하기도 한다.

書에 曰 '祗載見(현)瞽叟하사대 夔夔齊(재)栗하신대 瞽叟 亦允若이라'하니 是爲父不得而子也니라."

『서경』에 '공경하는 마음으로 고수를 알현하였을 때 공경하고 두려워하셨는데, 고수 또한 진실하고 순하게 되었다.'[4]라는 기록이 있으니, 이는 부모가 자식으로 삼을 수 없음을 말한다."

【補】 덕의 감화라는 측면에서 보면, 아버지로서도 자식을 어떻게 하지 못하고 감화 받아 변한 것을 말한다. 즉 상하 위계질서는 변하지 못하지만, 감화되어 얼마든지 변할 수 있음을 말하고 있다.
『서경집주』를 참고하면, '지(祗)는 공경함이요, 재(載)는 일이다'라고 하였다. '기기(夔夔)'는 조심스러운 모습을 말한다. '약(若)' 자는 '따르다[順]'의 뜻으로 쓰였으니, '윤약(允若)'은 진실하고 순함을 말한다.

만장 상 제5장

萬章이 曰 "堯 以天下與舜이라하니 有諸잇가?" 孟子 曰 "否라 天子 不能以天下與人이니라."

만장(맹자 제자)이 말했다.

3) 길이…… 된다 : 「대아(大雅)、하무(下武)」에 보인다.
4) 공경하는…… 되었다 : 「우서(虞書)、대우모(大禹謨)」에 보인다.

"요임금이 천하를 순임금에게 주었다고 하니 그런 일이 있었습니까?"

맹자가 말했다.

"아니다. 천자는 천하를 남에게 줄 수 없다."

【補】 만장의 물음에는 '여(與)' 자에 문제가 있다. 즉 사적으로 주는[私授] 천하에 대해, 맹자의 답은 단호하게 '아니다'라고 답한 것이다.

"然則舜有天下也는 孰與之잇고?" 曰 "天與之시니라."

"그렇다면 순임금이 천하를 소유한 것은 누가 준 것입니까?"

"하늘이 주신 것이다."

【補】 순임금이 분명 천하를 소유하였으니, 그것을 준 주체가 누구인지에 대해 만장은 물었고, 그에 대한 답으로 하늘이 주었다고 맹자가 답하고 있다.

"天與之者는 諄諄然命之乎잇가?"

"하늘이 주었다는 것은 상세하게 명한 것입니까?"

【補】 속된 표현으로 '하늘은 입이 있습니까?'라는 물음과 같다. 하늘은 말도 없고, 형체도 없는 것이기에, 만장이 이와 같이 질문한 것이다. '순순연(諄諄然)'이란 말이 자세한 모양[詳語之貌]을 말하니 '상세하게, 자세히'란 말이다.

曰 "否라 天이 不言이라 以行與事로 示之而已矣시니라."

맹자가 말했다.

"아니다. 하늘은 말하지 않는다. 행실과 일로써 보여줄 뿐이다."

【補】 여기에서의 '시(示)' 자는 '하늘의 뜻에 대해 보여줌'이라는 말과 같다. 이는 뒤의 흠향과 평안함으로 이어진다.

曰 "以行與事로 示之者는 如之何잇가?" 曰 "天子 能薦人於天이언정 不能使天으로 與之天下며 諸侯 能薦人於天子언정 不能使天子로 與之諸侯며 大夫 能薦人於諸侯언정 不能使諸侯로 與之大夫니 昔者에 堯薦舜於天而天이 受之하시고 暴(폭)之於民而民이 受之하니 故로 曰 '天이 不言이라 以行與事로 示之而已矣라'하노라."

만장이 물었다.

"행실과 일로써 보여주었다는 것은 무슨 말입니까?"

맹자가 말했다.

"천자가 하늘에 사람을 추천할 수는 있지만, 하늘로 하여금 그에게 천하를 주게 할 수는 없다. 제후가 사람을 천자에게 추천할 수는 있지만, 천자로 하여금 그에게 제후를 주게 할 수는 없다. 대부가 사람을 제후에게 추천할 수는 있지만, 제후로 하여금 그에게 대부를 주게 할 수는 없다. 옛날 요임금이 순을 하늘에 추천하여 하늘이 받았고, 백성에게 드러내 주어 백성이 받아들였다. 그러므로 '하늘은 말하지 않고 행실과 일로써 보여주실 뿐이다.'라고 말했다."

【補】 천자는 추천자로서 가능하지만, 임명권은 있을 수 없다는 말이다. 여기에서 '폭(暴)' 자는 '드러냄[顯]'이라는 뜻으로 사용되었다.

曰 "敢問薦之於天而天이 受之하시고 暴之於民而民이 受之는 如何니잇고?" 曰 "使之主祭而百神이 享之하니 是는 天受之오 使之主事而事治하야 百姓이 安之하니 是는 民이 受之也라 天이 與之하며 人이 與之라 故로 曰 '天子 不能以天下與人이라'하노라 舜이 相堯二十有八載하시니 非人之所能爲也라 天也라 堯 崩커시늘 三年之喪을 畢하고 舜이 避堯之子於南河之南이어시늘 天下諸侯朝覲者 不之堯之子而之舜하며 訟獄者 不之堯之子而之舜하며 謳歌者 不謳歌堯之子而謳歌舜하니 故로 曰天也라 夫然後에 之中國하사 踐天子位焉하시니 而(如)居堯之宮하야 逼堯之子면 是는 簒也라 非天與也니라.

만장이 말했다.

"감히 여쭙겠습니다. 하늘에 천거하여 하늘이 받아주고, 백성에게 드러내주어 백성이 받아주었다는 것은 무슨 말입니까?"

맹자가 말했다.

"순임금으로 하여금 제사를 주관하게 함에, 온갖 신들이 흠향하였으니 이는 하늘이 받아준 것이다. 순임금으로 하여금 일을 주관함에 일이 잘 다스려져, 백성이 편안하였으니 이는 백성이 받아준 것이다. 하늘이 주었고, 백성이 주었기 때문에 내가 '천자가 천하를 남에게 줄 수 없다.'고 말한 것이다.

순임금이 요임금을 도운 지 28년이다. 인력으로 할 수 있는 것이 아니라 천명이다. 요임금이 돌아가시자 삼년상을 마치고, 순임금이 요임금의 아들을 피하여 남하의 남쪽으로 가 있었는데, 천하의 제후로서 조회하는 자들이 요임금의 아들에게 가지 않고 순임금에게 갔다. 송사하는 자들도 요임금의 아들에게 가지 않고 순임금에게 갔다.

덕을 찬양하는 자들도 요임금의 아들을 노래하지 않고 순임금을 노래했다. 그러므로 '천명'이라고 말한 것이다. 그런 뒤에야 나라 안에 가서 천자의 지위에 나아가니, 만일 요임금의 궁궐에 거처하여 요임금의 아들을 핍박하였다면, 이는 찬탈이지 하늘이 주신 것이 아니다.

【補】 '28년'이라는 시간은 상당히 긴 시간이므로 인위적으로 할 수 있는 것이 아니다. 그러므로 천명이라고 말했다. 요임금의 아들은 단주(丹朱)이다. 순임금이 단주를 피한 것은 천하를 빼앗으려 한다는 오해가 있을까 염려해서이다.

'남하'는 기주(冀州)의 남쪽이다. '송옥(訟獄)'이란 옥사를 해결하지 못할 때 송사하는 것을 말한다. (참고로 『주례』에 의하면 죄를 다투는 것을 '옥(獄)'이라 하고, 재물을 다투는 것을 '송(訟)'이라고 하니, 오늘날로 치면 형사와 민사가 이에 해당된다고 할 수 있다.)

'구가(謳歌)'란 많은 사람들이 입을 모아 칭송하는 것을 말한다. 짧은 노래를 구(謳)라고 하고, 긴 노래를 가(歌)라 하기도 한다. '이(而)' 자는 '만약에[如]'라는 뜻으로 쓰였다.

太誓에 曰 '天視 自我民視하며 天聽이 自我民聽이라'하니 此之謂也니라."

「태서」에 '하늘의 눈은 우리 백성의 보는 것으로부터 하며, 하늘의 귀는 우리 백성의 듣는 것으로부터 한다.'라는 기록이 있으니, 이를 말한다."

【補】 앞서 '하늘이 주었다'고 말했지만, 결국 백성이 준 것으로 귀결되고 있다. 따라서 백성의 눈은 하늘의 눈이고, 백성의 귀는 하늘의 귀라는 말이 된다. 천명은 백성의 귀의하는 마음에 있음을 여기서 증명하고 있다.

만장 상 제6장

萬章이 問曰 "人이 有言호대 '至於禹而德衰하야 不傳於賢而傳於子라' 하니 有諸잇가?" 孟子 曰 "否라 不然也라 天이 與賢則與賢하고 天이 與子則與子니라 昔者에 舜이 薦禹於天十有七年에 舜이 崩커시늘 三年之喪을 畢하고 禹 避舜之子於陽城이러시니 天下之民이 從之를 若堯崩之後에 不從堯之子而從舜也하니라 禹 薦益於天七年에 禹 崩커시늘 三年之喪을 畢하고 益이 避禹之子於箕山之陰이러니 朝覲訟獄者 不之益而之啓曰 '吾君之子也라'하며 謳歌者 不謳歌益而謳歌啓曰 '吾君之子也라' 하니라.

만장(맹자 제자)이 물었다.

"사람들이 '우왕에 이르러 덕이 쇠퇴하여 어진 사람에게 자리를 물려주지 않고 자식에게 물려주었다.'고 말하는데, 그런 일이 있습니까?"

맹자가 말했다.

"아니다. 그렇지 않다. 하늘이 어진 사람에게 주게 하면 어진 사람에게 주고, 하늘이 자식에게 주게 하면 자식에게 준다. 옛날 순임금이 우왕을 하늘에 천거한 지 17년 만에, 순임금이 돌아가시자 삼년상을 마치고, 우왕이 순임금의 아들을 피하여 양성으로 가 있었다. 천하의 백성이 따라오기를 마치 요임금이 돌아가신 뒤에 요임금의 아들을 따르지 않고 순임금을 따르듯이 하였다.

우왕이 익을 하늘에 천거한 지 7년 만에 우왕이 돌아가시자 삼년상을 마치고, 익이 우왕의 아들을 피하여 기산의 북쪽으로 가 있었는데, 조회하고 송사를 하는 자들이 익에게 가지 않고 계(우의 아들)

에게 가며 '우리 임금님의 아들이다.'라고 했다. 덕을 노래하는 자들이 익을 노래하지 않고, 계를 노래하며 '우리 임금님의 아들이다.'라고 했다.

【補】하늘이 어진 사람에게 주게 하면 어진 사람에게 주고, 하늘이 자식에게 주게 하면 자식에게 준 일에 대해 각각 우왕과 익의 고사를 인용하여 말하고 있다. 7년은 앞서 28년과는 달리 짧은 시간을 뜻한다.

원문 '箕山之陰'에서의 '음(陰)'은 '산의 북쪽'이라는 뜻이다. 반대로 산의 남쪽은 '양(陽)' 자를 쓴다. 이는 『곡량전(穀梁傳)』에 '산의 북쪽은 음이고, 물의 남쪽은 음이다[水北爲陽, 山南爲陽]'에 근거한 것이다. (참고로 오늘날 한수(한강) 이남을 '한양(漢陽)'이라고 한 것은 이를 토대로 한 것이다.)

丹朱之不肖에 舜之子 亦不肖하며 舜之相堯와 禹之相舜也는 歷年이 多하야 施澤於民이 久하고 啓는 賢하야 能敬承繼禹之道하며 益之相禹也는 歷年이 少하야 施澤於民이 未久하니 舜禹益相去久遠과 其子之賢不肖 皆天也라 非人之所能爲也니 莫之爲而爲者는 天也요 莫之致而至者는 命也니라.

단주(요임금의 아들)가 불초하고 순임금의 아들(상균(商均)) 또한 불초했다. 순임금이 요임금을 도운 것과, 우왕이 순임금을 도운 것은 지난 햇수가 많아 백성에게 은택을 베푼 지가 오래되었다. 계는 현명하여 능히 우왕의 도를 공경히 이었다. 익이 우왕을 도운 것은 지난 햇수가 적어 백성에게 은택을 베푼 것이 오래되지 못했다. 순임금과 우왕과 익의 서로 거리가 더욱 먼 것과 그 아들의 어질고 불초함이 모두 천명이지 사람의 힘으로 할 수 있는 것은 아니다. 그런 일을 하지 않았는데도 그렇게 되는 것은 천명인데, 이르게 한 것이 없는데도 이르는 것도 천명이다.

【補】 순임금의 섭정은 28년이고, 우왕이 순임금을 도운 해는 17년이므로 짧은 시간이라 할 수 없다. 원인이 있어서 그러한 것에 이르는 것은 자업자득이므로 천명이라 할 수 없지만, 원인이 없는데도 그렇게 되는 것은 바로 천명이다. '천(天)'은 '명(命)'의 다른 표현일 뿐 뜻은 같다.

匹夫而有天下者는 德必若舜禹而又有天子 薦之者니 故로 仲尼 不有天下하시니라.

필부로서 천하를 소유하는 사람은, 덕이 반드시 순임금과 우왕 같아야 하며, 또 천자가 그를 천거해야만 한다. 그러므로 중니[공자]께서 천하를 소유하지 못하신 것이다.

【補】 '필부'란 서민을 말한다. 서민이 천하를 얻으려면 다음과 같은 두 가지 조건이 반드시 갖춰져야 한다. 첫째, 반드시 순임금과 우왕 같아야 한다. 즉 순임금과 우왕처럼 도와 덕을 겸비하고 명철해야 한다. 둘째, 천거해 주는 사람이 반드시 있어야 한다.

순임금과 우왕은 모두 천하를 물려받기를 거부했지만, 천거해주는 사람이 있어 부득이 천하를 소유할 수 있었다. 공자의 경우에는 비록 덕은 훌륭히 갖췄지만, 추천하는 사람이 없어서 천하를 소유하지 못한 것이므로 이에 대해 언급한 것이다.

繼世以有天下에 天之所廢는 必若桀紂者也니 故로 益伊尹周公이 不有天下하시니라.

대를 이어 천하를 소유할 때에, 하늘이 제왕의 자리를 폐하게 하는 경우는 반드시 걸왕과 주왕 같아야 한다. 그러므로 익과 이윤과 주공이 천하를 소유하지 못한 것이다.

【補】 걸왕과 주왕은 망국의 폭군이다. 이 정도 되면 하늘은 반드시 그들의 자리를 빼앗는다는 말이다. '하늘이 폐하는 바'란 하은주 삼대를 폐한다는 말이다. 하나라의 훌륭한 신하인 익과, 상나라의 훌륭한 신하인 이윤과, 주나라의 훌륭한 신하인 주공 같은 경우, 대를 잇는 왕이 걸왕과 주왕 같은 사람이 다행히 없어 천하를 보존할 수는 있었으나, 그들이 천하를 소유하지는 못했다. 즉 대를 잇는 동안 걸왕과 주왕 같은 이가 나왔다면 천하가 이들의 자리를 빼앗아 이들에게 주었을 텐데 그 정도는 아니었다는 말이다.

伊尹이 相湯하야 以王於天下러니 湯이 崩커시늘 太丁은 未立하고 外丙은 二年이오 仲壬은 四年이러니 太甲이 顚覆湯之典刑이어늘 伊尹이 放之於桐三年한대 太甲이 悔過하야 自怨自艾하야 於桐에 處仁遷義三年하야 以聽伊尹之訓己也하야 復歸于亳하니라.

이윤이 탕왕을 도와 천하에 왕도정치를 하게 하였는데, 탕왕이 돌아가시니, 태정은 즉위하지 못하고 죽었다. 외병은 2년이고, 중임은 4년을 재위에 있었다. 태갑이 탕왕의 떳떳한 법을 전복시켰는데, 이윤이 그를 동 땅에 3년 동안 유폐시키자, 태갑이 자신의 과오를 뉘우쳐 스스로를 원망하고 스스로를 다스렸다. 동 땅에서 인에 처하고 의에 옮기기를 3년 동안 하여, 이윤이 자기를 훈계한 것을 듣고 따랐기에 다시 박 땅으로 돌아오게 했다.

【補】 이윤은 덕도 지녔고 추천한 이도 있었다. 하지만 태갑은 걸왕이나 주왕 같지는 않았기에 나라를 보존할 수 있었다는 말이다. 즉 하늘이 그들의 자리를 빼앗아 이윤에게 줄 정도는 아니었다는

말이다.

'왕(王)' 자는 '왕업을 이룸'의 뜻이니, 왕도정치를 말한다. '외병(外丙)'과 '중임(仲壬)'은 모두 태정의 동생인데 뒤의 햇수는 재위기간이다. 이에 대해 조선시대 문인 김창협(1651~1708)은 " '외병은 2년, 중임은 4년'이란 말은 재위 햇수임이 분명하다. 만약 태어난 지 2년, 4년이 되었다는 말이라면, 중임이 외병의 형일 터인데 어찌 2년 연하의 아우를 먼저 말하고 형을 뒤에 말할 수가 있겠는가. 그러나 맹자의 이 말은 그가 전해들은 것으로서 근거할 자료가 없으니, 어느 설이 옳은지 알 수 없다."라고 하였으니 참고할 만하다.

'전복(顚覆)'은 거의 망국에 접어들었다는 말이다. '애(艾)' 자는 '다스리다[治]'는 뜻이다. '박 땅'은 상나라가 도읍한 곳이다.

周公之不有天下는 猶益之於夏와 伊尹之於殷也니라.

주공이 천하를 소유하지 못한 것은, 익이 하나라에 있어서의 경우와, 이윤이 은나라에 있어서의 경우와 같다.

【補】 주공도 이윤처럼 천하를 소유할 수 있는 조건을 갖추었지만, 그가 섬긴 왕이 걸왕과 주왕처럼 폭군이 아니었다는 말이다.

孔子 曰 '唐虞는 禪하고 夏后殷周는 繼하니 其義 一也라' "

공자께서 말씀하셨다. '요임금과 순임금은 선위하였고, 하나라와 은나라와 주나라는 계승하였으니, 그 의는 동일하다.' "

【補】 선위하는 것과 계승하는 것은 위정자 어느 한 사람이 사적으로 할 수 없다는 의미이다. 다시 말해 천하는 공유물이므로 하늘의 뜻이 그러하면 그를 따를 수밖에 없었음을 말하고 있다.

'당우(唐虞)'는 요임금과 순임금을 말하는데, 도당씨(陶唐氏)와 유우씨(有虞氏)라고도 하기 때문에 축약형으로 썼다. '그 의가 똑같다'

라는 말은 '하늘이 주는 것이다[天與]'라는 말과 같다.

만장 상 제7장

【補】 7장은 이윤의 일화를, 8장은 공자, 9장은 백리해의 일로써 각기 처신을 말하고 있으니 연이어 보는 것이 좋다.

萬章이 問曰 "人이 有言호대 '伊尹이 以割烹要湯이라'하니 有諸잇가?"

만장(맹자 제자)이 물었다.

"사람들은 '이윤이 고기를 썰고 삶는 요리로써 탕왕에게 등용되기를 요구하였다.'라고 말하는데, 그러한 일이 있었습니까?"

【補】 여기서의 '사람'이란 '전국시대 사람'으로, 일반 사람이 아니라 출세에 눈이 먼 사람들을 가리킨다. '요(要)' 자는 '벼슬 구하기를 요함'이라는 말이다. 이를 위해서는 몸을 굽힐 수밖에 없으니, 그러한 일이 있는지 묻고 있는 것이다.
『사기』、「은본기(殷本紀)」에 "이윤이 도를 행하여 훌륭한 임금을 만들고자 하였으나, 방법이 없자 마침내 유신씨(有莘氏)의 잉신(媵臣)이 되어 솥과 도마를 지고 맛있는 음식으로 탕왕을 설득하여 왕도에 이르게 하였다."라는 기록이 보인다.

孟子 曰 "否라 不然하니라 伊尹이 耕於有莘之野而樂(락)堯舜之道焉하야 非其義也며 非其道也어든 祿之以天下라도 弗顧也하며 繫馬千駟라도 弗視也하고 非其義也며 非其道也어든 一介를 不以與人하며 一介를 不以取諸人하니라.

맹자가 말했다.

"아니다. 그렇지 않다. 이윤이 유신의 들에서 밭을 갈면서 요임금과 순임금의 도를 좋아하여 그 의가 아니고 그 도가 아니면 천하로써 녹을 주더라도 돌아보지 않고, 말 4천 마리를 매어놓아도 돌아보지 않았다. 또 그 의가 아니고 그 도가 아니면 지푸라기 하나도 남에게 주지 않았으며 지푸라기 하나도 남에게서 취하지 않았다.

【補】 이윤이 벼슬하기 전의 일을 통해 일의 이치상 그럴 수 없음을 증명하고 있다.

'천사(千駟)'는 4천 마리의 말[馬]이므로 큰 부귀를 의미한다. 이와 같은 이윤의 행실을 '독선기신(獨善其身)'이라고 한다. 독선기신과 겸선천하(兼善天下)에 대해서는 「진심 상」 제9장에 나온다.

'유신(有莘)'에 대해 '신국(莘國)'으로만 보고 '유(有)' 자를 국명 앞의 접두사로 보는 견해도 있다. '개(介)' 자는 '지푸라기[芥]'의 뜻으로 쓰였다.

湯이 使人以幣聘之하신대 囂囂然曰 '我何以湯之聘幣爲哉리오 我豈若處畎畝之中하야 由(猶)是以樂堯舜之道哉리오'하니라.

탕왕이 사람을 시켜 폐백을 가지고 가서 이윤을 초빙했는데 욕심 없이 만족해하며 '내가 무엇 때문에 탕왕의 초빙하는 폐백을 쓰겠습니까. 내가 어찌 밭갈이 하는 시골에서 이로 말미암아 요임금과 순임금의 도를 즐기는 것만 하겠습니까.'라고 말했다.

【補】 탕왕의 초빙에 대해 두 번째까지 사양한 것을 예로 들고 있는 절이다.

湯이 三使往聘之하신대 旣而오 幡然改曰 '與我 處畎畝之中하야

由是以樂堯舜之道로는 吾豈若使是君으로 爲堯舜之君哉며 吾豈若使是民으로 爲堯舜之民哉며 吾豈若於吾身에 親見之哉리오.

탕왕이 3번이나 사람을 보내어 초빙했는데 이윽고 마음을 움직여 '내가 밭갈이 하는 시골에 거처하여 이로 말미암아 요임금과 순임금의 도를 즐기기보다는, 내 이 임금으로 하여금 요임금과 순임금 같은 임금을 만드는 것만 같고, 내 이 백성으로 하여금 요임금과 순임금의 백성이 되게 하는 것만 같고, 내 몸에 직접 이것을 실행하는 것만 같겠는가.

【補】 이윤이 한 몸을 지키며 편안히 거처할 것[獨善其身]을 생각했는데, 천하의 사람들과 더불어 선하게 될 것[兼善天下]으로 인식이 변했다는 말이다.
'왈(曰)' 자는 마음속으로 생각한 출사의 이유를 말한다. 원문 '與我處畎畝之中 …… 吾豈若使是君'에서 '여(與)' 자는 '여기(與其)'의 축약형으로 '~라기 보다(與其) ~만 같겠는가(豈若)'의 용법으로 쓰였다.

天之生此民也는 使先知로 覺後知하며 使先覺으로 覺後覺也시니 予는 天民之先覺者也로니 予將以斯道로 覺斯民也니 非予 覺之오 而誰也리오'

하늘이 이 사람을 태어나게 한 것은 먼저 도를 안 사람으로 하여금 늦게 도를 아는 사람을 깨우치게 하며, 먼저 깨우친 사람으로 하여금 뒤늦게 깨닫는 자를 깨우치도록 한 것이다. 나는 하늘이 태어나게 한 백성 중에 먼저 깨우친 자이니 내 장차 이 도로써 이 백성을 깨우쳐야 할 것이다. 내가 이들을 깨우치지 않고 그 누가 하겠는가.' 하였다.

【補】「만장 하」 제1장에 이윤을 '성지임자(聖之任者)'라고 하였으니, 바로 이를 말한 것이다. '이 도[斯道]'란 요임금과 순임금의 도를 가리킨다.

思天下之民이 匹夫匹婦 有不被堯舜之澤者어든 若己 推(퇴)而內(納)之溝中하니 其自任以天下之重이 如此라 故로 就湯而說(세)之하야 以伐夏救民하니라.

(이윤은) 천하의 백성 가운데 보통 사람들이라도 요임금과 순임금의 은택을 입지 못하는 사람이 있거든 마치 자신이 그를 밀어 도랑 가운데로 넣은 것과 같이 여겼으니, 그가 천하의 막중한 임무로써 자임하는 것이 이와 같았다. 그러므로 탕왕에게 나아가 설득하여 하나라를 정벌하여 백성을 구한 것이다.

【補】 이윤은 탕왕에게 나아가 요임금과 순임금의 은택을 입혀주고자 하나라를 정벌한 것임을 밝히고 있다. 또한 앞 절과 마찬가지로 이윤의 '성지임자(聖之任者)'에 대해 부연한 말이다.
'벌하(伐夏)'란 걸왕을 정벌하는 것을 가리킨다. 원문 '匹夫匹婦 有不被堯舜之澤者어든'을 '匹夫匹婦(라도) 有不被堯舜之澤者어든'으로 읽는 것이 좋다.

吾 未聞枉己而正人者也로니 況辱己以正天下者乎아 聖人之行이 不同也라 或遠或近하며 或去或不去나 歸는 潔其身而已矣니라.

나는 자기 몸을 굽히고서 남을 바로잡았다는 사람은 들어보지 못하였다. 더더욱 자신을 욕되게 하여 천하를 바로잡는 것은 말할 것도 없다. 성인의 행실은 똑같지 않다. 혹은 멀리 가고 혹은 가까이 임금을 모시며 혹은 떠나가고 혹은 떠나가지 않았으나, 귀결점은 그 몸을 깨끗이 하는 것일 뿐이다.

【補】 성인의 행실은 다르지만, 그 귀결점은 몸을 깨끗이 하는 데 있음을 말하고 있다.
'왕(枉)' 자는 부정을 말하고, '욕(辱)' 자는 부정보다 심한 것을 말한다. '거(去)'는 떠남이니 은둔의 다른 말이며, '불거(不去)'는 떠나지 않음이니 벼슬에 나아감을 뜻한다.

吾는 聞其以堯舜之道로 要湯이오 未聞以割烹也케라.

나는 요임금과 순임금의 도로써 탕왕에게 벼슬을 했다는 말은 들었고, 고기를 베고 삶는 것으로써 벼슬을 했다는 말은 들어보지 못하였다.

【補】 '요(要)' 자는 '벼슬을 구한다'는 뜻인데, 이윤의 덕으로 이러한 일을 스스로 불러 들였다는 말이지, 이윤 스스로 찾아갔다고 말한 장 절의 부분과는 다르다. 또 '베고 삶는 것[割烹]'이란 몸을 굽혀 아부하며 벼슬을 요구하는 것을 의미하니, 이는 이윤의 도와 반대이다.

伊訓에 曰 '天誅造攻을 自牧宮은 朕載自亳이라'하니라."

「이훈」에 '하늘의 주벌을 처음 목궁으로부터 공격함은 내 박 땅으로부터 시작했다.'[5]라는 기록이 있다."

【補】『서경』을 인용하여 탕왕의 정벌에 대해 말하고 있다.

5) 하늘의…… 시작했다 : 「상서(尙書)、이훈(伊訓)」에 보인다.

목궁은 걸왕이 있는 곳으로, 걸의 궁실을 말한다. 탕왕의 정벌은 걸의 땅에 있는 것이 아니라 걸왕의 폭군정치를 토벌함에 있었음을 밝히고 있다.
'조공(造攻)'에 대해, 주희는 '조(造)' 자를 '시작하다[肇]'로 보았고, 조기는 '만든다[作]'로 해석하였으니, 하나는 동음(同音)에서의 다른 뜻으로, 하나는 동의(同意)로 해석하여 달리 봤다. 본서에는 뒤의 '자(自)' 자로 인해 주희의 설을 따랐다. '재(載)' 자는 '시작하다[始]'의 뜻으로 쓰였다.

만장 상 제8장

萬章이 問曰 "或이 謂孔子 於衛에 主癰疽하시고 於齊에 主侍人瘠環이라하니 有諸乎잇가?" 孟子 曰 "否라 不然也라 好事者 爲之也니라.

만장(맹자 제자)이 물었다.
"혹자는 '공자가 위나라에서는 옹저를 주인으로 삼았고, 제나라에서는 내시인 척환을 주인으로 삼았다.'라고 말하는데, 이러한 일이 있었습니까?"
맹자가 말했다.
"아니다. 그렇지 않다. 일 만들기를 좋아하는 자들이 만든 말이다.

【補】 만장의 질문에는, 공자가 벼슬을 위해 저러한 일을 한 적이 있는지 묻고 있는 것이다.
'혹자'란 '전국시대 사람'을 가리킨다. '호사자(好事者)'란 일 만들기를 좋아하는 사람이니 혹자가 바로 호사자이다. '시인(侍人)'은 내시를 말한다. '옹저(癰疽)'는 종기나 등창을 입으로 빨아서 빼내는 천박한 일을 하는 사람을 가리킨다.

於衛에 主顔讐由러시니 彌子之妻 與子路之妻로 兄弟也라 彌子 謂子路曰 '孔子 主我하시면 衛卿을 可得也라'하야늘 子路 以告한대 孔子 曰 '有命이라'하시니 孔子 進以禮하시며 退以義하사 得之不得에 曰 '有命이라'하시니 而(如)主癰疽與侍人瘠環이시면 是는 無義無命也니라.

위나라에 계실 때에는 안수유를 주인으로 삼았는데, 미자의 아내는 자로의 아내와 형제간이었다. 미자가 자로에게 '공자께서 나를 주인으로 삼으면 위나라의 경의 지위를 얻을 수 있다.'라고 말하자, 자로가 이 말을 공자에게 아뢰었다. 공자께서 '천명에 달려 있다.'라고 말씀하셨다. 공자께서는 나갈 때에 예로써 하고 물러날 때에 의로써 하여, 얻고 얻지 못함에 '천명에 달려있다.'라고 말하셨으니, 만일 옹저와 내시 척환을 주인으로 삼았다면, 이는 의로움도 없고 천명도 없는 것이 된다.

【補】 맹자는, 공자가 위나라에 갔을 때의 사례를 들어 그가 벼슬을 위해 아부하지 않았음을 증명하고 있다.
'안수유'는 위나라의 어진 대부로 안탁추(顔濁鄒)를 가리킨다. '미자'는 위나라 영공의 총애하는 신하 미자하(彌子瑕)를 말한다. '유명(有命)'이란 인력(人力)이 아니라 천명에 달려 있다는 뜻이다. 원문 '得之不得'은 '得之(와) 不得'으로 읽는 것이 좋다. '이(而)' 자는 '만일[如]'이란 뜻으로 쓰였다.

孔子 不悅於魯衛하사 遭宋桓司馬 將要而殺之하야 微服而過宋하시니 是時에 孔子 當阨하사대 主司城貞子 爲陳侯周臣하시니라.

공자께서 노나라와 위나라에서 기뻐하지 않으며 떠나시다가, 송나라 환사마가 장차 길에서 기다렸다가 죽이려고 하니, 천한 옷차림을 하고서 송나라를 지나갔다. 이때 공자께서 곤액을 당하였지만, 사성정자가 진후 주의 신하가 되었기에 그를 주인으로 삼았다.

【補】 맹자는, 공자가 목숨이 달린 위급한 상황에서도 주인을 가려 섬긴 예를 통해 그가 아유구용하며 벼슬하지 않았음을 입증하고 있다.
'공자께서 기뻐하지 않았다'는 말은, 위나라에서 위령공이 인의보다는 전쟁에 관한 대화를 나누려 해서였다. '송나라 환사마'는 환퇴(桓魋)를 말한다. 일명 상퇴(向魋)라고도 한다. 이에 대한 일화는 『논어』、「술이」 제22장에 보인다. "공자께서 말씀하셨다. '하늘이 나에게 덕을 주었으니, 환퇴가 나에게 어찌 하겠는가'[子曰 天生德於予시니 桓魋其如予何리오]."
'요(要)' 자는 '잠복하여 기다림'을 뜻한다. '미복(微服)'은 천한 사람들의 옷이다. 공자가 위기를 모면하기 위해 미복으로 변장하여 간 것이므로 '매우 위급한 상황'을 뜻한다. '사성(司城)'은 벼슬명이며, 정자가 이름이다.

吾聞觀近臣호대 以其所爲主요 觀遠臣호대 以其所主라하니 若孔子主癰疽與侍人瘠環이시면 何以爲孔子리오."

내 들으니 '가까운 신하를 살필 때에는 그가 누구의 주인이 되는가를 보고, 먼 신하를 살필 때에는 누구를 주인으로 삼는가를 봐라.'고 했다. 만일 공자께서 옹저와 내시 척환을 주인으로 삼으셨다면, 어떻게 공자라 할 수 있겠는가."

【補】 대개 '가까운 신하'란 조정에서 가까운 신하이므로, '서울의 신하'를 말하고, '먼 신하'는 조정에서 먼 신하이므로 '지방의 신하'를 말한다.
'누구의 주인이 되는가'라는 말은 그 사람의 집에 유숙하는 손님을 보면 된다는 말이고, '누구를 주인으로 삼는가를 봐라'는 말은 그가 유숙하고 있는 집주인을 살펴보면 된다는 말이다.

만장 상 제9장

萬章이 問曰 “或曰 ‘百里奚 自鬻於秦養牲者하야 五羊之皮로 食(사)牛하야 以要秦穆公이라’하니 信乎잇가?” 孟子 曰 “否라 不然하니라 好事者 爲之也니라.

만장이 물었다.

“어떤 사람이 ‘백리해가 스스로 진(秦)나라의 희생을 기르는 자에게 팔려가서 다섯 마리 양의 가죽을 받기로 하고 소를 키워 진목공에게 등용되기를 요구했다.’라고 하는데, 사실입니까?”

맹자가 말했다.

“아니다. 그렇지 않다. 일 만들기 좋아하는 자들이 만든 말이다.

【補】 ‘혹자’와 ‘호사자(好事者)’는 앞 장에서와 같이 전국시대의 사람으로서 일 만들기를 좋아하는 사람이다. ‘백리해’는 우(虞)나라의 어진 신하이다.

‘사우(食牛)’는 소에게 풀을 먹이는 것을 말하니 바로 소를 키우는 목동의 일을 자처함을 말한다. ‘육(鬻)’ 자는 자신의 몸을 판다는 말이다. ‘진나라의 희생을 기르는 자[秦養牲者]’는 쉽게 말해 ‘목장 주인’과 같은 말이다.

百里奚는 虞人也니 晉人이 以垂棘之璧과 與屈産之乘으로 假道於虞하야 以伐虢이어늘 宮之奇는 諫하고 百里奚는 不諫하니라.

백리해는 우나라 사람이니, 진나라 사람이 수극 땅에서 생산된 좋은 구슬과 굴 땅에서 생산된 좋은 말로써 우나라 길을 빌려 괵나라를 정벌하려 하자, 궁지기는 이것을 간하였고, 백리해는 간하지 않았다.

【補】'궁지기'는 우나라의 어진 신하로서, 충성스럽기는 하지만 지혜롭지 못했다. 백리해는 뇌물에 눈이 먼 우공에게 간해 봤자 이를 들어주지 않을 것을 미리 알았으므로 간하지 않은 것이다. 맹자가 밝히고자 하는 것은 바로 이 점이다.
진나라 사람의 의도는 실제 괵나라를 정벌하려는 데 있는 것이 아니라, 우나라를 정벌하는 데에 있으니, 일명 '가도멸괵(假道滅虢)'의 고사가 바로 이것이다.
괵나라는 중국 주나라 문왕의 아우인 괵중이 세운 제후국이다. 진나라의 침입으로 괵나라가 멸망함으로써 생겨난 이야기이다. 『천자문(千字文)』에 '假道滅虢, 踐土會盟'라는 글이 있으니 이를 말한다.
궁지기에 대한 고사는 이른바 '순망치한(脣亡齒寒)'이다. 그가 왕에게 '진나라는 괵나라를 멸망시킨 뒤 우나라도 쳐들어올 것이므로 길을 빌려주면 안 될 뿐만 아니라, 우나라와 괵나라는 이와 입술 같은 사이로 입술이 없어지면 이가 시리듯이, 괵나라가 무너지면 우나라도 위험하다.'고 간언하였다.

知虞公之不可諫而去之秦하니 年已七十矣라 曾不知以食牛로 干秦穆公之爲汙也면 可謂智乎아 不可諫而不諫하니 可謂不智乎아 知虞公之將亡而先去之하니 不可謂不智也니라 時擧於秦하야 知穆公之可與有行也而相之하니 可謂不智乎아 相秦而顯其君於天下하야 可傳於後世하니 不賢而能之乎아 自鬻以成其君을 鄕黨自好者도 不爲온 而謂賢者 爲之乎아."

우공이 간할 수 없는 인물임을 알고 진나라로 떠났으니 백리해의 나이 벌써 70이었다. 일찍이 소를 키워 진목공에게 등용되기를 요구하는 것이 더러운 일이라는 사실을 몰랐다면 그를 지혜롭다고 말할 수 있겠는가. 간할 수 없어 간하지 않았으니 지혜롭지 않다고 말할 수 있겠는가. 우공이 장차 멸망할 줄을 알고 먼저 그곳을 떠났으니, 지혜롭지 않다고 말할 수 없다. 당시 진나라에 등용되어, 목공이 그와 더불어 도를 행할 만한 인물임을 알고 그를 도왔으니 지혜롭지 않다고 말할 수 있겠는가. 진나라를 도와 그 임금을 천하에 드러내어 후세에 전할 만하게 하였으니 어질지 못하고서 이렇게 할 수 있겠는가. 스스로 팔려가 훌륭한 임금으로 만드는 것은 향당의 스스로를 아끼는 자들도 하지 않는데 더욱이 어진 사람이 이런 짓을 한다고 말할 수 있겠는가."

【補】 이처럼 맹자는 4가지 지혜로운 일과 2가지 업적[四智二賢]을 통해, 백리해가 지혜로운 인물임을 밝히고, 그가 가죽 다섯 장으로 자신을 판 인물이 아니었음을 증명하고 있다.

제10부

만장 장구 하(凡九章)

만장 하 제1장

孟子 曰 "伯夷는 目不視惡色하며 耳不聽惡聲하고 非其君不事하며 非其民不使하야 治則進하고 亂則退하야 橫政之所出와 橫民之所止에 不忍居也하며 思與鄕人處호대 如以朝衣朝冠으로 坐於塗炭也러니 當紂之時하야 居北海之濱하야 以待天下之淸也하니 故로 聞伯夷之風者는 頑夫 廉하며 懦夫 有立志하니라.

맹자가 말했다.

"백이는 눈으로 안 좋은 빛을 보지 않고, 귀로 나쁜 소리를 듣지 않았다. 섬길 만한 임금이 아니면 섬기지 않고, 그 백성이 아니면 부리지 않았다. 세상이 다스려지면 나아가고 혼란하면 물러나, 나쁜 정사가 나오는 곳과 나쁜 백성이 거주하는 곳에는 차마 거처하지 못하였다. 향인들과 더불어 거처하는 곳을 생각함이 마치 조복과 조관으로 도탄에 앉은 듯하더니, 주왕 시대에 북해의 변두리에 거처하면서 천하가 맑아지기를 기다렸다. 그러므로 백이의 유풍을 들은 자들은, 완악한 사내가 청렴해지고, 나약한 사내는 뜻을 세우게 된다.

【補】 일명 '백이지청(伯夷之淸)', '성지청자(聖之淸者)'에 대한 설명이다. 백이에 대해서는 「공손추 상」 제2장에 이미 나왔다.

'안 좋은 빛'이란 바로 '예가 아닌 빛'을 말하고, '나쁜 소리'란 '예가 아닌 소리'를 말한다. 따라서 백이는 이 두 가지를 가지고 자신을 더럽히지 않았다는 말이다.
'횡(橫)' 자는 '법도에 맞지 않는다'의 뜻으로 쓰였다. '섬길 만한 임금'이란 요임금과 순임금을 지칭하고, '그 백성'이란 요임금과 순임금의 백성을 가리킨다.
'조복'과 '조관'은 고결한 것을 뜻한다. '도탄(塗炭)'은 그 반대의 것으로 더럽고 비루한 것을 가리킨다. '북해의 변두리에 거처했다'는 말은 바로 혼란하면 물러갔다는 뜻이다.
원문 '頑夫 廉'에 대해서는 의견이 분분연하다. '탐욕스러운 사람이 청렴결백해지다'가 일반적이며, '지각이 없는 자가 분별력이 생기다' 혹은 '원칙이 없던 자가 원칙을 세우다' 등으로 해석하기도 하니 참고로 적어 둔다.

伊尹이 曰 '何事非君이며 何使非民이리오'하야 治亦進하며 亂亦進하야 曰 '天之生斯民也는 使先知로 覺後知하며 使先覺으로 覺後覺이시니 予는 天民之先覺者也로니 予將以此道로 覺此民也라'하며 思天下之民이 匹夫匹婦 有不與被堯舜之澤者어든 若己 推(퇴)而內(納)之溝中하니 其自任以天下之重也니라.

이윤은 '어느 사람을 섬긴들 임금이 아니며, 어느 사람을 부린들 백성이 아니겠는가.'라고 말하며, 세상이 다스려져도 나아가며 혼란해도 나아가 '하늘이 이 백성을 태어나게 한 것은 먼저 도를 안 사람으로 하여금 뒤늦게 안 사람을 깨우쳐주며, 먼저 깨우친 사람으로 하여금 뒤늦게 깨닫는 자를 깨우치도록 한 것이다. 나는 하늘이 태어나게 한 백성 중에 먼저 깨달은 사람이다. 내 장차 이 도로써 이 백성을 깨우쳐야 한다.'라고 말했다. 천하의 백성 중에 보통 사람이라도 요임금과 순임금의 혜택을 입지 못한 사람이 있으면, 마치 자기가 그를 밀쳐서 도랑 가운데로 넣은 것처럼 생각했으니, 이는 천하의 중책으로써 자임한 것이다.

【補】 일명 '이윤지임(伊尹之任)', '성지임자(聖之任者)'에 대한 설명이다. 「만장 상」 제7장에 이미 나왔다.
'어느 사람을 섬긴들[何事]', '어떤 사람을 부리든[何使]'이라는 말은 사명감을 말한다. 이는 '선각자(先覺者)'와 '자임(自任)' 같은 표현을 통해서도 드러난다. 말미의 '중(重)' 자는 중책을 말한다.

柳下惠는 不羞汙(오)君하며 不辭小官하며 進不隱賢하야 必以其道하며 遺佚而不怨하며 阨窮而不憫하며 與鄕人處호대 由由然不忍去也하야 爾爲爾오 我爲我니 雖袒裼裸裎於我側인들 爾焉能浼我哉리오하니 故로 聞柳下惠之風者는 鄙夫 寬하며 薄夫 敦하니라.

유하혜는 어리석은 임금 섬기는 것을 부끄러워하지 않고 작은 벼슬도 사양하지 않으며, 나아가면 어짊을 숨기지 않고서 반드시 그 도로써 하였다. 벼슬길에서 버려져도 원망하지 않고 곤궁을 당해도 걱정하지 않으며, 향인들과 더불어 처하되 유유연하게 차마 떠나지 못해서 '너는 너이고 나는 나이니, 비록 내 옆에서 옷을 걷고 벗는다 한들 네 어찌 나를 더럽히겠는가.'라고 말했다. 그러므로 유하혜의 풍도를 들은 자들은, 비루한 사내가 너그러워지며, 야박한 사내는 인심이 후해진다.

【補】 일명 '유하혜지화(柳下惠之和)', '성지화자(聖之和者)'에 대한 설명이다. 또한 「공손추 상」 제9장에 이미 나왔다.
유하혜는 백이와 정반대의 인물이다. 백이는 향인들과 거처할 때 마치 조복과 조관으로 도탄에 앉은 듯이 여긴 반면, 유하혜는 저들이 어떻게 나를 더럽힐 수 있겠느냐고 여겼다.
'유일(遺佚)'은 '벼슬에서 물러나'라는 뜻이다. '비부(鄙夫)'는 속 좁은 인간이라는 말이고, '박부(薄夫)'란 야박한 인간이라는 뜻이다.

孔子之去齊에 接淅而行하시고 去魯에 曰 '遲遲라 吾行也여'하시니 去父母國之道也라 可以速而速하며 可以久而久하며 可以處而處하며 可以仕而仕는 孔子也시니라.

공자께서 제나라를 떠날 때에 쌀을 씻다가도 떠났고, 노나라를 떠날 때에는 '더디고 더디다, 내 걸음이여!'라고 말했다. 이는 부모의 나라를 떠나는 도리이다. 속히 떠날 만하면 속히 떠나고, 오래 머무를 만하면 오래 머무르며, 은둔할 만하면 은둔하고, 벼슬할 만하면 벼슬한 사람이 공자이시다.

【補】 일명 '공자지시중(孔子之時中)', '성지시자(聖之時者)'에 대한 설명이다. 「공손추 상」 제2장에 이미 나왔다.
네 번의 '가이(可以)'는 시(時)를 말하고 '이(而)' 자 뒤의 행위는 중(中)을 말하니, 이것이 바로 때에 맞게 행동하는, 시중(時中)이다.
'접석(接淅)'은 쌀을 물에 담궈 장차 밥을 지으려 하다가 미처 밥을 짓지 못한 채 떠나감을 말하니, 매우 빨리 떠났다는 말이다.
일설에는 '이는 타국을 떠나는 도리이다[去他國之道也]'까지를 공자의 말로 보기도 하니 참고로 적어 둔다.

孟子 曰 "伯夷는 聖之清者也요 伊尹은 聖之任者也요 柳下惠는 聖之和者也요 孔子는 聖之時者也시니라.

맹자가 말했다.
"백이는 성인 가운데 청렴한 사람이고, 이윤은 성인 가운데 자임한 사람이며, 유하혜는 성인 가운데 조화로운 사람이지만, 공자는 성인 가운데 때에 잘 맞게 하는 분이다.

【補】 공자는 백이의 청렴, 이윤의 자임, 유하혜의 조화를 때에 맞게 잘 하였으니 바로 시중(時中)을 잘 했던 분이며, 성인의 모든 장점을 취하신 집대성한 분이다는 말이다.

孔子之謂集大成이시니 集大成也者는 金聲而玉振之也라 金聲也者는 始條理也오 玉振之也者는 終條理也니 始條理者는 智之事也요 終條理者는 聖之事也니라.

공자를 집대성자라고 말한다. 집대성이란 금속악기로 소리를 내어 옥으로 거두어들이는 것이다. 금속 악기로 소리를 낸다는 것은 조리를 시작하는 것이고, 옥으로 거둔다는 것은 조리를 끝내는 것이다. 조리를 시작하는 것은 지혜의 일이고, 조리를 끝내는 것은 성인의 일이다.

【補】 음악의 일을 성인의 일로 비춰 본다면 바로 지혜와 실천을 말한다.

원래 '집대성(集大成)'이 음악 용어임을 알 수 있다. 대성은 모든 악기를 크게 이루어 모이게 한 것이다. '성(聲)' 자는 동사로 쓰였다. '진(振)' 자는 '거두다'의 뜻으로, 여기서는 '결속한다'는 뜻이다. '조리(條理)'는 맥락(脈絡)을 말한다. 말미의 '성지사(聖之事)'란 성인이 실천해야 함을 뜻한다.

智를 譬則巧也요 聖을 譬則力也니 由(猶)射於百步之外也하니 其至는 爾力也어니와 其中은 非爾力也니라."

지혜를 비유하면 기술과 같고, 성인의 행위를 비유하면 힘과 같으니, 마치 백보 밖에서 활을 쏘는 것과 같아, 과녁에 이르는 것은 너의 힘이지만, 과녁에 맞는 것은 너의 힘이 아니다."

【補】 '백보'란 매우 먼 거리를 뜻한다. 과녁에 이르게 하는 것은 힘으로 가능하지만 그것에 적중시키는 것은 힘이 아닌 지혜라는 뜻이다.

만장 하 제2장

北宮錡 問曰 "周室班爵祿也는 如之何잇고?"

북궁의(위나라 사람)가 물었다.

"주나라 왕실이 작위와 녹을 나누는 것을 어떻게 했습니까?"

【補】 북궁의는 주나라처럼 많은 나라를 가지고 전쟁을 일삼는 것이 과연 무왕이 창업할 때의 본래 뜻인지를 묻고 있다. 즉 당시 제후들의 잘못된 점을 고대 제도를 통해 살펴보고자 한 것이다. '주나라 왕실[周室]'이란 창업된 서주 초기를 말한다. '북궁기'라고 독음하는 책도 있으나, 언해본에 따라 북궁의로 읽는다. '반(班)' 자는 '서열로 나누어 구분 짓다'는 뜻이다.

孟子 曰 "其詳은 不可得而聞也로다 諸侯 惡(오)其害己也而皆去其籍이어니와 然而軻也 嘗聞其略也로라.

맹자가 말했다.

"그 상세한 내용은 내 들을 수가 없었습니다. 제후들이 자신들에게 해가 되는 점을 싫어하여 모두 그 서적을 없애버렸지만, 그러나 나는 일찍이 그 대체적인 것을 들었습니다.

【補】 '가(軻)'는 맹자의 이름이다. 대개 윗사람이 성을 물으면 "∼가"라고 대답하지만, 맹자는 이름이 가(軻)이므로 "∼씨"라고 했다고 한다.

'맹가(孟軻)'로 독음해야 하지만 성인이라 하여 휘하여 보편적으로 '맹모(孟某)'로 읽는다. 이는 『논어』를 읽을 때 공자의 이름인 구(丘), 안연의 이름인 '회(回)', 증자의 이름인 '참(參-혹은 삼)' 등을 휘(諱)하여 '모'로 읽는 것과 같다.

天子 一位오 公이 一位오 侯 一位오 伯이 一位오 子男이 同一位니 凡五等也라 君이 一位오 卿이 一位오 大夫 一位오 上士 一位오 中士 一位오 下士 一位니 凡六等이라.

천자가 한 위이고 공이 한 위입니다. 후가 한 위이고, 백이 한 위입니다. 자와 남이 똑같이 한 위이니, 모두 다섯 등급입니다.

군이 한 위이고, 경이 한 위이며, 대부가 한 위입니다. 상사가 한 위이고, 중사가 한 위이며, 하사가 한 위입니다. 모두 여섯 등급입니다.

【補】 등급으로 두 번 나누었다. 전자는 중국 천하를 나누는 분봉 제도이고, 후자는 국내 조정을 나누는 제도이다.

天子之制는 地方千里오 公侯는 皆方百里오 伯은 七十里오 子男은 五十里니 凡四等이라 不能五十里는 不達於天子하야 附於諸侯하나니 曰附庸이니라.

천자의 제도는 땅이 사방 천리이고, 공후는 모두 사방 백리이며, 백은 70리, 자와 남은 50리이니 모두 네 등급입니다. 50리가 채 못 되는 나라는 천자에게 스스로 이를 수가 없어 가까운 제후에게 붙으니 이를 부용국이라고 합니다.

【補】 분봉제도를 말한다. 전국시대 제나라는 백리를 소유해야 하는데 천자의 제도와 같이 천리를 소유했으니 참람한 짓이다.
반작(班爵)은 5등급인데 실제 녹을 나누어 준 것은 4등급으로, 공과 후가 백리로 함께 묶어졌다. '용(庸)' 자는 여기서 '일[事]'의 뜻으로 쓰였다. 작은 나라는 천자와 직접 통하지 못하고 큰 나라를 통하므로 '일을 부치다'라는 뜻인, '부용'이라 한다.

天子之卿은 受地視侯하고 大夫는 受地視伯하고 元士는 受地視子男이니라.

천자의 경은 땅을 받을 때에 제후와 대등하고, 대부는 땅을 받을 때에 백과 대등하고, 원사는 땅을 받을 때에 자와 남과 대등하다.

【補】 천자의 조정 내부에 대해서 말하고 있다.
'시(視)' 자는 '견주다[比]', '대등하다[等]'의 뜻으로 쓰였다. 천자의 경은 백리, 대부는 70리, 원사는 50리를 받는다. 조정의 신하이지만 지방으로 나가면 공, 후, 백, 자, 남에 해당한다.

大國은 地方百里니 君은 十卿祿이오 卿祿은 四大夫요 大夫는 倍上士요 上士는 倍中士요 中士는 倍下士요 下士與庶人在官者는 同祿하니 祿足以代其耕也니라.

대국은 땅이 사방 백리이고, 임금은 경의 녹의 10배이다. 경의 녹은 대부의 4배이다. 대부는 상사의 2배이며, 상사는 중사의 2배이고, 중사는 하사의 2배다. 하사와 서인으로서 관직에 있는 사람은 녹이 같다. 녹이 그 경작하는 수입을 대신할 만하기에 넉넉했다.

【補】 대국은 공과 후의 나라이다. '경작하는 수입'이란 농부들의 백묘를 말한다.

次國은 地方七十里니 君은 十卿祿이오 卿祿은 三大夫요 大夫는 倍上士요 上士는 倍中士요 中士는 倍下士요 下士與庶人在官者는 同祿하니 祿足以代其耕也니라.

차국은 땅이 사방 70리이다. 임금은 경 녹의 10배이고, 경의 녹은 대부의 3배이다. 대부는 상사의 2배이고, 상사는 중사의 2배이며, 중사는 하사의 2배이다. 하사와 서인으로서 관직에 있는 사람은 녹이 같다. 녹이 그 경작하는 수입을 대신할 만하기에 넉넉했다.

【補】 차국은 경의 녹이 대부의 3배 차이가 나는 것만 대국과 다르고, 나머지는 같다.

小國은 地方五十里니 君은 十卿祿이오 卿祿은 二大夫요 大夫는 倍上士요 上士는 倍中士요 中士는 倍下士요 下士與庶人在官者는 同祿하니 祿足以代其耕也니라.

소국은 땅이 사방 50리이다. 임금은 경 녹의 10배이고, 경의 녹은 대부의 2배이다. 대부는 상사의 2배이고, 상사는 중사의 2배이며, 중사는 하사의 2배이다. 하사와 서인으로서 관직에 있는 사람은 녹이 같다. 녹이 그 경작하는 수입을 대신할 만하기에 넉넉했다.

【補】 역시 소국은 경의 녹이 대부의 2배로, 대국이 4배, 차국이 3배 차이가 나는 것을 제외하고는 나머지는 모두 같다.

耕者之所獲은 一夫 百畝니 百畝之糞에 上農夫는 食(사)九人하고 上次는 食八人하고 中은 食七人하고 中次는 食六人하고 下는 食五人이니

庶人在官者 其祿이 以是爲差니라."

밭갈이 하는 자의 소득은 한 가장이 백묘를 받는다. 백묘를 가꾸면 상농부는 9명을 먹일 수 있고, 상농부의 다음은 8명을 먹일 수 있으며, 중농부는 7명을 먹일 수 있고, 중농부의 다음은 6명을 먹일 수 있으며, 하농부는 5명을 먹일 수 있다. 서인으로서 벼슬에 있는 사람은 그 녹이 이로써 차등을 둔다."

【補】'밭갈이 하는 자의 소득'이란 '농부의 소득'을 말한다. '분(糞)' 자는 '거름'을 가리키다. 식구가 많으면 거름이 많이 나오고, 거름이 많으면 소득도 많다. '상농부(上農夫)'란 대식구를 말한다. 중(中)과 하(下)는 각각 중농부와 소농부를 줄인 말이다.
주나라 초기와 전국시대에 이처럼 차이가 심했음을 보여주고 있는 장이다. 말미의 '시(是)' 자가 가리키는 것은 농부의 소득이다.

만장 하 제3장

萬章이 問曰 "敢問友하노이다." 孟子 曰 "不挾長하며 不挾貴하며 不挾兄弟而友니 友也者는 友其德也니 不可以有挾也니라.

만장(맹자 제자)이 물었다.
"감히 벗에 대해서 여쭙겠습니다."
맹자가 말했다.
"나이가 많음을 믿지 않고 귀함을 믿지 않고 형제간을 믿지 않고 벗하는 것이다. 벗한다는 것은 그 덕을 벗으로 삼는 것이니, 믿는 것이 있어서는 안 된다.

【補】 외적으로 드러난 세로써 사귀어서는 안 되고, 내적인 덕을 우선으로 교제해야 마땅함을 말하고 있다.
만장은, 맹자가 벼슬도 하지 않고 지위가 높은 사람들과 교제하기에 의혹이 생겨 이를 질문한 것이다. 이에 대한 맹자의 답은 외적인 요소를 믿고 꼿꼿한 태도를 경계하고자 하는 데 있다.
'협(挾)' 자는 '믿고 그것을 내세우다'라는 뜻을 가지고 있고, 반대로 '믿지 않는다'라는 말은 '그것을 배경으로 삼지 않는다'라는 뜻이다. '형제간을 믿지 않고'라는 말은 형제간에 부귀한 자가 있음을 믿지 않는다는 말이다.

孟獻子는 百乘之家也라 有友五人焉하더니 樂正裘와 牧仲이오 其三人則予 忘之矣로라 獻子之與此五人者로 友也에 無獻子之家者也니 此五人者 亦有獻子之家면 則不與之友矣리라.

맹헌자는 백승의 집안이었다. 벗 5명이 있었는데 악정구와 목중이다. 그 나머지 세 사람은 내가 그 이름을 잊어버렸다. 헌자가 이 다섯 사람과 더불어 벗할 때에, 헌자의 집안을 의식함이 없었으니, 이 다섯 사람들이 또한 헌자의 집안을 의식했다면, 헌자는 이들과 더불어 벗하지 않았을 것이다.

【補】 '맹헌자'는 노나라의 어진 대부(大夫)인 중손멸(仲孫蔑)이다. 백승의 집안이므로 지위는 경대부이며 이는 곧 높음을 의미한다. '무(無)' 자는 '자기의 권력, 집안 세 등을 자랑하지 않음'을 뜻하니, 앞 절에서 말한 '불협(不挾)'과 같은 말이다.

非惟百乘之家 爲然也라 雖小國之君이라도 亦有之하니 費惠公이 曰 '吾 於子思則師之矣오 吾 於顏般則友之矣오 王順長息則事我者也라'

하니라.

비단 백승의 집안만이 그러한 것이 아니다. 비록 작은 나라의 임금이라도 또한 그러한 경우가 있었다. 비혜공(비읍의 군주)이 '내가 자사에 대해서는 스승으로 섬기고, 안반에 대해서는 벗으로 대하며, 왕순과 장식은 나를 섬기는 자들이다.'라고 하였다.

【補】 맹자는 비혜공에게 자신의 덕을 견주어 말하고 있다. '비유(非惟)'는 비단(非但), 비독(非獨) 등과 같은 말이다. '유지(有之)'란 그처럼 한 경우가 있었음을 말한다.

非惟小國之君이 爲然也라 雖大國之君이라도 亦有之하니 晉平公之於亥唐也에 入云則入하며 坐云則坐하며 食云則食하야 雖疏食(사)菜羹이라도 未嘗不飽하니 蓋不敢不飽也라 然이나 終於此而已矣오 弗與共天位也하며 弗與治天職也하며 弗與食天祿也하니 士之尊賢者也라 非王公之尊賢也니라.

비단 소국의 임금만이 그러한 것이 아니다. 비록 대국의 임금이라도 또한 그러한 경우가 있었다. 진평공은 해당에 대하여 들어오라고 말하면 들어갔으며, 앉으라고 말하면 앉았으며, 먹으라고 말하면 먹었으니, 비록 거친 밥과 나물국이라도 일찍이 배불리 먹지 않은 적이 없었으니 감히 배불리 먹지 않을 수가 없었던 것이다. 그러나 이에 끝날 뿐이었고 그와 더불어 하늘의 지위를 함께 하지 않았으며, 더불어 하늘의 직책을 다스리지 않았으며 더불어 하늘의 녹을 먹지 않았으니, 이는 선비가 현자를 높이는 것이지, 왕공이 현자를 높이는 것은 아니었다.

【補】 진평공은 해당을 존경하여 그와 더불어 임금이 먹지 않는 거친 밥과 나물국이 있어도 배불리 먹었던 것이다. 하지만 여기에서 멈췄으니 지위를 그에게 주고 일을 맡기지 않았으며 선비로서 대접한 것이다.
'해당'은 진(晉)나라의 현인이다. 여기에서 천위(天位)와 천록(天祿)에 '천(天)' 자를 쓴 것은, 바로 임금이 주는 것이 아니라 하늘이 준다는 의미가 담겨 있다. '왕공'은 진평공을 가리킨다.

舜이 尙見帝어시늘 帝 館甥于貳室하시고 亦饗舜하사 迭爲賓主하시니 是는 天子而友匹夫也니라.

순이 위로 올라가 요임금을 뵈니, 요임금은 사위인 순을 별궁에 머물게 하고 또한 순을 잔치에 대접하며 번갈아 주인과 손이 되었다. 이는 천자로서 필부를 벗으로 삼은 것이다.

【補】 진정한 왕공의 존현을 말하고 있는 절이다.
'상(尙)' 자는 '상(上)' 자와 같은 뜻으로 쓰였다. '이실(貳室)'은 '부궁(副宮)'과 같은 말로 이른바 '별궁'을 가리킨다. '번갈아 주인과 손이 되었다[迭爲賓主]'는 말은 권력을 잊고 서로 존경하며 지냈다는 뜻이다. '필부'라는 표현을 썼으므로 '순임금'이라 하지 않고 '순'으로 번역했다.

用下敬上을 謂之貴貴오 用上敬下를 謂之尊賢이니 貴貴尊賢이 其義一也니라."

아랫사람이 윗사람을 공경하는 것을 '귀하신 분을 귀하게 받든다.'라고 말하고, 윗사람이 아랫사람을 공경하는 것을 '어진 이를 존경한다.'라고 말한다. 귀하신 분을 귀하게 받드는 것과, 어진 이를 존경하는 것은 그 의가 동일하다."

【補】 귀(貴)와 현(賢)은 모두 고귀함을 지니고 있는 것으로 뜻은 같다. 다만, 하나는 인간의 작위[人爵]이고, 하나는 하늘의 작위[天爵]이다. 사람들은 그 눈에 보이는 것만 가지고 가치를 판단하고 있으니, 맹자가 이 말을 통해 어진 이를 존경해야 함을 강조하고 있다. '용(用)' 자는 '이(以)' 자로 쓰였다.
 이 장은 교우의 도에 대해 설명한 것으로, 서로의 덕을 존중하는 것이 가장 중요하고 부유함과 귀함 등 주변 배경을 의식해서는 안 됨을 밝히고 있다.

만장 하 제4장

萬章이 問曰 "敢問交際**는** 何心也**잇고**?" 孟子 曰 "恭也**니라**."

만장(맹자 제자)이 물었다.

"감히 여쭙겠습니다. 교제하는 것은 무슨 마음으로 하는 것입니까?"

맹자가 말했다.

"공손한 마음이다."

【補】 '제(際)' 자에는 '접하다[接]'의 뜻이 있다. 따라서 여기에서는, 제후가 어진 선비와의 만남을 위해 예물을 갖추는 것을 의미한다. '공(恭)' 자는 앞 장에서 나온 '존현(尊賢)'과 같은 뜻이다.

曰 "卻之卻之 **爲不恭은** 何哉**잇고**?" 曰 "尊者 賜之**어든** 曰其所取之者義乎**아** 不義乎**아** 而後受之**라** 以是爲不恭**이니** 故**로** 弗卻也**니라**."

만장이 물었다.

"교제의 예물을 물리치는 것을 공손하지 못하다고 하는 것은 왜 그렇습니까?"

맹자가 말했다.

"존귀한 사람이 물건을 주면, 받는 사람이 이것을 취한 것이 의에 맞았는가, 의에 맞지 않았는가를 생각하여, 의에 맞은 뒤에 받기 때문에 이를 공손하지 못하다고 여긴다. 그러므로 물리치지 않는 것이다."

【補】 '각지각지(卻之卻之)'에 대해서는 '이런 물건을 받을 수 없지, 이런 물건을 받을 수 없지'라고 강조한 구절로 해석한다. 주희는 "각(卻) 자는 예물을 받지 않고 돌려보내는 것이며, 두 번 반복하여 말한 것은 자세하지 않다."고 했으니 참고할 만하다. '왈(曰)' 자는 '위(謂)' 자와 같이 '생각하다'는 뜻으로 쓰였다. '기소취(所取之)'는 하사한 예물의 유래를 말한다.

曰 "**請無以辭卻之오 以心卻之曰 其取諸民之不義也而以他辭로** 無受不可乎**잇가**?" 曰 "**其交也 以道요 其接也 以禮면 斯는 孔子도** 受之矣**시니라**."

"청컨대 말로써 물리치지 않고 마음속으로 물리치며 그 백성에게 의롭지 않은 것으로 취했다고 생각하고는 다른 말로써 핑계를 대며 받지 않는 것은 안 됩니까?"

"도로써 사귀고 예로써 만나면, 이것은 공자께서도 받으셨다."

【補】 '말로써 물리치지 않는다[無以辭卻]'는 말은 직접적인 말로써 물리치지 않는다는 의미이다. '도로써 사귄다[以道]'는 말은 명분에

들어맞는다는 뜻이다. '예로써 만난다[以禮]'는 말은 정중하게 올린다는 뜻이니 매우 깍듯한 예의를 말한다.

萬章이 曰 "今有禦人於國門之外者 其交也 以道**요** 其餽也 以禮**면** 斯可受禦與**잇가**?" 曰 "不可**하니** 康誥**에** 曰 '殺越人于貨**하야** 閔不畏死**를** 凡民**이** 罔不譈**라**'**하니** 是**는** 不待敎而誅者也**니** (殷受夏周受殷 所不辭也於今爲烈) 如之何其受之**리오**."

만장이 말했다.

"오늘날 국문 밖에서 사람을 살인하고 제물을 강탈한 사람이 사귀기를 도로써 하고 주기를 예로써 한다면 이 강도질한 물건을 받을 수 있습니까?"

맹자가 말했다.

"옳지 않다. 「강고」에 '사람을 재화 때문에 죽여서 아무 생각 없이 살인에 대해 두려워하지 않는 자를, 모든 사람들이 원망하지 않은 사람이 없다.'[1]라는 기록이 있으니, 이러한 사람은 가르치기를 기다리지 않고 죽일 자이다. (은나라에서 하나라의 법을 받아 오고, 주나라에서 은나라의 법을 받아 오면 말할 것도 없이 바로 처단해야 하니 오늘날까지도 분명한 법이다.) 어찌 이것을 받을 수 있겠는가."

【補】'국문 밖'이란 사람이 없는 곳을 의미한다. '어(御)' 자 한 글자에는 사람을 막아 살인하고 강탈하는 등의 모든 행위를 뜻한다. '월(越)' 자에 대해서, 어조사[於]로 보기도 하고, '넘어뜨리다[轉越]'의 뜻으로 보기도 한다. 하지만 본서에서는 자의에 충실하여 사람을 죽여 그 재물을 취하기 위해 시체 위를 넘어 다니는 모습을 표현한 말로 해석하였다. '민(閔)' 자는 '아무 생각 없이'라는 말

1) 사람을…… 없다 : 「주서(周書)、강고(康誥)」 제15장에 보인다.

이다. '우(于)' 자는 '취하다[取]'의 뜻으로 쓰였다.

주희에 의하면 '殷受夏～於今爲烈'까지 14글자는, 말뜻이 차례가 없고 이어지지 않는다고 했다. 본서는 주희의 주석을 받아들여 괄호로 묶은 뒤에 번역만 해 두었다.

曰 "今之諸侯 取之於民也 猶禦也어늘 苟善其禮際矣면 斯는 君子도 受之라하시니 敢問何說也니잇고?" 曰 "子 以爲有王者作인댄 將比今之諸侯而誅之乎아 其教之不改而後에 誅之乎아? 夫謂非其有而取之者를 盜也는 充類至義之盡也라 孔子之仕於魯也에 魯人이 獵較(각)이어늘 孔子亦獵較하시니 獵較도 猶可온 而況受其賜乎인저."

만장이 물었다.

"오늘날 제후들이 백성에게 세금을 취한 것이 강도질하고 살인한 것과 같습니다. '만일 그 예와 교제를 잘 하면, 이는 군자도 받는다.' 라고 하시니, 감히 여쭙겠습니다. 무슨 말씀입니까?"

맹자가 말했다.

"자네가 생각하기에 왕도정치를 할 수 있는 사람이 나온다면 장차 오늘날의 제후들을 모두 합하여 몰아서 죽이겠는가? 그 가르쳐도 고치지 않은 뒤에 죽이겠는가? 자기가 소유해야 할 물건이 아닌데 취하는 자를 도둑이라 이르는 것은, 같은 종류를 채워서 의로움의 극진함에 이른 것이다. 공자께서 노나라에 벼슬하실 때에 노나라 사람들이 엽각을 하자, 공자 또한 엽각을 했다. 엽각을 하는 것도 오히려 가능한데 더더욱 그 주는 것을 받는 것에 대해서는 말할 것이 있겠는가."

【補】 맹자의 생각에는 오늘날 제후들의 행위가 강도질하고 살인한 것과는 다소 다르기 때문에 재교육 대상에 포함된다고 보았다.
'비(比)' 자에는 '잇다[連]'는 뜻이 있어 본서처럼 '합하여'라는 뜻으로 번역했다. '엽각(獵較)'에 대해서, 주희는 자세하지 않다고 하였고, 조기는 "전렵하여 서로 다투어서 금수를 빼앗아 제사하는 것인데, 공자께서 이것을 어기지 않으신 것은 다소 세속과 같이 하려 하신 것이다."라고 하였으니 참고로 적어 둔다.
그러나 엽각은 일종의 '사냥 내기'라고 이해하면 된다. 즉 사냥을 통해 많이 잡은 사람이 모두 가져가는 '내기 풍속'이다. 엽각을 했던 공자의 의도는 세속과 함께하여 바로잡으려 노력하는 데 있다.

曰 "然則孔子之仕也는 非事道與잇가?" 曰 "事道也시니라 事道어시니 奚獵較也니잇고?" 曰 "孔子 先簿正祭器하사 不以四方之食으로 供簿正하시니라." 曰 "奚不去也시니잇고?" 曰 "爲之兆也시니 兆 足以行矣而不行而後에 去하시니 是以로 未嘗有所終三年淹也시니라.

"그렇다면 공자께서 벼슬하신 것은 도를 행하신 것 아닙니까?"
"도를 행하신 것이다."
"도를 행하시면서 어떻게 엽각을 했습니까?"
"공자께서 먼저 문서로 제기를 바르게 하여 사방의 귀중한 음식물을 공급하지 않게 하였다."
"어찌하여 떠나가지 않으셨습니까?"
"조짐을 보았으니, 조짐이 넉넉히 도를 행할 수 있는데도, 도가 행해지지 않은 뒤에야 떠나셨다. 이 때문에 일찍이 3년을 마치도록 지체하신 곳이 있지 않았다.

【補】 '사도(事道)'란 도를 일삼는 것을 말하니, '사(事)' 자에는 '행(行)' 자의 의미가 있다. '먼저 문서로 제기를 바르게 하다[先簿正祭

器]'라는 말은 자세하지 않다. 주희 역시 미상(未詳)이라고 했다. 아마도 제사 음식을 사냥에서 바로 얻는 것에 대해 경계하고자, 먼저 문서로 제기를 바르게 한 뒤에 음식을 놓게 한 것으로 보인다. 즉 공자는 사냥시합에서 얻은 짐승을 종묘의 제물로 쓰기는 하였지만, 과한 데까지 이르지 않았고 이치에 맞게 했다는 말이다.
일설에는 먼저 문서로써 제기를 바르게 하여 일정한 수효가 있게 하고, 사방에 계속하기 어려운 물건으로 채우지 않는다고 하였으니 참고로 적어 둔다. 조짐은 3년 동안만 살폈음을 알 수 있다.

孔子 有見行可之仕하시며 有際可之仕하시며 有公養之仕하시니 於季桓子엔 見行可之仕也요 於衛靈公엔 際可之仕也요 於衛孝公엔 公養之仕也니라."

공자께서는 도를 행할 수 있는 가능성을 보고 벼슬을 한 적도 있었고, 예의를 잘 갖추어줬기 때문에 벼슬한 적도 있었으며, 잘 공양해 주었기 때문에 벼슬한 적도 있었다.

계환자가 집정할 당시 도가 행해질 가능성이 있어 벼슬에 있었고, 위령공이 집정할 당시 예의를 잘 갖춰주어 벼슬에 있었으며, 위효공이 집정할 당시 잘 공양해 주어 벼슬에 있었다."

【補】 공자께서 벼슬한 이유 3가지를 말하고 있다. 이는 「고자 하」 제14장에서 다시 상세한 예가 나오므로 함께 보면 좋다.
계환자는 노나라의 경(卿)인 계손사(季孫斯)이다. 당시 삼가(三家) 가운데 하나다. 당시 그의 추천으로, 공자가 재상의 일을 맡게 되었다. '조정공'이라 하지 않고 '계환자'라고 한 것은, 그가 제나라의 음악과 여자를 받아들였기 때문에 그를 임금으로 인정하지 않으려는 데 목적이 있다.
위령공은 위(衛)나라 임금인 원(元)이다. 역시 극진한 예우로써 공자와 교제를 하였기 때문에, 공자는 벼슬을 했다.
위효공에 대해서, 주희는 "『춘추』와 『사기』에 모두 이러한 인물은 없다. 의심컨대 출공(出公)인 첩(輒)인 듯하다."라고 했으니 이를 따른다. 그는 공자를 잘 받들었기에, 공자가 벼슬을 할 수 있었다고 한다.

만장 하 제5장

孟子 曰 "仕 非爲貧也而有時乎爲貧하며 娶妻 非爲養也而有時乎爲養이니라.

맹자가 말했다.

"벼슬을 하는 것은 가난을 위한 것은 아니지만 때로는 가난을 위한 경우가 있다. 아내를 얻는 것은 봉양을 위해서가 아니지만 때로는 봉양을 위한 경우도 있다.

【補】 벼슬은 도를 행하려고 하는 것이지 가난 때문에 하는 것은 아니다. 그러나 부득이한 경우가 있다. 예를 들면, 아내를 맞이하는 일이 봉양을 받고자 얻은 것은 아니지만 혼자 생활할 수 없어 맞이하는 것과 같이, 벼슬도 가난 때문에 부득이한 경우가 있음을 말하고 있다. 뒤의 절에서도 다시 나오지만 공자의 경우에는 어머니를 봉양하기 위해 부득이하게 벼슬한 적이 있다.

爲貧者는 辭尊居卑하며 辭富居貧이니라.

가난을 위하여 벼슬하는 사람은 높은 자리를 사양하고 낮은 자리에 있어야 하며, 녹이 많은 자리도 사양하고 녹이 적은 자리에 거처해야 한다.

【補】 여기서 '부(富)' 자는 '녹(祿)'을 뜻한다. 말미의 '빈(貧)' 자는 '가난'의 뜻보다는 '적은 녹'을 달리 표현한 것이다.

辭尊居卑하며 辭富居貧은 惡乎宜乎오 抱關擊柝이니라.

높은 지위를 사양하고 낮은 지위에 거처하며, 녹이 많은 자리를 사양하고 녹이 적은 자리에 거처함은 어떻게 해야 마땅한가. 관문을 감싸 안고 목탁을 치는 일이다.

【補】 '목탁을 치는 행위'는 사람을 경계하는 일이다. 이 일을 하는 사람은 여러 지위 가운데 가장 낮은 지위에 있는 사람이다. 따라서 가난을 위해 벼슬하는 사람은 관문지기가 알맞은 자리임을 말한다.

孔子 嘗爲委吏矣사 曰 '會計를 當而已矣라'하시고 嘗爲乘田矣사 曰 '牛羊을 茁(줄)壯長而已矣라'

공자께서 일찍이 창고지기가 되어서 '회계를 알맞게 할뿐이다.'라고 하셨고, 일찍이 목장 관리자가 되어서 '소와 양을 성하게 키울 뿐이다.'라고 말씀하셨다.

【補】 지위가 낮다고 하더라도 맡은 일에 대해서는 최선을 다해야 함을 공자의 비유를 통해 말하고 있다.
'위(委)' 자는 '쌓다'의 뜻이 있으므로, '위리(委吏)'는 서류를 보며 물품이 쌓인 것을 맡는, 즉 회계의 직책을 말한다. '승전(乘田)'은 목장관리자로서 역시 위리와 같이 매우 천한 일이다.
공자는 집안이 어려워 어머니를 위해 위리나 승전을 할 수밖에 없었다. 즉 가난을 위해 벼슬한 경우인데, 공자 같은 대성인으로서도 일찍이 천한 관원을 지냈지만 이것을 욕되게 여기지 않았다는 데에 중점이 있다.

位卑而言高 罪也요 立乎人之本朝而道不行이 恥也니라."

지위가 낮은데도 높은 지위의 일을 말하는 것은 죄이며, 남의 조정에 있으면서 도가 행해지지 않는 것이 부끄러운 일이다."

【補】 이는 권한을 넘어서는 행위를 해서는 안 되며, 아울러 높은 지위에 있어서는 맡은 책임을 다하지 못하는 것도 안 됨을 말하고 있다.
'남의 조정에 있다'는 말은 도를 행할 수 있는 지위에 있다는 말이다. 그러나 도가 행해지지 않는 것은 하는 일이 없이 밥만 축내는, 무위도식을 일삼고 있기 때문에 부끄러운 일이다.

만장 하 제6장

萬章이 曰 "士之不託諸侯는 何也잇고?" 孟子 曰 "不敢也니라 諸侯 失國而後에 託於諸侯는 禮也요 士之託於諸侯는 非禮也니라."

만장(공자 제자)이 말했다.
"선비가 제후에게 의탁하지 않는 것은 무엇 때문입니까?"
맹자가 말했다.
"감히 하지 못한다. 제후가 나라를 잃은 뒤에 다른 나라 제후에게 의탁하는 것이 예이다. 선비가 제후에게 의탁하는 것은 예가 아니다."

【補】 이 장의 요지는 왕공이 현자를 높이는 예이다.
'의탁[託]'이라는 말은 하는 일 없이 먹고 사는 것, 즉 앞서 나온 무위도식(無爲徒食)을 말한다. 맹자는 이러한 행위가 예가 아니기 때문에 감히 해서는 안 된다고 말하고 있다.
'불감야(不敢也)'라는 말은 분수에 맞지 않은, 매우 옳지 않음을 뜻한다. '제후가 나라를 잃은 뒤에 다른 나라 제후에게 의탁하는 것이 예이다'라고 말한 이유는 종묘제사를 받들 수 있기 때문이지만, 선비는 이에 해당하지 않음을 밝히고 있다.

萬章이 曰 "君이 餽之粟則受之乎잇가?" 曰 "受之니라", "受之는 何義也잇고?" 曰 "君之於氓也에 固周之니라."

"임금이 곡식을 주면 그것을 받습니까?"

"받는다."

"받는 것은 무슨 의입니까?"

"임금이 백성에 대해서 진실로 구휼해 준다."

【補】 처음에 나오는 '궤(饋)' 자는 뒤의 '주(周-구휼)' 자와 조응하여 바로 '구휼을 위한 내림'을 의미한다. '맹(氓)' 자는 타국에서 이 나라로 온 백성을 가리킬 때 쓰는 글자로 '민(民)' 자와 쓰임이 조금 다르다. 원문 '固周之'에서의 '지(之)' 자는 '곤궁한 살림'을 가리킨다. 따라서 이들을 진실로 도울 의가 있는 것이다.

曰 "周之則受하고 賜之則不受는 何也잇고?" 曰 "不敢也니라." 曰 "敢問其不敢은 何也잇고?" 曰 "抱關擊柝者 皆有常職하야 以食於上하나니 無常職而賜於上者를 以爲不恭也니라."

"구휼해 주면 받고, 하사하면 받지 않는 것은 무엇 때문입니까?"

"감히 하지 못하는 것이다."

"감히 여쭙겠습니다. 감히 하지 못하는 것은 무엇 때문입니까?"

"관문을 감싸고 목탁을 치는 자들도 다 일정한 직책이 있어서 위에서 녹을 먹는다. 일정한 직책이 없으면서 윗사람에 하사받도록 만드는 것을 공손하지 못하다고 여기기 때문이다."

【補】 '관문을 감싸 안고 목탁을 치는 자'는 앞 장에서 나온 것처럼 지위가 가장 낮은 자를 말한다. 그러나 이 절에서는 그러한 의미보다도, 낮은 벼슬이라 할지라도 일정한 직책을 가진 자를 의미하니 앞에 나온 뜻과 다르다.
원문 '賜於上者'는 '윗사람에게 하사하도록 만들다'는 의미로 쓰였으니 해석에 주의할 필요가 있다.

曰 "君이 餽之則受之라하시니 不識케이다 可常繼乎잇가?" 曰 "繆公之於子思也에 亟(기)問하시고 亟餽鼎肉이어시늘 子思 不悅하사 於卒也에 摽使者하야 出諸大門之外하시고 北面稽首再拜而不受 曰 '今而後에 知君之犬馬畜伋이라'하시니 蓋自是로 臺無餽也하니 悅賢不能擧요 又不能養也면 可謂悅賢乎아."

만장이 물었다.
"임금이 구휼해 주면 받는다고 하시니 잘 알지 못하겠습니다. 항상 계속할 수 있습니까?"
맹자가 말했다.
"목공이 자사에 대해서 자주 문안하고 자주 삶은 고기를 주자, 자사께서는 기뻐하지 않고 마침내 사신을 손짓으로 대문 밖으로 내보내고 북쪽을 향하여 머리를 조아려 재배하고서 받지 않으며, '오늘날 이후로 임금이 나를 개와 말처럼 기름을 알았다.'라고 말씀하셨다. 대개 이로부터 신하들이 물건을 갖다 준 적이 없었다. 어진 이를 좋아하지만 능히 천거하여 쓰지 않고 또 봉양도 못한다면, 어진 이를 좋아한다고 말할 수 있겠는가."

【補】 맹자는 만장의 말처럼 계속 구휼해 준다면 어진 이를 존경하는 것이 아니라 가축처럼 키우는 것이므로 이런 일은 있을 수 없다고 말하고 있다.
'항상 계속할 수 있습니까?'라는 물음은 '계속 구휼미를 받아 생계를 유지하면서 명분과 실리를 모두 취할 수 있는 것이 아닙니까?'라는 뜻이다.
'정육(鼎肉)'은 익은 고기를 가리킨다. '표(摽)' 자는 '손짓으로 부르다'라는 뜻이다. '북쪽을 향한[北面]' 것은 그곳이 바로 노목공이 있는 곳이기 때문이다. 이것이 바로 신하의 도리이다. 신하는 북면을 하고, 임금은 남면(南面)을 한다.
'대(臺)' 자를 '신하'로 보지 않고 '하인'으로 보는 설도 있으니 '지위가 낮은 신하'라는 뜻으로 봐도 무방하다. 능히 천거하여 쓰지 못한 것은 지위를 주지 않은 것이다. '어진 이'란 바로 '자사'를 가리킨다.

曰 "敢問國君이 欲養君子인댄 如何라야 斯可謂養矣리잇고?" 曰 "以君命將之어든 再拜稽首而受하나니 其後에 廩人이 繼粟하며 庖人이 繼肉하야 不以君命將之니 子思 以爲鼎肉이 使己僕僕爾亟拜也라 非養君子之道也라하시니라.

만장이 물었다.
"감히 여쭙겠습니다. 나라의 임금이 군자를 받들고자 한다면 어떻게 해야 잘 받든다고 말할 수 있겠습니까?"
맹자가 말했다.
"임금의 명에 따라 예물을 가져오거든 재배하고 머리를 조아리며 받는다. 그 뒤에 창고지기는 곡식을 대주며, 푸줏간에 있는 사람은 고기를 대주어서 임금의 명에 따라 갖다 주지 않는다. 자사께서는

(임금이) 삶은 고기를 가져다주어 자기로 하여금 자주 자주 절하게 만들었으니, 군자를 받드는 도가 아니라고 여기신 것이다.

【補】 창고지지가 곡식을 대고, 푸줏간에 있는 사람이 군명에 의해 고기를 가져다주었다면, 그래도 자사는 불쾌하지는 않았을 것이다. 노목공은 이러한 행위마저도 헤아리지 못했으니, 자사가 불쾌히 여기고 받지 않았던 것이다.
여기서 '양(養)' 자는 앞 절과 달리 '선양(善養)'의 의미이다. 원문 '不以君命將之'에서 '장(將)' 자는 '받들다[奉]'의 뜻으로 쓰였다. 일설에는 '보내다[送]' 혹은 '행하다[行]'라는 뜻으로 해석하기도 했으니 참고로 적어 둔다.
'복복이(僕僕爾)'란 뒤의 '자주[亟]'를 형용한 말이니 '자주 자주'의 뜻이며 자의(字義)로 보자면 '마치 하인처럼'의 뜻이다. '이(爾)' 자는 '연(然)' 자의 용법으로 쓰였다.

堯之於舜也에 使其子九男으로 事之하며 二女로 女焉하시고 百官牛羊倉廩을 備하야 以養舜於甽畝之中이러시니 後에 擧而加諸上位하시니 故로 曰 王公之尊賢者也니라."

요임금은 순임금에 대해 자식 아홉 아들로 하여금 섬기게 하고 두 딸을 시집보냈다. 백관과 우양과 창름을 갖추어 순임금을 밭갈이 하는 시골에서 받들다가 훗날 천거하여 윗자리에 올려놓았으니, 이것을 '왕공이 어진 이를 높인 것'이라고 말한다."

【補】 「만장 상 제1장」에 이미 나왔다.
'왕공이 어진 이를 높인 예[王公之尊賢]'란 예우를 다하여 받들고, 지위를 높여 높은 자리에 앉게 하고, 녹을 주어야 함을 말한다. 그렇지 못한 예로는 위의 절에서 노목공의 일화를 들었고, 잘 한 예로는 이 절을 들고 있다.
특히 선비는 일정한 일이 없으면서 녹을 받는 것은 분수에 어긋나는 일이므로 녹이라고 하는 것을 하사받을 수는 없는 일임을 강조하고 있다. 따라서 모든 녹은 조정에서 일을 한 사람에게 내려져야 함을 말하고 있다.

만장 하 제7장

萬章이 曰 "敢問不見諸侯는 何義也잇고?" 孟子 曰 "在國曰 市井之臣이오 在野曰 草莽之臣이라 皆謂庶人이니 庶人이 不傳質(지)爲臣하얀 不敢見於諸侯 禮也니라."

만장(맹자 제자)이 말했다.

"감히 여쭙겠습니다. 제후를 만나보지 않는 것은 무슨 의입니까?"

맹자가 말했다.

"나라에 있는 사람을 '시정의 신하'라고 하고, 초야에 있는 사람을 '초망의 신하'라고 하는데, 모두 서인을 말한다. 서인은 폐백을 올려 신하가 되지 않으면 감히 제후를 만나보지 않는 것이 예이다."

【補】 맹자는 서인이 그러하듯, 선비도 제후를 스스로 찾아가 보는 예가 없음을 이 절에서 지적하고 있다.

제후를 만나보지 않는 주체는 맹자를 비롯한 모든 선비인데, 여기서는 주어가 생략되어 있다. '견(見)' 자는 '자기 발로 찾아가 본다'는 뜻이 담겨 있다. '신(臣)' 자를 썼지만 모두 서인인 백성을 가리킨다.

'재국(在國)'이란 도성이 있는 곳을 가리키며, 이와는 반대로 도성이 없는 곳이 '재야(在野)'이다. '시정(市井)'이란 저잣거리나 우물에서 교역도 하고 우물을 떠 늘 사람들이 북적북적한 곳을 가리킨다. '폐백[質=贄]'을 올리는 전지(傳質)는 군신관계를 맺는 하나의 예이다.

萬章이 曰 "庶人이 召之役則往役하고 君이 欲見之하야 召之則不往見之는 何也잇고?" 曰 "往役은 義也요 往見은 不義也니라."

만장이 물었다.

"서인이 자신을 불러 일을 시키면 가서 일을 하고, 임금이 그를 만나보고자 하여 부르면 가서 보지 않는 것은 무엇 때문입니까?"

맹자가 말했다.

"가서 일하는 것은 의로운 일이고, 가서 만나보는 것은 의로운 일이 아니다."

【補】 임금이 부르면 그것이 분명 좋은 일임에도 가지 않는 스승에 대해 의문이 생겨 질문한 것이다.
맹자는 서민으로서 가서 일하는 것은 당연한 본분의 의로운 일이지만, 선비로서 스스로 찾아가 보는 것은 몸을 욕되게 하기 때문에 이를 불의로 생각하여 찾아가지 않는 것이라 답하였다.

"且君之欲見之也는 何爲也哉오?" 曰 "爲其多聞也며 爲其賢也니이다." 曰 "爲其多聞也則天子도 不召師온 而況諸侯乎아 爲其賢也則吾未聞欲見賢而召之也케라 繆公이 亟見於子思曰 '古에 千乘之國이 以友士하니 何如하니잇고?' 子思 不悅曰 '古之人이 有言曰 「事之云乎」언정 豈曰 「友之云乎리오」'하시니 子思之不悅也는 豈不曰 '以位則子는 君也요 我는 臣也니 何敢與君友也며 以德則子는 事我者也니 奚可以與我友리오' 千乘之君이 求與之友而不可得也온 而況可召與아.

(맹자가 말했다.) "또 임금이 그를 만나보고자 함은 무엇 때문인가?"

"들은 것이 많기 때문이며 현명하기 때문입니다."

"들은 것이 많기 때문이라면 천자도 스승을 부르지 않는데, 더군다나 제후가 어찌 그럴 수 있겠는가. 현명하기 때문이라면 내 현명한 이를 만나보고자 하면서 불렀다는 말은 들어보지 못하였다.

목공이 자주 자사를 뵙고 '옛날 천승의 임금이 선비와 벗을 하였다고 하는데 어떻습니까?'라고 말하니, 자사께서 기뻐하지 않고 '옛사람의 말에 「섬긴다」라고 했지, 어찌 「벗한다」라고 말했습니까.'라고 말씀하셨다.

자사께서 기뻐하지 않은 것은 '지위로 본다면 당신은 임금이고, 나는 신하이다. 내 어떻게 감히 임금과 벗할 수 있겠는가. 덕으로 보면 당신은 나를 섬기는 자이니 어떻게 나와 더불어 벗할 수 있겠는가.'라고 생각했기 때문이 아니겠는가. 천승의 임금이 함께 벗하기를 구해도 될 수 없는데, 더욱이 함부로 부를 수 있다는 말인가.

【補】 첫 말은 맹자의 말이다. '들은 것이 많다[多聞]'는 것은 해박하다는 말이며 '현명하다[賢]'라는 말은 지혜롭다는 말이니, 모두 '스승'의 의미가 담겨 있다.
여기서 '임금이 불렀다'는 말은 '아랫사람 부르듯 함부로 한다'는 의미가 담겨 있다. 노목공이 자주 자사를 만난 것은 그를 존경했기 때문이기는 하지만 실제 섬기는 예는 그렇지 못했다.(「만장 하」 제6장)

齊景公이 田할새 招虞人以旌한대 不至어늘 將殺之러니 '志士는 不忘在溝壑이오 勇士는 不忘喪其元이라'하시니 孔子는 奚取焉고 取非其招不往也시니라."

제경공이 사냥할 때 사냥꾼을 정으로 부르자 오지 않으니 장차 그를 죽이려 했었다. '뜻있는 선비라 하는 것은 시신이 도랑에 버려질 것을 잊지 않고, 용맹스러운 병사는 자기 머리 잃을 것을 잊지 않는다.'라고 했으니, 공자는 무엇을 여기에서 취하여 극찬했는가. (신분에 맞는) 부름이 아니면 가지 않은 것을 취하신 것이다."

【補】이 절부터 이하는 「등문공 하」 제1장에 나온 내용과 유사하니 함께 보면 좋다.
비유를 통해 부름을 기다리지 않고 제후를 스스로 찾아가서 만나볼 수 없음을 말한 절이다.

曰 "敢問招虞人何以니잇고?" 曰 "以皮冠이니 庶人은 以旃이오 士는 以旂요 大夫는 以旌이니라.

"감히 여쭙겠습니다. 사냥꾼을 부를 때는 무엇을 사용합니까?"
"피관을 사용한다. 서인은 전을 사용하고, 사는 기를 사용하고, 대부는 정을 사용한다.

【補】신분에 맞는 예에 대해 설명한 절이다.
'피관'은 사냥할 때에 쓰는 관(冠)으로 '피변'이라고도 한다. '서인(庶人)'은 벼슬을 하지 않은 자이고, '사(士)'는 벼슬을 이미 한 자이므로 엄연히 차이가 있다. '전(旃)'은 통비단을 가리킨다. '기(旂)'란 용 두 마리를 그린 것이다. '정(旌)'이란 꿩의 깃털을 쪼개어서 깃대의 머리에 단 것이라고 한다.

以大夫之招로 招虞人이어늘 虞人이 死不敢往하니 以士之招로 招庶人이면 庶人이 豈敢往哉리오 況乎以不賢人之招로 招賢人乎아.

대부를 부르는 것으로써 사냥꾼을 불러도, 사냥꾼은 죽음을 무릅쓰고 감히 가지 않았으니, 선비를 초빙한 것으로써 서인을 부른다면,

서인이 어찌 감히 갈 수 있겠는가. 하물며 어질지 못한 사람을 초빙한 것으로써 어진 이를 부르는 것에 있어서랴!

欲見賢人而不以其道면 猶欲其入而閉之門也니라 夫義는 路也요 禮는 門也니 惟君子 能由是路하며 出入是門也니 詩云 '周道如底(砥)하니 其直如矢로다 君子所履오 小人所視라'하니라.

어진 이를 만나보고자 하면서도 그 도로써 하지 않는다면 마치 문으로 들어가고자 하면서 문을 닫는 것과 같다. 무릇 의는 길과 같고, 예는 문과 같으니, 오직 군자만이 능히 이 길을 따르며 이 문으로 출입한다. 『시경』에 '주나라의 길이 마치 숫돌 같으니 곧음이 화살과 같다. 군자가 밟는 바이며, 소인이 우러러보는 바이다.'[2]라고 하였다.

【補】 물질적인 면, 처사적인 면에서 그 도리로써 하지 않으면 안 된다는 말이다. 즉 어진 이를 보고자 한다면 의와 예를 지켜야 한다는 뜻이다.
『시경』의 말은 세금과 상벌이 매우 공평하다는 뜻이다. 원문 '周道'를 '주나라의 길'로 보지 않고, '큰 길'로 보는 설도 있으니 참고로 적어 둔다.
'군자와 소인'은 각각 위정자와 백성을 비유하였다. '저(底)' 자는 숫돌 '지(砥)' 자와 통용되며, 독음도 '지'로 한다. 말미의 '시(視)' 자는 '우러러 보다[仰]'의 뜻으로 쓰였다.

萬章이 曰 "孔子는 君이 命召어시든 不俟駕而行하시니 然則孔子 非與잇가?" 曰 "孔子는 當仕有官職而以其官으로 召之也니라."

만장이 물었다.

2) 주나라의…… 바이다 : 「소아(小雅)、대동(大東)」에 보인다.

"공자께서는 임금이 명하여 부르면 말에 멍에하기를 기다리지 않고 가셨습니다.[3] 그렇다면 공자는 잘못하신 것입니까?"

맹자가 말했다.

"공자께서는 벼슬을 하며 맡은 관직이 있어 그 관직으로 불렀기에 그렇게 하셨다."

【補】 공자는 신하의 입장에서 임금이 불렀기 때문에 간 것이다. 그러나 위에서 말한 선비는 곧 스승이므로 스승의 입장에서 제자가 부르면 갈 수 없음을 말하고 있다.

만장 하 제8장

孟子 謂萬章曰 "一鄕之善士아 斯友一鄕之善士하고 一國之善士아 斯友一國之善士하고 天下之善士아 斯友天下之善士니라.

맹자가 만장(맹자 제자)에게 말했다.

"한 고을의 훌륭한 선비여야만 또 다른 한 고을의 훌륭한 선비와 벗할 수 있고, 한 나라의 훌륭한 선비이어야만 또 다른 한 나라의 훌륭한 선비와 벗할 수 있고, 천하의 훌륭한 선비이어야만 천하의 훌륭한 선비와 벗할 수 있다.

【補】 도량을 키워야 큰 사람의 벗을 만날 수 있고, 또 좋은 사람을 찾기 이전에 자신의 인품을 먼저 닦아야 함도 말하고 있다.
'한 고을의 훌륭한 선비[一鄕之善士]'란 그 고을에서 훌륭한 인물

3) 공자께서는…… 가셨습니다 : 『논어』, 「향당(鄕黨)」 제13장에 보인다.

이라고 평가받는 자를 지칭한다. '선(善)' 자는 '뛰어난, 훌륭한'의 뜻이며, '우(友)' 자는 동사 '벗하다'로 쓰였다. '사(斯)' 자는 '곧[則]'이라는 말이다.

以友天下之善士로 爲未足하야 又尙論古之人하나니 頌其詩하며 讀其書호대 不知其人이 可乎아 是以로 論其世也니 是尙友也니라."

천하의 훌륭한 선비와 벗하는 것을 부족하다고 여겨 또 위로 옛사람들과 논해야 하니, 옛 사람들의 시를 외우며 옛 사람들의 글을 읽으면서도 그 사람을 알지 못한다면 되겠는가. 이 때문에 그 세상을 논하는 것이니, 이것이 위로 옛 사람들을 벗하는 것이다."

【補】 천하의 좋은 친구들은 당세를 뛰어 넘어 천고에까지 있음을 말하고 있다. 이른바 '상우천고(尙友千古)'라고 한다.
'송(頌)' 자는 대개 '칭송하다'의 뜻이나 여기서는 '외우다, 암송하다[誦]'의 뜻으로 쓰였다. '상(尙)' 자는 '올라가다, 위로[上]'와 같은 뜻으로 쓰였다.

만장 하 제9장

齊宣王이 問卿한대 孟子 曰 "王은 何卿之問也시니잇고?" 王曰 "卿이 不同乎잇가?" 曰 "不同하니 有貴戚之卿하며 有異姓之卿하니이다." 王曰 "請問貴戚之卿하노이다." 曰 "君有大過則諫하고 反覆之而不聽則易(역)位니이다."

제선왕이 경(卿)에 대해 맹자에게 묻자, 맹자가 대답했다.

"왕은 어떤 경을 물으십니까?"

제선왕이 말했다.

"경이 같지 않습니까?"

"같지 않습니다. 귀척의 경이 있으며, 성이 다른 경이 있습니다."

"귀척의 경에 대해 묻습니다."

"임금이 큰 잘못이 있으면 간언하고, 반복하여도 듣지 않으면 임금의 자리를 바꿉니다."

【補】 경에 대해 질문한 것은, 경이 어떤 역할인지를 물은 것이다. '귀척의 경[貴戚之卿]'은 왕실과 같은 성씨[同姓]를 지닌 자들이다. 이들은 임금과 함께 하는 것이 아니라, 나라와 함께 한다. '이성의 경[異姓之卿]'이란 군신의 의로써 모인 사람들이다. '큰 잘못[大過]'이란 종묘사직을 망하게 할 정도의 일을 가리키는 것으로 즉 나라를 망하게 할 만한 잘못을 가리킨다. '반복지(反覆之)'는 삼간(三諫)을 일컫는다.

王이 勃然變乎色하신대,

왕이 발연히 얼굴빛을 변하자,

【補】 '발연(勃然)'은 얼굴빛을 변하는 모양이다. 대개 '~연(然)'은 모양을 나타내는 글자인데 뒤에 나오는 글자를 보면 그 뜻을 유추할 수 있다. 여기에서처럼 얼굴빛이 나오기 때문에 당황하는 얼굴빛을 말하는 형용사로 '발연'이 쓰인 것이다.

曰 "王은 勿異也하소서 王이 問臣하실새 臣이 不敢不以正對호이다."

맹자가 말했다.

"왕은 이상하게 생각하지 마십시오. 왕께서 신에게 물으셨기에 신이 감히 바르게 대답하지 않을 수 없었습니다."

王이 色定然後에 請問異姓之卿하신대 曰 "君이 有過則諫하고 反覆之而不聽則去니이다."

왕이 얼굴빛이 안정된 뒤에 이성의 경에 대하여 묻자, 맹자가 말했다.

"임금이 과오가 있으면 간언하고, 반복하여도 듣지 않으면 (이성의 경은) 떠나갑니다."

【補】 앞서 '귀척의 경'에 대해서는 큰 잘못[大過]에 대해 말했으나, 여기에서는 단순한 과오[過]를 말했으니, '이성의 경'은 하찮은 잘못만 있어도 용납될 수 없음을 말하고 있다.
'유과(有過)'란 앞 절의 '대과(大過)'의 상대되는 말로 '소과(小過)'라는 말이다. '거(去)' 자는 치사(致仕)한 후 떠난다는 말이다.

제11부

고자 장구 상(凡二十章)

고자 상 제1장

告子 曰 "性은 猶杞柳也요 [仁]義는 猶桮棬也니 以人性爲仁義 猶以杞柳爲桮棬이니라."

고자가 말했다.

"성은 버드나무와 같고, [인]의는 아름다운 그릇과 같습니다. 사람의 본성으로써 인의를 행하는 것은 버드나무를 가지고 아름다운 그릇을 만드는 것과 같습니다."

【補】 고자의 이름은 불해(不害)이다. 그는 『순자』 권17의 「성악」에 "인간의 본성은 악하니, 그 선한 것은 거짓이다[人之性은 惡이니 其善者는 僞也냐]."라는 구절에 사상적 기저를 두고 있으며, 실제 인성론은 성무선악설(性無善惡說)이다.

순자는 인간이란 태어나자마자 먹을 것을 움켜주면 자신의 입으로 가는 이기적 속성을 지닌, 악한 점이 있다고 봤다. 이는 인간의 본연성이 아닌 기질성으로 파악한 것이다. 하지만 맹자는 기질성이 아닌 본연성으로 봤다. 이러한 맹자의 성선설과 순자의 성악설은 인간의 본성을 어떻게 보는지 중요한 이론이 되었다.

'기류(杞柳)'는 물가에 나는 버드나무이니, 성품이 기류와 같다는 말은 '성품은 아름답지 못한 나무토막과 같다'는 뜻이다. '배권(桮棬)'은 버들가지를 휘어 엮은 그릇이니, '의는 배권과 같다'는 말은 '의는 아름다운 그릇과 같다'는 뜻이다.

원문은 '의(義)' 자 한 글자만 있지만 뒷 절과의 연관성이나 문맥으로 봐서 '인(仁)' 자를 넣어 보는 것이 마땅할 듯하다.

孟子 曰 "子 能順杞柳之性而以爲桮棬乎아 將戕賊杞柳而後에 以爲桮棬也니 如將戕賊杞柳而以爲桮棬이면 則亦將戕賊人하야 以爲仁義與아 率天下之人而禍仁義者는 必子之言夫인저."

맹자가 말했다.

"당신은 버드나무의 성질을 잘 따라 아름다운 그릇을 만듭니까? 장차 버드나무를 파괴한 뒤에야 아름다운 그릇을 만들 것이니, 만일 장차 버드나무를 파괴하여 아름다운 그릇을 만든다면, 또한 장차 인성을 파괴하여 인의를 한다는 말입니까? 천하 사람들을 몰아 인의를 해치게 할 것은 반드시 당신의 이 말일 것입니다."

【補】 자연의 성품에 따른 것이 바로 성선(性善)이다. 즉 맹자는 버드나무의 성질을 따라 아름다운 그릇을 만드는 것처럼, 성품에 따라 드러나는 인성이 착하다고 봤다. 이것이 맹자의 성선설이다. '장적(戕賊)'이라는 말은 본성 그 자체를 파괴하는 것을 뜻한다. '장적인(戕賊人)'에서의 '인(人)' 자가 바로 본성[性]을 의미한다.

고자 상 제2장

告子 曰 "性은 猶湍水也라 決諸東方則東流하고 決諸西方則西流하나니 人性之無分於善不善也 猶水之無分於東西也니라."

고자가 말했다.

"성은 소용돌이치는 물과 같습니다. 동쪽으로 터놓으면 동쪽으로 흐르고, 서쪽으로 터놓으면 서쪽으로 흐릅니다. 사람의 성이 선과 불선에 구분이 없는 것은, 마치 물이 동쪽과 서쪽에 구분이 없는 것과 같습니다."

【補】 고자의 인성론이 성무선악설(性無善惡說)에 있음을 말하고 있는 절이다.
'소용돌이치는 물[湍水]'이란 어디로 흐를지 결정되지 않은 물의 속성을 의미한다. 따라서 어느 방향으로 터놓느냐에 따라 다르게 된다. '결(決)' 자는 인간의 작위(作爲)를 뜻한다.

孟子 曰 "水 信無分於東西어니와 無分於上下乎아 人性之善也 猶水之就下也니 人無有不善하며 水無有不下니라.

맹자가 말했다.

"물은 진실로 동쪽과 서쪽에 구분이 없지만 상하의 구분도 없습니까? 인성의 선한 것은 물이 아래로 내려가는 것과 같으니, 사람은 불선한 사람이 없으며, 물은 아래로 내려가지 않는 것이 없습니다.

【補】 물이 거꾸로 흐를 수 없는 것처럼, 사람 또한 불선이 있을 수 없음을 말하고 있다.

今夫水를 搏而躍之면 可使過顙이며 激而行之면 可使在山이어니와 是豈水之性哉리오 其勢則然也니 人之可使爲不善이 其性이 亦猶是也니라."

지금 물을 쳐서 튀어 오르게 하면 이마를 지나게 할 수 있고, 물길을 가두었다 흘러가게 하면 산에다가 놓게 할 수 있지만, 이것이 어찌 물의 성질이겠습니까? 사세가 그렇게 만든 것입니다. 사람이 불선을 하도록 만든 것은 그 성 또한 이와 같은 것입니다."

【補】 사람이 악하게 되는 것은 사세(事勢)가 그렇게 만든 것이라는 뜻이다.

쳐서 튀어 오르게 하는 것은 작은 것이고, 물길을 가두었다 흘러가게 하는 것은 큰 것이다. 이처럼 이 둘 모두 물의 성질은 변함이 없는 것인데도 사세가 그렇게 만든 것이라는 말이다. 즉 인간의 본성 또한 물욕(物慾)에 눈이 멀어 불선하게 되니 역시 사세로 말미암는 것임을 말하고 있는 것이다.

'박(搏)' 자는 앞서 순(順)의 반대말인 '역(逆)' 자와 같은 뜻으로 쓰였다. '격(激)' 자는 물길을 가두었다 흘러가게 하는 것인데, 본문을 보면 역류시키는 것으로 쓰였다.

고자 상 제3장

告子 曰 "生之謂性이니라."

고자가 말했다.

"삶 자체를 성이라고 말합니다."

【補】 고자는 인간의 본성이 생활상에서 교육에 의해 정해진다고 본 것이다. '생(生)' 자는 지각과 운동을 말한다.

孟子 曰 "生之謂性也는 猶白之謂白與아?" 曰 "然하다.", "白羽之白也 猶白雪之白이며 白雪之白이 猶白玉之白與아?" 曰 "然하다."

맹자가 말했다.

"삶을 일러 성이라 말하는 것은 백색을 백색이라고 하는 것과 같습니까?"

고자가 말했다.

"그렇습니다."

"그렇다면 하얀 깃털의 백색이 하얀 눈의 백색과 같으며, 하얀 눈의 백색이 백옥의 백색과 같습니까?"

"그렇습니다."

【補】 맹자의 논의를 정리하면, '새 털의 가볍게 느껴지는 백색이, 차갑게 느껴지는 하얀 눈[雪]과 같으며, 차갑게 느껴지는 하얀 눈의 백색이, 아름답게 느껴지는 백옥의 백색과 같을 수는 없다'는 말이다.

"然則犬之性이 猶牛之性이며 牛之性이 猶人之性與아?"

(맹자가 말했다.) "그렇다면 개의 성이 소의 성과 같으며, 소의 성이 사람의 성과 같습니까?"

【補】 맹자는 인간과 동물 모두 육신을 지니고는 있지만, 인간에게는 영성이라는 정신, 즉 고유성을 지니고 있다고 봤다.
고자가 앞 절에서 말한 '생(生)' 자가 여기서의 '성(性)' 자에 해당된다. 따라서 위의 절에 있는 맹자의 질문은 개의 삶과 소의 삶, 그것들의 지각과 운동이 결코 사람과 같을 수 없다는 말이다.

고자 상 제4장

告子 曰 "食色이 性也니 仁은 內也라 非外也요 義는 外也라 非內

也니라."

고자가 말했다.

"맛있는 음식을 즐기고 이성을 탐하는 것이 성입니다. 인은 내면에 있고 외면에 있는 것이 아니며, 의는 외면에 있고 내면에 있는 것은 아닙니다."

【補】 고자의 의외설(義外說)이다.
음식과 이성을 탐하는 것은 입과 몸이 추구하는 욕심이다. 즉 인간의 본성 가운데 하나인데, 고자는 이 육신만을 인간의 본성으로 보고 있음을 알 수 있다.
'인(仁)' 자는 '애(愛)' 자와 같은 뜻으로 쓰였다.

孟子 曰 "何以謂仁內義外也오?" 曰 "彼長而我長之라 非有長於我也니 猶彼白而我白之라 從其白於外也라 故로 謂之外也라하노라."

맹자가 말했다.

"무엇 때문에 인은 내면에 있고, 의가 외면에 있다고 말합니까?"

고자가 말했다.

"저 어른으로서 내가 그를 어른으로 여기는 것이지, 나에게 있어서 그를 어른으로 섬기는 것은 아닙니다. 마치 저 백인으로서 내가 그를 백인이라 여겨 저 백색을 외면에 있는 것으로 따르기 때문에 외면에 있다고 말하는 것입니다."

【補】 고자는 백인의 백색이 마음에 따르는 것이 아니라, 바로 외면으로 보이는 것이기 때문에 따른다고 말하고 있다.
일설에는 '백(白)' 자를 '백인'으로 보지 않고 '백색'으로 보는 설도 많은데, 본서는 아래 절에 의거하여 '백인'으로 봤다.

曰 "(異於)白馬之白也는 無以異於白人之白也어니와 不識케라 長馬之長也 無以異於長人之長與아 且謂長者 義乎아 長之者 義乎아?"

맹자가 말했다.

"흰 말의 백색은 백인의 백색과 다를 것이 없습니다. 자세히 알지는 못하겠지만, 늙은 말을 불쌍히 여기는 것과 노인을 존경하는 것이 차이가 없다는 말입니까? 또 노인을 의라고 여깁니까, 어른을 어른으로 높이는 것을 의라고 여깁니까?"

【補】 '이어(異於)' 두 글자는 연문(衍文)이므로 읽지 않는 것이 일반적이다. 당나라 학자 장일(張鎰)도 " '이어(異於)' 두 글자는 마땅히 연문(衍文)이어야 할 것이다."라고 했다.
원문 '長馬之長也'에서 뒤의 '장(長)' 자는 '늙다[老]'의 뜻이고, '長之者 義乎'에서 '장(長)' 자는 '노인으로 여기는 마음'의 뜻이니 같은 글자이지만 뜻은 서로 다르다. '지(之)' 자는 '어른'을 가리킨다.

曰 "吾弟則愛之하고 秦人之弟則不愛也하나니 是는 以我爲悅者也라 故로 謂之內요 長楚人之長하며 亦長吾之長하니 是는 以長爲悅者也라 故로 謂之外也라하노라."

고자가 말했다.

"내 아우면 사랑하고, 진나라 사람의 아우면 사랑하지 않으니, 이는 내 마음으로 기쁨을 삼은 것입니다. 그러므로 내면에 있다고 말한 것입니다.

초나라 사람의 어른을 어른으로 여기고, 또한 내 어른을 어른으로 여기니, 이는 어른으로 기쁨을 삼은 것입니다. 그러므로 외면에 있다고 말한 것입니다."

【補】 이 절은 두 문장으로 나눌 수 있는데, 앞의 문장은 인내설(仁內說)에 해당되고, 뒤의 문장은 의외설(義外說)에 해당된다. 고자의 의외설은 결국 외물을 보고 대처하는 마음이다.
'열(悅)' 자는 동생에게 있어서 '애(愛)' 자와 같고, 어른에게 있어서는 '경(敬)' 자와 같은 뜻으로 쓰인 글자이다.

曰 "耆秦人之炙 無以異於耆吾炙하니 夫物이 則亦有然者也니 然則耆炙도 亦有外與아?"

맹자가 말했다.
"진나라 사람이 구운 고기를 즐기는 것은, 내가 구운 고기를 좋아하는 것과 다를 것이 없습니다. 무릇 물건에 있어서는 또한 그런 것이 있습니다. 그렇다면 구운 고기를 좋아하는 것도 또한 외면에 있다는 말입니까?"

【補】 음식은 외적인 것이지만, 그것을 좋아하고 즐기는 본성은 내적인 것임을 밝히고 있다.
'기(耆)' 자는 '좋아하다[嗜]'의 뜻이다. 즉 음식을 즐기는 것으로써 본성을 말했으니, 이 절의 핵심이 이 글자에 있다. '진나라 사람'이란 그저 '내가 모르는 남, 타인' 정도가 된다.
물론 '의'라고 하는 것은 사물에 적절하게 대응하는 것으로 외물에 대한 대처이다. 그러나 외물 자체에 있는 것이 아니라 그에 걸맞게 대처하게 하는 것은 내면에 존재한다는 것이 의내설이다.

고자 상 제5장

孟季子 問公都子曰 "何以謂義內也오?"

맹계자가 공도자(맹자 제자)에게 말했다.

"무엇 때문에 의가 내면에 있다고 말합니까?"

【補】 맹계자는 맹중자의 아우라는 설과, '맹(孟)' 자가 연문으로 봐서 다른 인물일 것이라는 주장이 있으나 모두 자세하지 않다. 그는 의가 내면에 있다는 의내설을 이해하지 못했으므로, 맹자 제자 가운데 학문이 높다고 생각된 공도자에게 질문한 것이다.

曰 "行吾敬故로 謂之內也니라."

공도자가 말했다.

"내가 공경하는 마음을 행하기 때문에 내면에 있다고 말합니다."

【補】 공도자는 앞서 맹자가 말한 '장지자(長之者)'를 '행오경(行吾敬)'이라는 표현을 써서 의내설을 밝히고 있는 것이다.

"鄕人이 長於伯兄一歲면 則誰敬고?" 曰 "敬兄이니라.", "酌則誰先고?" 曰 "先酌鄕人이니라.", "所敬은 在此하고 所長은 在彼하니 果在外라 非由內也로다."

(맹계자가 말했다.) "고을 사람이 큰 형보다 한 살 많다면 누구를 공경합니까?"

공도자가 말했다.

"형을 공경합니다."

"술을 따를 때에는 누구에게 먼저 해야 합니까?"

"고을 사람에게 먼저 해야 합니다."

"공경하는 것은 큰 형에게 있고, 어른으로 높이는 것은 고을 사람에게 있으니, 의는 과연 외면에 있는 것이지 내면에 있는 것이 아닙니다."

公都子 不能答하야 以告孟子한대 孟子 曰 " '敬叔父乎아 敬弟乎아' 하면 彼將曰 '敬叔父라'하리라 曰 '弟爲尸則誰敬고?'하면 彼將曰 '敬弟라' 하리라. 子曰 '惡(오)在其敬叔父也오'하면 彼將曰 '在位故也라'하리니 子亦曰 '在位故也라'하라 庸敬은 在兄하고 斯須之敬은 在鄕人하니라."

공도자가 답변하지 못하여 맹자께 질문하자, 맹자가 말했다.

"만일 자네가 '숙부를 공경합니까, 아우를 공경합니까?' 하고 물으면, 계자는 '숙부를 공경합니다.'라고 대답할 것이다.

'아우가 시동이 되면 누구를 공경합니까?' 하고 물으면, 계자는 '아우를 공경합니다.'라고 대답할 것이다.

'숙부를 공경한다는 것은 어디에 있습니까?' 하고 물으면, 계자는 '시동의 자리에 있기 때문입니다.'라고 대답할 것이다.

이제 자네는 또한 '고을 사람이 손님의 자리에 있기 때문입니다.'라고 말하면 된다. 이는 평상시 공경은 형에게 있고, 잠시의 공경은 고을 사람에게 있는 것이다."

【補】 공도자는 사람에 따라 일시적 상황, 즉 특수한 상황에 대해

이해하지 못했기 때문에 대답하지 못한 것이다.
'시동[尸]'은 제사를 지내는 신주(神主)이다. 예를 들어 조부의 제사를 지낼 때에, 아우가 시동이 되면 조부의 역할을 하기 때문에 상황이 바뀐 것이다. 따라서 그를 공경하는 것은 아우를 공경하는 것이 아니라 조부의 역할을 하는 아우를 공경한 것이 된다.
'재위(在位)'는 특수한 상황을 말하며, '용경(庸敬)'은 보편적인 상황을 말한다. '잠깐의 공경[斯須之敬]'이란 잠깐의 특수한 상황을 말한다. '고(告)' 자는 '묻다[問]'의 뜻으로 쓰였다.

季子 聞之하고 曰 "敬叔父則敬하고 敬弟則敬하니 果在外라 非由內也로다." 公都子 曰 "冬日則飮湯하고 夏日則飮水하나니 然則飮食도 亦在外也로다."

계자가 이 말을 듣고 말했다.

"숙부를 공경하게 되면 숙부를 공경하고, 아우를 공경하게 되면 아우를 공경하니, (의는) 과연 외면에 있는 것이지 내면에 있는 것이 아닙니다."

공도자가 말했다.

"겨울에는 따뜻한 물을 마시고 여름에는 시원한 물을 마십니다. 그렇다면 음식 또한 외면에 있는 것이 됩니다."

【補】 공도자는, 맹자가 말한 의내설을 잘 이해하고서 전에 말하지 못했던 계자의 의외설에 대해 반박하고 있다.
만약 음식도 외면에 있는 것이라면 겨울에 시원한 물을 가져다 줘도 이를 마시고, 여름에 따뜻한 물을 가져다주면 이를 마셔야 된다. 따라서 음식을 먹는 것은 외적인 것이 아니라, 마음에 있는 것이라는 의내설로 다시 귀결하게 된다.

고자 상 제6장

公都子 曰 "告子 曰 '性은 無善無不善也라'하고,

공도자(맹자 제자)가 말했다.

"고자는 '성은 선함도 없고 불선도 없다.'라고 말했습니다.

【補】 앞서 2장에서 나온 것처럼, 고자는 인간의 본성을 소용돌이 치는 물[湍水]과 같아 어느 쪽으로 흐르게 하느냐에 따라 달라진다고 봤다.

或曰 '性은 可以爲善이며 可以爲不善이니 是故로 文武 興則民이 好善하고 幽厲 興則民이 好暴라'하고,

혹자는 '성은 선할 수도 있으며 불선할 수도 있으니 이 때문에 문왕과 무왕이 일어나면 백성이 선을 좋아하고, 유왕과 여왕이 일어나면 백성이 포악함을 좋아한다.'라고 말합니다.

【補】 문왕은 서백 창(昌)이며, 무왕은 그의 아들이다. 은나라 말엽 주왕이 폭정을 계속하자 이를 정벌하여 주나라를 세운 왕이 바로 무왕이다. '문왕과 무왕이 일어난다'는 말은, 선한 사람이 정치를 한다는 뜻이다.

'유왕와 여왕'은 주나라 왕들(여왕이 10대, 유왕이 12대)로 천자의 자리에 올라 신하들의 간언에도 불구하고 이익을 탐하고 포악하며 사치스럽고 교만했던 왕들이다. '유왕과 여왕이 일어난다'는 말은, 불선한 사람이 정치를 한다는 뜻이다.

각기 어떻게 정사를 펼치느냐에 따라 백성이 선을 좋아하기도 하고, 포악함을 좋아하기도 하니, 이처럼 환경에 의해 바뀌는 것으로 본다면, 인간의 본성은 정해져 있지 않음을 여기에서 말하고 있다.

성의 유동성을 여기에서는 '가이(可以)'로 표현하고 있다.

或曰 '有性善하며 有性不善하니 是故로 以堯爲君而有象하며 以瞽叟爲父而有舜하며 以紂爲兄之子요 且以爲君而有微子啓王子比干이라'하나니,

혹자는 '성이 선함도 있고, 성이 불선함도 있다. 그러므로 요는 임금이 되어도 상이 있었으며, 고수를 아버지로 삼았는데도 순임금이 있었으며, 주왕을 형의 아들로 삼고 또 임금이 되었는데도 미자 계와 왕자 비간이 있었다.'라고 말합니다.

【補】 앞 절에서 성이 정해지지 않았다는 설과는 달리, 이 절에서는 성이 이미 정해져 있음을 말하고 있다. 즉 군신 간(요임금과 상)과 부자간(고수와 순임금)과 숙질 간(미자 계와 왕자 비간)에도 선한 자와 불선한 자가 고정되어 있다는 예를 통해 밝히고 있다. 성의 고정성을 여기서는 '유(有)' 자로 표현하고 있다.
미자 계는 상나라가 멸망한 뒤에 주나라 성왕에게 송(宋)의 제후로 봉(封)해졌다. 왕자 비간은 주왕의 숙부이다. 사람됨이 곧고 강직하여 주왕의 폭정을 바로잡기 위해 간언하다가 '성인의 심장에는 구멍이 일곱 개가 있다고 하는데 어디 확인해 보자.'며 살해당했다는 고사가 전한다.

今曰 '性善이라'하시니 然則彼皆非與잇가?"

오늘날 선생님께서는 '성이 선하다.'라고 말씀하시니, 그렇다면 저들은 모두 틀린 것입니까?"

【補】 '저들[彼]'이란, 성은 선함도 없고 불선도 없다는 설[性無善無不善]과, 성은 선할 수도 있고 불선할 수도 있다는 설[性可以爲善不善]과, 성이 선함도 있고 불선함도 있다는 설[有性善有性不善] 등 '삼학설(三學說)'을 가리킨다.

孟子 曰 "乃若其情則可以爲善矣니 乃所謂善也니라.

맹자가 말했다.

"그 정으로 말한다면 선하다고 할 수 있으니, 곧 이른바 성선이다.

【補】 '그 정(情)'이란 인간의 성을 말한다. 그 정과 성은 곧 '사단(四端)'을 말하는 것으로 뒤의 절에서 다시 나온다.
'내약(乃若)'은 발어사로서 해석하지 않는 것이 일반적이나, '약(若)' 자를 '따르다[順]'의 뜻으로 보기도 하고, '마치, ~처럼[如]' 등으로 해석하기도 하니 참고로 적어 둔다.

若夫爲不善은 非才之罪也니라.

예컨대, 불선을 하는 것은 재질의 죄가 아니다.

【補】 앞서 선을 말하고 뒤에서 불선을 말하며 이를 분리한 뒤에 자세한 말은 뒤에 다시 말하고 있다. '재(才)' 자는 '사단으로 향하는 재주'를 의미한다.

惻隱之心을 人皆有之하며 羞惡之心을 人皆有之하며 恭敬之心을 人皆有之하며 是非之心을 人皆有之하니 惻隱之心은 仁也요 羞惡之心은 義也요 恭敬之心은 禮也요 是非之心은 智也니 仁義禮智 非由外鑠我也라 我固有之也언마는 弗思耳矣니 故로 曰 '求則得之하고 舍則失之라' 하니 或相倍蓰而無算者는 不能盡其才者也니라.

불쌍히 여기는 마음을 사람마다 다 가지고 있고, 부끄러워하는 마음을 사람마다 다 가지고 있으며, 공경하는 마음을 사람마다 다 가지고 있고, 옳고 그름을 가릴 줄 아는 마음을 사람마다 다 가지고 있다.

불쌍히 여기는 마음은 인이고, 부끄러워하는 마음은 의이며, 공경하는 마음은 예이고, 옳고 그름을 가릴 줄 아는 마음은 지이다. 인의예지가 밖으로부터 나를 녹여서 들어오는 것이 아니고 내가 본래 소유한 것이지만 생각하지 못할 뿐이다. 그러므로 '구하면 얻고, 버리면 잃는다.'라고 말한다. 혹 그 선악의 서로 거리가 2배가 되고 5배가 되며 계산 할 수 없을 지경에 이르는 것은 그 재질을 다하지 못했기 때문이다.

【補】「양혜왕 상」 제6장에 이미 나왔다.
다만 이 절에서는 '공경하는 마음'이라고 했는데 앞 장에서는 "사양하는 마음[辭讓之心]"으로 되어 있으니, 뜻은 같다.
2배가 되고 5배가 되고 계산할 수 없는 지경에 이르는 주체에 대해 '노력하는 사람'으로 보기도 하고, '선악의 거리'로 보기도 한다. 본서에서는 전자로 봤다.
'재질을 다하지 못했다[不能盡其才]'는 말은 사단을 확충하지 못했다는 말이다.

詩曰 '天生蒸民하시니 有物有則(측)이로다 民之秉夷(彝)라 好是懿德이라'하야늘 孔子 曰 '爲此詩者 其知道乎인저 故로 有物이면 必有則이니 民之秉夷也故로 好是懿德이라'하시니라."

『시경』에 '하늘이 많은 사람을 내었으니, 사물이 있으면 법이 있다. 사람들이 마음에 떳떳한 본성을 가지고 있기에, 이 아름다운 덕을 좋아 한다.'[1]라고 했는데, 공자께서 '이 시를 지은 사람은 그 도를 알 것이다. 그러므로 사물이 있으면 반드시 법이 있으니, 사람들이 떳떳한 본성을 가지고 있기 때문에 이 아름다운 덕을 좋아 한다.'라

1) 하늘이…… 한다 : 「대아(大雅)ㆍ증민(蒸民)」이다. 『시경』에는 '증(蒸)' 자가 증(烝)으로 되어 있으며, '이(夷)' 자가 이(彝)로 되어 있다.

고 말씀하셨다."

【補】'사물이 있으면 법이 있다'는 말은, 예를 들어 부자(父子)가 있으면 인(仁)이 있는 것과 같다. '아름다운 덕을 좋아하는 것'은 앞서 나온 정(情)을 가리키며 구체적으로 사단(인의예지)을 뜻한다. '이(夷)' 자는 '이(彝)' 자와 같은 뜻이다. '덕(德)' 자는 선(善)의 뜻이다.

고자 상 제7장

孟子 曰 "富歲엔 子弟 多賴하고 凶歲엔 子弟 多暴(포)하니 非天之降才 爾殊也라 其所以陷溺其心者 然也니라.

맹자가 말했다.

"풍년에는 자제들이 (선함에) 힘입는 바가 많고, 흉년에는 자제들이 포악함이 많으니, 하늘이 재질을 주는 것은 그리 특별한 것이 아니라, 그들이 그 마음을 빠뜨리는 것이 그렇게 만드는 것이다.

【補】외적 환경에 의해 사람이 쉽게 바뀔 수 있음을 말하고 있다. 즉 하늘에서 내려준 재질은 같은데, 그 마음을 어떻게 간직하느냐에 따라 달라진다는 말이다.

'다뢰(多賴)'의 반대말은 무뢰(無賴)이다. 즉 선에 힘입는 바가 없는 자들이 바로 무뢰배인 것이다. '뢰(賴)' 자에 대해서는 대개 '(선에) 힘입다', '의뢰하다' 등으로 해석하고, '얌전하다', '게으르다' 등으로 해석하기도 한다.

'이(爾)' 자는 '이처럼', '그렇게[然]'의 뜻으로 쓰였다. '마음을 빠뜨리다[陷溺]'라는 말은 '입과 배만을 채우려 하는 육신에 대한 욕심[口腹之心]'의 의미로 쓰였다.

今夫麰麥을 播種而耰之호대 其地 同하며 樹之時 又同하면 浡然而生하야 至於日至之時하야 皆熟矣나니 雖有不同이나 則地有肥磽(요)하며 雨露之養과 人事之不齊也니라.

지금 모맥을 씨앗 뿌리고 흙을 잘 덮어 두었는데, 그 땅이 같으며 씨앗을 뿌렸던 시기가 또 같으면 무성하게 싹이 나와서 곡식이 익는 날에 이르러 모두 익는다. 비록 똑같지 않은 것이 있지만, 땅이 비옥하고 척박함이 있으며 비와 이슬의 배양과 사람이 가꾸는 일이 똑같지는 않다.

【補】 예를 들어 330㎡(100평)의 땅에 농사를 짓는다고 한다면, 수확은 충분히 다를 수 있다. 이는 땅의 비옥함과 척박함, 비와 이슬의 배양, 사람이 어떻게 일을 했는지에 따라 다르다. 그렇다 할지라도 익는 속성만은 같으니 모두 인간의 본성을 말하고자 비유를 든 것이다.

'모맥'에 대해서는 '보리'로 보는 설이 일반적이다. 그러나 '모'는 밀, '맥'은 보리로 나누어 보는 설, '대맥(大麥)'은 보리이고, '소맥(小麥)'은 밀로 보는 설, 봄에 씨를 뿌리는 것이 '대맥'이고, 가을에 씨를 뿌리는 것을 '소맥'으로 보는 설 등 다양하게 있어 참고로 적어 둔다.

'우(耰)'는 씨를 뿌린 후 흙을 덮는 데에 쓰는 농기구를 가리키는데 여기서는 동사로 쓰여 '흙을 덮다'의 뜻이다. '일지(日至)'는 곡식이 익을 날을 가리키니 여기서는 하지(夏至)가 이에 해당한다. 「이루 하」 제26장에서는 '동지'라는 뜻으로 쓰였으니, 하지와 동지에 모두 쓴다. '요(磽)'는 메마르고 척박한 땅을 가리킨다.

故로 凡同類者 擧相似也니 何獨至於人而疑之리오 聖人도 與我同類者시니라.

그러므로 무릇 동류라는 것은 모두 서로 비슷한데, 어찌 유독 사람에 이르러 의심을 하겠는가. 성인도 나와 더불어 동류이다.

【補】 이른바 '부류가 같으면 서로 같다'는 '동류상사법(同類相似法)'이 바로 이것이다. 즉 외형이 같으면 내면도 같다는 논리인데, 우리도 성인과 같이 선한 마음을 가지고 있음을 강조한 절이다.

故로 龍子 曰 '不知足而爲屨라도 我 知其不爲蕢也라'하니 屨之相似는 天下之足이 同也일새니라.

그러므로 용자(옛날 현인)가 '발의 크기를 알지 못하고 신발을 만들더라도, 나는 그가 터무니없는 삼태기를 만들지 않을 줄을 안다.'라고 했으니, 신발이 서로 비슷함은 천하 사람들의 발이 유가 같기 때문이다.

【補】 신발을 만드는 사람은 신는 사람의 발 크기를 모르기 때문에 신발을 만들더라도 크기가 조금 크고 작음만 있을 뿐, 삼태기처럼 터무니없게 크게 만들지는 않는 법이라는 말이다.
'기(其)'는 짚신을 만드는 사람을 가리킨다. '위(爲)' 자는 '만들다[作]'의 뜻으로 쓰였다.

口之於味에 有同耆也하니 易牙는 先得我口之所耆者也라 如使口之於味也에 其性이 與人殊 若犬馬之與我不同類也면 則天下 何耆를 皆從易牙之於味也리오 至於味하야는 天下 期於易牙하니 是는 天下之口相似也일새니라.

입이 맛에 있어서 똑같이 즐기는 것이 있다. 역아는 우리 입이 즐기는 것을 먼저 안 사람이다. 만일 입이 맛에 있어서, 그 성이 남들과 더불어 다른 것이 마치 개나 말이 우리와 동류가 아닌 것처럼 다르다면, 천하 사람들이 어찌 맛을 즐기기를 모두 역아가 조리한 맛을 따르듯이 하겠는가. 맛에 이르러서는 천하의 사람들이 모두 역아를 기약하니 이는 천하 사람들의 입이 서로 같기 때문이다.

【補】 이 절은 가정법(假定法)으로 쓰였다.
'역아'는 춘추 시대 제(齊)나라 사람으로, 맛에 대해 잘 안 인물이다. 환공(桓公)의 음식을 만들던 요리사로, 당대 제일가는 요리 솜씨를 지녔다고 한다. (참고로 환공이 늘 새롭고 기이한 음식을 맛보기를 원하자 자기 자식을 죽여서 음식을 만들어 바친 인물이다. 너무 심한 행위를 한 사람의 대명사로 쓰이기도 한다.)

惟耳도 亦然하니 至於聲하야는 天下 期於師曠하나니 是는 天下之耳 相似也일새니라.

귀 또한 그러하니 소리에 이르러서는, 천하 사람들이 태사 광을 기약한다. 이는 천하 사람들의 귀가 서로 같기 때문이다.

【補】 태사 광은 비상한 청력을 지닌 자로서, 그가 만든 음악은 천하 사람들이 모두 아름답게 여겼다. 하지만 만약 동물에게 태사 광의 음악을 들려준다면 동물은 싫어할 수도 있다. 이는 동물과 사람이 다르기 때문임을 강조하기 위해 이러한 비유를 사용했다.

惟目도 亦然하니 至於子都하야는 天下 莫不知其姣也하니 不知子都之姣者는 無目者也니라.

눈 또한 그러하니 자도에 이르러서는 천하가 그 아름다움을 알지 못하는 사람이 없다. 자도의 아름다움을 알지 못하는 사람은 눈이 없는 자이다.

【補】 자도의 아름다움을 알아보는 것은 인간이지 동물이나 다른 생물은 아님을 말하고 있다. 역시 동류상사법으로 비유를 들어 설명하고 있다.
앞 절에서 예로 든 '태사 광'이나 이 절의 '자도'에 대해서는 이미 「이루 상」 제1장에 나왔다.

故로 曰 '口之於味也에 有同耆焉하며 耳之於聲也에 有同聽焉하며 目之於色也에 有同美焉'하니 至於心하야 獨無所同然乎아 心之所同然者는 何也오 謂理也義也니 聖人은 先得我心之所同然耳시니 故로 理義之悅我心이 猶芻豢之悅我口니라."

그러므로 '입이 맛에 있어서 똑같이 즐기는 것이 있고, 소리에 있어서 귀는 똑같이 듣는 것이 있으며, 색에 있어서 눈은 똑같이 아름답게 여김이 있다.'고 하는데, 마음에 있어서만 유독 똑같이 그렇게 여기는 바가 없겠는가. 마음에 똑같이 여긴다는 것은 무엇인가. 이치와 의로움을 말한다. 성인은 우리 마음에 똑같이 여기는 것을 먼저 아셨다. 그러므로 이치와 의로움이 우리 마음에 기쁜 것은, 마치 추환이 우리 입을 기쁘게 하는 것과 같다."

【補】 같은 무리인 사람이라면 모두 같은 속성을 지니고 있음을 말하고 있다. 따라서 겉모습이 같은 인간이라면 내면 역시 같으니 마음에 똑같이 여기는 것은 바로 이치와 의로움이라는 마음의 체용을 말한다.
사물의 내면에 존재하는 이치[在物爲理]를 가지고 일을 처리할 때 시의적절하게 하는 의로움[處事爲義]을 가지고 있어야 한다. 맹자는 이처럼 겉모습 즉 외적인 측면 뿐 아니라 내적인 마음도 같다는 성선설을 말하고 있다.

'추(芻)'는 소와 양 같은 초식동물을 말하고, '환(豢)'은 개와 돼지와 같이 곡식을 먹는 동물을 말한다. 따라서 '추환'이란 초식동물과 개와 돼지 등의 고기를 말하는 것으로, 우리 입에 있어서 모두 좋아하는 '고기반찬' 정도의 뜻으로 쓰였다.

고자 상 제8장

孟子 曰 "牛山之木이 嘗美矣러니 以其郊於大國也라 斧斤이 伐之어니 可以爲美乎아 是其日夜之所息과 雨露之所潤에 非無萌櫱之生焉이언마는 牛羊이 又從而牧之라 是以로 若彼濯濯也하니 人이 見其濯濯也하고 以爲未嘗有材焉이라하니 此 豈山之性也哉리오.

맹자가 말했다.

"우산의 나무가 예전에는 아름다웠었는데 큰 나라의 근교에 있었기 때문에 도끼로 그것을 베어가니 아름답게 될 수 있겠는가. 밤마다 자라나는 바와 비와 이슬에 적시게 되는 바에 싹이 자라지 않음이 없지만, 소와 양이 또한 뒤이어 방목되므로 이 때문에 저와 같이 벌거숭이가 되었다. 사람들은 그 벌거숭이산만 보고 일찍이 재목이 있은 적이 없다고 여기니 이것이 어찌 산의 본래 속성이겠는가.

【補】 성품이 육신 가까이에 있으므로 훼손되고 있음을 우산의 나무에 빗대어 말하고 있다.

'우산의 나무'는 도끼에 의해 1차로 상실되고 있다. 하지만 밤에 자라고 비와 이슬이 적셔주어 다시 자라는 것처럼 본래 속성도 회복되고 있다.

그런데 다시 소와 양이 이를 먹어 2차로 상실된다. 인간 또한 육체에 의해 본성은 상실된다. 따라서 이러한 비유를 들어, 사람이 본성을 다 손상하고도 성품이 선하지 않다고 말하는 것은 잘못된 것임을 강조하고 있다.

'우산'은 제나라의 동남쪽에 있는 산이다. '일야(日夜)'는 일반적으로 '날마다 밤에', 즉 '밤'이라고 해석하지만, '낮밤', '매일'로 보는 견해도 있다. 하지만 뒤의 절에서 '아침이나 낮[旦晝]'에 인간이 본성을 망친다고 봤으니 여기서는 '밤'으로 해석하는 것이 옳다.

'식(息)' 자는 '자라다[長]'의 뜻이다. '종(從)' 자를 '따르다'로 해석하는 경우가 있으나, '종이(從而)'는 이후(以後)와 같은 말로 보면 된다.

'탁탁(濯濯)'은 '빛나고 깨끗한 모양'을 나타내는 말이다. 대개 동물의 살이 오른 모습으로 표현되기도 하지만(「양혜왕 상」 제2장), 여기서는 벌거숭이산의 모습을 형용하는 말로 쓰였다.

雖存乎人者인들 豈無仁義之心哉리오마는 其所以放其良心者 亦猶斧斤之於木也에 旦旦而伐之어니 可以爲美乎아 其日夜之所息과 平旦之氣에 其好惡(오)與人相近也者 幾希어늘 則其旦晝之所爲 有梏亡之矣나니 梏之反覆則其夜氣 不足以存이오 夜氣 不足以存則其違禽獸 不遠矣니 人이 見其禽獸也而以爲未嘗有才焉者라하나니 是豈人之情也哉리오.

비록 사람에게 간직한 것인들 어찌 인의의 마음이 없겠는가마는 그 양심을 잃어버리는 것이 또한 도끼를 들고 나무를 아침마다 베어 가는 것과 같으니 아름답게 될 수 있겠는가. 밤에 자라나는 바와 동틀 무렵의 맑은 기운에 그 좋아하고 미워함이 남들과 더불어 서로 가까운 것이 조금 남아 있는데 아침이나 낮에 하는 행위로 망친다. 망치기를 반복하면 밤기운이 넉넉히 보존될 수 없고, 밤기운이 보존될 수 없으면 짐승과의 거리가 멀지 않게 된다. 사람들은 그 금수 같은 행실만 보고는 일찍이 훌륭한 재질이 있지 않았다고 여기니, 이 어찌 사람의 마음이겠는가.

【補】 '마음'은 선(善)을, '도끼'는 물욕(物慾)을 비유하여, 욕심을 물리치고 마음의 안녕을 취해야 함을 말하고 있다[欲退心寧].
'양심(良心)'이란 인의(仁義)의 마음을 가리킨다. '동틀 무렵의 맑은 기상[平旦之氣]'이란 주야(晝夜)가 반으로 나뉘어 있는 상태로 사물을 접촉하는 찰나를 말한다.
'밤기운이 보존될 수 없다'는 말은 양심을 보존하지 못한다는 말과 같다. '밤기운[夜氣]'이란 욕심은 사라지고, 마음이 편안한 상태를 말한다.
'훌륭한 재질'이란 선한 성품을 가리킨다. '위(違)' 자는 '거리[去]'의 뜻이다. 말미의 '정(情)' 자는 '성(性)'의 뜻이다.

故로 苟得其養이면 無物不長이오 苟失其養이면 無物不消니라.

그러므로 만일 그 기르는 법을 잘 얻으면 물건마다 자라지 못함이 없고, 만일 그 기르는 법을 잃으면 물건마다 사라지지 않음이 없다.

【補】 '물(物)' 자는 앞 절에서 나온 '나무[木]'를 지칭하며, 원의는 '마음[心]'이다.

孔子 曰 '操則存하고 舍則亡하야 出入無時하며 莫知其鄕은 惟心之謂與인저'하시니라."

공자께서 말씀하셨다. '잡으면 보존되고 놓으면 잃어서, 나가고 들어옴이 정한 때가 없으며, 그 일정한 곳을 알 수 없는 것은 오직 사람의 마음을 두고 말한 것이다.' "

【補】 마음을 잘 키워 나가는 법을 보존해야 하고, 잘못 기르는 법을 속히 놓아버려야 함을 말한다. 마음을 회복하려고 하는 방법은 다름 아니라 보존하는 데 있다.
'출입(出入)'은 앞 글자의 '망존(亡存)'과 같다. '향(鄕)' 자는 '일정한 곳[定處]'을 가리킨다. 일설에는 '이(里)'라 하여 '거처[居]'라고 해석하였고, 또 '향하는 곳[向所]'으로 해석한 경우도 있으니 참고로 적어 둔다.

고자 상 제9장

孟子 曰 "無或(惑)乎王之不智也로다.

맹자가 말했다.
"왕께서는 지혜롭지 못하다고 의혹하지 마십시오.

【補】 여기서 '왕'은 제나라의 왕을 말한다. '혹(或)' 자는 '의혹하다[惑]'와 같은 뜻으로 쓰였다.

雖有天下易(이)生之物也나 一日暴(폭)之오 十日寒之면 未有能生者也니 吾見(현)이 亦罕矣오 吾退而寒之者 至矣니 吾如有萌焉에 何哉리오.

비록 천하에 쉽게 자라는 물건이 있더라도 하루 동안 햇볕을 쪼이고 열흘 동안 춥게 하면 잘 자랄 것은 있지 않습니다. 제가 왕을 뵙는 것이 또한 드물고, 제가 물러 나오면 왕의 마음을 춥게 하는 사람이 왕 곁에 있으니, 제가 싹이 있은들 어떻게 할 수 있겠습니까.

【補】 '맹자가 왕을 뵙는 것'을 '하루 동안 햇볕을 쪼이는 데'에 비유하였고, '물러 나오면 왕 주변에서 지혜의 싹을 자라지 못하게 하는 것'을 '열흘 동안 춥게 한다'는 말에 비유하고 있으니, 주변에 지혜로운 자를 많이 두고 간사한 자들을 멀리하라는 충언이

다. '왕의 마음을 차갑게 하는 자'란 왕의 지혜가 자라나지 못하도록 하는 자이니 곧 간신배를 지칭한다.
'폭(暴)' 자는 '햇볕을 쬐다[曝]'의 뜻으로 쓰였다.

今夫奕之爲數 小數也나 不專心致志則不得也니 奕秋는 通國之善奕者也라 使奕秋로 誨二人奕이어든 其一人은 專心致志하야 惟奕秋之爲聽하고 一人은 雖聽之나 一心에 以爲有鴻鵠이 將至어든 思援弓繳(작)而射(석)之하면 雖與之俱學이라도 弗若之矣나니 爲是其智 弗若與아 曰非然也니라."

오늘날 바둑의 술수란 작은 재주이지만 마음을 오로지 하고 뜻을 다하지 않으면 배울 수 없습니다. 바둑쟁이 추는 온 나라 안에서 바둑을 가장 잘 두는 자입니다. 바둑쟁이 추로 하여금 두 사람에게 바둑을 가르치게 했는데, 그 중 한 사람은 마음을 오로지 하고 뜻을 다하여 오직 바둑쟁이 추의 말을 듣습니다. 그런데 다른 한 사람은 비록 바둑쟁이 추의 말을 듣기는 하지만, 마음 한 편에는 기러기와 큰 새가 장차 이르면 활과 주살을 당겨 쏘아 맞힐 것을 생각한다면, 비록 그들이 함께 배운다고 하더라도 그와 같을 수는 없습니다. 이는 그의 지혜가 같지 못해서이겠습니까, 그렇지 않습니다."

【補】 공부에 있어서 좋은 스승을 만나야 함과, 공부를 할 때에는 정신을 집중해야 함을 강조한 말이다.
'혁추(奕秋)'란 귀신같은 솜씨로 바둑을 두는 사람을 말하는데, 속된 표현으로 '바둑쟁이 추'와 같은 말이다. '일심(一心)'은 일반적으로 '마음을 하나로 하다'의 뜻이지만, 여기에서는 '마음 한 편으로'라는 말이다. '전심치지(專心致志)'는 정신집중과 같은 말이다.
'작(繳)'은 실을 매달아 쏘는 화살로 주살을 가리킨다. '홍곡(鴻鵠)'에 대해서는 의견이 분분연하다. 큰 기러기[鴻]와 큰 고니[鵠]라는 설과, '곡' 자는 그냥 어조사로 붙어 '큰 기러기' 만을 가리킨다는 설, '홍' 자에 '크다'는 뜻이 있어 '큰 고니' 만을 가리킨다는 설이 있으니 참고로 적어 둔다.
'기지(其智)'는 '그 타고난 지혜'란 뜻이다. 말미의 '왈(曰)' 자는 자문자답으로서의 '왈' 자이다.

고자 상 제10장

孟子 曰 "魚도 我所欲也며 熊掌도 亦我所欲也언마는 二者를 不可得兼인댄 舍魚而取熊掌者也로리라 生亦我所欲也며 義亦我所欲也언마는 二者를 不可得兼인댄 舍生而取義者也로리라.

맹자가 말했다.

"물고기도 내가 원하는 것이고 곰 발바닥도 내가 원하는 것이지만, 두 가지를 겸하여 얻을 수 없다면 물고기를 버리고 곰 발바닥을 취하겠다. 삶 또한 내가 원하는 것이고, 의로움 또한 내가 원하는 것이지만 이 두 가지를 겸하여 얻을 수 없다면 삶을 버리고 의로움을 취하겠다.

【補】 두 가지를 겸할 수 없을 때에는 더욱 소중한 것을 취하는 것이 인간의 본성이라는 사실을 비유로 들고 있다. 따라서 음식은 더 맛있는 것을 취하지만, 삶은 가치 있는 의로움을 취하라는 말이다. '의(義)' 자는 마땅히 죽어야 할 때를 가리키니, 편안한 곳에서 죽음을 맞이한다는 뜻이다[死於安樂].
'곰 발바닥[熊掌]'은 『군서습타(群書拾唾)』에는 용간(龍肝), 봉수(鳳髓), 토태(兎胎), 이미(鯉尾), 악적(鶚炙), 성순(猩脣), 소락(酥酪) 등과 함께 팔진미에 속한다.(『주례(周禮)』 천관(天官) 선부(膳夫) 주(注)에는, 순모(淳母), 순오(淳熬), 포돈(炮豚), 포양(炮牂), 도진(擣珍), 지오

(潰熬), 간료(肝膋)를 팔진미라 하였으니 조금 다르다.)

生亦我所欲이언마는 所欲이 有甚於生者라 故로 不爲苟得也하며 死亦我所惡(오)언마는 所惡 有甚於死者라 故로 患有所不辟(避)也니라.

삶 또한 내가 원하는 것이지만, 원하는 것이 삶보다 심한 것이 있다. 그러므로 구차하게 얻으려고 하지 않는다. 죽음 또한 내가 싫어하는 것이지만, 싫어하는 것이 죽음보다 심한 것이 있다. 그러므로 환난을 피하지 않는 바가 있다.

【補】 앞 문장은 '생을 버림[舍生]'에 대해 말하였고, 뒤의 문장은 '의를 취함[取義]'에 대해 말하고 있다.

'삶보다 더 심한 것'이란 바로 인간의 양심을 말한다. '죽음보다 더 중요한 것'은 인간의 의로움이다. 따라서 양심을 지키며 의로운 삶을 지향하는 것이 중요함을 강조하고 있다.

如使人之所欲이 莫甚於生이면 則凡可以得生者를 何不用也며 使人之所惡 莫甚於死者면 則凡可以辟患者를 何不爲也리오.

설사 사람들이 원하는 것이 삶보다 심한 것이 없다면 모두 삶을 얻을 수 있는 방법을 어찌 쓰지 않겠으며, 설령 사람들이 싫어하는 것이 죽음보다 심한 것이 없다면 모두 환난을 피할 수 있는 방법을 어찌 하지 않겠는가.

【補】 인간이 양심이 없다면 이로움을 취하고 해로움은 피하기 마련이다. 하지만 양심을 지니고 있기 때문에 그렇게 하지 않는다는 말이다.

'여사(如使)'는 '가령, 만약'이라는 뜻이다. 절 후반부에는 '사(使)'

자 한 글자만 썼으니 '여사'의 축약형이다.

由是라 則生而有不用也하며 由是라 則可以辟患而有不爲也니라.

이로 말미암은 터라 살 수 있는데도 그러한 방법을 쓰지 않았으며, 이로 말미암은 터라 환란을 피할 수 있는데도 하지 않는 것이다.

【補】 '유시(由是)'는 강조하기 위해 쓰인 말이다. 즉 '양심이라는 것이 있기 때문에'라는 말이다.
일설에는 추상적으로 제시하기 위해 '이러한 방법에 의하면' 등으로 보기도 하는데, 현토와 재차 쓰인 점을 감안하여 강조하는 말로 봐야 타당할 듯하다.

是故로 所欲이 有甚於生者하며 所惡(오) 有甚於死者하니 非獨賢者 有是心也라 人皆有之언마는 賢者는 能勿喪耳니라.

이 때문에 원하는 것이 삶보다 심한 것이 있으며, 싫어하는 것이 죽음보다 심한 것이 있다. 다만 현명한 자만이 이러한 마음을 가지고 있는 것이 아니라 사람마다 모두 가지고 있지만, 현명한 사람은 능히 잃지 않을 뿐이다.

【補】 양심은 누구나 가지고 있지만, 현명한 사람은 양심을 버려가면서까지 구차하게 삶을 유지하지는 않는다. 사람마다 모두 양심을 소유하고 있음을 아래 절에서는 걸인을 통해 입증하고 있다.
'비독(非獨)'은 '비유(非惟), 비단(非但)' 등과 같은 말로 '~뿐 아니라'의 뜻이다.

一簞食(사)와 一豆羹을 得之則生하고 弗得則死라도 嘑爾而與之면 行道之人도 弗受하며 蹴爾而與之면 乞人도 不屑也니라.

한 그릇 밥과 한 그릇 된장국을 얻으면 살고 얻지 못하면 죽더라도 혀를 차고 준다면 길 가는 사람도 받지 않으며, 발로 차서 준다면 거지도 달갑지 않게 여겨 먹지 않을 것이다.

【補】 사람은 누구에게나 양심이 있기에 구차하게 삶을 유지하려고 하지는 않는다는 말이다.
'한 그릇 밥과 한 그릇 된장국'이란 매우 가난한 삶을 말한다. '호이(嘑爾)'에서의 '호(嘑)' 자는 혀를 차는 것을 말하고, '이(爾)' 자는 '연(然)' 자의 쓰임과 같아 그러한 모양을 나타내는 글자로 쓰였다. '불설(不屑)'은 앞의 '불수(弗受)'와 같은 뜻이니 거지도 발로 차서 주면 받지 않을 것이라는 말이다.

萬鍾則不辨禮義而受之하나니 萬鍾이 於我何加焉이리오 爲宮室之美와 妻妾之奉과 所識窮乏者 得我與인저.

만종의 녹은 예의를 분별하지 않고 받으니, 만종의 녹이 나에게 무슨 보탬이 되겠는가. 궁실의 아름다움과 처첩의 봉양과 내가 알고 지내는 어려운 사람들에게 나의 환심을 얻기 위해서일 것이다.

【補】 생사에 몰리더라도 어려운 사람들은 양심을 지키지만, 부유한 사람들은 양심을 버리는 행위를 나무라는 절이다.
'만종'이란 큰 녹을 말하는 것으로, 이를 받는다면 부끄러워하는 마음이 없는 것이다. 수오지심이 없는 사람은 양심이 없는 자이다.
'득아(得我)'는 '나에게 환심을 얻기 위해'라는 뜻이다.

鄕爲身엔 死而不受라가 今爲宮室之美하야 爲之하며 鄕爲身엔 死而不受라가 今爲妻妾之奉하야 爲之하며 鄕爲身엔 死而不受라가 今爲所識窮乏者 得我而爲之하나니 是亦不可以已乎아 此之謂失其本心이니라."

지난날 자신을 위해서는 죽어도 받지 않다가 오늘날 궁실의 아름다움을 위해서 그러한 짓을 하고, 지난날 자신을 위해서는 죽어도 받지 않다가 오늘날 처첩의 봉양을 위하여 그러한 짓을 하며, 지난날 자신을 위해서는 죽어도 받지 않다가 오늘날 알고 지내는 궁핍한 사람이 나를 고맙게 여기도록 그러한 짓을 하니 이 또한 그만둘 수 없는 것인가. 이것을 일러 '그 본심을 잃었다.'라고 말한다."

【補】 사람들이 어려울 때 양심을 지키다가 살만한 때에 이르면 양심을 버리므로, 맹자가 이를 한탄하고 있는 절이다.
'향(鄕)' 자는 '지난날[向]'의 뜻으로 쓰였다.

고자 상 제11장

孟子 曰 "仁은 人心也요 義는 人路也니라.

맹자가 말했다.
"인은 사람의 마음이요, 의는 사람의 길이다.

【補】『중용』 제20장에 "仁者는 仁也라."라고 한 것과 같은 맥락에서 이해하면 된다. 즉 '인(仁)' 자는 사람 마음의 전체적인 측면에서 말하고 있고, '로(路)' 자에는 인간의 행위인 '작용'이라는 의미가 들어 있다.

舍其路而不由하며 放其心而不知求하나니 哀哉라.

그 길을 버리고 따르지 않고, 그 마음을 버리고서 구할 줄 모르니 슬프다!

【補】 '로(路)'는 그냥 길이 아닌 바른 길[正道]이다. '마음'은 위의 절에서 나온 인(仁)이다. 인간의 마음과 그 가야할 길을 잃어버렸기 때문에 '슬프다[哀哉]'는 감탄사를 썼다. '유(由)' 자는 '따르다[從]'라는 뜻으로 쓰였다.

人이 有鷄犬이 放則知求之호대 有放心而不知求하나니,

사람들은 닭과 개가 도망가면 찾을 줄은 알지만, 마음을 잃고서는 찾을 줄을 알지 못한다.

【補】 여기서 비유한 '닭과 개'는 하찮은 사물을 의미한다. 하지만 '마음'은 매우 큰 것이므로 비교 대상조차도 되지 못한다. 맹자는 이를 통해 잃은 마음을 구할 것을 당부하고 있다.

學問之道는 無他라 求其放心而已矣니라."

학문하는 방도는 다름 아니라 그 잃은 마음을 구하는 것일 따름이다."

【補】 맹자가 학문을 하는 이유가 어디에 있는지 여기에서 알 수 있다.

우선 맹자는 인간 고유의 본연성을 선하다고 보았고[本然性], 방심했을 때 사사로운 마음이 일어 선한 본성을 잃게 되며[不存], 이를 되찾기[操存] 위해 학문이 필요하다고 본 것이다. 이를 소위 '삼존설(三存說)'이라고 한다. '이이의(而已矣)'로 글을 맺은 것은 이 외에 다른 방도는 없음을 강조한 말이다.

고자 상 제12장

【補】 이 장은 13장과 연이어 보는 것이 좋다.

孟子 曰 "今有無名之指 屈而不信(伸)이 非疾痛害事也언마는 如有能信之者면 則不遠秦楚之路하나니 爲指之不若人也니라.

맹자가 말했다.

"오늘날 이름이 없는 손가락이 굽혀져 펴지지 않은 것이 있다면 아프거나 일을 할 때 해가 되지 않지만, 만일 잘 펴주는 사람이 있다면 진나라나 초나라의 길도 멀다고 여기지 않으니, 손가락이 남들과 같지 않기 때문이다.

【補】 눈에 보이는 손가락은 고치려 하고, 눈에 보이지 않는 마음은 고치려 하지 않는 인간의 마음에 대한 경계이다.
'이름이 없는 손가락[無名指]'은 오늘날 약지라고 부르는 네 번째 손가락을 가리킨다. 가장 하는 일이 없기 때문에 그렇게 부른다. (참고로 엄지는 무지(拇指), 검지는 식지(食指) 또는 인지(人指), 가운데 손가락은 중지(中指), 네 번째 손가락은 무명지 또는 약지(藥指), 새끼손가락은 소지(小指)라고 한다.) '신(信)' 자는 '펴다[伸]'의 뜻으로 쓰였다. '진나라'와 '초나라'는 가장 서쪽과 가장 남쪽에 있는 나라이므로 '가장 먼 길' 정도의 뜻으로 쓰였다.

指不若人則知惡(오)之호대 心不若人則不知惡하니 此之謂不知類也니라."

손가락이 남들과 똑같지 않으면 이것을 싫어할 줄 알면서도, 마음이 남들과 똑같지 않으면 이것을 싫어할 줄 모르니, 이것을 일러 '유를 알지 못한다.'고 말한다."

【補】 '남들과 똑같은 마음'이란 바로 양심이다. 사람들은, 양심이 남들과 똑같지 않으면 이를 싫어하지 않으니, 맹자가 이를 경계하고자 한 말이다. '부지류(不知類)'라는 것은 그 가볍고 중한 등급을 알지 못하는 것을 의미한다. 조기는 '일[事]'로 해석했고, 주희는 '가치'로 해석했는데, 크게 다르지 않다.

고자 상 제13장

孟子 曰 "拱把之桐梓를 人苟欲生之인댄 皆知所以養之者로대 至於身하야는 而不知所以養之者하나니 豈愛身이 不若桐梓哉리오 弗思 甚也일새니라."

맹자가 말했다.

"한 아름이나 한 줌의 오동나무와 재나무를, 사람들이 만일 살리고자 하면 모두 이것을 기르는 방법을 알지만, 자신의 몸에 이르러서는 몸을 기르는 방법을 알지 못하니, 어찌 몸을 사랑함이 오동나무와 재나무만 못해서이겠는가. 생각하지 않음이 심하기 때문이다."

【補】 나무는 별 것도 아닌데 잘 키우려고 하지만, 마음과 몸은 보살피지 않는 데에 대한 경계의 말이다.

'공파(拱把)'에 대해서는 '두 줌과 한 줌'이라는 설과, '한 아름과 한 줌'이라는 설이 있는데, 본서에서는 후자를 따랐다. '사(思)' 자는 '구(求)' 자와 같은 말로, 추구하거나 실천을 말한다.

고자 상 제14장

孟子 曰 "人之於身也에 兼所愛니 兼所愛則兼所養也라 無尺寸之膚를 不愛焉則無尺寸之膚를 不養也니 所以考其善不善者는 豈有他哉리오 於己에 取之而已矣니라.

맹자가 말했다.

"사람이 자기 몸에 대해서 사랑하는 바를 겸하니, 사랑하는 바를 겸하면 기르는 바를 겸한다. 한 자와 한 치의 살을 사랑하지 않음이 없다면, 한 자와 한 치의 살을 기르지 않음이 없을 것이다. 잘 기르고 잘못 기르는 것을 생각하는 것이 어찌 다른 것이 있겠는가. 자기에게서 취할 따름이다.

> 【補】 사람이란 사랑하면 잘 기른다. 따라서 몸도 사랑하여 잘 길러야 하며, 아울러 마음도 사랑하여 잘 길러야 함을 말하고 있다. '애(愛)' 자는 다름 아닌 '마음'을 의미한다. 따라서 애착이 있으면 잘 기르는 바를 겸하고 또한 사랑한다면[兼所愛] 몸도 잘 기를 수 있다. '겸소애(兼所愛)'는 두루 아끼고 사랑하며 보살핀다는 뜻이다. '선불선(善不善)'은 뒤의 절에서 '귀천(貴賤)'과 소대(小大)로 나뉘어 다시 표현된다.

體 有貴賤하며 有小大하니 無以小害大하며 無以賤害貴니 養其小者 爲小人이오 養其大者 爲大人이니라.

몸에는 귀하고 보잘것없는 것이 있으며 작고 큰 것이 있으니, 작은 것을 가지고 큰 것을 해치지 말며 보잘것없는 것을 가지고 귀한 것을 해치지 말아야 한다. 작은 것을 기르는 사람은 소인이 되고, 큰 것을 기르는 사람은 대인이 된다.

【補】 '보잘것없고 작은 것'이란 한낱 입과 배를 채우는 육신을 말하고, '귀하고 큰 것'이란 양심과 정의를 말한다. 따라서 몸을 잘 기르려 한다면 양심을 길러야 함을 말한다.
위의 절에서 말한 '선(善)'이 여기서는 '귀(貴)'와 '대(大)'로 표현된 것이다. '소(小)' 자는 육신을 가리키고, '대(大)' 자는 양심을 가리킨다.

今有場師 舍其梧檟하고 養其樲棘하면 則爲賤場師焉이니라.

오늘날 정원수가 오동나무와 가래나무를 버리고 대추나무와 가시나무를 기른다면 천한 정원수가 된다.

【補】 '오동나무와 가래나무'는 좋은 재목을 말하고, '대추나무와 가시나무'는 좋은 재목이 아님을 말한다. 위의 절에서 말한 귀하고 큰 것이 여기서는 오동나무와 가시나무로 표현된 것이다.

養其一指하고 而失其肩背而不知也면 則爲狼疾人也니라.

그 한 손가락만을 기르고 어깨와 등을 잃으면서도 모른다면, 승냥이 같은 사람이다.

【補】 '그 한 손가락[一指]'이란 '작은 것[小]'이고, '어깨와 등[肩背]'은 큰 것을 의미한다. '승냥이[狼]'는 뒤돌아보기를 잘하는 동물인데, 빨리 달아나는 상황이나 또는 병이 들면 그렇게 하지 못한다고 한다. 그러므로 어깨와 등을 잃는 것의 비유로 낭질(狼疾)이 사용되었다. 앞 장의 '생각하지 않는 것이 심하다[弗思甚也]'의 다른 표현이다. (참고로 '낭질'이라는 말은 '불고(不顧)'의 뜻으로 사용된다.)

飮食之人을 則人賤之矣나니 爲其養小以失大也니라.

음식을 밝히는 사람을, 사람들은 천하게 여기는데, 그것은 작은 것을 기르고 큰 것을 잃기 때문이다.

【補】 '음식을 밝히는 사람'이란 오로지 입과 배[口腹]만을 기르는 자이다. 입과 배는 몸의 작고 보잘것없는 천한 부분을 가리키는데, 이를 기르는 사람은 앞 절에서 말한 '소인' 혹은 '천장부'이다.

飮食之人이 無有失也면 則口腹이 豈適(只)爲尺寸之膚哉리오."

음식을 밝히는 사람이 실수가 있지 않다면 입과 배가 어찌 다만 한 자나 한 치의 살이 될 뿐이겠는가."

【補】 건강한 몸을 가지고 건전한 사고를 갖는다면 더없이 좋다는 말이다. 결국 양심을 보존하고 길러야 함으로 귀결된다. '실(失)'은 앞 절의 '큰 것을 잃는다[失大]'의 다른 표현이다. '적(適)' 자는 '다만[只, 啻]'의 뜻으로 쓰였다.

고자 상 제15장

公都子 問曰 "鈞是人也로대 或爲大人하며 或爲小人은 何也잇고?" 孟子 曰 "從其大體 爲大人이오 從其小體 爲小人이니라."

공도자(맹자 제자)가 물었다.

"똑같은 사람인데 어떤 사람은 대인이 되고, 어떤 사람은 소인이 되는 것은 무엇 때문입니까?"

맹자가 말했다.

"그 대체를 따르는 사람은 대인이 되고, 그 소체를 따르는 사람은 소인이 된다."

【補】 앞 장과 내용이 유사하며 소체에 관해서는 뒤의 장에서 나오기 때문에 함께 보면 좋을 듯하다.
'균(鈞)' 자는 '고르다[均]'의 뜻으로 쓰였다. '대체(大體)'란 다름 아닌 '마음'을 가리킨다. '소체(小體)'는 귀와 눈 혹은 입과 배 등을 말한다. 이 절의 핵심 글자는 '종(從)' 자에 있으니, 마음공부를 잘 따라야 한다는 말이다.

曰 "鈞是人也로대 或從其大體하며 或從其小體는 何也잇고?" 曰 "耳目之官은 不思而蔽於物하니 物이 交物則引之而已矣오 心之官則思라 思則得之하고 不思則不得也니 此 天之所與我者라 先立乎其大者면 則其小者 不能奪也니 此 爲大人而已矣니라."

"똑같이 사람인데 어떤 사람은 그 대체를 따르며, 어떤 사람은 그 소체를 따르는 것은 왜 그렇습니까?"

"귀와 눈의 기관은 생각하지 못하여 사물에 가려지니, 외물이 귀와 눈에 접하면 거기에 끌려갈 뿐인데, 마음의 기관은 생각할 수 있다. 생각하면 얻고 생각하지 못하면 얻지 못한다. 귀와 눈과 마음은 하늘이 우리에게 부여해 주신 것으로 먼저 그 큰 것에 뜻을 세운다면 그 작은 것이 능히 빼앗지 못할 것이다. 이것이 대인이 되는 이유일 뿐이다."

【補】 마음공부에 대해 자세히 설명한 절이다.
'관(官)' 자는 '맡다', '주관하다'의 뜻으로 쓰였다. '외물이 귀와 눈에 접하면[物이 交物]'이라는 말은 앞 '물(物)' 자는 '외물'을, 뒤의 '물(物)' 자는 신체 기관인 '귀와 눈'을 가리키므로 같은 글자이지만 뜻이 다르게 쓰였다. 원문 '此天之所與我者'에서 '차(此)' 자는 '귀와 눈과 마음[耳目心]' 세 가지를 가리킨다. 귀와 눈은 외물을 따르고, 마음은 생각을 통해 사물에 가려지는 것을 막을 수 있다.

고자 상 제16장

孟子 曰 "有天爵者하며 有人爵者하니 仁義忠信樂善不倦은 此 天爵也요 公卿大夫는 此 人爵也니라.

맹자가 말했다.
"천작이 있고 인작이 있으니, 인의와 충신을 행하고 선을 즐거워하며 게을리 하지 않음이 천작이다. 공경과 대부는 인작이다.

【補】 천작과 인작의 구분에 대해 말한 절이다. 천작은 자연스러워 서로 연결되어 있는 것들이며, 인작은 인위적이기 때문에 사람에 의해 있기도 하고 없어지기도 하는 벼슬을 말한다.
'인의(仁義)'는 성품의 덕목으로 사단에 속한다. '충신(忠信)'은 마음에 인의를 보존하면 충(忠)이 되고, 그것이 일에 나타난 것이 신(信)이 된다. '선을 즐거워하며 게을리 하지 않는 것[樂善不倦]'은 일을 행해 나가는 데에 있어 노력하는 것을 말한다.

古之人은 修其天爵而人爵從之러니라.

옛사람은 그 천작을 닦아, 인작이 뒤따랐다.

【補】 천작을 닦음으로써 도덕이 존엄해지니, 공경과 대부라는 인작은 저절로 따라옴을 말한다.

今之人은 修其天爵하야 以要人爵하고 既得人爵而棄其天爵하나니 則惑之甚者也라 終亦必亡而已矣니라."

오늘날 사람들 중 천작을 닦아 인작을 요구하고 이미 인작을 얻고 천작을 버린다면 의혹됨이 심한 자이다. 끝내는 또한 반드시 인작마저 잃을 뿐이다."

【補】 오늘날 사람들이 천작을 닦는 것을 수단으로 이용하고 있음을 지적하고 있다. 즉 앞 절에서 핵심 글자인 '종(從)' 자의 반대 개념으로 여기에서는 '요(要)' 자를 사용하고 있는데, 이는 앞서 '따르다'라는 뜻은 같지만 의미는 크게 다르다. '의혹됨이 심한 자[惑之甚者]'는 마음이 밝지 못한 자를 말한다.

고자 상 제17장

孟子 曰 "欲貴者는 人之同心也니 人人이 有貴於己者언마는 弗思耳니라.

맹자가 말했다.

"귀함을 원하는 것은 인간의 똑같은 마음인데, 사람마다 자기에게 귀함이 있지만 생각하지 않을 뿐이다.

【補】 '자기에게 귀함'이란 앞 장에서 나온 천작(天爵)인 인의(仁義), 충신(忠信), 낙선불권(樂善不倦) 세 가지를 가리킨다. '생각하지

않을 뿐이다[弗思耳]'라는 말은 구하거나 실천하려고 노력하지 않음을 말한다.

人之所貴者는 非良貴也니 趙孟之所貴를 趙孟이 能賤之니라.

사람들이 만든 귀함은 자연한 귀함이 아니니, 조맹이 귀하게 해준 것을 조맹이 능히 천하게 할 수 있다.

【補】 조맹은 진(晉)나라의 경(卿)으로서 권력자를 상징한다. 따라서 이 절은 그가 벼슬로 임명해 준 것을 그가 다시 박탈할 수 있다는 말이며, 여기에서의 벼슬은 인작을 가리킨다.

詩云 '旣醉以酒요 旣飽以德이라'하니 言飽乎仁義也라 所以不願人之膏粱之味也며 令聞廣譽 施於身이라 所以不願人之文繡也니라.

『시경』에 '이미 술로 취하고 이미 덕으로 충족했다.'[2]라고 했으니, 인의에 충족함을 말한 것이므로 사람들의 살찐 고기와 좋은 곡식의 맛을 원하지 않으며, 좋은 명성과 넓은 명예가 몸에 베풀어져 있으므로 사람들의 아름다운 옷을 원하지 않는다.

【補】 일명 '호의호식(好衣好食)'으로 인생의 귀함을 삼아서는 안 되며, 천작인 인의와 충신과 낙선불권으로 인생의 귀함을 삼아야 한다는 말이다.

원래 『시경』에서는 신하들이 임금에게 술을 받고 임금의 은덕을 노래한 것인데, 맹자는 임금의 은덕을 인의예지로 바꾸어 해석하고 있으니 단장취의(斷章取義)라 할 수 있다. '좋은 명성과 넓은 명예[令聞廣譽]'는 바로 인의에 대한 칭송을 말한다.

2) 이미…… 충족했다 : 「대아(大雅)、기취(旣醉)」에 보인다.

고자 상 제18장

孟子 曰 "仁之勝不仁也 猶水勝火하니 今之爲仁者는 猶以一杯水로 救一車薪之火也라 不熄則謂之水不勝火라하나니 此 又與於不仁之甚者也니라.

맹자가 말했다.

"인이 불인을 이긴다는 것은, 마치 물이 불을 이기는 것과 같다. 오늘날 인을 행한다고 하는 자들은 마치 한 잔의 물로 한 수레에 가득한 섶의 불을 끄는 것과 같아, 불이 꺼지지 않으면, 물이 불을 이기지 못한다고 말한다. 이는 또 불인과 함께 하기를 심하게 하는 것이다.

【補】 아무리 진리라 하더라도 사세(事勢)에 의해 꺾일 때가 있음을 말하고 있다. 다시 말해 물이 불을 이기는 필연성이 있지만, 큰 불에 대해서는 그 필연성마저 없어지게 된다.

인간사도 이와 같은데, 불의가 의를 이기지 못함은 당연하지만, 강자의 힘에 의해 바뀔 때도 있는 법이다. 즉 작은 정의로 큰 불의를 대적하면 어쩔 수 없음을 말하고 있다.

'여(與)' 자에 대해서 조기는 '같게 되다[同]'로 해석했으며, 주희는 '돕다[助]'의 뜻으로 봤으나 글자의 원의인 '더불다, 함께하다'로 해석해도 크게 다르지 않다.

亦終必亡而已矣니라."

또한 끝내 반드시 망할 뿐이다."

고자 상 제19장

孟子 曰 "五穀者는 種之美者也나 苟爲不熟이면 不如荑(제)稗니 夫仁도 亦在乎熟之而已矣니라."

맹자가 말했다.

"오곡은 품종 가운데 좋은 것이지만, 만일 익지 못하면 피만도 못하다. 무릇 인 또한 그것을 익숙하게 하는 것에 달려 있을 따름이다."

【補】「진심 상」 제29장에 "무슨 일을 하는 것을, 비유하면 우물을 파는 일과 같으니, 우물을 아홉 길을 팠더라도 샘물에 미치지 못하면 우물을 버리는 것과 같다."라고 했으니, 어진 행동은 반드시 그것이 완성될 때까지 해야 함을 말하고 있다.

고자 상 제20장

孟子 曰 "羿之教人射(사)에 必志於彀하나니 學者도 亦必志於彀니라.

맹자가 말했다.

"예가 사람에게 활쏘기를 가르칠 때에 반드시 활을 당기는 법에 뜻을 두게 하니, 활쏘기를 배우는 자 역시도 반드시 활을 당기는 법에 뜻을 둔다.

【補】「이루 하」 제24장에 예(羿)에 대해서 자세히 보인다.
예는 활쏘기에 능한 사람이다. 이 장은 「진심 상」 제41장에 "활쏘기에 능한 예가 솜씨 없는 궁사를 위하여 활 당기는 법을 변경하지 않는다[羿不爲拙射하여 變其彀率이니라.].”라고 했으니, 역시 의미가 통한다.

大匠이 誨人에 必以規矩하나니 學者도 亦必以規矩니라.”

대목장이 사람을 가르칠 때에 반드시 규구로써 한다. 목수 일을 배우는 자 또한 반드시 규구로써 한다.”

【補】 ‘인(人)’ 자는 목공을 배우려는 자를 가리킨다.
「진심 상」 제41장에 “대목장은 솜씨 없는 목수를 위하여 먹줄과 먹통을 고치거나 그것을 없애지는 않는다[大匠이 不爲拙工하여 改廢繩墨하다].”라고 했으니 뜻이 통한다.

제12부

고자 장구 하(凡十六章)

고자 하 제1장

任人이 有問屋廬子曰 "禮與食이 孰重고?" 曰 "禮重이니라."

임 땅 사람이 옥려자(맹자 제자)에게 물었다.

"예와 먹는 것 가운데 어느 것이 더 중요합니까?"

옥려자가 말했다.

"예가 더 중요합니다."

【補】 여기에서의 '예(禮)'는 '어른에게 밥을 먼저 드시게 하는 것'을 가리킨다. '식(食)'은 '음식을 먹는 데에 있어서 점잖게 먹고 어른에게 양보하며 적게 먹는 것' 등을 모두 포함한 것을 의미한다. 옥려자는 맹자의 제자로 이름은 연(連)이다.

"色與禮 孰重고?"

"색과 예 중에는 어느 것이 더 중요합니까?"

【補】 여기에서의 '색(色)'은 '식을 치르지 않고 아내를 맞이하는 것'이며 '예(禮)'는 '모든 예식을 갖춰 맞이하는 것'으로 아래 절에 보이는 친영(親迎)을 가리킨다.

曰 "禮重이니라." 曰 "以禮食則飢而死하고 不以禮食則得食이라도 必以禮乎아 親迎則不得妻하고 不親迎則得妻라도 必親迎乎아?"

"예가 중요합니다."

"예를 지키면 굶어서 죽고, 예를 지키지 않으면 밥을 얻어먹을 수 있더라도 반드시 예를 지켜야 합니까?

예를 갖춰 아내를 맞이하면 아내를 얻지 못하고, 예를 갖추지 않으면 아내를 얻는다고 하면 반드시 예를 갖춰야 합니까?"

【補】 임 땅 사람의 의도가 여기에서 드러났다. 즉 그는 사람이 살기 위해서는 예의도 필요 없다는 전제가 깔려 있다. 따라서 음식을 먹는 일을 가지고 생사라는 극단적 상황에까지 이르렀고, 아내를 맞이하는 일 또한 맞이하느냐 못하느냐라는 극단적인 상황에까지 이르러, 예의가 필요 없음을 강조하고 있다.
'이례(以禮)'는 '양보할 것 다 양보하고'라는 말이다. '친영(親迎)'이란 납채(納采), 문명(問名), 납길(納吉), 납징(納徵), 청기(請期, 혹은 告期)의 다섯 단계 후 행해지는 혼례의 마지막 의식이다.

屋廬子 不能對하야 明日에 之鄒하야 以告孟子한대 孟子 曰 "於答是也에 何有리오.

옥려자가 대답하지 못하여, 다음날 추나라에 가서 맹자에게 질문을 하자, 맹자가 말했다.

"이를 답하는 데에 무슨 어려움이 있는가.

【補】 '다음날 추나라에 가서 선생에게 물었다'라는 구절을 통해, 우리는 스승이 살아계셔 질문할 수 있는 것이 매우 기쁜 일임을 알 수 있다. 만일 스승이 없었다면 옥려자는 이러한 의문을 평생 풀기 어려웠을지도 모른다.
당나라 문인 한유(韓愈)의 「사설(師說)」에 스승의 역할 세 가지가 있으니 전도(傳道), 수업(授業), 해혹(解惑)이 있는데, 해혹이 이에 해당된다.
'하유(何有)'는 '하유지난(何有之難)'의 축약으로 '무슨 어려움이 있느냐'라는 말이다.

不揣其本而齊其末이면 方寸之木을 可使高於岑樓니라.

그 근본을 헤아리지 않고 그 끝만을 가지런히 한다면, 한 치 되는 나무를 산등성이처럼 높은 누대보다 높게 만들 수 있다.

【補】 '근본을 헤아리지 않는다[不揣其本]'는 말은 기준을 따지지 않는다는 말과 같다. '한 치 되는 나무[方寸之木]'는 위에서 말한 식과 색을 비유한 것이며, '높은 누대'는 예를 비유한 것이다. 따라서 임 땅 사람의 방법은 똑같은 기준을 두지 않았다는 말이 된다.
'잠루(岑樓)'에 대해 조기는 '뾰족한 산봉우리'로 해석하여 작은 나무토막을 수없이 쌓다 보면 산봉우리보다 높아진다고 해석하였다. 그러나 주희는 아무리 높은 누각이라도 그 위에다 나무토막만 올려놓으면 그것은 누각보다 높다고 봤다. 본서는 주자의 설과 동일하게 봤다.

金重於羽者는 豈謂一鉤金與一輿羽之謂哉리오.

쇠가 깃털보다 무겁다는 것이 어찌 한 갈고리의 쇠와 한 수레의 깃털을 가지고 말했겠는가.

【補】 쇠는 본래 무거운 것이지만 갈고리는 작기 때문에 가볍다. 따라서 이것은 예가 식색보다 가벼운 경우가 있음을 비유한 것이다.
깃털은 본래 가벼운 것이지만 한 수레는 많기 때문에 무겁다. 따라서 이것은 식색이 예보다 중요한 경우가 있음을 비유하였다.

取食之重者와 與禮之輕者而比之면 奚翅食重이며 取色之重者와 與禮之輕者而比之면 奚翅色重이리오.

먹는 것의 중요함과 예의 가벼운 것을 가지고 비교한다면 어떻게 먹는 것이 중요할 뿐이겠는가.

아내를 맞이하는 중요함과 예의 가벼운 것을 가지고 비교한다면 어떻게 아내를 맞이함이 중요할 뿐이겠는가.

【補】 먹고 사는 것은 중요한 것이고, 예는 양보하는 것이므로 작은 부분에 해당된다. 이는 비교 대상조차 되지 않음을 말하고 있다. '시(翅)' 자는 '다만, 뿐[啻]'의 뜻이다. '식(食)' 자는 생사(生死)와 같은 말이다.

往應之曰 '紾兄之臂而奪之食則得食하고 不紾則不得食이라도 則將紾之乎아 踰東家牆而摟其處子則得妻하고 不摟則不得妻라도 則將摟之乎아'하라."

임 땅 사람에게 가서 말해 주어라. '형의 팔을 비틀어 밥을 빼앗아 먹으면 밥을 먹을 수 있고, 형의 팔을 비틀지 않으면 밥을 먹지 못할지라도 장차 형님의 팔을 비틀겠는가. 동쪽 집의 담장을 뛰어넘어 처자를 끌어오면 아내를 얻고, 끌어오지 않으면 아내를 얻지 못할지라도 장차 처자를 끌어오겠는가.' "

【補】 예의 중요한 점과 음식의 중요한 점이라는 같은 기준점으로 출발한다면 당연히 예가 중요하다.
'형의 팔을 비튼다'는 말은 무례의 극치이다. 이는 예에 중한 점을 둔 경우다. 담장을 넘어 처자를 끌어오는 것 역시 무례의 극치이다. 또한 예에 중한 점을 둔 경우다. 따라서 예의 중한 점과 음식, 혼례 등 근본을 헤아린 후에 비교가 가능하다는 논의다.

고자 하 제2장

曹交 問曰 "人皆可以爲堯舜이라하니 有諸잇가?" 孟子 曰 "然하다."

조교가 물었다.

" '사람이 모두 요임금과 순임금 같이 될 수 있다.'라고 하던데, 그러한 말이 있습니까?"

맹자가 말했다.

"그렇습니다."

> 【補】 문장 앞에 "성선에 대해 말하면서"라는 말이 생략되어 있다. 주희는 "사람들이 모두 요임금과 순임금처럼 될 수 있다는 말은, 아마도 예전부터 있었던 말이었거나, 혹은 맹자께서 예전부터 말씀하신 것인 듯하다."라고 하였으니 참고할 만하다.
> '조교'는 조나라 임금의 아우로서 이름이 교라는 설과, 조는 성이고 이름이 교라는 설이 있을 뿐 자세하지는 않다.

"交는 聞文王은 十尺이오 湯은 九尺이라호니 今交는 九尺四寸以長이로대 食粟而已로니 如何則可니잇고?"

"제가 들으니, 문왕은 신장이 10척이며, 탕왕은 9척이라고 하던데, 오늘날 저는 9척 4촌의 신장을 지녔지만 곡식만 축내는 사람일 뿐입니다. 어떻게 하면 좋겠습니까?"

【補】 요임금과 순임금이 될 수 있음은 인간의 본성이 선하다는 전제가 있는데도, 조교는 이 성선을 빼고서 신장만을 가지고 말하고 있다. '9척4촌'은 신장이 매우 큼을 말한다.

曰 "奚有於是리오 亦爲之而已矣니라 有人於此하니 力不能勝一匹[1]雛면 則爲無力人矣오 今曰擧百鈞이면 則爲有力人矣니 然則擧烏獲(확)之任이면 是亦爲烏獲而已矣니 夫人은 豈以不勝爲患哉리오 弗爲耳니라.

맹자가 말했다.

"어찌 사람의 신장과 상관이 있겠습니까. 또한 요임금과 순임금 같은 행위를 할 따름입니다. 여기에 어떤 사람이 있다고 해 봅시다. 그의 힘이 한 마리의 오리새끼를 능히 이길 수 없다고 한다면 힘 없는 사람이 될 것이고, 오늘날 백균을 든다고 한다면 힘 있는 사람이 될 것입니다. 그렇다면 오확이 들던 짐을 든다면 이 또한 오확이 될 뿐입니다. 무릇 사람이 어찌 요임금과 순임금과 같이 되지 못함을 걱정하겠습니까. 자신이 하지 않을 뿐입니다.

【補】 요임금과 순임금의 행위를 하면 되는데, 이를 하지 않을 뿐이라고 말하며 그 구체적 행위에 대해서는 아래 절에서 다시 말하고 있다.
'오확'은 옛날 힘이 센 사람으로 천균을 들어 옮길 수 있었다고 전한다. '획(獲)' 자는 사람의 이름으로 할 때 '확' 자로 음이 바뀐다. '시(是)' 자는 장신(長身)을 가리킨다. '지(之)' 자는 '요임금과 순임금 같은 행위'를 가리킨다. 원문 '豈以不勝爲患哉'은 '豈以不勝(堯舜之道)爲患哉'와 같은 말이다. '백균'은 삼천 근이다.

1) 匹 : '필(匹)' 자는 '필(鴫)' 자의 대체어로 '오리'를 가리킨다.

徐行後長者를 謂之弟오 疾行先長者를 謂之不弟니 夫徐行者는 豈人所不能哉리오 所不爲也니 堯舜之道는 孝弟而已矣니라.

천천히 걸어 어른보다 뒤에 가는 것을 '공경한다'라고 말하고, 빨리 걸어 어른보다 앞에 가는 것을 '공경하지 않는다'라고 말합니다. 천천히 걸어가는 것이 어떻게 사람들이 잘 할 수 없는 일입니까. 하지 않는 것입니다. 요임금과 순임금의 도는 효제일 따름입니다.

【補】 앞서 「양혜왕」 상 제7장에서는 왕도정치를 불위(不爲)와 불능(不能)으로 말한 적이 있는데, 여기에서는 효제를 불위와 불능으로 다시 설명하며 사람들의 효제는 불능이 아니라 불위하고 있음을 밝히고 있다.
『논어』 · 「학이(學而)」 제2장에 "효제는 그 인을 행하는 근본일 것이다[孝弟也者는 其爲仁之本與인저]."라고 했으니, 요임금과 순임금의 도는 바로 인이며, 이는 곧 효제이다.

子 服堯之服하며 誦堯之言하며 行堯之行이면 是堯而已矣오 子 服桀之服하며 誦桀之言하며 行桀之行이면 是桀而已矣니라."

당신이 요임금의 옷을 입고 요임금의 말씀을 외우며 요임금의 행동을 하면 이는 요임금일 뿐이며, 당신이 걸왕의 옷을 입고 걸왕의 말을 외우며 걸왕의 행동을 하면 이는 걸왕일 뿐입니다."

【補】 이를 보면, 조교의 옷과 언행이 단정하지 않았음을 알 수 있다. 따라서 요임금과 순임금의 외모와 언행을 실천할 것을 맹자가 권장하고 있는 절이다.

曰 "交 得見於鄒君**이면** 可以假館**이니** 願留而受業於門**하노이다**."

조교가 말했다.

"제가 추나라 임금을 뵈면 학관을 빌릴 수 있을 것입니다. 여기에 머물면서 문하에서 업을 전수받기 원합니다."

【補】 조교는 조나라 사람이고, 맹자는 추나라 사람이다. 조나라와 추나라의 사이가 좋았기 때문에, 조교가 추나라의 임금에게 간청하여 학관을 빌려다 맹자에게서 가르침을 받기를 원한다는 말이다.

曰 "夫道 若大路然**하니** 豈難知哉**리오** 人病不求耳**니** 子 歸而求之**면** 有餘師**리라**."

맹자가 말했다.

"무릇 도는 큰 길과 같은 듯하니, 어찌 알기 어려운 것이겠습니까. 사람들이 추구하지 않는 폐단이 있을 뿐입니다. 당신이 돌아가서 찾는다면 남은 스승이 있을 것입니다."

【補】 맹자가 말하는 도란 알기 쉬운 것이며, 가장 가까이 있는 것이다. 사람들은 이것이 어렵고 멀리 있는 것이라고 여기고 있기에 이를 알리는 말이다.

'남은 스승[餘師]'이란 '성선'의 의미가 있으며, 바로 '마음[心]'을 가리킨다. 주희는 '인간의 본성에 만물의 도리가 다 갖춰져 있기 때문에 그것을 스승으로 삼는다'고 했다. 조기는 '많은 스승'을 지칭했으니 해석하는 이에 따라 조금씩 차이가 있다.

고자 하 제3장

公孫丑 問曰 "高子 曰 '小弁(반)은 小人之詩也라'하더이다." 孟子 曰 "何以言之오?" 曰 "怨이니이다."

공손추(맹자 제자)가 물었다.

"고자(제나라 사람)는 '소반편은 소인의 시이다.'라고 평했습니다."

맹자가 말했다.

"무엇 때문에 그렇게 말했는가?"

"부모를 원망하기 때문입니다."

【補】『시경』、「소아(小雅)」의 「소반」은 유왕(幽王)이 포사(褒姒)라는 여인에 빠져 나라를 망치고 그 아들(주평왕 의구(宜臼))을 쫓아내자, 아들이 아버지를 원망하는 내용이다. 따라서 고자는 「소반」을 원망하는 마음이 들어간 불효자의 노래로 봤다. 이 시는 종묘사직과 관련되어 허물이 크다는 데에 초점이 있다.

'고자(高子)'는 제나라 사람일 뿐 자세하지 않다. 맹자 제자 가운데 고자가 있으니 이와 다른 사람이다. '변(弁)' 자는 '새가 나는 모습'을 뜻하고, '반'으로 독음한다.

曰 "固哉라 高叟之爲詩也여 有人於此하니 越人이 關(만)弓而射(석)之어든 則己 談笑而道之는 無他라 疏之也요 其兄이 關弓而射之어든 則己 垂涕泣而道之는 無他라 戚之也니 小弁之怨은 親親也라 親親은 仁也니 固矣夫라 高叟之爲詩也여."

"완고하구나, 고자가 시를 해석함이여! 여기에 어떤 사람이 있다고 하자. 월나라 사람이 활을 당겨 맞추려거든, 자기가 말하고 웃으면서 하지 말라고 말하는 것은 다름 아니라 월나라 사람을 소원히 여기기 때문이다.

그 형이 활을 당겨 쏘아 맞추려거든, 자기가 눈물을 떨구며 하지 말라고 말하는 것은 다름 아니라 형을 친척으로 여기기 때문이다. 소반편의 원망은 어버이를 가까이 한 것이다. 어버이를 가까이 함은 어진 마음이다. 완고하구나, 고자가 시를 해석함이여!"

【補】'활을 당겨 맞추려고 하는 것'은 살인을 저지르려고 하는 행위다. 이러한 행위를 말리는 데 있어 관계가 소원하면 웃으면서도 말할 수 있다. 하지만 일가친척으로 가까운 사이라면 눈물을 흘리면서 말릴 것이다. 어버이를 가까이 하는 마음을 지닌 자는 어진 마음을 가진 사람으로 결코 소인이 될 수 없음을 말한다.
'고(固)' 자는 완고하여 융통성이 없는 모습을 비판한 말이다. '위(爲)' 자는 '배우다[學], 해석하다[解]'의 뜻으로 쓰였다. '만(關)' 자는 '잡아당기다[引]'의 뜻으로 쓰였으며 독음에 주의할 필요가 있다. '월(越)'나라는 '오랑캐 나라'를 비유한 것이다.

曰 "凱風은 何以不怨이니잇고?"

공손추가 말했다.
"개풍편은 무엇 때문에 원망하지 않았습니까?"

【補】「개풍」은 「국풍(國風)、패풍(邶風)」 가운데 하나로, 위(衛)나라에 일곱 아들을 둔 어머니가 재혼을 하려 하자, 일곱 아들들이 이 시를 지어 자책한 것이다. 이는 집안일과 관련하여 허물이 작은 것이다.

曰 "凱風은 親之過 小者也요 小弁은 親之過 大者也니 親之過 大而不怨이면 是는 愈疏也요 親之過 小而怨이면 是는 不可磯也니 愈疏

도 不孝也요 不可磯도 亦不孝也니라.

맹자가 말했다.

"개풍편은 어버이의 과실이 작은 것이고, 소반편은 어버이의 과실이 큰 것이다. 어버이의 과실이 큰데 원망하지 않는다면 이는 더욱 소원해지는 것이고, 어버이의 과실이 작은데 원망한다면 이는 다가가지 못하는 것이니, 더욱 소원함도 불효이며 다가가지 못하는 것 또한 불효이다.

【補】 '큰 것[大者]'이란 나라와 관련된, 종묘사직 같은 것을 일컫는다. '불가기(不可磯)'란, 물이 돌멩이 하나를 용납하지 못한다는 말이다[水不容石]. '기(磯)' 자는 '물이 부딪히는 돌'을 뜻하니, 물은 자식을 비유하였고, 돌멩이는 어버이를 비유한 것이다. 따라서 '불가기'란 자식이 부모의 작은 허물을 덮어주지 못한다는 뜻이다.

孔子 曰 '舜은 其至孝矣신저 五十而慕라'하시니라."

공자께서는 말씀하셨다. '순임금은 그 지극한 효일 것이다. 50세까지 사모했다.' "

【補】 '50세까지'라는 말은 '평생'이라는 말이다. 주희가 말했다. "순임금도 오히려 원망하고 사모했으니 「소반」의 원망은 불효가 되지 않음을 말한다."

고자 하 제4장

宋牼이 將之楚러니 孟子 遇於石丘하시다.

송경이 장차 초나라에 가려고 할 때, 맹자가 석구에서 만났다.

【補】 '송경'에 대해서는 미상이다. 주희는 『장자』를 인용하여 송견(宋鈃)이라는 사람으로 추측하였을 뿐이다. '석구'는 초나라를 가는 길목에 있다고 한다. 송나라의 땅이라는 설도 있으니 참고로 적어 둔다.

曰 "先生은 將何之오?"

맹자가 말했다.
"선생님께서는 장차 어디를 가려 하십니까?"

【補】 학자로서 나이가 많은 사람이므로, 맹자가 송경에게 '선생님'이라는 칭호를 쓴 것이다. 말하는 주체가 송경으로 오인할 수 있으나, 이는 맹자의 말이다.

曰 "吾聞秦楚 構兵호니 我 將見楚王하야 說(세)而罷之호대 楚王이 不悅이어든 我 將見秦王하야 說而罷之호리니 二王에 我 將有所遇焉이리라."

송경이 말했다.
"내 들으니, 진나라와 초나라가 전쟁을 하려 합니다. 나는 장차 초나라 왕을 만나 유세하여 전쟁을 그만두게 할 것입니다. 초나라 왕이 기뻐하지 않거든, 나는 장차 진나라 왕을 만나보고 유세하여 전쟁을 그만두게 할 것입니다. 두 왕 중에는 내 장차 나의 뜻과 맞는 분이 있을 것입니다."

【補】 '전쟁[構兵]'이란, 당시 초회왕이 위나라 사람 장의(張儀)에 의해 '합종은 일시적 허식에 지나지 않으며 진나라를 섬겨야 한다'고 주장하는 연횡책을 믿고 따르다가 농락당하여 그 분노에 진나라를 공격한 것을 가리킨다. 이본에는 '구병(搆兵)'으로 되어 있는데 서로 통한다. '왕이 기뻐하지 않는다'는 말은 자신의 말을 들어주지 않는다는 의미로 전쟁을 그치지 않는다는 뜻이다.

曰 "軻也는 請無問其詳이오 願聞其指하노니 說之將如何오?" 曰 "我將言其不利也호리라." 曰 "先生之志則大矣어니와 先生之號則不可하다.

맹자가 말했다.

"저는 외람되어 그 상세함은 묻지 않겠지만, 그 대략을 듣기 원하니, 유세를 장차 어떻게 하려고 합니까?"

송경이 말했다.

"내 장차 그 이롭지 못함을 말하려 합니다."

맹자가 말했다.

"선생님의 뜻은 크지만 선생님의 말씀은 불가합니다.

【補】 '상(詳)' 자의 반대되는 말로 '지(指)' 자를 썼으니 이는 '대략[略]'이라는 뜻이다. 원문 '其不利也'에서 '기(其)' 자는 앞 절의 '구병(構兵)' 즉 전쟁을 가리킨다. 송경에게 '대(大)' 자를 쓴 것은 어진[仁] 마음이 있음을 인정한 것이다. 그러나 '말씀[號]'이라는 말에서 보이듯 그 방법이 잘못되었음을 지적하고 있다.

先生이 以利로 說秦楚之王이면 秦楚之王이 悅於利하야 以罷三軍之師하리니 是는 三軍之士 樂罷而悅於利也라 爲人臣者 懷利以事其君하며 爲人子者 懷利以事其父하며 爲人弟者 懷利以事其兄이면 是는 君臣父子兄弟終去仁義하고 懷利以相接이니 然而不亡者 未之有也니라 先生이 以仁義

로 說秦楚之王이면 秦楚之王이 悅於仁義하야 而罷三軍之師하리니 是는 三軍之士 樂罷而悅於仁義也라 爲人臣者 懷仁義以事其君하며 爲人子者 懷仁義以其父하며 爲人弟者 懷仁義以事其兄이면 是는 君臣父子兄弟 去利하고 懷仁義以相接也니 然而不王者 未之有也니 何必曰利리오."

선생님께서 이로움으로써 진나라와 초나라의 왕을 유세하면, 진나라와 초나라의 왕이 이로움을 좋아하여 삼군의 군대를 그만두게 할 것입니다. 이는 삼군의 군사들이 그만둔 것을 즐거워하여 이익을 기뻐하는 것입니다. 신하된 자가 이로움을 생각하여 그 임금을 섬기며, 자식 된 자가 이로움을 생각하여 그 부모를 섬기며, 아우 된 자가 이로움을 생각하여 그 형을 섬긴다면, 이는 군신과 부자와 형제가 마침내 인의를 버리고 이로움을 생각하여 서로 대하는 것입니다. 그렇게 하고서도 망하지 않은 사람은 있지 않습니다.

선생님께서 인의로써 진나라와 초나라의 왕을 유세하면, 진나라와 초나라의 왕이 인의를 좋아하여 삼군의 군대를 그만두게 할 것입니다. 이는 삼군의 군사들이 그만둔 것을 즐거워하여 인의를 기뻐하는 것입니다. 신하된 자가 인의를 생각하여 그 임금을 섬기며, 자식 된 자가 인의를 생각하여 그 부모를 섬기며, 아우 된 자가 인의를 생각하여 그 형을 섬긴다면, 이는 군신과 부자와 형제가 이익을 버리고 인의를 생각하여 서로 대하는 것입니다. 그렇게 하고서도 왕도정치를 못하는 사람은 있지 않으니, 하필 이익을 말씀합니까."

【補】 이 장은 「양혜왕 상」 제1장과 유사하니 같이 보면 좋다.
이로움[利]은 당시 화두인 부국강병이지만, 이는 살인을 불러일으키며 인간의 본성을 해치는 것이다. 따라서 인욕을 막고 인간의 본성을 회복하는 데에 인의가 필요함을 맹자가 역설하고 있다.

고자 하 제5장

孟子 居鄒하실새 季任이 爲任處守러니 以幣交한대 受之而不報하시고 處於平陸하실새 儲子 爲相이러니 以幣交한대 受之而不報하시다.

맹자가 추나라에 거처할 때, 계임이 임나라의 처수(임시 임금)가 되었는데 폐백을 가지고 맹자와 사귐을 청하자, 맹자는 폐백을 받기만 하고 답례하지 않았다. 맹자가 평륙에 거처할 때, 저자가 재상이 되었는데 폐백을 가지고 사귐을 청하자 폐백을 받기만 하고 답례하지 않았다.

【補】 '계임'은 임(任)나라 임금의 아우를 말한다. '임나라의 처수가 되었다[爲任處守]'는 말은 임시 임금직의 대행이므로 그 지위는 임금과 같다. 따라서 추나라를 가고자 해도 갈 수 없었기에 폐백으로 맹자와 접촉을 시도했다[以幣交].
'평륙'은 제나라 땅이다. 당시 저자라는 인물이 재상이 되었는데 같은 나라 안에 있고 또 재상이므로 찾아가 볼 수 있는데도, 그는 맹자를 찾아가지 않고 폐백만으로 교제를 청하였으니, 맹자가 답하지 않은 것이다.

他日에 由鄒之任하사 見季子하시고 由平陸之齊하사 不見儲子하신대 屋廬子 喜曰 '連이 得間矣와라.'

훗날 추나라로부터 임나라에 가서는 계자를 만났고, 평륙으로부터 제나라에 가서는 저자를 만나보지 않자, 옥려자(맹자 제자)가 '내가 좋은 틈을 얻었다.'라며 기뻐 말했다.

【補】 옥려자는 똑같이 폐백을 받았는데도 훗날 인사하는 방법이 달랐기 때문에 의문이 생긴 것이다.
'좋은 틈을 얻었다[得間]'는 말은, 마침 스승이 한가한 듯하여 여쭤볼 수 있는 기회가 왔다는 말이다.

問曰 "夫子 之任하사 見季子하시고 之齊하사 不見儲子하시니 爲其爲相與잇가?"

옥려자(맹자 제자)가 물었다.
"선생님께서 임나라에 가셔서는 계자를 만나보시고, 제나라에 가셔서는 저자를 만나보지 않았으니, 저자가 제나라의 정승이 되었기 때문입니까?"

【補】 저자는 재상이고, 계자는 임금의 지위에 있기 때문에 찾아보는 예를 지위로써 판단한 제자의 물음이다.

曰 "非也라 書에 曰 '享은 多儀하니 儀不及物이면 曰不享이니 惟不役志于享이라'하니,

맹자가 말했다.
"아니다. 『서경』에 '향은 존경하는 마음이 많아야 하니, 그 마음이 폐물에 미치지 못하면 이를 불향이라 한다. 이는 향에 마음을 쓰지 않았기 때문이다.'[2]라는 기록이 있다.

2) 향은…… 때문이다 : 「주서(周書)、낙고(洛誥)」에 보인다.

【補】 '향(享)'은 아랫사람이 윗사람에게 올리는 폐백을 가리킨다. '의(儀)' 자는 거동이 아니라 예의(禮義)로 존경하는 마음을 가리킨다[敬意]. 따라서 폐백에 마음이 미치지 못하면 폐백을 올렸다고 말할 수 없는 것이다. '역(役)' 자는 '용(用)' 자의 뜻이다.

爲其不成享也니라."

저자를 만나지 않은 것은 향을 이루지 못했기 때문이다."

【補】 저자를 찾아보지 않은 것은 지위로 그런 것이 아니라, 폐백에 성의가 담겨 있지 않았기 때문임을 말하고 있다.

屋廬子 悅이어늘 或이 問之한대 屋廬子 曰 "季子는 不得之鄒요 儲子는 得之平陸일새니라."

옥려자가 기뻐하자, 혹자가 물으니, 옥려자가 말했다.

"계자는 추나라에 갈 수 없었고, 저자는 평륙에 갈 수 있었기 때문입니다."

【補】 앞서 한가한 틈을 얻어 배울 기회를 가졌을 때, 옥려자는 그 마음을 '희(喜)' 자로 표현하였는데, 맹자와의 대화를 통해 확실히 알았기 때문에 '열(悅)' 자로 마음을 표현했으니, 혹자가 이에 대해 질문한 것이다.

옥려자는 성의여부를 맹자에게 들었는데, 이를 구체적으로 평가한 말이 위의 글이다. 즉 저자는 갈 수 있었음에도 가지 않았기 때문에 성의를 다하지 않은 것이다. 모든 예물은 물건보다 그 마음이 중요함을 이 장에서 말하고 있다.

고자 하 제6장

淳于髡이 曰 "先名實者는 爲人也요 後名實者는 自爲也니 夫子 在三卿之中하사 名實이 未加於上下而去之하시니 仁者도 固如此乎잇가?"

순우곤(제나라 변사)이 말했다.

"명성과 실적을 먼저 하는 사람은 남을 위하고, 명성과 실적을 뒤로하는 사람은 자신을 위하니, 부자께서 삼경이라는 벼슬을 했으나, 명성과 실적이 임금이나 백성에게 더해지지 못하고 떠나셨으니, 어진 사람도 진실로 이와 같습니까?"

【補】 순우곤은 무위도식하는 맹자를 비아냥거리기 위해 이러한 질문을 한 것이다.

'명(名)' 자는 명예를 가리키고 '실(實)' 자는 사업과 공적을 말한다. '선(先)' 자는 '중(重)' 자의 뜻으로 쓰였다. '명성과 실적을 먼저 하는 자'란 순우곤 자신을 일컫고, '명성과 실적을 뒤로하는 자'는 맹자를 가리킨 말이다.

'제나라 삼경'은 높은 지위이다. '삼경(三卿)'에 대해서는 이설이 있으나, 맹자가 제나라의 객경(客卿)을 맡았으므로 상경(上卿), 아경(亞卿), 하경(下卿)이 아닌, 상(相), 장(將), 객경(客卿)으로 보는 것이 옳을 듯하다. '명성과 실적이 임금이나 백성에게 더해지지 못하고'라는 말은 맹자를 겨냥한 말이다.

孟子 曰 "居下位하야 不以賢事不肖者는 伯夷也요 五就湯하며 五就桀者는 伊尹也요 不惡(오)汙君하며 不辭小官者는 柳下惠也니 三子者 不同道하나 其趨는 一也니 一者는 何也오 曰 仁也라 君子는 亦仁而已矣니 何必同이리오."

맹자가 말했다.

"낮은 지위에 있으면서 어진데도 어질지 못한 이를 섬기지 않은 사람은 백이였고, 5번 탕왕을 찾아가며 5번 걸왕을 찾아간 사람은 이윤이었으며, 어리석은 임금을 싫어하지 않으며 작은 관직을 사양하지 않은 사람은 유하혜였으니, 이 세 분들의 도가 같지 않았으나, 그 지향점은 똑같습니다. 똑같다는 것은 무엇입니까? 바로 인입니다. 군자는 또한 인할 뿐이니 어찌 굳이 똑같을 것이 있겠습니까."

【補】 앞서 순우곤이 불인(不仁)으로 맹자를 공격하니, 맹자는 인(仁)으로 답한 절이다.

「만장 하」 제1장에서도 나온 것처럼, 백이는 성지청자(聖之清者)이고, 이윤은 성지임자(聖之任者)이며, 유하혜는 성지화자(聖之和者)이다. 이윤과 유하혜의 일에 대해서는 「공손추 상」 제1장과 제9장, 「만장 상」 제7장과 「만장 상」 제1장 등 여러 곳에서 나왔기 때문에 여기서는 생략한다.

'도(道)' 자는 '사적(事迹)'을 가리키고, '추(趨)' 자는 지향점을 말한다. '군자(君子)'는 맹자 자신을 비유한 말이다. '똑같다는 것은 무엇입니까?[一者는 何也오?]'에 대해, 일부에서는 순우곤의 질문으로 해석하기도 하니 참고로 적어 둔다. '도가 같지 않다'는 말은 사업과 공적을 말한다. 하지만 그 지향점 즉 마음은 같았으니 그것은 다름 아닌 인을 말한다.

曰 "魯繆公之時에 公儀子 爲政하고 子柳子思 爲臣이로대 魯之削也 滋甚하니 若是乎賢者之無益於國也여."

순우곤이 말했다.

"노목공 때, 공의자가 정사를 하였고, 자류와 자사가 신하가 되었지만, 노나라의 삭탈됨이 더욱 심하여 이처럼 어진 사람도 나라에 무익했습니다."

【補】 이처럼 순우곤은 말을 하면 할수록 더욱 맹자를 폄하했음을 알 수 있다. 순우곤은 공의자와 자류와 자사처럼, 맹자가 제나라에 있어도 도움이 되지 않을 것이라 말하고 있다.

'공의자'의 이름은 휴(休)이다. 노나라 정승이 되었으며 훌륭한 신하로 평가 받은 인물이다. '자류'는 노나라의 어진 선비로서, 자(字)가 자류이다. 목공이 그가 어질다는 말을 듣고 찾아가 만나려 했으나 문을 닫고 들이지 않았다고 한다.

曰 "虞 不用百里奚而亡하고 秦穆公이 用之而霸하니 不用賢則亡이니 削을 何可得與리오."

맹자가 말했다.

"우나라는 백리해를 등용하지 않아 망했고, 진목공은 그를 등용하여 패업을 이룩했습니다. 어진 사람을 쓰지 않으면, 나라가 망하니 토지가 삭탈됨을 어찌할 수 있겠습니까."

【補】 어진자의 등용은 흥망에 관련된 것임을 말하고 있다. 땅의 삭탈쯤이야 나라의 망함과 비교 대상도 결코 될 수 없음을 아울러 강조하고 있다. 이처럼 맹자는 자신에 관한 일은 언급하지 않으면서도 자신의 능력은 높이고 있다.

曰 "昔者에 王豹 處於淇而河西 善謳하며 緜駒 處於高唐而齊右 善歌하고 華周杞梁之妻 善哭其夫而變國俗하니 有諸內면 必形諸外하니 爲其事而無其功者를 髡이 未嘗覩之也로니 是故로 無賢者也니 有則髡必識之니이다."

순우곤이 말했다.

"옛날 왕표가 기수에 살았는데 하서지방 노래를 잘하였고, 면구가

고당에 살 때 제나라 서쪽 지방 사람들은 노래를 잘 불렀으며, 화주와 기량의 아내가 그 남편 초상에 곡을 잘하자 나라 안의 곡을 하는 풍속이 변했습니다. 안에 가지고 있으면 반드시 밖에 나타나는 것이니 그러한 일을 하고서 그러한 공효가 없는 자를 제가 일찍이 보지 못했습니다. 이러한 이유로 이 세상에는 어진 사람이 없으니, 있다면 제가 반드시 알 것입니다."

【補】 순우곤은 왕표나 면구처럼 내면의 훌륭함으로 당시 풍속을 바꿀 정도의 사람이 나왔다면 자신이 알 터인데, 맹자는 그러한 점이 전혀 보이지 않으니, 자신이 어진 사람이 있다는 말을 듣지 못했다며 맹자를 공격하고 있다.

'변국속(變國俗)'은 화주와 기량의 아내가 그 남편 상에 곡을 잘하자 이때부터 곡의 소리가 변했다는 말이지, 나라의 풍속이 모두 변했다는 말은 아니다.

'구(謳)'는 악기 반주 없이 노래하는 것을 말하고, '가(歌)'는 악기를 갖추어 노래를 부르는 것을 말한다. '그러한 일을 하고서 그러한 공효가 없는 자'란 순우곤이 맹자를 지칭한 말이다. '현자(賢者)'는 내면에 훌륭한 점이 있는 자를 가리킨다.

曰 "孔子 爲魯司寇러시니 不用하고 從而祭에 燔肉이 不至어늘 不稅(脫)冕而行하시니 不知者는 以爲爲肉也라하고 其知者는 以爲爲無禮也라하니 乃孔子則欲以微罪行하사 不欲爲苟去하시니 君子之所爲를 衆人이 固不識也니라."

맹자가 말했다.

"공자께서 노나라의 사구가 되셨는데 그 말씀이 쓰이지 않았습니다. 훗날 제사를 할 때 제사고기가 이르지 않자 면류관을 벗지 않은 채 곧바로 떠났습니다. 공자를 알지 못하는 자들은 고기 때문에 떠났다고 하고, 공자를 아는 자들은 무례하기 때문이라고 하였습니다. 이에 공자는 하찮은 죄로써 구실을 삼아 떠나고자 한 것이지, 구차히 떠나려고 하지는 않으신 것입니다. 군자가 하는 일을 일반 사람들은 진실로 알지 못합니다."

【補】 맹자는, 군자가 하는 일에 대해서 일반 사람은 알지 못하듯, 순우곤 역시 군자의 행위를 알지 못한다고 말한다. 즉 맹자 자신은 공자에 비유하고, 순우곤을 일반 사람에 견주며, 자신의 행위에 대해 순우곤이 결코 알 수 없다는 논리이다.

'사구(司寇)'는 법을 다스리는 벼슬이다. '공자의 말씀이 쓰이지 않았다'는 말은, 공자가 제나라의 음악과 여인을 받아들이지 말라고 했는데, 이것이 쓰이지 않았다는 말이다.

공자의 일화는 『사기』에 자세히 보인다. "공자가 노나라 사구가 되어 정승의 일을 대행하시자, 제나라 사람들이 이를 듣고 두려워하였다. 이에 미녀의 악사를 노나라 임금에게 보냈다. 계환자가 노나라 임금과 더불어 가서 이를 구경하고는 정사에 태만하니, 자로가 '부자께서 떠날 만하십니다.'라고 했다. 공자께서 '노나라가 지금 장차 교제를 지낼 것이니, 만일 제사고기를 대부에게 가져다준다면 내 오히려 떠나는 걸음을 멈출 수 있다.'라고 했다. 계환자가 마침내 제나라의 미녀 악사를 받고, 교제에 또 제사고기를 대부에게 주지 않자, 공자께서 마침내 떠나셨다."

또 『사기』·「악의열전(樂毅列傳)」에 "옛 군자는 친구와 절교해도 상대방의 나쁜 점을 말하지 않고, 충신은 나라를 버려도 자신에 대한 결백을 변명하지 않는다."라고 했으니, 공자가 이에 해당된다고, 주희가 말했다.

고자 하 제7장

孟子 曰 "五霸者는 三王之罪人也요 今之諸侯는 五霸之罪人也요 今

之大夫는 今之諸侯之罪人也니라.

맹자가 말했다.

"오패는 삼왕의 죄인이고, 오늘날의 제후들은 오패의 죄인이며, 오늘날의 대부들은 오늘날 제후의 죄인이다.

【補】'오패'에 대해서는 「이루 하」 제21장에 나왔다.
'오늘날'이란 전국시대이므로, 제후는 7국의 전쟁을 주도한 제후를 말한다. '삼왕'은 하나라의 우왕, 상나라의 탕왕, 주나라의 문왕과 무왕을 말한다.

天子 適諸侯曰巡狩요 諸侯 朝於天子曰述職이니 春省耕而補不足하며 秋省斂而助不給하니 入其疆하니 土地辟하며 田野治하며 養老尊賢하며 俊傑이 在位則有慶이니 慶以地하고 入其疆하니 土地荒蕪하며 遺老失賢하며 掊克在位則有讓이니 一不朝則貶其爵하고 再不朝則削其地하고 三不朝則六師로 移之하나니 是故로 天子는 討而不伐하고 諸侯는 伐而不討하나니 五霸者는 摟諸侯하야 以伐諸侯者也라 故로 曰五霸者는 三王之罪人也니라.

천자가 제후의 나라를 찾아 가는 것을 '순수'라고 말하고, 제후들이 천자에게 조회 오는 것을 '술직'이라고 말한다. 봄에 경작을 살펴 부족한 자를 도와주고, 가을에 수확을 살펴 부족한 자를 돕는다. 그 제후의 나라 경내에 들어가 토지가 잘 개간되었으며, 전야가 잘 다스려졌으며, 노인을 봉양하고 어진 이를 존경하며, 준걸한 사람이 지위에 있으면 상을 내리는데 땅으로 준다.

제후의 나라 경내에 들어갔을 때 토지가 황폐하며, 노인을 버리고 어진 이를 잃으며, 세금을 거두는 자들이 지위에 있으면 꾸짖는다. 한 번 조회를 오지 않으면 그 관작을 낮추고, 두 번 조회를 오지 않으면 그 땅을 삭탈하고, 세 번 조회를 오지 않으면 천자의 군대를 동원하여 임금의 자리를 바꿔놓는다. 이러한 이유로 천자는 죄를 성토만 하고 정벌하지 않으며, 제후는 정벌하기만 하고 성토하지 않는다. 그런데 오패는 제후를 이끌어 제후를 정벌하였다. 그러므로 내가 '오패는 삼왕의 죄인'이라고 말하는 것이다.

【補】 이 절은 앞서 「양혜왕 하」 제4장에 나온 내용과 유사하다.

위의 절이 총론이라면 이 절은 각론에 해당하는 것으로 오패의 잘못에 대해 설명하고 있다.

'준걸한 자'란 '능력이 있는 자'를 말한다. 원문 '入其疆～則有讓'은 순수(巡狩)의 일을 말했고 '一不朝～六師移之'는 술직(述職)의 일을 말했다.

'천자는 죄를 성토만 하고 정벌하지 않으며, 제후는 정벌하기만 하고 성토하지 않는다'는 말 속에 '천자는 명령하는 자이고, 제후는 천자의 명을 따르는 자'라는 의미가 담겨 있다.

'경(慶)' 자는 '상을 주다[賞]'의 뜻으로 쓰였으며, 이와 상대되는 말로 '꾸짖는다'는 '양(讓)' 자가 쓰였다. 바로 이 '경양(慶讓)'이 천자의 권한이다.

'부극(掊克)'이란 가렴주구 하는 자들[聚斂之臣]을 일컫는다. '육사(六師)'란 육군(六軍)과 같은 말로 천자의 군대이다. (참고로 제후는 삼군(三軍)을 갖는다.)

五霸에 桓公이 爲盛하더니 葵丘之會에 諸侯 束牲載書而不歃血하고 初命曰 '誅不孝하며 無易樹子하며 無以妾爲妻라'하고 再命曰 '尊賢育才하야 以彰有德이라'하고 三命曰 '敬老慈幼하며 無忘賓旅라'하고 四命曰 '士無世官하며 官事無攝하며 取士必得하며 無專殺大夫라'하고 五命曰 '無曲防하며 無遏糴하며 無有封而不告라'하고 曰 '凡我同盟之人은 旣盟之後에 言

歸于好라'하니 今之諸侯 皆犯此五禁하나니 故로 曰 今之諸侯는 五霸之罪人也니라.

오패 가운데 환공이 가장 성했는데, 규구의 회맹에 제후들이 희생을 묶어놓고 그 위에 책을 올려놓고서 피를 마시지 않고 다음과 같이 맹세했다. '첫 번째, 불효하는 자를 처벌하며 세워 놓은 아들을 바꾸지 말며 첩을 아내로 삼지 말라. 두 번째, 어진 이를 높이고 인재를 길러서 덕이 있는 이를 표창하라. 세 번째, 노인을 공경하고 어린이를 사랑하며 손님과 나그네를 잊지 말라. 네 번째, 선비에게 대대로 관직을 주지 말며 관청의 일을 겸직시키지 말며 선비를 취함에 반드시 얻으며 마음대로 대부를 죽이지 말라. 다섯 번째, 제방을 부정하게 쌓지 말며 쌀을 수입해 가는 것을 막지 말며 대부들을 봉해 주고서 고하지 않는 일이 없도록 하라. 무릇 우리 동맹한 사람들은 이미 맹약한 뒤에 화합하도록 하자.' 오늘날 제후들은 모두 이 다섯 가지 금하는 것을 범했다. 그러므로 내가 '오늘날 제후들은 오패의 죄인이다.'고 말하는 것이다.

【補】 원문 '束牲載書而不歃血'은 대개 맹세를 할 때에는 소를 묶고 그 뿔 위에 맹서를 올려놓고 읽기 때문이다. 피를 마시면 맹세가 끝나므로 아직 마시지 않은 것이다.

첫 번째 맹서는 인륜에 관한 부분이다. '태자를 바꾸지 말라'고 한 것은 세수(世守)를 어지럽히지 말라는 뜻이다. 두 번째는 인재등용에 관한 것이다. 세 번째는 노약자와 원인(遠人)에 관한 것이고, 네 번째는 관사에 관한 일이다. 선비에게 대대로 관직을 주지 않는 것은 개국공신이라 하더라도 자식의 현불초를 알 수 없기 때문이다. 다섯 번째는 국외에 관한 일이다. 제방은 자기 편의를 위해 부정하게 하여서는 안 됨을 말하니 '곡방(曲防)'이란 속된 표현으로 '물전쟁'과 같은 말이다.

일설에는 원의에 충실하여 굽게 쌓는 것을 말하기도 하고, 또 굽게 쌓느냐 바르게 쌓느냐는 중요하지 않으니 사방에 많은 제방을 쌓지 말라고 해석도 하며, 경계를 넘지 않도록 잘 구획하라고 보기도 하니 참고로 적어 둔다. 본서는 '곡(曲)' 자 자체에 '부정'이라는 뜻이 있기에 부정한 방법으로 아전인수하는 것으로 해석했다. '언(言)' 자는 어조사이다. '호(好)' 자는 '화합하다[和]'의 뜻으로 쓰였다.

長君之惡은 其罪 小하고 逢君之惡은 其罪 大하니 今之大夫 皆逢君之惡하나니 故로 曰 今之大夫는 今之諸侯之罪人也니라."

임금의 악을 키우는 것은 그 죄가 작고, 임금의 악을 맞아주게 하는 것은 그 죄가 크다. 오늘날 대부들은 모두 임금의 악을 맞아준다. 그러므로 내가 '오늘날 대부들은 오늘날 제후의 죄인이다.'라고 말하는 것이다."

【補】 '임금의 악을 키우는 것'은 다소 무능하고 나약하여 잘못이 있으면 간하지 못하고 아부하는 신하를 말한다. '임금의 악을 맞아주게 하는 것'은 재능이 있는 자이나, 임금의 악을 조장하고 만들어 주는 사악한 신하로서, 임금의 잘못이 생겨나기 전에 그 뜻을 먼저 알고 인도하여 그 악을 도래하도록 하는 자이다.

고자 하 제8장

魯 欲使愼子로 爲將軍이러니,

노나라가 신자(노나라 신하)로 하여금 장군을 삼고자 하였다.

【補】 제나라를 공격할 목적으로 신자를 장군으로 삼은 것이다.

孟子 曰 "不教民而用之를 謂之殃民이니 殃民者는 不容於堯舜之世니라.

맹자가 말했다.

"백성을 가르치지 않고 전쟁에 이용하는 것을 '백성에게 재앙을 입힌다.'라고 말하니, 백성에게 재앙을 입히는 사람은 요임금과 순임금이 다스리는 세상에 용납되지 않았습니다.

【補】 '백성을 가르치지 않는다[不教民]'는 말에 대해 보어가 없어 명확하지는 않다. 그러나 그들에게 인의예지를 가르치지 않는 것, 그리고 전쟁할 수 있는 기술을 가르치지 않는 것 등을 모두 포함한 것으로 보는 것이 좋다. '용지(用之)'는 그들을 전쟁에 이용하는 것을 가리킨다.
『논어』、「자로」 제30장에 "가르치지 않은 백성을 써서 전쟁하는 것, 이것을 일러 백성을 버리는 행위라 한다[子曰 以不教民戰이면 是謂棄之니라.]."라고 하였으니 이 글과 통한다.

一戰勝齊하야 遂有南陽이라도 然且不可하니라."

한 번의 전쟁으로 제나라를 이겨 마침내 남양 땅을 소유한다 하더라도 그러나 또한 옳지 않습니다."

【補】 대의에 맞지 않기 때문에 옳지 않다고 말한 것이다.
'남양'은 제나라 남쪽에 있는 땅을 말한다. '한 번의 전쟁[一戰]'이라는 말은 여러 번 싸울 것도 없이 한 번의 싸움으로 이기는 것이므로 큰 공을 말한다. 하지만 대의에는 어긋난다.
일설에는 '然且不可'는 신자가 말을 가로챘기 때문에 미완성된 구절로 해석하기도 하니 참고로 적어 둔다.

愼子 勃然不悅曰 "此則滑(골)釐所不識也로이다."

신자가 발끈하며 기뻐하지 않고 말했다.
"이는 제가 알지 못하는 것입니다."

【補】 신자의 회피하는 말이다.
원문 '차(此)' 자는 '전쟁에서 승리하는 것 이외에'라는 의미가 담겨 있다. 골리(滑釐)는 신자의 이름이다.

曰 "吾 明告子호리라 天子之地 方千里니 不千里면 不足以待諸侯요 諸侯之地 方百里니 不百里면 不足以守宗廟之典籍이니라.

맹자가 말했다.
"내 당신에게 명확하게 말해 주겠습니다. 천자의 땅은 사방 천리를 소유해야 하는데 천리가 되지 못하면 제후를 대접할 수 없습니다. 제후의 땅은 사방 백리를 소유해야 하는데 백리가 되지 못하면 종묘의 전적을 지킬 수 없습니다.

【補】 제후의 땅 백리의 기준에 대해 말하고 있는 절이다.
'종묘의 전적'이란 일종의 제사와 회동에 관한 일정한 법제이다.

周公之封於魯에 爲方百里也니 地非不足이로대 而儉於百里하며 太公之封於齊也에 亦爲方百里也니 地非不足也로대 而儉於百里하니라.

주공을 노나라에 봉해줄 때에 사방 백리로 하였으니, 땅이 넉넉하지는 않았지만 백리로 제한하였고, 태공을 제나라에 봉할 때에 또한 사방 백리로 하였는데도 땅이 부족하지 않았지만 백리로 제한하였습니다.

【補】 주공이나 태공처럼 나라에 큰 공이 있는 사람도 봉해줄 땅이 부족해서 그런 것이 아니라 백리로써 절제해 봉했다는 말이다.

今魯 方百里者 五니 子 以爲有王者 作則魯 在所損乎아 在所益乎아?

오늘날 노나라는 사방 백리 되는 것이 다섯이니, 당신이 생각하기에 왕도정치를 할 사람이 태어나면 노나라는 덜어내야 합니까, 보태주어야 합니까?

【補】 노나라 땅이 커진 것은 모두 작은 나라들을 병탄하여 빼앗았으니 왕도정치를 할 사람이 나온다면 반드시 덜어내야 한다.
'작(作)' 자에는 '태어나다[生], 흥기하다[興], 일어서다[起]' 등의 뜻이 있다.

徒取諸彼하야 以與此라도 然且仁者 不爲온 況於殺人以求之乎아.

한갓 저기에서 취하여 여기에 준다 하더라도 그러나 또한 어진 사람은 하지 않는데, 더욱이 사람을 죽이면서까지 땅을 구한다는 말입니까.

【補】 선왕의 일정한 제도가 있기 때문에 어진 사람은 토지를 취하는 것을 하지 않는다.
'한갓[徒]'이라는 말은 '전쟁까지도 갈 것도 없이 가만히 앉아서'라는 의미가 담겨 있다. 그러므로 '도(徒)' 자를 '공(空)' 자의 뜻으로 해석하기도 한다.

君子之事君也는 務引其君以當道하야 志於仁而已니라."

군자가 임금을 섬기는 것은 그 임금을 인도하여 도에 합당하게 하여 인에 뜻을 두게 할 따름입니다."

【補】 이로 보면, 맹자가 전쟁을 절대적으로 반대하고 있음을 재차 확인할 수 있다.
'군자가 임금을 섬기는 것'이라는 말은 '만일 그대(신자)가 군자라면'이라는 의미가 담겨 있으므로 임금을 인에 뜻을 두도록 권면하게 한다는 말이다.

고자 하 제9장

孟子 曰 "今之事君者 曰 '我 能爲君**하야** 辟(벽)土地**하며** 充府庫**라**'**하나니** 今之所謂良臣**이오** 古之所謂民賊也**라** 君不鄕(向)道**하야** 不志於仁**이어든** 而求富之**하니** 是**는** 富桀也**니라**.

맹자가 말했다.

"오늘날 임금을 섬기는 사람이 '내 능히 임금을 위하여 토지를 개간하며 창고를 가득 차게 할 수 있다.'라고 말하는데, 오늘날의 이른바 '훌륭한 신하'라고는 하지만, 옛날에는 이른바 '백성을 해치는 사람'이다. 임금이 도를 향하지 않고 인에 뜻을 두지 않는데도 그를 부유하게 하길 바라니, 이는 걸왕을 부유하게 만드는 것과 같다.

【補】 '부국(富國)'에 대해 말하고 있는 절이다.
'임금을 섬기는 자'는 '신하[臣]'를 가리킨다. '벽(辟)' 자 뒤에 '토지'가 나오면 개간한다[闢]는 뜻을 대개 가진다. '향(鄕)' 자는 '향하다[向]'의 뜻으로 쓰였다.

'인에 뜻을 두지 않는 사람'이란 걸왕을 말한다. 걸왕은 하나라의 마지막 왕으로 폭정을 일삼다가 탕왕에게 정벌을 당했다.

'我 能爲君하야 約與國하야 戰必克이라'하나니 今之所謂良臣이오 古之所謂民賊也라 君不鄕道하야 不志於仁이어든 而求爲之强戰하니 是는 輔桀也니라.

'내 능히 임금을 위하여 동맹국과 협약하여 전쟁을 하면 반드시 승리한다.'라고 말하니, 오늘날 이른바 '훌륭한 신하'이지만 옛날의 이른바 '백성을 해치는 사람'이다. 임금이 도를 향하지 않아 인에 뜻을 두지 않았는데도 그를 위하여 억지로 전쟁하기를 바라니, 이는 걸왕을 도와주는 자이다.

【補】 이 절은 '강병(强兵)'에 대해 말하고 있다.
동맹국[與國]과 협약하여 전쟁을 하면 반드시 승리한다고 말하는 이는 손빈(孫臏)이나 오기(吳起) 같은 자들을 말한다. 이들은 무도한 걸왕 같은 이를 도와 악을 조장하는 자들이다.

由今之道하야 無變今之俗이면 雖與之天下라도 不能一朝居也리라."

오늘날의 도를 따라 오늘날의 풍속을 바꿀 수 없다면, 비록 천하를 준다 하더라도 하루아침도 거처할 수는 없을 것이다."

【補】 '오늘날의 도'라 함은 부국강병을 말한다. 여기서의 도는 정도가 아닌 수단 즉 방법을 말한다. '오늘날 풍속'은 사람들이 숭상하는 기풍을 말한다. 이 역시 부국강병이다. 따라서 부국강병은 백성을 해치는 것이므로 천하를 소유하더라도 거처할 수 없다.

고자 하 제10장

白圭 曰 "吾欲二十而取一하노니 何如하니잇고?"

백규가 말했다.

"나는 20분의 1의 세금을 취하고자 하는데 어떻습니까?"

【補】 요임금과 순임금 당시 세금은 10분의 1이었다. 따라서 백규가 20분의 1을 취한다는 말은 성군(聖君)보다 곱절이나 훌륭한 정치를 하고자 한다는 뜻으로 말한 것이다.

'백규'의 이름은 단(丹)이고 주나라 사람이다. 그는 절약과 검소함으로 집안을 다스린 사람인데 이를 정치에 적용해보고자 했던 인물이다.

孟子 曰 "子之道는 貉道也로다.

맹자가 말했다.

"당신의 도는 오랑캐의 도입니다.

【補】 맥(貉)은 북방 이적(夷狄)의 나라 이름이다.

萬室之國에 一人이 陶則可乎아?" 曰 "不可하니 器不足用也니이다."

만실의 나라에 한 사람이 질그릇을 구우면 되겠습니까?"

백규가 말했다.

"불가능합니다. 그릇을 넉넉히 쓸 수 없습니다."

【補】'만실의 나라'는 매우 큰 나라를 비유한 말이다. 따라서 이곳은 많은 물건이 필요한 나라이다. 하지만 한 사람이 질그릇을 굽고 있다면 그릇을 다 댈 수 없다.

曰 "夫貉은 五穀이 不生하고 惟黍 生之하나니 無城郭宮室宗廟祭祀之禮하며 無諸侯幣帛饔飧하며 無百官有司라 故로 二十에 取一而足也니라.

맹자가 말했다.

"맥국은 오곡이 자라지 않고, 오직 자라는 것은 기장일 뿐이니 성곽과 궁실과 종묘와 제사의 예가 없으며, 제후들과 폐백을 교환하고 음식을 대접하는 일이 없으며, 백관과 유사가 없습니다. 그러므로 세금을 20분의 1만 취하여도 넉넉합니다.

【補】북방은 한랭하여 오곡이 잘 자라지 못한다. 악조건에서만 살 수 있는 기장이 생산되는 곳인데, 그 이유는 일찍 익기 때문이다. 오곡은 벼, 기장, 피, 보리, 콩[稻黍稷麥菽]을 말한다. 세금의 대상이 오곡인데 기장만 자라니 취할 것이 없다. 맥국은 필요로 하는 경비가 적으므로 20분의 1만으로도 충분하다.

'옹손(饔飧)'은 조식과 석식을 말하나, 여기서는 '손님 접대' 정도로 쓰였으니, 구체적으로는 '제후가 빈객을 대접하는 향연'을 말한다.

今에 居中國하야 去人倫하며 無君子면 如之何其可也리오?

오늘날 중국에 거처하면서 인륜을 버리며 군자가 없다면 어떻게 그것이 가능하겠습니까?

【補】 중국의 상황은 맥국과 다르므로 필요한 경비가 많다.

陶以寡라도 且不可以爲國이온 況無君子乎아?

질그릇은 적게 하더라도 또한 나라를 충당할 수 없는데 더욱이 군자가 없는데도 가능하겠습니까?

【補】 백관과 유사를 두지 않을 수밖에 없으며 그들을 먹여 살리는 세금이 필요함을 말하고 있다. 이본(異本)에는 '이(以)' 자가 '이(而)' 자로 되어 있는데 통용된다.

欲輕之於堯舜之道者는 大貉에 小貉也요 欲重之於堯舜之道者는 大桀에 小桀也니라."

요임금과 순임금의 도(정치)보다 세금을 적게 걷고자 하는 사람은 큰 오랑캐의 짓거리 중에 작은 오랑캐의 짓일 뿐이고, 요임금과 순임금의 도보다 세금을 더 걷고자 하는 사람은 큰 걸왕의 짓거리 중에 작은 걸왕이 하는 짓일 따름입니다."

【補】 주희가 말했다. "10분의 1의 세법은 요임금과 순임금의 도이니, 이보다 많으면 걸왕이고 적으면 오랑캐의 도이다. 이제 이보다 경감하거나 무겁게 하고자 한다면 이것은 작은 맥국과 작은 걸왕일 뿐이다."

고자 하 제11장

白圭曰 "丹之治水也 愈於禹호이다."

백규가 말했다.

"제가 물을 다스린 것이 우왕보다 낫습니다."

【補】 '단(丹)'은 백규의 이름이다. 백규가 저렇게 말한 이유에 대해서는 조기가 한 말이 참고가 된다. "당시 제후국에 작은 홍수가 있었는데, 백규가 이를 위하여 제방을 쌓아 물을 막아 다른 나라로 주입시켰다."

孟子 曰 "子 過矣로다 禹之治水는 水之道也니라.

맹자가 말했다.

"당신의 말씀은 지나칩니다. 우왕이 물을 다스린 것은 물의 성질을 따른 것입니다.

【補】 '물의 성질을 따른 것입니다[水之道也].' 앞에 '순(順)' 자가 생략된 것으로 봐야 한다. 여기서 '도(道)' 자에 대해, 주희는 '본성, 성질'로 봤으나 일부에서는 '길' 즉 '수로(水路)' 혹은 '물을 다스리는 원칙' 등으로 해석했으니 참고로 적어 둔다.

是故로 禹는 以四海爲壑이어시늘 今에 吾子는 以鄰國爲壑이로다.

이러한 이유로 우왕은 사해로써 물을 받아들이는 곳으로 삼았는데, 오늘날 우리 그대는 이웃나라를 물을 받아들이는 곳으로 삼았습니다.

【補】 '학(壑)'은 물을 받아들이는 곳이니, 현대의 댐과 같은 것을 말한다.

水逆行을 謂之洚(강)水니 洚水者는 洪水也라 仁人之所惡(오)也니 吾子過矣로다."

물이 역행하는 것을 강수라고 말하는데, 강수는 홍수와 같은 말입니다. 이는 어진 사람도 미워하는 바이니 당신의 말씀은 지나칩니다."

【補】 물의 아래를 막았기 때문에 물이 역류한 것이다. '어진 사람[仁人]'이란 우왕을 가리킨다. 강수에 대해서는 『서경』, 「요전(堯典)」 제 11장에 '湯湯洪水方割'라고 하였으니, 물이 빠져나가지 못하여 범람하는 것을 홍수(洪水)라고 하였다.

고자 하 제12장

孟子 曰 "君子 不亮이면 惡(오)乎執이리오."

맹자가 말했다.
"군자가 진실한 마음이 없다면 어떻게 일을 집행할 수 있겠는가."

【補】 '량(亮)' 자는 '량(諒)' 자와 통용되며, 그 뜻은 '큰 믿음'이다. 여기서는 '진실한 마음'의 뜻이다. 경우에 따라 도리에 맞지 않는 '작은 신의'를 말하기도 한다. '군자'는 위정자를 가리킨다. '집(執)' 자는 '일을 집행하다[執事]'의 뜻으로 쓰였다.
이 절에 대해 뜻이 불분명하여 이설을 많이 내놓고 있으나 본서처럼 봐도 무난할 듯하다.

고자 하 제13장

魯 欲使樂正子로 爲政이러니 孟子 曰 "吾 聞之하고 喜而不寐호라."

노나라에서 악정자(맹자 제자)로 하여금 정치를 하게 하니, 맹자가 말했다.

"내 이 말을 듣고 기뻐 잠을 잘 수가 없었다."

【補】 맹자는 악정자의 능력을 믿고 그가 일을 해 낼 수 있음에 대해 기뻐한 것이다. '위정(爲政)'은 등용되었다는 의미이다.

公孫丑 曰 "樂正子는 强乎잇가?" 曰 "否라", "有知慮乎잇가?" 曰 "否라", "多聞識乎잇가?" 曰 "否라"

공손추(맹자 제자)가 말했다.

"악정자는 강합니까?"

맹자가 말했다.

"아니다."

"지식과 생각이 있습니까?"

"아니다."

"문견과 식견이 많습니까?"

"아니다."

【補】 '강(强)' 자는 나랏일을 담당할 수 있는 강한 힘을 가리킨다. '지려(知慮)'와 '문식(聞識)'은 나랏일을 도모할 수 있는 지적 능력을 가리킨다. 이 세 가지는 정치를 할 때 반드시 필요한 능력이다.

"然則奚爲喜而不寐시니잇고?"

"그렇다면 무엇 때문에 기뻐 잠을 잘 수가 없었습니까?"

【補】 위의 말 속에는 '무능한 자가 무슨 정치를 할 수 있습니까?' 라는 의미가 있다. '해위(奚爲)'는 '하이(何以)'와 같은 말이다.

曰 "其爲人也 好善이니라."

"그 사람의 됨됨이는 선을 좋아한다."

"好善이 足乎잇가?"

"선을 좋아하면 넉넉합니까?"

【補】 '족(足)' 자 한 글자에는 '노나라를 다스리기에 충분합니까?' 라는 의미가 담겨 있다. 즉 '족' 자는 '치기국(治其國)'의 뜻이다.

曰 "好善이 優於天下온 而況魯國乎온여.

맹자가 말했다.

"선을 좋아하는 것은 천하를 다스리는데도 넉넉한데, 더욱이 노나라를 다스리는 것은 말할 것도 없다.

夫苟好善則四海之內 皆將輕千理而來하야 告之以善하고,

만일 선을 좋아하면 사해 안이 장차 천리를 가볍게 여기고 찾아와 선으로써 말해준다.

【補】'호(好)' 자에는 허심탄회함과 포용력이 있음을 의미한다. '경(輕)' 자는 「양혜왕 상」 제1장에 나온 것처럼 '불원(不遠)'과 같은 말이다.

夫苟不好善則人將曰 '訑訑를 予 旣已知之矣로라'하리니 訑訑之聲音顏色이 距人於千里之外하나니 士 止於千里之外則讒諂面諛之人이 至矣리니 與讒諂面諛之人居면 國欲治인들 可得乎아"

만일 선을 좋아하지 않으면 사람들이 장차 '잘난 체하는 것을 내가 이미 안다.'고 말할 것이니, 잘난 체하는 음성과 얼굴빛이 천리 밖에서 사람을 막는다. 선비가 천리 밖에서 발걸음을 멈춘다면, 참소하고 아첨하며 비위맞추는 사람들이 올 것이다. 참소하고 아첨하며 면전에서 비위맞추는 사람들과 함께 거처한다면, 나라가 다스려지기를 바란들 되겠는가."

【補】올곧은 선비가 천리 밖에서 막히니, 남의 비위를 맞추며 아첨하는 이들이 그 빈자리를 채운다. 따라서 그러한 나라는 잘 다스려지기 어렵다는 말이다.

'불호(不好)'에는 '시기하다, 미워하다[惡]'의 뜻이 담겨 있다. '이이(訑訑)'는 잘난 체하는 태도를 뜻하는데, 이는 자신이 이미 많은 것을 안다고 여겨 남의 말을 더 이상 듣지 않는 것을 말한다. 따라서 '잘난 체하는 것을 내 이미 안다'라는 말은 '나는 벌써 저 사람이 좋은 말을 받아들이지 않을 것을 안다'라는 뜻이다. '참(讒)'

자는 근거 없는 말로 비방하는 것으로 남을 미워하는 행위이다.

고자 하 제14장

【補】 이 장은 「만장 하」 제4장과 의미가 통하니 같이 보면 좋다.

陳子 曰 "古之君子 何如則仕니잇고?" 孟子 曰 "所就 三이오 所去 三이니라.

진자(맹자 제자)가 말했다.
"옛날 군자들은 어떻게 하면 벼슬을 하였습니까?"
맹자가 말했다.
"벼슬에 나아간 것이 세 가지이고, 벼슬을 떠난 것이 세 가지였다.

【補】 진자[陳臻]는 옛사람을 빌려 스승의 벼슬하는 방법에 대해 질문하고 있다[借古喩今]. 이 부분은 총론에 해당되고, 삼취와 삼거에 대해 언급한 뒤 다음 절에서 하나씩 밝힌다.

迎之致敬以有禮하며 言將行其言也則就之하고 禮貌未衰나 言弗行也則去之니라.

군자를 맞이할 때에 지극한 공경으로써 예의를 갖추어, 말을 하면 장차 그 말을 실행할 수 있으면 벼슬에 나아간다. 그런데 예의를 갖춤이 쇠하지 않았지만, 말이 실행되지 않으면 벼슬을 떠난다.

【補】 만장편에서 나온 이른바 '행가지사(行可之仕)'에 대한 설명이다.

원문 '迎之'에서 '지(之)' 자는 군자를 말하는데, 구체적으로는 맹자 자신을 가리킨다. 뒤의 절 또한 앞 절과 마찬가지로 '언(言)' 자 다음에 '지(之)' 자가 생략된 것으로 보면 이해가 쉽다. 즉, 앞 문장을 '迎之(에)'로 보고 뒤 문장 역시 "言(之에) 將行其言也"로 보면 된다.

其次는 雖未行其言也나 迎之致敬以有禮則就之하고 禮貌衰則去之니라.

그다음은 비록 그 말을 실행하지는 않았지만 맞이함에 지극한 공경으로써 예의를 갖추면 벼슬에 나간다. 그런데 예의를 갖춤이 쇠하면 물러난다.

【補】 이른바 '제가지사(際可之仕)'에 대한 설명이다. '제(際)' 자는 교재의 의미로 쓰였다.

其下는 朝不食하고 夕不食하야 飢餓不能出門戶어든 君이 聞之曰 '吾 大者론 不能行其道하고 又不能從其言也하야 使飢餓於我土地를 吾 恥之라'하고 周之인댄 亦可受也어니와 免死而已矣니라."

그 아래로는 아침도 먹지 못하고 저녁도 먹지 못하여, 굶주려 문호조차 나갈 수 없어, 임금이 이 말을 듣고 '내 크게는 그 도를 실행하지 못하고 또 그 말을 따르지 못해서 내 땅에서 굶주리게 만든 것을 나는 부끄러워한다.'라고 말하면서 구휼해주면 또한 받을 수는 있지만 죽음을 면할 뿐이다."

【補】 이른바 '공양지사(公養之仕)'에 대한 설명이다.

이를 통해 벼슬에 대한 맹자의 생각을 알 수 있다. 정리하면 첫째, 도를 행할 수 있도록 나가면 가장 좋다. 둘째, 그렇지 못하다면 지극히 공경한 마음으로 예의라도 갖추면 좋다. 셋째, 그것마저 어렵다면 임금이 반성하며 끼니만 이을 정도의 녹을 주는 정도만 되어도 괜찮다.

'죽음을 면할 뿐이다[免死而已矣]'라는 말은 죽음을 면할 정도로만 받아야 함을 말한다. 임금의 말은 자책의 마음을 표현한 것이다. '주(周)' 자는 '도와주다, 구휼하다'는 뜻이다.

고자 하 제15장

孟子 曰 "舜은 發於畎畝之中하시고 傅說(열)은 擧於版築之間하고 膠鬲(격)은 擧於魚鹽之中하고 管夷吾는 擧於士하고 孫叔敖는 擧於海하고 百里奚는 擧於市하니라.

맹자가 말했다.

"순임금은 밭갈이 하던 시골에서 발탁되셨고, 부열은 성벽을 쌓던 일을 하던 중 천거되었으며, 교격은 어물과 소금을 파는 가운데에서 천거되었고, 관이오는 사관에게 갇혔다가 천거되었으며, 손숙오는 바닷가에서 천거되었고, 백리해는 시장에서 천거되었다.

【補】 이들은 각각 어려운 환경에 있다가 뽑힌 인물들이다.

순임금은 역산(歷山)에서 밭을 갈다가 30세에 등용되어 왕위에 올랐다. 그만이 재위에 올랐기 때문에 순임금에게만 '발(發)' 자를 쓰고 나머지 인물에 대해서는 '거(擧)' 자를 썼다고 한다.

부열은 부암(傅巖)이란 곳에서 제방을 쌓고 있었는데 무정(武丁)에게 뽑혀 재상이 되었다. 교격은 난리를 만나 어물과 소금을 팔다가 문왕의 눈에 들어 벼슬을 하였다.
관이오는 관중이다. 처음에 공자규(公子糾)를 섬겼으나 그가 살해당해 투옥된 적이 있다. 이때 벗인 포숙아의 소개로 제환공에게 발탁되어 경(卿)에 오른다.
손숙오는 손위오(孫蔿敖)라고 한다. 그는 원래 바닷가에서 은거하며 살았는데, 초장왕(楚莊王)이 그를 천거하여 영윤(令尹)으로 삼았다.
백리해는 우(虞)나라 사람으로 진목공(秦穆公)의 눈에 띄어 국정을 맡은 인물이다.

故로 天將降大任於是人也신댄 必先苦其心志하며 勞其筋骨하며 餓其體膚하며 空乏其身하야 行拂亂其所爲하니 所以動心忍性하야 曾(增)益其所不能이니라.

그러므로 하늘이 장차 큰 임무를 이 사람에게 내릴 때에는 반드시 먼저 그 마음을 괴롭게 하고 그 근육과 뼈를 수고롭게 하며 그 몸과 피부를 굶주리게 하고 그 몸을 궁핍하게 하여 그 하는 바를 하는 일마다 어긋나고 뒤틀린다. 이는 마음을 벌떡 일으켜 세우고 성질을 참게 하여, 그가 잘하지 못한 것을 보태주기 위해서다.

【補】 장차 큰 임무를 맡기기 위해서는 반드시 먼저 시련을 준다는 전제 조건이 있다는 말이니, 송(宋) 나라 장재(張載)의 「서명(西銘)」에 "가난하고 천함과 근심 걱정은 너를 옥처럼 갈고 닦아서 훌륭하게 만들기 위한 것이다[貧賤憂戚 庸玉汝於成也]."라고 한 말과 뜻이 통한다.
'행(行)' 자는 복수사로 '하는 일마다'라는 뜻이다. '불(拂)' 자는 '어그러지다[違]'의 뜻이다. '동' 자는 '송동(竦動)'이라는 말로 '다시 일깨워 벌떡 일으켜 세운다'는 뜻으로 쓰였다. '성(性)'은 본연성이 아닌 기질성을 말한다. '증(曾)' 자는 '더하다[增]'의 뜻으로 쓰였다.

人恒過然後에 能改하나니 困於心하며 衡(橫)於慮而後에 作하며 徵

於色하며 發於聲而後에 喩니라.

사람은 늘 과실이 있은 뒤에 능히 고치니 마음에 곤욕이 있고 생각에 어긋남이 있다고 여겨진 뒤에 진작하여 남들의 얼굴빛에 징험되고 음성에 나타난 이후에 깨닫는다.

【補】 위에서 성현을 말했기 때문에, 여기서는 보통사람을 말하고 있다.
'인(人)' 자는 보통사람을 가리킨다. '과(過)' 자는 시련에 해당한다. '형(衡)' 자는 '횡(橫)' 자와 통하니, '거스르다[逆, 不順]'의 뜻이다. '작(作)' 자는 '진작(振作)'이라는 말이다.
'색(色)' 자는 자신의 얼굴빛이 아니라 남들의 얼굴빛이므로 자신의 잘못이 남들의 언행을 통해 나타난다는 말이다. 물론 '얼굴빛에 징험되고 음성에 나타나는' 주체를 자신으로 보는 견해도 있으니 참고로 적어 둔다.

入則無法家拂(필)士하고 出則無敵國外患者는 國恒亡이니라.

나라에 들어가면 곧은 말을 하는 신하와 보필하는 선비가 없고, 나라 밖을 나가면 적국과 외환이 없다면 그 나라는 늘 망한다.

【補】 이 절은 사람 뿐 아니라 나라도 해당됨을 말하고 있다.
'곧은 말을 하는 신하와 보필하는 선비가 없다'는 말은 시련을 주는 선비가 없다는 말이다. '법가(法家)'는 곧은 말을 하는 신하[直臣]를 가리키는 말이지, 한비자와 같은 사상가로서의 법가를 말하는 것이 아니다. '필(拂)' 자는 '필(弼)' 자와 같은 뜻으로 쓰였다.
앞서 성인을 말하고 다음으로 범인을 말하고 다음으로 국가를 말했으니 다음 절에서 결론을 맺는다.

然後에 知生於憂患而死於安樂也니라."

그러한 뒤에야 우환에서 살 수 있고, 안락에서 죽는다는 것을 알 수 있다."

【補】 인간의 주변 환경이 문제가 아니라, 마음이 더 중요함을 말하며 글을 맺고 있다.
'사(死)' 자는 '죽어가게 된다'라는 말이다. 「고자 상」 제10장에서도 안락에서의 죽음을 의(義)로 표현했으니 같이 보면 좋다.

고자 하 제16장

孟子 曰 "敎 亦多術矣니 予 不屑之敎誨也者는 是亦敎誨之而已矣니라."

맹자가 말했다.

"가르침 또한 방법은 많다. 내가 달갑게 여기지 않으며 가르치는 것은 이 또한 가르치는 것일 따름이다."

【補】 이른바 '배타적 교육'이라는 것으로 제자를 달갑게 여기지 않아 멀리 하여 스스로 깨우치게 하는 것 역시도 하나의 교육 방법이라는 것을 말하고 있는 절이다. 즉 가까이 두고 가르치는 것[親近]도 교육의 한 방법이지만, 가까이 하지 않아 스스로 반성하도록 만드는 것[不近] 또한 하나의 방법이 될 수 있다는 뜻이다.

제13부

진심 장구 상(凡四十六章)

진심 상 제1장

孟子 曰 "盡其心者는 知其性也니 知其性則知天矣니라.

맹자가 말했다.

"그 마음을 다하는 사람은 그 성을 아니, 그 성을 알면 하늘을 알게 된다.

【補】'마음을 다한다는 것[盡其心]'은 '마음을 모두 밝게 아는 것'이라는 뜻이다. '마음[心]'에는 전체(全體)가 있고 대용(大用)이 있다. 전체는 성(性)이고, 대용은 정(情)이다.
'그 성을 알면[知其性]' 앞에 '유(由)' 자가 생략된 것으로 보면 이해가 쉬우니, '그 성을 아는 것으로부터 시작한다.'는 말이다. 그 성이란 인의예지(仁義禮智)를 말한다. 따라서 이 성품을 소급하면, 하늘이 되므로 『중용』에 '천명을 일러 성이라고 한다[天命之謂性].'고 하였으니 바로 이를 말한다.

存其心하야 養其性은 所以事天也요,

그 마음을 보존하여 그 성을 길러 주는 것은 하늘을 섬기는 것이다.

【補】마음을 밝히려는 전제는 '지성(知性)'이고, 그다음이 '지천(知天)'인데 그 마음을 깨달았다고 할지라도 그 마음은 출입을 하기 때문에 그것을 잘 보존해야 하며[存其心] 일관되게 길러야만[養其性] 하늘을 섬기는 것이라고 할 수 있다.

殀壽에 不貳하야 修身以俟之는 所以立命也니라."

요절하거나 장수하는 것에 두 마음을 갖지 않고 몸을 닦아 천명을 기다리는 것은 명을 세우는 것이다."

【補】 '요수(殀壽)'는 요절하는 것과 장수하는 것을 말하니, 곧 길흉화복(吉凶禍福)에 대한 운수를 말한다.
주희는 '불이(不貳)'에 대하여 '의심[疑]하지 않는 것'으로 해석했다. '불이' 다음에 '심(心)' 자를 넣어 '두 마음을 갖지 않는다'라고 해석하는 것도 괜찮다. 결국 이 말은 하늘 알기를 지극히 해야 한다는 뜻이다.
'지(之)' 자는 운명을 가리키며 그것을 순종함을 의미한다. '입명(立命)'이란 흐트러짐이 없음을 가리키니, 탁월하게 서서 하늘과 같게 함을 말한다.

진심 상 제2장

孟子 曰 "莫非命也나 順受其正이니라.

맹자가 말했다.
"천명 아닌 것이 없지만 그 정명을 순히 받아야 한다.

【補】 앞서 천명에 관한 부분이 미진했기 때문에 여기에서 다시 말하고 있다. '명'이란 길흉화복과 요수 등을 가리키니, 주어로 "사람이 죽고 사는 것은"을 넣으면 문맥이 명확해진다.

是故로 知命者는 不立乎巖墻之下하나니라.

이 때문에 정명을 아는 사람은 위험한 담장 아래에 서지 않는다.

【補】 정명(正命)을 잘 알아 항상 몸을 조심하라는 의미가 담겨 있다.
'담장 아래[巖墻之下]'란 '장차 넘어질 듯한 돌담 아래'라는 뜻으로, 매우 위험한 곳을 말한다. 따라서 자초를 해서는 안 된다.

盡其道而死者는 正命也요,

그 도를 다하고 죽는 사람은 정명이다.

【補】 이를테면 '몸을 희생하여 인을 완성하는[殺身成仁]' 행위라든지, '삶을 버리고 의로움을 취하는[捨生取義]' 행위 등이 정명에 해당된다. 이는 도의를 다하였으므로 천명이라 할 수 있다.

桎梏死者는 非正命也니라."

죄를 지어 죽는 사람은 정명이 아니다."

【補】 범죄를 지은 행위는 스스로 부른 것으로[自取] 앞서 말한 위험한 담장 아래 서는 것과 다르지 않다.
'질곡(桎梏)'은 앞서 '그 도를 다하는 것'과 반대 개념으로 사용되었다. '질(桎)'은 발에 채우는 것으로 일명 '족쇄'와 같고, '곡(梏)'은 손에 채우는 것으로 일명 '수갑'과 같은 형구(形具)를 말한다.

진심 상 제3장

孟子 曰 "求則得之하고 舍則失之하니 是求는 有益於得也니 求在

我者也일새니라.

맹자가 말했다.

"구하면 얻을 것이고 놓으면 잃을 것이다. 이 구함은 얻는 데에 유익하니 나에게 있는 것을 추구하기 때문이다.

【補】 목적어가 없기 때문에 이해하기 어렵지만 「고자 상」 제6장에 '求則得之하고 舍則失之'라는 말이 나오기 때문에 목적어가 '인간의 착한 본성', '도(道)', '천작(天爵)' 등으로 보면 된다.
'나에게 있다[求在我者]'는 말은 내 성분(性分-본성) 안에 있다는 뜻으로, 역시 「고자 상」 제6장에서 이미 나왔다.

求之有道하고 得之有命하니 是求는 無益於得也니 求在外者也일새니라."

구하는 데에 방법이 있고 얻는 데에 천명이 있다. 이러한 추구는 얻어 봐야 도움이 없으니 밖에 있는 것을 구하기 때문이다."

【補】 '밖에 있는 것[在外]'은 부귀공명 따위를 가리킨다. 이러한 것들은 얻어봤자 도움이 되지 않는다.

진심 상 제4장

孟子 曰 "萬物이 皆備於我矣니,

맹자가 말했다.

"만물이 모두 나에게 갖추어져 있다.

【補】 이른바 '맹자의 신비주의'라고 하는데, 지나치게 해석할 필요가 없다. 즉 '만물이 나에게 갖추어져 있다'는 것은 바로 도가 가까이 있음을 말하며, 또한 내 마음에 훌륭한 스승이 있음을 말한 것이기 때문이다.

反身而誠이면 樂莫大焉이오,

자신을 반성하여 성실하면 즐거움이 이보다 더 클 수 없다.

【補】 이는 어진 사람[仁者]으로서 만물이 갖추어져 있기 때문이다. '반(反)' 자는 '자아의 반성 내지 성찰'로 보면 되고, '성(誠)'이란 진실한 마음을 갖고서 끊임없이 노력하는 것을 뜻한다.

强恕而行하면 求仁이 莫近焉이니라."

서(恕)를 힘써서 행하면 인을 구함이 이보다 가까울 수 없다."

【補】 '학자의 길'이 무엇인지 밝힌 절이다. '강(强)' 자는 '애써 힘쓰다'는 뜻으로 쓰였다.

진심 상 제5장

孟子 曰 "行之而不著焉하며 習矣而不察焉이라 終身由之而不知其道者 衆也니라."

맹자가 말했다.

"도를 행하면서 밝게 알지 못하며 도를 익히면서도 정밀하게 살피지 못한다. 종신토록 행하면서도 그 도를 모르는 사람이 많다."

【補】 문을 출입하는 것처럼, 도가 일상생활에 있는데도 이를 알지 못한 데에 대한 탄식이다.
'행지(行之)'와 '유지(由之)'에서 '지(之)' 자는 도(道)를 가리킨다. '저(著)' 자는 '밝게 아는 것'이고 '찰(察)' 자는 '자세히 알다'는 뜻으로 쓰였다. 조기는 '중(衆)' 자를 '대중(大衆)' 즉 백성으로 해석했으니 참고로 적어 둔다.

진심 상 제6장

孟子 曰 "人不可以無恥니 無恥之恥면 無恥矣리라."

맹자가 말했다.

"사람은 염치가 없어서는 안 되니 부끄러움이 없음을 부끄러워한다면 치욕스러운 일이 없을 것이다."

【補】 네 번의 '치(恥)' 자가 사용되었는데, 쓰임에 차이가 있다. 즉 원문 '人不可以無恥'에서의 '치' 자는 예의가 없는 염치를 말한다. '無恥之恥'에서의 '치' 자는 수오지심(羞惡之心)을 말한다. '無恥矣'의 '치' 자는 치욕스러운 일을 말한다.
'무치지치(無恥之恥)'를 본서처럼 해석하지 않고, '부끄러움이 없는 부끄러움'으로 해석하는 경우도 있다. 이는 '지(之)' 자를 단순한 조사로 본 경우인데, 그 의미는 안하무인(眼下無人)처럼 '정말 부끄러움이 없는 사람'으로 해석한 경우다. 또 '부끄러움이 없는 마음을 부끄러움 마음이 있는 곳으로 옮기다'로 해석하는 경우도 있는데 이는 '지(之)' 자를 '가다'의 뜻으로 본 것이니, 참고로 적어 둔다.

진심 상 제7장

孟子 曰 "恥之於人에 大矣라.

맹자가 말했다.

"부끄러움이 사람에 있어서 크다.

【補】 여기에서의 '치(恥)' 자는 '수오지심(羞惡之心)'을 말한다. 즉 부끄러워하는 마음이 다른 사람과의 관계 속에서 어떠한가에 대해 말하고 있으니 사람에 있어서 부끄러움이란 매우 큼을 말한다.

爲機變之巧者는 無所用恥焉이니라.

임기응변과 심한 변덕의 교묘한 짓을 하는 사람은 부끄러운 마음도 소용없다.

【補】 수오지심 그 자체가 없음을, 맹자가 꾸짖고 있는 절이다.

주희는 '기변(機變)'은 기계(機械)와 변사(變詐)로 해석했다. 그러나 기계라는 말이 요즘 말과 어울리지 않고, 변사가 '변덕이 심한 행위'라는 뜻이 있으므로 '기(機)' 자를 임기응변으로 해석하는 옳다고 봤다.

不恥 不若人이면 何若人有리오."

부끄러워하지 않는 마음이 남과 같지 않다면, 어느 것이 남과 같은 것이 있겠는가."

【補】 '치(恥)' 자 한 글자에 '부끄러워하는 마음'의 뜻이 있으니, '불치(不恥)' 다음에 '심(心)' 자가 생략된 형태로 보면 된다. '인(人)' 자는 모든 사람을 말한다. '치(恥)' 자는 역시 수오지심이다.
이 글을 쉽게 이해하기 위해 부정사인 '불(不)' 자를 빼고 보면, "부끄러워하는 마음은 모든 사람이 같다."라는 말이 되니, 이해에 도움이 된다.

진심 상 제8장

孟子 曰 "古之賢王이 好善而忘勢하더니 古之賢士 何獨不然이리오 樂其道而忘人之勢라 故로 王公이 不致敬盡禮則不得亟(기)見之하니 見且猶不得亟온 而況得而臣之乎아."

맹자가 말했다.
"옛날 어진 임금들이 선을 좋아하고 권세를 잊었는데, 옛날 어진 선비만이 어찌 홀로 그렇지 않았겠는가. 그 도를 즐거워하고 남의 세력을 잊었다. 그러므로 왕공이 공경을 지극히 하지 않고 예를 다하지 않으면 자주 그를 만나볼 수 없었다. 만나보는 것도 오히려 자주할 수 없는데 더더욱 그를 신하로 삼는 것에 있어서는 말할 것도 없다."

【補】 전국시대 사람들이 권력과 세력만을 탐하는 것에 대해 비판하고 있는 절이다.
'옛날 어진 임금들이 선을 좋아하고 권세를 잊었다'라는 말은, 그들이 왕이라는 권세를 가지고서도 선을 좋아하여 어진 이에게 몸을 낮추었다는 말이다.
'선(善)'이란 앞서 나온 천작(天爵)을 가리키고, '세력'이란 인작(人爵)을 말한다. '견지(見之)'는 일시적 만남을 말한다. 원문 '況得而臣之乎'에서 '득' 자는 등용[用]의 뜻으로 쓰였으며 '신(臣)' 자는 동사로 '신하로 삼음'의 뜻으로 쓰였다.

진심 상 제9장

孟子謂宋句踐曰 "子 好遊乎아? 吾 語子遊호리라.

맹자가 송구천에게 말했다.
"당신은 유세하기를 좋아합니까? 내가 당신에게 유세에 대해 말해 주겠습니다.

【補】'송구천'이 어떤 인물인지 미상이나, 이로 보면 유세가임을 알 수 있다. '유세에 대해 말해 주겠다'는 말은 진정한 유세가 무엇인지, 정도에 대해 말해주겠다는 뜻이다.

人知之라도 亦囂囂하며 人不知라도 亦囂囂니라."

남이 알아주더라도 자득하여 욕심이 없으며, 남이 알아주지 못하더라도 또한 자득하여 욕심이 없어야 합니다."

【補】유세라는 것은 자신의 욕구를 충족하는 것인데, 그 욕구가 도를 실천하기 위한 것이라면 그래도 괜찮지만, 개인의 욕심을 채우기 위한 것이라면 불가함을 말하고 있다. 따라서 유세의 성공여부를 떠나 스스로의 자득함이 있어야 하는 것이다.

'효효(囂囂)'란 스스로 터득하여 욕심이 없는 것을 말한다.

曰 "何如라야 斯可以囂囂矣니잇고?" 曰 "尊德樂義則可以囂囂矣니라.

송구천이 말했다.
"어떻게 해야 자득하여 욕심이 없습니까?"
맹자가 말했다.
"덕을 높이고 의를 즐거워하면 자득하여 욕심이 없을 수 있습니다.

【補】 '어떻게 하여야[何如]'라는 말은 방법에 대한 질문이고, '덕을 높이다[尊德]'와 '의를 즐거워하다[樂義]'는 각각 내면과 외면에 대한 수양 방법이다. 즉 안으로는 덕을 쌓고, 밖으로는 의를 수양해야만 효효자득할 수 있음을 말하고 있다.

故로 士는 窮不失義하며 達不離道니라.

그러므로 선비는 궁핍해도 의를 잃지 않고 영달해도 도를 떠나지 않는 것입니다.

【補】 이 절은 앞 절의 '덕을 높임[尊德]'과 '의를 즐거워 함[樂義]'의 실제 행위가 어떠한가에 대해 말하고 있다.
'궁(窮)' 자는 궁핍했을 때이므로 벼슬을 하지 않았을 때이다. 따라서 앞서 나온 '남이 알아주지 않더라도[人不知]'와 같은 말이다. '달(達)' 자는 벼슬을 했을 때를 말한다. '도를 떠나지 않았다'는 말은 도를 실천했다는 의미이다.

窮不失義故로 士得己焉하고 達不離道故로 民不失望焉이니라.

궁핍해도 의를 잃지 않기 때문에 선비는 자기의 본성을 얻고, 영달해도 도를 떠나지 않기 때문에, 백성이 실망하지 않습니다.

【補】 선비가 몸을 잃지 않은 것은 의리로써 몸가짐을 바르게 했기 때문이다. 벼슬하여 도를 행했기 때문에 백성의 바람을 저버리지 않은 것이다.
'득기(得己)'는 '자신의 본성', '자신의 지조', '스스로 터득함' 등 다양하게 해석이 가능하다.

古之人이 得志하얀 澤加於民하고 不得志하얀 修身見(현)於世하니 窮則獨善其身하고 達則兼善天下니라."

옛사람은 뜻을 얻으면 백성에게 은택이 더해지고, 뜻을 얻지 못하면 몸을 수양하여 세상에 그 명성이 드러납니다. 궁핍하면 그 몸을 홀로 선하게 하고, 영달하면 천하를 겸하여 선하게 합니다."

【補】 이른바 독선기신(獨善其身)과 겸선천하(兼善天下)에 대한 설명이다. 나라에 도가 있으면 벼슬하여 도를 실천하고, 도가 없으면 물러나 자신을 수양할 따름이다.
'겸(兼)' 자는 '함께하다'라는 동사로 쓰였다.

진심 상 제10장

孟子 曰 "待文王而後에 興者는 凡民也니 若夫豪傑之士는 雖無文王이라도 猶興이니라."

맹자가 말했다.

"문왕을 기다린 뒤에 일어난 사람은 일반 백성이니, 호걸의 선비와 같은 사람은 비록 문왕이 없었더라도 오히려 일어난다."

【補】 자력으로 흥기하는지, 타력으로 흥기하는지에 대한 말이다.
문왕을 예로 든 것은 가장 훌륭한 인물로 평가받기 때문이다. '문왕을 기다린 뒤에 선으로 진작하는 사람은 일반 백성'이라고 말한 이유는 자력으로 하지 않고 타력에 의하기 때문이다. '일반 백성[凡民]'은 타력을 의미하고, '문왕 같은 성군'은 자력으로 일어서는 호걸지사를 의미한다.
'흥(興)' 자는 선으로 진작시키는 것을 말한다.

진심 상 제11장

孟子 曰 "附之以韓魏之家**라도** 如其自視欿然**이면** 則過人**이** 遠矣**니라**."

맹자가 말했다.

"한씨와 위씨의 집안을 내게 붙여주더라도 만일 그것을 스스로 보기를 하찮게 여긴다면 남보다 뛰어남이 훨씬 더할 것이다."

【補】 전국시대 당시가 너무 부귀에 빠져 살기 때문에 이러한 말을 하여 경계하고자 했다. 부귀만 벗어날 줄만 알아도 남들보다 식견이 뛰어난 것이라 할 수 있다고 본 것이다.
'한(韓)과 위(魏)'는 부유한 집안이다. '가(家)' 자를 썼으니 경대부(卿大夫)의 집안이라는 사실을 알 수 있다. '부(附)' 자는 '더하다[益加]'의 뜻이다. '감연(欿然)'은 스스로 만족하지 못한 모습으로 여기서는 '하찮게 여기다'의 뜻으로 쓰였다.

진심 상 제12장

孟子 曰 "以佚道使民이면 雖勞나 不怨하고 以生道殺民이면 雖死나 不怨殺者니라."

맹자가 말했다.

"편안하게 해주는 방법으로 백성을 부리면 비록 수고로우나 백성이 원망하지 않으며, 살려주는 방법으로 백성을 죽이면 비록 죽더라도 죽이는 자를 원망하지 않는다."

【補】 이 장은 '일도(佚道)'와 '생도(生道)'의 차이만 알면 이해가 쉽다. '일도(佚道)'란 파종(播種)이나 지붕을 잇는[升屋] 등의 일로서 괴롭지만 백성을 위한 일이다. '생도(生道)'란 백성을 살리기 위해 해로운 사람을 처형하여 제거하는 등의 일을 말한다. 일도나 생도 모두 백성을 위한 것이다.

진심 상 제13장

孟子 曰 "霸者之民은 驩虞如也요 王者之民은 皞皞如也니라.

맹자가 말했다.

"패도정치로 다스린 백성은 그저 좋아할 뿐이고, 왕도정치로 다스린 백성은 스스로 만족해한다.

【補】 원문 '霸者之民'을 위처럼 번역하지 않고 '패자의 백성'으로

해석하는 경우도 있는데, 뜻은 같다. '민(民)' 자에는 '민풍(民風)'의 뜻이 담겨 있다. 왕도정치의 효과가 바로 효효(皥皥)이며, 그 구체적 모습은 아래 절에 보인다.

근심과 걱정 등을 뜻하는 '우(虞)' 자가 여기에서는 '환(驩)' 자와 같이 '기뻐하다, 즐거워하다[娛]'의 뜻으로 쓰였다. '여(如)' 자는 '연(然)' 자나 '이(爾)' 자처럼 '~한 모양'을 만드는 접미사이다. 따라서 '환우여(驩虞如)'라는 말은 '그저 그들이 좋아하는 것'을 말한다. '효효(皥皥)'는 광대하고 자득한 모양을 뜻한다.

殺之而不怨하며 利之而不庸이라 民日遷善而不知爲之者니라.

죄가 있는 이를 죽여도 원망하지 않으며 이롭게 하여도 공으로 여기지 않으니, 백성이 매일 선한 마음으로 옮겨 가면서도 그렇게 하고 있는 줄 알지 못한다.

【補】 형벌과 정치와 교육의 실천 등에 대해 언급하고 있다.

왕도 정치는 이러한 정책을 시행했는데도 백성이 모를 때가 있다. 예를 들면, 순임금이 사흉을 죽인 것은 다름 아닌 백성의 이로움을 위한 것이기 때문에 백성은 원망하지 않았다.

'이지(利之)'란 정치를 말한다. '용(庸)' 자는 '공적[功]'의 뜻으로 쓰였다. '백성이 매일 선한 마음으로 옮겨 가다'라는 말이 바로 교육을 말한다. 마지막 '위지(爲之)'의 '지(之)' 자는 선한 마음으로 가는 것을 말한다.

夫君子는 所過者 化하며 所存者 神이라 上下 與天地同流하나니 豈曰小補之哉리오."

군자는 스쳐 지나는 곳마다 교화가 되고 마음에 두고 있으면 정신이 된다. 상하가 천지와 더불어 흐르니 어찌 작은 보탬이 있겠는가."

【補】 이 절을 줄여 '과화존신(過化存神)'이라고 한다.
'군자'란 왕도정치를 하는 임금을 가리키며, 앞 절에서 나온 '왕자(王者)'를 말한다. '스쳐 지나는 것[所過者]'은 앞 절의 형벌과 정치와 교육 일체를 가리킨다. 이러한 실천은 마음과 정신으로부터 출발한다.
'화(化)'는 백성의 변화를 뜻한다. '존(存)' 자는 마음속으로 해야겠다는 다짐을 말한다. '신(神)'은 '마음[心]'과 같다. '천지(天地)'란 천자의 덕을 뜻한다.

진심 상 제14장

孟子 曰 "仁言이 不如仁聲之入人深也니라.

맹자가 말했다.
"어진 말은 어진 명성이 사람에게 깊이 들어가는 것만 같지 못하다.

【補】 '인언(仁言)'이란 임금의 좋은 말씀을 가리킨다. 그러나 이 말은 말일뿐 실천이 아니다. 따라서 윗글은 말보다 행실이 중함을 말하는 것으로 훌륭한 정치의 기본이 여기에 있다는 뜻이다.
'성(聲)' 의 해석은 분분한데, 주희처럼 '명성(名聲)'으로 보지 않고, 조기의 '음악[聲]'으로 보는 설도 상당수 받아들여지고 있다. 이는 「진심 하」 제22장에 "禹之聲, 尙文王之聲"라는 표현을 사용한 것처럼 '성(聲)' 자를 음악으로 해석해야 한다는 것이다. 실제 중국에서 음악은 정치나 교육 등에서 그 위치가 매우 중했으므로 설득력이 있다. 그러나 뒷 절에 나오는 선정(善政)의 기본이 바로 명성이므로, 본서에서는 명성으로 해석했다.
'사람에게 깊이 들어가다[入人深]'라는 말은 감동을 뜻한다.

善政이 不如善教之得民也니라.

훌륭한 정치는 훌륭한 가르침으로 백성의 마음을 얻는 것만 못하다.

【補】 선한 정치는 기강과 제도를 말한다. 하지만 선한 교육을 통해 백성의 마음을 얻는 것만 같지 못하다.

善政은 民이 畏之하고 善教는 民이 愛之하나니 善政은 得民財하고 善教는 得民心이니라."

훌륭한 정치는 백성이 두려워하고, 훌륭한 가르침은 백성이 사랑한다. 훌륭한 정치는 백성의 재물을 얻고, 훌륭한 가르침은 백성의 마음을 얻는다."

【補】 훌륭한 가르침은 백성이 사랑하기 때문에 이를 어기려 하지 않는다. 즉 농사에 힘을 쓰고, 세금을 절약하고, 쓰는 것을 검소하게 하니, 백성은 재물을 얻을 수 있다. 이는 곧 나라경제를 넉넉하게 할 수 있음을 말한다.
하지만 훌륭한 가르침은 백성의 마음을 얻기 때문에 자연히 백성의 재물도 얻는 것이다. 훌륭한 정치는 일시적인 것이지만 훌륭한 가르침은 영원한 것이다.

진심 상 제15장

孟子 曰 "人之所不學而能者는 其良能也요 所不慮而知者는 其良知也니라.

맹자가 말했다.

"사람이 배우지 않고도 능한 것은 양능이고, 생각하지 않고 아는 것은 양지이다.

【補】 인의(仁義)는 선천적이고 자연스러운 것이며, 바로 이것이 양능과 양지임을 밝히고 있는 절이다.
'양(良)' 자에는 '자연스럽다, 선천적이다'는 뜻이 담겨 있다. 즉 '배우지 않고[不學]'라는 말과 '생각하지 않고[不慮]'라는, 네 글자의 뜻이 이 한 글자에 표현되고 있다. 물론 '양(良)' 자를 천부적인 것으로 보지 않고, '매우[甚]'로 해석하는 경우도 있으니 참고로 적어 둔다.

孩提之童이 無不知愛其親也며 及其長也하야 無不知敬其兄也니라.

어려서 손을 잡고 가는 아이가 그 어버이를 사랑할 줄 모르는 사람이 없으며, 그가 성장했을 때에는 그의 형을 공경할 줄 모르는 사람이 없다.

【補】 이처럼 웃을 줄만 아는 아이에게도 가르쳐 주지 않아도 어버이를 사랑하고, 조금만 자라도 자신의 형을 공경할 줄 아는 것만 봐도 인간이라면 누구나 양능과 양지가 있음을 증명하고 있다.
'해제지동(孩提之童)'이란 2~3세 사이로 어려서 웃을 줄 알고 손을 잡고 다니며, 안아줄 만한 이를 말한다.

親親은 仁也요 敬長은 義也니 無他라 達之天下也니라."

어버이를 가까이 하는 것은 인이고, 어른을 공경하는 것은 의이니 다름 아니라 천하에 공통되기 때문이다."

【補】 양능과 양지가 있는 것은 바로 인의예지가 있기 때문이며, 이것이 바로 인간의 본성이라는 논리로 글을 맺고 있다.

'달(達)' 자는 '공통된[通]'의 뜻으로 쓰였다. 여기에서의 인의는 인간의 본성으로, 알 수 있는 능력[知]과 행할 수 있는 능력[行]이 내포되어 있다.

진심 상 제16장

孟子 曰 "舜之居深山之中에 與木石居하시며 與鹿豕遊하시니 其所以異於深山之野人者 幾希러시니 及其聞一善言하시며 見一善行하산 若決江河라 沛然莫之能禦也러시다."

맹자가 말했다.

"순임금이 깊은 산중에 거처할 때에 나무와 돌과 더불어 살며 사슴과 멧돼지와 함께 놀았으니 깊은 산 속에 사는 촌사람들과는 다른 점이 거의 없었다. 순임금이 한 마디 훌륭한 말을 듣고 하나의 훌륭한 행위를 보게 되면 마치 장강과 황하를 터놓은 듯 세차게 흘러 능히 막을 수가 없었다."

【補】 순임금은 외형상 사는 모습만을 보면 산 속 촌사람과 차이가 거의 없다. 하지만 그가 여느 사람들과 다른 점은 바로 '마음'에 있다. 그것은 선언과 선행을 보면 그의 마음은 선을 좋아하는 마음이 끝이 없다는 데 있다.

원문 '及其聞一善言'에서 '기(其)' 자는 순임금을 가리킨다. '若決江河' 앞에 주어 "순의 마음이"가 생략되어 있다. 대개 '강(江)' 자는 장강(長江)을, '하(河)' 자는 황하를 가리킨다.

진심 상 제17장

孟子 曰 "無爲其所不爲하며 無欲其所不欲이니 如此而已矣니라."

맹자가 말했다.

"그 해서는 안 될 일을 하지 말며, 그 원하면 안 될 바를 원해서는 안 되니 이와 같이 할 뿐이다."

【補】 이 장은 수오지심(羞惡之心)의 확충에 대해 말하고 있다.

'기(其)' 자를 '자기[己]'로 해석하기도 한다.

조기는 "자기가 하지 않는 것을 남에게 시키지 말고 자기가 원하지 않는 것을 남에게 원하지 말라."라고 해석했다. 이는 『논어』、「위령공(衛靈公)」 제23장에 "자기가 하고 싶지 않은 것을 남에게 시키지 마라[己所不欲勿施於人]."라고 한 구절과 상통하는 구절로 이처럼 해석한 것이니 참고로 적어 둔다.

'소불위(所不爲)'는 몸[身]으로 행하는 어떤 행위를 말한다. 이는 부당행위를 가리킨다. '소불욕(所不欲)'은 마음[心] 즉 염원을 말한다. 그래서 마음에 부끄러운 생각을 하지 말라는 말이다.

진심 상 제18장

孟子 曰 "人之有德慧術知者는 恒存乎疢疾이니라.

맹자가 말했다.

"사람 가운데 덕의 밝음과 기술의 지혜를 가지고 있는 사람은 늘 어려운 경험을 간직한 데에 있다.

【補】 모든 일처리가 '술(術)'이며, 덕의 지혜보다 더 지혜롭게 일을 처리해 나가는 것이 '술지(術知)'이다. '진질(疢疾)'은 '열병'과 같은 말로 우환이나 고난의 세월을 뜻한다.
조기는 덕혜술지(德慧術知)를 덕, 지혜, 기술, 재능 등 모두 각각으로 봤으니 참고로 적어 둔다.

獨孤臣孼子는 其操心也 危하며 其慮患也 深故로 達이니라."

유독 외로운 신하와 얼자들은 그 마음을 잡는 것이 위태로우며, 그 근심을 생각하는 것이 심하기 때문에 통달한다."

【補】 '외로운 신하'란 임금과 소원한 신하를 말한다. '얼자'는 서자로서 첩의 자식이다. 외로운 신하나 얼자나 모두 임금과 어버이로부터 사랑을 얻지 못하여 늘 마음속에 근심이 있는 사람들이다. 즉 충성과 효도를 하려고 해도 멀리 있기 때문에 이를 행하기 어려운 이들이다.
그러나 이들은 어려움 속에 명철한 지혜가 나오며, 늘 근심에 대해 염려하기 때문에 통달하게 된다. '달(達)' 자는 바로 덕혜술지(德慧術知) 네 글자를 표현한 말이다. 다시 말해, 덕혜술지는 결과를 말한 것이며, 수련이나 공부는 그 과정으로서 늘 조심하며 근심해야 한다는 말이다.

진심 상 제19장

孟子 曰 "有事君人者하니 事是君則爲容悅者也니라.

맹자가 말했다.
"임금 한 사람만을 섬기는 사람이 있으니, 이러한 사람이 임금을 섬기면 용납되고 기쁘게 하는 자이다.

【補】 '군인(君人)'은 임금 한 사람을 가리킨다. 따라서 임금 한 사람만 섬기는 사람은 아첨하고 용납되어 그 임금의 비위를 맞춰주니 기뻐하는 자라고 말한 것이다.

有安社稷臣者하니 以安社稷爲悅者也니라.

사직을 편안히 하려는 신하가 있으니, 사직을 편안하게 하는 것을 기쁨으로 삼는 자이다.

【補】 사직을 편안히 하려는 신하는 오로지 국가와 백성만을 생각하는 신하로서 앞 절의 임금만을 생각하는 신하와는 달리 임금은 생각하지 않는다.
'사직(社稷)'이란 토지의 신[社]과 곡식의 신[稷]을 말한다. 일반적으로 사직이라 하면 '국가'의 뜻으로 쓰인다.

有天民者하니 達可行於天下而後에 行之者也니라.

하늘의 백성이 된 사람이 있으니 현달하여 온 천하에 행할 수 있은 뒤에 행하는 자이다.

【補】 하늘의 백성이 된 사람은 아직 벼슬을 하지 못한 자이다. 그는 천하에 도가 행해질 수 있는 조짐을 본 뒤에 임금과 백성을 요임금과 순임금 그리고 그 백성들로 만들려는 자이다. 따라서 그는 가볍게 벼슬에 나갈 수 없는 자이다.

有大人者하니 正己而物正者也니라."

대인이 있으니 자기 몸을 바르게 하여 사물이 절로 바르게 되는 자다."

【補】 여기서 '대인(大人)'이란 바로 성인(聖人)을 말한다. '정물(正物)'이 아니라 '물정(物正)'이라고 했기 때문에, 사물이 절로 바르게 됨을 의미한다. 여기서 '물(物)'은 다른 사람[人]을 지칭한다. '정(正)' 자는 '화(化)' 자의 뜻으로 쓰였다.

진심 상 제20장

孟子 曰 "君子 有三樂而王天下 不與存焉이니라.

맹자가 말했다.

"군자에게는 세 가지 즐거움이 있는데, 천하에 왕 노릇을 하는 것은 여기에도 있지 않다.

【補】 '군자에게 세 가지 즐거움이 있다[君子有三樂]'는 말은 본 성품에 지닌 즐거움을 말한다. '왕천하(王天下)'란 요임금과 순임금의 통치나 혹 하은주 삼대와 같은 통치 따위를 말하니, 부귀와 같은 것이며 이는 일시적인 것이다.

父母 俱存하며 兄弟 無故가 一樂也요,

부모님 모두 살아 계시며, 형제들이 아무 일 없는 것이 첫 번째 즐거움이다.

【補】 이는 하늘에서 얻어지는 것이지 개인의 노력 여하에 달려 있는 것은 아니다. 부모님께서 모두 살아 계시기 때문에 효도(孝

道)할 수 있고, 형제들이 아무런 일이 없기 때문에 우애(友愛)할 수 있다.
'고(故)' 자는 재해나 환란, 상(喪)이나 병(病) 등 변고를 뜻한다.

仰不愧於天하며 俯不怍於人이 二樂也요,

우러러서는 하늘에 부끄럽지 않고, 굽어서는 남들에게 부끄럽지 않은 것이 두 번째 즐거움이다.

【補】 하늘과 땅에 한 점 부끄러움 없는 '진실한 몸[誠身]'이 두 번째 즐거움임을 말하고 있다.

得天下英才而教育之 三樂也니,

천하의 영재를 얻어 교육하는 것이 세 번째 즐거움이다.

【補】 이는 도를 전할 수[傳道] 있기 때문이다. 요임금과 순임금의 정치는 당대만 평화로울 수 있으나, 공맹의 교육은 만세토록 영원함을 밝히고 있다. '교(教)' 자로 쓰이던 가르침이 '교육(教育)'이라는 말로 또렷이 문헌에 기록되고 있음을 알 수 있다.

君子 有三樂而王天下 不與存焉이니라."

군자에게는 세 가지 즐거움이 있는데 천하에 왕 노릇 하는 것은 여기에도 있지 않다."

【補】 왕천하(王天下)는 하늘이 주는 것이기에 하늘의 지위[天位]를 말한다. 이러한 지위보다는 부모님께 효도하는 것이 더 큼을 강조한 절이다.
이를 보면 맹자의 사상은 인륜에 가장 큰 비중을 두고 있음을 알 수 있다. 왕천하란 몸이 영화로운 것이다. 이는 몸을 성실히 하는 것만 같지 못하다.

진심 상 제21장

孟子 曰 "廣土衆民을 君子 欲之나 所樂(락)은 不存焉이니라.

맹자가 말했다.

"국토를 넓히고 백성을 많게 하는 것을 군자가 원하지만, 즐거워 하는 것은 여기에 있지 않다.

【補】 군자가 국토를 넓혔지만 즐거워하지 않는 것은 도를 크게 행하지 못하였기 때문이다.

'토(土)' 자는 국토(國土)를 지칭한다. '국토를 넓히고 백성을 많게 하는 것'은 결국 치국(治國)을 말한다. '즐거워하는 바[所樂]'란 뒤의 절에서 '평천하(平天下)'로 연결된다. '여기에 있지 않다[不存焉]'라는 말은 아직은 거기에 있지 않다는 말이다.

中天下而立하야 定四海之民을 君子 樂之나 所性은 不存焉이니라.

천하의 한 가운데에 서서 사해의 백성을 안정시키는 것을 군자가 즐거워 하지만, 성품으로 간직한 것은 여기에 있지는 않다.

【補】 소위 팔조목의 '치국(治國)'으로는 군자가 즐거워할 수 없고 '평천하(平天下)' 정도 되어야 즐거울 수 있다는 뜻이다.

'성품이 여기에 있지 않다'고 하였으니 앞 장의 '천하에 왕 노릇 하는 것은 여기에 있지 않다'라고 한 내용과 부합된다. '소성(所性)'은 '성품으로 간직한 것'이라 해석하는 것이 좋다.

君子所性은 雖大行이나 不加焉이며 雖窮居나 不損焉이니 分定故也니라.

군자가 성품으로 간직한 것은 비록 크게 행해지더라도 더 보태지지 않으며, 비록 궁핍하게 살더라도 줄어들지 않으니, 본분이 일정하기 때문이다.

【補】 '크게 행해진다[大行]'는 말은 천자로서의 만백성을 편히 하는 것을 뜻한다. '분(分)' 자는 본분이라는 말이니, 여기서는 성품을 가리킨다. '일정하다[定]'는 말은 특별히 더해지거나 손해가 없다는 말이다.

君子所性은 仁義禮智 根於心이라 其生色也 睟然見(현)於面하며 盎於背하며 施於四體하야 四體 不言而喩니라."

군자가 성품으로 간직한 것은 인의예지가 마음속에 뿌리로 자리 잡아 그 얼굴빛에 생겨나는 것이 얼굴에 밝게 드러나고 등에 가득하며 사체에 베풀어져, 사체가 말하지 않아도 깨닫게 된다."

【補】 '군자가 성품으로 간직한 것은 인의예지가 마음속에 뿌리로 자리 잡았다.'는 말은 마음에 조금도 동요가 없음을 말한다. 내면에 있는 것이 밖으로 드러난 것, 즉 얼굴빛에 드러난 것[生色]의 구체적 예가 얼굴과 등과 사체에 드러난 것이다.

얼굴에 나타난 것은 내면에 있는 인의예지가 드러난 것이고, 등에 가득하다는 것은 인의예지가 몸에 드러난 것이고, 사체(사지)에 베풀어진 것은 인의예지가 실제 행위로 드러남을 말한다. '앙(盎)' 자는 성하여 또렷하게 드러난 모양을 말한다.

진심 상 제22장

孟子 曰 "伯夷 辟(피)紂하야 居北海之濱이러니 聞文王作興하고 曰 '盍歸乎來리오 吾聞西伯은 善養老者라'하고 大(太)王 辟紂하야 居東海之濱이러니 聞文王作興하고 曰 '盍歸乎來리오 吾聞西伯은 善養老者라'하니 天下에 有善養老則仁人이 以爲己歸矣리라."

맹자가 말했다.

"백이가 주왕을 피하여 북해의 변두리에 살다가, 문왕이 흥기했다는 말을 듣고 '내 어찌 돌아가지 않겠는가. 내 들으니 서백은 노인을 잘 봉양한다.'고 말했다.

태공이 주왕을 피하여 동해의 변두리에 살다가, 문왕이 흥기했다는 말을 듣고 '어찌 돌아가지 않겠는가. 내 들으니 서백은 노인을 잘 봉양한다.'고 말했다. 천하에 노인을 잘 봉양하는 사람이 있으면, 어진 사람들이 자기가 돌아갈 곳으로 삼을 것이다.

【補】 글자의 출입만 다소 있을 뿐 「이루 상」 제13장에 이미 나온 말이다.

五畝之宅에 樹墻下以桑하야 匹婦 蠶之則老者 足以衣帛矣며 五母鷄와 二母彘를 無失其時면 老者 足以無失肉矣며 百畝之田을 匹夫 耕之면 八口之家 可以無飢矣리라.

5묘의 집에 담장 아래다가 뽕나무를 심어 필부가 누에를 치면 늙은이가 넉넉히 비단옷을 입을 수 있으며, 다섯 마리의 암탉과 두 마리의 암퇘지를 새끼 칠 때를 놓치지 않게 하면, 늙은이가 넉넉히 고기를 잃음이 없을 것이다. 백묘 밭에 필부가 밭을 갈면, 여덟 식구가 굶주림이 없을 것이다.

【補】 이는 문왕의 정사를 말한다. 역시 글자의 출입만 다소 있을 뿐 앞의 「양혜왕 상」 제3장에서 나왔다.

所謂西伯이 善養老者는 制其田里하야 教之樹畜하고 導其妻子하야 使養其老니 五十에 非帛不煖하며 七十에 非肉不飽하나니 不煖不飽를 謂之凍餒니 文王之民이 無凍餒之老者 此之謂也니라.”

이른바 '서백이 노인을 잘 봉양한다.'는 것은 그 밭의 면적을 제정해 주어 나무를 심고 가축을 기르는 방법을 가르치며 그 처자를 인도하여 그들로 하여금 노인을 봉양하게 한 것이다. 50세에는 비단이 아니면 따뜻하지 못하고, 70세에는 고기가 아니면 배부르지 않으니 따뜻하지 못하고 배부르지 못함을 '동뇌'라고 말한다. 문왕의 백성 가운데 동뇌하는 노인이 없다는 것은 이를 말한 것이다.”

【補】 역시 「양혜왕 상」 제3장에 이미 나왔다.

진심 상 제23장

孟子 曰 “易(이)其田疇하며 薄其稅斂이면 民可使富也니라.

맹자가 말했다.

"농지를 잘 가꾸도록 하고, 세금을 적게 거두면 백성을 부유하게 할 수 있다.

【補】 이 절은 부를 만드는 방법에 대해 말하고 있다. '이(易)' 자는 '치(治)' 자의 뜻으로 쓰였다.

食之以時하며 用之以禮면 財不可勝用也니라.

그들이 먹기를 제때 하고 쓰기를 예법에 맞게 하면 재물을 이루 다 쓸 수 없을 것이다.

【補】 백성이 굶지 않고 검소하게 하면 재물이 풍족할 것임을 말하고 있다. '재물을 이루 다 쓸 수 없다'는 말은 막대한 경제를 지탱한다는 뜻이다.

民非水火면 不生活이로대 昏暮에 叩人之門戶하야 求水火어든 無弗與者는 至足矣일새니 聖人이 治天下에 使有菽粟을 如水火니 菽粟이 如水火면 而民이 焉有不仁者乎리오."

백성은 물과 불이 아니면 살 수가 없다. 어두운 저녁에 남의 문호를 두드리면서 물과 불을 구하면 그것들을 주지 않는 사람이 없는 것은 지극히 넉넉하기 때문이다. 성인이 천하를 다스릴 때에 백성에게 콩과 곡식을 물과 불처럼 흔히 있도록 해주었으니, 콩과 곡식이 물과 불처럼 흔하다면, 백성이 어찌 불인한 사람이 있겠는가."

【補】 맹자가 경제를 우선시하는 의식을 이 절에서 엿볼 수 있다.

'물과 불'은 목숨에 관련된 귀중한 것이다. '지극히 넉넉하다'라는 말은, '의식이 넉넉하면 양심도 넉넉해진다'는 의미가 담겨 있다. '콩과 곡식'은 앞 절에서 농사를 짓게 해 준 결과물로서 곡물을 말한다. 곡물이 물과 불처럼 지천에 가득하면 백성 모두 성품이 어질게 된다는 말이다.

진심 상 제24장

孟子 曰 "孔子 登東山而小魯하시고 登太山而小天下하시니 故로 觀於海者에 難爲水요 遊於聖人之門者에 難爲言이니라.

맹자가 말했다.

"공자께서 노나라 동산에 올라가 노나라를 작게 여기고 태산에 올라가 천하를 작게 여기셨다. 그러므로 바다를 본 자에게는 어떠한 물도 큰물이 되기 어렵고, 성인의 문하에서 공부한 자에게는 어떠한 말도 훌륭한 말이 되기 어렵다.

【補】 낮은 곳은 높은 곳에 오를수록 더욱 작게 보인다. 즉 성인의 높은 경지에 오르면 오를수록 나머지 것들은 작게 여겨짐을 비유를 통해 말하고 있는 절이다.

'동산'은 노나라 도성 동쪽에 있는 높은 산을 말한다. '태산'은 노나라 도성 동쪽에 있는 산으로, 동산보다 더 높은 산을 말한다. '바다'는 물 가운데 가장 큰 것이고, '태산'은 산 가운데 가장 큰 것을 비유한 것이다. 성인의 문하에서 한 번 학문을 하면 그 나머지 학설에 대해서는 말할 것도 없다.

원문 '難爲水'는 직역하면 '물 되기 어렵다.'이니, 의역하면 '나머지 것들은 바다에 비하면 작은 물이 된다.'이다. 뒤의 문장 또한 같은 구조이다.

觀水 有術하니 必觀其瀾이니라 日月이 有明하니 容光에 必照焉이니라.

물을 보는 데에는 방법이 있으니 반드시 그 소용돌이치는 여울목을 보아야 한다. 해와 달이 밝음이 있으니 빛을 용납하는 곳을 반드시 비춘다.

【補】 성인의 도에는 '근본과 작용'이 있음을 밝히고 있는 절이다. '물을 보는 방법'이란 성인께서 도를 보는 방법을 비유로 한 말이다. '란(瀾)'은 소용돌이치는 곳을 말한다. 이는 물의 근원이 힘차야 비로소 생길 수 있는 곳이다. 성인의 도가 심원함을 비유한 말이다. '용광(容光)'은 빛을 용납하는 조그마한 틈이 있다면 반드시 그것조차도 비출 수 있다는 말이다.

流水之爲物也 不盈科면 不行하나니 君子之志於道也에도 不成章이면 不達이니라."

흐르는 물의 성질은 웅덩이가 차지 않으면 흘러가지 못한다. 군자가 도에 뜻을 둔 것도 문장을 이루지 않으면 통달하지 못한다."

【補】 학문은 반드시 웅덩이를 채운 뒤에야만 나갈 수 있는 것처럼[盈科後進] 단계가 있다. 따라서 공부란 하나의 단계를 완성하지 못하면 다음 단계를 나갈 수 없는 것이기 때문에 점진적으로 차근차근 나아감을 말한다.

'도에 뜻을 둔 것'은 공부를 하겠다는 마음을 잡은 것이다. 말미의 '달(達)' 자에 다소 이견이 있다. 즉 '통달하다'와 '영달하다'로 나눌 수 있는데, 전자는 한 면이 가득 차게 되면 미루어 다른 곳도 가득 차게 된다는 말이니 학문적 성과와 관련된 말이고, 후자는 벼슬길로 나가다는 뜻이니 차이가 있다.

실제 학문적 성과를 이루면 벼슬길로 나가 세상에 도를 펼치게 되니, 의미가 크게 다르지는 않다.

진심 상 제25장

孟子 曰 "鷄鳴而起하야 孶孶爲善者는 舜之徒也요,

맹자가 말했다.

"첫닭이 울면 일어나 부지런히 부지런히 선을 위하는 사람은 순임금의 무리일 것이다.

【補】 선을 행하는 것은 몸의 실천을 말한다.
범조우가, "君子之於學에 惟日孜孜하여 斃而後已하여 惟恐其不及也."라고 말한 바 있는데, 여기서 '자자(孜孜)'와 '자자(孶孶)'는 같은 뜻이다.

鷄鳴而起하야 孶孶爲利者는 蹠之徒也니,

첫닭이 울면 일어나 부지런히 부지런히 이익을 위하는 사람은 도척의 무리일 것이다.

【補】 도척은 흉악범으로 앞 절의 성인과 반대 개념으로 쓰였다.
그는 9천 명의 부하를 거느리고 천하를 횡행하였다고 한다.

欲知舜與蹠之分인댄 無他라 利與善之間也니라."

순임금과 도척의 구분을 알고자 한다면 다름 아니라 이로움과 선의 사이일 뿐이다."

【補】 이로움을 생각하는 마음과 선을 생각하는 마음인 그 작은 차이에 의해 천지 차이가 난다.
'분(分)' 자는 '분기점'이라는 의미이다.

진심 상 제26장

孟子 曰 "楊子는 取爲我하니 拔一毛而利天下라도 不爲也하니라.

맹자가 말했다.
"양자는 자신을 위하는 것을 취하였으니 하나의 털을 뽑아서 천하가 이롭더라도 하지 않았다.

【補】 양주(楊朱)가 말하는 위아설(爲我說)의 핵심이 여기에 있다.
전국시대의 화두였던 부국강병의 명목 아래 백성을 위한다고 했지만, 실제는 억압이 심했다. 그래서 양주는 백성은 비록 좋은 일일지라도 남의 도움을 빌리지 않고 남이나 자기나 일체 참견하는 일 없이 완전히 자유로워야 한다고 주장했는데, 바로 이 점을 맹자가 비판하고 있는 것이다.

墨子는 兼愛하니 摩頂放踵이라도 利天下인댄 爲之하니라.

묵자는 두루 사랑했으니 이마를 갈아서 발꿈치까지 이른다 하더라도 천하를 이롭게 한다면 그것을 하였다.

【補】 묵적(墨翟)이 말하는 겸애설(兼愛說)의 요지가 여기에 있다.
겸애란, 사람이 자신이나 자국을 사랑하듯이 타인이나 타국도 사랑해야 한다는 것으로 두루 사랑하여 이르지 않는 곳이 없는 무차별 사랑을 가리킨다.

'방(放)' 자는 '이르다'의 뜻으로 쓰였다. 일설에는 '이마를 갈고 발꿈치에 이른다'는 말이, 마치 사람이 묘기를 부리듯 몸을 활처럼 구부려 발꿈치가 이마에 닿는 기이한 모습을 뜻한다고 주장하기도 하니 참고로 적어 둔다.

子莫은 執中하니 執中이 爲近之나 執中無權이 猶執一也니라.

자막은 중도를 잡았으니 중도를 잡는 것이 도에 가깝지만 중간을 잡고 융통성이 없어 마치 한쪽을 잡는 것과 같다.

【補】 '자막'은 노나라의 어진 사람으로, 양자와 묵자가 중도를 잃었음을 안 인물이다. '자막이 중도를 잡았다'는 말은 양주와 묵적의 중도를 고집했다는 뜻으로 중도주의를 말한다. 이는 때에 맞게 해야 하는 시중(時中)이 아니라 중간을 잡은 폐단이 있다.
'권(權)' 자는 임기응변과 같은 말로 여기서는 '융통성'으로 쓰였다. '집일(執一)'이란 하나만을 고집하는 것으로 위의 절에 언급한 양주와 묵적 같은 이를 가리킨다.

所惡(오)執一者는 爲其賊道也니 擧一而廢百也니라."

한쪽을 잡는 것을 미워하는 것은 그것이 도를 해치기 때문이니 하나를 들고 백 가지를 폐하는 것이다."

【補】 시중(時中)의 중요함을 말하고 있으며, '도(道)' 자가 바로 시중을 가리킨다.
'집일(執一)'은 '위아(爲我)'를 '거일(擧一)'은 '겸애(兼愛)'를 말한다.

진심 상 제27장

孟子 曰 "飢者 甘食하고 渴者 甘飮하나니 是 未得飮食之正也라 飢渴이 害之也니 豈惟口腹이 有飢渴之害리오 人心이 亦皆有害하니라.

맹자가 말했다.

"굶주린 사람은 음식을 달게 먹고 목마른 사람은 물을 달게 마신다. 이는 음식의 올바른 맛을 얻지 못한 것이다. 굶주림과 목마름이 인간의 감각을 해치기 때문이니 어찌 다만 입과 배만이 굶주리고 목마른 해로움이 있겠는가. 인간의 마음까지도 모두 해로움이 있다.

【補】 배고픈 사람은 정상적인 음식 맛을 모르고서 아무 것이나 덥석 먹는, 음식의 탐착에 빠진다. 사람의 마음 또한 너무도 빈천하다 보면 마음에 해를 입기 때문에 잘못된 부귀영화에 빠지기 쉬움을 말하고 있다.

人能無以飢渴之害로 爲心害則不及人을 不爲憂矣리라."

사람이 능히 굶주림과 목마름의 해로움으로써 마음의 해로움을 삼지 않는다면 남에게 미치지 못함을 걱정할 것이 없다."

【補】 '굶주림과 목마름의 해로움[飢渴之害]'이란 빈천(貧賤)에 빠진 마음의 해로움을 말한다. 아무리 가난한 생활에도 몸을 지킬 줄 안다면, 오히려 남보다 뛰어난 사람이 될 수 있다는 말이다.

원문 '飢渴之害로 爲心害'에서 앞의 '해(害)' 자는 '고난'을 의미하고 뒤의 '해' 자는 '잃다[失]'라는 의미이다. '불급인(不及人)'이란 '남에게 비치지 못하다'라는 겸사로 쓰였지만, 실제 의미는 '여느 사람보다 훨씬 뛰어남'을 뜻한다.

진심 상 제28장

孟子 曰 "柳下惠는 不以三公으로 易(역)其介하니라."

맹자가 말했다.

"유하혜는 삼공으로써 그 절개를 바꾸지 않았다."

【補】 유하혜는 '성지화자(聖之和者)'이다.(「만장 하」 제1장) 여기에서는 그간 주목받지 못했던 유하혜의 절개에 대해 맹자가 알고서 이를 강조하고 있다. '삼공(三公)'이란 태사(太師), 태부(太傅), 태보(太保)를 말하니, 가장 영광스러운 지위를 가리킨다.

진심 상 제29장

孟子 曰 "有爲者 辟(비)若掘井하니 掘井九軔而不及泉이면 猶爲棄井也니라."

맹자가 말했다.

"무슨 일을 하는 것을, 비유하면 우물을 파는 일과 같으니 우물을 아홉 길을 팠더라도 샘물에 미치지 못하면 우물을 버리는 것과 같다"

【補】 위의 글은 성인의 도에 들어가기 위해 노력하다가 중도에 그만두는 것을 경계하기 위해 한 말이다.

'비(辟)' 자는 '비유하다[譬]'의 뜻으로 쓰였다. 대개 '유위자(有爲者)'라 하면, '훌륭한 행위를 하는 자'로 쓰이지만 여기서는 '인의를 행하는 어떤 사람' 정도로 쓰였다.

8척을 '인(仞=軔)'이라고 한다. '천(泉)' 자를 쓴 것은 근원이 있는 물을 드러내기 위함이다.

진심 상 제30장

孟子 曰 "堯舜은 性之也요 湯武는 身之也요 五霸는 假之也니라.

맹자가 말했다.

"요임금과 순임금은 본성대로 보존한 분이고, 탕왕과 무왕은 몸으로 노력한 분이며, 오패는 거짓으로 행한 자이다.

【補】 성인과 현인과 우인(愚人)을 설명하고 있다.

요임금과 순임금은 본성을 잃어본 적이 없다. 탕왕과 무왕은 마음으로 본성을 잃어 몸으로 이를 노력한 자이다. 요임금과 순임금, 탕왕과 무왕은 왕도정치를 펼친 인물들이며, 이 안에 성인과 현인의 구분이 있다.

'오패(五霸)'에게 '가(假)' 자를 쓴 것은, 이들이 인(仁)을 빌려 폭력을 행사하여 세력을 쌓았기 때문이다.

久假而不歸하니 惡(오)知其非有也리오."

오래도록 빌리고 돌려주지 않았으니, 어찌 자신의 소유가 아니라는 것을 알겠는가."

【補】 오랫동안 사람들을 속이다가 정도(正道)로 되돌아오지 못하고 거짓을 바른 도로 착각했다. 결국 이러한 사람은 자기 자신마저 속이게 된다.

'기(其)'는 자신을 가리킨다.

진심 상 제31장

公孫丑 曰 "伊尹曰 '予 不狎于不順이라'하고 '放太甲于桐한대 民이 大悅하고 太甲이 賢커늘 又反之한대 民이 大悅하니'

공손추(맹자 제자)가 말했다.

"이윤이 '나는 의에 순하지 못한 자를 가까이 둘 수 없다.'[1]라고 하고서, 태갑을 동 땅으로 추방하자, 백성이 매우 기뻐했다. 태갑이 현명해져 다시 그를 돌아오게 하자, 백성이 매우 기뻐했다.

【補】 유사한 글이 「만장 상」 제6장에 나왔다.
'태갑'은 탕왕의 손자이다. '압(狎)' 자는 친압(親狎)이라는 말로 '가까이 지내다'의 뜻이다. 일설에는 '견디다'라고 해석하여 '순하지 못함을 견디지 못한다'라 해석하기도 한다. '순(順)' 자는 의인(義人), 도덕적인 사람을 뜻한다. '동(桐)'은 땅 이름이다.
'백성이 매우 기뻐했다[大悅]'라는 말이 두 번 나오는데, 그 쓰임은 서로 다르다. 전자의 경우에는 임금의 잘못을 바로잡았기 때문이다. 즉 백성이 모두 이윤의 평소 처사를 잘 알아 매우 기뻐한 것이다.
실제 이윤이 태갑을 동 땅으로 추방한 것은 삼년상과 관련이 있다. 동 땅은 탕왕의 묘가 있던 곳이다. 부친이 돌아가시면 정사를 돌보지 않는 것이 상례였기 때문에, 이윤은 그를 동 땅으로 보내 정사를 보게 하지 못한 데에도 그 이유가 있다.
말미의 '백성이 매우 기뻐했다[大悅]'라는 말은, 임금의 덕이 완성되었기 때문에 백성이 매우 기뻐한 것이다.

賢者之爲人臣也에 其君이 不賢則固可放與잇가?"

1) 나는…… 없다 : 『서경』、「상서、태갑(太甲)」에 보인다. "予弗狎于不順"으로 '불(弗)' 자만 다르다.

현명한 사람이 다른 사람의 신하가 되어, 그 임금이 어질지 못하면 진실로 추방할 수 있습니까?"

【補】 공손추의 이러한 질문은 오늘날이나 혹은 후세를 전제로 하고 있다. '현명한 이'는 다름 아닌 이윤을 말한다. '추방'이라는 말 안에는 '그 자리를 빼앗다'는 의미가 담겨 있다.

孟子 曰 "有伊尹之志則可커니와 無伊尹之志則簒也니라."

맹자가 말했다.
"만약 이윤의 뜻이 있다면 가능하지만 이윤의 뜻이 없다면 찬탈이다."

【補】 이 절에서는 '지(志)' 자에 큰 의미가 있다. 이 뜻이란 다른 것이 아니라, 평소 이윤이 백성을 위해 살았던 것을 의미하며, 그들을 통제하려는 뜻은 없었음을 말하고 있다.

진심 상 제32장

公孫丑 曰 "詩曰 '不素粲兮라'하니 君子之不耕而食은 何也잇고?"
孟子 曰 "君子 居是國也에 其君이 用之則安富尊榮하고 其子弟 從之則孝弟忠信하나니 不素餐兮 孰大於是리오."

공손추(맹자 제자)가 말했다.
"『시경』에 '공밥을 먹지 않는다.'[2]라고 했는데, 군자가 밭을 갈지

2) 공밥을 먹지 않는다 : 「위풍(衛風)·벌단(伐檀)」에 보인다.

않고 먹는 것은 무엇 때문입니까?"

맹자가 말했다.

"군자가 이 나라에 거처할 때에 그 임금이 등용하면 나라가 편안하고 부유해지며 높아지고 영화로우며, 자제들이 따르면 그들이 효제충신을 행하니 공밥을 먹지 않는 게 무엇이 이보다 큰가."

【補】 군자가 밭을 갈지 않는다면 밥을 먹지 않는 것이 일반적이다. 그러나 스승인 맹자는 하는 일도 없고, 벼슬에 임하지도 않았는데 나랏밥을 먹기에 질문한 것이다.

맹자는, 나라가 편안하고 부유해지고 높아지고 영화롭게 되는 것은 바로 요임금과 순임금의 정치인데, 이는 일시의 편안함이며, 효제충신을 가르치는 것은 일시의 편안함이 아닌 만세의 편안함이므로, 이것이 더 중요하다는 생각이 기저에 있다.

'소(素)' 자는 '텅 빈[空]'의 뜻으로 쓰였다. '찬(餐)' 자는 '밥[食]'을 뜻한다. 따라서 '소찬(素餐)'이란 아무 일도 하지 않고 밥을 먹는, 이른바 무위도식(無爲徒食)을 말한다. 공손추가 말한 '군자'는 스승 맹자를 지칭한다.

진심 상 제33장

王子墊이 問曰 "士는 何事잇고?"

왕자 점이 물었다.

"선비는 어떤 일을 하는 사람입니까?"

【補】 점(墊)은 제나라 왕의 아들이다. 주희는 "위로는 공경(公卿)과 대부(大夫), 아래로는 농공(農工)과 상고(商賈)가 있는데, 선비는 그 중간에 있어 홀로 일삼는 것이 없기 때문에 점이 물은 것이다."

라고 했다.

그러나 일부에서는 신분의 사(士)가 아닌 어느 정도 학식을 쌓은 일반 선비로 보는 설도 있으니 참고로 적어 둔다.

孟子 曰 "尙志니라."

맹자가 말했다.

"뜻을 고상하게 합니다."

曰 "何謂尙志니잇고?" 曰 "仁義而已矣니 殺一無罪 非仁也며 非其有而取之 非義也라 居惡(오)在오 仁이 是也라 路惡在오 義是也라 居仁由義면 大人之事 備矣니라."

왕자 점이 말했다.

"무엇을 '뜻을 고상하게 한다.'고 말합니까?"

맹자가 말했다.

"인의일 따름입니다. 죄 없는 한 사람을 죽이는 것은 인이 아니며, 자기 소유가 아닌데 취하는 것은 의가 아닙니다. 그렇다면 거처할 자리는 어디겠습니까. 인이 바로 그것입니다. 길은 어디에 있어야 하겠습니까. 의가 바로 그것입니다. 인에 거처하고 의를 따른다면 대인의 일이 갖추어질 것입니다."

【補】 인에 거처함이 고요할 때의 마음공부라면, 의를 따른다는 것은 움직일 때의 올바른 행동 규범이 됨을 말하고 있다.

'천민(天民)'과 '대인(大人)'은 천하를 평정할 수 있는 인물을 가리킨다. 일반적으로 대인이란 큰 덕을 갖춘 훌륭한 인물을 지칭하지만, 여기서는 높은 지위를 가진 위정자의 뜻으로 해석하기도 한다.

이는 앞의 사(士)를 지위로 보느냐, 학식이 있는 일반 선비로 해석하느냐에 따라 달라질 듯하다. 즉 앞 절의 사를 공경(公卿)과 대부(大夫), 농공(農工)과 상고(商賈)의 가운데 지위로 본다면, 여기서의 대부는 사 위에 있는 사람으로 보면 되고, 사를 학식 있는 선비로 본다면 대부를 훌륭한 인물로 보면 무난할 듯하다.

원문 '仁이 是也'에서 '시(是)' 자는 '거처할 자리'라는 의미로 쓰였다.

진심 상 제34장

孟子 曰 "仲子 不義로 與之齊國而弗受를 人皆信之어니와 是 舍簞食(사)豆羹之義也라 人莫大焉이어늘 亡(무)親戚君臣上下하니 以其小者로 信其大者 奚可哉리오."

맹자가 말했다.

"중자는 의롭지 못한 것으로 제나라를 주더라도 받지 않을 것을 사람들이 모두 믿고 있지만, 이는 대그릇의 거친 밥과 하찮은 된장국을 버리는 의이다. 사람에게 인륜보다 더 큰 것이 없는데, 친척과 군신의 위아래가 없으니 그 작은 것을 큰 것이라 믿는 것이 어찌 옳은가."

【補】 오릉중자와 관련된 글은 「등문공 하」 제10장에 이미 나왔다.

진심 상 제35장

桃應이 問曰 "舜이 爲天子요 皐陶(요) 爲士어든 瞽叟 殺人則如之何잇고?"

도응(맹자 제자)이 물었다.

"순임금이 천자가 되고, 고요는 법의 집행자가 되었는데, 고수가 사람을 죽였다면 어떻게 해야 됩니까?"

> 【補】 도응은 '순임금이 비록 아버지를 사랑지만 사사로운 마음으로 공의(公義)를 해칠 수 없고, 고요는 비록 법을 집행하고 있으나 천자의 아버지가 죄를 지었다면 그를 형벌 할 수는 없다.'고 생각하였다. 따라서 성현의 마음이 어떠한지를 살펴보기 위해 질문한 것이지, 실제 이와 같은 일이 있는 것은 아니다.

孟子 曰 "執之而已矣니라."

맹자가 말했다.

"법을 집행할 뿐이다."

> 【補】 이는 고수를 처형해야 함을 말한다. 법을 집행하는 주체는 고요이다.

"然則舜은 不禁與잇가?"

"그렇다면 순임금이 법 집행을 막지는 않습니까?"

【補】 순임금이 천자이기 때문에 이렇게 물은 것이다.

曰 "夫舜이 惡得而禁之시리오 夫有所受之也니라."

"순임금이 어떻게 능히 그 집행을 막을 수 있겠는가. 고요의 법은 전수 받은 바가 있다."

【補】 법관들의 법은 이전부터 전수되어 온 것이므로, 순임금이 아무리 천자라 하더라도 법을 손 댈 수는 없음을 말한다.

"然則舜은 如之何잇고?"

(도응이 물었다.) "그렇다면 순임금은 어떻게 해야 됩니까?"

曰 "舜이 視棄天下하사대 猶棄敝蹝也하사 竊負而逃하사 遵海濱而處하사 終身訢然樂而忘天下하시리라."

(맹자가 말했다.) "순임금은 천하를 버리는 것을 마치 헌신짝 버리듯이 보며, 몰래 부친을 업고 도망하여 바닷가를 따라 거처하면서 죽을 때까지 흔쾌히 즐거워하면서 천하를 잊었을 것이다."

【補】 어버이를 모시며 살 수 있는 것이 나라를 다스리며 사는 것보다 급선무임을 표현한 말이다.
'몰래[竊]'라는 말은, 고요가 알지 못하게 부친인 고수를 업고 도망 나왔다는 말이다. 이러한 행위는 한 때의 마음이 아니라 죽을 때까지 즐거움이라야 인간의 본성대로 행한 선한 것이라 할 수 있다. '흔연(訢然)'은 '흔연(欣然)'과 같은 말로 '매우 기뻐하는 모양'을 형용한 것이다.

진심 상 제36장

孟子 自范之齊러시니 望見齊王之子하시고 喟然歎曰 "居移氣하며 養移體하나니 大哉라 居乎여 夫非盡人之子與아.

맹자가 범 땅(제나라 고을)으로부터 제나라에 가서 제나라 왕의 아들을 바라보고는 감탄하며 말했다.

"거처의 기운을 옮겨놓으며 봉양이 몸을 바꿔놓으니, 훌륭하다. 그가 거처함이여! 모두 사람의 자식이 아니겠는가.

【補】 사람의 거처는 어디에 관계되어 있는지가 중요하다. 왕자도 사람의 자식일 뿐인데, 다만 거처하는 곳이 같지 않으므로 봉양하는 것 또한 다르다. 그 기운과 몸이 다르다는 것에 대해 말한 것이다.

'거(居)' 자는 지위를, '양(養)' 자는 녹을 뜻한다. 원문 '大哉라 居乎여'는 관계된 바가 매우 크다는 뜻이다. '위연(喟然)'은 감탄하는 모습을 형용한 말이다.

(孟子 曰)

【補】 장식(張栻)과 추호(鄒浩) 모두 연문(衍文)이라고 하였으며, 이를 대체로 받아들이기 때문에 본서 또한 괄호로만 처리한다. 연문은 읽지 않는 것이 보통이다. 그러나 연문으로 보지 않고 독립된 한 장으로 보기도 하니 참고로 적어 둔다.

王子宮室車馬衣服이 多與人同而王子 若彼者는 其居 使之然也니 況居天下之廣居者乎아.

왕자의 궁실과 거마와 의복이 남들과 더불어 같은 것은 많지만, 왕자만이 저와 같은 것은, 그가 거처한 곳이 그렇게 만든 것이다. 더욱이 천하의 광활한 곳에 거처하는 자들에 있어서랴.

【補】 오늘날 "자리가 사람을 만든다."라는 말이 있으니 이를 말한다.
'궁실(宮室)'은 왕궁이 아닌 거처를 뜻한다. '광거(廣居)'란 모든 진리가 담겨 있는 가장 큰 집, 다름 아닌 '인(仁)'을 가리킨다. 따라서 권력에 의한 것도 달라지는 법이니 도덕적인 것에 머무른다면 사람도 그렇게 됨을 말하고 있다. '기거(其居)'란 태자의 자리를 가리킨다.

魯君이 之宋하야 呼於垤澤之門이어늘 守者 曰 '此非吾君也로대 何其聲之似我君也오'하니 此는 無他라 居相似也니라."

노나라 임금이 송나라에 가서 질택이라는 성문에서 고함을 치자, 문지기가 '이는 우리 임금이 아닌데 어쩜 그리도 목소리가 우리 임금과 같습니까?'라고 물은 적이 있다. 이는 다름 아니라 거처가 서로 유사하기 때문이다."

【補】 '광거(廣居)'에 임했을 때 어떠한 사람이 되는가에 대해 예로 든 절이다. 즉 임금 자리에 있으면 똑같은 기상으로 살아가기 때문에 다른 나라의 임금이라 할지라도 이처럼 자기의 나라 임금의 기상과 같다.
거처하는 자리에 따라 사람이 만들어 지니, 만약 광거인 인(仁)에 거처한다면 어진 사람으로 살 수 있음을 말하고 있다.

진심 상 제37장

孟子 曰 "食(사)而弗愛면 豕交之也요 愛而不敬이면 獸畜之也니라.

맹자가 말했다.

"녹만 주고 사랑하지 않는다면 돼지를 기르는 것처럼 어진 이를 사귀는 것이며, 사랑하기만 하고 존경하지 않으면 짐승을 기르는 것과 같다.

【補】 존경심과 사랑하는 마음 없이 어진 이에게 폐백을 보내는 것은 짐승을 키우는 예와 다름없음을 비판하고 있는 절이다.
'교(交)' 자는 '어진 이를 대접하는 예우'의 뜻으로 쓰였다. '수(獸)' 자는 오늘날 '애완동물'과 같은 의미로 쓰였다. 원문 '交之'와 '畜之'에서 '지(之)' 자는 모두 '어진 이[賢者]'를 가리킨다.

恭敬者는 幣之未將者也니라.

공경은 폐백을 받들기 전의 마음이다.

【補】 '공경'이라는 것은 폐백을 받들기 이전에 이미 있는 것이지, 폐백을 받고 난 이후에 있는 것이 아니다. 맹자가 자신을 등용하려는 임금이라면 공경하는 마음으로 맞이해야지 폐백으로 하면 안 됨을 말하고 있다.
'장(將)' 자는 '받들다, 바치다[奉]'의 뜻으로 쓰였다.

恭敬而無實이면 君子 不可虛拘니라."

공경만 하고 실상이 없으면, 군자는 헛되이 얽매이지 않는다."

【補】 전국시대에 임금들이 어질고 현명한 자들에게 폐백만을 받들고 그들의 말에 귀를 기울이지 않음에 대해 비판한 절이다.
'공경(恭敬)' 두 글자에는 '폐백을 보내면서 공경이라 생각하고'라는 의미가 담겨 있다. '구(拘)' 자의 실제 뜻은 '머물다[居]'이다.

진심 상 제38장

孟子 曰 "形色은 天性也니 惟聖人然後에 可以踐形이니라."

맹자가 말했다.

"형체와 색은 천성이므로, 오직 성인이 된 뒤에야 형체와 색을 실천할 수 있다."

【補】 타고난 천성을 잃어버리지 않은 사람은 오직 성인뿐임을 강조한 절이다.
'형체'란 귀와 눈과 손과 발 같은 것으로 몸에 있는 것을 가리킨다. '색'이란, 형체가 가지고 있는 것의 작용을 말하는 것으로 보고 듣고 말하고 움직이는 것 등을 가리킨다. 즉 형체와 색은 우리의 '육신'을 가리킨다. 일설에는 '형모와 안색'으로 해석하고 있으니 의미가 크게 다르지 않다.
'천성'이라는 것은 좋은 소리를 듣고 좋은 행동을 할 수 있는 것 등을 말한다. 이는 진리의 구현이 육체에 의해서 이루어진다는 말이다.

진심 상 제39장

【補】 이 장은 삼년상은 반드시 지켜야 한다는 필연성과, 부득이 한 상황이라면 단 하루를 입는 것이 당초 입지 않는 것보다는 낫다는 수의성에 대해 언급하고 있다.

齊宣王이 欲短喪이어늘 公孫丑 曰 "爲朞之喪이 猶愈於已乎인저."

제선왕이 삼년상을 단축하려고 하자, 공손추가 말했다.

"기년상을 차라리 그만두는 것보다는 낫겠습니다."

【補】『논어』、「양화(陽貨)」 제21장에도 단상설은 나온다. 여기에서 단상설이 다시 나온다는 사실은, 춘추나 전국시대에 삼년상을 단축하려는 움직임이 많았음을 알 수 있다. 하지만 공자나 맹자는 삼년상이 부모에 대한 예의 근본이었기 때문에 단상설을 배척했다.

'욕단상(欲短喪)'은 '예가 아니다[非禮]'라는 뜻이며, 공손추의 의도는 편법으로써 제선왕을 합리화 시킬 의도가 있었다. '이(已)' 자는 '그만두게 하다[止]'의 뜻으로 쓰였다.

孟子 曰 "是猶或이 紾其兄之臂어든 子謂之姑徐徐云爾로다 亦教之孝弟而已矣니라."

맹자가 말했다.

"이는 어떤 사람이 그 형의 팔뚝을 비틀거든, 자네가 비트는 사람에게 '우선 천천히 하라.'고 말하는 것과 같다. 또한 그에게 효도와 공경을 가르칠 뿐이다."

【補】 단상을 주장하는 사람과 형의 팔뚝을 비트는 사람은 모두 예를 실천하지 않는 사람들이다. 즉 단상도 예가 아니며 형의 팔뚝을 비트는 것도 마찬가지로, 예가 아닌데 정도의 차이를 두는 것은 다르지 않다는 말이다.

王子 有其母死者어늘 其傅 爲之請數月之喪이러니 公孫丑 曰 "若此者는 何如也잇고?"

왕자 가운데 그의 어머니가 죽은 이가 있었는데, 그의 사부가 그를 위해 몇 개월의 초상을 청하니, 공손추가 물었다.

"이와 같은 경우는 어떻습니까?"

【補】 '그의 어머니'란 후궁 서모(庶母)를 가리킨다. 후궁이 죽었을 경우에는 초상을 몇 개월만 지냈기 때문에 기년상보다는 기한이 적다. 따라서 공손추는 기년상이 차라리 낫지 않느냐며 스승에게 다시 묻고 있다.

曰 "是欲終之而不可得也라 雖加一日이나 愈於已하니 謂夫莫之禁而弗爲者也니라."

맹자가 말했다.

"이는 그것을 마치고자 해도 할 수 없는 경우다. 비록 하루를 더 할 수 있더라도 그만두는 것보다 낫다. 제선왕은 금하는 사람이 없는데도 하지 않은 사람이라 말한다."

【補】 왕자의 경우는 달라 삼년상을 치러야 한다. 서자의 입장에서는 삼년상을 할 수 없다. 따라서 몇 개월이 아니라 하루만 상복을 입더라도 나은 경우임을 말하고 있다. 몇 개월만 상복을 입은 것은 잘한 일이지만, 제선왕이 상기를 단축하는 경우, 자기가 하

지 않은 것이니 왕자의 경우와 다름을 이 절에서 말하고 있다.

진심 상 제40장

【補】 이 장은 모든 사람을 버리지 않고 인품과 재주에 따라 시행하는 이른바 1:1 교육법에 대해 말하고 있다[隨才教育法].

孟子 曰 "君子之所以教者 五이니,

맹자가 말했다.
"군자가 가르치는 것이 다섯 가지이다.

有如時雨 化之者하며,

단비처럼 변하는 경우가 있다.

【補】 '때 맞춰 내리는 비'는 시중(時中)과 같은 표현이다. 따라서 이러한 가르침은 공자가 이에 해당한다고 할 수 있다.
'시우(時雨)'란 때에 맞게 내리는 비이다. 오늘날 '단비'와 같으며 일명 '희우(喜雨)'라고도 한다.

有成德者하며 有達財者하며

덕을 이루게 한 경우가 있으며, 재질을 통달하게 한 경우가 있다.

【補】 『논어』、「선진」 제2장에 "德行엔 顔淵閔子騫冉伯牛仲弓"이라고 하였으니, '덕을 이루게 한 경우'란 공자와 그의 제자들 안연,

민자건, 염백우, 중궁이 이에 해당된다. 역시 "政事엔 冉有季路"라고 했으니, '재질을 통달하게 한다'는 것은 공자와 제자인 염유와 계로가 이에 해당된다고 할 수 있을 것이다.

有答問者하며,

물음에 답한 경우가 있다.

【補】 이는 『논어』나 『맹자』 전체에 걸쳐 스승과 제자와의 문답이 이에 해당할 수 있을 것이다.

有私淑艾者하니,

사사로이 선으로 다스린 경우도 있다.

【補】 '사숙(私淑)'이란 문하에서 직접 배우지 않고 사모하는 사람을 마음속으로 흠모하여 사상을 배우는 것을 말한다. 이는 맹자가 공자의 문하에 들지는 못했지만 공자를 사모한 것으로 곧 맹자 자신의 이야기를 쓴 것이라 할 수 있다. 당시 훌륭한 스승을 만나지 못하면 사숙으로라도 전해줘야 하니, 이것이 학자의 몫이라 할 수 있을 것이다.

此五者는 君子之所以敎也니라."

이 다섯 가지는, 군자가 가르치는 것이다."

【補】 모든 사람을 하나도 버리지 않고, 그 사람의 재질에 따라 잘 가르치는 것이 공자와 맹자의 교육 사상임을 알 수 있다.

진심 상 제41장

公孫丑 曰 "道則高矣美矣나 宜若登天然이라 似不可及也니 何不使彼로 爲可幾及而日孳孳也잇고?"

공손추(맹자 제자)가 말했다.

"(선생님의) 도가 높고 아름답지만 거의 하늘에 오르는 것과 같아 따라갈 수 없을 듯하니, 어찌하여 저들로 하여금 거의 미칠 수 있게끔 하여 날마다 부지런히 부지런히 힘쓰게 하지 않습니까?"

【補】 실제 공손추의 의도는 '어떤 비법을 전수해 주었으면 좋겠다'는 의미가 담겨 있다.
'도(道)'는 맹자의 도를 가리킨다. '하늘에 오르는 것과 같다'는 말은 거의 불가능하다는 말이다. '거의 미칠 수 있게끔 한다'는 말은 스승에게 조금만 수준을 낮추었으면 좋겠다는 뜻이며, 이는 뒤에 나오는 '기급(幾及)'과 같은 말이다.

孟子 曰 "大匠이 不爲拙工하야 改廢繩墨하며 羿 不爲拙射하야 變其彀率(율)이니라.

맹자가 말했다.

"대목장은 솜씨 없는 목수를 위하여 먹줄과 먹통을 고치거나 없애지는 않으며, 활쏘기에 능한 예가 솜씨 없는 궁사를 위하여 활 당기는 법을 변경하지 않는다.

【補】 선생이 제자들을 일일이 모두 가르칠 수는 없음을 말한다.
「고자 상」 제20장에 "예가 사람에게 활쏘기를 가르칠 때에 반드시 구에 뜻을 두게 하니, 활쏘기를 배우는 자 역시 반드시 구에 뜻을 둔다."라고 했으니, 이 절과 뜻이 통한다.
'승묵(繩墨)'은 일정한 준칙을 비유한 것이다.

君子 引而不發하야 躍如也하야 中道而立이어든 能者從之니라."

군자는 활을 당기고 쏘지는 않지만 튕겨 나가는 듯하여 중도에 서 있거든 능한 사람이 따르는 것이다."

【補】 군자의 교육법을 활쏘기로 비유한 것이다.
'뛰는 듯하다[躍如]'는 말은 마치 활이 튕겨 나가는 듯하다는 뜻이며, 궁극적으로는 '활 쏘는 법이 눈앞에 훤히 보이는 모습'을 의미하기도 한다. '중도(中道)'란 어렵지도 쉽지도 않은 방법이다. '능한 자[能者]'란 할 수 있는 제자를 말한다.
「진심 하」 제5장에 "재장과 윤여가 남에게 규구를 가르쳐 줄 수는 있지만 남으로 하여금 공교롭게 할 수는 없다."라고 했으니 이 절과 통한다.

진심 상 제42장

孟子 曰 "天下 有道엔 以道殉身하고 天下 無道엔 以身殉道하나니,

맹자가 말했다.
"천하에 도가 있을 때에는 도로써 몸을 따르고, 천하에 도가 없을 때에는 몸으로써 도를 따른다.

【補】 '천하에 도가 있을 때[天下有道]'란 나라에 도가 있어 벼슬에 나간다는 말이다. 따라서 그 도를 행하여 몸에 도가 시행됨을 뜻

한다. 반대로 '천하에 도가 없을 때[天下無道]'란 나라가 어지러워 은둔하여 도를 잃어서는 안 됨을 말한다.
'순(殉)' 자는 '따르다[順]'의 뜻이다. '순장(殉葬)'이라는 말이 '죽음을 따라가다'라는 뜻이니, 글자가 통함을 알 수 있다.

未聞以首로 殉乎人者也케라."

도를 가지고 남을 따른다는 말은 들어보지 못했다."

【補】 '남[人]'이란 바로 권력의 주체를 가리킨다. 크게는 임금이며, 낮게는 권력이 있는 신하이다. 따라서 이 절은 출세의 기회가 오면 그 사람들의 비위에 맞춰 벼슬해서는 안 됨을 말하고 있다.

진심 상 제43장

公都子 曰 "滕更(경)之在門也에 若在所禮而不答은 何也잇고?"

공도자(맹자 제자)가 말했다.
"등경이 문하에 있을 때 예우를 해도 될 듯한데, 대답하지 않은 것은 무엇 때문입니까?"

【補】 공도자는, 맹자가 등경을 다소 멀리하니 이것이 궁금하여 질문한 것이다.
'등경'은 등나라 임금의 동생으로, 이름이 경이다. '문하'란 맹자의 문하를 말한다. '답(答)'은 예로써 대접하는 것을 뜻한다.

孟子 曰 "挾貴而問하며 挾賢而問하며 挾長而問하며 挾有勳勞而問

하며 挾故而問**이** 皆所不答也**니** 滕更**이** 有二焉**하니라**."

맹자가 말했다.

"귀한 신분을 믿고서 묻고, 현명함을 믿고서 물으며, 나이 많음을 믿고서 묻고, 공로가 있음을 믿고서 물으며, 연고를 가지고 묻는 것은 모두 대답하지 않는다. 등경은 이 가운데 두 가지에 해당되었다."

【補】 이상의 오협(五挾)은 모두 자기가 믿는 것으로써 남에게 교만한 태도를 가지고 대한 것이다. 맹자가 대답하지 않은 것은 이러한 태도를 지닌 자는 배울 자세가 있지 않기 때문이다.
'협(挾)' 자는 '믿다[恃]'의 뜻이다. '고(故)' 자는 '친분, 연고'의 뜻으로 쓰였다. '두 가지'란, 등경은 임금의 동생이므로 귀한 신분과 자신의 잘남을 믿은 것을 가리킨다.

진심 상 제44장

孟子 曰 "於不可已而已者**는** 無所不已**오** 於所厚者薄**이면** 無所不薄也**니라**.

맹자가 말했다.

"그만두어서는 안 될 경우에 있어서 그만두는 사람은 그만두지 못하는 것이 없을 것이고, 후하게 할 것을 박하게 한다면 박하지 않은 것이 없을 것이다.

【補】 이 절은 일을 함에 있어서 중간에 그만두거나 목표에 이르지 못한 자들의 폐단에 대해 언급한 것이다.

'그만둘 수 없는 일'이란 효도, 임금에 대한 충성 등을 말한다. '후하게 할 것'은 집안사람 등을 말한다.

其進이 銳者는 其退 速이니라."

그 나아가기를 빨리 하는 사람은 그 후퇴도 빠르다."

【補】 너무 진취적이면 이미 그 힘을 다했기 때문에 포기도 빠르다. 그만두어야 할 때 그만두지 못하는 자, 후하게 해야 할 것을 박하게 하는 자, 너무 진취적이어서 빨리 후퇴하는 자 모두 경계해야 된다는 뜻이다. 이 모두 일시적인 격앙에 의한 것이므로 신중함이 요구된다.
'예(銳)' 자는 '빠르다[速]'의 뜻으로 쓰였다.

진심 상 제45장

孟子 曰 "君子之物也에 愛之而弗仁하고 於民也에 仁之而弗親하나니 親親而仁民하며 仁民而愛物이니라."

맹자가 말했다.
"군자가 만물에 대해서는 사랑하기는 하나 어질지 않으며, 모든 사람에 대해서는 어질기만 하고 가까이 하지 않으니, 부모를 가까이 하고서 백성을 어질게 대하고, 백성을 어질게 대하고서 만물을 사랑하는 것이다."

【補】 군자가 은혜를 베푸는 데에는 차례가 있음을 말하고 있는 절이다.

'애(愛)' 자는 절약과 절제를 의미한다. 원문 '於民也'는 '君子之於民也'와 같은 말로 바로 앞에서 사용되었기 때문에 '군자(君子)' 두 글자가 생략된 것이다. '지어(之於)'는 관계사이다.

진심 상 제46장

孟子 曰 "知(智)者 無不知也나 當務之爲急이오 仁者 無不愛也나 急親賢之爲務니 堯舜之知로 而不徧物은 急先務也요 堯舜之仁으로 不徧愛人은 急親賢也니라.

맹자가 말했다.

"지혜로운 사람은 모르는 것이 없지만 마땅히 힘써야 할 일을 급선무로 여긴다. 어진 사람은 사랑하지 않음이 없지만 현명한 이를 가까이 해야 할 일을 급히 여긴다. 요임금과 순임금의 지혜로 만물을 두루 알지 못함은 먼저 해야 할 일을 급하게 여겼기 때문이다. 요임금과 순임금의 인으로 사람을 두루 사랑하지 않은 것은 현명한 사람을 가까이 해야 하는 일을 급히 여겼기 때문이다.

【補】 먼저 무엇을 해야 하는지[急先務]에 대해 강조하고 있는 절이다.

순임금이 고요를 등용하고, 탕왕이 이윤을 등용하는 것이 바로 먼저 해야 할 일이다. 그렇기 때문에 대중을 모두 사랑할 수 없었고, 다만 어진 이를 등용하여 천하를 편안하게 하여 그 은택이 두루 갈 수 있었던 것이다.

不能三年之喪而緦小功之察하며 放飯流歠而問無齒決이 是之謂不知務니라."

삼년상은 잘 하지 못하면서 시마복과 소공복은 살피고, 밥숟갈을 크게 뜨고 국을 흘려 마시면서 마른 고기를 치아로 끊지 말라고 따지는 것이, 이를 일러 '급히 할 일을 모른다.'라고 말한다."

【補】 급선무에 대해 비유를 들어 설명한 절이다.
'삼년상'은 바로 대사(大事)이자 급선무이다. 삼년상은 복(服) 가운데 중한 것이지만, 시마복(3개월 복)과 소공복(5개월 복)은 복 가운데 가벼운 것이다. (참고로 시마복과 소공복은 가는 삼으로 짠 천[緦]으로 만들어진 상복을 입기 때문에 그렇게 불린 것인데, 참최(斬衰), 자최(齊衰), 대공(大功), 소공(小功), 시마(緦麻)로 상이 구분되니 가장 가벼운 것이다.)
'밥을 크게 뜨는 것과 길게 마시는 일[放飯流歠]'이란 불경스러운 행위 가운데 큰 것이지만, '마른 고기를 치아로 끊지 말라고 따지는 것[問無齒決]'은 불경스러운 행위 가운데 작은 것을 말한다.

제14부

진심 장구 하(凡三十八章)

진심 하 제1장

孟子 曰 "不仁哉라 梁惠王也여 仁者는 以其所愛로 及其所不愛하고 不仁者는 以其所不愛로 及其所愛니라."

맹자가 말했다.

"어질지 못하다, 양혜왕이여! 어진 사람은 그 사랑하는 것으로써 사랑하지 않는 것에 미치고, 어질지 못한 사람은 사랑하지 않는 것으로써 사랑하는 것에 미친다."

【補】 앞서 「진심 상」 제45장에 "군자가 물건에 대해서는 사랑하기만 하고 인(仁)하지 않으며, 사람에 대해서는 인하기만 하고 가까이 하지 않으니, 친척을 가까이 하고서 백성을 인하게 하고 백성을 인하게 하고서 물건을 사랑하는 것이다."라고 말한 것과 연관지어 봐야 한다.

'급(及)' 자가 두 번 쓰였지만 그 뜻은 다르다. 즉 앞 글자는 영토 확장을 뜻하니 좋은 뜻이며, 뒤의 글자는 사랑해서는 안 될 토지 때문에 화(禍)가 미친다는 것이니 좋지 않은 뜻이다.

公孫丑 曰 "何謂也잇고?", "梁惠王이 以土地之故로 糜爛其民而戰之하야 大敗하고 將復之호대 恐不能勝故로 驅其所愛子弟하야 以殉之하니 是之謂以其所不愛로 及其所愛也니라."

공손추(맹자 제자)가 말했다.

"무슨 말씀입니까?"

(맹자가 말했다.) "양혜왕이 토지의 연고로써 그 백성을 잔인하게 죽게 만들어 싸우게 하였다가 크게 지고는, 장차 다시 싸우려 하지만 이기지 못할까 두려우므로 그 사랑하는 자제를 내몰아 죽게 하였으니, 이것을 일러 '사랑하지 않는 것으로써 사랑하는 것에 미친다.'라고 말한다."

【補】'미란(縻爛)'은 백성 간에 서로 다투어 혈육을 뭉개는 것을 가리킨다. 즉 죽은 시체가 썩어 문드러지게 방치하는 것까지를 말한다. '자제(子弟)'는 태자 신(申)을 가리킨다. 이에 대해서는 「양혜왕 상」 제5장에 이미 나왔다. '사랑하지 않는 것[其所不愛]'이란 앞서 나온 토지를 가리킨다.

진심 하 제2장

孟子 曰 "春秋에 無義戰하니 彼善於此則有之矣니라.

맹자가 말했다.

"『춘추』에 의로운 전쟁이 없다고 하니, 저것은 이보다 나은 것이 있다.

【補】공자의 『춘추』에는 당시 춘추시대의 제후들의 전쟁이 기록되어 있는데, 공자는 이를 옳지 못한 것으로 여겼다. 춘추시대의 전쟁은 전국시대만큼 심하지는 않았지만 벌써 공자에게 배척당한 것을 본다면, 전국시대 전쟁은 말할 것도 없다는 뜻이다.

원문 '春秋'를 혹자는 책명으로 보지 않고, '춘추시대'로 해석하기도 한다. 대다수의 학자들이 책명으로 보며, 다음 장에서 『서경』

을 평가한 것으로 보면 책명으로 보는 편이 옳을 듯하다. '무의(無義)' 두 글자에는 무군(無君)의 뜻이 담겨 있다. '이것[此]'이란 전국시대를 말한다.

征者는 上이 伐下也니 敵國은 不相征也니라."

정벌이란 윗사람이 아랫사람을 정벌하는 것이다. 대등한 나라끼리는 서로 정벌하지 못한다."

【補】 의로운 전쟁이 없음을 설명하고 있는 절이다.
천자는 제후에게 죄가 있으면 토벌하여 바로잡기 때문에 『춘추』에 의로운 전쟁이 없다고 말한 것이다. 대등한 나라[敵國]는 다 같은 제후의 나라이므로 서로 정벌할 권리가 없다.

진심 하 제3장

孟子 曰 "盡信書則不如無書니라.

맹자가 말했다.
"『서경』의 내용을 다 믿는다면 『서경』이 없는 것만 못할 것이다.

【補】 맹자는 분서갱유(焚書坑儒)가 일어나기 전인 전국시대 사람이다. 그런데도 『서경』의 의심나는 부분을 지적했다는 데에 이 글의 의미가 있다.
훗날 청(淸)의 염약거(閻若璩)에 의해 위고문상서(僞古文尙書)가 밝혀지게 된다.(『상서고문소증(尙書古文疏證)』)

吾於武成에 取二三策而已矣로라.

나는 무성편에 대해서만 두서너 쪽을 취할 뿐이다.

【補】「무성」은 『서경』·「주서(周書)」 편명으로, 내용은 무왕이 주왕을 정벌하고 돌아와 그 사실을 기록한 것이다.
'책(策)' 자는 죽간을 말한 것으로, 현재 '쪽(page)'과 같은 말이다. 두서너 쪽의 말을 취하고 나머지는 다 믿을 수 없음을 말했다.

仁人은 無敵於天下니 以至仁으로 伐至不仁이어니 而何其血之流杵也리오."

어진 사람은 천하에 대적할 사람이 없다. 지극히 어진 사람이 지극히 불인한 사람을 정벌했으니, 어떻게 그 피가 절구공이를 떠다니게 하는 일이 있었겠는가."

【補】무성편에 "무왕이 주왕을 정벌할 때 주왕의 군대 앞에 있던 무리들이 창을 거꾸로 들고서 뒤를 공격하여 패배시키니, 그 피가 흘러 절구공이를 둥둥 뜨게 했다."라는 기록이 보인다. 맹자가 믿을 수 없다고 말한 것이 바로 이 부분이다.
맹자가 본문처럼 말한 의도는, 훗날 역성혁명을 하는 자들이 무왕의 일을 핑계 삼아 전쟁을 일으키려는 것을 경계하는 데 있다.
'저(杵)' 자는 일반적으로 절구공이를 가리킨다. 이는 전쟁을 할 때 여기에 음식을 담기 위해 가지고 다녔다고 한다. 한편 이를 절구공이로 해석하지 않고 '방패'를 가리킨다는 설이 있으니 참고로 적어 둔다.

진심 하 제4장

孟子 曰 "有人이 曰 '我 善爲陳하며 我 善爲戰이라'하면 大罪也니라.

맹자가 말했다.

"어떤 사람이 '내가 진을 잘 치고, 내가 전쟁을 잘한다.'고 말한다면, 그는 큰 죄인이다.

【補】 여기에서의 '어떤 사람[有人]'이란 구체적으로 병가(兵家)를 지칭한다. '진(陳)을 잘 치고 전쟁을 잘하는 사람'은 명장(名將)을 말한다. '그가 큰 죄인'이라고 한 이유는 백성에게 재앙을 끼치기 때문이다.

國君이 好仁이면 天下에 無敵焉이니 南面而征에 北狄이 怨하며 東面而征에 西夷 怨하야 曰 '奚爲後我오'하니라.

임금이 인을 좋아하면 천하에 대적할 사람이 없다. 남쪽을 향하여 정벌할 때에 북쪽 오랑캐가 원망하고, 동쪽을 향하여 정벌할 때에 서쪽 오랑캐가 원망하며 '무엇 때문에 우리들을 뒤에 정벌하는가.'라고 말한다.

【補】「양혜왕 하」 제11장에 이미 나왔다.

武王之伐殷也에 革車 三百兩이오 虎賁이 三千人이러니라.

무왕이 은나라를 정벌할 때에 혁거가 삼백 양이었고 호분이 삼천 명이었다.

【補】 '혁거(革車)'는 가죽수레를 말하는데, 한 수레에 바퀴가 둘이기 때문에 '양(兩)' 자를 썼다. 오늘날 '양(輛)' 자와 통한다. '호분(虎賁)'은 용감하고 날쌘 병사를 말한다. '혁거가 삼백 양이었고, 호분이 삼천 명'이란 최소한의 인력과 장비를 뜻한다.

『서경』·「목서(牧誓)」에는 '武王戎車三百兩, 虎賁三百人, 與受戰于牧野, 作牧書'라고 되어 있으니 '천(千)' 자를 '백(百)' 자의 오기로 보는 설도 있다.

王曰 '無畏하라 寧爾也라 非敵百姓也라'하신대 若崩厥角하야 稽首하니라.

왕께서 '두려워하지 마라, 너희들을 편안히 하려는 것이지 백성을 적으로 생각한 것이 아니다.'라고 말씀하시자, 마치 뿔이 무너지듯 머리를 조아렸다.

【補】 이는, 왕이 위로하는 말이다. 즉 "무왕이 은나라 백성에게"라는 말이 앞에 생략된 형태로 보면 된다. 『서경』·「태서(泰誓)」에는 "罔或無畏, 寧執非敵. 百姓懍懍, 若崩厥角."이라 했으니 역시 글자의 출입이 있다.

'궐(厥)' 자는 '무너지다[蹶]'의 뜻으로 쓰였다. '뿔이 무너지는 것처럼'이라는 말은 마치 양의 뿔이 쉽게 무너지는 것과 같다는 말이다.

征之爲言은 正也라 各欲正己也니 焉用戰이리오."

정(征)이라는 말은 바로잡는다는 뜻이다. 각기 자기를 바로잡아주기를 바라는데 어떻게 전쟁을 하겠는가."

【補】 이는 '어떻게 살생을 저지르며 무자비한 일이 있을 수 있겠는가'라는 말이다. '정(征)' 자에는 바로잡는다는 뜻이 있다.

진심 하 제5장

孟子 曰 "梓匠輪輿 能與人規矩언정 不能使人巧니라."

맹자가 말했다.

"재장과 윤여가 남에게 규구를 가르쳐 줄 수는 있지만 사람으로 하여금 공교롭게 할 수는 없다."

【補】 학문이라는 것은 배우는 사람이 어디까지 노력해야 하는지 잘 말해주고 있는 절이다.

'재장과 윤여[梓匠輪輿]'는 교육자를 비유한 말이고, '사람[人]'은 학습자를 비유한 말이다. (참고로 '재'는 소목장, '장'은 대목장, '윤'은 수레의 윗부분을 만드는 사람, '여'는 수레의 아랫부분을 만드는 사람이다.)

「진심 상」 제41장에 "군자는 활을 당기고 쏘지는 않지만 뛰는 듯하여 중도에 서 있거든 능한 자가 따르는 것이다."라고 하였으니, 뜻이 통한다.

진심 하 제6장

孟子 曰 "舜之飯糗茹草也에 若將終身焉이러시니 及其爲天子也하산 被袗衣鼓琴하시며 二女果를 若固有之러시다."

맹자가 말했다.

"순임금이 미숫가루를 먹고 풀뿌리를 먹을 때에는 마치 장차 생을 마칠 듯하더니, 천자가 되어서는 비단옷을 입고 거문고를 타며 두 여자가 모시는 것을 본디 소유한 듯이 여기셨다."

【補】 곤궁할 때에나 부귀영화를 누릴 때에나 어떤 상황에 상관없이 담박한 정신을 가지고 본디 소유한 것처럼 여겼다는 말이다. 「진심 상」 제40장에 "요임금과 순임금은 본성대로 행하신 분이다."라고 한 부분이 이에 해당된다고 할 수 있다.
'미숫가루와 풀뿌리를 먹을 때[飯糗茹草]'란 매우 곤궁한 생활을 의미한다. '반(飯)' 자와 '여(茹)' 자 모두 '먹다[食]'라는 동사로 쓰였다. '두 여자[二女]'는 요임금의 두 딸인 아황(娥黃)과 여영(女英)이다. '과(果)' 자는 '받들다, 시봉하다[奉]'의 뜻으로 쓰였다.

진심 하 제7장

孟子 曰 "吾 今而後**에** 知殺人親之重也**로라** 殺人之父**면** 人亦殺其父**하고** 殺人之兄**이면** 人亦殺其兄**하나니** 然則非自殺之也**언정** 一間耳**니라**."

맹자가 말했다.

"나는 오늘날 이후에 남의 부모를 죽이는 일이 엄중하다는 사실을 알았다. 남의 부모를 죽이면 그 사람도 내 부모를 죽이고, 남의 형을 죽이면 남도 내 형을 죽인다. 그렇다면 자신이 자기의 아버지와 형을 죽인 것은 아니지만 죽인 것과 같다."

【補】 이 장은 인(仁)을 통해 화(禍)를 멀리할 수 있음을 강조하고 있다. 일간(一間)'이라는 말은 직역하면 '하나의 틈에 끼어 있다'이니 '똑같다'는 뜻이다.

진심 하 제8장

孟子 曰 "古之爲關也는 將以禦暴(포)러니,

맹자가 말했다.

"옛날에 관문을 만든 것은 장차 포악한 자를 막고자 해서였다.

【補】 옛날에는 수상한 사람을 막고 살피려고 관문을 만들었다. 예를 들어 복장이 다른 사람이 들어왔다면, 그가 풍속을 저해할까 두려워 출입을 제한한 것이다.

今之爲關也는 將以爲暴로다."

오늘날에 관문을 만든 것은 장차 포악한 짓을 하기 위함이다."

【補】 '포악한 짓'이란 국경을 출입하는 이에게 세금을 걷기 위함이라는 뜻이다. 국법을 빌려 사리사욕을 채우려는 데 목적이 있는 것이다. 앞 절과 같이 '포(暴)' 자가 쓰였지만, 그 앞에 '막다[禦]'와 '하다[爲]'가 붙음으로써 다른 뜻이 되었다.

진심 하 제9장

孟子 曰 "身不行道면 不行於妻子요 使人不以道면 不能行於妻子니라."

맹자가 말했다.

"자신이 도를 행하지 않으면 처자에게 행할 수 없고, 사람을 부릴 때 도로써 하지 않으면 말이 처자에게 능히 행해지지 못한다.”

【補】 자신이 도를 행해야만 처자, 식구를 잘 이끌 수 있다는 말이다. ‘사람을 부릴 때 도로써 하지 않는다’는 말은 경우에 맞지 않게 시킨다는 뜻이다. 즉 ‘사인(使人)’은 ‘대인(待人)’과 같은 뜻으로 쓰였다.

진심 하 제10장

孟子 曰 “**周于利者는 凶年이 不能殺하고 周于德者는 邪世 不能亂이니라.**”

맹자가 말했다.

“이익에 넉넉히 힘쓴 사람은 흉년이 그를 죽일 수 없고, 덕을 넉넉히 쌓은 사람은 사악한 세상이 그를 어지럽힐 수 없다.”

【補】 경제가 넉넉하면 어려운 환경에서도 견딜 수 있는 것처럼, 덕이 넉넉하면 사악한 세상이 그를 어지럽히게 할 수는 없다는 말이다.

‘덕을 넉넉히 쌓는다’는 말은 이를테면 지행(知行)이나 이를 굳건히 받쳐줄 수 있는 호연지기(浩然之氣) 따위를 축적하는 것을 말한다. ‘주(周)’ 자는 ‘넉넉하다’, ‘두루두루 하다’, ‘구휼하다[恤]’, ‘주도면밀하다’ 등 여러 뜻이 있다.

진심 하 제11장

孟子 曰 "好名之人은 能讓千乘之國하나니 苟非其人이면 簞食豆羹에 見(현)於色하나니라."

맹자가 말했다.

"명예를 좋아하는 사람은 천승의 나라를 양보할 수 있지만, 만일 부귀를 가벼이 여기는 사람이 아니라면 거친 한 그릇 밥과 한 그릇 된장국에도 얼굴빛에 나타난다."

【補】 '명예를 좋아하는 사람[好名之人]'은 실정을 속이고 명예를 요구하기 때문에 천승의 나라를 양보할 수 있다. 그것은 남들이 보기 때문이다. 그러나 만일 본래 '부귀를 가벼이 여기는 사람'이 아니면 득실의 작은 것에서 그 속마음이 드러나는 것이다. 사람을 관찰하는 방법에 대해 쓴 장이다.

원문 '苟非其人'에 대해 글자 그대로 '만일 그 사람이 아니라면'으로 번역한다면, '명예를 좋아하는 사람이 아니라면'과 같이 된다. 그렇게 되면 명예를 좋아하는 사람이 아니라면 좋지 않은 음식이 얼굴에 드러나는 결과가 되므로 문맥의 전후가 맞지 않게 된다. 따라서 일부에서는 '기인(其人)'을 명예를 좋아하는 사람이 아닌 '부귀를 가볍게 여기는 사람', 즉 '청렴한 사람'으로 번역하는 경우도 있으며 일반적으로 수용한다. 본서도 이를 따랐다.

진심 하 제12장

孟子 曰 "不信仁賢則國이 空虛하고,

맹자가 말했다.
"어진 자와 현명한 자를 믿지 않으면 나라가 텅 빈다.

【補】 높은 벼슬이 있는 사람과 백성이 있다 할지라도, 어진 자와 현명한 자를 믿지 않는다면 나라가 텅텅 비게 될 것이라는 말이다.

無禮義則上下 亂하고,

예의가 없으면 상하가 어지럽게 된다.

【補】 예의가 없다보면 도덕의 명분이 사라지므로, 상하의 위계질서가 어지럽게 된다.

無政事則財用이 不足이니라."

정사가 없으면 재용이 넉넉하지 못하다."

【補】 '제도와 기강'이 사라져 버리게 되면 경제적 손실로 이어지게 된다. 앞서 나온 세 가지는 모두 어짊과 현명함을 근본으로 한다. 상하의 위계질서나 재용의 부족보다도 어질고 현명함의 중요성을 말하고 있는 장이다.

진심 하 제13장

孟子 曰 "不仁而得國者는 有之矣어니와 不仁而得天下는 未之有也니라."

맹자가 말했다.

"어질지 못하고서 나라를 얻은 사람은 있지만, 어질지 못하고서 천하를 얻은 사람은 있지 않다."

【補】 '어질지 못하고서 나라를 얻는다'는 말에는 힘과 속임수로써 나라를 얻을 수는 있다는 말이다. 하지만 그가 천하를 얻을 수는 없는 것처럼 그 한계가 명확히 있음을 밝히고 있다. 즉 전국시대의 권모술수나 전쟁을 통해 한 나라를 소유할 수는 있지만 천하를 소유할 수 없음을 밝히고 있다.
일설에는 '득국(得國)'을 '토지를 얻음', '득천하(得天下)'를 '민심을 얻음'이라 해석하기도 하니 참고로 적어 둔다.

진심 하 제14장

孟子 曰 "民이 爲貴하고 社稷이 次之하고 君이 爲輕하니라.

맹자가 말했다.

"백성이 가장 귀하고, 사직이 다음이며, 임금은 가벼운 것이다.

【補】 오늘날에는 당연한 것으로 받아들여지는 저 말이, 맹자 당시에는 매우 파격적인 말이었다고 한다.
원래 '귀(貴)' 자의 대칭으로 뒤에는 '천(賤)' 자를 써야 하는데 '경(輕)' 자를 쓴 것은, 임금에게 쓸 수 있는 글자가 아니므로 그렇게 한 것이다.

是故로 得乎丘民이 而爲天子요 得乎天子 爲諸侯요 得乎諸侯 爲大夫니라.

이 때문에 백성의 마음을 얻은 이는 천자가 되고, 천자에게 신임을 얻은 이는 제후가 되고, 제후에게 신임을 얻은 이는 대부가 된다.

【補】 앞서 백성이 고귀한 이유에 대해 각 계층을 사용해 증명하고 있다.
일설에, '구민(丘民)'은 국민(國民)이나 향민(鄕民)과 같은 개념으로서 어떠한 행정구역으로 보기도 하였으며, '구(丘)' 자를 '많다[衆]'의 뜻으로 보기도 했다. 필자는 '많다'의 뜻으로 보고 '구민'을 '백성' 정도로 해석했다. 주희는 '신분이 미천한 자들'이라고 하였으니 참고로 적어 둔다.

諸侯 危社稷則變置하나니라.

제후가 사직을 위태롭게 하면 자리를 바꾼다.

【補】 이는 제후라는 지위가 얼마나 하찮은지 강조한 절이다.

犧牲이 既成하며 粢盛이 既潔하야 祭祀以時호대 然而旱乾水溢則變置社稷하나라."

희생이 이미 이루어 잘 받들고, 자성이 이미 정결하여 제사를 제때에 지내지만, 그런데도 가뭄이 들고 홍수가 넘치면 사직을 바꾸어 설치한다."

【補】 '희생이 이미 잘 이루어지고 자성 또한 이미 정결하다'는 말은 신을 섬기는 데 최선을 다했다는 말이다. 하지만 가뭄이 들고 홍수가 넘치면 사직 또한 바꿀 수 있는 것이니, 앞서 제후도 바꾸고 신도 바꿀 수 있는 반면, 백성은 그렇게 할 수 없는 가장 귀한 존재라는 의미를 담고 있다.

진심 하 제15장

孟子 曰 "聖人은 百世之師也니 伯夷柳下惠 是也라 故로 聞伯夷之風者는 頑夫 廉하며 懦夫 有立志하고 聞柳下惠之風者는 薄夫 敦하며 鄙夫 寬하나니 奮乎百世之上이어든 百世之下에 聞者 莫不興起也하니 非聖人而能若是乎아 而況於親炙之者乎아."

맹자가 말했다.

"성인은 백세의 스승이니, 백이와 유하혜가 이에 해당된다. 그러므로 백이의 유풍을 들은 사람은, 완악한 사내가 청렴해지고, 나약한 사내가 뜻을 세우게 된다. 유하혜의 유풍을 들은 사람은 야박한 사내가 돈후해지고, 비루한 사내가 너그러워진다. 백세 위에 분발하거든 백세 아래에서 그 유풍을 들은 사람이 흥기하지 않은 자가 없으니, 성인이 아니고서 이와 같을 수 있겠는가. 더욱이 그들을 직접 가까이 하여 배운 사람은 말할 것도 없다."

【補】「만장 하」 제1장과 글자의 출입만 있을 뿐 거의 같다.

진심 하 제16장

孟子 曰 "仁也者는 人也니 合而言之하면 道也니라."

맹자가 말했다.

"인이란 사람이라는 뜻이니, 합하여 말하면 도이다."

【補】 주희에 의하면 "외국본[高麗本]에는 '仁也者는 人也요 義也者는 義也요 禮也者는 履也요 智也者는 知也요 信也者는 實也니 合而言之하면 道也니라'라고 되어 있으나 자세하지 않다."라고 했으니 참고할 만하다.
그러나 실제 맹자가 인의예지를 말한 적은 있으나, 인의예지에 신(信)을 더하여 말한 글은 없기 때문에, 이러한 설은 받아들이지 않았다. '합(合)' 자는 『중용』을 참고하여 '솔성(率性)'의 뜻으로 이해하면 된다.

진심 하 제17장

孟子 曰 "孔子之去魯에 曰 '遲遲라 吾行也여'하시니 去父母國之道也요 去齊에 接淅而行하시니 去他國之道也니라."

맹자가 말했다.
"공자께서 노나라를 떠나실 때에는 '더디고 더디다, 내 걸음이여!'라고 하셨으니, 부모의 나라를 떠나는 도리이다. 제나라를 떠나실 때에는 담궜던 쌀마저 건져 빨리 떠나가셨으니, 이는 타국을 떠나는 도리이다."

【補】 이 또한 「만장 하」 제1장에 이미 나왔다.

진심 하 제18장

孟子 曰 "君子之戹於陳蔡之間은 無上下之交也니라."

맹자가 말했다.

"군자께서 진나라와 채나라를 다니시다 곤경을 당하신 것은 상하의 교제가 없어서이다."

【補】 '군자'는 다름 아닌 공자를 지칭한다. '상하'란 군신 관계를 지칭한 말이다. 당시 임금과 신하 모두 완악하여, 더불어 교제할 만한 사람이 공자에게는 없었다. 특히 진나라에서 채나라를 갈 때에는 포위를 당해 일주일 정도 아무것도 먹지 못하는 등 곤경을 당하기도 했다.

'액(戹)' 자는 '액(厄)' 자와 통용자로 보며, 재앙(災殃)의 뜻으로 쓰였다. '교(交)' 자는 '현자에 대한 예우[待]'의 뜻이다.

진심 하 제19장

貉稽 曰 "稽 大不理於口호이다."

맥계가 말했다.

"저는 사람들의 입에 큰 덕을 보지 못합니다."

【補】 남들에게 좋은 말을 들어본 적이 없다는 뜻이다.

'맥(貉)' 은 성(姓)이고 계(稽)가 이름이다. 일부에서는 '맥' 자가 성으로 쓰였으므로 '학'으로 읽어야 한다는 설이 있으니 참고로 적어 둔다.

'리(理)' 자에 대해, 주희는 '힘입다[賴]'의 뜻으로 보았고, 일설에는 '리(利)' 자와 통용되어 '불리(不理)'를 '불리하다'의 뜻으로 보기도 했는데 모두 의미가 통한다.

孟子 曰 "無傷也라 士 憎[增]玆多口하니라.

맹자가 말했다.

"나쁠 게 없습니다. 선비는 사람들의 입에 오르고 내리는 게 많습니다.

【補】 아무런 능력도 없다면 사람들의 입에 오르고 내릴 일이 없다. 그만큼 선비란 칭송도 받고 폄하도 받는 위치에 있다는 말이다.

조기에 의하면, '증(憎)' 자는 마땅히 '증(增)' 자로 되어야 하는데 잘못 베껴 쓴 것이라고 하였으니 이를 참고하여 따랐다.

詩云 '憂心悄悄어늘 慍于群小라'하니 孔子也시고 '肆不殄厥慍하시나 亦不隕厥問(聞)이라'하니 文王也시니라."

『시경』에 '마음에 걱정을 지극히 하지만, 여러 소인들에게 노여움을 받는다.'[1]라고 했으니, 공자께서 이에 해당합니다.

'그들의 불편한 마음이 사라지진 못했지만 또한 그 명성을 잃지 않았다.'[2]라고 했으니, 문왕이 이에 해당합니다."

【補】 공자와 문왕은 남의 비평에 휩쓸리지 않고 자신이 행할 일을 했으니, 이를 통해 맥계에게 저처럼 하기를 권면하고 있다.

앞 시는, 장강이 남편에게 쫓겨나 걱정이 많았는데, 많은 하인들까지 자신에게 화풀이를 하는 내용이다. 이는 공자가 도를 행하지

1) 마음에…… 받는다 : 「패풍(邶風)、백주(柏舟)」에 보인다.
2) 그들의…… 않았다 : 「대아(大雅)、면(綿)」에 보인다.

못하여 걱정이 많은데, 진나라와 채나라 사이에서 곤경을 당했고 또한 양호에게까지 죽음을 당하려고 한 적이 있으니 이와 유사한 마음이라고 맹자가 해석한 것이다.
뒤의 시는 본래 태왕(太王)이 곤이(昆夷)를 보살필 때에, 비록 그들의 성냄을 없애지는 못했으나, 또한 스스로 그 명성의 아름다움을 실추하지 않았음을 말한 것인데, 맹자가 문왕의 일이 여기에 해당된다고 하였다.
'사(肆)' 자는 발어사이다. '문(問)'은 '소문, 명성[聲聞]'의 뜻이다.

진심 하 제20장

孟子 曰 "賢者는 以其昭昭로 使人昭昭어늘 今엔 以其昏昏으로 使人昭昭로다."

맹자가 말했다.
"현명한 이는 그 밝음으로써 남을 밝혀 주는데, 오늘날에는 그 어둠으로써 남을 밝혀 주려 한다."

【補】 현명한 이는 자신의 밝음으로써 남을 밝혀주는, 이른바 '이기추인(以己推人)'을 실천하는 자이다. '기(其)' 자는 '자신'을 가리킨다. 하지만 전국시대 임금들은 자신은 밝지 못하고 남들에게만 밝기를 요구하는 어리석음이 있어 이를 맹자가 지적한 말이다.

진심 하 제21장

孟子 謂高子曰 "山徑之蹊間이 介(알)然用之而成路하고 爲間不用則

茅塞之矣나니 今에 茅塞子之心矣로다."

맹자가 고자(맹자 제자)에게 말했다.

"산길 가운데 지름길 사이로 사람들이 자주 다니다 보면 길이 만들어 지고, 잠깐만 이용하지 않으면 풀이 자라 길을 막는다. 이처럼 오늘날 자네의 마음은 풀이 막고 있는 것과 같다."

【補】 이 글은 잠시라도 도를 닦지 않으면 금세 물욕이 마음속에 가득해짐을 경계하기 위한 말이다. 학자 역시 꾸준히 공부하지 않으면 안 됨을 비유한 말이다.

일부에서는 '간개(間介)'가 '격절(隔絶)'의 뜻이 있으므로 "山徑之蹊間介然, 用之而成路"로 읽어야 한다고 주장하기도 하였으니 참고로 적어 둔다. '위간(爲間)'은 '잠시'라는 뜻이다.

진심 하 제22장

高子 曰 "禹之聲이 尙文王之聲이로소이다."

고자(맹자 제자)가 말했다.

"우왕의 음악이 문왕의 음악보다 훌륭합니다."

【補】 고자가 우왕의 음악이 문왕보다 훌륭하다고 본 이유는 '장구한 시간'으로 인식했기 때문이다.

孟子 曰 "何以言之오?" 曰 "以追(퇴)蠡니이다."

맹자가 말했다.

"무엇 때문에 그렇게 말하는가?"

"퇴려 때문입니다."

【補】 음악의 평가 기준은 첫째, 선천적 바탕인 성정에 있다. 둘째, 그가 행한 생애의 사업인 공덕에 있다. 셋째, 창작 시대에 있다. 이 절에서는 앞 두 가지를 놓고 마지막인 창작 시대에 초점을 맞추고 있다.

'퇴(追)'는 종의 끈이다. '여(蠡)'는 나무를 좀먹는 벌레이다. '퇴려 때문이다'는 말은 유구한 시간이 지났음을 의미한다.

曰 "是奚足哉리오 城門之軌 兩馬之力與아!"

"이 어찌 넉넉한 말인가. 성문의 수레바퀴 자국이 두 말[馬]의 힘만으로 이루어진 것이란 말인가!"

【補】 '성문의 수레바퀴 자국[城門之軌]'이란 수많은 말들이 모이는 곳의 의미가 담겨 있다. 이는 앞 절의 '퇴려'와 같이 오랜 시간이 지났다는 뜻이다. 따라서 음악의 평가는 창작 시대만으로 볼 수 없다는 말이다.

진심 하 제23장

齊饑어늘 陳臻이 曰 "國人이 皆以夫子로 將復爲發棠이라하니 殆不可復로소이다."

제나라가 흉년이 들자, 진진(맹자 제자)이 말했다.

"나라 사람들이 모두 선생님께서 장차 다시 당 땅의 창고를 열 것이라 하는데, 거의 다시 할 수 없을 듯합니다."

【補】 맹자가 예전에 흉년이 들었을 때 창고를 열어 백성을 구휼한 적이 있었기 때문에, 진진이 저처럼 말한 것이다. 하지만 진진과의 대화를 할 당시에는, 맹자가 왕에게 신임을 얻지 못했을 뿐 아니라 벼슬도 하지 않았기 때문에 당 땅의 창고를 열어 준 것처럼 다시 할 수 없다는 말이다.

孟子 曰 "是爲馮婦也로다 晉人有馮婦者 善搏虎하더니 卒爲善士하야 則之野할새 有衆이 逐虎하니 虎 負嵎어늘 莫之敢攖하야 望見馮婦하고 趨而迎之한대 馮婦 攘臂下車하니 衆皆悅之하고 其爲士者는 笑之하니라."

맹자가 말했다.

"이러한 짓은 풍씨 집안의 며느리나 한다. 진나라 사람 중에 풍부라 불리는 사람이 호랑이를 잘 때려잡았는데, 훗날 훌륭한 선비가 되었다. 들에 갈 때에 여러 사람들이 호랑이를 쫓고 있었는데, 호랑이가 산모퉁이에 다다르자, 감히 달려들지 못하다가 풍부를 멀리 바라보고는 달려가 맞이하였다. 풍부가 팔뚝을 걷어붙이고 수레에서 내려오니, 사람들이 모두 좋아하였지만, 선비들은 이를 비웃었다."

【補】 이 비유는 맹자가 왕에게 말하여 당 땅의 창고를 연다면, 그곳 사람들은 모두 좋아하겠지만, 의리와 지조를 아는 선비들에게 비웃음은 면치 못할 것임을 말하고 있다.

남들이 원하여 비위를 맞추는 일을 일명 '풍부(馮婦)'라고 하였으니, 그 어원이 위에 있다. 즉 풍부란, 풍씨가 마치 며느리처럼 윗사람의 비위나 맞추려 한다고 하여 비하(卑下)하기 위해 쓴 표현으로 이해하면 된다.

'호랑이를 맨손으로 때려잡는 일'은 천한 일이다. 따라서 풍부는 미천한 일을 그만 두고 글을 읽는 훌륭한 선비가 된 것이다. 하지만 사람들이 호랑이에게 겁을 먹고 있어, 풍부는 선비가 됨을 잊고 예전 버릇이 나와 미천하게 호랑이를 맨손으로 잡았다. 따라서 뜻있는 선비들이 비웃은 것이다.

진심 하 제24장

孟子 曰 "口之於味也와 目之於色也와 耳之於聲也와 鼻之於臭也와 四肢之於安佚也에 性也나 有命焉이라 君子 不謂性也니라.

맹자가 말했다.

"입이 맛에 있어서, 눈이 색에 있어서, 귀가 음악에 있어서, 코가 냄새에 있어서, 사지가 편안함에 있어서 본성이지만 천명에 달려 있다. 그러므로 군자는 본성이라고 말하지 않는다.

【補】 입, 눈, 귀, 코, 사지 등이 느끼는 것은 육체적 욕구의 본능이다. 하지만 이를 누리는 데에는 부귀가 필요하므로, 군자는 이를 극복의 대상으로 여기지, 본연성으로 인식하지 않는 것이다. 비슷한 비유가 앞서 「고자 상」 제7장에 나왔으니 함께 보면 좋다.

仁之於父子也와 義之於君臣也와 禮之於賓主也와 智之於賢者[否]也와 聖[人]之於天道也에 命也나 有性焉이라 君子 不謂命也니라."

인이 부자간에 있어서, 의가 군신 간에 있어서, 예가 빈주 간에 있어서, 지가 현불초에 있어서, 성인이 천도에 있어서 천명이지만 본성에 달려 있다. 그러므로 군자는 천명이라 말하지 않는다."

【補】 천명을 타고난 기질 혹은 운명으로 보면 된다. 즉 타고난 기질이 총명한 자는 오륜을 잘 실천하고, 타고난 기질이 좋지 못한 자는 이를 실천하지 못한다.
원문 '智之於賢者也'는 앞 절들과의 관계에 따라 '자(者)' 자가 '비(否)' 자의 오기로 보기도 한다. 그렇다면 현자와 불현자의 대비로 보니 명쾌하다는 것이다.
또 원문 '聖人之於天道也' 역시 앞 절의 표현 방식을 참고해 보면, '인(人)' 자를 연문(衍文)으로 보는 설이 있으니 참고할 만하다.

진심 하 제25장

浩生不害 問曰 "樂正子는 何人也잇고?" 孟子 曰 "善人也며 信人也니라."

호생불해(제나라 사람)가 물었다.
"악정자는 어떠한 사람입니까?"
맹자가 말했다.
"선한 사람이며, 믿을 만한 사람입니다."

【補】 '악정자가 어떠한 사람인지 묻는다'는 말은 '그의 조예가 어느 정도인지를 묻는다'는 의미이다. 참고로 악정자는 따라가서는 안 될 자오를 따라간 죄를 맹자에게 질책당하기도 하였지만,(「이루 상」 제24장) 노나라에서 벼슬을 주니 선을 좋아하는 사람이라며 칭찬을 받기도 한 인물이다.(「고자 하」 제13장)

"何謂善이며 何謂信이니잇고?"

"어떤 사람을 선한 사람이라 부르고, 어떤 사람을 믿을 만한 사람이라 말합니까?"

曰 "可欲之謂善이오,

"하고자 함이 있는 사람을 선한 사람이라 합니다.

【補】 모든 사람들이 좋아하는 것은 바로 선하기 때문이다. 여기에서 좋아하는 대상은 사람의 환심을 사는 것이 아니라 몸가짐이나 처사 등의 측면에서 선하게 하는 것을 말하는데, 그 기저는 인(仁)에 있다.

'욕(欲)' 자는 '사랑하다[愛]'는 뜻으로 쓰였으니, 남들이 모두 좋아하는 것을 가리킨다.

有諸己之謂信이오,

자기 몸에 선을 간직한 사람을 믿을 만한 사람이라 말합니다.

【補】 '믿을 만한 사람'이란 믿음은 있고 변덕이 없는 사람을 가리킨다.

充實之謂美오,

충실한 사람을 아름다운 사람이라고 말합니다.

【補】 '충실한 사람'이란 내면으로부터 차곡차곡 선한 마음을 채워가는 사람을 말한다.

充實而有光輝之謂大오,

충실하여 빛이 나는 사람을 큰 사람이라고 말합니다.

【補】 안으로 가득 차서 밖으로 드러나는 사람으로, 현인(賢人)이 이에 해당된다.

大而化之之謂聖이오,

큰 사람으로서 저절로 변화하는 사람을 성인이라고 말합니다.

【補】 '화(化)' 자에는 '자연스럽게 편하게 여기는'의 뜻이 담겨 있다.

聖而不可知之之謂神이니,

성인으로서 알 수 없는 사람을 신과 같은 사람이라고 말합니다.

【補】 성인으로서 그 경지를 알 수 없는 사람을 말한다.

樂正子는 二之中이오 四之下也니라."

악정자는 두 가지의 중간이요, 네 가지의 아래입니다."

【補】 '두 가지'란 선한 사람과 믿을 만한 사람을 가리킨다.

진심 하 제26장

孟子 曰 "逃墨이면 必歸於楊이오 逃楊이면 必歸於儒니 歸커든 斯

受之而已矣니라.

맹자가 말했다.

"묵적을 벗어나면 반드시 양주에게로 돌아가게 되고, 양주를 벗어나면 반드시 유학으로 돌아오니 돌아오면 받아줄 따름이다.

【補】 이단을 지나치게 배격하기보다는 가르쳐야 함을 말한다. 즉 배격은 엄격하게 하되 돌아오면 받아줘야 한다는 뜻이다.

今之與楊墨辯者는 如追放豚하니 既入其苙이어든 又從而招之로다."

오늘날 양주와 묵적의 학자들과 더불어 변론하는 것은 마치 도망간 돼지를 쫓는 것과 같다. 이미 그 우리로 돌아오거든 또 뒤이어 뒷다리를 묶어놓는구나."

【補】 이 비유는, 우리에 돌아온 돼지를 또다시 도망갈 것을 염려해 발을 묶어 놓는다면, 이단이 귀화할 길을 막는 것이나 다름없음을 경계한 말이다. 이처럼 맹자는 양주와 묵적에 대한 배척은 심하였지만, 그들을 대하는 태도가 각박하지 않았음을 알 수 있다. '초(招)' 자는 '묶다[罥]', '구속하다[束]'라는 뜻으로 쓰였다.

진심 하 제27장

孟子 曰 "有布縷之征과 粟米之征과 力役之征하니 君子 用其一이오 緩其二니 用其二면 而民이 有殍하고 用其三이면 而父子 離니라."

맹자가 말했다.

"삼베와 실에 대한 세금과 곡식에 대한 세금과 힘으로 부역하는 세금이 있다. 군자는 이 중에 한 가지만 쓰고 두 가지는 늦춰 준다. 두 가지를 함께 쓰면, 백성이 굶어 죽고 세 가지를 함께 쓰면, 부자 사이도 뿔뿔이 흩어질 것이다."

【補】 이 절은 가렴주구(苛斂誅求)는 말할 것도 없고, 일정한 세금을 걷을 때에도 백성이 감당할 수 있을 만큼만 취해야 하지, 한꺼번에 취해서는 안 됨을 말하고 있다.

'삼베와 실[布縷]'에 대한 세금은 여름에 거둬들인다. '곡식에 대한 세금'은 가을에 걷으며, '부역하는 세금'은 겨울에 걷는다. '군자(君子)'는 위정자를 지칭한다.

'용기이(用其二)'란 동시에 세금을 취하는 것을 말한다. '이(而)' 자는 '~면[則]'의 뜻으로 쓰였다. '표(殍)' 자는 이전에 쓰인 '표(莩)' 자와 같은 글자다. '부자 사이가 뿔뿔이 흩어진다'라는 말은 헤어져 살 뿐 아니라 살림살이마저도 파탄에 이를 것이라는 의미이다.

진심 하 제28장

孟子 曰 "諸侯之寶 三이니 土地와 人民과 政事니 寶珠玉者는 殃必及身이니라."

맹자가 말했다.

"제후의 보배가 세 가지이니 토지와 백성과 정사이다. 주옥을 보배로 여기는 사람은 재앙이 반드시 몸에 미친다."

【補】 재물이나 이로움으로 정사를 하게 되면 반드시 죽임을 당

한다는 말이다.
'주옥을 보배로 여긴다[寶珠玉]'는 말은 '재물과 이로움으로 일을 삼는다면'과 같은 말이다. '재앙이 반드시 몸에 미친다[殃必及身]'는 말은 곧 '죽임을 당하다'는 말과 같다.

진심 하 제29장

盆成括이 仕於齊러니 孟子 曰 '死矣로다 盆成括이여' 盆成括이 見殺이어늘 門人이 問曰 "夫子 何以知其將見殺이시니잇고?" 曰 "其爲人也 小有才오 未聞君子之大道也하니 則足以殺其軀而已矣니라."

분성괄이 제나라에 벼슬하자, 맹자가 '죽겠구나, 분성괄이여'라고 했다. 분성괄이 죽임을 당하자, 문인이 물었다.

"선생님께서는 어떻게 그가 장차 죽임을 당할 것을 아셨습니까?"

맹자가 말했다.

"그의 사람됨이 조금 재주가 있고 군자의 큰 도를 듣지 못했으니 그 몸을 죽임에 이르기에 충분할 따름이다."

【補】 맹자의 예언대로 분성괄이 죽임을 당했다. 자칫하면 맹자가 선견지명(先見之明)을 지닌 인물로 오해받을 수 있는 문장이지만, 실제 그러한 뜻은 내포되어 있지 않다. 맹자는 사리로 미루어 예견했을 뿐이다. 즉 분성괄은 얄팍한 재주로써 사리사욕을 채우려 했기 때문에, 이를 두고 맹자가 말한 것인데, 우연히 그가 죽임을 당한 것이다.

진심 하 제30장

孟子 之滕하사 館於上宮이러시니 有業屨於牖上이러니 館人이 求之弗得하다.

맹자가 등나라로 가서 상궁에 머무르고 있었다. 당시 만들던 신발이 창문 위에 있었는데, 여관주인이 찾아도 찾을 수 없었다.

> 【補】 여관주인이 신발을 만들다가 창 위에 놓았는데 잃어버린 상황이다.
> '상궁(上宮)'은 별궁의 이름이다. '업구(業屨)'란 신을 만들다가 다른 일이 있어 미완성으로 둔 것을 가리킨다. 이는 '업(業)' 자에 '시작하다[始]'의 뜻이 있기 때문이다.

或이 問之曰 "若是乎從者之廋也여?" 曰 "子 以是爲竊屨來與아?" 曰 "殆非也라 夫子之設科也는 往者를 不追하며 來者를 不拒하사 苟以是心으로 至커든 斯受之而已矣시니라."

혹자가 말했다.

"이처럼 선생님 제자들이 숨기고 있습니다."

맹자가 말했다.

"당신은 신을 훔치러 우리가 왔다고 생각합니까?"

"결코 아닙니다. 선생님께서 교육 과정을 만들어 가는 자를 붙잡지 않고 오는 자를 막지 않아 만일 배우려는 마음을 가지고 오면 받아주실 따름입니다."

【補】 '수(廋)' 자는 '훔치다'의 의미로 사용되고 있다. 맹자에게 직접 그 제자들이 훔쳤다고 말할 수 없어 '숨기다'라는 표현을 썼다. 이는 혹자가 맹자의 면전이었기 때문에 완곡하게 쓴 것이다.
원문 '夫子之設科也는 往者를 不追하며 來者를 不拒하사 苟以是心至어든 斯受之而已矣니이다.'에 대한 대답의 주체에 대해서 이견이 있다. 조기는 '夫子之設科也'에서 '子' 자를 '予'의 오기라고 하였다. 만약 그렇다면 '殆非也라' 까지가 혹자의 대답이고, 그 이후는 맹자의 말이니 참고로 적어 둔다.

진심 하 제31장

孟子 曰 "人皆有所不忍하니 達之於其所忍이면 仁也요 人皆有所不爲하니 達之於其所爲면 義也니라.

맹자가 말했다.

"사람들에게는 모두 차마 하지 못하는 마음을 가지고 있으니 차마 하는 것에까지 도달한다면 인이 된다. 사람들은 모두 하지 않는 바가 있으니 하는 것에까지 도달한다면 의가 된다.

【補】 사람들은 누구나 측은지심(惻隱之心 : 仁)과 수오지심(羞惡之心 : 義)이 있기 때문에 '차마 하지 못하는 것'과 '하지 않는 것'이 있음을 밝히고 있다.
'유(有)' 자는 고유한 것으로 양능(良能) 같은 것을 가리킨다.

人能充無欲害人之心이면 而仁을 不可勝用也며 人能充無穿踰之心이면 而義를 不可勝用也니라.

사람들이 능히 남을 해치려고 하지 않는 마음을 채운다면 인을 이루 다 쓰지 못할 것이다. 사람들이 담을 뚫고 넘어가 도둑질하지 않으려는 마음을 채운다면 의를 이루 다 쓰지 못할 것이다.

【補】 이 글은 비유로서, 차마 하지 못하는 것을 미루어서 차마 하는 것에까지 도달한다면, 어진 마음이 자신에게 가득찰 것이고, 하지 않는 것을 미루어서 하는 것에까지 도달한다면, 의로운 마음이 자신에게 가득찰 것임을 밝히고 있다.
남을 해치려는 마음이 바로 차마 하는 것이므로 이러한 마음이 없는 것을 불인지심(不忍之心)이라고 한다. 사람이 담을 뚫고 넘어가 도둑질을 하는 것은 하지 못할 일이 없는 것이므로 이러한 마음이 없는 것을 수오지심(羞惡之心)이라고 한다.

人能充無受爾汝之實이면 無所往而不爲義也니라.

사람이 능히 '네 이놈'이라는 천시를 받지 않으려는 진실한 마음을 채운다면 가는 곳마다 의롭지 않음이 없을 것이다.

【補】 앞 절이 '도둑질을 하지 않는다'는 것으로 비유로 들었다면, 이 절은 '남에게 욕을 듣지 않겠다'는 것으로 비유를 든 것이다.
'이여(爾汝)'는 경멸하거나 천시할 때 쓰는 말로서 '네 이놈, 네 이 녀석'과 같은 말이다.

士 未可以言而言이면 是는 以言餂之也요 可以言而不言이면 是는 以不言餂之也니 是皆穿踰之類也니라."

선비가 말해서는 안 될 때에 말을 한다면, 이는 말로써 그를 유혹하는 것이다. 말을 해야 할 때에 말하지 않는다면, 이는 말하지 않음으로써 꾀려는 것이다. 이 모두 담을 뚫고 담을 넘어가는 꼴이다."

【補】 '염탐이나 침묵'으로 남의 의중을 파악하는 폐단에 대해 말하고 있는 절이다.

남을 염탐하는 것은 말할 것도 없고, 남의 의중을 파악하고자 침묵으로써 염탐하는 것 역시 도둑질과 다름이 없음을 말한다. 즉 앞서 도둑질과 남에게 욕을 듣는 것과 남을 염탐하는 것은 모두 어질고 의롭지 못한 행위임을 강조하고 있다.

진심 하 제32장

孟子 曰 "言近而指遠者는 善言也요 守約而施博者는 善道也니 君子之言也는 不下帶而道 存焉이니라.

맹자가 말했다.

"가까운 것을 말해 주었는데 뜻이 먼 것이 가장 훌륭한 말이고, 지키는 것이 요약하면서도 베푸는 것이 넓은 것은 가장 훌륭한 도이다. 군자의 훌륭한 말은 허리띠 아래를 내려가지 않고 도가 있다.

【補】 문장 구조는 '훌륭한 말[善言]'과 '훌륭한 도[善道]'에 대해 총론을 말하고, 이어서 나누어 설명하는 방식인데, 이 절에서는 '훌륭한 말[善言]'이 붙고, 뒤의 절에서는 '훌륭한 도[善道]'에 대해 말하고 있으니, 원문 '君子之言也는 不下帶而道 存焉이니라.'를 한 절로 나누어도 무관할 듯하다.

옛사람들은 시선이 사람의 허리띠 아래로 내려가지 않았다고 한다. '띠 위'가 의미하는 것은 눈앞에 항상 볼 수 있는 가까운 곳이다. 눈앞의 가까운 일에 지극한 이치가 있기 때문에 말이 가까우면서도 뜻이 멀다.

君子之守는 修其身而天下 平이니라.

군자의 지킴은 그 몸을 수양하여 천하가 태평해지는 것이다.

【補】 앞 절에서 선언에 대해 말했다면, 이 절에서는 선도에 대해 말하고 있다.

人病은 舍其田而芸人之田이니 所求於人者 重이오 而所以自任者 輕이니라."

사람들의 잘못은 자기의 밭을 버려두고 남의 밭을 김매는 데에 있으니, 남에게 요구하는 것은 무겁게 하고 스스로 책임지는 것에는 가볍게 한다."

【補】 선도의 반대 개념에 대해서 비유를 들고 있다. 즉 자기 자신을 수양하는 데에는 힘쓰지 않고 남에게 요구하는 잘못을 범하고 있는 당대를 비판하는 절이다.

진심 하 제33장

孟子 曰 "堯舜은 性者也요 湯武는 反之也시니라.

맹자가 말했다.
"요임금과 순임금은 본성대로 하셨고, 탕왕과 무왕은 본성을 회복하셨다.

【補】「진심 상」 제30장에 "요임금과 순임금은 본성대로 잘 보존하셨고, 탕왕과 무왕은 몸으로 노력한 분이다"라는 구절이 있으니

이 절의 내용과 통한다.

動容周旋이 中禮者는 盛德之至也니 哭死而哀 非爲生者也며 經德不回 非以干祿也며 言語必信이 非以正行也니라.

몸가짐을 움직이고 주선한 것이 예에 맞는 것은 성한 덕이 지극한 것이다. 죽은 자를 위해 곡하여 슬퍼하는 것은 산 자를 위해서가 아니다. 떳떳한 덕을 지키고 나쁜 마음을 품지 않는 것이 녹을 요구해서가 아니다. 말을 반드시 믿음직하게 하는 것이 행실을 바르게 하려고 해서가 아니다.

【補】 '죽은 자를 위해 곡하여 슬퍼하는 것'과 '떳떳한 덕을 지키는 것'과 '말을 반드시 믿음직하게 하는 것'은 몸가짐을 움직이고 주선함이 예에 맞는 성한 덕이자 지극한 예이다. 이 모두 본성 그대로 행한 것이다. '죽은 자를 위해 곡하여 슬퍼하는 것은 산 자를 위해서가 아니다'라는 말은 목적이 있지 않은 자연스러운 애도를 말하니, 이는 요임금과 순임금처럼 본성대로 행한 것이다.
'경(經)' 자는 '떳떳하다[常]'의 뜻이다. 이와 반대의 뜻으로 '회(回)' 자가 쓰였는데, 이는 '굽다[曲]'의 뜻으로, 여기서는 '잘못을 범함, 나쁜 마음, 간사한 마음' 등의 뜻으로 쓰였다. '간(干)' 자는 '구하다[求]'의 뜻으로 쓰였다.

君子는 行法하야 以俟命而已矣니라."

군자는 법을 행하여 천명을 기다릴 뿐이다."

【補】 이는 탕왕과 무왕의 본성을 회복한 일에 해당한다.
'군자가 법을 행한다'는 말은 법을 그대로 따른다는 뜻이다. '천명을 기다린다[俟命]'는 말은 '천명을 순응한다'는 의미이다.

진심 하 제34장

孟子 曰 "說(세)大人則藐之하야 勿視其巍巍然이니라.

맹자가 말했다.

"대인을 유세할 때에는 그 직위를 하찮게 여기고, 그것이 높다는 생각도 말아야 한다.

> 【補】'대인'은 존귀한 사람이므로 그의 신분을 생각한다면 자신의 의사를 잘 피력할 수가 없기 때문에 그것을 생각해서는 안 됨을 말하고 있다.
> '묘(藐)' 자는 '아득하다'라는 뜻이 있으니 '별 것 아닌 듯 하찮게 보다'의 뜻으로 쓰였다.

堂高數仞과 榱題數尺을 我 得志라도 弗爲也며 食前方丈과 侍妾數百人을 我 得志라도 弗爲也하며 般樂飮酒과 驅騁田獵과 後車千乘을 我 得志라도 弗爲也니 在彼者는 皆我所不爲也요 在我者는 皆古之制也니 吾何畏彼哉리오."

당의 높이가 몇 길 되는 것과 서까래 머리가 몇 자 되는 것을 내 뜻을 얻더라도 하지 않는다. 밥상 앞에 음식이 한 길 진열되고 시첩 수백 명 되는 것을 내 뜻을 얻더라도 하지 않는다. 즐기고 술을 마시며 말을 달리고 사냥하며 뒤에 따르는 수레 천승인 것을 내 뜻을 얻더라도 하지 않을 것이다. 저 모두는 내가 해서는 안 될 것이고 나에게 있는 것은 모두 옛 법이다. 내가 왜 저들을 두려워하겠는가."

【補】 상대에게 부귀가 있다면, 맹자에게는 인의가 있으니 두려울 것이 없다는 말이다.
'당의 높이가 몇 길 되는 것'과 '서까래 머리가 몇 자 되는 것'은 고광대실을 가리킨다. '제(題)' 자에 '머리[頭]'라는 뜻이 있으니 '최제(榱題)'란 서까래 앞부분을 말한다. '밥상 앞에 음식이 한 길 진열되고[食前方丈]'에서 '방(方)' 자는 사방 여덟 자('열 자'라는 설도 있음)이니 식탁이 매우 크고 거기에 진열될 만큼의 많은 음식이 진열되어 있음을 뜻한다. '옛 법[古之制]'이란 인의와 도덕 등을 가리킨다.

진심 하 제35장

孟子 曰 "養心이 莫善於寡欲하니 其爲人也 寡欲이면 雖有不存焉者라도 寡矣오 其爲人也 多欲이면 雖有存焉者라도 寡矣니라."

맹자가 말했다.

"마음을 수양하는 방법에는 욕심을 적게 가지는 것보다 더 좋은 것은 없다. 그 사람의 됨됨이가 욕심이 적으면 비록 마음이 보존되지 못한다 할지라도 잃은 것이 적고, 사람 됨됨이가 욕심이 많으면 비록 보존한다 할지라도 보존된 것이 적을 것이다."

【補】 '욕심[欲]'이란 인간의 육체적 욕구를 말한다. 이를 '적게 가진다[寡欲]'는 말은 절제해야 한다는 의미이다. 사람은 태어날 때부터 욕심이 많은 사람이 있고 적은 사람이 있다. 만일 타고난 본성에 욕심이 적다면, 천리가 그 마음에 많기 때문에 마음이 잘 보존되는 것이다.
하지만 그 반대로 타고난 본성에 욕심이 많은 사람은, 욕심이 많기 때문에 마음이 잘 보존되지 않는 것이다. '양(養)' 자는 '다스리다[治]'는 뜻으로 쓰였다.

진심 하 제36장

曾皙이 嗜羊棗러니 而曾子 不忍食羊棗하시니라.

증석(증자의 부친)이 작은 대추를 좋아했었기에 증자께서는 차마 작은 대추를 먹지 못했다.

【補】 증자는 아버지께서 작은 대추를 좋아하셨기 때문에 아버지가 돌아가신 뒤에 그것이 있을 때마다 반드시 아버지가 생각났다. 그래서 차마 먹지 못했던 것이다.
'작은 대추[羊棗]'는 열매가 작고 둥글며, 색깔은 검다. 일명 '양시조(羊矢棗)'라고도 불리는데, 이는 양의 대변과 비슷하기 때문이다. 여기서 '시(矢)' 자는 '변'의 뜻으로 쓰였다.

公孫丑 問曰 "膾炙與羊棗 孰美니잇고?" 孟子 曰 "膾炙哉인저" 公孫丑 曰 "然則曾子는 何爲食膾炙而不食羊棗시니잇고?" 曰 "膾炙는 所同也요 羊棗는 所獨也니 諱名不諱姓하나니 姓은 所同也요 名은 所獨也일새니라."

공손추가 물었다.
"생선회와 구운 고기, 그리고 작은 대추 가운데 어느 것이 더 맛있습니까?"
맹자가 말했다.

"생선회랑 구운 고기다."

"그렇다면 증자께서는 왜 생선회랑 구운 고기는 드시면서 작은 대추는 드시지 않았습니까?"

"생선회랑 구운 고기는 누구나 좋아하는 것이지만, 작은 대추는 그분에게 있어 특별한 의미가 있다. 이름은 휘(諱)하고 성(姓)은 휘하지 않는 것은, 성은 똑같고 이름은 독특하기 때문이다."

【補】 공손추는 증자에게 사연이 있는 줄 모르고 단지 맛을 기준으로 질문한 것이다. 즉 부친을 생각하며 맛있는 음식을 먹고 대추는 먹지 않기에 그러한 것이다.

'자(炙)' 자는 구운 고기 일체를 말한다. '적'으로 독음하기도 하고 '불고기'로 해석하는 설도 있다. 여러 사람의 입에 오르내린다는 것은 누구나 좋아하기 때문이다[人口膾炙]. 다른 음식은 다 즐기지만, 작은 대추는 증석 혼자 즐긴 것이므로 증자는 부친 생각을 하지 않을 수 없었던 것이다.

'휘명(諱名)'이란 오늘날 '피휘(避諱)'라는 말과 같은 것으로, 임금이나 부모의 이름은 함부로 말을 하거나 글자 자체를 쓰지 않은 것을 말한다.

진심 하 제37장

萬章이 問曰 "孔子 在陳하사 曰 '盍歸乎來리오 吾黨之士 狂簡하야 進取호대 不忘其初라'하시니 孔子 在陳하사 何思魯之狂士시니잇고?"

만장(맹자 제자)이 물었다.

"공자께서 진나라에 계시면서 '어찌 돌아가지 않으리오. 내 문하의 제자들 가운데 광간하여 진취적이지만 그 처음을 잊지 못한다.'

라고 하셨으니, 공자께서는 진나라에 계시면서 어찌하여 노나라의 광사들을 생각하셨습니까?"

【補】'광간(狂簡)'이란, 뜻은 크지만 일에 있어서는 소략하여 행동을 잘 하지 못하는 사람을 지칭한다. '그 처음을 잊지 못한다[不忘其初]'는 말은 옛 잘못을 고치지 못한다는 말이다. 공자는 진나라에 있으면서 당대의 정치를 하기 보다는 후학을 다스려야겠다는 생각을 시작한 것이다.
『논어』、「공야장」 제21장에 "子在陳하사 曰 '歸與歸與인저 吾黨之小子狂簡하야 斐然成章이오 不知所以裁之로다' "라고 되어 있으니 윗글과는 차이가 있다. '래(來)' 자는 어조사로 해석하지 않는다.

孟子 曰 "'孔子 不得中道而與之인댄 必也狂獧乎인저 狂者는 進取오 獧者는 有所不爲也라'하시니 孔子 豈不欲中道哉시리오마는 不可必得故로 思其次也시니라."

맹자가 말했다.

"공자께서는 '중도를 얻어 그와 더불어 할 수 없을 때에는 반드시 광자와 견자를 찾을 것이다. 광자는 진취적이고, 견자는 하지 않는 바가 있다.'라고 말씀하셨으니, 공자께서 어찌 중도의 사람 얻기를 원하지 않았겠는가. 반드시 얻을 수는 없었기 때문에 그다음인 광자를 생각한 것이다."

【補】광자는 공부에 있어서는 진취적이긴 하지만, 행동은 이에 미치지 못한다. 견자는 행동이 고집스럽기 때문에 하지 않는 바가 있다. 하지 않음은 불인(不仁)이나 불선(不善) 따위를 말한다. 견자는 불인을 미워하기 때문에 이를 하지 않는다.
참고로 『논어』、「자로」 제21장에는 '광견(狂獧)'이 '광견(狂狷)'으로 표기되어 있으니 통함을 알 수 있다. '중도(中道)'는 '중도지인

(中道之人)'의 축약이니 중도를 행하는 성인을 지칭한다.

"敢問何如라야 斯可謂狂矣니잇고?"

"감히 여쭙겠습니다. 어떻게 해야 '광인'이라 말할 수 있습니까?"

曰 "如琴張曾晳牧皮者 孔子之所謂狂矣니라."

"금장과 증석과 목피와 같은 사람이 공자의 이른바 광인이다."

【補】 주희에 설을 참고하면 다음과 같다. "금장(琴張)은 자장(子張)이다. 자상호(子桑戶)가 죽자, 금장이 그 상(喪)에 임하여 노래를 불렀으니, 이 사실이 『장자(莊子)』에 보인다. 비록 반드시 다 그렇지는 않다 하더라도 요컨대 반드시 이와 비슷한 점이 있었을 것이다. 증석은 전편에 보인다. 계무자(季武子)가 죽자, 증석이 그 문에 기대어 노래하였으니, 이 사실이 『예기』·「단궁(檀弓)」에 보이며, 또 자기의 뜻은 세 사람이 가지고 있는 것과 다르다고 말하였으니, 이 사실이 『논어』·「선진(先進)」에 보인다. 목피는 자세하지 않다."

"何以謂之狂也니잇고?"

"무엇 때문에 광인이라 말합니까?"

曰 "其志 嘐嘐然曰 '古之人古之人이여'호대 夷考其行而不掩焉者也니라.

"그 뜻이 높고 커서 '옛사람이여, 옛사람이여!'라고 하지만 평소에 그의 행실을 살펴보면 그의 행실이 말을 따라가지 못하는 자이다.

【補】 '효효연(嘐嘐然)'은 자족하는 모양이다. 광인은 뜻도 크고 말도 커서 옛사람을 사모한 자들이다. 하지만 그들은 행동이 말을 좇아가지 못한다.
'이(夷)'는 '평소[素]'의 뜻으로 쓰였다. 일부에서는 어조사로 해석하여 풀이하지 않기도 하고 또 '공평하다[平]'로 해석하기도 하기도 하는데, '이(夷)' 자에는 '소(素)' 자의 뜻도 있으니 평소로 보는 것이 무난하다.

狂者를 又不可得이어든 欲得不屑不潔之士而與之하시니 是 獧也니 是 又其次也니라."

광자를 또 얻지 못하거든 불결한 것을 달갑게 여기지 않는 선비를 얻어서 그와 함께 하고자 했으니 사람이 바로 견자이다. 이는 다시 그다음이다."

【補】 '불결(不潔)'은 '불선(不善)'과 같은 말이며 곧 '불인(不仁)'을 의미한다. '견(獧)'은 지킴이 있는 자이며, 그는 자신의 지조를 잃지 않는다. 이들은 불인하거나 불선한 짓은 하지 않는다.

"孔子 曰 '過我門而不入我室이라도 我不憾焉者는 其惟鄕原乎인저 鄕原은 德之賊也라'하시니 曰 何如라야 斯可謂之鄕原矣니잇고?"

(만장이 말했다.) "공자께서 '내 문 앞을 지나면서 나의 집에 들어오지 않더라도 내가 유감으로 여기지 않을 자는 그 오직 향원일 것이다. 향원은 덕을 해친 자이다.'라고 말씀하셨으니, 어떻게 해야 향원이라 말합니까?"

【補】 위의 절까지가 광견(狂狷)을 어쩔 수 없이 찾았다면, 이 절부터는 향원(鄕原)을 배척하는 데로 나아간다.

'향원'은 향리(鄕里)의 원인(原人)을 말한다. '원(原)' 자는 '원(愿)' 자와 통한다. 공자께서 덕과 유사하게 보이는데, 덕은 아니기 때문에 '덕을 해친 자'라고 말했다. 그들은 광견을 배척하는 자이다. '문을 지나면서 들어오지 않더라도 유감이 없다'는 말은, 그가 친히 찾아오지 않는 것을 다행으로 여긴다는 뜻이다.

曰 "何以是嘐嘐也하야 言不顧行하며 行不顧言이오 則曰 '古之人古之人이여'하며 行何爲踽踽涼涼이리오 '生斯世也라 爲斯世也하야 善斯可矣라'하야 閹然媚於世也者 是鄕原也니라."

맹자가 말했다.

"무엇 때문에 이처럼 말과 뜻이 커서, 말은 행실을 돌아보지 않으며, 행실은 말을 돌아보지 않고서 '옛사람이여, 옛사람이여!'라고 말하는가. 행실을 무엇 때문에 이처럼 외롭고 쓸쓸하게 하면서 '이 세상에 태어났다면 이 세상을 위하여 잘하면 된다.'고 말하는가. 속내를 감추고 세상에 아첨하는 사람이 바로 향원이다."

【補】 향원의 실상에 대해 밝힌 절이다.
향원은 광견을 배척 대상으로 하기 때문에 광견의 반대 인물이다. '무엇~말하는가'까지가 광자에 대한 배척이며, '행실을~하는가'까지가 견자에 대한 배척이다. '우우(踽踽)'는 외로운 모양을, '량량(涼涼)'은 쓸쓸한 모양을 형용한 표현이다. '엄연(閹然)'은 속내를 감추는 모양이다.

萬章이 曰 "一鄕이 皆稱原人焉이면 無所往而不爲原人이어늘 孔子以爲德之賊은 何哉잇고?"

만장이 말했다.

"한 고을이 모두 원인이라고 부른다면 가는 곳마다 원인이 되지 않음이 없는데, 공자께서 '덕을 해친 자'라고 말씀하신 것은 무엇 때문입니까?"

【補】『논어』 「양화」 제13장에 "子曰 鄕原은 德之賊也니라."라는 구절이 보인다. '원인(原人)'이란 인후하고 조심성 있는 사람을 말한다. 향원도 근후(謹厚)하다는 말인데, 공자께서 '덕을 해친 자'라 했기에 만장이 궁금한 것이다.

曰 "非之無擧也요 刺之無刺也하야 同乎流俗하며 合乎汙世하야 居之似忠信하며 行之似廉潔하야 衆皆悅之어든 自以爲是而不可與入堯舜之道니 故로 曰 '德之賊也라'하니라.

맹자가 말했다.

"비난하려고 해도 비난할 것이 없고 풍자하려고 해도 풍자할 것이 없다. 그는 유속과 동화하며 더러운 세상에 영합한다. 거처할 때에는 충성스럽고 믿음직한 것처럼 하고, 행동할 때에는 청렴결백한 것처럼 하니, 대중이 모두 좋아한다. 스스로 옳다고 생각하기 때문에 요임금과 순임금의 도에 들어갈 수 없다. 그러므로 '덕을 해친 자'라고 말씀하셨다.

【補】'사(似)' 자에는 앞서 엄연(閹然)처럼 잘 숨겼기 때문에 '그러한 척하는 행위'를 뜻한다. 따라서 다음 절에서 '사이비(似而非)'로 연결시켜 말한다.

孔子曰 '惡(오)似而非者하노니 惡莠는 恐其亂苗也요 惡佞은 恐其亂義也요 惡利口는 恐其亂信也요 惡鄭聲은 恐其亂樂(악)也요 惡紫는 恐其

亂朱也요 惡鄕原은 恐其亂德也라'하시니라.

공자께서는 '비슷하면서 아닌 것을 미워하니, 가라지풀을 미워하는 것은 벼이삭을 어지럽힐까 두려워해서이고, 말을 잘하는 자를 미워하는 것은 의로움을 어지럽힐까 두려워해서이며, 입만 산 사람을 미워하는 것은 신뢰를 어지럽힐까 두려워해서이고, 정나라 음악을 미워함은 바른 음악을 어지럽힐까 두려워해서이며, 자주색을 미워하는 것은 붉은 색을 어지럽힐까 두려워해서이고, 향원을 미워하는 것은 덕을 어지럽힐까 두려워해서이다.'라고 말씀하셨다.

【補】 여러 예를 통해 향원에 대한 배척의 이유를 설명하고 있다. '유(莠)'는 곡식의 싹과 비슷한 풀을 가리킨다. '녕(佞)' 자는 '녕(伝)' 자의 속자(俗字)로 교활하게 말을 꾸미는 재주를 말한다. '이구(利口)'란 '날카로운 구변'이라는 뜻으로 속칭 '입만 산 사람'을 말한다.

'정성(鄭聲)'이란 『논어』·「위령공」 제10장에 "정나라 음악을 추방해야 하며 말재주 있는 사람을 멀리 할 것이니, 정나라 음악은 음탕하고 말 잘하는 사람은 위태로운 것이다."라고 했으니, '음란한 음악'을 말한다. 이 정나라 음악과 상대적으로 쓰인 말이 '악(樂)' 자이니 '바른 음악[正樂]'을 가리킨다.

'자주색[紫]'은 정색(正色)인 오색[靑黃朱白黑]에 들지 못한 간색(間色)에 속한다. 이상의 여섯 가지 모두가 '사이비'에 속한다.

君子 反經而已矣니 經正則庶民이 興하고 庶民이 興이면 斯無邪慝矣리라."

군자는 떳떳한 도로 회복할 뿐이니 떳떳한 도가 바르게 되면 서민이 흥기하고, 서민이 흥기하면 사특한 마음이 없어질 것이다."

【補】 여기에서 '군자'란 공자를 지칭한다. '경도'란 불변의 진리인 대도를 말한다. '향원'은 경도를 가장 해치는 사람이다. 따라서 공자는 그를 사이비로 취급하고 내 문 앞을 지나면서 나의 집에 들어오지 않더라도 서운하지 않다고 말하고 있는 것이다.

진심 하 제38장

孟子 曰 "由堯舜至於湯이 五百有餘歲니 若禹皐陶(요)則見而知之하시고 若湯則聞而知之하시니라.

맹자가 말했다.
"요임금과 순임금으로부터 탕왕에 이르기까지가 5백여 년이 넘는데, 우왕과 고요의 경우 요임금과 순임금의 도를 직접 보고서 알았고, 탕왕의 경우 그것을 들어서 알았다.

【補】 직접 보고 안 것을 소위 '친승(親承)'이라고 한다. 탕왕의 경우는 '격세상전(隔世相傳)'이라고 하는데, 이것이 가능했던 것은 심법(心法) 때문이다. 즉 시대는 달라도 마음을 통해 서로 전하여 졌기 때문에 가능하다고 본 것이다.

由湯至於文王이 五百有餘歲니 若伊尹萊朱則見而知之하고 若文王則聞而知之하시니라.

탕왕으로부터 문왕에 이르기까지가 5백여 년인데, 이윤과 내주의 경우 직접 보고서 알았고, 문왕의 경우 들어서 아셨다.

【補】 이윤은 유신(有莘)의 들에서 밭을 갈고 있다가, 탕왕이 3번이나 초빙했으므로 부득이 그에 응했다는 인물로 은나라 탕왕의 재상이다. 내주는 탕왕의 어진 신하이며, 혹자는 중훼(仲虺)라고도 하였으나 자세하지 않다.

由文王至於孔子 五百有餘歲니 若太公望散宜生則見而知之하고 若孔子則聞而知之하시니라.

문왕으로부터 공자에 이르기까지가 5백여 년인데, 태공망과 산의생의 경우 직접 보고 알았고, 공자의 경우는 들어서 아셨다.

【補】 산의생은 문왕 시대의 어진 신하이다.

由孔子而來로 至於今이 百有餘歲니 去聖人之世 若此其未遠也며 近聖人之居 若此其甚也로대 然而無有乎爾하니 則亦無有乎爾로다."

공자로부터 이후 오늘날에 이르기까지가 백여 년이니, 시간은 성인의 시대가 이처럼 멀지 않으며, 거리는 성인의 거처가 이처럼 매우 가깝지만 그런데도 아무도 없으니 또한 아무도 없겠구나."

【補】 여기에서 '성인'이란 '공자'를 지칭한다. 공자와 맹자와의 시간적 간극은 백여 년밖에 되지 않고, 공자가 거처했던 노나라와 맹자가 살았던 추나라는 백리 밖에 되지 않아 딱딱이를 치면 들릴 정도로 매우 가까웠지만, 그 도를 보고 들었던 사람이 없음을 한탄하며 한 말이다.
그러나 여기에는 공자의 도를 전수할 사람은 나 맹자밖에 없다는 의미도 아울러 담겨져 있다[道統說].

옮긴이
강동석

고려대학교 석·박사. 저서는 『이곡 문학의 종합적 이해』, 역서는 『존재집』 권1이 있다. 연구논문으로는 「이색의 자연시 연구」, 「고려 후기 자연관의 변모 양상에 관한 연구」, 「이집 시에 있어서의 고한의 정서와 시은의 추구」 외 다수가 있다.

맹자

초판인쇄 2015년 2월 20일
초판발행 2015년 2월 20일

지은이 맹자
옮긴이 강동석
펴낸이 채종준
펴낸곳 한국학술정보㈜
주소 경기도 파주시 회동길 230(문발동)
전화 031) 908-3181(대표)
팩스 031) 908-3189
홈페이지 http://ebook.kstudy.com
전자우편 출판사업부 publish@kstudy.com
등록 제일산-115호(2000. 6. 19)

ISBN 978-89-268-6801-0 03820